Sandra Brown

Eisnacht

Autorin

Sandra Brown arbeitete als Schauspielerin und TV-Journalistin, bevor sie mit ihrem Roman »Trügerischer Spiegel« auf Anhieb einen großen Erfolg landete. Inzwischen ist sie eine der erfolgreichsten internationalen Autorinnen, die mit jedem ihrer Bücher die Spitzenplätze der »New York Times«-Bestsellerliste erreicht! Ihr endgültiger Durchbruch als Thrillerautorin gelang Sandra Brown mit dem Roman »Die Zeugin«, der auch in Deutschland zum Bestseller wurde. Seither konnte die Autorin mit vielen weiteren Romanen ihre Leser und Leserinnen weltweit begeistern. Sandra Brown lebt mit ihrer Familie abwechselnd in Texas und South Carolina.

Von Sandra Brown bereits erschienen (Auswahl)

Vertrau ihm nicht · Dein Tod ist nah · Sein eisiges Herz · Verhängnisvolle Nähe · Blinder Stolz · Tödliche Sehnsucht

Sandra Brown

Eisnacht

Thriller

Deutsch von Christoph Göhler

blanvalet

Die Originalausgabe erschien 2005 unter dem Titel »Chill Factor«
bei Simon & Schuster Inc., New York.

FSC www.fsc.org MIX Papier | Fördert gute Waldnutzung FSC® C014496

Klimaneutral* Druckprodukt ClimatePartner.com/14044-1912-1001

Penguin Random House Verlagsgruppe FSC® N001967

1. Auflage der vollständigen, korrigierten Neuauflage 2023

Umschlaggestaltung: © www.buerosued.de
Umschlagmotiv: © mauritius images (EyeEm/Eva Blanco;
Philip Buonpastore/Alamy/Alamy Stock Photos); www.buerosued.de
BSt · Herstellung: DiMo
Satz: Uhl + Massopust, Aalen
Druck und Bindung: GGP Media GmbH, Pößneck
Printed in Germany
ISBN 978-3-7341-1198-3

www.blanvalet.de

1

Das Grab war nur ein Provisorium.

Der vorhergesagte Sturm sollte alle Rekorde brechen.

Das Grab für Millicent Gunn – achtzehn Jahre, kurzes, braunes Haar, graziler Körperbau, ein Meter fünfundsechzig, vor einer Woche vermisst gemeldet – war kaum mehr als eine flache Kuhle, die man dem unnachgiebigen Erdboden abgerungen hatte. Es war gerade so lang, dass das Mädchen hineinpasste. Das Problem mit der mangelnden Tiefe könnte man im Frühling beheben, sobald das Erdreich zu tauen begann. Falls die Aasfresser den Leichnam nicht schon vorher beseitigt hatten.

Ben Tierney lenkte den Blick von dem frischen Grab auf die anderen daneben. Vier insgesamt. Windbruch und Totholz boten eine natürliche Tarnung, und doch veränderte jedes davon auf ganz eigene Weise die zerklüftete Topografie; man musste nur wissen, worauf man zu achten hatte. Über eines war ein toter Baum gestürzt, unter dem es nur für jemanden mit geschultem Blick zu erkennen war.

Für jemanden wie Tierney.

Er warf einen letzten Blick in das leere, flache Grab, hob dann die Schaufel zu seinen Füßen auf und trat einen Schritt zurück. Dabei bemerkte er die dunklen Abdrücke, die seine Stiefel in der weißen Decke aus Hagelkörnern hinterließen. Das war nicht weiter schlimm. Wenn die Meteorologen Recht behielten, wären die Stiefelspuren bald von tiefem Schnee oder Eisregen bedeckt. Und wenn der Boden wieder taute, würden die Abdrücke im Schlamm versinken.

Jedenfalls hielt er nicht an, um sie zu verwischen. Er musste ins Tal hinunter. Sofort.

Den Wagen hatte er ein paar hundert Meter vom Gipfel und dem provisorischen Friedhof entfernt auf der Straße abgestellt. Folglich ging es zwar bergab, doch er musste sich mühsam durch den dichten Wald schlagen. Das dichte Unterholz verhinderte, dass der Boden schlüpfrig wurde, aber das Terrain war uneben und gefährlich, vor allem weil ihm der Hagel ins Gesicht prasselte und ihm die Sicht nahm. Obwohl er es eilig hatte, war er gezwungen, jeden Schritt mit Bedacht zu setzen, um einen Fehltritt zu vermeiden.

Der Wetterbericht hatte diesen Sturm seit Tagen vorhergesagt. Es handelte sich um ein Zusammentreffen mehrerer Wetterfronten, die zusammengenommen das Potenzial hatten, einen der schlimmsten Schneestürme in der jüngeren Geschichte zu bilden. Der Bevölkerung im mutmaßlich betroffenen Gebiet wurde geraten, Vorsichtsmaßnahmen zu ergreifen, sich mit Proviant einzudecken und alle unnötigen Reisen zu unterlassen. Nur ein Irrer hätte sich heute auf den Berg gewagt. Oder jemand, der etwas zu erledigen hatte, was keinen Aufschub duldete.

Wie Tierney.

Der kalte Nieselregen, der am frühen Nachmittag eingesetzt hatte, war inzwischen in einen mit Hagel vermischten Eisregen übergegangen. Die Körner brannten wie Schrot auf seinen Wangen, während er sich durchs Dickicht schlug. Er zog die Schultern hoch und klappte den Mantelkragen nach oben, damit er die Ohren bedeckte, die vor Kälte schon taub waren.

Die Windgeschwindigkeit hatte merklich zugenommen. Die von wütenden Böen geprügelten Bäume schlugen die nackten Äste gegeneinander wie Trommelstöcke. Der Wind zerrte die Nadeln von den Nadelbäumen und peitschte sie durch die Luft. Eine blieb wie ein Dartpfeil in seiner Wange stecken.

Fünfunddreißig Stundenkilometer aus nordwestlicher Richtung, dachte er mit jenem Teil seines Gehirns, der automatisch den Zustand seiner Umgebung registrierte. Er wusste solche Dinge – Windgeschwindigkeit, Zeit, Temperatur, Richtung – instinktiv, als hätte er in seinem Körper eine Wetterstation, eine Uhr, ein Thermometer und ein GPS, die sein Unterbewusstsein unablässig mit sachdienlichen Informationen fütterten.

Es war eine angeborene Gabe, die er zur Kunst verfeinert hatte, indem er sich als Erwachsener viel draußen aufgehalten hatte. Er musste diese ständig wechselnden Umweltdaten nicht bewusst abrufen, trotzdem verließ er sich oft auf seine Fähigkeit, im Notfall sofort darauf zurückgreifen zu können.

Jetzt zum Beispiel verließ er sich darauf, denn es wäre ungut, auf dem Gipfel des Cleary Peak erwischt zu werden – dem zweithöchsten Berg in North Carolina nach dem Mount Mitchell –, während er sich mit einer Schaufel in der Hand im Laufschritt von vier alten Gräbern und einem frisch ausgehobenen entfernte.

Die örtliche Polizei war nicht gerade berühmt für ihre hartnäckigen Ermittlungen und ihre phänomenale Aufklärungsquote. Im Gegenteil, das örtliche Police Department war ein Witz. Der Chief war ein Großstadtdetective auf dem absteigenden Ast, den man aus seinem früheren Department rausgeworfen hatte.

Chief Dutch Burton führte eine Riege unfähiger Kleinstadtpolizisten – Dorfdeppen in geschniegelten Uniformen und mit funkelnden Polizeimarken –, die schon fast überfordert gewesen waren, den Sprayer zu fangen, der die Müllcontainer hinter der Texaco-Tankstelle mit Obszönitäten besprüht hatte.

Jetzt konzentrierten sie sich auf die fünf ungeklärten Vermisstenfälle. Trotz ihrer Beschränktheit waren die Gesetzeshüter von Cleary zu dem Schluss gelangt, dass es höchstwahrscheinlich doch kein Zufall war, wenn in einer kleinen Gemeinde innerhalb von zweieinhalb Jahren insgesamt fünf Frauen verschwanden.

In einer Großstadt wäre diese Statistik von anderen, grausigeren überschattet worden. Aber hier, in dieser bergigen, dünn besiedelten Gegend schlugen die Wogen hoch, wenn fünf Frauen verschwanden.

Außerdem herrschte allgemein die Auffassung, dass die vermissten Frauen einem Verbrechen zum Opfer gefallen waren, weshalb sich die Behörden darauf konzentrierten, menschliche Überreste und nicht die Frauen selbst zu finden. Es würde jedenfalls Verdacht erregen, wenn jemand mit einer Schaufel durch den Wald spazierte.

So wie Tierney.

Bis jetzt hatte er das Radar unterfliegen können und es vermieden, die Neugier von Police Chief Burton auf sich zu ziehen. Es war extrem wichtig, dass das so blieb.

Im Rhythmus seiner Schritte rekapitulierte er die wichtigsten Daten der Frauen, die in den Gräbern unter dem Gipfel lagen. Carolyn Maddox, eine Sechsundzwanzigjährige mit tiefem Busen, schönem schwarzem Haar und großen braunen Augen. Seit letztem Oktober vermisst gemeldet. Sie war die alleinerziehende Mutter eines zuckerkranken Kindes und hatte in einer der kleinen Pensionen am Ort als Zimmermädchen gearbeitet. Ihr Leben war ein freudloser, endloser Reigen aus Mühsal und Erschöpfung gewesen.

Jetzt hatte Carolyn Maddox umso mehr Frieden und Ruhe. Genau wie Laureen Elliott. Blond, übergewichtig und alleinlebend, hatte sie als Krankenschwester in einer örtlichen Klinik gearbeitet.

Betsy Calhoun, eine verwitwete Hausfrau, war die Älteste.

Torrie Lambert, die Jüngste, war außerdem die Erste, die Hübscheste und die Einzige, die nicht aus Cleary stammte.

Tierney ging schneller, als könnte er seinen verstörenden Gedanken ebenso entfliehen wie dem Wetter. Eine dünne Eisschicht begann die Zweige mit langen Ärmeln zu überziehen. Die Steine bekamen eine Glasur. Die steile, gewundene Straße nach Cleary hinunter wäre schon bald unpassierbar, und er musste um jeden Preis von diesem gottverfluchten Berg verschwinden.

Zum Glück ließ ihn sein eingebauter Kompass nicht im Stich, er trat keine zehn Meter von der Stelle entfernt aus dem Wald, an der er ihn betreten hatte. Es überraschte ihn nicht, dass sein Wagen mit einer dünnen Eis- und Graupelschicht überzogen war.

Schwer atmend und dicke Dampfwolken in die kalte Luft blasend näherte er sich dem Auto. Der Abstieg vom Gipfel war kräftezehrend gewesen. Vielleicht waren sein schwerer Atem und der rasende Puls aber auch ein Zeichen seiner Angst. Oder seiner Frustration. Oder seiner Reue.

Er legte die Schaufel in den Kofferraum. Dann schälte er die Latexhandschuhe ab, die er getragen hatte, warf sie ebenfalls in den Kofferraum und schlug die Klappe zu. Er stieg ein, schloss hastig die Tür und genoss den ersehnten Schutz vor dem beißenden Wind.

Bibbernd blies er in die Hände und rieb sie kräftig, in der Hoffnung, das Blut in seine Fingerspitzen zurückzutreiben. Die Latexhandschuhe musste er tragen, aber sie schützten nicht vor der Kälte. Er zog ein Paar mit Kaschmirwolle gefütterte Lederhandschuhe aus der Manteltasche und streifte sie über.

Dann drehte er den Zündschlüssel.

Keine Reaktion.

Er drückte mehrmals aufs Gaspedal und probierte es wieder. Der Motor keuchte nicht einmal. Nach mehreren erfolglosen Versuchen lehnte er sich zurück und starrte auf die Anzeigen im Armaturenbrett, als erwartete er, sie würden ihm mitteilen, was er falsch machte.

Ein letztes Mal drehte er den Schlüssel, aber der Motor blieb stumm und tot wie die Frauen, die so respektlos in der Erde verscharrt worden waren.

»Scheiße!« Er donnerte beide behandschuhten Fäuste aufs Lenkrad und starrte durch die Scheibe, ohne etwas zu erkennen. Der Eisfilm hatte die Windschutzscheibe komplett überzogen. »Tierney«, murmelte er, »du bist am Arsch.«

2

Der Wind ist stärker geworden, und draußen kommt so Eiszeugs runter.« Dutch Burton ließ den Vorhang wieder vor das Fenster fallen. »Wir sollten lieber bald runterfahren.

»Ich muss nur noch ein paar Fächer leer räumen, dann bin ich fertig.« Lilly zog mehrere Leinenbände aus dem eingebauten Bücherregal und stapelte sie in eine Umzugskiste.

»Du hast immer geschmökert, wenn wir hier oben waren.«

»Da hatte ich Zeit, die neuesten Bestseller zu lesen. Hier hat mich nichts abgelenkt.«

»Außer mir, schätze ich«, sagte er. »Ich kann mich gut erinnern, wie ich dich gepiesackt habe, bis du dein Buch beiseitegelegt und dich mit mir beschäftigt hast.«

Sie sah von ihrem Sitzplatz auf dem Boden zu Dutch auf und lächelte. Aber sie weigerte sich, in Erinnerungen daran zu schwelgen, wie sie ihre Freizeit in der Berghütte verbracht hatten. Ursprünglich waren sie hergekommen, um an den Wochenenden und in den Ferien dem hektischen Leben in Atlanta zu entfliehen.

Später wollten sie hier allem entfliehen.

Sie war dabei, all das einzupacken, was sie an persönlichen Dingen mitnehmen würde, wenn sie heute abfuhr. Sie würde nicht wieder herkommen. Genauso wenig wie Dutch. Dies war das Schlusskapitel – genauer gesagt der Epilog – zu ihrem gemeinsamen Leben. Sie hatte gehofft, dass ihr letzter Abschied so unsentimental wie möglich vonstatten gehen würde. Er schien entschlossen, noch einmal die Straße der Erinnerungen zu beschreiten.

Es war ihr gleich, ob er die vergangenen Zeiten heraufbeschwor, damit er sich besser fühlte, oder ob er es tat, damit sie sich schlechter fühlte. Sie würde dieses Spiel nicht mitspielen. Ihre guten gemeinsamen Zeiten wurden so von den schlechten überschattet, dass jede Erinnerung alte Wunden aufreißen musste.

Sie lenkte das Gespräch auf pragmatischere Themen zurück. »Ich habe alle Verkaufsdokumente kopiert. Sie sind in dem Umschlag, zusammen mit einem Scheck über deine Hälfte des Verkaufserlöses.«

Er sah auf den hellbraunen Umschlag, ließ ihn aber auf dem Couchtisch aus Eichenholz liegen, wo sie ihn abgelegt hatte. »Das ist nicht fair. Dass ich die Hälfte bekomme.«

»Dutch, wir haben das schon besprochen.« Sie klappte die vier Laschen des Umzugskartons nach innen, um ihn zu verschließen, und wünschte im selben Moment, sie könnte dieses Gespräch genauso leicht abschließen.

»Du hast die Hütte bezahlt«, sagte er.

»Wir haben sie gemeinsam gekauft.«

»Aber dein Gehalt hat das erst möglich gemacht. Mit meinem allein hätten wir sie uns nicht leisten können.«

Erst als sie den Karton über den Boden zur Tür geschoben hatte, stand sie auf und drehte sich um. »Wir waren verheiratet, als wir sie gekauft haben, und wir waren verheiratet, als wir hier waren.«

»Verheiratet, als wir uns hier geliebt haben.«

»Dutch …«

»Verheiratet, als du mir morgens den Kaffee ans Bett gebracht hast und nichts als ein Lächeln und diese Decke am Leib hattest«, sagte er und deutete dabei auf die Häkeldecke über der Rückenlehne des Sessels.

»Bitte tu das nicht.«

»Das ist mein Text, Lilly.« Er machte einen Schritt auf sie zu. »Tu das nicht.«

»Wir haben es schon getan. Vor sechs Monaten.«

»Du könntest es rückgängig machen.«

»Du könntest dich damit abfinden.«

»Ich werde mich *nie* damit abfinden.«

»Nur weil du es nicht willst.« Sie verstummte, holte tief Luft und senkte dann die Stimme. »Du wolltest dich nie damit abfinden, Dutch. Du sperrst dich gegen jede Veränderung. Und genau deshalb kommst du nie über irgendwas hinweg.«

»Ich will nicht über dich hinwegkommen«, widersprach er.

»Das musst du aber.«

Sie wandte sich von ihm ab, schleifte einen leeren Karton vor das Bücherregal und begann, ihn mit Büchern zu füllen, wobei sie diesmal weniger sorgfältig war als beim ersten Karton. Inzwischen wollte sie nur noch weg von hier, sonst wäre sie gezwungen, ihn noch mehr zu verletzen, um ihn zu überzeugen, dass ihre Ehe endgültig und unwiderruflich zu Ende war.

Die minutenlange angespannte Stille wurde vom Rauschen des Windes in den Bäumen rund ums Haus untermalt. Immer häufiger und immer kräftiger schlugen die Äste gegen den Giebel.

Sie wünschte, er würde vor ihr abfahren, denn es wäre ihr lieber, dass er nicht mehr da war, wenn sie die Hütte verließ. Sie wusste, dass es das letzte Mal wäre und er möglicherweise von seinen Emotionen überwältigt würde. Sie hatte solche Szenen schon öfter erlebt und wollte keine weitere erleben. Ihr Abschied brauchte nicht bitter und hässlich zu werden, aber Dutch steuerte direkt darauf zu, indem er alte Streitpunkte zu neuem Leben erweckte.

Obwohl er eindeutig das Gegenteil beabsichtigte, unterstrich die Tatsache, dass er diese Auseinandersetzungen wieder aufwärmte, wie richtig ihre Entscheidung war, diese Ehe zu beenden.

»Ich glaube, dieser Louis L'Amour gehört dir.« Sie hielt ein Buch hoch. »Willst du ihn haben, oder soll ich ihn den neuen Eigentümern überlassen?«

»Die kriegen sowieso alles«, antwortete er düster. »Da macht ein Taschenbuch mehr oder weniger keinen Unterschied.«

»Es war einfacher, die Möbel zusammen mit der Hütte zu verkaufen«, sagte sie. »Die Einrichtung wurde extra für diese Hütte angefertigt und würde in jeder anderen Wohnung deplatziert wirken. Und was hätte ich damit anfangen sollen, wo keiner von uns Platz dafür hat? Alles herausräumen, nur damit wir es jemand anderem verkaufen können? Und wo hätte ich die Möbel bis dahin untergestellt? Es war nur vernünftig, die Hütte mit allem Inventar zu verkaufen.«

»Darum geht es nicht, Lilly.«

Sie wusste, worum es ihm ging. Er wollte sich nicht vorstellen müssen, dass Fremde in ihrer Hütte wohnten und ihre Sachen benützten. Alles unberührt zu hinterlassen, damit es ein anderer genießen konnte, erschien ihm wie ein Sakrileg, eine Entehrung der vertrauten und intimen Momente, die sie in diesen Räumen geteilt hatten.

Es ist mir egal, ob es vernünftig ist, den ganzen Klumpatsch zu verscheuern, Lilly! Ich pfeif auf vernünftig! Wie kannst du den Gedanken ertragen, dass fremde Leute in unserem Bett und unter unserer Decke schlafen?

So hatte er reagiert, als sie ihm erklärte, was sie mit der Einrichtung vorhatte. Offenbar ärgerte ihn ihre Entscheidung immer noch, aber jetzt war es zu spät, um etwas daran zu ändern, selbst wenn sie dazu bereit gewesen wäre. Was sie nicht war.

Als die Regalfächer bis auf den einsamen Western geleert waren, schaute sie sich noch einmal um, ob sie vielleicht etwas übersehen hatte. »Die Lebensmittel.« Sie deutete auf die Dosen, die sie auf der Frühstückstheke zwischen dem Kochbereich und Wohnzimmer aufgereiht hatte. »Willst du sie mitnehmen?«

Er schüttelte den Kopf.

Sie legte sie in den letzten, nur halb vollen Bücherkarton. »Ich habe Strom und Wasser abstellen lassen, weil die neuen Besitzer erst im Frühjahr einziehen wollen.« Das wusste er mit Sicherheit schon. Sie redete nur, um das Schweigen zu vertreiben, das umso schwerer zu werden schien, je mehr persönliche Dinge sie aus der Hütte herausgeräumt hatte.

»Ich muss noch ein paar letzte Sachen aus dem Bad holen, dann bin ich fertig. Ich werde alles abstellen, abschließen und den Schlüssel wie vereinbart bei der Immobilienagentur abgeben, wenn ich aus der Stadt fahre.«

Seiner Miene und seiner Haltung war deutlich anzusehen, wie unglücklich er war. Er nickte, sagte aber nichts.

»Du brauchst nicht auf mich zu warten, Dutch. Du hast im Ort bestimmt genug zu tun.«

»Das kann warten.«

»Obwohl ein Eissturm vorhergesagt wurde? Wahrscheinlich musst du den Verkehr im Supermarkt regeln«, versuchte sie zu scherzen. »Du kannst dir vorstellen, wie die Leute vor so einer Belagerung zu hamstern anfangen. Lass uns Adieu sagen, dann kannst du schon ins Tal fahren.«

»Ich warte auf dich. Wir fahren zusammen. Du kannst das hier zu Ende bringen«, sagte er und deutete dabei ins Schlafzimmer. »Ich lade solange die Kartons in deinen Kofferraum.«

Er wuchtete den ersten Karton hoch und trug ihn hinaus. Lilly ging ins nächste Zimmer. Das Bett mit den zwei Nachttischen passte genau an die Wand unter der Dachschräge. Ansonsten standen nur ein Schaukelstuhl und eine Kommode im Raum. Die Fenster nahmen die ganze Raumseite gegenüber ein. An der anderen Wand gab es einen Kleiderschrank und ein kleines Bad.

Nachdem sie die Vorhänge schon vorhin zugezogen hatte, lag der Raum im Halbdunkel. Sie warf einen Blick in den Kleiderschrank. Verloren hingen die leeren Bügel an der Stange. Die Schubladen in der Kommode waren leer geräumt. Sie ging ins Bad und sammelte die Toilettenartikel ein, die sie heute Morgen verwendet hatte, zog den Reißverschluss eines Kulturbeutels aus Plastik zu und kehrte, nachdem sie sich überzeugt hatte, dass der Medizinschrank ausgeräumt war, ins Schlafzimmer zurück.

Sie verstaute den Kulturbeutel in ihrem Koffer, der aufgeklappt auf dem Bett lag, und war gerade dabei, ihn zu schließen, als Dutch ins Zimmer kam.

Ohne jede Vorrede erklärte er: »Wenn das mit Amy nicht gewesen wäre, wären wir noch verheiratet.«

Lilly senkte kopfschüttelnd den Blick. »Dutch, bitte, ich will nicht …«

»Wir wären ewig zusammengeblieben.«

»Das wissen wir nicht.«

»Ich weiß es.« Er nahm ihre Hände. In seinem heißen Griff fühlten sie sich eisig an. »Ich übernehme die volle Verantwortung für alles. Dass es mit uns nicht geklappt hat, war allein meine Schuld. Wenn ich anders reagiert hätte, hättest du mich nicht verlassen. Ich sehe das ein, Lilly. Ich habe begriffen, welche Fehler ich gemacht habe. Sie waren riesig. Und dumm. Ich gebe das zu. Aber bitte gib mir noch eine Chance. Bitte.«

»Wir könnten nicht so tun, als wäre nichts passiert, Dutch. Wir sind nicht mehr die Menschen, die sich damals kennen gelernt haben. Begreifst du das nicht? Niemand kann ungeschehen machen, was geschehen ist. Es hat uns verändert.«

Das war sein Stichwort. »Du hast Recht. Menschen ändern sich. Ich habe mich seit der Scheidung geändert. Indem ich hier hoch gezogen bin. Diesen Job angenommen habe. All das hat mir gut getan, Lilly. Mir ist klar, dass Cleary nicht mit Atlanta zu vergleichen ist, aber hier habe ich etwas, worauf ich aufbauen kann. Ein festes Fundament. Hier bin ich zu Hause, und die Menschen hier kennen mich und meine Leute. Sie mögen mich. Und sie respektieren mich.«

»Das ist wunderbar, Dutch. Ich möchte, dass du hier Erfolg hast. Ich wünsche es dir aus vollem Herzen.«

Sie wollte wirklich, dass er hier Erfolg hatte, und zwar nicht nur seinet-, sondern auch ihretwegen. Bis Dutch wieder als guter Polizist angesehen wurde und sich vor allem selbst so sah, würde sie nicht von ihm loskommen. Erst wenn er mit sich und seiner Arbeit wieder im Reinen war, würde er es auch ohne sie schaffen, neues Selbstbewusstsein aufzubauen. Cleary als kleine Gemeinde bot ihm die Möglichkeit dazu. Sie hoffte bei Gott, dass alles gut ausgehen würde.

»Im Beruf und privat«, sprudelte es aus ihm heraus. »Überall habe ich neu angefangen. Aber all das ist bedeutungslos, wenn du mich verlässt.«

Ehe sie es verhindern konnte, hatte er die Arme um sie gelegt und sie an seine Brust gezogen. Er murmelte ihr beschwörend ins Ohr: »Sag, dass du uns noch eine Chance gibst.« Dann versuchte er, sie zu küssen, doch sie drehte den Kopf zur Seite.

»Lass mich los, Dutch.«

»Hast du vergessen, wie gut wir zusammenpassen? Wenn du dich nur ein einziges Mal öffnen würdest, könnten wir wieder ganz von vorn anfangen. Wir könnten all die schlechten Zeiten vergessen und da weitermachen, wo wir früher waren. Damals konnten wir die Finger nicht voneinander lassen, weißt du noch?« Er versuchte sie wieder zu küssen, diesmal, indem er seine Lippen hartnäckig auf ihre presste.

»Hör auf!« Sie schubste ihn weg.

Er strauchelte einen Schritt zurück. Sein Atem hing schwer im Raum. »Ich darf dich nicht mal berühren.«

Sie verschränkte die Arme vor dem Bauch, als wollte sie sich selbst umarmen. »Du bist nicht mehr mit mir verheiratet.«

»Du wirst mir nie verzeihen, stimmt's?«, schnauzte er sie an. »Du hast die Sache mit Amy dazu benutzt, um dich von mir scheiden zu lassen, aber eigentlich ging es um was ganz anderes, stimmt's?«

»Hör auf, Dutch. Fahr, bevor…«

»Bevor es mit mir durchgeht?« Er feixte.

»Bevor du dich lächerlich machst.«

Sie ließ sich nicht von seinem hasserfüllten Blick einschüchtern. Unvermittelt drehte er sich um und stampfte aus dem Zimmer. Er schnappte sich den Umschlag auf dem Couchtisch und zog seinen Mantel und Hut von den Kleiderhaken neben der Tür. Ohne sie anzuziehen, knallte er die Tür so fest hinter sich zu, dass die Fensterscheiben klirrten. Sekunden später hörte sie, wie der Motor seines Broncos ansprang und der Schotter unter den übergroßen Reifen aufspritzte, dann war er davongerast.

Sie setzte sich aufs Bett und ließ das Gesicht in die Hände sinken. Nachdem alles vorbei war, erkannte sie, dass sie nicht nur wütend und angewidert gewesen war, sondern dass sie auch Angst gehabt hatte.

Dieser Dutch mit dem explosiven Temperament war nicht mehr der charmante Mann, den sie geheiratet hatte. Trotz seiner Behauptung, er habe ganz neu angefangen, wirkte er verzweifelt. Und diese Verzweiflung äußerte sich in beängstigenden, quecksilberschnellen Stimmungsumschwüngen.

Sie schämte sich beinahe, so erleichtert war sie über die Gewissheit, dass sie ihn nie wiedersehen würde. Es war endgültig vorbei. Dutch Burton war aus ihrem Leben verschwunden.

Vor Erschöpfung ließ sie sich rückwärts aufs Bett fallen und legte den Unterarm über die Augen.

Das Klackern der Hagelkörner auf dem Blechdach weckte sie wieder auf.

Die Wortgefechte mit Dutch hatten sie immer erschöpft. Die angespannten Begegnungen mit ihm während der vergangenen Woche, in der sie in Cleary geblieben war, um den Verkauf der Hütte abzuschließen, waren kräftezehrender, als sie sich eingestehen wollte. Nach dem letzten Durchgang hatte ihr Körper ihren Geist gnädig zur Ruhe kommen lassen und ihr etwas Schlaf geschenkt.

Sie setzte sich auf und rieb gegen die Kälte über ihre Arme. Im Schlafzimmer war es dunkel, so dunkel, dass sie nicht einmal ihre Armbanduhr ablesen konnte. Sie stand auf, trat ans Fenster und zog den Vorhang zurück. Es fiel nur wenig Licht durch den Spalt, aber das reichte, um zu erkennen, wie spät es war.

Die Uhrzeit überraschte sie. Sie hatte tief und traumlos geschlafen, aber zu ihrer Überraschung nicht besonders lang. So dunkel, wie es draußen war, hätte sie gedacht, dass es schon viel später war. Die tiefen Wolken, die unter dem Gipfel hingen, hatten eine frühe, bedrohliche Dämmerung geschaffen.

Inzwischen war der Boden mit einer durchgehenden Hagelschicht bedeckt. Immer noch fielen Hagelkörner, vermischt mit Eisregen und dem, was die Meteorologen als Graupel bezeichnen, winzigen Eiskörnern, die wesentlich heimtückischer aussehen als ihre spitzenbesetzten Cousins. Schon jetzt waren alle Äste in Eispanzer gehüllt, die sichtbar dicker wurden. Kräftige Windböen rüttelten an den Fensterscheiben.

Es war töricht gewesen einzuschlafen. Diesen Fehler würde sie mit einer aufreibenden Fahrt über die Bergstraße bezahlen. Selbst nachdem sie es nach Cleary geschafft hatte, würde der Wettersturz die Heimfahrt nach Atlanta höchstwahrscheinlich um ein Vielfaches verlängern. Nachdem sie hier alles erledigt hatte, wollte sie so schnell wie möglich zurück, zurück in ihren Alltag, in ihr vertrautes Leben. In ihrem Büro würden sich unbeantwortete Anfragen, E-Mails und unerledigte Projekte häufen, mit denen sie sich umgehend befassen musste. Aber statt die Rückkehr zu fürchten, freute sie sich darauf, die Aufgaben anzugehen, die auf sie warteten.

Abgesehen davon, dass sie Heimweh nach ihrer Arbeit hatte, konnte sie es kaum erwarten, Dutchs Heimatstadt zu verlassen. Sie liebte die Atmosphäre in Cleary und die schöne, gebirgige Umgebung. Aber die Menschen hier kannten Dutch und seine Familie seit Generationen. Solange sie seine Frau gewesen war, hatte man sie warmherzig auf- und angenommen. Seit sie sich von ihm hatte scheiden lassen, behandelten die Einheimischen sie spürbar kühler.

Wenn sie bedachte, wie wütend er aus der Hütte hinausgestampft war, war es höchste Zeit, dass sie sein Territorium verließ.

Eilig trug sie ihren Koffer ins Wohnzimmer und stellte ihn neben der Tür ab. Dann unterzog sie die Hütte einer letzten kurzen Inspektion, bei der sie sich davon überzeugte, dass alles ausgeschaltet war und sie nichts zurückgelassen hatten, was ihr oder Dutch gehörte.

Zufrieden, dass alles in Ordnung war, zog sie Mantel und Handschuhe an und öffnete die Haustür. Der Wind packte sie mit einer Kraft, die ihr den Atem verschlug. Sobald sie auf die Veranda trat, peitschten ihr Eiskristalle ins Gesicht. Sie musste ihr Gesicht abschirmen, aber für eine Sonnenbrille war es eindeutig zu dunkel. Die Augen gegen den Hagel zusammengekniffen, trug sie den Koffer zum Auto und stellte ihn auf die Rückbank.

Dann kehrte sie ein letztes Mal in die Hütte zurück und benutzte ihren Inhalator. Die kalte Luft konnte einen Asthmaanfall auslösen. Der Inhalator würde das verhindern helfen. Zuletzt zog sie, ohne sich einen letzten nostalgischen Blick zu gönnen, die Tür zu und schloss mit ihrem Schlüssel den Sperrriegel ab.

In ihrem Auto war es kalt wie in einem Eisschrank. Sie startete den Motor, musste aber abwarten, bis die Scheibenheizung warm geworden war, bevor sie losfahren konnte; die Windschutzscheibe war komplett vereist. Den Mantel fest um den Leib geschlungen, schob sie Nase und Mund in den hochgeschlagenen Kragen und konzentrierte sich darauf, gleichmäßig zu atmen. Ihre Zähne klapperten, und sie schlotterte am ganzen Leib.

Endlich war die Luft aus den Lüftungsschlitzen warm genug, um das Eis auf der Scheibe zu matschigem Schnee zu schmelzen, den die Scheibenwischerblätter beiseiteschieben konnten. Allerdings kamen sie nicht gegen den dichten Eisregen an. Lillys Blickfeld war gefährlich eingeschränkt, das würde sich erst ändern, wenn sie unten im Tal war. Sie hatte keine andere Wahl, als die kurvige Mountain Laurel Road hinunterzufahren.

Die Straße war ihr vertraut, aber so vereist war sie noch nie gewesen. Lilly beugte sich über das Lenkrad und spähte durch die schlierige Windschutzscheibe, bemüht, etwas jenseits der Kühlerfigur zu erkennen.

Auf den Serpentinen schmiegte sie sich eng an den rechten Fahrbahnrand und die Felswand, denn sie wusste, dass an der anderen Straßenseite ein Abgrund drohte. Sie ertappte sich dabei, wie sie in den Haarnadelkurven den Atem anhielt.

Die Fingerspitzen waren trotz der Handschuhe so kalt, dass sie fast taub waren, aber die Handflächen, die das Lenkrad umklammerten, waren verschwitzt. Vor Anspannung begannen die Muskeln in ihren Schultern und ihrem Nacken zu brennen. Ihr ängstlicher Atem ging immer stockender.

In der Hoffnung, ihr Blickfeld zu vergrößern, rieb sie mit dem Mantelärmel über die Windschutzscheibe, aber damit verschaffte sie sich lediglich einen besseren Ausblick auf den dichten Hagelschleier.

Dann sprang ganz unerwartet eine menschliche Gestalt aus dem Wald am Straßenrand direkt vor ihr Auto.

Instinktiv stieg sie auf die Bremse und entsann sich zu spät, dass man auf einer vereisten Straße auf gar keinen Fall abrupt bremsen sollte. Der Wagen kam ins Schleudern. Die Gestalt im Scheinwerferlicht machte einen Satz zur Seite und versuchte sich zu retten. Mit blockierenden Rädern und wild schwänzelndem Heck schlitterte der Wagen daran vorbei. Lilly spürte einen dumpfen Schlag an der hinteren Stoßstange. Mit einem üblen Gefühl im Magen erkannte sie, dass sie ihn getroffen hatte.

Das war ihr letzter peinigender Gedanke, bevor der Wagen gegen einen Baum krachte.

3

Der Airbag explodierte, knallte ihr ins Gesicht und stieß eine Puderwolke aus, die ihr den Atem raubte und das Wageninnere ausfüllte. Instinktiv hielt sie die Luft an, um den Puder nicht einzuatmen. Der Gurt schnitt ihr wie ein Messer in die Brust.

In einem abgetrennten Teil ihres Gehirns registrierte sie erstaunt die Wucht des Aufpralls. Es war eine relativ schwache Kollision gewesen, trotzdem war sie wie gelähmt. Im Geist ging sie ihre Körperteile durch und kam zu dem Schluss, dass sie nirgendwo Schmerzen spürte, sondern nur erschrocken war. Aber der Mensch, den sie gestreift hatte … »O Gott!«

Sie schlug mit den Händen den erschlaffenden Airbag beiseite, löste den Gurt und schob die Tür auf. Als sie aus dem Wagen kletterte, verlor sie den Halt unter den Füßen und kippte vornüber. Ihr Handballen schlug schmerzhaft auf den vereisten Asphalt, genau wie ihr rechtes Knie. Es tat höllisch weh.

Sich an der Karosserie haltend, humpelte sie zum Heck. Die Augen mit einer Hand gegen den Wind abgeschirmt, sah sie eine reglose Gestalt auf dem Rücken liegen, Kopf und Bauch auf dem schmalen Seitenstreifen, die Füße quer auf der Fahrbahn. An der Größe der Wanderschuhe erkannte sie, dass das Opfer ein Mann war.

Als würde sie auf Schlittschuhen über den spiegelglatten Asphalt gleiten, arbeitete sie sich zu dem Mann vor und ging neben ihm in die Hocke. Er hatte eine Strickmütze über Ohren und Augenbrauen gezogen. Seine Augen waren geschlossen.

Sie konnte keine Bewegung seines Brustkorbs feststellen, die darauf hingedeutet hätte, dass er atmete. Darum wühlte sie sich mit ihren Fingern unter den Wollschal, um seinen Hals unter dem Mantelkragen und unter dem Rollkragen seines Pullovers nach einem Puls abzutasten.

Als sie einen spürte, flüsterte sie: »Gott sei Dank, Gott sei Dank.«

Aber dann bemerkte sie den größer werdenden dunklen Fleck auf dem Stein unter seinem Schädel. Sie wollte schon den Kopf anheben und nach der Quelle des Blutes sehen, als ihr einfiel, dass man einen Verletzten mit einer Kopfwunde möglichst nicht bewegen soll. War das nicht eine der Grundregeln für Erste Hilfe? Womöglich hatte er eine Rückgratverletzung, die sich verschlimmern oder ihn gar umbringen konnte, wenn er bewegt wurde.

Sie hatte keine Möglichkeit festzustellen, wie schwer die Kopfverletzung war. Und damit meinte sie die *sichtbare* Kopfverletzung. Welche Verletzungen hatte er sich noch zugezogen, von denen sie nichts ahnte? Innere Blutungen, eine von einer Rippe punktierte Lunge, Organrisse, Knochenbrüche. Außerdem gefiel es ihr gar nicht, dass er so unnatürlich abgeknickt dalag, fast als wäre sein Kreuz nach hinten durchgebrochen.

Sie musste Hilfe holen. Sofort. Sie stand auf und rannte zu ihrem Auto zurück. Mit ihrem Handy konnte sie die Polizei rufen. Natürlich war der Handyempfang in den Bergen nicht der beste, aber vielleicht …

Sein Stöhnen ließ sie innehalten. Sie drehte sich so schnell um, dass ihr fast die Füße unter dem Leib wegrutschten. Wieder ging sie neben ihm in die Hocke. Seine Lider hoben sich flatternd, er sah zu ihr auf. Solche Augen hatte sie erst einmal in ihrem Leben gesehen. *»Tierney?«*

Er öffnete den Mund, um etwas zu sagen, und sah im nächsten Moment aus, als müsste er sich übergeben. Mit fest zusammengekniffenen Lippen schluckte er mehrmals, bis der Brechreiz nachließ. Er schloss die Augen wieder, um sie nach ein paar Sekunden erneut aufzuschlagen. »Wurde ich getroffen?«

Sie nickte. »Ich glaube, vom hinteren Kotflügel. Tut Ihnen was weh?«

Nach kurzem, prüfendem Nachdenken antwortete er: »Alles.«

»Ihr Hinterkopf blutet. Ich kann nicht sehen, wie schlimm es ist. Sie sind auf einem Stein gelandet. Ich möchte Sie lieber nicht bewegen.«

Seine Zähne begannen zu klappern. Entweder kühlte er aus, oder er stand unter Schock. Gut war beides nicht.

»Ich habe eine Decke im Auto. Bin gleich wieder da.«

Sie stand auf, zog den Kopf wegen des Windes ein und arbeitete sich zu ihrem Auto vor, während sie gleichzeitig rätselte, was in aller Welt er sich dabei gedacht hatte, ohne jede Vorwarnung aus dem Wald auf die Straße zu springen. Was tat er hier oben überhaupt, mitten in einem Schneesturm und noch dazu zu Fuß?

Der Kofferraumhebel am Armaturenbrett funktionierte nicht, möglicherweise war die Elektrik beschädigt. Oder die Klappe war festgefroren. Sie zog den Schlüssel aus dem Zündschloss und ging damit zum Kofferraum. Wie befürchtet war das Schloss von einer Eisschicht überzogen.

Sie tastete sich zum Straßenrand vor, hob dort den größten Stein auf, den sie sehen konnte, und nahm ihn, um das Eis wegzuschlagen. In Notsituationen wie dieser sollte man angeblich einen Adrenalinschub spüren, der übermenschliche Kräfte verlieh. Sie spürte nichts dergleichen. Als sie endlich genug Eis weggeschlagen hatte, um die Klappe anzuheben, war sie erschöpft und keuchte schwer.

Nachdem sie die Kartons beiseitegeschoben hatte, sah sie die Picknickdecke in der dazugehörenden Plastikhülle liegen. Sie und Dutch hatten sie zu Footballspielen mitgenommen. Sie half vielleicht gegen eine kühle Herbstbrise, nicht gegen einen Blizzard, aber vermutlich war sie besser als nichts.

Sie kehrte zu der am Boden liegenden Gestalt zurück. Der Mann lag totenstill da. Ihre Stimme überschlug sich vor Schreck. »Mr Tierney?«

Er schlug die Augen auf. »Ich lebe noch.«

»Ich hatte Probleme, den Kofferraum aufzubekommen. Tut mir leid, dass es so lange gedauert hat.« Sie breitete die Decke über ihn. »Das wird nicht viel helfen, fürchte ich. Ich werde versuchen …«

»Sparen Sie sich die Entschuldigungen. Haben Sie ein Handy?«

Wie sie noch von ihrer ersten Begegnung wusste, war er ein Mann, der gern das Kommando übernahm. Auch recht. Dies war nicht der Zeitpunkt, die Feministin herauszukehren. Sie angelte das Handy aus ihrer Manteltasche. Es war eingeschaltet, das Display leuchtete. Sie drehte es ihm zu, sodass er die Meldung lesen konnte. »Kein Netz.«

»Das habe ich befürchtet.« Er versuchte den Kopf zu drehen, verzog das Gesicht, schnappte nach Luft und spannte dann die Kinnmuskeln an, um das Zähneklappern zu unterbinden. Nach ein paar Sekunden fragte er: »Fährt Ihr Wagen noch?«

Sie schüttelte den Kopf. Sie kannte sich nur begrenzt mit Autos aus, aber wenn die Kühlerhaube aussah wie eine zusammengeknüllte Coladose, konnte man vernünftigerweise annehmen, dass der Wagen nicht mehr fuhr.

»Hier können wir nicht bleiben.« Er unternahm einen Versuch aufzustehen, aber sie drückte seine Schulter mit der Hand auf den Boden zurück.

»Vielleicht haben Sie sich das Rückgrat gebrochen oder verletzt. Ich finde, Sie sollten sich nicht bewegen.«

»Es ist riskant, das stimmt. Aber ich muss mich bewegen,

wenn ich nicht erfrieren will. Ich muss das Risiko eingehen. Helfen Sie mir auf.«

Er streckte seine Rechte aus, und sie umklammerte sie mit aller Kraft, während er sich bemühte, den Oberkörper aufzurichten. Aber er konnte sich nicht aufrecht halten. Im nächsten Moment knickte er in der Taille ab und sackte gegen Lilly. Sie fing ihn mit ihrer Schulter ab und hielt ihn so fest, während sie die Decke wieder um seine Schultern legte.

Dann hob sie seinen Oberkörper langsam an, bis er saß. Der Kopf baumelte leblos auf seiner Brust. Frisches Blut rann unter seiner Mütze hervor, sammelte sich vorn an seinem Ohrläppchen und tropfte von dort auf sein Kinn.

»Tierney?« Sie schlug ihm leicht auf die Wange. »Tierney!«

Er hob den Kopf, öffnete aber nicht die Augen. »Ohnmächtig geworden, glaube ich. Mir ist so verflucht schwindlig.«

Er begann tief zu atmen, durch die Nase ein und durch den Mund wieder aus. Nach einer Weile schlug er die Augen auf und nickte. »Besser. Glauben Sie, dass wir mich mit vereinten Kräften auf die Füße stellen können?«

»Lassen Sie sich bloß Zeit.«

»Wenn wir was nicht haben, dann Zeit. Stellen Sie sich hinter mich, und schieben Sie die Arme unter meine Achseln.« Sie ließ ihn widerstrebend los und trat, als sie sicher war, dass er nicht umkippen würde, hinter ihn. »Ein Rucksack.«

»Genau. Und?«

»Sie lagen so komisch da, dass ich dachte, Sie hätten sich vielleicht das Rückgrat gebrochen.«

»Ich bin auf dem Rucksack gelandet. Wahrscheinlich hat mich das vor einem Schädelbruch bewahrt.«

Sie zog die Träger des Rucksacks von seinen Schultern, damit sie ihn besser stützen konnte. »Ich wäre so weit.«

»Ich glaube, ich kann jetzt aufstehen«, sagte er. »Sie sind da, um mich aufzufangen, falls ich nach hinten kippe. Okay?«

»Okay.«

Er setzte die Hände neben den Hüften auf den Boden und hievte sich hoch. Lilly stand nicht nur hinter ihm, um ihn aufzufangen, falls er umkippte. Sie arbeitete genauso schwer wie er, zog ihn hoch, bis er richtig stand, und hielt ihn dann fest, bis er sagte: »Danke. Ich glaube, jetzt schaffe ich's.«

Er fasste unter seinen Mantel, als er die Hand wieder herauszog, hielt er ein Handy in der Hand, das offenbar an seinem Gürtel geklemmt hatte. Er sah aufs Display und zog die Stirn in Falten. Sie las den Fluch von seinen Lippen ab. Auch er hatte kein Netz. Er deutete auf das Autowrack. »Ist irgendwas in Ihrem Wagen, was wir in Ihre Hütte mitnehmen sollten?«

Lilly sah ihn überrascht an. »Sie wissen von unserer Hütte?«

Scott Hamer biss vor Anstrengung die Zähne zusammen.

»Gleich hast du's, Junge. Komm schon. Du schaffst das. Noch einen.«

Scotts Arme bebten vor Anspannung. Die Adern wölbten sich grotesk unter der Haut. Schweiß rollte von seinem Gesicht und tropfte von der Gewichtbank auf die Turnmatte, wo er kleine Pfützen auf dem Gummi bildete.

»Ich kann nicht mehr«, stöhnte er.

»O doch. Gib mir hundertzehn Prozent.«

Wes Hamers Stimme hallte durch die Turnhalle der Highschool. Bis auf die beiden war das Gebäude menschenleer. Alle anderen durften vor über einer Stunde heimgehen. Nur Scott musste hierbleiben, lange nachdem der Unterricht beendet war und lange nachdem die anderen Sportler das Nachmittagstraining absolviert hatten, das ihnen der Coach, Scotts Vater Wes, aufgetragen hatte.

»Ich will, dass du dein Letztes gibst.«

Scott hatte das Gefühl, dass seine Blutgefäße jeden Moment platzen könnten. Er blinzelte den Schweiß aus den Augen und schnaufte mehrmals Speichel sprühend durch den Mund, um Kraft zu tanken. Die Muskeln in seinem Bizeps und Trizeps zitterten vor Überanstrengung. Sein Brustkorb drohte jeden Moment zu explodieren.

Aber sein Dad würde ihn erst entlassen, wenn er zweihundert Kilo gestemmt hatte, mehr als das Doppelte von Scotts Körpergewicht. Fünf Durchgänge waren für heute angesetzt. Sein Vater war ganz groß, wenn es darum ging, Ziele zu setzen. Er war noch größer, wenn es darum ging, sie zu erreichen.

»Hör auf, mir was vorzuspielen, Scott«, sagte Wes ungeduldig.

»Tu ich doch gar nicht.«

»Atme durch. Schick den Sauerstoff in die Muskeln. Du schaffst das.«

Scott holte tief Luft und atmete in kurzen Stößen wieder aus, während er seinen Arm- und Brustmuskeln das Unmögliche abverlangte.

»Das ist es!«, rief sein Dad. »Du hast ihn noch mal zwei Zentimeter angehoben. Vielleicht sogar vier.«

O Gott, bitte lass es vier sein.

»Ein allerletztes Mal! Noch ein einziger Stoß, Scott.«

Ohne dass er es wollte, stieg ein tiefes Knurren aus seiner Kehle, während er seine ganze Kraft in die bebenden Arme lenkte. Aber er schaffte es, die Stange einen weiteren Zentimeter anzuheben und die Ellbogen eine Millisekunde lang durchzustrecken, bevor sein Dad zupackte und die Hantel in die Halterung führte.

Scotts Arme fielen kraftlos zu beiden Seiten herab. Die Schultern sackten auf die Bank zurück. Sein Brustkorb hob sich bebend, um Luft zu schöpfen. Sein ganzer Körper zitterte vor Erschöpfung.

»Gut gemacht. Morgen versuchen wir sechs Durchgänge.« Wes reichte ihm ein Handtuch, wandte sich dann ab und ging zu seinem Büro, in dem das Telefon zu läuten begonnen hatte. »Geh duschen. Ich gehe kurz ans Telefon und schließe dann ab.«

Scott hörte, wie sich sein Vater mit einem knappen »Hamer« meldete und dann in dem abweisenden Ton, in dem er immer mit Scotts Mutter sprach, fragte: »Was willst du, Dora?«

Scott setzte sich auf und wischte mit dem Handtuch über sein Gesicht und seinen Kopf. Er war ausgelaugt, total am Ende. Er fürchtete sogar den Weg in die Umkleide. Nur die Aussicht auf eine heiße Dusche konnte ihn von der Bank locken.

»Das war deine Mutter«, rief ihm Wes durch die offene Bürotür zu.

Wes Hamers Büro war ein chaotischer Verschlag, in den sich nur die Tapfersten wagten. Auf dem Schreibtisch lag stapelweise Schriftverkehr, den Wes für reine Zeitverschwendung hielt und darum so lange wie möglich aufschob. Die Wände waren mit den Saisonkalendern der verschiedenen Teams tapeziert. Ein Zweimonatskalender war mit seinen handgeschriebenen Hieroglyphen bedeckt, die nur Wes allein entziffern konnte.

Außerdem hing eine topografische Karte von Cleary und der Umgebung an der Wand. Darauf waren mit einem roten Marker seine liebsten Jagd- und Fischgründe festgehalten. Auf den gerahmten Fotos der Footballteams aus den letzten drei Jahren stand Chefcoach Wes Hamer stolz in der Mitte der ersten Reihe.

»Sie hat gesagt, es fängt an zu hageln«, erklärte er Scott. »Mach hin.«

Der stechende Gestank in den Umkleideräumen der Turnhalle war Scott so vertraut, dass er ihn überhaupt nicht registrierte. Sein eigener Geruch vermischte sich mit dem Mief aus Knabenschweiß, schmutzigen Socken, Unterhosen und Suspensorien. Der Geruch war so durchdringend, dass er selbst in den Fugen zwischen den Fliesen in der Dusche zu sitzen schien.

Scott drehte den Hahn unter einem Duschkopf auf. Als er sein Hemd über den Kopf zog, blickte er über die Schulter in den Spiegel und begutachtete mit angewidertem Stirnrunzeln die frisch ausgebrochene Akne auf seinem Rücken. Er trat unter die Dusche, drehte den Rücken in den Strahl und schrubbte dann rücksichtslos alles ab, was er mit seiner antibakteriellen Seife erreichen konnte.

Er wusch sich gerade zwischen den Beinen, als sein Vater erschien und ihm ein Handtuch brachte. »Falls du dir keins mitgenommen hast.«

»Danke.« Verlegen nahm er die Hände von seinem Geschlechtsteil und säuberte seine Achseln.

Wes hängte das Handtuch über eine Stange vor der Duschkabine und deutete dann auf Scotts Hoden. »Du kommst ganz nach deinem alten Herrn«, sagte er leise lachend. »Dafür brauchst du dich nicht zu schämen.«

Scott konnte es nicht ausstehen, wenn sich sein Vater bei ihm einschleimen wollte, indem er mit ihm über Sex sprach. Als wäre das ein Thema, das Scott mit ihm besprechen wollte. Als würde er die Anspielungen und das vielsagende Zwinkern genießen.

»Du hast da unten mehr als genug zu bieten, um all deine Freundinnen glücklich zu machen.«

»Dad.«

»Hauptsache, du machst sie nicht *allzu* glücklich.« Wes' Lächeln veränderte sich. »Du wärst ein echter Fang für eins von diesen Landeiern, das es hier rausschaffen will. Die schrecken nicht davor zurück, einem Jungen was anzuhängen. Das trifft übrigens auf jede Frau zu, die mir je begegnet ist. Verlass dich bloß nicht darauf, dass das Mädchen verhütet.« Wes wedelte mit dem Zeigefinger, als wäre das eine ganz neue Lektion und keine, die Scott seit seiner Pubertät ständig zu hören bekam.

Scott drehte das Wasser ab, griff nach dem Handtuch und schlang es schnell um seine Hüften. Er machte sich auf den Weg zur Umkleide, aber sein Vater war noch nicht fertig. Er packte Scotts nasse Schulter mit der Hand und drehte ihn wieder um. »Du hast noch jahrelange harte Arbeit vor dir, bevor du da bist, wo du hin willst. Ich will nicht, dass eine von diesen Kühen plötzlich schwanger wird und dir alles verpfuscht.«

»Das wird nicht passieren.«

»Pass gut auf, dass es nicht dazu kommt.« Dann schubste Wes ihn kumpelhaft in Richtung Umkleide. »Zieh dich an.«

Fünf Minuten später schloss Wes von außen die Tür zur Sporthalle ab und sicherte das Gebäude für die Nacht. »Ich wette, morgen fällt die Schule aus«, bemerkte er. Leichter Graupel fiel, vermischt mit einem tristen Regen, der sofort gefror. »Pass auf, dass du nicht hinfällst. Es ist schon ziemlich glatt.«

Vorsichtig arbeiteten sie sich zum Lehrerparkplatz vor, wo Wes einen eigenen Stellplatz hatte, reserviert für den sportlichen Leiter der Cleary Highschool, der Heimat der Fighting Cougars.

Die Wischerblätter kämpften unermüdlich gegen den gefrierenden Regen auf dem beheizten Glas an. Scott bibberte in seinem Mantel und stopfte die Fäuste in die flanellgefütterten Manteltaschen. Sein Magen knurrte. »Hoffentlich hat Mom das Essen fertig.«

»Du kannst dir was aus dem Drugstore holen.«

Scott drehte den Kopf und sah Wes an.

Der sah weiter auf die Straße. »Wir halten dort kurz an, bevor wir heimfahren.«

Scott rutschte tiefer in seinen Sitz, schlang den Mantel enger um sich und starrte trübsinnig durch die Windschutzscheibe, während sie über die Main Street rollten. In den meisten Schaufenstern hingen »Geschlossen«-Schilder. Die Läden hatten zugemacht, bevor das Unwetter richtig einsetzte. Aber so wie es aussah, war niemand direkt nach Hause gefahren. Die Straßen waren voll, vor allem rund um den Supermarkt, der immer noch geöffnet hatte und gute Geschäfte machte.

All das nahm Scott wahr, allerdings nur unbewusst, bis sein Dad an einer der beiden Ampeln auf der Main Street hielt. Gedankenverloren starrte er durch die verregnete Scheibe, bis sein Blick zufällig auf den Flyer fiel, der an einen Telefonmasten getackert war.

Vermisst!

Unter der fetten Überschrift war ein Schwarz-Weiß-Foto von Millicent Gunn abgedruckt, gefolgt von einer knappen Personenbeschreibung, dem Datum, an dem sie verschwunden war, und zuletzt einer Liste von Telefonnummern, die man anrufen konnte, wenn man etwas über ihren Verbleib wusste.

Scott schloss die Augen und rief sich ins Gedächtnis, wie Millicent ausgesehen hatte, als er ihr das letzte Mal begegnet war.

Als er die Augen wieder aufschlug, war der Wagen weitergerollt und das Flugblatt nicht mehr zu sehen.

4

Bist du sicher, dass wir alles haben, was wir brauchen könnten? Wasserflaschen und Essensdosen?«

Marilee Ritt gab sich Mühe, sich nicht anmerken zu lassen, wie wütend sie war. »Ja, William. Ich habe die Einkaufsliste, die du mir mitgegeben hast, extra noch mal kontrolliert, bevor ich aus dem Supermarkt raus bin. Ich habe sogar noch am Elektroladen Halt gemacht, um neue Taschenlampenbatterien zu kaufen, weil es im Supermarkt keine mehr gab.«

Ihr Bruder spähte durch das große Fenster des Drugstores, der seinen Namen trug. Auf der Main Street krochen die Autos dahin, nicht wegen der Straßenverhältnisse, die immer unwägbarer wurden, sondern weil der Verkehr so dicht war. Die Menschen hatten es eilig, dorthin zu kommen, wo sie den Sturm überdauern wollten.

»Der Wetterbericht sagt, diesmal könnte es schlimm kommen und mehrere Tage dauern.«

»Ich höre auch Radio, und ich sehe auch fern, William.«

Er sah seine Schwester kurz an. »Ich wollte damit nicht sagen, dass du inkompetent wärst. Nur manchmal ein bisschen zerstreut. Wir wäre es mit einem Kakao? Aufs Haus.«

Sie blickte durch das Fenster auf die langsam dahinziehende Autoschlange. »Ich glaube nicht, dass ich schneller heimkomme, wenn ich jetzt fahre, also schön. Ich hätte gern einen Kakao.«

Er begleitete sie zur Kaffeetheke vorn im Laden und bedeutete ihr, auf einem der Chromhocker an der Theke Platz zu nehmen. »Linda, Marilee möchte einen Kakao.«

»Mit extra viel Schlagsahne, bitte«, sagte Marilee lächelnd zu der Frau hinter der Theke.

»Kommt sofort, Miss Marilee.«

Linda Wexler hatte schon an der Kaffeebar gearbeitet, lang bevor William Ritt den Drugstore gekauft hatte. Er war klug genug gewesen, Linda zu behalten, als er das Geschäft übernahm. Sie war eine Institution, kannte jeden im Ort und wusste, wer Milch in seinen Kaffee haben wollte und wer ihn schwarz trank. Den Tunfischsalat machte sie jeden Morgen frisch, und sie wäre nicht auf die Idee gekommen, für die Hamburger, die sie auf Bestellung an ihrem Grill zubereitete, tiefgefrorenes Hackfleisch zu verwenden.

»Ist das Chaos da draußen zu fassen?«, fragte sie, während sie die Milch für den Kakao in eine Stielkasserolle schüttete. »Ich weiß noch, wie aufgeregt wir als Kinder jedes Mal waren, wenn Schnee vorhergesagt wurde, und wie wir uns immer gefragt haben, ob wir am nächsten Tag schulfrei bekommen würden oder nicht. Wahrscheinlich genießen Sie einen schulfreien Tag genauso wie Ihre Schüler.«

Marilee lächelte. »Falls wir schneefrei bekommen, werde ich wahrscheinlich Arbeiten korrigieren.«

Linda schniefte missbilligend. »Das nenne ich einen freien Tag verschwenden.«

Die Ladentür ging auf, und die Glocke bimmelte. Marilee drehte sich auf ihrem Hocker um, um zu sehen, wer hereingekommen war. Zwei etwa siebzehnjährige Mädchen traten kichernd in den Laden und schüttelten ihre nassen Haare aus. Sie waren in Marilees Grammatik- und Literaturkurs.

»Ihr solltet was auf den Kopf setzen«, sagte sie zu ihnen.

»Hi, Miss Ritt«, erwiderten sie im Chor.

»Was macht ihr bei diesem Wetter draußen? Solltet ihr nicht zu Hause sein?«

»Wir wollten ein paar Videos ausleihen«, antwortete die eine.

»Nur für den Fall, dass morgen keine Schule ist, Sie wissen schon.«

»Hoffentlich sind noch ein paar neue da«, bemerkte die andere.

»Danke, dass ihr mich daran erinnert habt«, sagte Marilee. »Vielleicht nehme ich auch ein, zwei Filme mit.«

Die Mädchen sahen sie fassungslos an, als wären sie noch nie auf den Gedanken gekommen, dass Miss Marilee Ritt tatsächlich einen Film ansehen könnte. Oder dass sie irgendwas tun könnte außer Tests ausarbeiten, Aufsätze benoten und während der Pausen die Gänge im Schulhaus beaufsichtigen, um allzu brutales Gerangel zu unterbinden. Wahrscheinlich konnten sie sich nicht vorstellen, dass es für ihre Lehrerin ein Leben außerhalb der Korridore der Cleary Highschool gab.

Bis vor Kurzem hätten sie damit auch Recht gehabt.

Sie merkte, wie ihre Wangen warm wurden, sobald sie an ihren neuen Zeitvertreib dachte, und wechselte schnell das Thema. »Ihr solltet heimfahren, bevor die Straßen vereisen«, warnte sie die Schülerinnen.

»Machen wir«, antwortete die eine. »Ich muss sowieso zu Hause sein, bevor es dunkel wird. Wegen Millicent. Meine Leute sind voll panisch.«

»Meine auch«, bestätigte die andere. »Total. Sie wollen rund um die Uhr wissen, wo ich bin.« Sie verdrehte die Augen. »Als würde ich diesen Irren so nahe an mich ranlassen, dass er mich packen und wegschleifen kann.«

»Ich kann mir vorstellen, dass sie sich Sorgen machen«, sagte Marilee. »Das sollten sie auch tun.«

»Mein Daddy hat mir eine Pistole gegeben, die ich im Auto liegen habe«, sagte das andere Mädchen. »Er hat gesagt, ich soll nicht zögern, jeden zu erschießen, der sich an mich ranmachen will.«

Marilee murmelte: »Es ist eine beängstigende Situation.« Sie sah ihnen an, dass sie es kaum erwarten konnten, ans Filmregal zu kommen, und wünschte ihnen noch einen schönen schneefreien Tag, falls es tatsächlich einen geben sollte, bevor sie sich wieder der Theke zudrehte, auf der Linda eben ihren Kakao abstellte.

»Vorsicht, Schatz, er ist heiß.« Linda sah den Mädchen nach. »Die Leute sind völlig übergeschnappt.«

»Hmm.« Marilee nippte vorsichtig an der heißen Schokolade. »Ich weiß nicht, was mich mehr beunruhigt. Die fünf vermissten Frauen oder die Tatsache, dass inzwischen die Väter ihre halbwüchsigen Töchter mit Pistolen bewaffnen.«

Ganz Cleary lebte in Angst wegen der verschwundenen Frauen. Die Menschen verriegelten Türen, die bis dahin nur zugezogen worden waren. Frauen jeden Alters wurden gewarnt, sich in Acht zu nehmen, wenn sie allein unterwegs waren, und dunkle, abgeschiedene Plätze zu meiden. Sie bekamen den Rat, niemandem zu trauen, den sie nicht gut kannten. Seit Millicent verschwunden war, hielt man es sogar für angebracht, dass die Ehemänner und Lebensgefährten ihre Partnerinnen abends von der Arbeit abholten und sie nach Hause begleiteten.

»Man kann den Leuten kaum einen Vorwurf machen.« Linda senkte die Stimme. »Merken Sie sich, was ich sage, Marilee. Die kleine Gunn ist so gut wie tot.«

Es war eine pessimistische Prophezeiung, aber Marilee konnte ihr kaum widersprechen. »Wann fahren Sie nach Hause, Linda?«

»Sobald Ihr Sklaventreiber von Bruder sagt, dass ich heim darf.«

»Vielleicht kann ich ihn überreden, Sie früher gehen zu lassen.«

»Kaum. Wir haben den ganzen Nachmittag über ein Bombengeschäft gemacht. Die Leute glauben, dass es Tage dauern wird, bis sie wieder aus dem Haus kommen.«

Seit Marilee denken konnte, hatte es an der Ecke Main Street und Hemlock Street einen Drugstore gegeben. Als kleines Mädchen hatte sie sich jedes Mal, wenn ihre Familie in die Stadt fuhr, darauf gefreut, hier einzukehren.

William hatte offenbar ebenso gute Erinnerungen an den Drugstore, denn sobald er sein Pharmaziestudium abgeschlossen hatte, war er nach Cleary zurückgekehrt und hatte angefangen, hier zu arbeiten. Als sein Arbeitgeber beschlossen hatte, sich zur Ruhe zu setzen, hatte William ihm den Laden abgekauft und dann sofort einen Bankkredit aufgenommen, um das Geschäft zu erweitern.

Er hatte das leer stehende Nebenhaus gekauft und es in den bestehenden Laden eingegliedert, wobei er Lindas Arbeitsbereich vergrößern und Sitznischen einbauen ließ, um die Kaffeetheke attraktiver zu machen. Außerdem hatte er in kluger Voraussicht einen Bereich für Leihvideos abgetrennt. Abgesehen von seinem Apothekensortiment bot er die größte Auswahl an Taschenbüchern und Zeitschriften im ganzen Ort. Die Frauen kauften ihre Kosmetik und Glückwunschkarten bei ihm. Die Männer ihre Zigaretten. Und alle kamen, um das Neueste aus dem Ort zu erfahren. Falls es in Cleary ein Epizentrum gab, dann war es Ritt's Drugstore.

Neben den verschriebenen Medikamenten teilte William Rat aus, Komplimente, Glückwünsche oder Kondolenzen, je nach persönlicher Situation seiner Kunden. Obwohl Marilee den weißen Laborkittel, den er im Laden trug, ein wenig prätentiös fand, schienen sich die Kunden nicht daran zu stören.

Natürlich gab es viele, die darüber spekulierten, warum er und Marilee unverheiratet geblieben waren und weiterhin zusammenwohnten. Manche Menschen fanden eine solche Nähe zwischen Bruder und Schwester befremdlich. Freundlich ausgedrückt. Sie versuchte, sich nicht davon beirren zu lassen, dass manche Menschen so über sie dachten.

Die Glocke über der Ladentür bimmelte wieder. Diesmal drehte sie sich nicht um, sondern blickte nur in die Spiegelwand hinter Lindas Arbeitsbereich, wo sie sah, wie Wes Hamer mit seinem Sohn Scott in den Laden trat.

Linda rief ihnen zu: »Hey, Wes, Scott, wie geht's?«

Wes erwiderte ihren Gruß, aber gleichzeitig suchte er über den Spiegel Marilees Blick. Er kam an die Theke geschlendert, beugte sich über ihre Schulter und atmete den Kakaoduft ein. »Verdammt, riecht das gut. So einen nehme ich auch, Linda.«

»Hallo, Wes. Scott«, sagte Marilee.

Scott begrüßte sie mit einem gemurmelten: »Miss Ritt.«

Wes ließ sich auf dem Hocker neben ihrem nieder. Als er seine Beine unter die Theke schob, streifte sein Knie ihres. »Darf ich mich dazusetzen?«

»Aber natürlich.«

»Sie sollten nicht fluchen, Wes Hamer«, sagte Linda. »Schließlich sollen Sie den Kindern ein Vorbild sein und so.«

»Was habe ich denn gesagt?«

»Sie haben ›verdammt‹ gesagt.«

»Seit wann sind Sie denn so zickig? Ich kann mich an ein, zwei Gelegenheiten erinnern, an denen Sie auch kein Blatt vor den Mund genommen haben.«

Sie schnaubte, aber sie lächelte dabei. Frauen reagierten so auf Wes.

»Möchtest du auch einen Kakao, Schatz?«, fragte sie Scott, der mit gesenktem Kopf hinter seinem Vater stand, in seinen Mantel gehüllt, die Hände in den Taschen, und von einem Fuß auf den anderen trat. »Klar. Danke. Super.«

»Keine Sahne für ihn«, sagte Wes. »Er wird bei den Footballscouts keinen Stich machen, wenn er eine Wampe hat.«

»Ich glaube nicht, dass er Gefahr läuft, in nächster Zeit eine Wampe zu bekommen«, sagte Linda. Aber sie stellte die Sahne beiseite. Auch so reagierten die Menschen auf Wes.

Er drehte sich auf seinem Hocker zur Seite und sah Marilee an. »Wie macht sich Scott im Literaturkurs?«

»Sehr gut. In dem Test über Hawthorne hat er zweiundachtzig Prozent geschafft.«

»Zweiundachtzig, wie? Nicht schlecht. Nicht atemberaubend. Aber auch nicht schlecht«, wandte er sich über die Schulter an Scott. »Geh schon nach hinten und sprich ein paar Takte mit den jungen Damen. Seit du reingekommen bist, führen sie sich auf wie aufgescheuchte Hühner. Und lass William wissen, dass du da bist.«

Scott schlenderte mit seinem Kakao in der Hand davon.

»Die Mädchen umschwirren den Jungen wie die Fliegen«, sagte Wes, während er Scott nachschaute, der durch den Gang in Richtung Videoabteilung verschwand.

»Das überrascht mich nicht«, sagte Linda. »So niedlich, wie er ist.«

»Das scheinen sie alle zu glauben. Ständig rufen sie bei uns an und legen sofort wieder auf, wenn er nicht am Telefon ist. Das macht Dora ganz irre.«

»Und wie stehen Sie dazu, dass er bei den Damen so beliebt ist?«, fragte Marilee.

Wes' Blick kam wieder auf ihr zu liegen, dann zwinkerte er ihr zu. »Der Apfel fällt nicht weit vom Stamm.«

Sie sah in ihre Tasse und suchte nervös nach einer Erwiderung. »Scott macht sich auch im Nachhilfeunterricht gut. Seine Aufsätze sind bedeutend besser geworden.«

»Nachdem Sie ihn unterrichten, muss er schließlich was lernen.«

Im Herbst hatte sich Wes wenige Wochen nach Schulanfang an sie gewandt und gefragt, ob sie Scott samstagmorgens und sonntagabends Nachhilfe geben könne. Er bot ihr an, eine Aufwandsentschädigung für ihre Bemühungen zu zahlen, was sie anfangs abgelehnt hatte. Er hatte sich nicht abbringen lassen.

Letzten Endes hatte Marilee das angebotene Honorar akzeptiert und eingewilligt, Scott zu helfen, nicht nur, weil sie wusste, wie wichtig es war, dass er bei den Aufnahmeprüfungen fürs College gut abschnitt, sondern auch, weil nur die wenigsten Wes Hamer etwas abschlagen und das durchhalten konnten.

»Ich hoffe, Sie sind zufrieden mit dem, was Sie für Ihr Geld bekommen«, sagte sie jetzt zu ihm.

»Falls ich das nicht wäre, wären Sie die Erste, die es erfährt, Marilee.« Er grinste sie an, und seine Augen funkelten.

Wes hielt Marilees Blick ein paar Sekunden lang gefangen, dann bat er Linda, die beiden Kakaos auf seine Rechnung zu setzen, und verschwand zu William und Scott in den Apothekenbereich.

»Merkwürdig.« Marilee fragte sich, was die Hamers mit ihrem Bruder zu besprechen hatten.

Aber Linda war damit beschäftigt, die Bestellung eines weiteren Kunden auszuführen, und hörte sie nicht.

Lilly rätselte immer noch, woher Ben Tierney wusste, dass sie eine Hütte auf dem Cleary Peak hatte, als er genervt fragte: »Haben Sie einen besseren Vorschlag?«

Die wütenden Windböen ließen sie nicht lange nachdenken. »Nein. Wir sollten in die Hütte gehen.«

»Lassen Sie uns erst nach Ihrem Wagen sehen.«

Obwohl er äußerst wacklig auf den Beinen war, schafften sie es ohne weiteren Zwischenfall zu ihrem Wagen. Sie stieg auf der Fahrerseite ein. Er schob ihren Koffer beiseite und kletterte auf den Rücksitz, weil die rechte Hälfte des Armaturenbrettes in den Beifahrersitz gerammt worden war. Nachdem er die Tür zugezogen hatte, streifte er die Handschuhe ab und ließ die Stirn gegen den rechten Handballen sinken.

»Werden Sie wieder ohnmächtig?«, fragte Lilly.

»Nein. Dafür haben wir keine Zeit.« Er senkte die Hand und

sah sie über die Rückenlehne hinweg scharf an, wobei er sie kritisch von Kopf bis Fuß musterte. »Sie sind zu dünn angezogen.«

»Was Sie nicht sagen.« Ihre Zähne klapperten.

»Was haben Sie in Ihrem Koffer? Irgendwas Brauchbares?«

»Nichts Wärmeres als das, was ich anhabe.«

Offenbar wollte er sich mit eigenen Augen davon überzeugen, denn er öffnete auf der Rückbank den Koffer. Er durchsuchte ihre Kleidung und wühlte dabei rücksichtslos in Unterwäsche, Nachthemden, Socken, dünnen Hosen und Tops. »Thermounterwäsche?«

»Nein.«

Er warf ihr einen Wollpullover zu. »Ziehen Sie den über Ihre Sachen.«

Sie zog den Mantel nur kurz aus, um den Pullover überzustreifen.

»Zeigen Sie mir Ihre Stiefel.«

»Meine …«

»Stiefel«, erklärte er ungeduldig. Sie krempelte das Hosenbein hoch und streckte das Bein so hoch, dass er es sehen konnte. Er verzog das Gesicht. Dann nahm er mehrere Paar Socken aus dem Koffer und reichte sie nach vorn. »Stecken Sie die in Ihre Taschen. Und den hier nehmen Sie auch. Den können Sie anziehen, sobald wir in der Hütte sind.« Er gab ihr einen dünnen seidenen Rollkragenpullover, den sie ursprünglich gekauft hatte, um ihn unter ihrem Skianorak anzuziehen.

Sie schreckte zusammen, weil er unvermittelt über die Rückenlehne gefasst und in ihre Haare gegriffen hatte. »Feucht.« Gleich darauf ließ er die Haare wieder los, aber Lilly war froh, dass er ihr nasses Haar gemeint hatte und nicht die zusammengeknüllten Slips, die er in der anderen Hand hielt. »Haben Sie eine Mütze? Oder irgendeine Kopfbedeckung?«

»Ich hatte nicht vor, lange draußen herumzuspazieren.«

»Sie brauchen was für Ihren Kopf.«

Er warf die Unterhosen in den Koffer zurück und zog die Picknickdecke von seinen Schultern. »Beugen Sie sich her.«

Sie kniete sich auf den Sitz und beugte sich über die Rückenlehne. Er faltete die Decke zu einem Kopftuch, das er über ihren Kopf zog und vor ihrer Brust zusammenknotete. Dann knöpfte er den Mantel darüber zu und zog ihn zurecht. »So. Bevor Sie aussteigen, ziehen Sie den Stoff über Nase und Mund. Haben Sie irgendwas im Kofferraum außer dem Ersatzreifen?«

Die Vertraulichkeit, mit der er sie berührt hatte, überraschte sie und hatte zur Folge, dass sich ihre Denkprozesse verlangsamten. Ihre Gedanken überschlugen sich in dem Versuch aufzunehmen, was er gesagt hatte. »Äh, ja … Ich glaube, ein kleines Erste-Hilfe-Set ist auch noch drin.«

»Gut.«

»Und ein paar Lebensmittel, die ich aus der Hütte mitgenommen habe.«

»Noch besser.« Er sah sich flüchtig im Wagen um. »Taschenlampe oder sonst was im Handschuhfach?«

»Nur die Bedienungsanleitung für den Wagen.«

»Auch egal. Wahrscheinlich hätten wir das Fach sowieso nicht aufbekommen, so zerquetscht, wie es ist.« Er wischte das frische Blut weg, das über seine Wange rann, und streifte dann die Handschuhe über. »Gehen wir.«

»Moment. Meine Handtasche. Die brauche ich.«

Sie sah sich suchend nach ihrer Handtasche um und entdeckte, dass sie in den Fußraum vor dem Beifahrersitz gerutscht war, als der Wagen auf den Baum aufgeprallt war. Es war nicht leicht, aber sie schaffte es, zwischen das Armaturenbrett und den Sitz zu fassen und ihre Tasche aus dem Fußraum zu zerren.

»Hängen Sie den Schulterriemen über den Hals, damit Sie beide Arme frei haben, um das Gleichgewicht zu halten.«

Sie folgte seinem Vorschlag und fasste nach dem Türgriff. Dann hielt sie inne und sah ihn ängstlich an. »Vielleicht sollten wir lieber hierbleiben, bis wir Hilfe rufen können.«

»Das könnten wir, aber heute Abend kommt hier bestimmt niemand mehr vorbei, und ich bezweifle, dass wir bis morgen überleben würden.«

»Dann haben wir wohl keine andere Wahl, oder?«

»Eigentlich nicht, nein.«

Wieder fasste sie nach dem Türgriff, aber diesmal war er es, der sie innehalten ließ, indem er eine Hand auf ihre Schulter legte. »Ich wollte nicht so barsch klingen.«

»Ich habe schon begriffen, dass wir es eilig haben.«

»Wir müssen unter ein festes Dach, bevor es draußen noch schlimmer wird.«

Sie nickte. Ihre Blicke trafen sich für ein, zwei Sekunden, dann nahm er die Hand von ihrer Schulter, öffnete die hintere Tür und stieg aus. Lilly folgte ihm zum Heck des Wagens, wo er nachdenklich in den offenen Kofferraum blickte. Er fand das Erste-Hilfe-Set und befahl ihr, es in die Tasche zu stecken. »Und ein paar von diesen Dosen hier. Und die Cracker.«

Er füllte sich ebenfalls die Manteltaschen mit Dosen, die ihn zu Boden ziehen mussten, vor allem nachdem er den Rucksack aufgehoben hatte, der immer noch auf der Straße lag.

»Fertig?«, fragte er und sah sie durch den gefrierenden Regen mit zusammengekniffenen Augen an.

»So fertig, wie man überhaupt nur sein kann.«

Mit dem Kinn gab er ihr ein Zeichen, ihm voranzugehen. Sie waren erst ein paar Schritte weit gekommen, als sie erkannten, dass es ein vergebliches Unterfangen war, auf der vereisten Straße bergauf gehen zu wollen. Bei jedem Schritt, den sie vorwärts kamen, rutschten sie drei zurück. Tierney lenkte sie an den Straßenrand. Er war schmal, oft mussten sie hintereinander gehen, direkt am Fels entlang, und größeren Brocken ausweichen. Doch der unebene Untergrund war tatsächlich von Vorteil. Die Schuhe fanden auf den Steinen und den Pflanzen unter dem Matsch und Eis leichter Tritt.

Es ging steil bergauf. Selbst an einem schönen Tag mit idealen Wetterbedingungen wäre die Wanderung bergauf für einen athletischen Sportler ein kräftezehrendes Training gewesen. Meistens blies ihnen der Wind direkt ins Gesicht, sodass sie den Kopf gesenkt halten mussten und zeitweise blind durch den Wirbelsturm von Hagelkörnern marschierten, die sich wie Glasscherben anfühlten, wenn sie auf das Gesicht prallten.

Immer wieder hielten sie an, um Atem zu schöpfen. Einmal blieb Tierney plötzlich stehen, wandte sich von ihr ab und übergab sich, woraus sie schloss, dass er eine Gehirnerschütterung haben musste. Mindestens. Nachdem ihr aufgefallen war, dass er angefangen hatte, das rechte Bein nachzuziehen, fragte sie sich, ob er sich auch etwas gebrochen hatte.

Schließlich zehrte der Marsch so an seinen Kräften, dass sie darauf bestand, er solle einen Arm um ihre Schultern legen. Widerwillig, aber notgedrungen willigte er ein. Bei jedem Schritt stützte er sich schwerer auf sie. Sie schleppte sich weiter.

Inzwischen waren sie im Zustand totaler Erschöpfung und gingen nur weiter, weil ihnen nichts anderes übrig blieb. Sie brauchten fast eine Stunde für die Strecke, die sie im Auto in drei Minuten zurückgelegt hatte. Als sie die Verandastufen der Hütte erreicht hatten, konnten sie sich kaum mehr auf den Beinen halten.

Lilly lehnte ihn gegen einen Verandapfosten, während sie die Tür aufschloss, und führte ihn dann in die Hütte. Sie blieb kurz stehen, um die Tür zu schließen und ihre Handtasche auf den Boden fallen zu lassen, ehe sie auf einem der Sofas zusammenbrach. Tierney ließ den Rucksack zu Boden gleiten und kippte der Länge nach auf das zweite Sofa ihr gegenüber.

Mehrere Minuten blieben sie so liegen, nur ihr Keuchen war

in der Dunkelheit zu hören. Weil sie vor der Abfahrt die Heizung ausgeschaltet hatte, war es kalt im Raum. Aber verglichen mit draußen war es himmlisch warm.

Lilly glaubte nicht, dass sie je wieder genug Energie aufbringen würde, um sich zu bewegen, aber schließlich regte sie sich doch und setzte sich auf. Sie fasste nach der Lampe auf dem Beistelltisch und schaltete sie ein. »Gott sei Dank.« Sie blinzelte in das Licht. »Ich hatte schon Angst, dass der Strom inzwischen abgestellt sein könnte.«

Sie zog die Essensdosen aus ihren Manteltaschen, stellte sie auf den Couchtisch zwischen den zwei Sofas, angelte dann ihr Handy heraus und begann, eine Nummer einzutippen.

Schlagartig hellwach, setzte sich Tierney auf und fragte: »Wen rufen Sie an?«

»Dutch.«

5

Lilly hatte Recht gehabt mit ihrer Prophezeiung, dass es im Ort drunter und drüber zugehen würde.

Dutch war erst ein paar Stunden zurück, doch schon jetzt sehnte er sich nach dem Frieden in seiner Berghütte. Seiner *ehemaligen* Berghütte, korrigierte er verbittert.

Nicht einmal zur Stoßzeit in Downtown Atlanta war der Verkehr so chaotisch gewesen wie heute Abend in Cleary. In beiden Richtungen standen die Autos dicht an dicht, ein endloses Band von roten Heckleuchten auf der einen Seite, ein endloses Band von weißen Scheinwerfern auf der anderen. Alle am einen Ende der Stadt schienen darauf versessen zu sein, ans andere Ende zu gelangen, und umgekehrt.

Das Sheriff's Department überwachte die ländlichen Gebiete des Countys, aber für den Ort Cleary waren Dutch und sein Police Department zuständig. Für die Einbrecher wäre dies der ideale Zeitpunkt zum Einbrechen gewesen, weil niemand zu Hause war, wo er eigentlich sein sollte, und alle Polizisten vollauf damit beschäftigt waren, das Inferno zu zähmen, das der nahende Sturm ausgelöst hatte.

Die Ampel an der Kreuzung Moultrie und Main Street war wieder einmal kaputt. An jedem anderen Tag wäre das keine große Sache gewesen. Die Autofahrer hätten sich abgewechselt, sich gegenseitig höflich über die Kreuzung gewinkt und Witze über die Unannehmlichkeiten gemacht. Aber heute hatte es jeder eilig, und die ausgefallene Ampel hatte einen Stau verursacht, der die Autofahrer zur Weißglut reizte.

Die Polizisten, die nicht auf der Straße waren und den Verkehr regelten, überwachten die Supermärkte, um zu vermeiden, dass es vor den letzten Waren in den Regalen zu Raufereien kam. Wegen der letzten Sardinendose war es bereits zu einer tätlichen Auseinandersetzung gekommen.

Nachdem die Hagelkörner inzwischen größer waren als Steinsalzkörner, würde die rapide wachsende Eisdecke bald zum Problem. Weil die Wetterfront über den Berg kam und an dessen Ostflanke ins Tal wehte, wo sie zusätzlich Feuchtigkeit aufnahm, würden die Bedingungen bald völlig außer Kontrolle geraten. Bis der Sturm vorüber war und Eis und Schnee geschmolzen waren, würde Dutch nur wenig oder keine Ruhe finden.

Er warf einen Blick auf den Bergkamm des Cleary Peak und stellte fest, dass er inzwischen komplett in Wolken gehüllt war. Er war gerade noch rechtzeitig heruntergekommen und erleichtert, dass Lilly ihm auf den Fersen gefolgt und inzwischen schon längst unterwegs in Richtung Atlanta war. Wenn sie sich beeilte, konnte sie vor dem Sturm herfahren und zu Hause sein, bevor er sie eingeholt hatte.

Immer noch musste er dauernd an sie denken – wo sie war, was sie wohl gerade machte. Es war eine Angewohnheit, die keine gottverdammte Scheidung der Welt auslöschen konnte. Wenn er daran dachte, wie sie ihn angesehen hatte, bevor er aus der Hütte gestürmt war, senkte sich ein Gewicht wie ein Amboss auf seine Brust. Sie hatte sich vor ihm gefürchtet, woran einzig und allein er schuld war. Er hatte ihr Grund gegeben, sich vor ihm zu fürchten.

»Hey, Chief!«, rief Wes Hamer vom Bürgersteig vor Ritt's Drugstore aus. »Hierher, Chief. Ich bin ein pflichtbewusster Steuerzahler, und ich habe eine Beschwerde vorzubringen.«

Dutch zog den Bronco aus der Autoschlange, die über die Main Street kroch, und lenkte ihn auf den Behindertenparkplatz vor dem Drugstore. Dann ließ er das Fenster herunter und einen eisigen Luftstoß herein.

Wes kam mit dem typisch wiegenden Gang eines ehemaligen Footballspielers auf ihn zu. In beiden Knien und einer Hüfte hatte Wes Osteoarthritis, aber das ließ er sich nicht anmerken. Er würde verflucht noch mal alles tun, bevor er anderen eine Schwäche eingestand.

»Was wäre das für eine Beschwerde, Coach?«, fragte Dutch ausdruckslos.

»Du bist der ranghöchste Polizist im Ort. Kannst du diese Irren nicht von der Straße holen?«

»Anfangen würde ich mit dir.«

Wes lachte grölend, spürte aber sofort Dutchs Verstimmung und beugte sich in den Wagen. »Hey, Kumpel, wieso das lange Gesicht?«

»Ich habe mich gerade endgültig von Lilly verabschiedet. Vor ein paar Stunden. Oben in der Hütte. Jetzt ist sie endgültig weg, Wes.«

Wes wandte sich ab. »Scott, lass schon mal den Motor warm laufen. Ich komme gleich nach.« Scott, der unter der Markise vor Ritt's Drugstore gestanden hatte, fing den Autoschlüsselbund auf, den Wes ihm zugeworfen hatte, und hob die andere Hand zu einem Abschiedsgruß an Dutch, bevor er über den Gehweg davonschlenderte.

»Hat ihm die Uni in Clemson schon geantwortet?«, fragte Dutch.

»Darüber können wir ein andermal reden. Jetzt reden wir über deine Frau.«

»Exfrau. Mit Betonung auf dem *Ex*, das hat sie heute Nachmittag noch mal klargestellt.«

»Ich dachte, du wolltest mit ihr reden.«

»Das habe ich.«

»Keine Chance?«

»Keine Chance. Sie hat die Scheidung durchgezogen und ist glücklich damit. Sie will nichts mehr mit mir zu tun haben. Es ist vorbei.« Er rieb sich mit dem Handschuh über die Brauen.

»Fängst du etwa an zu heulen? Jesus, Dutch, ich will mich nicht für meinen besten Freund schämen müssen.«

Dutch sah zu ihm auf. »Fick dich.«

Ungerührt fuhr Wes fort: »Hör auf rumzuwinseln.« Dutchs jämmerlicher Zustand ließ ihn den Kopf schütteln. »Lilly wollte einfach nicht kapieren, wie gut sie es hatte. Sie kann dich mal. Wenn du mich fragst …«

»Ich habe dich aber nicht gefragt.«

»Glaubt sie, dass ihre Scheiße nach Rosen duftet.«

»Ich habe gesagt, ich habe dich nicht gefragt, klar?«

Wes hob in einer kapitulierenden Geste die Hände. »Na schön. Aber es ist nicht so, als hätte sie viel von mir gehalten.«

»Sie hält dich für ein Arschloch.«

»Als würde ich mich von dem, was Ms Lilly Martin Burton über mich denkt, um den Schlaf bringen lassen.« Er lächelte schief und legte eine Hand auf Dutchs Schulter. »Du nimmst die Sache viel zu schwer. Du hast deine Frau verloren, nicht deinen Schwanz. Sieh dich um«, beschwor er Dutch mit einer ausgreifenden Geste. »Überall sind Frauen.«

»Frauen hatte ich genug«, murmelte Dutch.

Wes legte den Kopf schief. »Ach ja? Irgendwann mal oder in letzter Zeit?«

Beides, dachte Dutch. Für seine erste Affäre hatte er sich zahllose Rechtfertigungen zurechtgelegt. Den ständigen Druck in der Arbeit. Dass Lilly vollauf damit beschäftigt war, an ihrer Karriere zu arbeiten. Dass der Sex mit ihr vorhersehbar und uninspiriert geworden war. Bla bla bla.

Lilly hatte seine Ausflüchte nacheinander abgeschossen wie Zielscheiben in einer Schießbude. Bis er ihr gestanden hatte, dass er schwach gewesen war, und gelobt hatte, nie wieder fremdzugehen.

Aber der ersten Affäre folgte eine zweite. Dann noch eine, und irgendwann waren ihm sogar die lahmsten Ausreden ausgegangen. Inzwischen begriff er, dass nicht die *letzte* Affäre den Anfang vom Ende seiner Ehe bedeutet hatte. Sondern die *erste.* Er hätte wissen müssen, dass eine Frau wie Lilly keine Untreue tolerierte.

Wes sah ihn gespannt an und wartete auf seine Antwort. »Es gab eine Zeit, du weißt schon, nach Amy, da ging es mir so schlecht, dass ich überall Ablenkung suchte, wo ich sie nur finden konnte, und das mit jeder Frau, die mich ranließ, und das war eine ganze Reihe. Aber keine davon konnte Lilly ersetzen.«

»Quatsch. Du hast dich nur nicht lang genug umgesehen. Lässt du dich regelmäßig flachlegen?«

»Wes …«

»Okay, okay, sag nichts, ich hab nichts gefragt. Aber glaubst du, zurzeit würde dich irgendeine Frau auch nur mit der Kneifzange anfassen? Entschuldige die offenen Worte, aber du siehst beschissen aus.«

»So fühle ich mich auch.«

»Genau, und das sieht man dir an. An der Miene, am Gang. Der Arsch hängt dir in den Kniekehlen, mein Freund. Du strahlst so viel Spaß aus wie eine Herpesblase. So wirst du bestimmt nicht die Art von Frau finden, die du jetzt brauchst.«

»Und welche Art wäre das?«

»Eine Anti-Lilly. Halt dich fern von Brünetten mit braunen Augen.«

»Haselbraun. Eigentlich sind ihre Augen grün und braun gesprenkelt.«

Wes tadelte ihn für diese detaillierte Auskunft mit einem strafenden Blick. »Nimm dir eine Blondine. Am besten eine Kleine.

Mit großen Titten und einem Arsch, an dem du Klimmzüge machen kannst. Eine Tussi, nicht allzu schlau, ohne eigene Meinung außer zu deinem Schwanz, den sie für einen verfickten Zauberstab hält.« Wes war ganz angetan von dieser Beschreibung einer perfekten Frau; das Grinsen ließ sein ganzes Gesicht erstrahlen.

»Weißt du was?«, fuhr er fort. »Ich schau später bei dir vorbei. Dann machen wir eine Flasche Jack's nieder und überlegen eine Strategie für dich. Ich hätte auch ein paar schmutzige Videos, die wir anschauen könnten. Wenn dich die nicht umstimmen, dann bist du kein Mensch. Was hältst du davon?«

»Ich darf nicht trinken, hast du das vergessen?«

»Die Vorschriften gelten nicht während eines Schneesturms.«

»Sagt wer?«

»Ich.«

Es war fast unmöglich, Wes zu widerstehen, wenn er jemanden zu umgarnen versuchte, aber Dutch versuchte standhaft zu bleiben. Er legte den Rückwärtsgang ein. »Ich habe heute Nacht mehr als alle Hände voll zu tun.«

»Komm vorbei.« Wes drohte Dutch streng mit dem Finger und trat einen Schritt zurück. »Ich warte auf dich.«

Dutch reihte sich wieder in den Verkehr ein und lenkte den Bronco zu dem flachen Backsteinbau einen Block abseits der Main Street, in dem das Police Department untergebracht war.

Ehe er endgültig aus dem Atlanta Police Department geflogen war, hatte Dutch die Auflage bekommen, zweimal wöchentlich den Polizeipsychologen aufzusuchen. Der hatte Dutch während einer dieser Sitzungen eröffnet, dass er paranoide Züge habe. Aber wie ging noch mal der alte Witz? Dass du paranoid bist, heißt noch lange nicht, dass es nicht jeder auf dich abgesehen hat.

Allmählich begann er zu glauben, dass es heute die ganze verdammte Welt auf ihn abgesehen hatte.

Als er in die Zentrale trat und Mr und Mrs Ernie Gunn im Wartebereich sitzen sah, war das Maß voll. Offenbar trug er eine Zielscheibe auf dem Rücken. Lilly, Millicent Gunns Eltern, jeder in Cleary und sogar das Wetter hatten sich verschworen, um diesen Tag zum schlimmsten seines Lebens zu machen.

Na gut. Zu *einem der schlimmsten.*

Mrs Gunn, selbst in ihren besten Zeiten ein hagerer Spatz, sah aus, als hätte sie kein Auge zugetan und keinen Bissen gegessen, seit ihre Tochter vor einer Woche verschwunden war. Der kleine Schädel ragte aus dem Kragen ihres Steppmantels wie der Kopf einer Schildkröte aus dem Panzer. Sobald Dutch den Raum betrat, sah sie ihn mit nackter Verzweiflung an.

Er kannte dieses Gefühl nur zu gut. Natürlich fühlte er mit ihr. Aber trotzdem war Mrs Gunns Verzweiflung heute Nacht mehr, als er ertragen konnte, denn heute hatte er genug damit zu tun, gegen seine eigene anzukämpfen.

Mr Gunn war ein rundlicher Mann, der in seinem rot-schwarz karierten Wollmantel, in Dutchs Augen ein richtiger Holzfällermantel, noch größer wirkte. Tatsächlich arbeitete Gunn mit Holz. Seine von jahrzehntelanger harter Arbeit und Kälte gezeichneten Schreinerhände sahen aus wie zwei mit Zucker glasierte Schinken.

Er drehte den Hut zwischen den vernarbten Fingern und starrte mit leerem Blick auf den fleckigen braunen Filz. Auf einen Ellbogenstoß seiner Frau hin sah er auf, folgte ihrem hohläugigen Blick und sah Dutch ebenfalls an.

Er stand auf. »Dutch.«

»Ernie. Mrs Gunn.« Dutch nickte ihnen jeweils zu. »Es wird immer schlimmer da draußen. Sie sollten zu Hause bleiben.«

»Wir wollten nur fragen, ob es irgendwas Neues gibt.«

Dutch wusste genau, warum sie ihm auflauerten. Er hatte heute mehrere telefonische Anfragen von ihnen erhalten, aber keine davon beantwortet. Er wünschte, einer seiner Männer hätte ihn vorgewarnt, dass die beiden in der Zentrale auf ihn warteten, dann hätte er seine Rückkehr hinauszögern können, bis sie aufgegeben hätten und heimgekehrt wären. Aber jetzt war er hier, und sie waren es auch. Da konnte er die Sache genauso gut hinter sich bringen.

»Kommen Sie mit nach hinten. Wir unterhalten uns in meinem Büro. Hat Ihnen jemand Kaffee angeboten? Er ist zäh und schwarz wie Straßenteer, aber dafür ist er fast immer heiß.«

»Nein danke«, lehnte Ernie Gunn für sie beide ab.

Sobald sie vor dem Schreibtisch in seinem Büro saßen, sah Dutch sie ernst und bedauernd an. »Leider kann ich Ihnen nichts Neues mitteilen. Wir mussten die Suche aus offensichtlichen Gründen abbrechen.« Er deutete aufs Fenster.

»Noch vor dem Sturm haben wir allerdings Millicents Wagen zur Verwahrstelle des Countys transportiert. Wir werden alle Spuren sammeln, die wir finden können, aber es gibt keine Hinweise auf einen Kampf.«

»Wie zum Beispiel?«

Dutch rutschte auf seinem Stuhl herum und warf Mrs Gunn einen kurzen Blick zu, ehe er die Frage ihres Mannes beantwortete. »Abgebrochene Fingernägel, Haarbüschel, Blut.«

Mrs Gunns Kopf wackelte auf dem dürren Hals hin und her.

»Eigentlich sind das gute Neuigkeiten«, fuhr Dutch fort. »Meine Männer und ich versuchen immer noch zu ermitteln, was Millicent an ihrem letzten Arbeitstag abends unternommen hat. Wir reden mit jedem, der sie im oder vor dem Laden gesehen hat. Leider mussten wir die Befragung heute Nachmittag unterbrechen, auch das wegen des Sturms.

Von Special Agent Wise habe ich auch nichts Neues gehört«, fuhr er fort, um ihre nächste Frage vorwegzunehmen. »Er wurde vor ein paar Tagen nach Charlotte zurückberufen, müssen Sie wissen. Dort gibt es einen anderen Fall, bei dem er gebraucht wird. Aber bevor er losgefahren ist, hat er mir versichert, dass er weiterhin aktiv an Millicents Fall arbeitet und dass er da drüben in der Zentrale in den Datenbanken ein paar Sachen überprüfen will.«

»Hat er genau gesagt, was?«

Dutch gab nur ungern zu, dass Wise – wie alle diese Hurensöhne vom FBI – mit Auskünften geizte. Besonders schweigsam waren die Bundespolizisten gegenüber einfachen Polizeichefs, die sie für primitive, inkompetente Versager hielten. Wie den hier anwesenden.

»Soweit ich weiß, haben Sie ihm Millicents Tagebuch überlassen«, sagte er.

»Genau.« Mr Gunn wandte sich seiner Frau zu und packte aufmunternd ihre Hände. »Vielleicht findet Mr Wise irgendwas darin, das uns zu ihr führt.«

Dutch setzte sofort nach. »Die Möglichkeit besteht durchaus. Vielleicht ist Millicent aus eigenem Antrieb abgetaucht.« Er hob die Hand, um ihre Proteste abzuwehren. »Ich weiß, das war meine erste Frage, als Sie Ihre Tochter vermisst gemeldet haben. Sie hielten das für ausgeschlossen. Aber hören Sie mich an.«

Er bedachte beide mit seinem besten Besorgter-Bulle-Blick. »Es ist durchaus möglich, dass Millicent etwas Zeit für sich braucht. Vielleicht hat ihr Verschwinden gar nichts mit den anderen Vermisstenfällen zu tun.« Er wusste selbst, dass das äußerst unwahrscheinlich war, aber trotzdem war es ein Gedanke, der ihnen Hoffnung schenken konnte.

»Aber ihr Auto.« Mrs Gunns Stimme war so leise, dass Dutch sie kaum hören konnte. »Das stand immer noch auf dem Parkplatz hinter dem Laden. Wie hätte sie ohne ihr Auto wegfahren können?«

»Vielleicht hat ein Freund oder eine Freundin sie mitgenommen«, sagte Dutch. »Und weil ihr Verschwinden in der ganzen Stadt eine Panik ausgelöst hat, scheut der- oder diejenige jetzt davor zurück, sich zu melden und alles zu erklären, aus Angst, genau wie Millicent in Schwierigkeiten zu kommen, weil wir fast verrückt vor Angst sind.«

Mr Gunn zog zweifelnd die Stirn in Falten. »Natürlich gab es Probleme mit Millicent, bei welchem Teenager gibt es die nicht, aber ich glaube nicht, dass sie uns nur aus Trotz so wehtun würde.«

Mrs Gunn sagte: »Sie weiß, dass wir sie lieben, sie weiß, wie viel Angst wir hätten, wenn sie einfach so durchbrennen würde.« Ihre Stimme versagte bei den letzten Worten, und sie presste ein durchnässtes Kleenex gegen ihre Lippen, um das Schluchzen zu unterdrücken.

Ihr Leid war schmerzlich mit anzusehen. Dutch schaute konzentriert auf seinen Tintenlöscher und ließ ihr ein paar Sekunden, bis sie sich wieder gefangen hatte. »Mrs Gunn, ich bin überzeugt, dass sie tief im Herzen weiß, wie sehr Sie sie lieben«, versicherte er ihr freundlich. »Aber soweit ich gehört habe, war Millicent nicht gerade begeistert von der Klinik, in die Sie sie letztes Jahr geschickt haben. Sie haben Ihre Tochter zwangsweise einweisen lassen, nicht wahr?«

»Freiwillig wäre sie nicht hingegangen«, sagte Mr Gunn. »Wir mussten es tun, sonst wäre sie gestorben.«

»Das verstehe ich«, sagte Dutch. »Und wahrscheinlich versteht das sogar Millicent. Aber wäre es trotzdem möglich, dass sie deswegen böse auf Sie ist?«

Man hatte bei dem Mädchen Magersucht diagnostiziert, außerdem litt sie an Bulimie. Man musste ihren Eltern zugute halten, dass sie sich bis über beide Ohren verschuldet hatten, um Millicent zur Therapie und zur psychiatrischen Beratung in eine Klinik in Raleigh zu schicken, als der Zustand des Mädchens lebensbedrohlich wurde.

Nach drei Monaten war Millicent für geheilt erklärt und heimgeschickt worden. In der Stadt ging das Gerücht um, dass sie direkt nach ihrer Entlassung ihre Fress- und Kotzorgien wieder aufgenommen hatte, aus Angst, dass sie aus dem Cheerleader-Team der Highschool fliegen könnte, wenn sie zu viel Gewicht ansetzte. Sie war schon seit der sechsten Klasse Cheerleader und wollte nicht ausgerechnet in ihrem Abschlussjahr aus der Mannschaft fliegen.

»Sie hat sich gut gemacht«, sagte ihr Vater. »Sie wurde mit jedem Tag gesünder und kräftiger.« Er sah Dutch bohrend an. »Außerdem wissen Sie so gut wie ich, dass sie nicht durchgebrannt ist. Sie wurde *entführt.* Am Lenkrad hing ein blaues Band.«

»Diese Information ist nicht für die Öffentlichkeit bestimmt«, ermahnte ihn Dutch. Bei allen Frauen war ein blaues Band am wahrscheinlichen Ort der Entführung zurückgelassen worden, aber diese Tatsache wurde vor den Medien geheim gehalten. Wegen der Bänder bezeichneten sie den unbekannten Entführer intern als »Blue«.

Das Handy an Dutchs Gürtel vibrierte, aber er nahm den Anruf nicht an. Dies war ein wichtiges Thema. Wenn das mit dem blauen Band an die Öffentlichkeit drang, konnte er darauf wetten, dass die Bundesheinis glauben würden, die Sache sei aus Dutchs Department durchgesickert. Vielleicht war sie das wirklich. Natürlich war sie das. Trotzdem würde er alles in seiner Macht Stehende tun, um den Schaden zu begrenzen und um sich selbst aus der Schusslinie zu bringen.

»Verdammt noch mal jeder weiß das, Dutch«, widersprach Mr Gunn. »So was lässt sich nicht geheim halten, vor allem nachdem dieser Drecksack inzwischen fünfmal ein Band hinterlassen hat.«

»Wenn jeder von dem blauen Band weiß, dann weiß höchstwahrscheinlich auch Millicent davon. Sie hätte das Band selbst anbringen können, um uns glauben zu lassen …«

»So ein Scheißdreck!«, fiel ihm Ernie Gunn ins Wort. »Nie

im Leben wäre sie so grausam und hätte uns solche Angst eingejagt. Nein, Sir, Blue hat Millicent entführt. Das wissen Sie genau. Sie müssen da raus und sie finden, bevor er…« Seine Stimme versagte. Tränen standen in seinen Augen.

Mrs Gunn unterdrückte ein weiteres Schluchzen. Trotzdem ergriff sie als Nächste das Wort. Ihre Miene war verhärmt. »Wir haben geglaubt, dass jemand, der aus dem Police Department von Atlanta kommt, diesen Mann fangen kann, bevor er Millicent oder irgendein anderes Mädchen schnappen kann.«

»Ich habe im Morddezernat gearbeitet, nicht im Vermisstendezernat«, erklärte Dutch gepresst.

Er hatte volles Mitgefühl mit diesen Menschen und das Menschenmögliche getan, um ihre Tochter zu finden, aber sie schätzten seine Arbeit trotzdem nicht. Sie erwarteten ein Wunder von ihm, nur weil er früher Großstadtpolizist gewesen war.

Im Moment fühlte er sich so mies, dass er sich fragte, warum er diesen Job verflucht noch mal angenommen hatte. Als ihm der Stadtrat – angeführt von Wes Hamer – die Stelle angeboten hatte, hätte er antworten sollen, dass er erst Polizeichef würde, wenn sie den Serienkidnapper gefunden hatten.

Aber er hatte die Stelle gebraucht. Vor allem hatte er aus Atlanta verschwinden müssen, wo ihn Lilly persönlich und das Department beruflich gedemütigt hatten. Seine Scheidung war im gleichen Monat in Kraft getreten, in dem ihn das Department rausgeworfen hatte. Zugegeben, es hatte da einen gewissen Zusammenhang gegeben.

Gerade als er den absoluten Tiefpunkt erreicht hatte, war Wes nach Atlanta gekommen, um ihm das Angebot zu unterbreiten. Er hatte Dutchs darbendes Ego wieder aufgebaut, indem er ihm erklärt hatte, dass seine Heimatstadt dringend einen hartgesottenen Bullen mit Erfahrung brauchte.

Niemand beherrschte diese Art von Aufmunterungsansprache so wie Wes. Es war das Halbzeit-Umkleidekabinen-Geschwafel, mit dem er auch sein Team anfeuerte. Obwohl Dutch Wes sofort durchschaut hatte, hatte er ihm gern zugehört, und ehe er recht wusste, wie ihm geschah, hatten sie ihren Handel mit einem Handschlag besiegelt.

Hier war er bekannt und angesehen. Er kannte die Menschen und die Gegend wie seine Westentasche. Wieder nach Cleary zu ziehen war, wie in ein ausgelatschtes Paar Schuhe zu steigen. Dennoch hatte die Sache einen schwerwiegenden Nachteil. Er war in einem Chaos gelandet, das ihm sein Vorgänger hinterlassen hatte, dessen Kenntnisse in der Verbrechensbekämpfung sich darauf beschränkt hatten, Strafzettel zu verteilen.

Gleich am ersten Tag im neuen Job hatte man Dutch die Fälle der vier vermissten Frauen aufs Auge gedrückt. Inzwischen wurde eine fünfte Frau vermisst. Er hatte ein begrenztes Budget, eine schlecht ausgebildete und unerfahrene Mannschaft und zudem das FBI am Hals, das ihm ständig arrogant in die Arbeit pfuschte und hinzugezogen worden war, weil die Vermissten allem Anschein nach entführt worden waren und für dieses Vergehen die Bundespolizei zuständig war.

Zweieinhalb Jahre nachdem das erste Mädchen mitten auf einem beliebten Wanderweg verschwunden war, hatten sie immer noch keinen Verdächtigen. Das war nicht Dutchs Schuld, aber die Sache war inzwischen sein Baby, und es entwickelte sich ganz und gar nicht wunschgemäß.

Er war nicht in der Stimmung, sich kritisieren zu lassen, nicht einmal von Menschen, die durch die Hölle gehen mussten. »Ich habe noch eine Liste mit Freunden und Bekannten Millicents abzuarbeiten«, sagte er. »Sobald das Wetter aufklart, werden alle Männer im Department und ich wieder nach ihr suchen, darauf haben Sie mein Wort.« Er stand auf, um anzuzeigen, dass das Gespräch beendet war. »Möchten Sie, dass Sie jemand in einem Streifenwagen heimfährt? Die Straßen werden allmählich gefährlich.«

»Nein danke.« Mit bewundernswerter Würde half Mr Gunn seiner Frau aus dem Stuhl und geleitete sie zur Tür.

»Versuchen Sie, das Beste anzunehmen, so schwierig das auch ist«, riet ihnen Dutch, während er ihnen durch den kurzen Korridor folgte.

Mr Gunn nickte nur, setzte seinen Hut auf und eskortierte seine Gemahlin durch die Tür in den heulenden Wind hinaus.

»Chief, wir haben ein …«

»Sofort.« Dutch hob die Hand und unterbrach damit den Officer an der Telefonzentrale, auf der alle offenen Leitungen rot blinkten. Dann zog er sein Handy aus dem Gürtel und sah nach, wer angerufen hatte.

Lilly. Sie hatte eine Nachricht hinterlassen. Hastig drückte er die Nummer seines Voicemails.

»Dutch, ich weiß nicht, ob … kommen oder nicht. Ich … Unfall auf der Bergstraße … Ben Tierney … verletzt. Wir sind … Hütte. Er braucht … Arzt. Wenn … möglichst … Hilfe. Sobald … möglich.«

6

Lilly hatte die Nachricht knapp und deutlich gehalten, falls das Handy zwischendurch das Netz verlieren sollte. Als sie fertig gesprochen hatte, war das Handy schon wieder tot.

»Ich weiß nicht, wie viel davon angekommen ist«, sagte sie zu Tierney. »Vielleicht reicht es, damit sich Dutch den Rest zusammenreimen kann.« Sie hatte die Picknickdecke vom Kopf gezogen, sie aber nicht von den Schultern gestreift. Die Wolle war feucht und mit langsam schmelzenden Hagelkörnern übersät. Lilly war durchnässt, ihr war kalt, und sie fühlte sich nicht wohl.

Natürlich konnte sie sich nicht beschweren. Verglichen mit Tierneys waren ihre Beschwerden lächerlich. Er saß aufrecht, schwankte aber hin und her, als könnte er jeden Moment vornüberkippen. Seine schwarze Wollmütze war mit frischem Blut durchtränkt. Das an seinen Brauen und Wimpern hängende Eis verlieh ihm ein gespenstisches Aussehen.

Sie deutete auf seine Augen. »Sie haben da …«

»Eis hängen? Das haben Sie auch. Das ist gleich getaut.«

Sie wischte sich die Eiskristalle von den Augen und der Nase. »So war ich noch nie den Elementen ausgesetzt. Noch nie. Das Schlimmste, was mir bis heute passiert ist, war, dass ich ohne Schirm im Regen stand.«

Sie stand auf und trat ans Wandthermostat. Nachdem sie den Zeiger hochgeschoben hatte, hörte sie das beruhigende Surren der Luft aus den Heizungsschlitzen in der Decke. »Gleich wird es hier drin wärmer.« Auf dem Rückweg zum Sofa stellte sie fest: »Ich kann meine Finger und Zehen nicht mehr spüren.«

Er steckte den Mittelfinger zwischen die Zähne und zog so den Handschuh aus, bevor er sie zu seinem Sofa winkte. »Setzen Sie sich, und ziehen Sie die Stiefel aus.«

Sie setzte sich neben ihn und zog erst die Handschuhe aus, bevor sie die nassen Füße aus den nassen Stiefeln zerrte. »Sie wussten von vornherein, dass meine Füße darin nicht trocken bleiben würden.«

»Davon konnte man ausgehen.«

Ihre Socken waren nass, genauso wie die Hosenbeine von den Knien abwärts. Sie hatte ihre Kleidung nach modischen Gesichtspunkten ausgewählt, nicht danach, wie gut sie vor einem Blizzard schützte.

Er tätschelte seinen Schenkel. »Legen Sie Ihr Bein da drauf.«

Lilly zögerte kurz, bevor sie ihr Bein über seine Schenkel legte. Er streifte die dünne Socke ab. Sie meinte ihren eigenen Fuß nicht wiederzuerkennen. Er war weiß wie Schnee und vollkommen blutleer. Tierney drückte ihn mit beiden Händen und begann ihn kräftig zu kneten.

»Das wird wehtun«, warnte er sie.

»Tut es schon.«

»Wir müssen die Durchblutung wieder ankurbeln.«

»Haben Sie jemals was darüber geschrieben, wie man in einem Blizzard überlebt?«

»Nicht aus eigener Erfahrung. Jetzt ist mir klar, wie überheblich und uninformiert der Artikel war. Schon besser?«

»Meine Zehen stechen.«

»Das ist ein gutes Zeichen. Das Blut kehrt zurück. Sehen Sie? Sie werden schon wieder rosa. Jetzt den anderen Fuß.«

»Was ist mit Ihren Füßen?«

»Die können warten. Meine Stiefel sind wasserfest.«

Lilly tauschte die Beine. Er schälte auch die andere Socke ab, schloss wieder die Hände um ihren Fuß und begann das Blut ins Fleisch zu massieren. Wenn auch nicht ganz so kraftvoll wie zuvor. Er kniff sie probeweise in jeden Zeh. Sein Daumenballen folgte der Höhlung ihres Spanns bis zum Fußballen und zurück bis zum Absatz.

Lilly beobachtete seine Hände. Er beobachtete seine Hände. Keiner sprach ein Wort.

Schließlich bettete er ihren Fuß zwischen beide Handflächen. Er drehte ihr den Kopf zu und war ihr plötzlich so nahe, dass sie sehen konnte, an welchen Wimpern noch Tropfen hingen. »Besser?«, fragte er.

»Viel besser. Danke.«

»Gern geschehen.«

Er machte keine Anstalten, ihren Fuß loszulassen, sondern überließ es ihr, ihn aus seinem Griff zu ziehen. Sie hob das Bein von seinen Schenkeln. Dass sie ein trockenes Paar Socken aus ihrer Manteltasche holen wollte, ermöglichte es ihr, ohne Verlegenheit von dem Sofa aufzustehen.

Aus dem Augenwinkel beobachtete sie, wie er sich vorbeugte und die Schnürsenkel seiner Wanderstiefel löste. Auch danach blieb er vornübergebeugt sitzen. Er stützte den Ellbogen aufs Knie und ließ den Kopf in die Hand sinken.

»Wird Ihnen wieder übel?«, fragte sie.

»Ich glaube nicht. Mir war nur schwindlig. Das vergeht wieder.«

»Wahrscheinlich haben Sie eine Gehirnerschütterung.«

»Nicht nur wahrscheinlich.«

»Das tut mir wirklich leid.«

Das Bedauern in ihrem Tonfall ließ ihn aufsehen. »Warum sollte Ihnen das leidtun? Wäre ich nicht gewesen, hätten Sie Ihren Wagen nicht zu Schrott gefahren.«

»Ich konnte kaum etwas hinter der Motorhaube erkennen. Plötzlich standen Sie da, direkt vor meinem Wagen, und …«

»Ich bin genauso schuld wie Sie. Ich habe Ihre Scheinwerfer um die Kurve kommen sehen. Weil ich meine letzte Hoffnung auf eine Mitfahrgelegenheit in die Stadt nicht verpassen wollte, bin ich einfach losgerannt. Ich habe beim Abwärtslaufen zu viel Schwung bekommen. Und ehe ich mich versehe, stehe ich nicht *an* der Straße, sondern *auf* der Straße.«

»Es war dumm von mir, so stark zu bremsen.«

»Ein Reflex.« Er zuckte mit den Achseln. »Jedenfalls brauchen Sie sich keine Vorwürfe zu machen. Vielleicht hatte es etwas Gutes, dass sich unsere Wege kreuzten.«

»Wahrscheinlich haben Sie mir das Leben gerettet. Wäre ich allein gewesen, wäre ich im Auto geblieben und bis morgen früh erfroren.«

»Dann hatten Sie wohl Glück, dass ich vorbeigekommen bin.«

»Was haben Sie allein zu Fuß auf dem Gipfel gemacht?«

Er beugte sich vor und begann den rechten Stiefel vom Fuß zu zerren. »Die Aussicht genossen.«

»Heute?«

»Ich war auf einer Wanderung.«

»Obwohl ein Sturm angesagt war?«

»Die Berge haben im Winter ihren ganz eigenen Reiz.« Er zog den zweiten Stiefel aus, warf ihn beiseite und begann seine Zehen zu massieren. »Als ich mich auf den Rückweg in die Stadt machen wollte, sprang mein Wagen nicht mehr an. Die Batterie ist leer, schätze ich. Jedenfalls beschloss ich, den Weg durch den Wald abzukürzen, statt der Straße mit ihren vielen Kurven und Windungen zu folgen.«

»In der Dunkelheit?«

»Im Nachhinein war es wohl nicht die klügste Entscheidung. Aber das wäre kein Problem gewesen, wenn der Sturm nicht so schnell aufgezogen wäre.«

»Ich habe das auch falsch eingeschätzt. Ich bin dummerweise

eingeschlafen und …« Sie verstummte, weil ihr aufgefallen war, dass er hektisch blinzelte, als müsste er einen Schwindelanfall abwenden. »Werden Sie gleich wieder ohnmächtig?«

»Vielleicht. Diese verdammten Schwindelanfälle.«

Sie stand auf und legte die Hände auf seine Schultern. »Lehnen Sie sich zurück, und legen sich hin.«

»Wenn ich ohnmächtig werde, müssen Sie mich aufwecken. Nach einer Gehirnerschütterung sollte man nicht einschlafen.«

»Ich verspreche, dass ich Sie wach halten werde. Legen Sie sich hin.«

Er wollte immer noch nicht. »Dann mache ich Ihr Sofa blutig.«

»Ich glaube nicht, dass das etwas ausmacht, Mr Tierney. Außerdem ist es nicht mehr mein Sofa.«

Er gab sich geschlagen und ließ sich von ihr nach unten drücken, bis sein Kopf auf dem Polster lag.

»Okay so?«

»Besser, danke.«

Sie setzte sich aufs andere Sofa und wickelte sich, weil ihr selbst in ihrem Mantel kalt war, in die gestrickte Überdecke.

Tierney hatte zwar die Augen geschlossen, aber er fragte: »Nicht mehr Ihr Sofa? Dass die Hütte zu verkaufen ist, habe ich gehört. Hat das geklappt?«

»Der Vertrag wurde gestern geschlossen.«

»Wer hat sie gekauft? Jemand von hier?«

»Nein, ein pensioniertes Paar aus Jacksonville, Florida, das hier oben den Sommer verbringen möchte.«

Er schlug die Augen auf und sah sich im Wohnraum um. Die Hütte war technisch auf dem neuesten Stand, aber vom Baustil und der Einrichtung her war sie rustikal, wie es zu den umgebenden Bergen passte. Die eher altmodischen Möbel waren übergroß und gemütlich und wirkten äußerst bequem.

»Die beiden haben sich einen tollen Zweitwohnsitz gekauft.«

»O ja.« Sie sah sich im Raum um und schätzte die Stabilität der Mauern ab. »Hier sind wir sicher, oder? Bis nach dem Sturm, meine ich.«

»Woher kommt das Wasser?«

»Aus einem Reservoir, das auf einem Plateau zwischen der Hütte und dem Ort liegt.«

»Hoffentlich sind die Rohre noch nicht eingefroren.«

Sie stand auf und ging um die Theke, die den Wohnbereich von der Küche trennte. »Wir haben Wasser«, verkündete sie, als es aus dem Hahn sprudelte.

»Haben Sie etwas, worin wir es auffangen können?«

»Die Töpfe waren beim Verkauf eingeschlossen.«

»Dann sollten wir jeden Topf und jede Pfanne mit Wasser füllen. Wir müssen so viel Trinkwasser wie möglich sammeln, bevor die Rohre zufrieren. Zum Glück hatten Sie was zu essen dabei. Verhungern werden wir nicht.«

Sie fand einen Bräter, den sie nur ein einziges Mal an Thanksgiving benutzt hatte, und stellte ihn unter den Wasserhahn in die Spüle. Als sie in den Wohnbereich zurückkam, deutete sie zum Kamin hin. »Auf der Veranda ist Feuerholz gestapelt.«

»Schon, aber mir ist beim Reingehen aufgefallen, dass das meiste davon feucht ist und dass die Scheite nicht gespalten wurden.«

»Sehr gut beobachtet.«

»Ich habe die Gabe, Details schnell wahrzunehmen.«

»Das ist mir aufgefallen.«

»Wann?«

»Wann?«, wiederholte sie.

»Wann ist Ihnen aufgefallen, dass ich die Gabe habe, Details schnell zu registrieren? Heute Abend oder im letzten Sommer?«

»Beide Male, schätze ich. Wenigstens unterbewusst.« Sie fragte sich, welche Details seine scharfen blauen Augen wohl an ihr wahrgenommen hatten, und zwar heute Abend und an jenem Junitag.

»Warum haben Sie ihn angerufen?«

Seine barsche Frage schien völlig aus dem Zusammenhang gerissen. Aber das war sie nicht wirklich. Sie sah auf ihr Handy, das sie auf den Couchtisch gelegt hatte, jederzeit griffbereit, falls es läuten sollte.

Ohne ihr Zeit zum Antworten zu lassen, sagte er: »Ich habe gehört, Sie haben sich scheiden lassen.«

»Stimmt.«

»Warum haben Sie ihn dann angerufen?«

»Dutch ist inzwischen Polizeichef von Cleary.«

»Das habe ich auch gehört.«

»Er muss sich um alle Notfälle kümmern, die während des Sturms auftreten. In seiner Position kann er uns so bald wie möglich Hilfe schicken.«

Er grübelte ein paar Sekunden über ihre Antwort nach und sah dann zur Tür. »Heute Abend kommt niemand mehr hier hoch. Das ist Ihnen doch klar?«

Sie nickte. »Ich glaube, bis morgen früh sind wir auf uns allein gestellt.« Um ihre plötzliche Nervosität zu überspielen, schob sie die Hände tief in die Manteltaschen. »Ach, das Erste-Hilfe-Päckchen«, rief sie aus. »Das hätte ich fast vergessen.«

Sie zog es aus der Manteltasche. Es war eine kleine Plastikschachtel mit einem roten Kreuz auf dem Deckel, ein Notfall-Set, das eine gewissenhafte Mutter in ihre Handtasche stecken würde, bevor sie zum Spielplatz aufbrach. Sie klappte den Deckel auf und prüfte den Inhalt.

»Viel haben wir nicht, fürchte ich. Aber wenigstens können wir die Kopfwunde mit einem Desinfektionstuch säubern.« Sie sah ihn zweifelnd an. »Wollen Sie die Mütze selbst abziehen, oder soll ich das übernehmen? So oder so wird es schmerzhaft, Mr Tierney.«

»Lilly?«

»Hmm?«

»Warum bin ich plötzlich *Mr* Tierney für dich?«

Sie zuckte verlegen mit den Achseln. »Ich weiß nicht, ich finde das irgendwie… angemessener. Unter den gegebenen Umständen.«

»Die Umstände, dass wir für unabsehbare Zeit von der Welt abgeschnitten und aufeinander angewiesen sind, wenn wir überleben wollen?«

»Was ziemlich befremdlich ist.«

»Wieso das?«

Sie sah ihn ärgerlich an, weil er sich so begriffsstutzig stellte. »Weil wir uns abgesehen von dem einen Tag am Fluss gar nicht kennen.«

Als er aufstand, schwankte er sichtbar. Aber er konnte sich lang genug auf den Beinen halten, um zu ihr zu kommen. »Wenn du meinst, dass wir uns nicht kennen, hast du diesen Tag ganz anders in Erinnerung als ich.«

Sie machte einen Schritt zurück und schüttelte den Kopf, entweder um die Erinnerung an den gleißenden Sommertag abzuschütteln, oder um ihn abzuwehren. Sie wusste selbst nicht genau, was davon zutraf. »Hör zu, Tierney…«

»Lobet den Herrn!« Er ließ das einnehmende Lächeln aufleuchten, an das sie sich beängstigend gut erinnerte. »Endlich bin ich wieder Tierney.«

»Tierney?« Special Agent in Charge Kent Begley wiederholte den Namen.

»Genau, Sir. T-i-e-r-n-e-y. Vorname Ben«, wiederholte Special Agent Charlie Wise.

Jeder im FBI-Büro in Charlotte redete Charlie Wise mit seinem Spitznamen an: Hoot. Irgendwer – wer, konnte niemand mehr genau sagen – hatte das »Weise« in seinem Nachnamen mit einem Waldkauz in Verbindung gebracht. Dass der Spitzname hängen geblieben war, hatte auch damit zu tun, dass er eine dicke Schildpattbrille mit großen, runden Gläsern trug, die seinem Gesicht etwas Eulenhaftes verliehen.

Durch ebendiese Gläser spähte Begley jetzt in Hoots reglose Augen und fixierte ihn mit jenem bohrenden Blick, den seine Untergebenen »Nussknacker« nannten. Natürlich nur hinter Begleys Rücken.

Begley war ein glaubensfester, wiedergeborener Christ und hatte stets eine Bibel zur Hand, auf deren schwarzem Umschlag in Gold sein Name eingraviert war. Man sah der Bibel an, dass viel darin gelesen wurde. Begley zitierte oft daraus.

Eine der Kerben auf Begleys unbeugsamer moralischer Messlatte kennzeichnete den Gebrauch von Flüchen oder Anzüglichkeiten. Beides fand er unerträglich und gestattete er den Männern und Frauen in seiner Abteilung unter keinen Umständen. Er selbst verwendete solche Ausdrücke nur, wenn er das Gefühl hatte, seinen Worten besonderen Nachdruck verleihen zu müssen – was etwa alle zehn Sekunden vorkam.

Hoot war ein zuverlässiger, fähiger und zielstrebiger Agent. Er wand sich weniger als die meisten anderen unter Begleys Nussknackerblick. Niemand wusste, wie schnell er mit der Waffe war, aber niemand zweifelte an seiner Schnelligkeit an der Computertastatur. Er war exzellent beim Recherchieren, in diesem Bereich machte ihm niemand was vor. Wenn Hoot die gewünschten Daten nicht ausgraben konnte, dann gab es keine entsprechenden Daten.

Selbstsicher stellte er sich dem Blick seines Vorgesetzten. »Ich habe mich seit mehreren Tagen über Ben Tierney kundig gemacht, Sir, und bin dabei auf einige interessante Fakten gestoßen.«

»Ich höre.«

Begley deutete auf den Stuhl vor seinem Schreibtisch, aber

da sein Blick Hoot warnte, keine Zeit zu verschwenden, begann Hoot zu reden, noch bevor er sich hingesetzt hatte.

»In den letzten Jahren war Ben Tierney fast regelmäßig in der Gegend, und zwar alle paar Monate. Er bleibt ein paar Wochen, manchmal einen ganzen Monat, und zieht dann weiter.«

»Viele Leute fahren nur übers Wochenende da rauf. Oder zum Urlaub machen«, sagte Begley.

»Das ist mir bewusst, Sir.«

»Inwiefern unterscheidet er sich von denen? Stimmen seine Besuche in Cleary mit dem Verschwinden der Frauen überein?«

»Ja, Sir, das tun sie. Er mietet sich immer in einem Motel zwei Meilen außerhalb des Stadtzentrums ein. Kleine separate Hütten mit Kochecke, eine Veranda mit Blick auf einen Wasserfall und ein kleiner Privatsee.«

Begley nickte. Er kannte Ferienmotels, wie Hoot sie beschrieben hatte. In diesem Teil des Staates, wo der Tourismus eine wichtige Einnahmequelle für die kleinen Berggemeinden darstellte, gab es sie zu Hunderten. Die Touristen kamen vor allem, weil man hier so viel unternehmen konnte: Angeln, Wandern, Campen oder Kajakfahren.

»Dem Manager des Motels zufolge reserviert Mr Tierney regelmäßig die größte Hütte, Nummer acht. Zwei Schlafzimmer, Wohnbereich mit offenem Kamin. Und das halte ich für entscheidend: Er reinigt die Hütte selbst. Ganz gleich, wie lange er bleibt, er holt sich zweimal wöchentlich frische Bettwäsche am Empfang und verzichtet darauf, die Hütte sauber machen zu lassen.«

»Das sind kaum gerichtsfeste Beweise, Hoot.«

»Aber komisch ist es schon.«

Begley kam hinter seinem Schreibtisch hervor und trat an die Staffelei mit der Pinnwand, die Hoot vor ihrer Besprechung in sein Büro gebracht hatte. Darauf waren die Fotos der fünf vermissten Frauen aus der Gegend rund um Cleary angebracht, darunter war alles Wissenswerte über sie zusammengefasst: Geburtsdatum, Führerschein- und Sozialversicherungsnummern, Datum des Verschwindens, Personenbeschreibung, Angehörige und Freunde, Interessen und Hobbys, religiöse Orientierung, Ausbildung, Bankkonten und andere Einkünfte – die alle seit der Entführung unberührt geblieben waren –, wo sie zuletzt gesehen worden waren, sowie alle weiteren Angaben, die helfen könnten, die Frauen wiederzufinden, oder auf den Unbekannten hindeuteten, der sie entführt hatte und der in diesem Fall den Codenamen Blue trug.

»Passt dieser Tierney in das Profil eines Sexualstraftäters?«

Obwohl noch nicht feststand, dass die Vermissten einem Sexualverbrechen zum Opfer gefallen waren, ging man davon aus, dass sie aus diesem Grund entführt worden waren. »Ja, Sir. Er ist weiß. Mehr oder weniger ein Einzelgänger. War einmal kurz verheiratet. Vor Kurzem geschieden.«

»Die Exfrau?«

»Hat wieder geheiratet.«

»Was wissen Sie über die Ehe und die Scheidung?«

»Ich habe Perkins darauf angesetzt. Er gräbt noch.«

»Weiter.«

»Tierney ist einundvierzig. Hat einen amerikanischen Pass, sein Führerschein wurde in Virginia ausgestellt. Einen Meter neunzig groß. Gewicht fünfundachtzig Kilogramm. Jedenfalls wog er das vor zwei Jahren, als er seinen Führerschein verlängern ließ. Braunes Haar. Blaue Augen. Kein Bart, keine Tattoos oder sichtbare Narben.

Der Manager des Motels sagt aus, er sei höflich und unkompliziert, und er gibt dem Zimmermädchen ein Trinkgeld, obwohl sie sein Zimmer nicht putzt. Er hat eine Kreditkarte von einer der großen Kreditkartenfirmen. Die er für fast alles verwendet und deren Konto er jeden Monat ausgleicht. Keine uns bekannten Schulden. Kein Ärger mit dem Finanzamt. Er fährt einen neuen Jeep Cherokee. Mit amtlicher Zulassung und bezahlter Versicherung.«

»Hört sich nach einem anständigen Bürger an. Einem wahren Prinzen unter den Menschen.«

Begley wusste genau, dass sich hinter diesem Äußeren und diesem Verhalten auch ein kriminelles, krankes Gehirn verbergen konnte. Während seiner vielen Dienstjahre waren ihm einige äußerst verquere Typen untergekommen.

Da war die Frau, die sechsfache Witwe war, bevor irgendwer auf den Gedanken kam, diesen bizarren Zufall genauer zu untersuchen. Dass sie ihre Ehemänner umgebracht hatte, und zwar auf unterschiedlichste und höchst einfallsreiche Weise, hatte sie damit entschuldigt, dass sie für ihr Leben gern Beerdigungen arrangierte. Sie war rund wie ein Walross und reizend wie eine Rose. Niemand hätte ihr zugetraut, dass sie einer Stubenfliege ein Haar krümmen könnte.

Dann war da der Kerl, der jede Weihnachten im örtlichen Einkaufszentrum den Weihnachtsmann gab. Fröhlich, gütig und von allen geliebt, ließ er die Kinder auf seinen Knien sitzen und sich von ihnen erzählen, was sie sich zu Weihnachten wünschten, bevor er sie ermahnte, immer artig zu sein, ihnen eine Zuckerstange schenkte und zuletzt eines von ihnen auswählte, das er erst sexuell missbrauchte und dann zerstückelte, sodass er die einzelnen Körperteile in Weihnachtsstrümpfe stecken und an seinen Mantel hängen konnte. Ho ho ho.

Begley konnte nichts mehr überraschen, schon gar nicht ein höflicher Frauenmörder, der großzügig Trinkgeld gab und pünktlich seine Rechnungen beglich.

»Wie sieht es mit Freunden aus?«, fragte Begley. »Hat er jemals irgendwen in seine Hütte mitgenommen?«

»Niemanden. ›Der is' lieber für sich ganz allein da drin‹, um Mr Gus Elmer, den Motelbesitzer, zu zitieren.«

Begley starrte auf das Bild von Laureen Elliott, der dritten Verschwundenen. Sie fiel durch ihre schlecht sitzende Dauerwelle und ihr süßes Lächeln auf. Ihren Wagen hatte man vor einem Grillrestaurant auf halbem Weg zwischen der Klinik, in der sie als Krankenschwester arbeitete, und ihrem Haus gefunden. Die telefonisch bestellten Grillrippchen hatte sie nie abgeholt.

»Wo ist dieser Ben Tierney zu Hause?«

»Die Post lässt er sich in ein Apartment in Virginia zustellen, knapp außerhalb von Washington D.C.«, antwortete Hoot. »Aber dort ist er so gut wie nie. Er ist fast immer auf Reisen.«

Begley drehte sich um. »Wissen wir auch, warum?«

Hoot blätterte in dem Papierstapel, den er mitgebracht hatte, und zog eine beliebte Zeitschrift für Freizeit und Sport heraus. »Seite siebenunddreißig.«

Begley nahm ihm die Zeitschrift aus der Hand, blätterte zur entsprechenden Seite und blickte auf einen Artikel über eine Raftingexkursion auf dem Colorado River.

»Er ist freier Autor«, erklärte Hoot. »Unternimmt Abenteuerreisen oder -urlaube, schreibt dann darüber und verkauft die Artikel anschließend an verschiedene Zeitschriften, die diesen Markt bedienen. Klettern, Bergsteigen, Paragliding, Tauchen, Hundeschlittenrennen. Was man sich nur denken kann, er hat's gemacht.«

Illustriert wurde der Artikel von einem Farbfoto zweier Männer, die auf einem felsigen Flussufer standen und hinter denen schäumendes Wasser hochspritzte. Einer der Männer war stämmig und bärtig und eindeutig kleiner als einen Meter neunzig. Unter dem Foto wurde er als Floßführer bezeichnet.

Der zweite lächelnde Floßfahrer entsprach genau Tierneys Personenbeschreibung. Ein breites, strahlendes Lächeln in einem mageren, sonnengegerbten Gesicht. Windzerzaustes Haar. Waden fest wie Baseballschläger. Genau definierte Armmuskeln. Waschbrettbauch. Michelangelos *David* in Bermudashorts.

Begley sah Hoot finster an. »Wollen Sie mich verflucht noch mal verscheißern? So einem Mann schmeißen die Weiber doch ihre Höschen hinterher.«

»Ted Bundy war auch als Weiberheld bekannt, Sir.«

Begley musste ihm schnaubend Recht geben. »Wie sieht es mit Frauen aus?«

»Beziehungen?«

»Und auch sonst.«

»Seine Nachbarn in Virginia kennen ihn kaum, weil er praktisch nie zu Hause ist, aber sie haben übereinstimmend ausgesagt, sie hätten nie eine Frau in seiner Wohnung gesehen.«

»Bei einem gutaussehenden Junggesellen wie ihm?«, fragte Begley.

Hoot zuckte mit den Achseln. »Vielleicht ist er schwul, allerdings deutet nichts darauf hin.«

»Vielleicht hat er irgendwo eine kleine Geliebte«, schlug Begley vor.

»Falls ja, dann haben wir keinen Hinweis darauf gefunden. Keine langfristigen Beziehungen. Und übrigens auch keine kurzfristigen. Aber wie gesagt, er reist viel. Vielleicht sucht er sich seine, äh, Abenteuer, wann und wo es gerade geht.«

Begley grübelte darüber nach. Serienvergewaltiger oder Frauenmörder pflegten oder unterhielten nur selten gesunde, langfristige Beziehungen. Im Gegenteil, normalerweise wurden sie von einem intensiven Hass gegen alle Frauen getrieben. Je nach Veranlagung des Täters konnte diese Feindseligkeit latent bleiben und kaschiert werden, oder der Betreffende stand offen dazu. So oder so äußerte sie sich irgendwann in Gewaltakten gegen das andere Geschlecht.

»Okay, Sie haben mein Interesse geweckt«, sagte Begley. »Aber ich hoffe, dass Sie noch mehr für mich haben.«

Hoot wühlte wieder in seinen Papieren. Schließlich fand er das gesuchte Blatt und erklärte: »Das ist ein Auszug aus Millicent Gunns Tagebuch. ›Heute B.T. wiedergesehen. Zum zweiten Mal in drei Tagen. Er ist voll scharf. Und immer voll nett zu mir.‹ Das *voll* ist unterstrichen, Sir.

›Ich glaube, er mag mich. Redet jedes Mal mit mir, obwohl ich so fett bin.‹ Diesen Eintrag hat sie drei Tage vor ihrem Verschwinden verfasst. Ihre Eltern behaupten, keiner ihrer Freunde hieße B.T. Sie kennen niemanden mit diesem Namen oder mit diesen Initialen.«

»Fett?«

»Tatsächlich leidet Miss Gunn an Anorexie und Bulimie.«

Begley nickte, denn er hatte die Krankenakte über ihren Klinikaufenthalt im vergangenen Jahr gelesen. »Wo hat sie diesen B.T. zweimal in drei Tagen gesehen?«

»Genau darum bin ich auf Ben Tierney gestoßen. Ich habe nachgegraben, wer dieser B.T. sein könnte. Der nächstliegende Ort war die Highschool. Doch da wurde ich nicht fündig. Alle B.T.s an der Highschool waren Mädchen.

Der zweite Ort, an dem ich gesucht habe, war Millicents Arbeitsplatz. Sie hilft stundenweise im Laden ihres Onkels aus. Der verkauft nicht nur Haushaltswaren und Gartenartikel, sondern auch …« Hoot holte Luft und schob die Brille nach oben, »Sportartikel, -kleidung und -ausrüstung.«

Begley wandte sich wieder dem Pinnbrett zu und zupfte nachdenklich an seiner Unterlippe, während er die Fotos der fünf mutmaßlichen Opfer studierte. Er konzentrierte sich auf das erste Bild. »War er auch in Cleary, als Torrie Lambert von diesem Wanderweg verschwand?«

»Das weiß ich nicht«, gab Hoot zu. »Bislang habe ich noch keine Anhaltspunkte dafür gefunden, dass er an dem Tag, an dem sie verschwunden ist, in der Gegend war. Aber er war definitiv wenig später in der Stadt. Das wissen wir aus der Gästeliste des Motels.«

»Vielleicht dachte er nach der Sache mit Torrie Lambert,

dass ihm die Gegend reiche Ernte verspricht, kehrte daraufhin noch mal zurück und kommt seither immer wieder her.«

»Genau das habe ich auch gedacht, Sir.«

»Er reist viel. Haben Sie untersucht, ob es an seinen anderen Reisezielen auch Vermisstenfälle gab?«

»Auch daran arbeitet Perkins gerade.«

»ViCAP, NCIC?«, fragte Begley nach den landesweiten Datenbanken, die von den Polizeibehörden genutzt wurden.

»Nichts.« Nach kurzer Pause fuhr Hoot fort: »Aber wir wissen noch nicht, wo er überall war. Wir müssen seine Kreditkartenabrechnungen durchgehen, um festzustellen, wohin er in den letzten Jahren gereist ist, und das mit den ungelösten Fällen in den betreffenden Gebieten abgleichen. Eine mühsame und zeitraubende Aufgabe.«

»War er auch in Cleary, als Millicent Gunn verschwand?«

»Er hat sich, eine Woche bevor ihre Eltern sie vermisst gemeldet haben, im Motel eingemietet.«

»Was sagen die Jungs im Regionalbüro dazu?«

»Ich habe ihnen diese Informationen noch nicht zukommen lassen, Sir.«

Begley drehte sich um. »Ich will es anders ausdrücken. Was sagen sie dazu, dass Sie diesen Fall bearbeiten?«

Es gab ein Regionalbüro des FBI, das näher an Cleary lag als die Zentrale in Charlotte. Hoot war vor dreizehn Monaten von dem Außenbüro in die Zentrale versetzt worden, aber seine Ermittlungen über Torrie Lamberts Verschwinden und ihre mutmaßliche Entführung hatten in dem Büro begonnen, das für dieses Gebiet zuständig war. »Es war von Anfang an mein Fall, Sir. Die Kollegen in der Außenstelle erkennen das an und überlassen ihn mir nur zu gern. Ich würde ihn gern abschließen, Sir.«

Zwanzig Sekunden blieb es still, während Begley wieder die Fotos auf dem Pinnbrett in Augenschein nahm. Unvermittelt machte er auf dem Absatz kehrt. »Hoot, ich glaube, wir sollten da mal rauffahren und mit Mr Tierney sprechen.«

Hoot war perplex. »Sie und ich? Sir.«

»Ich war lange nicht mehr im Feld.« Begley sah sich in seinem Büro um, als wäre es ihm plötzlich zu eng geworden. »Das tut mir bestimmt gut.«

Nachdem er die Entscheidung gefällt hatte, begann er augenblicklich, das weitere Vorgehen zu planen. »Es wäre mir nicht recht, wenn sich in Cleary herumsprechen würde, dass wir Ben Tierney unter die Lupe nehmen. Wie haben Sie diesem – wie heißt der Besitzer dieses Motels noch mal? – erklärt, dass Sie sich für ihn interessieren?«

»Er heißt Gus Elmer. Ich habe ihm gesagt, Tierney würde eventuell eine Ehrenauszeichnung seiner Alma Mater bekommen, aber zuvor müssten alle Bereiche seines Lebens durchleuchtet werden.«

»Das hat er geschluckt?«

»Und zwar unzerkaut. Er hat nur noch drei Zähne, Sir.«

Begley nickte gedankenverloren, denn er war schon wieder einen Schritt weiter. »Wir sollten das örtliche Police Department so lange wie möglich im Dunkeln lassen. Ich will diese Landeier nicht aufscheuchen und ihnen Gelegenheit geben, uns in die Suppe zu spucken, falls dieser Typ tatsächlich Blue sein sollte. Wie heißt das Arschloch noch mal?«

»Tierney.«

»Nicht dieses Arschloch«, meinte er ungeduldig. »Der Polizeichef.«

»Chief Burton. Dutch Burton.«

»Genau. Gibt es da nicht eine Geschichte?«

»Er war früher beim Atlanta PD«, führte Hoot aus. »Ein ausgezeichneter Morddetektiv. Empfehlungen. Makellose Akte. Dann hat es ihn aus der Kurve getragen, und er hat zu trinken angefangen.«

»Wie kommt's?«

»Familiäre Probleme, glaube ich.«

»Auch egal, jedenfalls haben sie ihn gefeuert. Jetzt fällt es mir wieder ein.« Begley hatte seine persönlichen Dinge zusammengesammelt, darunter sein Handy, das gerahmte Foto seiner Ehefrau seit dreißig Jahren und ihrer drei Kinder sowie die Bibel. Jetzt zerrte er den Mantel vom Haken und schlüpfte hinein.

»Nehmen Sie den ganzen Kram mit.« Er deutete auf die Unterlagen in Hoots Schoß. »Ich werde das unterwegs lesen, während Sie fahren.«

Hoot stand auf und warf einen argwöhnischen Blick aus dem Fenster, hinter dem sich die Dunkelheit über die Stadt senkte. »Sie meinen, Sie wollen … wir fahren noch heute Abend?«

»Jetzt sofort, verflucht noch mal.«

»Aber Sir, der Wetterbericht …«

Dafür handelte er sich einen unverdünnten, ungebremsten Nussknackerblick ein.

Er blieb standhaft, auch wenn er sich kurz räusperte, bevor er fortfuhr. »Es werden Rekordminustemperaturen vorhergesagt, dazu Eis, Schnee und Sturmböen, vor allem in diesem Teil des Staates. Wir werden direkt da reinfahren.«

Begley deutete auf das Pinnbrett. »Wollen Sie eine Vermutung wagen, was diesen jungen Damen widerfahren ist, Hoot? Was glauben Sie, welcher kranken Folter unterzieht dieser Wichser seine Opfer, bevor er sie umbringt?

Ich weiß, ich weiß, wir wissen nicht mit absoluter Sicherheit, dass sie tot sind, weil noch keine einzige Leiche aufgetaucht ist. Ich würde zu gern glauben, dass wir sie alle lebendig und putzmunter aufspüren, aber ich befasse mich mittlerweile seit über dreißig Jahren mit dieser Scheiße.

Sehen wir den Tatsachen ins Auge, Hoot, es sieht ganz so aus, als würden wir irgendwann ein paar Knochen ausgraben, weil sonst nichts mehr von diesen Ladys übrig ist, die alle eine

Zukunft, Träume und viele Menschen hatten, die sie liebten. Also, können Sie ernstlich in die Gesichter auf diesen Bildern blicken und sich immer noch über etwas schlechtes Wetter beklagen? Hmm?«

»Nein, Sir.«

Begley drehte sich um und marschierte aus der Tür. »Dachte ich mir.«

Tierney hatte mit einer schnellen Bewegung die Mütze vom Kopf gezogen. Lilly hatte mit dem Handtuch bereitgestanden. Das war vor fünfzehn Minuten gewesen, aber die Kopfwunde blutete immer noch. Das Handtuch war fast durchtränkt. »Wunden am Kopf bluten immer so stark«, sagte er, als sie sich besorgt zeigte. »Die vielen Kapillaren da oben.«

»Hier ist ein frisches Handtuch.« Sie reichte es ihm und nahm ihm das blutige ab.

Er gab es nicht her. »Du brauchst es nicht anzufassen. Ich bringe es ins Bad. Ich nehme an, das ist da drin?« Er deutete auf die Tür zum Schlafzimmer.

»Und dann rechts.«

»Ich werde mir das Blut aus den Haaren waschen. Vielleicht hilft das kalte Wasser, die Blutung zu stillen.« Wankend wie ein Betrunkener ging er ins Schlafzimmer, aber noch in der Tür stemmte er sich gegen den Rahmen und drehte sich wieder um. »Füll währenddessen weiter jeden verfügbaren Behälter mit Wasser. Die Rohre frieren bestimmt bald zu. Wir brauchen Trinkwasser.«

Dann verschwand er, und das Licht im Schlafzimmer ging an. Er hatte eine verschmierte Blutspur am Türrahmen hinterlassen, fiel ihr auf.

Als er gesagt hatte: »Lobet den Herrn! Endlich bin ich wieder Tierney«, hatte er ihr das entspannte, lockere Lächeln geschenkt, das ihr aus dem vergangenen Sommer in Erinnerung war. Damit hatte er ihre nervöse Verlegenheit weggespült, die ihr inzwischen albern und pubertär vorkam.

Sie wusste nicht viel über ihn, aber er war ihr auch nicht völlig fremd. Schließlich hatte sie einen ganzen Tag mit ihm zusammen verbracht. Sie hatten sich unterhalten. Miteinander gelacht. Seither hatte sie seine Artikel gelesen und erkannt, dass er ein respektierter Autor war, der oft veröffentlicht wurde.

Warum also hatte sie sich aufgeführt wie eine dumme Göre?

Nun, zum einen, weil dies eine bizarre Situation war. Solche Missgeschicke widerfuhren anderen Menschen. Von solchen bemerkenswerten Überlebenserfahrungen hörte man nur aus den Medien. Lilly Martin passierte so etwas auf keinen Fall.

Und doch war sie hier, kramte in einer Küche herum, die ihr nicht mehr gehörte, und suchte nach Behältern, um sie mit Wasser für sich und einen Mann zu füllen, den sie kaum kannte und mit dem sie möglicherweise tagelang in einer engen Hütte eingesperrt bleiben würde.

Zugegeben, wäre Tierney nicht ganz so attraktiv und so unerhört männlich, würde sie die Vorstellung, mit ihm von der Welt abgeschnitten zu sein, wahrscheinlich nicht so flatterig machen. Hätten sie jenen Tag am Fluss im letzten Sommer nicht erlebt, wäre es ihr vielleicht nicht so peinlich, so eng mit ihm zusammen zu sein.

»Läuft das Wasser noch?«

Sie schreckte hoch, als sie seine Stimme hinter ihrer Schulter hörte.

»Ja, zum Glück.« Sie wandte sich von der Spüle ab, in der sie einen weiteren Topf mit Wasser füllte. Tierney drückte ein Handtuch gegen seinen Hinterkopf. »Wie geht's?«

»Als das Wasser drübergelaufen ist, hat es richtig wehgetan, auch weil das Wasser so kalt ist. Aber ich glaube, die Kälte hat die Wunde schließlich betäubt.« Er zog das Handtuch herunter. Es war zwar blutig, aber längst nicht so sehr wie das erste. »Die

Blutung hat auch nachgelassen. Macht es dir was, einen Blick auf die Wunde zu werfen?«

»Ich wollte gerade darauf bestehen.«

Er setzte sich verkehrt herum auf einen Barhocker. Sie legte das Erste-Hilfe-Set auf die Theke, stellte sich hinter Tierney und teilte nach kurzem Zögern die Haare knapp unter dem Wirbel.

»Und?«, fragte er.

Es war ein breiter, langer, tiefer Schnitt. Ihrem unerfahrenen Blick nach sah er ziemlich übel aus. Sie pfiff leise durch die Lippen.

Er lachte kurz auf. »So schlimm?«

»Du kennst doch diese überreifen Melonen mit geplatzter Schale?«

»Autsch.«

»Rundherum ist alles angeschwollen.«

»Ja, das konnte ich spüren, als ich das Blut abgewaschen habe.«

»Ich würde sagen, dass du mindestens ein Dutzend Stiche gebrauchen könntest.« Er hatte das blutfleckige Handtuch über die Schultern gelegt. Sie hob einen Zipfel hoch und betupfte zaghaft die Wunde. »Immerhin kommt das Blut nicht mehr in Stößen. Es tröpfelt nur noch.«

In dem Set waren nur vier einzeln verpackte Desinfektionspäckchen. Lilly riss eines davon auf und zog ein Gazeläppchen heraus, das mit einer antibakteriellen Lösung getränkt war. Es war kaum größer als ein Salzcracker. Doch wenn der Geruch auf die Stärke der Lösung schließen ließ, würde es wehtun. Bei dem Gedanken, damit über eine offene Wunde zu streichen, schlug ihr Magen Purzelbäume.

»Mach dich auf was gefasst«, sagte sie, ohne genau zu wissen, ob sie damit sich oder Tierney meinte.

Er packte die Rückenlehne des Barhockers und legte das Kinn auf die verschränkten Handrücken. »Ich bin bereit.«

Aber als sie mit dem Stoff das offene Fleisch berührte, zuckte er doch zusammen. Leise zischend holte er Atem. In der Hoffnung, ihn ablenken zu können, begann sie zu reden. »Es überrascht mich, dass du keine Erste-Hilfe-Ausrüstung in deinem Rucksack hast. Als erfahrener Wanderer.« Er hatte den Rucksack auf den Boden fallen lassen, sobald sie die Hütte betreten hatten, und ihn seither nur einmal berührt, um ihn mit dem Fuß unter einen Beistelltisch zu schubsen, wo er nicht weiter störte.

»Ein schwerwiegender Fehler. Beim nächsten Mal habe ich garantiert was dabei.«

»Hast du sonst noch was in deinem Rucksack?«, fragte sie.

»Wie zum Beispiel?«

»Irgendwas Brauchbares?«

»Nein, ich hatte heute nur das Nötigste mit. Einen Müsliriegel. Eine Flasche Wasser. Beides ist aufgebraucht.«

»Warum hast du ihn dann nicht im Auto gelassen?«

»Verzeihung?«

»Deinen Rucksack. Warum hast du ihn mitgenommen, wenn nichts Brauchbares darin ist?«

»Ich will wirklich nicht wie eine Memme klingen«, sagte er, »aber bist du bald fertig? Das brennt wie die Hölle.«

Sie pustete sacht auf die Wunde, richtete sich dann wieder auf und nahm sie noch einmal in Augenschein. »Ich habe sie mit Desinfektionsmittel gesäubert. Sie sieht ziemlich böse aus.«

»Sie fühlt sich auch böse an.« Er griff nach dem Erste-Hilfe-Set und inspizierte den mageren Inhalt. »Ich würde mit dir um die Aspirin-Tabletten knobeln.«

»Sie gehören dir.«

»Danke. Hast du vielleicht eins von diesen kleinen Nähsets? Wie so ein Streichholzbrief. Für Notfälle wie einen abgerissenen Knopf?«

Ihr Magen krampfte sich zusammen. »Darum darfst du mich nicht bitten.«

»Worum?«

»Dass ich die Wunde zunähe.«

»Du würdest das nicht tun?«

»Ich habe kein Nähset.«

»Dein Glück. Und eine Nagelschere?«

»Die schon.«

Während er die zwei Aspirin schluckte, holte sie ihr Schminktäschchen aus der Handtasche und förderte eine winzige Schere zutage.

»Gut«, sagte er. »Übrigens ist der Topf voll.«

Sie tauschte den Kochtopf unter dem Wasserhahn gegen einen Plastikkrug aus. Er schälte ein Heftpflaster aus der Verpackung. »Wir schneiden dünne Streifen aus den Klebestreifen. Die kannst du kreuz und quer über den Schnitt kleben. Das ist zwar nicht so gut wie vernäht, aber vielleicht hilft es, die Wunde zu schließen.«

Seine Finger passten nicht in die Grifflöcher der winzigen Schere. »Warte, lass mich.« Sie nahm ihm Pflaster und Schere ab, schnitt lange Streifen aus dem Klebestreifen und klebte sie wie von ihm gewünscht über die Wunde. »Jetzt blutet es so gut wie nicht mehr«, sagte sie, als sie fertig war.

»Nun deckst du alles mit einer dieser Bandagen ab.«

So sanft wie möglich platzierte sie eines der sterilen Gazepäckchen aus dem Set auf der Wunde. »Wenn wir das wieder abnehmen, reißt es dir alle Haare aus.«

»Ich werd's überleben.« Dann änderte sich sein Tonfall abrupt. »Hoffentlich.«

7

Seine grimmige Miene verunsicherte sie so, dass sie fragte: »Wieso sagst du das? Hast du Verletzungen, von denen ich nichts weiß?«

»Vielleicht. Meine ganze linke Körperhälfte ist blau und grün. Die Rippen fühlen sich an, als hätte jemand versucht, sie mit einer Spreizzange zu öffnen, aber ich glaube nicht, dass was gebrochen ist.«

»Das ist doch gut, oder?«

»Schon, aber vielleicht ist innerlich was kaputtgegangen. Niere, Leber, Milz.«

»Würdest du es nicht spüren, wenn du innere Blutungen hättest?«

»Sollte man meinen. Aber ich habe schon gehört, dass Menschen an unerkannten inneren Blutungen gestorben sind. Wenn sich mein Bauch aufbläht, ist das ein ziemlich sicherer Hinweis darauf, dass sich die Bauchhöhle mit Blut füllt.«

»Fühlt sich dein Bauch angespannt an oder ist er überempfindlich?«

»Nein.«

Sie zog die Unterlippe zwischen die Zähne. »Wenn die Gefahr besteht, dass du innerlich blutest, hättest du kein Aspirin nehmen sollen.«

»So wie sich mein Kopf anfühlt, bin ich gewillt, dieses Risiko einzugehen.«

Er rutschte vorsichtig vom Barhocker, trat an die Spüle und hob den gefüllten Krug heraus. »Angenommen, ich überlebe, werden wir für unbestimmte Zeit Trinkwasser brauchen. Was für Behälter hast du noch?«

Gemeinsam durchsuchten sie die Hütte und begannen, alles zu füllen, was Wasser aufnehmen konnte. »Zu dumm, dass es hier nur eine Dusche gibt«, stellte er fest. »Sonst hätten wir die Badewanne volllaufen lassen können.«

Nachdem sie alle Töpfe, Pfannen und sogar den Putzeimer gefüllt hatten, begannen sie sich über andere Probleme den Kopf zu zerbrechen. »Woher bezieht ihr euren Strom und wie heizt ihr?«, fragte er.

»Mit Propangas. Wir haben einen unterirdischen Tank.«

»Wann wurde er das letzte Mal gefüllt?«

»Soweit ich weiß im letzten Winter. Weil ich die Hütte verkaufen wollte, habe ich ihn in diesem Herbst nicht auffüllen lassen. Und ich glaube nicht, dass Dutch es getan hat.«

»Das Gas könnte also ausgehen.«

»Nehme ich an. Je nachdem, wie viel Dutch davon verbraucht hat, als ich nicht hier war.«

»Wann warst du das letzte Mal hier oben?«

»Abgesehen von dieser Woche ist das Monate her.«

»Hast du die Woche über hier oben gewohnt?«

»Ja.«

»Mit Dutch?«

Plötzlich drehte sich ihr Gespräch nicht mehr darum, wie viel Gas im Tank war.

»Das geht dich nichts an, Tierney.«

»Das heißt ja.«

»Nein«, fuhr sie ihn gehässig an.

Er hielt ihren Blick mehrere Atemzüge lang gefangen, dann drehte er sich um und trat vor das Thermostat an der Wand. »Ich werde die Temperatur runtersetzen, damit das Propan länger hält. Okay?«

»Gut.«

»Wenn der Tank leer ist, sind wir ausschließlich auf den Kamin angewiesen. Ich hoffe, ihr habt nicht nur das Holz, das auf der Veranda liegt.«

Sie verübelte ihm die Anspielung, dass sie immer noch mit ihrem Exmann schlief, aber sie saßen hier oben fest, und hier war es zu eng, um wütend aufeinander zu sein. Sie ließ die Sache auf sich beruhen. »Im Schuppen liegt noch mehr Feuerholz.« Sie deutete in die entsprechende Richtung. »Es gibt einen kleinen Weg durch…«

»Ich weiß, wo er ist.«

»Der Schuppen? Ach, wirklich?« Der kleine Lagerraum war aus unbehandeltem Holz gezimmert und so aufgestellt worden, dass er weder von der Straße, noch von der Hütte aus zu sehen war. Er fügte sich nahtlos in die Umgebung ein und war praktisch unsichtbar. Hatte sie wenigstens geglaubt.

»Woher weißt du von dieser Hütte, Tierney?«

»Du hast mir letzten Sommer davon erzählt.«

Sie wusste ganz genau, was sie ihm erzählt hatte, weil sie das Gespräch seither tausendmal in Gedanken durchgegangen war. »Da habe ich dir erzählt, dass ich hier in der Gegend eine Berghütte besitze. Ich habe dir aber nicht gesagt, wo sie liegt.«

»Nein.«

»Woher weißt du also, dass sie hier ist?«

Er sah sie nachdenklich an und sagte dann: »Ich kenne diesen Berg in- und auswendig. Eines Tages bin ich zufällig auf die Hütte und den Schuppen gestoßen, ohne zu ahnen, dass ich mich auf Privatgrund befinde. Wahrscheinlich habe ich damit Hausfriedensbruch begangen, aber das war keine Absicht. Ich sah das Zu-verkaufen-Schild und rief den Makler an, weil mir das Anwesen gefiel. Dabei habe ich erfahren, dass es dir und deinem Ehemann gehört und dass ihr verkaufen wollt, weil ihr euch scheiden lasst.« Er hob hilflos die Arme. »Daher weiß ich, wo eure Hütte steht.«

Er warf ihr einen Blick zu, der praktisch jede Nachfrage verbot. Dann sagte er: »Also, wie viel Holz liegt noch im Schuppen? Ein Klafter?«

Obwohl sie liebend gern weitergebohrt hätte, wieso er so viel über sie wusste, sah sie auch keinen Vorteil darin, das Thema zu vertiefen und böses Blut zu erzeugen. »Viel weniger.«

»Tja, dann können wir nur hoffen, dass wir gerettet werden, bevor wir die Möbel klein hacken und verfeuern müssen.«

»Was meinst du, wie lange das dauert? Bis wir gerettet werden, meine ich?«

Er setzte sich auf das Sofa, wo inzwischen ein Handtuch den Blutfleck auf der Rückenlehne abdeckte, und ließ den Kopf darauf sinken. »Morgen kommt uns höchstwahrscheinlich niemand holen. Eventuell übermorgen. Je nachdem, wie stark der Sturm ist und wie viel Eis sich ansammelt, könnte es auch länger dauern.«

Sie erinnerte sich an den vorletzten Winter, in dem ein Eissturm die Bergstraße tagelang unpassierbar gemacht hatte. Die Menschen in abgelegenen Gebieten mussten ohne Strom auskommen, weil die Leitungen unter der Last des Eises gerissen waren. In einigen Fällen hatte es Wochen gedauert, bis die Versorgung wieder aufgenommen werden konnte und Normalität einkehrte. Der Sturm, der draußen tobte, sollte der Vorhersage zufolge wesentlich schlimmer werden und länger dauern als der von damals.

Lilly setzte sich auf das Sofa gegenüber, legte die Decke über Beine und Füße und war gottfroh, dass Tierney an die Socken gedacht hatte. Das nasse Paar hatte sie zum Trocknen über die Lehne eines Barhockers gehängt. Ihre Hosenbeine waren immer noch klamm, aber damit konnte sie leben, solange ihre Füße trocken und halbwegs warm waren.

»Auf wie viel Grad hast du das Thermostat gestellt?«, fragte sie.

»Sechzehn.«

»Hmm.«

»Ich weiß, das ist nicht gerade kuschelig«, sagte er. »Du solltest sicherheitshalber noch den anderen Rollkragenpullover überziehen. Damit du nicht auskühlst.«

Sie nickte, machte aber keine Anstalten aufzustehen. »Wie kalt es draußen wohl ist?«

»Im Wind bestimmt unter fünfzehn Grad minus«, antwortete er, ohne zu zögern.

»Dann werde ich mich über die sechzehn Grad nicht beschweren.« Sie blickte zum Kamin. »Trotzdem wäre ein Feuer nett.«

»Stimmt. Aber ich glaube wirklich ...«

»Nein, nein, du hast Recht, wir sollten das Holz aufsparen. Ich habe nur laut geträumt. Ich liebe die Atmosphäre, die ein offenes Feuer schafft.«

»Ich auch.«

»Da wirkt jeder Raum gemütlicher.«

»Genau.«

Nach kurzem Schweigen fragte sie: »Hast du Hunger?«

»Mir ist immer noch flau. Aber wenn du hungrig bist, brauchst du nicht auf mich zu warten. Iss etwas.«

»Eigentlich bin ich auch nicht besonders hungrig.«

»Du musst mir keine Gesellschaft leisten«, erklärte er ihr. »Ich kann mich selbst wachhalten. Wenn du müde bist oder dich hinlegen willst ...«

»Wirklich nicht.«

Sie würde auf gar keinen Fall einschlafen und dadurch riskieren, dass er in Ohnmacht und möglicherweise in ein Koma fiel. Er musste noch ein paar Stunden wach bleiben, ehe er gefahrlos einschlafen konnte. Außerdem hatte sie am Nachmittag lang genug geschlafen.

Sie hatte nur geredet, um das Schweigen zu überbrücken.

Jetzt, wo sie verstummt waren, war nichts mehr zu hören außer dem Wind, den Ästen, die gegen den Giebel schlugen, und dem Graupel, der auf das Dach prasselte. Ihre Blicke wanderten durch den Raum, den sie bis auf die Möbel leer geräumt hatten. Es gab wenig, das die Augen ablenkte, und so sahen sie zuletzt einander an. Als sich ihre Blicke verbanden, schien sich der Raum um sie zu schließen, was eine Art nervöser Intimität schuf.

Lilly brach als Erste den Blickkontakt. Sie schaute auf das Handy, das zwischen ihnen auf dem Couchtisch lag. »Wenn Dutch meine Nachricht bekommen hat, wird er sich irgendwas einfallen lassen, um jemanden hier hochzuschicken.«

»Ich hätte das vorhin nicht fragen sollen. Ob ihr zusammen hier oben wart.«

Ihre Geste machte deutlich, dass er sich nicht zu entschuldigen brauchte.

»Ich würde nur gern wissen, wie viel du noch mit ihm zu tun hast, Lilly.«

Sie spielte mit dem Gedanken, ihm diese Information zu verwehren, beschloss dann aber, das Thema ein für alle Mal zu klären. Offenbar würde er es sonst immer wieder zur Sprache bringen. »Ich habe Dutch heute Abend angerufen, weil er Polizeichef ist, nicht weil er mein Exmann ist. Unsere Ehe wurde geschieden, aber er würde mich genauso wenig hier oben erfrieren lassen, wie ich ihn in einer lebensbedrohlichen Situation im Stich lassen würde. Falls es irgendwie möglich ist, wird er uns retten.«

»Dich wird er um jeden Preis retten«, sagte Tierney. »Bei mir bin ich nicht so sicher.«

»Wie kommst du darauf?«

»Er mag mich nicht.«

»Und wie kommst du darauf?«

»Es geht nicht darum, was er getan hätte. Sondern darum, was er nicht getan hat. Ich bin ihm ab und zu über den Weg gelaufen, und er hat sich nie die Mühe gemacht, sich vorzustellen.«

»Vielleicht kam ihm der Zeitpunkt nicht gelegen.«

»Nein, ich glaube, da steckt mehr dahinter.«

»Wie zum Beispiel?«

»Zum einen, dass ich ein Fremder bin, dem er sofort mit Misstrauen begegnet, weil nicht schon meine Ururgroßeltern in diesen Bergen gelebt haben.«

Sie musste lächelnd anerkennen, dass er die Einstellung, die in dieser Gegend vorherrschte, auf den Punkt gebracht hatte. »Die Menschen hier können ziemlich unzugänglich sein.«

»Ich bin nur ein Besucher, aber ich war inzwischen so oft hier, dass die Leute zumindest meinen Namen kennen und mit mir reden könnten. Mich begrüßen. So was. Aber wenn ich morgens meinen Kaffee an der Bar im Ritt's trinke, sitze ich immer allein an der Theke. Noch nie hat mich jemand eingeladen, zu dem Altherrenclub zu stoßen, der Morgen für Morgen die Sitznischen mit Beschlag belegt. Dutch Burton, Wes Hamer, ein paar andere, alles Einheimische. Eine geschlossene Clique. Nicht dass ich mich nach ihrer Gesellschaft sehnen würde, aber sie bringen nicht einmal ein ›Hallo‹ über die Lippen.«

»Dann möchte ich mich für sie entschuldigen.«

»Ehrlich, das ist nicht wichtig. Aber es gibt mir zu denken«, setzte er an und verstummte.

»Inwiefern?«

»Das gibt mir zu denken, ob er mir aus dem Weg geht, weil du ihm vielleicht von mir erzählt hast.«

Sie zog den Kopf ein. »Nein. Gestern habe ich dich das erste Mal erwähnt.«

Weil er nichts darauf erwiderte, blieb es ihr nach ein paar langen Sekunden überlassen, das lastende Schweigen zu durchbrechen. »Es hat mich überrascht, dich in der Stadt zu sehen. Gibt es hier denn noch etwas, worüber du schreiben kannst?«

»Es sind nicht die journalistischen Themen, die mich hierherbringen, Lilly.«

Der Köder, den er ausgeworfen hatte, war gefährlich, aber verlockend und unwiderstehlich. Sie hob den Kopf und sah ihn an. Er sagte: »Ich habe einen Artikel über unseren Tag am Fluss verkauft.«

»Ich weiß. Ich habe ihn gelesen.«

»Ja?« Es war unübersehbar, dass ihm das gefiel.

Sie nickte. »Diese Wassersportzeitschrift und mein Magazin erscheinen im selben Verlag, darum bekomme ich immer ein Belegexemplar. Als ich das Heft durchblätterte, ist mir dein Name aufgefallen.« Ehrlich gesagt hatte sie dieses und ähnliche Hefte monatelang durchforstet, um festzustellen, ob er einen Artikel über die Kajakexkursion geschrieben und veröffentlicht hatte.

»Ein exzellenter Artikel, Tierney.«

»Danke.«

»Das meine ich ernst. Die Beschreibungen waren lebendig. Man konnte spüren, wie aufregend die Tour für uns war. Und ein Titel, der sofort neugierig macht: ›Die stürmische Franzosenbraut‹.«

Er grinste. »Ich dachte, das würde die Unwissenden fesseln. Man muss den Artikel lesen, um zu erfahren, dass der Fluss übersetzt so heißt.«

»Es ist gute Arbeit.«

»Es war ein guter Tag«, gab er leise und mit gefühlsbeladener Stimme zurück.

Anfang Juni im letzten Sommer. Zwei Dutzend Teilnehmer hatten sich zu dem eintägigen Kajaktrip angemeldet. Sie hatten sich in dem Bus getroffen, der die Gruppe mehrere Meilen flussaufwärtstransportierte, von wo aus die wilde Fahrt durch mehrere Stromschnellen der Schwierigkeitsgrade drei und vier führen sollte.

Nachdem sie ungefähr gleich viel Erfahrung hatten, hatte sich zwischen ihnen eine natürliche Kameradschaft eingestellt, vor allem, nachdem sie entdeckt hatten, dass ihre Berufe, wie Tierney es bezeichnet hatte, »eng verschwägert« waren. Er war freier Journalist, der seine Artikel an verschiedene Zeitschriften verkaufte; sie war Chefredakteurin einer Zeitschrift.

Als die Gruppe am Ufer Mittagspause machte, sonderten sie sich von den Übrigen ab und setzten sich gemeinsam auf einen großen Felsen, der halb über dem tosenden Wasser hing.

»Du bist Chefredakteurin?«, platzte es aus ihm heraus, als sie ihm erzählte, in welcher Position sie arbeitete.

»Seit bald drei Jahren.«

»Ich bin beeindruckt. Das ist ein angesehenes Blatt.«

»Ursprünglich war es eine Zeitschrift für Frauen aus den Südstaaten. Inzwischen werden wir landesweit vertrieben, und die Auflage steigt mit jeder Ausgabe.«

In *Smart* erschienen Artikel über Wohnungseinrichtung, Fashion, Ernährung und Reisen. Die Zielgruppe waren Frauen, die Haushalt und Arbeit zu vereinen suchten, die alles zugleich wollten und alles dafür gaben. Die Artikel erklärten beispielsweise, wie sich aus einem Essen vom Lieferservice ein köstliches Dinner zaubern ließ, indem man ein paar Gewürze aus dem Küchenschrank hinzufügte und das Essen auf Porzellan servierte, oder sie gaben einen Ausblick auf die Schuhtrends der kommenden Saison.

»Natürlich schreiben wir auch für die reinen Hausfrauen«, hatte sie ihm erklärt, »aber unsere eigentliche Zielgruppe ist die Frau, die im Beruf Erfolg haben, den perfekten Urlaub planen und gleichzeitig fabelhafte Dinnerpartys geben will, die sie aus dem Handgelenk zusammenstellt.«

»Geht so was überhaupt?«

»Das erfährst du in der Juli-Nummer.«

Lachend hatte er ihr mit seiner Wasserflasche zugeprostet. Die Sonne war warm, die Unterhaltung entspannt. Sie entwickelten ein freundschaftliches Verhältnis. So spannend die Flussfahrt bis zum Mittagessen gewesen war, hatten sie es gar nicht eilig, wieder in die Kajaks zu steigen, als der Führer das Ende der Pause verkündete.

Den ganzen Nachmittag über plauderten sie bei jeder sich bietenden Gelegenheit, meist jedoch mussten sie sich auf die Herausforderungen konzentrieren, die dieser Sport stellte. Trotzdem spürten sie ständig die Anwesenheit des anderen. Sie verständigten sich mit Gesten oder einem Lächeln. Die gegenseitige Bewunderung für die Fähigkeiten des anderen gestatteten, dass sie sich gegenseitig neckten, wenn einer von beiden mit dem Kopf ins Wasser tauchte.

Er versorgte sie mit Sonnencreme, als sie entdeckte, dass sie ihre zu Hause vergessen hatte. Aber er teilte seine Sonnencreme auch mit den beiden Collegestudentinnen, die schamlos mit ihm flirteten und den ganzen Tag über seine Aufmerksamkeit auf sich zu ziehen versuchten.

Als sie an der Stelle anlegten, wo sie am Morgen ihre Autos abgestellt hatten, ging Lilly zu ihrem Wagen und er zu seinem. Nachdem er die Ausrüstung in seinem Cherokee verstaut hatte, kam er noch mal angelaufen. »Wo wohnst du hier?«

»In Cleary. Ich bin den Sommer über an den meisten Wochenenden hier. Ich habe hier eine Berghütte.«

»Nett.«

»Stimmt.«

Die Collegestudentinnen hielten mit ihrem Jeep genau neben ihnen. »Bis später, Tierney«, rief die Fahrerin.

»Äh, ja, klar.«

»Du weißt noch, wie der Schuppen heißt?«, fragte die andere vom Beifahrersitz aus.

Er tippte sich an die Stirn. »Ist fest hier drin gespeichert.«

Ohne Lilly eines Wortes zu würdigen, aber mit einem verschwörerischen Lächeln für Tierney fuhren sie ab und wirbelten dabei eine dicke Staubwolke auf.

Er winkte ihnen nach und schüttelte gleichzeitig den Kopf. »Partygirls, die es nicht erwarten können, in Schwierigkeiten zu kommen.« Dann wandte er sich wieder Lilly zu und lächelte. »Es widerspricht meiner Männerehre, das zuzugeben, aber bei den letzten heftigen Stromschnellen habe ich neben deinen Rodeotricks echt alt ausgesehen.«

Sie knickste ironisch. »Vielen herzlichen Dank. Von jemandem mit deiner Technik ist das ein echtes Kompliment.«

»Dafür sollte ich dich mindestens auf einen Drink einladen. Können wir uns irgendwo treffen?«

Sie nickte der Staubwolke hinterher, die der Jeep der beiden Mädchen aufgewirbelt hatte. »Ich dachte, du hättest schon was geplant.«

»O ja«, sagte er. »Ich habe geplant, mich mit dir zu treffen.«

Ihr Lächeln erstarb. Sie suchte verlegen nach den Autoschlüsseln. »Danke, Tierney, aber ich muss ablehnen.«

»Ach. Und wie sieht es morgen aus?«

»Tut mir leid, da kann ich auch nicht.« Sie holte tief Luft und sah zu ihm auf. »Da bin ich mit meinem Mann zum Abendessen verabredet.«

Sein Lächeln erstarb nicht, es brach in sich zusammen. »Du bist verheiratet.« Es war eine Feststellung, keine Frage.

Sie nickte.

Sein Blick senkte sich auf ihren nackten Ringfinger. Seine Miene, eine Mischung aus Fassungslosigkeit und Enttäuschung, sprach Bände.

Dann sahen sie sich eine Ewigkeit nur an, sagten nichts und kommunizierten nur mit Blicken, während sich die untergehende Sonne durch die Laubbäume stahl und ihre unglücklichen Mienen mit den Schatten der Blätter tüpfelte.

Schließlich hielt sie ihm die Hand hin. »Es war wirklich nett mit dir, Tierney.«

Er nahm sie. »Mit dir auch.«

»Ich werde nach deinen Artikeln Ausschau halten«, sagte sie und stieg ein.

»Lilly …«

»Mach's gut. Pass auf dich auf.« Eilig zog sie die Autotür zu und fuhr ab, ehe er noch mehr sagen konnte.

Seither hatten sie sich nicht mehr gesehen – bis gestern, als sie ihn auf der anderen Straßenseite der Main Street in Cleary entdeckt hatte. Dutch war von hinten auf sie geprallt, weil sie so unvermittelt stehen geblieben war. »Was schaust du?«

Tierney wollte gerade in seinen Cherokee steigen, als er zufällig in ihre Richtung sah. Er erstarrte. Dann sahen sie sich an, und die Welt blieb stehen.

»Ben Tierney«, beantwortete sie gedankenverloren Dutchs Frage. Vielleicht hatte sie aber auch nur den Namen laut ausgesprochen, der ihr während der vergangenen acht Monate im Kopf herumgegeistert war.

Dutch folgte ihrem Blick über die Fahrbahn und den Mittelstreifen hinweg. Tierney stand immer noch da, mit einem Fuß im Wagen, und sah sie an, als warte er auf ein Zeichen, was er jetzt tun sollte.

»Du kennst den Typen?«, fragte Dutch.

»Ich bin ihm letzten Sommer begegnet. Kannst du dich noch erinnern, dass ich einen Tag beim Kajakfahren war? Er war in meiner Gruppe.«

Dutch drückte die Tür zu der Anwaltskanzlei auf, in der sie einen Termin hatten, um den Verkauf der Hütte abzuschließen. »Wir sind spät dran«, sagte er und schob sie hinein.

Als sie eine halbe Stunde später auf den Bürgersteig traten, merkte sie, dass sie heimlich auf der Main Street nach dem schwarzen Cherokee Ausschau hielt. Sie hätte Tierney gern wenigstens begrüßt, aber von ihm oder seinem Auto war weit und breit nichts zu sehen. Trotzdem merkte sie jetzt, da er nur einen Meter von ihr entfernt saß, wie schwer es ihr fiel, ihn anzusehen oder etwas zu sagen.

Weil sie seinen Blick spürte, sah sie zu ihm hinüber. »Ich habe nach dem Tag am Fluss ein paar Mal in deinem Büro in Atlanta angerufen.«

»Deine Artikel sind nichts für meine Leserinnen.«

»Ich habe nicht angerufen, um einen Artikel unterzubringen.«

Sie wandte den Kopf ab und schaute in den leeren Kamin. Seit sie am Morgen die Asche herausgefegt hatte, schien eine Ewigkeit vergangen zu sein. Leise sagte sie: »Ich weiß, warum du angerufen hast. Und genau deshalb konnte ich die Anrufe nicht annehmen. Aus dem gleichen Grund, aus dem ich nach dem Kajakfahren nicht mit dir ausgehen konnte. Ich war verheiratet.«

Er stand auf, kam um den Couchtisch herum und setzte sich direkt neben sie aufs Sofa, sodass sie ihn ansehen musste. »Jetzt bist du nicht mehr verheiratet.«

William Ritt lächelte zu seiner Schwester auf, die seinen leeren Teller abräumte. »Danke, Marilee. Das Stew war ausgezeichnet.«

»Freut mich, dass es dir geschmeckt hat.«

»Ich spiele mit dem Gedanken, im Drugstore ein Tagesgericht anzubieten. An jedem Tag der Woche etwas anderes. Mittwochs Hackbraten. Freitags Krabbenpastete. Wärst du bereit, Linda dein Stewrezept zu verraten, Marilee?«

»Es ist Mutters Rezept.«

»Ach so. Na schön, aber ich glaube nicht, dass es sie noch stören wird, wenn du es weitergibst, oder?«

Für einen Unbeteiligten mochte das brüsk klingen, aber

Marilee wusste, warum William so unsensibel reagierte, und konnte es ihm nicht verübeln. Ihre Eltern waren beide gestorben, aber es war kein tragischer Verlust. Der eine war komplett gleichgültig gewesen, die andere egoistisch. Für beide war es eine vollkommen absurde Vorstellung gewesen, ihre Nachkommen mit Liebe und Zuneigung zu erziehen.

Ihr Vater war ein strenger, schweigsamer Mann gewesen. Von Beruf Mechaniker, war er jeden Morgen vor Tagesanbruch aufgestanden und hatte sich auf den Weg bergab in die Werkstatt im Ort gemacht. Heim kehrte er erst zum Abendessen, das er mechanisch verspeiste. Wenn er direkt gefragt wurde, knurrte er eine Antwort, sonst hatte er nichts zu sagen, was nicht nach Kritik oder Tadel klang. Nach dem Essen nahm er ein Bad und verschwand dann im Schlafzimmer, wo er die Tür hinter sich zuzog, um seine Familie auszuschließen.

Marilee hatte nie erlebt, dass er an irgendetwas Freude gefunden hätte – außer an dem Gemüsegarten, den er jeden Sommer neu anlegte. Der war sein ganzer Stolz. Als sie sieben Jahre alt war, erwischte ihr Vater ihren Streichelhasen dabei, wie er an einem Kohlkopf knabberte. Er drehte dem Tier vor ihren Augen den Hals um und befahl ihrer Mutter, es zum Abendessen zu braten. Marilee hatte es als späte Gerechtigkeit empfunden, dass er ausgerechnet beim Jäten im Zwiebelbeet von einer Herzattacke dahingerafft wurde.

Ihre Mutter war ein hypochondrisches Jammerweib gewesen und hatte ihren Mann hinter dessen Rücken als ungehobelten Hinterwäldler beschimpft. Vierzig Jahre lang sorgte sie dafür, dass jeder wusste, wie tief unter ihrem Stand sie geheiratet hatte. Ihr ganzes Leben drehte sich um ihr eigenes Leid, weshalb alles andere ausgeschlossen blieb.

Als ihre Gesundheit so nachließ, dass sie praktisch ans Bett gefesselt war, hatte Marilee ein Urlaubssemester an der Cleary Highschool eingelegt, um ihre Mutter zu pflegen. Eines Morgens versuchte Marilee ihre Mutter zu wecken und entdeckte, dass sie im Schlaf gestorben war. Als der Geistliche ihr später mit Plattitüden Trost spenden wollte, konnte Marilee nur denken, dass eine so verbitterte und egomanische Frau wie ihre Mutter es nicht verdient hatte, so friedlich aus der Welt zu scheiden.

Die beiden Kinder dieser emotionalen Krüppel mussten schon früh lernen, allein zurechtzukommen. Ihr Elternhaus hatte sich auf der anderen Seite des Cleary Peak befunden, weit weg vom Ort und weitab von jenen Vierteln, in denen die Kinder zusammen spielten. Weil ihren Eltern jede soziale Kompetenz fehlte, konnten sie weder ihr noch William welche beibringen. Beide Kinder mussten sich mühsam in der Schule aneignen, wie andere Menschen miteinander umgingen.

William war ein guter Schüler, der sich der Wissenschaft verschrieben hatte. Seine Bemühungen wurden mit hervorragenden Noten und Sonderpreisen belohnt. Er versuchte mit der gleichen Entschlossenheit, Freunde zu finden, aber seine übereifrigen Bemühungen zeigten gewöhnlich den entgegengesetzten Effekt.

Marilee hatte die Zuwendung, die sie im wahren Leben vermisste, in den Büchern gefunden. Nachdem William mehrere Jahre älter war, hatte er zuerst lesen gelernt. Sie hatte ihn bedrängt, es ihr beizubringen, und daraufhin im Alter von fünf Jahren bereits Bücher gelesen, die für einige Erwachsene zu hoch waren.

Abgesehen von den Jahren im College hatten sie und William zeitlebens unter einem Dach gelebt. Nach dem Tod ihrer Mutter hatte William beschlossen, dass es Zeit war, in den Ort zu ziehen. Er kam überhaupt nicht auf den Gedanken, dass Marilee andere Pläne haben könnte. Genauso wenig wie sie auf den Gedanken kam, sich von ihm zu lösen. Im Gegenteil, sie war begeistert über die Aussicht, das düstere, traurige Heim am Berg zu verlassen, das so viele unglückliche Erinnerungen barg.

Sie kauften ein kleines, adrettes Haus in einer ruhigen Seitenstraße. Marilee verwandelte es in ein gemütliches Heim voller Licht, Farben und Pflanzen, die es in ihrem Elternhaus nie gegeben hatte.

Aber nachdem der letzte Vorhang aufgehängt und das letzte Zimmer eingerichtet war, hatte sie sich umgesehen und erkannt, dass sich außer ihrer Umgebung gar nichts verändert hatte. Ihr Leben hatte keine aufregende neue Wendung genommen. Das tägliche Einerlei war jetzt farbenfroher und hübsch dekoriert, aber es blieb ein tägliches Einerlei.

Den Familiensitz auf dem Berg hätte sie am liebsten verkauft oder verfallen lassen, bis ihn die Wildnis zurückerobert hatte. Aber William hatte etwas anderes damit vor.

»Bis der Sturm vorüber ist, wirst du nicht am Haus weiterarbeiten können«, bemerkte sie jetzt, während sie den Tisch mit einem feuchten Lappen abwischte und die letzten Maisbrotkrümel in die offene Hand fegte.

Hinter der Zeitung hervor antwortete er: »Stimmt. Vielleicht wird es Tage dauern, bis die Hauptstraße wieder befahrbar ist. Und die kleine Nebenstraße hoch zum Haus wird noch später geräumt werden.«

Die Nebenstraße, die er meinte, schlängelte sich an der Westflanke des Berges empor, wo es kälter und dunkler war und wo der Frühling zuletzt einzog. »Sobald die Straße wieder geöffnet ist, möchte ich einmal mit dir hochfahren«, sagte sie. »Ich will sehen, was du aus dem Haus gemacht hast.«

»Es geht voran. Ich hoffe, dass ich bald damit fertig bin, wenn auch nicht diesen, sondern erst nächsten Sommer.«

Er hatte es sich in den Kopf gesetzt, das Haus zu renovieren und es an Feriengäste zu vermieten. In der Gegend gab es Dutzende von Immobilienagenturen, die über den Sommer und Herbst Ferienobjekte vermittelten. Die meisten Arbeiten hatte er selbst erledigt und nur im absoluten Notfall einen Handwerker beauftragt. Praktisch seine ganze Freizeit verbrachte er mit Renovieren. In Marilees Augen müsste das Haus dem Erdboden gleichgemacht werden, ehe es irgendeinen Reiz entwickeln konnte. Aber nachdem William sich dem Projekt so verschrieben hatte, unterstützte sie ihn.

»Ich habe gehört, dass das alte Smith-Haus im letzten Sommer für fünfzehnhundert pro Woche vermietet wurde«, sagte er. »Ist das zu glauben? Das Haus war praktisch eine Ruine, als sie mit der Renovierung angefangen haben. Unseres wird viel attraktiver.«

»Was hattest du heute Nachmittag hinten im Laden mit Wes und Scott Hamer zu schaffen?«

Er senkte eine Ecke der Zeitung und sah sie scharf an. »Wie bitte?«

»Heute Nachmittag, hinten im Laden …«

»Das habe ich verstanden. Was sollte ich deiner Ansicht nach mit ihnen ›zu schaffen haben‹?«

»Du brauchst nicht gleich beleidigt zu tun, William. Ich wollte nur wissen …«

»Ich bin nicht beleidigt. Es ist bloß eine komische Frage. Weit hergeholt *und* unangemessen. Als Nächstes fragst du mich noch, welche Medikamente meine Kunden abholen, obwohl du genau weißt, dass ich derart persönliche Informationen nicht weitergeben darf.«

In Wahrheit war er ein Wichtigtuer, der für sein Leben gern tratschte, oft genug auch über seine Kunden und ihre Gebrechen.

»Ging es bei Wes und Scott um etwas Persönliches?«

Er seufzte und legte die Zeitung beiseite, als hätte sie ihm die Freude daran verdorben. »Etwas Persönliches, aber nichts Vertrauliches. Wes hatte angerufen, weil Dora Kopfschmerzen hatte, und mich gefragt, welches nicht verschreibungspflichtige Mittel ich empfehlen würde. Vorhin hat er es abgeholt.«

Er stand vom Tisch auf und ging an die Küchentheke, um seine Kaffeetasse aufzufüllen. Nachdem er einen Schluck Kaffee genommen und sie dabei über den Tassenrand hinweg im Auge behalten hatte, fragte er: »Wieso fragst du? Hast du dir eingebildet, dass Wes nur in den Laden gekommen ist, um mit dir zu flirten?«

»Er hat nicht mit mir geflirtet.«

William sah sie höhnisch an.

»Wirklich nicht«, betonte sie. »Wir haben uns nur unterhalten.«

»Ehrlich, Marilee, ich kann nicht glauben, dass du dich geschmeichelt fühlst, nur weil Wes sich für dich interessiert«, sagte er mit gespieltem Mitleid. »Er flirtet mit allem, was Eierstöcke hat.«

»Sei nicht so derb.«

»Derb?« Er lachte kurz auf und versprühte dabei Kaffee. »Was derb ist, weißt du erst, wenn du gehört hast, wie Wes über Frauen spricht. Außerhalb ihrer Hörweite natürlich. Er verwendet Gossenbegriffe, die du wahrscheinlich noch nie gehört hast, und prahlt mit seinen sexuellen Eroberungen. So wie er redet, könnte man meinen, er würde noch in die Highschool gehen. Er trägt seine Affären so demonstrativ vor sich her wie früher den Ball durch den Gang, wenn er ein wichtiges Spiel gewonnen hatte.«

Marilee wusste sehr wohl, dass sich hinter Williams abschätziger Reaktion die blanke Eifersucht verbarg. Er wäre für sein Leben gern so ein Macho gewesen wie Wes. Um der Wahrheit die Ehre zu geben, hatte er seinen pubertären Neid auf den beliebten Klassenkameraden nie überwunden. Die Abschlussrede halten zu dürfen war längst nicht so sexy, wie Captain des Footballteams zu sein. Jedenfalls nicht in dieser Gegend der Welt.

Doch sie wusste auch, dass seine Aussagen über Wes zwar

übertrieben waren, aber im Kern stimmten. Sie gehörte genau wie Wes Hamer zum Lehrerkollegium an der Highschool. Er stolzierte tatsächlich durch die Schulkorridore, als würden sie ihm gehören. Und er schien zu glauben, dass ihm als ranghöchstem Sportlehrer die ganze Schule unterstand. Er sonnte sich in seinem Titel, der Prominenz und den Privilegien, die dieser mit sich brachte.

»Wusstest du, dass er seine Schülerinnen verführt?«

»Das sind nur Gerüchte«, widersprach Marilee leise. »Die meiner Meinung nach von den betreffenden Mädchen in die Welt gesetzt wurden.«

William schüttelte den Kopf, als würde ihn ihre Naivität traurig stimmen. »Du bist so weltfremd, Marilee. Träum weiter von Wes Hamer, wenn du musst. Aber als dein älterer Bruder, der nur dein Bestes will, würde ich dir dringend raten, dir einen anderen Helden zu küren.«

Kaffee und Zeitung mit sich nehmend, verschwand er ins Wohnzimmer. Nicht unähnlich ihrem Vater hatte William einen starren Tagesablauf. Er erwartete, dass das Essen auf dem Tisch stand, wenn er abends aus dem Drugstore nach Hause kam. Nach dem Essen las er die Zeitung, während sie die Küche aufräumte und alle anfallenden Hausarbeiten erledigte. Wenn sie sich dann endlich im Wohnzimmer niederließ, um Arbeiten zu korrigieren, zog er sich in sein Schlafzimmer zurück, wo er fernsah, bis er ins Bett ging.

Sie teilten zwar das Haus, aber nur selten einen Raum.

Jeden Abend fragte sie ihn nach seinem Tag, aber er fragte sie nie nach ihrem, so als wäre ihre Arbeit unbedeutend.

Er gab seine Gedanken, Gefühle und Meinungen freimütig zum Besten, doch wenn sie ihm ihre verriet, wertete er sie ab oder machte sich darüber lustig.

Er konnte abends ausgehen, ohne ihr Rechenschaft ablegen zu müssen, wann er wiederkommen würde oder wohin er ging.

Wenn sie ausgehen wollte, musste sie ihm im Voraus Bescheid geben, wann und wohin sie gehen wollte und wann er mit ihrer Rückkehr rechnen konnte.

Seit die zweite Frau verschwunden war, verfolgte er ihr Kommen und Gehen besonders wachsam. Zynischerweise fragte sie sich, ob er wahrhaftig um ihre Sicherheit besorgt war oder ob er es bloß genoss, sie unter seiner Kuratel zu halten.

Sie hatte alle Pflichten einer Ehefrau, ohne den entsprechenden Status zu genießen. Sie war eine alte Jungfer, die ihren Bruder umsorgte, weil sie keinen anderen Mann zu umsorgen hatte. Bestimmt betrachteten ihre Mitmenschen sie so und murmelten bei ihrem Anblick unter einem mitleidigen Kopfschütteln: »Die Ärmste.«

William führte ein eigenständiges Leben. Sie führte auch eines. Nämlich seines.

Bis vor Kurzem, als sich alles auf köstliche, wunderbare Weise geändert hatte.

8

Die Luft über dem Küchentisch der Hamers war dick wie das blutige T-Bone-Steak, in das Wes sein Messer senkte.

Er schnitt einen Bissen Fleisch ab, tunkte ihn in die Ketchuppfütze auf seinem Teller und stopfte ihn in den Mund. »Du hast gesagt, du hättest die Bewerbungsformulare schon verschickt«, sagte er mit vollem Mund. »Und heute Abend gehe ich in dein Zimmer, und da liegen sie ausgebreitet auf deinem Schreibtisch wie Zeitungsseiten in einem Vogelkäfig. Du hast dich also nicht nur um deine Aufgaben gedrückt, sondern mich noch dazu angelogen. Mehr als einmal.«

Scott saß mit gesenktem Kopf auf seinem Stuhl. Interesselos stocherte er mit der Gabel in seinen Stampfkartoffeln. »Erst musste ich für die Semestertests lernen, Dad. Dann waren wir über Weihnachten eine Woche lang bei Grandpa. Und seit die Schule wieder angefangen hat, war ich beschäftigt.«

Wes spülte sein Steak mit einem Schluck Bier hinunter. »Mit allem außer deiner Zukunft.«

»Nein.«

»Wes.«

Er sah seine Frau scharf an. »Halt dich da raus, Dora. Das geht nur Scott und mich an.«

»Ich fange noch heute Abend an, die Formulare auszufüllen.« Scott schob seinen Stuhl zurück und legte die Serviette neben dem Teller ab.

»*Ich* fange heute Abend damit an.« Wes zielte mit der Messerspitze auf Scotts Teller. »Du isst erst auf.«

»Ich bin nicht hungrig.«

»Iss trotzdem auf. Du brauchst das Protein.«

Scott legte die Serviette wieder in seinen Schoß, jagte trotzig die Gabel in sein Steak und säbelte mit dem Messer durch das Fleisch.

»Während der Feiertage habe ich es hingenommen, dass du nur Müll isst«, sagte Wes. »Von jetzt an werde ich bis zum Ende des Frühjahrstrainings deine Diät überwachen. Die Nachspeisen sind ab sofort gestrichen.«

»Aber ich habe für heute Abend einen Apfelkuchen gemacht«, sagte Dora.

Der mitfühlende Blick, den sie Scott zuwarf, irritierte Wes noch mehr als der Gedanke an einen Apfelkuchen. »Wenn was nicht mit ihm stimmt, ist das nur *deine* Schuld. Du hast ihn verhätschelt, Dora. Wenn es nach dir ginge, würde er nicht mal aufs College gehen. Du würdest ihn hierbehalten und ihn bis an sein Lebensende wie ein Baby behandeln.«

Schweigend beendeten sie das Mahl.

Scott hielt den Kopf gesenkt, schaufelte das Essen in sich hinein, bis der Teller leer war, und bat dann, aufstehen zu dürfen.

»Weißt du was?« Wes zwinkerte seinem Sohn großmütig zu. »Wenn du wartest, bis sich das Essen gesetzt hat, wird ein einziges Stück Kuchen wohl nicht schaden.«

»Danke.« Scott warf die Serviette auf den Tisch und stampfte aus dem Zimmer. Sekunden später hörten sie seine Zimmertür zuknallen und gleich danach laute Musik.

»Ich rede mit ihm.«

Dora wollte aufstehen, doch Wes hielt sie am Arm zurück. »Lass ihn«, sagte er und zog sie in ihren Stuhl zurück. »Lass ihn schmollen. Er kommt schon drüber weg.«

»Also, in letzter Zeit schmollt er wirklich oft.«

»Welcher Teenager hat keine Launen?«

»Aber Scott hat sie erst in letzter Zeit entwickelt. Er ist nicht mehr er selbst. Irgendwas stimmt nicht mit ihm.«

Übertrieben höflich sagte Wes: »Ich hätte jetzt gern ein Stück Kuchen.«

Den Rücken ihm zugewandt, zerteilte sie den Kuchen, der auf der Küchentheke auskühlte. »Er liebt dich, Wes. Er tut alles, um dir zu gefallen, aber in letzter Zeit kann er dir kaum was recht machen. Auf Lob würde er viel besser reagieren als auf Kritik.«

Er stöhnte. »Können wir uns nicht ein einziges Mal unterhalten, ohne dass du mir mit irgendeinem Talkshow-Gewäsch kommst?«

Sie stellte ihm den Kuchen hin. »Willst du Eis dazu?«

»Will ich nicht immer welches?«

Sie stellte den Karton auf den Tisch und löffelte eine Kugel auf seinen Kuchen, dann packte sie den Karton wieder ins Eisfach und begann, die Teller zu stapeln. »Du wirst Scott noch aus dem Haus treiben. Willst du das wirklich?«

»Ich will vor allem eines, nämlich in Frieden meinen Nachtisch essen.«

Als sie sich zu ihm umdrehte, sah er zu seiner Überraschung etwas von jener Dora aufblitzen, die er damals als Collegestudentin in ihrem Tennisdress über den Campus gehen sah, die Schlägertasche lässig über die Schulter geschwungen, das T-Shirt schweißnass und von einem Match kommend, das sie, wie er später erfuhr, haushoch gewonnen hatte.

An jenem Nachmittag hatten ihre Augen zornig geblitzt, weil sie beobachtet hatte, wie er ein Bonbonpapier auf den sorgsam kultivierten Rasen geworfen hatte, direkt vor dem Wohngebäude für die Sportler, auf dessen breiter Veranda er mit ein paar Kumpels herumgelungert hatte.

»Blöder, pubertärer Idiot.« Sie sagte das so, als hätte er in einen Springbrunnen gekackt. Dann ging sie das Papier holen, hob es auf und trug es zum nächsten Mülleimer. Ohne sich noch einmal umzudrehen, hatte sie ihren Weg fortgesetzt.

Seine Freunde, Dutch Burton eingeschlossen, hatten ihr nachgepfiffen und hinterhergejohlt, ihr rüpelhafte Bemerkungen und Vorschläge zugerufen, als sie sich gebückt hatte, um das Papier aufzuheben. Wes hingegen hatte ihr versonnen nachgeschaut. Sicher, ihm gefielen ihre knackigen Titten und der feste Hintern. Damit hatte sie ihn ganz schön heiß gemacht. Aber vor allem hatte es ihm ihre »Leck-mich«-Haltung angetan.

Die meisten Studentinnen fielen fast in Ohnmacht, wenn er ins Zimmer trat. Die Mädchen schnitzten sich genau wie die Jungs Kerben in die Bettpfosten, und ein Starathlet im Bett war eine echte Eroberung. Damals waren er und Dutch die Stars des Footballteams gewesen. Er stand als Quarterback im Zentrum des Spieles. Dutch war der Runningback, der die Bälle fangen und in Richtung Ziel tragen musste. Die Mädchen waren ihnen gegenüber ausgesprochen freizügig, und beide bekamen meist alles, was sie sich nur wünschen konnten. Es war ein Leichtes, ein Mädchen ins Bett zu bekommen oder sich einen blasen zu lassen, so leicht sogar, dass es viel von seinem Reiz verloren hatte. Er mochte dieses Mädchen wegen seiner Aufsässigkeit.

Er fragte sich, was aus Doras Aufsässigkeit geworden war. Seit er sie geheiratet hatte, hatte sich diese Eigenschaft praktisch in Luft aufgelöst, doch jetzt entdeckte er eine Spur davon in ihrer Miene.

»Ist dir der Apfelkuchen wichtiger als dein Sohn?«

»Herrgott verflucht noch mal, Dora, ich wollte doch nur …«

»Du wirst ihn noch vertreiben. Dann wird er uns verlassen, und wir werden ihn nie wiedersehen.«

»Weißt du, was dein Problem ist?«, fragte er wütend. »Du hast nicht genug zu tun, ganz einfach. Den ganzen Tag hockst du rum, glotzt diese Talkshows, in denen sie über die Männer herziehen, und überträgst jeden Fehler, den diese Weiber an ihren Kerlen entdecken, auf *mich.* Und dann malst du dir lauter verrückte Sachen aus, die unserer Familie passieren könnten. Mein Vater hat mich auch hart rangenommen, mir hat das auch nicht geschadet.«

»Liebst du ihn?«

»Wen?«

»Deinen Vater.«

»Ich respektiere ihn.«

»Du *fürchtest* ihn. Dieser gemeine alte Mann jagt dir eine Heidenangst ein.«

Wes warf den Löffel auf den Tisch und stand so unvermittelt auf, dass sein Stuhl laut über den Boden scharrte. Ein paar nervenzerreißende Sekunden starrten sie sich über den Tisch an. Dann lächelte er. »O Mann, Dora, ich liebe es, wenn du so redest.«

Sie drehte ihm den Rücken zu, beugte sich über die Spüle und drehte den Wasserhahn auf.

Wes trat hinter sie, umfasste sie und drehte das Wasser wieder ab. »Das Geschirr kann warten.« Er legte die Hände auf ihre Hüften und zog sie an sich. »Deinetwegen habe ich einen Steifen, der es nicht kann.«

»Geh damit woanders hin, Wes.«

Er lachte verächtlich und ließ die Hände sinken. »Mach ich.«

»Ich weiß.« Sie drehte das Wasser wieder auf.

Dutch klopfte mehrmals an die Hintertür der Hamers. Durch das Fenster konnte er in die Küche sehen, wo Licht brannte, aber niemand zu sehen war.

Vor Kälte ungeduldig aufstampfend, klopfte er erneut, öffnete dann die Tür und rief: »Wes, ich bin's, Dutch.«

Er trat ein und ließ einen Schwall kalter Luft ins Haus. Er

schloss die Tür, durchquerte die Küche und warf einen kurzen Blick ins Wohnzimmer. »Wes?«, rief er so laut, dass er hoffentlich über das Wummern der Musik zu hören war, das irgendwo aus dem hinteren Bereich des Hauses, vermutlich aus Scotts Zimmer, dröhnte.

Hinter ihm ging die Verbindungstür zwischen Küche und Garage auf. Er drehte sich gerade rechtzeitig um, um zu sehen, wie Wes hereingestapft kam. Als Wes Dutch in seiner Küche stehen sah, begann er zu lachen. »Du bist also doch gekommen. Dachte mir schon, dass du auftauchen würdest, sobald du Zeit hattest, über die Pornos nachzudenken. Ich habe gerade Frostschutzmittel in Doras Wagen gefüllt. So kalt, wie es ist…« Dann erlosch sein Lächeln. »Ist was?«

»Lilly hatte einen Unfall.«

»Scheiße. Hat sie sich was getan?«

»Ich glaube nicht. Ich weiß es nicht.«

Wes legte die Hand um Dutchs Oberarm, führte ihn ins Wohnzimmer und drückte ihn auf das Sofa. Dutch setzte den Hut ab und zog die Handschuhe aus. Seine Stiefel hatten eine braune Spur aus Schneematsch und Schlamm über den Teppich gelegt, aber das sah keiner von beiden. Wes schenkte einen Schuss Jack Daniel's in ein Glas und brachte es seinem Freund.

»Nimm erst mal einen Schluck, und erzähl mir dann, was passiert ist.«

Dutch kippte den Whiskey weg, verzog das Gesicht und atmete zum Nachspülen tief durch. »Sie hat mir auf die Mailbox gesprochen. Ich habe mich zu der Zeit gerade mit den Gunns unterhalten und das Gespräch nicht angenommen. Verfluchte Scheiße! Jedenfalls hatte sie auf der Fahrt ins Tal einen Unfall. Scheiße, Mann, als ich aus der Hütte weg bin, dachte ich, sie kommt mir sofort nach. Ich hätte keinesfalls vor ihr fahren dürfen. Die Straße war schon halb vereist. Ich schätze, sie ist irgendwo ins Schleudern gekommen oder so, keine Ahnung. Jedenfalls hat sie gesagt, dass sie es zur Hütte zurück geschafft hat und dass Ben Tierney…«

»Tierney? Der…« Wes tippte kurz auf einer imaginären Tastatur.

»Genau der. Der Abenteuerautor oder wie immer er sich verflucht noch mal nennt. Lilly hat gesagt, dass er verletzt ist.«

»Sind sie mit den Autos zusammengestoßen? Was meinst du?«

»Nach allem, was sie gesagt hat oder was ich über die beschissene Verbindung mitbekommen habe, sind sie jedenfalls in der Hütte, Tierney ist verletzt, und wir sollen Hilfe schicken.«

»Was ist denn?« Dora erschien in einem Morgenmantel, dessen Kragen sie hochgeschlagen und dessen Gürtel sie straff zugeschnürt hatte. Ihre Miene erinnerte Dutch stets an die einer Hochseilartistin, die gerade erkannt hat, dass sie einen Fehltritt gemacht hat.

Wes schilderte ihr knapp die Lage. Sie drückte ihr Mitgefühl aus und fragte dann: »Hat Lilly irgendwas über Mr Tierneys Verletzung gesagt oder darüber, wie schwer sie ist?«

Dutch schüttelte den Kopf. Er streckte Wes das leere Glas hin und bekam es nachgefüllt. Diesmal trank Dutch besonnener. »Ich weiß nicht, ob er nur einen Kratzer abbekommen hat oder ob er so schwer verletzt ist, dass sein Leben am seidenen Faden hängt. Ehrlich gesagt ist mir das auch egal. Ich mache mir vor allem Sorgen um Lilly. Ich muss da rauf. Und zwar noch heute Nacht.«

»Heute Nacht?«, wiederholte Dora.

Wes sah kurz aus dem Wohnzimmerfenster. »Da kommt immer noch verflucht viel runter, Dutch. Mehr als vorhin.«

»Das brauchst du mir nicht zu sagen. Ich bin gerade hergefahren.« Inzwischen war draußen alles mit Eis überzogen. Es sah nicht so aus, als würden die Niederschläge nachlassen, und die Temperaturen sanken immer weiter.

»Wie willst du da hochkommen, Dutch? Die Straße zu eurer Hütte ist unpassierbar. Auf blankem Eis kommst du nicht mal mit Vierradantrieb weiter.«

»Ich weiß«, sagte er halb wütend, halb bedauernd. »Ich hab's probiert.«

»Bist du verrückt?«

»Ja, genau. Jedenfalls war ich es. Als ich die Nachricht hörte, habe ich rein instinktiv reagiert. Bin in den Wagen gestiegen und wollte die Straße hochfahren, aber…« Statt den Satz zu beenden, stürzte er das zweite Glas hinunter. »Ich kam sofort ins Schleudern und konnte den Wagen nur mit Mühe auf der Straße halten.«

»Ich mache Kaffee.« Dora zog sich in die Küche zurück.

»Du hättest dich umbringen können«, sagte Wes. »Das war verflucht dumm.«

Dutch stand auf und begann im Raum herumzugehen. »Was soll ich denn machen, Wes? Hier sitzen, mir den Daumen in den Arsch stecken und warten, bis die Straßen wieder frei sind? Das könnte Tage dauern. So lange kann ich nicht warten. Was, wenn Lilly auch verletzt ist? Es sähe ihr ähnlich, mir das nicht zu sagen.«

»Ich verstehe, dass du dir Sorgen machst. Aber du bist nicht mehr für sie verantwortlich.«

Dutch fuhr herum, ballte die Hände zu Fäusten und hätte seinen Freund um ein Haar geschlagen. Zwar sagte Wes die Wahrheit, doch Dutch wollte sie nicht hören. Vor allem wollte er sie nicht von Wes hören. Dem immer und überall überlegenen Wes. Wes, der in seinem ganzen Leben nie eine Niederlage eingesteckt hatte und keine Sekunde lang an sich gezweifelt hatte. Wes hatte immer alles unter Kontrolle.

»Ich bin der Polizeichef. Schon deshalb bin ich für Lilly verantwortlich.«

Wes tätschelte die Luft zwischen ihnen. »Schon gut, schon

gut, krieg dich wieder ein. Mich anzubrüllen bringt uns auch nicht weiter.«

Dutch griff nach einem der Kaffeebecher, die Dora auf einem Tablett hereintrug. Er trank ein paar Schlucke, die er nach zwei Gläsern mit unverdünntem Whiskey dringend nötig hatte. Der Bourbon hatte auf seinen Körper wie Nektar gewirkt. Das Aroma, der Geschmack, die Wärme hatten ihn von Kopf bis Fuß durchdrungen, sein Blut zum Kribbeln gebracht und ihn erkennen lassen, wie sehr er seine regelmäßige Alkoholration vermisst hatte.

Er sagte: »Cal Hawkins hat immer noch das Streumonopol, oder?«

»Die Stadt hat letztes Jahr seinen Vertrag verlängert«, bestätigte Wes. »Aber nur weil der nichtsnutzige Hurensohn den einzigen Streulaster besitzt.«

»Meine Männer versuchen ihn seit einer ganzen Weile aufzuspüren. Ich war persönlich bei ihm zu Hause. Da ist alles dunkel und verschlossen. Ans Telefon geht auch niemand. Wenn er nicht draußen rumfährt und streut, wo zum Teufel steckt er dann?«

»In einer Bar, würde ich tippen«, erwiderte Wes. »Darum hängt er so an seinem Job. Da braucht er nur ein paar Tage im Jahr zu arbeiten. Sonst hat er alle Zeit der Welt, sich besinnungslos zu saufen.«

»Die Bars haben wir schon überprüft.«

»Die Bars, in denen sie legal gekauften Schnaps aus Flaschen mit einem richtigen Etikett ausschenken?« Wes zog schnaubend eine Braue hoch. »Da wirst du Cal nicht finden.« Er ging zum Garderobenschrank und holte Mantel, Hut und Handschuhe heraus. »Du fährst. Ich sage dir wohin.«

»Danke für den Kaffee, Dora«, sagte Dutch, als er an ihr vorbeiging.

»Passt auf euch auf.«

Wes antwortete nur: »Warte nicht auf mich.«

Während sie in den schlimmsten Schneesturm der jüngeren Geschichte traten, schlug Wes Dutch zwischen die Schulterblätter. »Keine Angst, Mann. Wir werden deine Lady retten, ob sie will oder nicht.«

Die Fenster in Scotts Zimmer gingen zum Garten hinter dem Haus. Er beobachtete, wie sein Dad und Dutch Burton zu dem schwarzen Bronco mit den roten Lichtern auf dem Dach und den eingeprägten Siegeln auf den Türen schlitterten. Dutch hatte den Motor laufen lassen, während er im Haus war. Die Auspuffgase tanzten hinter dem Wagen wie ein weißes Gespenst. Als der Bronco rückwärts aus der Einfahrt setzte, drehten die Räder durch, weil sie keinen Halt fanden.

Scott sah immer noch den kleiner werdenden Heckleuchten nach, als seine Mutter an die Zimmertür klopfte. »Scott?«

»Komm rein.« Er drehte die Anlage leiser.

»Möchtest du jetzt ein Stück Kuchen?«

»Kann ich es fürs Frühstück aufheben? Ich habe zu viel Fleisch gegessen. Ich habe Dad mit Mr Burton wegfahren sehen.«

Sie erzählte ihm, was passiert war. »Ich vermute, dass Lilly nicht rechtzeitig losgefahren ist und vom Sturm eingeholt wurde. Wenigstens hatte sie einen guten Grund, da oben zu sein. Was Mr Tierney heute auf dem Gipfel wollte, will mir dagegen nicht in den Kopf.«

»Er geht gern wandern.«

»Aber müsste er nicht wissen, dass es Wahnsinn ist, wandern zu gehen, wenn ein Sturm aufzieht?«

Das gab Scott auch zu denken. Er war ebenfalls ein erfahrener Wanderer und hatte Tierneys Artikel über die Wanderwege in der Region gelesen. Von Kindheit an hatte Scott die Bergwälder erforscht und dort gezeltet, anfangs mit den Pfadfindern, später allein. Sosehr er es genoss, den Cleary Peak zu erkunden, der selbst an einem guten Tag abweisend wirkte, so wenig hätte er am heutigen Nachmittag während des Wettersturzes dort sein wollen.

»Ich glaube nicht, dass irgendwer noch heute Nacht die Mountain Laurel Road hochfahren kann, selbst wenn sie Cal Hawkins auftreiben«, bemerkte er.

»Ich auch nicht, aber auf mich wollten sie nicht hören. Wenn überhaupt jemand sturer ist als dein Vater, dann Dutch Burton. Kann ich dir was bringen? Vielleicht einen Kakao?«

»Nein danke, Mom. Ich arbeite noch ein bisschen an den Bewerbungen, so wie ich es Dad versprochen habe. Und dann gehe ich schlafen.«

»Okay. Gute Nacht. Schlaf gut.«

»Vergiss nicht abzuschließen und den Wecker zu stellen, bevor du ins Bett gehst«, rief er ihr nach, als sie das Zimmer verlassen wollte.

Sie lächelte ihn an. »Bestimmt nicht. Wes hat mich oft genug ermahnt, Türen und Fenster zu verschließen, vor allem seit Millicent verschwunden ist. Aber wegen eines Einbrechers mache ich mir keine Sorgen.«

Warum solltest du auch?, dachte Scott. In dem Nachttisch neben ihrem Bett lag eine geladene Pistole. Eigentlich durfte er das nicht wissen, aber er wusste es. Er hatte sie entdeckt, als er sich als Sechstklässler ins Schlafzimmer seiner Eltern geschlichen hatte, um dort nach Kondomen zu suchen, mit denen er seine Freunde beeindrucken konnte. Der Revolver in der Schublade hatte ihn viel tiefer beeindruckt als die Tube mit Spermizidflüssigkeit.

»Es sieht nicht so aus, als wären Millicent oder die anderen gewaltsam entführt worden«, fuhr sie fort. »Wer der Täter auch ist, er muss jemand sein, den die Frauen kennen oder zumindest wiedererkennen und für harmlos halten. Sie scheinen freiwillig mitgegangen zu sein.«

»Stimmt, aber sei trotzdem vorsichtig, Mom.«

Sie blies ihm einen Kuss zu. »Versprochen.«

Sobald die Tür ins Schloss gefallen war, drehte Scott die Anlage wieder auf und stellte den eingebauten Timer so ein, dass sie nach zwanzig Minuten abgeschaltet würde. Dann packte er sich für seinen nächtlichen Ausflug in warme Sachen.

Weil er alle beweglichen Teile gut geölt hielt, ließ sich sein Fenster völlig geräuschlos öffnen. Schnell wie der Blitz war er draußen und zog das Fenster wieder zu. Schließlich sollte seine Mom keinen kalten Luftzug spüren und in sein Zimmer kommen, um nach der Ursache zu suchen.

Die eisige Luft brannte in den Augen und brachte seine Nase zum Laufen. Die Schultern gegen Eis und Wind hochgezogen, stopfte er die behandschuhten Finger in die Manteltaschen. Dann machte er sich quer durch den unbeleuchteten Bereich des Gartens auf den Weg.

Manchmal musste er diesem Haus einfach entfliehen, vor allem, wenn ihm der Alte wieder in den Ohren lag, dass er nur Mist baute, während Scott sich in Wahrheit die Eier abschuftete, um es ihm recht zu machen.

Natürlich wäre nichts, was er je tun konnte, gut genug für seinen Dad. Kein blaues Siegerband war blau genug, kein Silberpokal konnte für Wes Hamers Kind hell genug strahlen. Falls er eines Tages eine olympische Goldmedaille gewinnen sollte, würde sein Dad wissen wollen, warum er nicht zwei gewonnen hatte.

Weil er Scheinwerfer auf sich zukommen sah und fürchtete, dass es Dutch Burtons Bronco sein könnte, duckte er sich hinter eine Hecke und wartete ab, bis das Fahrzeug vorbeigefahren war. Es fuhr in Schrittgeschwindigkeit und schien Ewigkeiten zu brauchen, bis es auf Scotts Höhe war, dessen Beine in der Kälte langsam steif wurden.

Aber er war unnötig in Deckung gegangen. Es war nicht der

Bronco. Er machte sich wieder auf den Weg, den Mantelkragen über die Wangen geschlagen und die Kappe tief ins Gesicht gezogen, damit er von niemandem erkannt wurde, der zufällig aus dem Wohnzimmerfenster in den Sturm hinausschaute.

In dieser Stadt tratschte wirklich jeder. Falls ihn irgendwer auf der Straße sah und das später seinem Dad erzählte, müsste er schmerzlich dafür bezahlen. Und wenn er auf dem Eis ausrutschte und sich verletzte? Sein Alter würde einen Schlaganfall kriegen. Aber erst nachdem er ihn umgebracht hätte.

Er war so in diesen Gedanken vertieft oder fürchtete ihn vielleicht so sehr, dass er ihn wahr werden ließ. Er rutschte auf dem eisigen Gehweg aus. Seine Füße flogen hoch in die Luft, und er landete schmerzhaft und mit voller Wucht auf dem Hintern. Das Steißbein fühlte sich an, als wäre es gegen die Schädeldecke geknallt. Beim Aufprall schlugen seine Zähne aufeinander, und er biss sich in die Zunge.

Er ließ sich ein paar Sekunden Zeit, um sich von dem Sturz zu erholen, bevor er auch nur aufzustehen versuchte. Nach mehreren eher komisch wirkenden Anläufen, auf der rutschigen Fläche Fuß zu fassen, hatte er es endlich geschafft. Er humpelte an einen Bretterzaun und lehnte sich dagegen.

»Jesus«, flüsterte er zitternd, während er sich ausmalte, was sein Dad angestellt hätte, wenn er mit einem zerschmetterten Knöchel oder einer gebrochenen Elle heimgehumpelt wäre.

Weißt du, Dad, das war so. Ich hab mich aus dem Haus geschlichen. Und während ich so durch die Straßen wandere, haut's mich aufs Eis. Du hättest hören sollen, wie der Knochen gekracht hat, als er gebrochen ist. Als würden zwei Dachlatten aufeinander knallen. Seufz. Sieht nicht so aus, als würde ich bei den Alabama Crimson Tides *aufgenommen. Die werden die NCAA-Footballmeisterschaft ohne mich gewinnen müssen.*

Während er über den Gehsteig schlich, immer dicht am Zaun bleibend, malte er sich mit Schaudern aus, was für eine Atombombe nach einem solchen Fehler in seinem Leben explodieren würde. Dafür würde er bis an sein Lebensende bezahlen, und noch am Tag seiner Beerdigung würde sich sein Dad in den offenen Sarg beugen und brüllen: *Verfluchte Scheiße, was hast du dir nur dabei gedacht, Scott?* Wes' Schimpfen und Toben würde nicht mal am Grab ein Ende nehmen. Nur die ehrgeizigen Ziele für Scott müsste er begraben.

Er blickte auf die vereiste Stelle, auf der er hingefallen war. Um Haaresbreite war er einer Katastrophe entgangen. Er hatte verdammtes Glück gehabt, dass er sich nicht den Hals gebrochen hatte.

Oder war es Pech?

Ohne jede Vorwarnung zuckte der Satz aus Scotts Unterbewusstsein hoch und ließ ihn innehalten. Woher kam dieser aufsässige Gedanke?, fragte er sich.

Es war die Art von Gedanke, für die man vom Blitz getroffen werden konnte. In letzter Zeit hatte er so einiges angestellt, was in jedem Moralkodex und in jeder Religion als verdammenswürdig galt. Aber bis zu diesem Moment hatte er sich nicht wirklich vor einer Ewigkeit im Fegefeuer gefürchtet, und jetzt tat er es bloß, weil er sich für einen Sekundenbruchteil einen verräterischen Gedanken erlaubt hatte. Aber wen kann man für seine Gedanken verurteilen?

Erst nach einigen Sekunden ging Scott weiter.

Extrem vorsichtig.

9

Tierneys Ermahnung, dass sie nicht mehr verheiratet war, ließ Lilly die Decke abwerfen und vom Sofa klettern. Sie hätte erwartet, dass er versuchen würde, an ihrer Seite zu bleiben, aber seine Verletzungen hinderten ihn daran, sich so schnell zu bewegen. Er schaffte es nur, sich schwankend zu erheben. »Lilly …«

»Nein, hör zu, Tierney.« Er hatte sie zwar nicht berührt, aber sie streckte vorsorglich die Hand aus, um jeden Versuch zu unterbinden. »Die gegenwärtigen Umstände sind beklemmend genug, ohne dass …«

»Beklemmend? Du empfindest Beklemmung? Fühlst du dich in meiner Nähe nicht sicher?«

»Sicher? O doch. Wer hat was von *sicher* gesagt? Es ist nur …«

»Was?« Die Brauen fragend hochgezogen, ließ er den Satz in der Luft hängen.

»Wir sollten nicht so vertraulich werden. Solange wir hier eingesperrt sind, sollten wir das vermeiden. Wir sollten unser Privatleben hintanstellen und uns auf die praktischen Probleme konzentrieren.« Er schien ihr widersprechen zu wollen, aber sie hängte ein »Bitte« an, das ihre Worte sanfter klingen ließ.

Widerstrebend stimmte er zu. »Gut, dann konzentrieren wir uns aufs Praktische. Was hältst du von einem Projekt?«

»Was für einem Projekt?«

»Einer Schatzsuche.«

Er schlug vor, alle Zimmer zu durchsuchen, um festzustellen, ob sie beim Ausräumen der Hütte irgendetwas übersehen hatte. Er würde in der Küche anfangen. Er wandte sich von ihr ab und humpelte los.

»Tierney?«

Er drehte sich wieder um. Ehe sie die Nerven verlieren oder sich anders besinnen konnte, fragte sie: »Hast du sie später noch getroffen?«

Er zog verständnislos die Stirn in Falten. »Wen?«

»Die beiden Collegestudentinnen. Die in dem Jeep, die Partygirls. Warst du mit ihnen zusammen, nachdem ich deine Einladung auf einen Drink ausgeschlagen hatte?«

Er sah sie lange und vielsagend an, ehe er ihr wieder den Rücken zudrehte und weiter zur Küche humpelte. »Such du im Schlafzimmer und im Bad.«

Im Schlafzimmer förderte sie nur drei Stecknadeln zutage, die in einer Spalte der Schreibtischschublade gelegen hatten. Sie zeigte sie Tierney. »Das ist alles, sonst liegen nur noch zwei tote Küchenschaben unter dem Bett. Die habe ich liegen lassen.«

»Vielleicht brauchen wir sie später als Proteinquelle«, bemerkte er nur halb ironisch. Er präsentierte zwei ausgeblichene, verbogene Kerzen, die sich trotzdem als praktisch erweisen konnten, wenn der Strom ausging. »Sie waren ganz hinten in der Schublade des Beistelltisches.«

Eine Hand auf die Granitplatte gestützt, lehnte er erschöpft an der Küchentheke. Seine Augen waren geschlossen. »Du solltest dich hinlegen«, riet sie ihm.

»Nein, es geht schon«, murmelte er halb laut und schlug die Augen wieder auf.

»Du kippst gleich um.«

»Mir war nur wieder schwindlig.« Er stieß sich von der Küchentheke ab, trat an eines der Fenster neben der Haustür und schob den Vorhang zur Seite. »Ich habe nachgedacht.«

Lilly wartete darauf, dass er weitersprach, aber schon jetzt hatte sie ein mulmiges Gefühl.

»Wenn nach dem Hagel und Eisregen noch Schnee fällt, was in dieser Höhenlage wahrscheinlich ist, wird es für uns noch gefährlicher. Ich mache mir Sorgen, dass der Propangastank leer laufen könnte, denn das bedeutet, dass wir Brennstoff brauchen.« Er sah wieder ins Zimmer. »Solange es noch geringfügig sicherer ist als später, sollte ich in den Schuppen gehen und so viel Feuerholz holen, wie ich nur tragen kann.«

Sie blickte über seine Schulter aus dem Fenster und dann wieder zu ihm. »Du kannst da nicht raus! Du kannst kaum stehen, ohne gleich umzufallen. Du hast eine Gehirnerschütterung.«

»Was niemanden interessiert, wenn wir stattdessen erfrieren.«

»Vergiss es einfach. Du kannst nicht gehen. Das lasse ich nicht zu.«

Ihre heftige Reaktion ließ ihn lächeln. »Ich brauche deine Erlaubnis nicht, Lilly.«

»Ich gehe.« Doch noch während sie sich das sagen hörte, schauderte sie bei dem Gedanken, einen Fuß aus der schützenden und wenigstens halbwegs warmen Hütte zu setzen.

Er betrachtete sie von Kopf bis Fuß. »Du könntest niemals genug Holz tragen. Ich kann vielleicht nicht viel schleppen, aber es ist auf jeden Fall mehr, als du schaffst. Außerdem sind deine Stiefel durchnässt. Du würdest dir die Zehen abfrieren. Ich muss selbst gehen.«

Der Streit dauerte etwa fünf Minuten, aber noch während sie alles vorbrachte, was gegen seinen Vorschlag sprach, traf er ungerührt alle Vorbereitungen. »Gibt es im Schuppen irgendwas, das ich benutzen könnte, so was wie einen Schlitten zum Beispiel? Etwas, auf das ich das Holz stapeln kann?«

Sie ging in Gedanken kurz das Inventar des Schuppens durch

und schüttelte dann den Kopf. »Leider haben Dutch und ich bis auf die wichtigsten Werkzeuge alles rausgeholt. Wenn du reingehst, siehst du gleich rechts eine große Holzkiste, in der wir die Werkzeuge liegen hatten. Vielleicht ist noch was Brauchbares drin. Ich weiß, dass wir die Axt dagelassen haben. Die ist größer als das Beil auf der Veranda. Wenn die Scheite noch gespaltet werden müssen, wie du gesagt hast, solltest du die Axt mitbringen, falls du sie tragen kannst.«

»Von der Veranda aus geht's da rüber, richtig?« Er deutete ungefähr in die Richtung.

»Genau.«

»Muss ich unterwegs irgendwo aufpassen? Auf einen Baumstumpf vielleicht, Löcher im Boden oder Felsen?«

Sie versuchte sich alle möglichen Hindernisse auf dem Weg ins Gedächtnis zu rufen. »Ich glaube nicht. Der Pfad verläuft mehr oder weniger gerade. Aber wenn du erst hinter der Lichtung in den Wald kommst …«

»Ja«, bestätigte er, »dann wird es schwieriger.«

»Wie willst du was erkennen?«

Er zog eine winzige Taschenlampe aus der Manteltasche.

Sie sah nicht besonders zuverlässig aus. »Und wenn die Batterie ausgeht? Dann könntest du dich verirren.«

»Was Orientierung angeht, habe ich einen sechsten Sinn. Falls ich genug erkennen kann, um es dahin zu schaffen, komme ich auch wieder zurück. Aber wenn das Licht in der Hütte ausgehen sollte, während ich unterwegs bin – damit müssen wir jederzeit rechnen. Das Eis ist tödlich für die Stromleitungen.«

Sie nickte. »Falls der Strom also ausgeht, musst du eine Kerze anzünden und ins Fenster stellen.«

»Ich habe keine Zündhölzer.«

Er zog eine Schachtel Zündhölzer aus der anderen Manteltasche und reichte sie ihr. »Leg die Hölzer neben die Kerze, damit du im Notfall beides zur Hand hast.«

Plötzlich begriff sie, was für ein Irrsinn sein Unterfangen war. »Tierney, bitte überleg dir das noch mal. Wir können die Möbel zerhacken und verheizen. Die Bücherregale, den Couchtisch, die Schranktüren. Wir werden bestimmt gerettet, bevor uns das Holz ausgeht. Und vielleicht reicht das Gas länger, als wir erwarten.«

»Das Risiko will ich auf keinen Fall eingehen. Außerdem wäre es Unfug, die Hütte zu Kleinholz zu verarbeiten, solange wir nicht dazu gezwungen sind. Ich schaffe das schon. Ich habe schon Schlimmeres überstanden.«

»Auch im Blizzard?«

Er antwortete nicht, sondern fasste schweigend nach seiner Mütze. Als er sie ansah, verzog er angeekelt das Gesicht. »Die ist total mit Blut verklebt. Kann ich deine Picknickdecke ausleihen?«

Sie half ihm, die Decke zu einer Kapuze zu falten, so wie er es vorhin für sie getan hatte, dann war er abmarschbereit. Ein letztes Mal versuchte sie ihn von seinem Plan abzubringen. »Mit einer Gehirnerschütterung sollte man sich nicht anstrengen. Du könntest in Ohnmacht fallen, dein Orientierungssinn könnte aussetzen, du könntest dich verirren und von einer Klippe fallen oder irgendwo da draußen erfrieren.«

»Die Todgeweihten grüßen dich …« Er salutierte.

»Mach keine Witze.«

»Ich wünschte, es wäre ein Witz.« Er schob den Schal über Mund und Nase und griff nach dem Türknauf. Aber dann hielt er noch einmal inne und zog den Schal wieder vom Mund. »Wenn ich es nicht zurückschaffe, wird es mir mächtig stinken, dass ich dich nie geküsst habe.«

Seine Augen wirkten wie eisblaue Flammen. Sie hielten ihren Blick gefangen, während er den Schal wieder über die Nase schob. Als er die Tür öffnete, traf sie der eisige Luftstoß wie eine Ohrfeige und war genauso schnell vorbei. Er hatte die Tür ins Schloss gezogen, sobald er durch den Spalt geschlüpft war.

Lilly eilte ans Fenster und schob die Vorhänge beiseite, damit das Licht nach draußen dringen konnte. Er drehte sich um und zeigte ihr zum Dank einen erhobenen Daumen. Sie ging ans andere Fenster und tat dort das Gleiche, legte dann die Hände um die Augen und beobachtete ihn durch das frostbeschlagene Glas. Bei jedem Schritt setzte er ganz behutsam den Stiefel auf und überzeugte sich davon, dass er festen Boden unter dem Fuß hatte, bevor er sein Gewicht darauf verlagerte.

Die Fenster legten einen Trichter aus Licht über den Bereich vor der Hütte, aber der reichte nicht weit, und schon bald war Tierney dahinter verschwunden. Ungeduldig wischte Lilly die beschlagene Stelle vor ihrem Mund frei. In der Ferne sah sie den dünnen Strahl der Taschenlampe durch den wirbelnden Regen und Graupel hüpfen.

Bald sah sie nicht einmal mehr den.

Sie fanden Cal Hawkins genau so in einer Bar, wie Wes es beschrieben hatte.

Die Bar lag tief im Wald unter einer sechzig Meter hohen kahlen Felswand, an der eine ungeteerte Straße endete. Unter der Bergflanke versteckt stand ein fensterloser, ebenerdiger Bau, der architektonisch so ausgereift wirkte wie eine Keksschachtel.

In der Mitte der flachen Fassade war eine verbeulte Eisentür eingelassen. Eine nackte gelbe Glühbirne hing in der Fassung darüber. Vor dem Gebäude parkten drei Pick-ups. Nach der Dicke der Graupelschicht auf den Windschutzscheiben zu schließen standen sie schon eine ganze Weile hier.

Dutch hatte seinen Bronco zwei Meilen über eine dunkle, schmale, heimtückische Straße gelotst, um hierherzugelangen, und war demzufolge auf hundertachtzig, als er und Wes in die

Bar traten. Das Licht war schummrig. Die Luft war verqualmt und stank nach nasser Wolle und Schweiß. Auf ihrem Weg an die Bar aus Sperrholz am anderen Ende mussten sie aufpassen, damit sie nicht in die ausgespuckten Kautabakfladen am Boden traten.

Ohne weitere Vorrede sagte Dutch: »Cal Hawkins.«

Der Barkeeper nickte mit dem strähnigen, fettigen Schopf zu einer Ecke hin. Hawkins hing über einem der windschiefen Tische, den Kopf auf der Tischplatte und mit leblos herunterbaumelnden Armen. Er schnarchte.

»So liegt er schon seit 'ner Stunde da«, gab der Barkeeper als Auskunft und kratzte sich dabei nachdenklich durch das Flanellhemd in der Achsel. »Was wollt ihr von ihm?«

»Was hat er getrunken?«, fragte Dutch.

»Was, das die da mitgebracht haben.«

Er zielte mit dem Daumen auf den einzigen anderen besetzten Tisch, wo ein Trio mürrischer, bärtiger Männer unter dem ausgestopften Kopf eines Schwarzbären Karten spielte.

»Der Bär hat von denen den höchsten IQ«, flüsterte Wes Dutch zu. »Ich hoffe, du hast deine Waffe nicht nur zum Angeben. Jede Wette, ihre sind es auch nicht.«

Dutch hatte die an den Stühlen lehnenden Gewehre schon bemerkt. »Gib mir Rückendeckung.«

»Ich gegen drei?«

Dutch trat an den Tisch, an dem Hawkins seinen Rausch ausschlief. Unter seinen schlaffen Lippen hatte sich eine Speichelpfütze gebildet. Dutch zog den Fuß zurück und kickte Hawkins den Stuhl unter dem Hintern weg.

Hawkins schlug hart auf dem Boden auf. »Verfickte Scheiße!« Die Hände fest geballt, kam er wieder hoch. Aber als er Dutchs Marke aufblitzen sah, wich er zurück und blinzelte ihn verdattert an. Dann grinste er. »Hey, Dutch. Als ich noch klein war, hab ich dir immer bei den Spielen zugeschaut.«

»Ich sollte deinen mickrigen Arsch in eine Zelle sperren«, knurrte Dutch. »Aber wenn du nüchtern genug bist, um Müll zu quatschen, bist du auch nüchtern genug zum Arbeiten, und ich brauche dich.«

Hawkins wischte sich mit dem Handrücken den Speichel vom Kinn. »Wozu?«

»Was glaubst du denn?« Dutch rückte mit seinem Gesicht näher an Hawkins' heran, wich aber zurück, als ihm der Atem seines Gegenübers entgegenschlug. »Du hast einen Vertrag mit der Stadt, demzufolge du während eines Eissturms die Straßen sauber halten musst. Tja, soll ich dir was verraten, du Genie? Draußen tobt gerade einer. Und wo steckst du? Hier draußen weitab vom Schuss, noch dazu sturzbesoffen. Ich habe verdammt viel Zeit damit vertan, dich zu finden.«

Er riss einen Stofflappen, der vermutlich Hawkins' Jacke war, von einer Stuhllehne und warf sie ihm zu. Hawkins presste die Jacke an seine Brust. Dutch war erleichtert zu sehen, dass seine Reflexe noch funktionierten.

»Du gehst jetzt sofort da raus. Wir folgen dir in deine Werkstatt, in der dein beladener Laster auf dich wartet. Hast du die Schlüssel?«

Hawkins wühlte in den Taschen seiner öligen Jeans und zog einen Schlüsselbund hervor, den er Dutch entgegenstreckte. »Warum nimmst du sie nicht einfach und …«

»Das würde ich liebend gern, nur kann leider niemand deinen Streulaster bedienen, außerdem bist du der Einzige, der bei der Versicherung als Fahrer eingetragen ist. Du fährst, Hawkins. Und glaub bloß nicht, dass du mich bis zur Stadt abhängen könntest. Ich werde dir so dicht folgen, dass ich dir durch den Auspuff in die Eier beißen kann. Also, los geht's.«

»Das bringt doch nix«, protestierte Hawkins, als Dutch ihn unsanft zur Tür schubste. »Ich komm ja mit, Chief, aber das Zeug kommt so schnell runter, dass wir nur guten Sand verschwenden, wenn wir heute Abend zu streuen anfangen. Das wird die Stadt doppelt so viel kosten, weil ich noch mal ganz von vorn anfangen muss, wenn der Sturm erst weitergezogen ist.«

»Das lass nur meine Sorge sein. Du solltest dich lieber darum sorgen, dass ich dich nicht bewusstlos schlage, wenn du alles erledigt hast, wozu ich dich brauche.«

Lilly hatte ängstlich nach Tierney Ausschau gehalten und stieß einen Freudenschrei aus, als sie ihn aus der Dunkelheit heranstapfen sah. Er schleifte etwas hinter sich her. Als er näher am Haus war, sah sie, dass es eine Plane voller Feuerholz war.

Er ließ sie unten vor der Veranda liegen und stolperte die Stufen herauf. Sie öffnete die Tür, packte ihn am Ärmel und zerrte ihn ins Haus. Er sackte gegen den Türstock und schob sich die provisorische Kapuze aus dem Gesicht. Seine Brauen und Wimpern waren wieder mit Frost überzogen. Instinktiv wischte er die Eiskristalle weg.

»Glas Wasser, bitte.«

Sie lief in die Küche und füllte ein Glas aus dem Krug. Das Tröpfeln des Hahnes war zum Stillstand gekommen, fiel ihr auf. Gut, dass sie alle Behälter aufgefüllt hatten, solange es noch ging.

Tierney war an der Wand nach unten gerutscht und saß jetzt auf dem Boden, die Füße nach vorn ausgestreckt. Er hatte seine Handschuhe ausgezogen und bog und streckte seine Finger, um das Blut in die Fingerspitzen zurückzutreiben. Sie ging vor ihm in die Hocke. Dankbar nahm er das Glas Wasser aus ihrer Hand und leerte es in einem Zug.

»Ist alles okay? Abgesehen von der Kälte?«

Er nickte, antwortete aber nicht.

Normalerweise hätte er sechzig Sekunden gebraucht, um zum Schuppen zu gelangen. Ihrer Armbanduhr zufolge hatte er achtunddreißig Minuten gebraucht, Minuten, während derer sie sich ununterbrochen geärgert hatte, dass sie ihn hatte gehen lassen.

»Ich bin froh, dass du wieder da bist«, sagte sie erleichtert.

»Ich gehe noch mal.«

»Was?«

Stöhnend schob er sich an der Wand nach oben, bis er wieder stand. Mehr oder weniger. Eigentlich schwankte er vor allem, so als würde er nur nicht umkippen, weil die Sohlen seiner Stiefel am Boden festgenagelt waren.

»Tierney, das kannst du nicht.«

»Eine Ladung mehr könnte uns das Leben retten. Ich glaube nicht, dass ich noch mal so lange brauche«, sagte er und schob die Handschuhe wieder über. »Jetzt weiß ich ja, wo alles ist. Die meiste Zeit habe ich damit vergeudet, mich im Schuppen zurechtzufinden.« Er starrte kurz ins Leere und schüttelte dann langsam den Kopf, wie um ihn frei zu bekommen.

»Das schaffst du nicht.«

»Es geht schon.« Er legte die provisorische Kapuze und den Schal wieder an.

»Ich wünschte, ich könnte dir das ausreden.«

Er lächelte grimmig. »Das wünschte ich auch.«

Dann zog er den Schal über die Nase und verschwand. Durch das Fenster beobachtete sie, wie er die Scheite von der Plane auf den Feuerholzstapel unter dem Verandadach schichtete. Sie ließ ihn nicht aus den Augen, bis er wieder in der Dunkelheit verschwunden war. Dann wandte sie sich vom Fenster ab und beschloss, ihre Zeit sinnvoller zu verbringen, als sich tatenlos Sorgen zu machen.

Früher als erwartet hörte sie seine Stiefel über die Stufen poltern. Als sie die Tür öffnete, schleifte er die Plane mit dem Feuerholz gerade auf die Veranda. Es war ein mühsames Unterfangen, das seine ganzen Kräfte erforderte, denn die Scheite waren schwer. »Hast du an die Axt gedacht?«

»War nicht da.« Seine Stimme war durch den Schal kaum zu verstehen.

»Vor ein paar Tagen habe ich sie noch gesehen.«

»War nicht da.« Er sagte es gepresst und so energisch, dass sie schwieg.

Notiz an mich selbst, dachte sie. *Tierney mag es nicht, wenn man an ihm zweifelt.*

Oder an seinen Anordnungen. Er sah auf das Feuer im Kamin, und sein Blick wurde finster.

»Zu spät, um sich darüber zu streiten«, sagte sie.

Er stapelte ein paar Scheite innen neben der Tür auf, damit sie austrocknen konnten, breitete anschließend die Plane über den aufgefüllten Holzvorrat auf der Veranda und kam danach ins Haus gestampft. Lilly schob ihn an den Kamin. »Du kannst es genauso gut genießen.«

Er zog die Decke vom Kopf, trat an die Feuerstelle und sank davor auf die Knie wie ein reuiger Sünder vor den Altar. Dann zog er die Handschuhe aus und streckte die Hände den Flammen entgegen. »Ich habe schon auf dem Rückweg den Rauch aus dem Kamin gerochen. Wie hast du das geschafft?«

»Ich habe direkt an der Hauswand ein paar trockenere Scheite gefunden.«

»Danke.«

»Gern geschehen.«

»Außerdem riecht es hier nach Kaffee.«

»Ich habe im Gefrierfach eine noch verschlossene Dose entdeckt.« Sie war schon auf dem Weg in die Küche. »Ich weiß, es ist Trinkwasserverschwendung, deshalb habe ich nur zwei Tassen gekocht. Milch oder Zucker gibt es nicht.«

»Nehme ich sowieso nie.«

Bis sie ihm den dampfenden Becher brachte, hatte er Mantel, Schal und Stiefel abgelegt und stand mit dem Rücken zum Feuer. »Hoffentlich wird dir davon nicht übel.«

»Das Risiko gehe ich ein.« Er schloss beide Hände um den Becher, hob ihn an die Lippen und hielt dann inne. »Wo ist deiner?«

»Er ist für dich. Du hast ihn dir verdient.«

Er nahm ein paar Schlucke, labte sich an dem Geschmack und der Wärme und brummte dabei wohlig vor sich hin. »Vielleicht sollte ich dich heiraten.«

Sie lachte nervös und setzte sich so nah wie möglich am Feuer auf das Sofa, die Füße unter die Hüften geschlagen. Wie zum Schutz zog sie die Decke an die Brust. Sie wusste selbst nicht so recht, zum Schutz wovor. Vielleicht vor Tierneys Augen, die ihr überallhin zu folgen schienen, die sie zu durchdringen und mehr über sie zu wissen schienen als sie selbst.

Er setzte sich auf die Kamineinfassung und streckte die Füße dem Feuer entgegen.

Um das Schweigen zu überbrücken, fragte sie: »Was macht dein Kopf?«

»Er dreht sich.«

»Tut's noch weh?«

»Halb.«

»Ich werde die Wunde noch mal ansehen, wenn du dich ausgeruht hast, obwohl ich im Moment kein frisches Blut erkennen kann.«

Er nickte, sagte aber nichts. Nach einer Weile stand sie auf, nahm ihm den leeren Kaffeebecher ab und ging in die Küche, um ihn wieder aufzufüllen. Als sie zurückkam, schüttelte er den Kopf. »Der ist für dich.«

»Ich habe ihn für dich gemacht.«

»Ich bestehe darauf, dass du ihn trinkst.«

Sie nahm ein paar Schlucke, murmelte ein Danke und drückte ihm den Becher in die Hand. Dabei streiften ihre Fingerspitzen über seine. »Das fühlt sich gut an, Lilly. Noch mal vielen Dank.«

»Danke, dass du Feuerholz geholt hast.«

»Gern geschehen.«

Sie nahm ihren Platz auf dem Sofa wieder ein. Kaum hatte sie sich niedergelassen, da eröffnete er mit einer knappen Erklärung ein neues Gespräch: »Ich weiß das von deiner Tochter.« Offenbar war ihr das Erstaunen anzusehen, denn er zuckte kurz mit den Achseln und setzte hinzu: »Ich habe hier und da was aufgeschnappt.«

»Von wem?«

»Den Leuten in Cleary. Man spricht über euch, vor allem, seit Dutch wieder hier wohnt und Polizeichef geworden ist. Ihr beide seid ein heißes Thema an Ritts Kaffeetheke.«

»Bist du oft dort?«

»Ich passe mich den hiesigen Gepflogenheiten an. Man trifft sich dort.«

»Oh, es ist der Nabel der Stadt, ganz recht«, bestätigte sie sarkastisch. »Ich hatte damit gerechnet, dass meine Trennung von Dutch einen Wirbelsturm von Gerüchten und Spekulationen auslöst. Klatsch gedeiht am besten durch Hochzeiten, Schwangerschaften, Affären und Scheidungen.«

»Oder Todesfälle«, sagte er leise.

»Ja.« Sie seufzte und sah ihn an. »Was wird über Amys Tod geredet?«

»Dass es eine Tragödie war.«

»Also, das ist kein Gerücht. Sie war erst drei, als sie starb. Wusstest du das?« Er nickte. »Das war vor vier Jahren. Es ist mir unbegreiflich, dass ich sie inzwischen schon länger entbehre, als ich sie je hatte.«

»Ein Gehirntumor?«

»Auch das stimmt. Und zwar ein äußerst heimtückischer. Klammheimlich und tödlich. Ewig lang hat man nichts davon gemerkt. Keine Lähmungserscheinungen, keine teilweise Blindheit, keine Sprachstörungen. Keinerlei Warnung vor dem, was uns erwartete. Amy war allem Anschein nach ein kerngesundes kleines Mädchen. Das war das Gute daran. Gleichzeitig das Schlimme. Denn als wir endlich zu begreifen begannen, dass etwas nicht stimmte, hatte der Tumor bereits eine komplette Gehirnhälfte durchdrungen.«

Sie zupfte an den Fransen der Decke. »Man machte uns von Anfang an klar, dass der Tumor inoperabel und unheilbar war. Die Ärzte meinten, dass sie Amys Leben auch mit einer aggressiven Chemotherapie und Bestrahlungen nur um ein paar Wochen, höchstens ein, zwei Monate verlängern könnten, aber dass sie nicht zu retten war.

Dutch und ich entschieden, ihr diese grauenhaften Behandlungen zu ersparen. Wir nahmen sie mit nach Hause und erlebten noch sechs relativ normale Wochen mit ihr. Dann machte das verfluchte Ding einen Wachstumsschub. Die Symptome zeigten und verschlimmerten sich in rasendem Tempo, bis sie eines Morgens ihren Orangensaft nicht mehr schlucken konnte. Bis mittags hatten Organe zu funktionieren aufgehört. Das Abendessen hätte sie im Krankenhaus bekommen sollen, doch da war sie schon ins Koma gefallen. Am nächsten Morgen hat sie zu atmen aufgehört, dann schlug ihr Herz ein letztes Mal, und sie war von uns gegangen.«

Ihr Blick huschte über ihn hinweg und kam auf den Flammen zu liegen. »Wir haben ihren Körper der Forschung überlassen. Wir hofften, dass er zu etwas gut wäre, dass er unter Umständen anderen Kindern das gleiche schreckliche Schicksal ersparen könnte. Außerdem hätte ich den Gedanken nicht ertragen, sie in einen Sarg einzusperren. Sie hatte Angst vor der Dunkelheit, musst du wissen. Ohne ihr Nachtlicht konnte sie nicht einschlafen. Es war ein kleiner leuchtender Engel mit ausgebreiteten Schwingen wie ein Schutzengel. Ich habe ihn immer noch und stecke ihn jede Nacht in die Steckdose. Jedenfalls war es mir unvorstellbar, sie in der Erde zu vergraben.«

»Wir müssen nicht darüber sprechen, Lilly.«

»Es geht schon.« Sie tupfte die Tränen von ihren Wangen.

»Ich hätte das nicht ansprechen sollen.«

»Ich bin froh, dass du es getan hast. Im Gegenteil, es tut mir gut, über sie zu reden. Über *Amy* zu reden. Mein Trauerhelfer hat extra betont, wie hilfreich es für mich ist, über ihren Tod zu reden und Amy beim Namen zu nennen.« Sie stellte sich seinem ruhigen Blick. »Merkwürdig, nach ihrem Tod sprach mich kaum jemand auf sie an. Die Menschen machten beschönigende Bemerkungen über meinen ›Verlust‹, meinen ›Kummer‹ oder meine ›Trauerperiode‹, ohne mir dabei in die Augen zu sehen, aber so gut wie niemand sprach Amys Namen aus. Wahrscheinlich glaubten sie, sie würden mein Leid lindern, indem sie das Thema mieden, dabei hätte ich es gebraucht, über sie zu reden.«

»Was war mit Dutch?«

»Was soll mit ihm gewesen sein?«

»Wie ist er damit fertig geworden?«

»Was erzählt man sich denn?«

»Dass er ins Whiskeyfass gefallen ist.«

Sie schnaufte ein humorloses Lachen. »Was in Cleary geklatscht wird, ist jedenfalls korrekt. Ja, er begann hemmungslos zu trinken. So stark, dass es sich auf seine Arbeit auszuwirken begann. Er begann, dumme Fehler zu machen, die ihn und seine Partner in Gefahr brachten. Er wurde unzuverlässig. Er bekam mehrmals eins auf die Finger, dann folgte eine offizielle Abmahnung, anschließend wurde er degradiert, woraufhin er in noch tieferem Trübsinn versank und noch mehr trank. Es war eine gefährliche Abwärtsspirale. Zuletzt wurde er gefeuert.

Erst heute hat er mir erklärt, dass wir ewig zusammengeblieben wären, wenn Amy nicht gestorben wäre. Vielleicht hat er Recht. ›Bis dass der Tod euch scheide.‹ Nur dass es *ihr* Tod war. Ich fürchte, wir wurden zum Klischee, wir waren das Paar, dessen Ehe am tragischen Tod eines Kindes zerschellte. Amys Tod hat uns unwiderruflich verändert. Als Paar und als Individuen.«

Sie sah von der Glut auf und Tierney an. »Habe ich was vergessen? Haben die hiesigen Gerüchteköche unsere Scheidungsvereinbarung auch schon zerpflückt?«

»Sie arbeiten daran. Jedenfalls sind alle froh, dass Dutch wieder zurück ist.«

»Und was sagen sie über mich?«

Er zuckte gelangweilt mit den Achseln.

»Komm schon, Tierney. Ich habe ein dickes Fell. Ich halte das aus.«

»Sie sagen, dass du auf der Scheidung bestanden hättest. Dass du sie erzwungen hast.«

»Womit sie mich zu einer kaltherzigen Schlampe machen, wie es selten eine gab.«

»So haben sie es nicht direkt ausgedrückt.«

»Aber indirekt, da bin ich sicher. Ich will doch meinen, dass die Clearyaner zu ihrem Jungen halten.« Sie starrte wieder ins Feuer und sprach die Gedanken aus, die ihr in den Kopf kamen. »Ich habe mich nicht aus Zorn oder Trotz von Dutch scheiden lassen. Ich musste es tun, um zu überleben. Solange er nicht über Amys Tod hinwegkam, konnte ich auch nicht darüber hinwegkommen.«

Sie hoffte inständig, dass Tierney verstehen würde, was niemand sonst zu begreifen schien. »Ich war zu seiner Krücke geworden. Für ihn war es einfacher, sich auf mich zu stützen, als professionelle Hilfe zu suchen und sich selbst zu heilen. Er war zu einer Belastung geworden, die zu schwer war, als dass ich sie tragen und gleichzeitig in meinem Leben vorankommen konnte. Es war für keinen von uns beiden eine förderliche Beziehung. Wir sind ohne einander besser dran. Obwohl Dutch immer noch nicht einsehen will, dass diese Ehe zu Ende ist.«

»Verständlicherweise.«

Sie reagierte, als hätte er sie mit der rotglühenden Spitze des Schürhakens gepikt. »Verzeihung?«

»Kannst du ihm verübeln, dass er verwirrt ist?«

»Warum sollte er verwirrt sein?«

»Das wäre doch jeder Mann. Du hast dich von ihm scheiden lassen. Nein, du hast die Scheidung erzwungen. Und doch hast du ihn sofort angerufen, als du heute Abend in Schwierigkeiten geraten bist.«

»Ich habe dir erklärt, warum ich ihn angerufen habe.«

»Trotzdem lässt sich nicht abstreiten, dass du deinem Exmann widersprüchliche Signale sendest.«

Sie hatte ihm klargemacht, warum sie Dutch angerufen hatte. Warum sollte ihr wichtig sein, ob Tierney ihr glaubte oder nicht? Sie sagte sich, dass ihr das egal war, aber seine Kritik ärgerte sie trotzdem. Sie sah auf die Uhr, ohne die Zeit zu erkennen. »Es wird allmählich spät.«

»Du bist wütend.«

»Nein, ich bin müde.« Sie zog die Handtasche vom Couchtisch auf ihren Schoß und begann, darin zu wühlen.

»Ich hätte das nicht sagen sollen.«

Sie hörte mit dem Suchen auf und sah ihn an. »Nein, Tierney, das hättest du nicht.«

Statt zerknirscht oder verlegen zu wirken, wie sie erwartet hatte, erklärte er gepresst: »Zu blöd, Lilly. Willst du wissen, warum ich hier am Kamin sitzen geblieben bin, statt zu dir aufs Sofa zu kommen? Willst du wissen, warum ich nichts getan habe, um dich zu trösten, warum ich dich nicht in den Arm genommen und gehalten habe, als du um Amy geweint hast? Weil ich genauso wenig weiß wie offenbar er, was du für ihn empfindest.«

Sie machte den Mund auf, um etwas zu sagen, fand aber keine Worte. Sie senkte den Blick und begann am Verschluss ihrer Handtasche herumzuspielen. »Ich will nicht, dass Dutch in mein

Leben zurückkehrt«, sagte sie langsam. »Egal in welcher Funktion. Aber vermutlich sind meine Gefühle für ihn tatsächlich zwiespältig. Ich wünsche ihm alles Gute. Er war ein Footballidol, musst du wissen. Er schaffte meistens den siegentscheidenden Touchdown. So was wünsche ich mir jetzt für ihn.«

»Einen Touchdown?«

»Einen Volltreffer. Der Job in Cleary ist ein Neuanfang für ihn. Er hat die Möglichkeit, seinen Ruf als guter Polizist wiederherzustellen. Ich wünsche ihm von Herzen, dass er das schafft.«

»Von Herzen«, wiederholte Tierney nachdenklich. »Eine starke Aussage.«

»Die ich auch so meine.«

»Dann nehme ich an, dass du ihm in jeder Weise helfen würdest, damit er hier Erfolg hat.«

»Absolut. Leider kann ich überhaupt nichts dazu tun.«

»Du wirst dich vielleicht noch wundern.«

Mit dieser kryptischen Bemerkung stand er auf, murmelte etwas davon, dass er gleich zurückkommen würde, und verschwand im Schlafzimmer, vermutlich um auf die Toilette zu gehen.

Lilly sah ihm nach, fühlte sich ausgelaugt und etwas enttäuscht, so als hätte ihr Therapeut vorzeitig die Sitzung beendet, ohne sie zu Ende anzuhören. Sie war froh, dass Tierney über Amy informiert war, denn das hatte ihr manches erleichtert. Amy war jedes Mal ein kritischer Punkt, wenn sie jemanden neu kennen lernte. Sie kam nie selbst auf ihren Tod zu sprechen, obwohl sie es oft am liebsten getan hätte, um das Unausweichliche »*Haben Sie Kinder?*« zu vermeiden. Das wiederum zu unvermeidlichen Erläuterungen führte, gefolgt von einem pflichtbewussten: *Oh, das tut mir wirklich leid, das wusste ich nicht.* Wobei sich der andere betreten und verlegen fühlte.

Wenigstens war ihr und Tierney dieser unangenehme Wortwechsel erspart geblieben. Außerdem wusste sie es zu schätzen, dass er keine platten Trostsprüche von sich gegeben und sie nicht gefragt hatte, wie es ihr damals gegangen war, wo es doch offensichtlich war, wie es ihr gegangen war. Er war ein außergewöhnlich guter Zuhörer.

Nervig war nur, dass er so auf Dutch und ihre augenblickliche Beziehung zu ihm fixiert war. Dutch war nicht mehr Teil ihres Lebens. Doch Tierney war allem Anschein nach nicht davon überzeugt.

Falls er wissen wollte, wie sie reagieren würde, wenn er sie in den Arm nahm und festhielt, warum hatte er es dann nicht probiert, statt Dutch vorzuschieben?

»Du kramst jetzt schon seit fünf Minuten in deiner Handtasche.« Er war wieder da. Erst als er sie ansprach, merkte sie, dass er am Ende des Sofas stand und sie beobachtete. »Was suchst du denn?«

»Meine Medikamente.«

»Medikamente?«

»Gegen Asthma. Ich habe sie gestern bei Ritt's abgeholt. Der übrigens«, ergänzte sie säuerlich, »der Schlimmste ist, wenn es ums Klatschen geht. Während ich gestern meine Medizin abholte, stellte er mir ununterbrochen neugierige Fragen über Dutch und mich, unsere Scheidung, den Hausverkauf. Er wollte sogar wissen, wie viel wir bekommen haben. Ist das zu glauben?

Vielleicht wollte er nur nett sein, aber ich habe das starke Gefühl, dass … äh …« Von ihrer Suche abgelenkt, ließ sie den Satz in der Luft hängen. Ungeduldig kippte sie die Tasche aus und ließ den gesamten Inhalt auf den Couchtisch regnen.

Da lagen das Schminktäschchen, aus dem sie vorhin die Nagelschere genommen hatte, ihr Portemonnaie und das Scheckbuch, ein Päckchen Taschentücher, eine Rolle Pfefferminz, der

Handyakku, der Ausweis für ihr Büro in Atlanta, der Schlüsselring, die Sonnenbrille und eine kleine Seife.

Nur das, was sie suchte, war nicht darunter.

Erschrocken sah sie Tierney an. »Sie sind nicht da.«

10

Dutch saß vorn in Cal Hawkins' Streulaster, hauptsächlich, weil er sich nicht darauf verlassen wollte, dass Hawkins wirklich alles versuchen würde, um die Bergstraße hinaufzukommen. Außerdem wollte er der Erste in der Hütte sein und als Erster durch die Tür kommen, Lillys Held in glänzender Rüstung.

Die Fahrt von der Kaschemme, in der sie Hawkins gefunden hatten, in die Stadt zurück hatte Nerven gekostet. Die Brücken waren spiegelglatt, die Straßen kaum besser. Sobald sie in der Werkstatt angekommen waren, hatte Dutch literweise schwarzen Kaffee in Hawkins hineingeschüttet. Der hatte gemeckert und gejammert, bis Dutch gedroht hatte, ihn mit einem Putzlumpen zu knebeln, und ihn dann im wahrsten Sinn des Wortes auf den Fahrersitz gehoben hatte.

Das Führerhaus war ein Schweinestall. Der Boden war mit Müll und Essenspapieren übersät, die seit dem letzten Winter hier lagen. In den Vinylüberzügen der Sitze klafften tiefe Wunden, aus denen die fleckige Polsterung quoll. Vom Rückspiegel baumelte neben den riesigen Flauschwürfeln und dem Hologramm eines Mädchens, das sich mit einem Vibrator vergnügte, auch ein tannenförmiges Duftbäumchen. Es mühte sich vergeblich, die verschiedenen Gerüche zu übertünchen.

Der Streulaster stammte aus einer ganzen Flotte schwerer Baumaschinen, die der alte Mr Hawkins an Kommunen, öffentliche Unternehmen und Baufirmen vermietet hatte. Das Geschäft war eine Goldgrube gewesen, bis der Alte gestorben war und

Cal junior es geerbt hatte. Der Streulaster war alles, was von dem stolzen Besitz übrig geblieben war.

Cal junior hatte die Maschinen seines Vaters für mehrere Darlehen verpfändet, die er nie zurückgezahlt hatte. Alles außer diesem Streulaster war versteigert worden. Dutch hatte wenig Verständnis für Cals finanzielle Nöte und hätte sich nicht darum geschert, wenn auch der Streulaster morgen einkassiert worden wäre, solange er ihn noch heute Abend auf den Berg brachte.

Er warf einen Blick in den Seitenspiegel und sah die Scheinwerfer seines Bronco in sicherem Abstand folgen. Einer seiner Leute, Samuel Bull, saß am Steuer. Er hatte den Vorteil, auf dem Sand-Salz-Gemisch fahren zu können, das Hawkins streute. Trotzdem war die Straße heimtückisch. Immer wieder sah Dutch, wie der Bronco in Richtung Straßengraben oder über den Mittelstreifen schlitterte.

Wes fuhr mit Bull. Bevor sie losgefahren waren, hatte Dutch ihm erklärt, dass er nicht mitzukommen brauchte. »Fahr heim. Das ist mein Problem, nicht deines.«

»Ich komme mit und leiste moralische Unterstützung«, hatte Wes nur geantwortet und war in den Bronco gestiegen.

Dutch würde höchstens moralische Unterstützung brauchen, wenn dieser Versuch, zu Lilly zu gelangen, fehlschlug. Offenbar glaubte Wes, dass der Fehlschlag programmiert war. Genau wie Bull. Und Hawkins. Der Zweifel sprach laut und deutlich aus allem, was sie sagten, und er sah Mitleid in ihren Blicken.

Bestimmt halten sie mich für völlig verzweifelt, dachte er. Verzweiflung war kein angemessener Zustand für einen Polizeichef. Für einen *Mann.* Jedenfalls erweckte er kein Vertrauen. Wenn er in Cal Hawkins überhaupt etwas erwecken konnte, dann Angst.

Als sie fünfzig Meter vor der Abzweigung zur Mountain Laurel Road waren, sagte er: »Wenn ich den Eindruck habe, dass du nicht alles gibst, wanderst du in den Knast.«

»Wegen was denn?«

»Weil du mich sauer gemacht hast.«

»Das geht nicht.«

»Ich würde dir raten, es nicht darauf ankommen zu lassen. Du holst alles aus dieser Schrottmühle raus, kapiert?«

»Ja, aber…«

»Ich will es nicht hören.«

Hawkins leckte sich die Lippen, fasste das Lenkrad fester und murmelte: »Kann verfluchte Scheiße nichts sehen.« Aber er schaltete kurz vor der Abzweigung einen Gang herunter.

Hier abzubiegen war ein Kunststück, weil es scharf um die Kurve ging und die Straße direkt in eine steile Steigung überging. Hawkins musste die Kurve langsam, aber mit genug Schwung nehmen, um die Steigung hinaufzukommen.

Dutch klickte das Funkgerät in seiner Hand an. »Abstand halten, Bull. Komm nicht zu dicht ran.«

»Mach dir deswegen keine Gedanken«, hörte er Wes aus dem Lautsprecher antworten. »Das habe ich ihm auch gesagt.«

»Immer langsam und locker«, sagte Hawkins halb laut entweder zu sich oder zu seinem Lastwagen.

»Nicht zu locker«, ermahnte ihn Dutch. »Du musst die Steigung schaffen.«

»Ich habe Erfahrung mit diesem Ding hier.«

»Also fahr es. Aber gib dir verflucht noch mal Mühe.« Er holte heimlich Luft und hielt sie an.

Hawkins ging vorsichtig in die Kurve. Der Laster kam ohne auszubrechen um die Biegung.

Dutch atmete aus. »Und jetzt gib Gas.«

»Sag mir nicht, wie ich meine Arbeit tun muss«, fuhr Hawkins ihn an. »Scheiße, die Straße ist dunkler als ’ne Arschritze.«

Die Hauptverbindungsstraße, die innerhalb von Cleary die Main Street bildete, war zu beiden Enden der Stadt bis zum Stadtrand beleuchtet. Abseits dieser ausgetretenen Wege waren die Straßen dunkel, der Kontrast war dramatisch. Die Scheinwerfer des Lasters erhellten nichts als den schwindelerregenden Tanz der vom Wind aufgewirbelten Eis- und Schneekristalle.

Hawkins bekam es mit der Angst. Er nahm den Fuß vom Gaspedal.

»Nein!« Weil Dutch diese Straße schon tausendmal gefahren war, wusste er, dass man genau hier Gas geben musste, um die erste Steigung zu schaffen. »Gib Saft!«

»Ich kann nix erkennen!«, kreischte Hawkins. Er legte den Leerlauf ein und wischte sich mit dem Ärmel übers Gesicht. Trotz der eisigen Temperaturen stand auf seiner Stirn dichter Schweiß, der genauso scharf roch wie der schwarzgebrannte Whiskey, der ihn hervorgerufen hatte.

»Leg den Gang ein.« Dutch presste jedes Wort einzeln zwischen den Zähnen hervor.

»Gleich. Ich muss erst mal meine Augen an die Dunkelheit gewöhnen. Dieses rumwirbelnde Zeugs macht mich schwummrig.«

»Nicht gleich. Sondern jetzt.«

Hawkins sah ihn finster an. »Willst du verrecken oder was?«

»Nein, aber *du* offenbar. Weil ich dich umbringe, wenn dieser Laster in fünf Sekunden nicht wieder angefahren ist.«

»Ich glaube nicht, dass ein Polizeichef einen unbescholtenen Bürger so bedrohen sollte.«

»Eins.«

»Was ist da oben los?«, quäkte Wes' Stimme aus dem Funkgerät.

»Zwei.« Dutch drückte die Sprechtaste und sagte ins Mikrofon: »Cal überlegt noch, wie er die Steigung am besten nehmen soll.« Er schaltete das Mikrofon wieder aus. »Drei.«

»Dutch, bist du dir sicher?« Wes klang besorgt. »Vielleicht sollten wir das noch einmal überdenken.«

»Vier.«

»Bull kann den Bronco kaum noch auf der Straße halten, obwohl wir auf Sand fahren. Wir können so gut wie nichts hinter der Motorhaube erkennen und …«

»Fünf.« Dutch zog die Pistole aus dem Holster.

»Scheiße!« Cal legte den ersten Gang ein.

»Schon okay, Wes«, sagte Dutch selbst für seine Ohren bemerkenswert ruhig in das Funkgerät. »Los geht's.«

Cal ließ die Kupplung kommen und drückte aufs Gas. Der Laster rollte ein paar Meter vorwärts.

»Du musst auf dem Gas bleiben, sonst schaffen wir es nie«, sagte Dutch.

»Vergiss nicht, dass wir schwer beladen sind.«

»Also musst du umso mehr Gas geben.«

Hawkins nickte und schaltete in den Zweiten. Aber sobald er beschleunigte, drehten die Hinterräder durch. »Das schafft er nicht.«

»Lass nicht locker.«

»Das schafft …«

»Versuch es weiter! Gib mehr Gas!«

Hawkins murmelte etwas von Jesus, Maria und Josef und befolgte dann Dutchs Anweisungen. Die Räder drehten durch, fanden plötzlich Halt, und der Wagen machte einen Satz nach vorn.

»Siehst du?« Dutch klang erleichterter, als er Cal gegenüber zugeben wollte.

»Schon, aber gleich müssen wir um die erste Haarnadelkurve.«

»Du schaffst das.«

»Oder ich fahre uns beide geradewegs in die Hölle, weil ich keinen Furz erkennen kann. Ich hab keine Lust, mit diesem Baby Arsch über Kopf ins Tal zu purzeln.«

Dutch hörte gar nicht auf ihn. Unter seinen Kleidern schwitzte er noch mehr als Hawkins. Er konzentrierte sich auf das Gleißen der Scheinwerfer unterhalb der Motorhaube. Gerechterweise musste er zugeben, dass es äußerst gefährlich war, einen so schweren Truck auf einen steilen Berg zu manövrieren, wenn die Sicht nur wenige Meter betrug. Schon jetzt hatte der heftige Niederschlag den Sand zugedeckt, den Cal eben gestreut hatte. Ihm fiel auf, dass Bull den Bronco nur bis zur Abzweigung gefahren hatte. Die zwei Insassen – sein bester Freund und einer seiner Untergebenen – unterhielten sich wahrscheinlich über seine verblendete Dummheit. Er durfte sich von ihrer Meinung nicht beirren lassen.

Knurrend und stöhnend mühte sich der Truck die zwanzigprozentige Steigung hinauf. Sie kamen nur langsam voran, aber Dutch sagte sich immer wieder, dass er mit jedem Zentimeter, den sie zurücklegten, Lilly näher kam. Und Ben Tierney.

Warum musste sie von allen Männern dieser Erde ausgerechnet mit ihm eingeschlossen sein? Schon der Gedanke, dass sie mit irgendeinem Mann allein in der Hütte war, trieb ihn zum Wahnsinn. Aber jetzt war sie mit einem Mann zusammen, dem sie gestern mit offenem Mund hinterhergeglotzt hatte.

Dutch hatte schon mehrmals beobachtet, wie die Frauen, ob alt oder jung, Ben Tierney musterten und weiche Knie bekamen, sobald sie seine harten Muskeln und das gemeißelte Kinn bemerkten. Und er könnte wetten, dass er verdammt gut wusste, wie er die Ladys zum Beben brachte.

Bestimmt hielt er sich für einen Superhengst. Er als Abenteurer und Eroberer, der ständig in Zeitschriften abgebildet wurde. All das summierte sich zu einem Freifahrtschein in jedes Höschen, das er für erobernswert hielt.

Kajakfahren, leck mich.

Die bitteren Gedanken beiseiteschiebend, sagte er: »Aufpassen, Hawkins. Gleich kommen wir zur ersten Kehre.«

»Hm.«

»Noch knapp zehn Meter.«

»Wir haben nicht die kleinste Chance, das zu schaffen.«

»Wenn du weißt, was gut für dich ist, wirst du es schaffen.«

Mehrere Sekunden lang glaubte Dutch, dass sie es tatsächlich schaffen könnten. Vielleicht war sein Wunsch so stark, dass er es schon vor sich sehen konnte. Aber mit positivem Denken ließen sich Gesetze der Physik nicht ausschalten. Um sicher durch die Kurve zu kommen, musste Cal nach unten schalten. Daraufhin hatte der Laster nicht mehr genug Schwung, um die Steigung zu nehmen. Er kam zum Stillstand und schien eine halbe Ewigkeit reglos auszuharren. Dann rutschte das schwere Gerät talwärts.

Hawkins kreischte auf wie ein Mädchen.

»Gib mehr Gas, du Idiot!«

Hawkins tat es, aber Dutch hatte das Gefühl, dass seine Bemühungen nicht so energisch waren, wie es nötig gewesen wäre, um den unerbittlichen Zug der Schwerkraft zu überwinden. Auf jeden Fall hatte Cal mit seinen Versuchen keinen Erfolg und schaffte es lediglich, durch behutsames Bremsen das langsame Abrutschen aufzuhalten und zu verhindern, dass sie von der Straße kippten.

Als der Laster schließlich zum Stehen gekommen war, atmete Hawkins tief auf. »O verflucht. Das war knapp.«

»Versuch's noch mal.«

Sein Kopf zuckte so schnell herum, dass seine Halswirbel knackten wie aufplatzende Maiskörner. »*Spinnst du?*«

»Leg den Gang wieder ein, und versuch's noch mal.«

Hawkins schüttelte den Kopf wie ein nasser Hund. »Auf keinen Fall, o nein. Und wenn du deine Knarre nimmst und mir zwischen die Augen schießt, das ist wenigstens ein schneller Tod. Immer noch besser, als unter Tonnen von Schrott und Sand zerquetscht zu werden. Nein danke, Sir. Du kannst warten, bis nicht mehr ganz so viel runterkommt, oder du besorgst dir einen anderen Fahrer, oder du fährst die Kiste verflucht noch mal selbst. Mir scheißegal, außer dass ich es bestimmt nicht noch mal versuche.«

Dutch versuchte ihn mit einem Todesblick einzuschüchtern, aber Cal Hawkins' blutunterlaufene Augen starrten wütend zurück. Das stopplige Kinn war streitlustig vorgereckt. Beide schreckten auf, als jemand an Dutchs Seitenfenster klopfte.

Wes sah zu ihnen herein. »Alles okay bei euch?«

»Alles wunderbar«, rief Dutch durch die geschlossene Scheibe.

»Einen Scheiß ist es«, brüllte Hawkins.

Wes stieg auf das Trittbrett, zog die Tür auf und konnte sofort Hawkins' Angst riechen. »Was ist denn?«

Hawkins deutete mit einem zitternden Finger auf Dutch. »Er hat mich mit seiner Waffe bedroht und gesagt, er bringt mich um, wenn ich ihn nicht auf diesen Berg bringe. Er ist irrer als 'ne Scheißhausratte.«

Wes sah ungläubig auf Dutch, der müde erklärte: »Ich hätte ihn bestimmt nicht erschossen. Ich wollte ihm nur Angst machen, damit er wirklich alles versucht.«

Wes sah ihn kurz prüfend an und wandte sich dann mit ruhiger, vertrauenerweckender Stimme an Hawkins. »Seine Frau ist mit einem anderen Mann in der Hütte.«

Hawkins verarbeitete das und sah dann Dutch wieder an, der ihm plötzlich in einem ganz anderen Licht erschien. »O Mann. Das kotzt an.«

Was Dutch wirklich ankotzte, war die Tatsache, dass er von Typen wie Cal Hawkins bedauert wurde.

Wes sagte: »Cal, glaubst du, dass du den Laster wieder auf die Hauptstraße runterbringen kannst?«

Hawkins, in seinem neu empfundenen Mitgefühl erheblich zugänglicher, erklärte, dass er es versuchen würde. Unter den Anweisungen der beiden anderen schaffte er den Streulaster zurück auf den Highway und lenkte ihn in Richtung Stadt.

Dutch befahl Bull, mit Hawkins zu fahren, und gab seinem Untergebenen die Warnung mit, Hawkins im Auge zu behalten und ihn nichts tun zu lassen, wodurch der Streulaster gefährdet werden könnte.

»Ich würde ihm zutrauen, dass er ihn absichtlich zu Schrott fährt, nur damit er es morgen nicht noch mal probieren muss.« Dutch saß mit zusammengebissenen Zähnen im Bronco. »Dieser feige, versoffene Hurensohn.«

»Das Dahinscheiden von Cal Hawkins junior wäre kein großer Verlust für die Menschheit. Da kann ich dir nicht widersprechen«, sagte Wes. »Aber Jesus, Dutch, war es nicht ein bisschen übertrieben, ihn mit der Waffe zu bedrohen?«

»Musstest du ihm verraten, dass Lilly mit einem anderen Kerl zusammen ist? Bis morgen früh weiß es die ganze Stadt. Die Leute werden sich weiß Gott wie das Maul darüber zerreißen, was Lilly und Ben Tierney alles anstellen, um sich warm zu halten und um sich die Zeit zu vertreiben. Du weißt, wie die Leute ticken.«

»Ich kann sehen, wie du tickst.«

Dutch sah ihn wütend an.

»Außerdem«, fuhr Wes fort, »habe ich keinen Ton von Ben Tierney gesagt. Was Hawkins angeht, könnte sie da oben auch mit einem alten Tattergreis eingeschlossen sein.«

»Wohl kaum.«

»Hör zu, ich habe es ihm gesagt, weil er sich in so eine Situation einfühlen kann. In einem Schneesturm ins Gebirge zu fahren, nur um einen eingeschlossenen Bürger zu retten? So viel Pflichtgefühl ist ihm fremd. Aber deine Frau rausholen, die mit einem anderen zusammen ist – in so einer Situation ist alles gerechtfertigt. Sogar, jemanden mit einer Waffe zu bedrohen.«

Sie schwiegen, bis sie die Werkstatt erreicht hatten. Dutch befahl Bull, in die Zentrale zurückzufahren und dort nachzufragen, ob er irgendwo gebraucht wurde. Falls nicht, konnte er heimfahren.

»Wird gemacht, Sir.« Der Polizist sah zu Boden und sagte betreten: »Tut mir leid, dass wir es, na ja, nicht zu Ihrer Frau geschafft haben.«

»Bis morgen«, verabschiedete Dutch ihn knapp.

Der Polizist ging zu seinem Streifenwagen. Hawkins wollte schon wieder in seinen Pick-up klettern, als Dutch ihn einholte. »Morgen früh hole ich dich ab. Und ich will dich nicht noch einmal so lange suchen müssen.«

»Ich bin zu Hause. Du weißt, wo das ist?«

»Ich komme in der Morgendämmerung vorbei. Falls du besoffen oder verkatert bist, wenn ich bei dir auftauche, wirst du dir wünschen, ich hätte vorhin ernst gemacht und dich erschossen.«

Sie folgten Hawkins' Pick-up aus der Werkstatt hinaus. Wie beinahe zu erwarten, war ein Rücklicht kaputt. »Dafür sollte ich ihm einen Strafzettel verpassen«, grummelte Dutch, als Hawkins an einer Kreuzung abbog.

Als sie Wes Hamers Haus erreicht hatten, sagte der: »Du kannst mich an der Einfahrt absetzen. Dann brauchst du nicht rückwärts wieder rauszusetzen.«

Dutch brachte den Bronco zum Stehen. Beide Männer schwiegen ein paar Sekunden. Wes starrte düster durch die Windschutzscheibe und meinte schließlich: »Sieht nicht so aus, als würde es nachlassen, oder?«

Dutch verfluchte den Mahlstrom aus Schnee und Graupel. »Ich schaffe es morgen da rauf, und wenn ich mir Flügel wachsen lassen muss.«

»Was anderes wird dir vielleicht nicht übrig bleiben«, sagte Wes. »Was machst du jetzt?«

»Jetzt fahre ich noch ein bisschen durch die Stadt. Nach dem Rechten sehen.«

»Warum machst du nicht Schluss für heute, Dutch? Und gönnst dir eine Mütze Schlaf?«

»Das könnte ich beim besten Willen nicht. Zu viel Adrenalin, zu viel Koffein.«

Wes sah ihn nachdenklich an und sagte dann: »Ich habe dich für diesen Job empfohlen.«

Dutch sah seinen Freund kühl an. »Bereust du es?«

»Quatsch. Aber ich glaube, es steht mir zu, dich daran zu erinnern, wie viel für dich davon abhängt, dass du Erfolg hast.«

»Hör zu, wenn du glaubst, ich leiste schlechte Arbeit …«

»Das habe ich nicht gemeint.«

»Was dann?«

»Ich sage nur, dass dein Ruf auf dem Spiel steht, und meiner auch.«

»Du hast deinen Arsch immer abgesichert, nicht wahr, Wes?«

»Damit hast du verdammt noch mal Recht«, feuerte er zurück.

Dutch schnaubte. »Du hattest immer ein paar große, böse Linemen auf dem Footballfeld, die dich abschirmten, und wenn einer davon Mist baute, hast du ihm die Hölle heiß gemacht. Ich war ganz auf mich gestellt und musste mich von Linebackern überrennen lassen, deren Hälse dicker waren als mein Bauch. Du hast dich einen Scheiß darum geschert, dass ich in den Boden gestampft wurde, solange du nur ungeschoren davonkamst.«

Er begriff, wie pubertär sich dieser Rückgriff auf ihre Zeit als Footballspieler anhören musste, und verkniff sich jeden weiteren Kommentar. Tatsächlich hatte Wes nur die traurige, hässliche Wahrheit ausgesprochen. Er wusste es. Trotzdem wollte er sie nicht hören.

»Dutch«, sagte Wes bedächtig, »wir sind hier nicht auf dem Spielplatz. Nicht mal auf dem Sportplatz. In unserer kleinen

Stadt geht ein Irrer um, ein Psychopath, der unsere Frauen verschwinden lässt. Fünf bis jetzt. Gott allein weiß, was er mit ihnen anstellt. Die Leute haben Angst, sie sind aufgebracht und fragen sich, wie viele noch verschwinden müssen, bevor der Mann gefasst wird.«

»Was willst du damit sagen?«

»Ich will damit sagen, ich habe nicht gesehen, dass du dich über diese Sache halb so sehr ereifert hättest wie darüber, dass Lilly an einem verschneiten Abend in einer netten, gemütlichen Berghütte festsitzt. Jeder versteht, dass du dir Gedanken um sie machst. Okay. Deine Sorgen sind berechtigt. Aber rück verflucht noch mal die Dinge in die richtige Perspektive.«

»Halt du mir keine Vorträge, Mr Gemeinderatsvorsitzender.« Dutchs leise Stimme verriet nicht, wie sein Herz hämmerte. »Du taugst kaum als Tugendprediger, Wes.« Um seinen Worten Nachdruck zu geben, ergänzte er eindringlich: »Vor allem wenn es um das Wohlergehen von Frauen geht.«

11

»Du hast Asthma?«

»Chronisches. Kein allergisches Asthma.« Wohl wissend, dass es nichts brachte, fuhr Lilly mit der Hand über die Innenverkleidung der leeren Handtasche. Der kleine Beutel mit den Medikamenten war nicht darin. Ängstlich kämmte sie mit den Fingern ihr Haar und drückte dann die Hand auf Mund und Kinn. »Wo ist es nur?«

»Du hast aber keinen Asthmaanfall.«

»Weil ich vorbeuge. Mit meinem Inhalator und mit Pillen.«

»Ohne die …«

»Könnte ich einen Anfall bekommen. Was furchtbar wäre, weil ich meinen Bronchiendilatator nicht dabeihabe.«

»Bronchien …«

»Dilatator, Dilatator«, wiederholte sie ungeduldig. »Ein Spray, das ich während einer Attacke einsetzen kann.«

»Ich habe schon gesehen, wie Leute damit inhaliert haben.«

»Ohne das Mittel bekomme ich keine Luft.« Sie stand auf und begann im Kreis zu gehen. »Wo ist bloß dieser Beutel geblieben? Er ist ungefähr so groß.« Sie hielt ihre Handflächen fünfzehn Zentimeter auseinander. »Aus grüner Seide und mit Kristallperlen besetzt. Ich habe ihn letzte Weihnachten von einer Kollegin geschenkt bekommen. Ihr war aufgefallen, dass mein alter abgewetzt aussah.«

»Vielleicht hast du ihn liegen …«

Noch bevor er den Satz zu Ende sprechen konnte, schüttelte sie den Kopf und fiel ihm ins Wort. »Ich habe ihn immer in der

Handtasche, Tierney. Immer. Heute Nachmittag war er jedenfalls noch darin.«

»Bist du sicher?«

»Absolut. Kalte Luft kann einen Anfall auslösen, darum habe ich kurz inhaliert, bevor ich aus der Hütte ging.« Von Sekunde zu Sekunde aufgeregter rang sie die Hände. »Heute Nachmittag war er noch in meiner Handtasche, aber jetzt ist er nicht mehr drin. Wo habe ich ihn nur gelassen?«

»Beruhige dich.«

Sie fuhr auf dem Absatz herum; es machte sie rasend, dass er nicht verstand, warum sie in Panik geriet. Er wusste nicht, wie es war, um jeden Atemzug kämpfen und fürchten zu müssen, dass sie bald nicht mehr dazu in der Lage sein könnte. »Sag mir nicht, ich soll mich beruhigen. Du weißt nicht …«

»Stimmt.« Er packte sie an den Schultern und rüttelte sie sanft. »Ich weiß praktisch nichts über Asthma, außer dass es schlimmer wird, wenn du hysterisch wirst. Du steigerst dich in etwas hinein. Also beruhige dich.«

Auch wenn sie sich über seinen strengen Tonfall ärgerte, hatte er natürlich Recht. Sie nickte und wand sich aus seinem Griff. »Schon gut. Ich bin ganz ruhig.«

»Gehen wir alles der Reihe nach durch. Du hast den Inhalator verwendet, bevor du die Hütte verlassen hast, richtig?«

»Bevor ich zum letzten Mal aus der Tür gegangen bin. Ich weiß genau, dass ich ihn danach in meine Handtasche gesteckt habe. Weil ich mich noch daran erinnere, wie ich mit den Handschuhen an dem Griff herumgefummelt habe. Aber selbst wenn ich ihn versehentlich vergessen hätte, müsste er in diesem Raum sein. Wir haben die Hütte von oben bis unten durchsucht. Wenn er hier wäre, hätte ihn einer von uns sehen müssen.«

»Du erinnerst dich doch, dass deine Handtasche auf den Boden geschleudert wurde, als du auf den Baum geprallt bist, nicht wahr?«

Nein, bis zu diesem Augenblick war ihr das entfallen gewesen. »Natürlich.« Sie stöhnte. »Da muss der Beutel rausgefallen sein. Er lag bestimmt ganz oben, weil ich ihn erst zum Schluss in die Tasche gesteckt hatte.«

»Dann ist das die einzig logische Erklärung. Hast du nachgesehen, ob der Medizinbeutel noch in der Tasche war, als du sie aus dem Fußraum gezogen hast?«

»Nein. Ich bin gar nicht auf die Idee gekommen zu kontrollieren, ob noch alles darin war. Ich war mit den Gedanken ganz woanders.«

»Wann würdest du unter normalen Umständen das nächste Mal deine Medikamente nehmen?«

»Vor dem Schlafengehen. Es sei denn, ich hätte einen Anfall. Dann würde ich sofort inhalieren.«

Tierney sann darüber nach. »Dann müssen wir um jeden Preis einen Anfall vermeiden. Wann kommt es zu einer Attacke? Außer in kalter Luft? Und wie hast du es übrigens geschafft, mich praktisch den ganzen Weg bergauf zu schleppen, ohne dabei einen Anfall zu bekommen?«

»Meine Medikamente verhindern das ziemlich zuverlässig. Wenn ich vernünftig bin und sie regelmäßig nehme, kann ich praktisch alles tun. Wildwasser-Kajakfahren zum Beispiel.« Sie lächelte erschöpft.

»Aber der Marsch hier herauf hätte sogar mich um ein Haar überfordert, Lilly. Wie hast du das geschafft?«

»Vielleicht habe ich doch übermenschliche Kräfte entwickelt.« Um ihn in ihren Privatscherz einzuweihen, erklärte sie: »Als du auf der Straße lagst und ich hin und her rannte, um die Decke und so weiter zu holen, habe ich mich gewundert, warum ich nicht in den Adrenalinrausch geriet, den man in so einer Krisensituation angeblich empfindet.«

»Vielleicht hattest du ihn ja und hast es nur nicht gemerkt.«

»Anscheinend. Jedenfalls werden die Anfälle mit Sicherheit

auch durch Überanstrengung hervorgerufen. Außerdem durch Reizstoffe wie Staub, Schimmel und Luftverschmutzung. All das droht mir hier oben eher nicht, vor allem im Winter. Trotzdem bleibt noch der Stress«, fuhr sie fort. »Der ebenfalls einen Anfall auslösen kann.

Nach Amys Tod hatte ich öfter Anfälle, weil ich so viel weinen musste. Im Lauf der Zeit wurden sie natürlich seltener, aber ich sollte es wirklich vermeiden, mir zu viele Sorgen zu machen.« Sie schenkte ihm ein, wie sie hoffte, tapferes Lächeln. »Ich schaffe das schon. Wahrscheinlich ist es nicht weiter schlimm, wenn ich ein paar Mal meine Medizin nicht nehme.«

Er sah sie nachdenklich an und schaute dann zur Tür. »Ich gehe noch mal zum Wagen und hole sie.«

»Nein!« Sie packte seinen Ärmel und krallte sich darin fest. Keine Medikamente zur Hand zu haben, war weniger schlimm, als keine Medikamente zur Hand zu haben und allein zu sein, wenn sie einen Anfall bekam.

Kurz nach Amys Tod hatte sie mitten in der Nacht einen Anfall bekommen. Ihr eigener pfeifender Atem hatte sie geweckt, gleich darauf begann sie den ekligsten Schleim hochzuhusten. Bis sie endlich das lebensrettende Medikament inhaliert hatte, waren ihre Luftwege fast zugeschwollen.

Der Vorfall hatte ihr besondere Angst eingejagt, weil sie allein gewesen war. Dutch war in jener Nacht nicht nach Hause gekommen. Er hatte auch nicht angerufen, um ihr mitzuteilen, dass es spät würde. Nachdem er alle fadenscheinigen Vorwände verbraucht hatte, fand er es einfacher, gar nicht erst anzurufen, als anzurufen und ihr etwas vorzulügen.

Irgendwann hatte sie es aufgegeben, auf ihn zu warten, und war ins Bett gegangen. Hinterher, entsann sie sich, hatte sie gedacht, dass es ihm ganz recht geschehen wäre, wenn sie ihr Inhalationsspray nicht gefunden hätte oder wenn es ihre Luftwege nicht entspannt und er beim Heimkommen entdeckt hätte, dass sie jämmerlich erstickt war, während er mit einer anderen Frau im Bett lag.

Plötzlich wurde ihr bewusst, dass sie sich immer noch an Tierneys Ärmel festkrallte, sie ließ los. »Du schaffst es auf keinen Fall bis zum Auto und zurück, ohne zusammenzubrechen«, sagte sie. »Du würdest dich da draußen verirren oder im Schnee ohnmächtig werden, und ich hätte trotzdem keine Medikamente. Alles wäre nur noch schlimmer statt besser.«

Er atmete tief ein und langsam wieder aus. »Wahrscheinlich hast du Recht. Ich gehe erst, wenn es gar nicht anders geht.«

»Wenn es so weit kommt, dann geh auf keinen Fall, ohne mir Bescheid zu sagen.« Sie schämte sich der Gefühle, die sie plötzlich überkamen, aber es war lebenswichtig, dass er das begriff. »Ich hatte schon immer Asthma, aber ein schwerer Anfall ist und bleibt ein grauenhaftes Erlebnis. Es macht mir nichts aus, allein zu sein, solange mein Notfallspray in Reichweite ist. Aber das ist es nicht. Ich will nicht aufwachen, keine Luft bekommen und feststellen, dass ich ganz allein bin, Tierney. Versprich mir das.«

»Ich verspreche es dir«, versicherte er leise.

Ein Scheit im Kamin fiel zur Seite und sandte einen Funkenregen in den Abzug. Lilly wandte sich von ihm ab und kniete vor dem Kamin nieder, um in der Glut unter dem Eisenrost zu stochern.

»Lilly?«

»Hmm?« Als Tierney nichts weiter sagte, drehte sie sich um. »Was ist denn?«

»Was hältst du davon, wenn wir miteinander schlafen?«

Marilee Ritt hatte einen entspannenden Abend.

Obwohl es noch keine offizielle Bestätigung gab, wusste sie genau, dass morgen die Schule ausfallen würde. Selbst wenn die Busse fahren konnten, was nicht der Fall wäre, wäre es für den Schuldistrikt viel zu teuer, die Schulgebäude bei so extremen Temperaturen zu beheizen.

Trotzdem bereitete es dem Schulinspektor ein perverses Vergnügen, den Unterrichtsausfall erst im letzten Moment zu verkünden, meist morgens eine Stunde vor dem angesetzten Schulbeginn. Es war sein persönliches Machtspielchen, niemanden ausschlafen zu lassen.

Statt Schularbeiten zu korrigieren, wie sie es abends gewöhnlich tat, schaute Marilee eines der Videos, die sie aus dem Drugstore mitgebracht hatte. Die Heldin war eine nichtssagende Figur. Der männliche Gegenpart ein Fiesling ohne besondere Qualitäten. Punkten konnte der Film einzig mit der Chemie zwischen den gleichermaßen attraktiven Hauptdarstellern und dem angenehmen Titelsong, den Sting komponiert hatte. Wen kümmerte es da, dass der Plot Löcher hatte und die Dialoge idiotisch waren? Es war kein Dostojewski, aber es war netter Eskapismus, und sie hatte ihn genossen.

Während sie durchs Haus ging, schaltete sie alle Lichter aus und prüfte einmal mehr nach, ob die Türen verriegelt waren. Als sie den Flur entlangsah, fiel ihr auf, dass unter Williams Tür kein Lichtstreifen zu sehen war. Sie schätzte, dass er schon seit Stunden im Bett lag. Er war Frühschläfer und Frühaufsteher.

Sie ging in ihr Zimmer und schloss die Tür, schaltete aber nicht die Deckenleuchte ein. Die Laterne einen halben Straßenblock entfernt warf genug Licht durchs Fenster, um sich orientieren zu können. Sie nahm die Zierkissen vom Bett und schlug dann die Daunendecke zurück.

Anschließend verschwand sie ins Bad und zog sich aus. Sie ließ sich Zeit und streifte jedes Kleidungsstück ganz langsam ab, bevor sie es ordentlich beiseitelegte, um sich dann dem nächsten zuzuwenden. Sie spürte, wie sie eine Gänsehaut bekam, aber sie wurde trotzdem nicht schneller.

Als sie nackt war, streifte sie das Gummiband ab, das ihren

Pferdeschwanz hielt, schüttelte ihr Haar aus und fuhr mit den Fingern durch die weizenblonden Strähnen, die ihr stiller Stolz waren. Sie mochte es, wenn sie frei und weich über ihre Schultern strichen.

Ihr Nachthemd hing auf einem Haken hinten an der Tür. Sie zog es über. Es war für die Jahreszeit viel zu dünn, aber sie liebte spitzenbesetzte Seidenwäsche und trug sie das ganze Jahr über. Fröstelnd kehrte sie ins Schlafzimmer zurück.

Sie wollte gerade ins Bett klettern, als er ihre Taille umfasste und die andere Hand auf ihren Mund presste. Sie versuchte sich zu wehren und streckte den Rücken durch, um sich aus seinem Griff zu befreien.

»Psst!«, zischte er in ihr Ohr. »Halt still, oder ich muss dir wehtun.«

Marilee hörte auf sich zu wehren.

»So ist es schon besser«, sagte er. »Schläft dein Bruder schon?«

»Hm-mm?«

Er drückte ihre Taille fester und zog sie rücksichtslos an seine Brust. Sein Atem strich warm und feucht über ihr Ohr und ihren Hals. »Ich habe dich gefragt, ob dein Bruder schon schläft.«

Sie zögerte eine Sekunde und nickte dann.

»Okay. Das ist gut. Tu, was ich sage, dann passiert dir nichts. Verstanden?«

Ihr Herz pochte unter den Rippen, aber sie nickte nochmals.

»Wirst du schreien, wenn ich die Hand wegnehme?« Sie schüttelte den Kopf, vielleicht zu schnell, um aufrichtig zu wirken. Er knurrte: »Wenn du schreist …«

Sie schüttelte heftiger den Kopf.

Ganz langsam nahm er die Hand von ihrem Mund. Sie wimmerte: »Was willst du von mir?«

Er zeigte es ihr.

12

Der Eindringling packte grob ihre Hand, zog sie nach hinten und presste ihre Handfläche auf seinen entblößten Penis. Marilee schnappte nach Luft. Er legte ihre Finger um sein steifes Glied und schob ihre Hand vor und zurück.

Sie konnte sich im Standspiegel an der Wand gegenüber erkennen. Es war ein altes Stück, das vor ihr ihre Mutter und davor ihre Großmutter mütterlicherseits besessen hatten. Ein breiter, ovaler Spiegel aus cremefarbenem Holz mit aufgemalten rosa Rosen.

Nur das Spiegelbild in der Mitte hatte nichts Romantisches. Es war lüstern. Ungeschliffen. Erotisch. Im Halbdunkel erkannte sie sich in ihrem kurzen, luftigen Nachthemd. Er blieb im Schatten. Von ihm konnte sie nicht mehr erkennen als die Skimütze und ein Augenpaar, das über den Spiegel direkt in ihres blickte.

Gegen die Furche zwischen ihren Hinterbacken gepresst, flüsterte er: »Zieh das Nachthemd aus.«

Sie schüttelte den Kopf, anfangs langsam, dann entschlossener. »Nein.«

Ehe sie reagieren konnte, hatte er die Träger ihres Nachthemds von ihren Schultern gezogen. Der Stoff sank auf ihre Taille und gab ihren Busen frei. Sofort hatte er beide Arme um ihre Brüste gelegt und quetschte sie gegen den Brustkorb.

Marilee stöhnte.

»Psst«, ermahnte er sie scharf.

Sie biss sich auf die Unterlippe.

Er schob eine Hand über ihren Bauch abwärts und versuchte zwischen ihre Schenkel zu gelangen. »Mach sie auf.«

»Bitte…«

»Mach sie auf.«

Sie spreizte die Füße ein paar Zentimeter.

»Weiter.« Sie zögerte und kam dann seinem Befehl nach. Er zwängte seine Finger in ihren Leib. Sie stellte sich seinem Blick im Spiegel. Seine Augen schienen zu leuchten. »Geh auf die Knie und drück das Gesicht in die Matratze.«

Die Knie auf die Bettkante setzend, beugte sie sich vor, bis ihre Wange auf der Matratze lag. Seine heißen Hände liebkosten sie, entblößten sie. Die Spitze seines Penis' neckte und erforschte sie, bevor er Marilee mit einem tiefen Stoß nahm.

Krampfhaft schlossen sich ihre Hände in das Laken unter ihr, so wie sich ihr Leib um ihn schloss. Er stöhnte und drang noch tiefer ein. »Sag mir, was ich mit dir mache.«

Sie murmelte die Antwort in die Matratze.

»Lauter.«

Sie wiederholte das Wort und drängte sich gegen ihn.

»Du kommst gleich, stimmt's?« Seine Stöße kamen schneller, kürzer.

In einem abgehackten Seufzer stöhnte sie: »Ja!«

Der Orgasmus machte sie nass und schwach und überglücklich. Das Gefühl war gerade dabei, wieder abzuschwellen, als sie seinen Höhepunkt spürte. Weil er ihre Hüften mit beiden Händen festhielt, spürte sie genau, wie sein ganzer Körper zu pulsieren begann. Sie kam noch mal; diesmal war der Orgasmus nicht ganz so heftig, aber nicht weniger befriedigend.

Nachdem sie wieder zu Atem gekommen war, krabbelte sie vor aufs Bett, wälzte sich auf den Rücken und streckte ihm die Arme entgegen. »Das war geil.« Er kannte alle ihre Phantasien, denn sie hatte ihm alle erzählt. Nicht alle spielten sie zusammen nach, aber sie liebte es, wenn sie es taten.

Er nahm ihre Brüste in die Hände und rieb mit den Daumen über die festen Nippel. »Du magst es, wenn ich dir Angst mache.«

»Offenbar, sonst hätte ich nicht zugelassen, dass du dich ins Haus schleichst.« Sie küssten sich lang und innig. Als sie sich wieder voneinander lösten, strich sie ihm liebevoll übers Gesicht. »Hast du mich im Bad beobachtet?«

»Hast du das nicht gespürt?«

»Doch, ehrlich. Sobald ich ins Zimmer kam, wusste ich, dass du hier bist. Eigentlich wollte ich den Striptease noch hinziehen. Mich vielleicht dabei, du weißt schon, berühren.«

»Das hätte mir gefallen.«

»Ein andermal. Dafür war es heute Nacht zu kalt. Ehrlich gesagt habe ich bei diesem Wetter nicht mit dir gerechnet.«

Er küsste sie bis zum Nabel und kniete sich dann zwischen ihre offenen Schenkel. Kurz bevor er sein Gesicht in ihre Mitte presste, stöhnte er: »Das hier zieht mich einfach magisch an.«

Draußen vor Marilees Zimmer lauschte William noch ein paar Minuten an der Tür, bevor er mit einem überheblichen Lächeln und einem mühsam unterdrückten Kichern durch den dunklen Korridor in sein Zimmer zurückschlich.

Tierneys Frage traf Lilly völlig unvorbereitet. Zu schockiert, als dass ihr eine Antwort einfiel, starrte sie ihn an.

»Vielleicht hätte ich das eleganter formulieren sollen, statt dich so damit zu überfallen«, sagte er. »Normalerweise bin ich einfühlsamer.«

Einfühlsamer, wenn er eine Frau in sein Bett bekommen wollte. Sie fragte sich, wie oft das wohl vorkam, obwohl sie einigermaßen sicher war, dass es oft geschah. Und sie war genauso sicher, dass ihn nur die wenigsten abblitzen ließen.

Ihr fröhliches Lachen war nur aufgesetzt. »Soll ich mich jetzt geschmeichelt fühlen oder beleidigt sein? Warum glaubst du nicht, dass du mit einer einfühlsameren Methode Erfolg haben könntest?«

»Weil auf dich keine Regel zutrifft, Lilly.«

»Und warum?«

»Weil du zu klug und zu schön bist.«

»Ich bin nicht schön. Vielleicht attraktiv, aber nicht schön.«

»O doch. Das war mein erster Gedanke, als du damals in den Bus gestiegen bist.«

Sie war ein paar Minuten zu spät gekommen und als Letzte eingestiegen, erinnerte sie sich. Drinnen hatte sie vor allen anderen gestanden und nach einem freien Platz Ausschau gehalten. Tierney hatte in der dritten Reihe am Fenster gesessen. Der Sitz neben ihm war frei. Ihre Blicke hatten sich getroffen. Sie hatte sein Lächeln erwidert, aber seine stumme Einladung, neben ihm Platz zu nehmen, ausgeschlagen. Stattdessen war sie an ihm vorbeigegangen und hatte sich auf den Platz am Gang in der Reihe dahinter gesetzt.

Die Türen schlossen sich, und der Bus fuhr los. Ihr Führer stellte sich in den Gang und hieß alle willkommen. Er hielt einen zehnminütigen Routinevortrag über die notwendigen Sicherheitsvorkehrungen und darüber, was sie während ihres Tages auf dem French Broad River erwartete. Seine Witze waren eher lahm, aber sie lachte trotzdem höflich, genau wie Tierney.

Als der Führer seine launige Ansprache beendet und hinter dem Fahrer Platz genommen hatte, begannen sich die Teilnehmer miteinander zu unterhalten. Tierney drehte sich zu ihr um.

Ich bin Ben Tierney.

Lilly Martin.

Freut mich, Sie kennen zu lernen, Lilly Martin.

»Du hast toll ausgesehen«, sagte er.

Sie wusste, dass sie das Thema fallen lassen sollte. Es verstieß gegen die von ihr gesetzten Grundregeln, dass sie sich auf praktische Fragen beschränken und die Situation nicht mit persönlichen Erinnerungen belasten sollten. Aber die Frau in ihr wollte unbedingt hören, was er zu sagen hatte.

Sie sah ihn zweifelnd an. »In meinem Kanu-Outfit?«

»Noch nie haben schwarze Leggins so gut ausgesehen.«

»Das ist gelogen, aber trotzdem vielen Dank.«

»Du hast dich mit deinem Mädchennamen vorgestellt. Erst bei meinem nächsten Ausflug nach Cleary habe ich erfahren, dass die Lilly Martin, die ich auf dem Ausflug kennen gelernt habe, in Wahrheit Mrs Burton hieß und die getrennt lebende Gemahlin von Dutch Burton, dem neu ernannten Polizeichef, war.«

»Im Berufsleben verwende ich meinen Mädchennamen. Nachdem ich die Scheidung beantragt hatte, habe ich nur noch ihn verwendet. Wer hat dir erzählt, dass Dutch und ich verheiratet sind?«

»Ein alter Mann namens Gus Elmer. Kennst du ihn?«

Sie schüttelte den Kopf.

»Er ist der Besitzer des Motels, in dem ich immer wohne, wenn ich in der Gegend bin. Eine echtes Original. Immer ganz wild darauf, mit seinen Gästen zu plaudern. Also habe ich ihn ganz unauffällig gefragt, ob er eine Lilly Martin kennt, die hier in der Gegend eine Berghütte besitzt.«

»Und bekamst daraufhin alles brühwarm erzählt.«

Er lächelte schief. »Falls Gus irgendwelche Skrupel hatte, aus dem Nähkästchen zu plaudern, haben sich die im Whiskynebel verflüchtigt. Als die Flasche leer war, wusste ich das Wichtigste über dich und Amys Tod. Das erklärte vieles.«

»Was denn?«

Er musste seine Antwort erst bedenken. »An dem Tag auf dem Fluss war mir aufgefallen, dass du beim Lachen jedes Mal unvermittelt verstummt bist, so als hättest du dich selbst ertappt. Abrupt. Das Lächeln erstarb. Das Funkeln in deinen Augen erlosch.

Damals machte mir das schwer zu schaffen. Ich fragte mich, warum du jedes Mal einen Schalter umzulegen schienst, um auf keinen Fall Spaß zu haben. So als hättest du kein Recht, dich zu vergnügen, als wäre es unrecht, Freude am Leben zu empfinden.«

»Genauso ist es, Tierney.«

»Du hast ein schlechtes Gewissen, wenn du dich vergnügst, weil Amy tot ist und du noch lebst.«

»So sieht es jedenfalls meine Trauertherapeutin, ja.«

Es war fast beklemmend, wie gut er sie verstand. Er schien zu spüren, was sie in den verborgensten Winkeln ihres Herzens versteckte. Offenbar konnte er vom ersten Tag an ihre Gedanken lesen. Es war schön, offen über Amy sprechen zu können, aber es irritierte Lilly, dass Tierney sie so durchschaute.

Er ließ sich neben ihr auf dem Kaminrand nieder. »Als du mir heute Abend mit deinen eigenen Worten von Amys Tod erzähltest, habe ich in dir wieder die Trauer gespürt, die mir schon damals am Fluss aufgefallen ist.«

»Es tut mir leid.«

»Wofür entschuldigst du ich?«

»Kummer macht die meisten Menschen verlegen.«

»Andere Menschen vielleicht. Mich nicht.«

Sie sah ihn neugierig an. »Wieso?«

»Ich finde es bewundernswert, wie du versucht hast, ihn zu besiegen.«

»Nicht immer erfolgreich.«

»Aber das Wichtigste ist, dass du nicht aufgegeben hast.« Er sagte nicht *wie dein Mann*, aber sie hörte es heraus.

»Selbst wenn dem so ist, will sich niemand mit einem Trauerkloß abgeben«, sagte sie.

»Ich bin noch hier.«

»Weil du nicht wegkannst. Wir sitzen hier fest, hast du das vergessen?«

»Ich beschwere mich nicht. Im Gegenteil, ich muss dir etwas gestehen. Ich bin froh, dass wir beide allein und vom Rest der Welt abgeschnitten sind.« Seine Stimme senkte sich. »Dieses Gespräch hat mit einer Frage begonnen.«

»Nein, ich werde nicht mit dir schlafen.«

»Hör mich erst an, Lilly. Wir würden Wärme sparen und vielleicht sogar welche erzeugen, wenn wir uns zusammen unter einen Stapel Decken kuscheln. Unsere gemeinsame Körperausstrahlung würde uns wärmen.«

»Hmm, ich verstehe. Du schlägst das ausschließlich aus praktischen Erwägungen vor.«

»Nicht ausschließlich. Zu fünfundsiebzig Prozent.«

»Mir machen die anderen fünfundzwanzig zu schaffen.«

Er streckte die Hand aus und griff ihre Haarsträhne, aber anders als vorhin im Auto ließ er sie nicht wieder los. Stattdessen zwirbelte er sie zwischen den Fingern. »Ich habe dich vom ersten Tag an begehrt. Warum sollten wir Zeit mit spitzfindigen Diskussionen verschwenden, wenn ich hundertprozentig sicher bin, dass du das von Anfang an gewusst hast? Ich will dich unter mir spüren.

Aber – und das ist wichtig – es wird nichts passieren, bis ich weiß, dass du es auch willst. Solange beschränke ich mich strikt aufs Kuscheln.« Er spreizte die Finger, beobachtete, wie ihre Haare hindurchglitten, und sah sie dann wieder an. »Ehrenwort.«

Sie schaute ihm in die Augen, hörte die Aufrichtigkeit in seiner rauen Stimme und wusste, dass er sein Wort halten würde. Nun ja, wenigstens halbwegs. Das war ein beängstigend erotisches Bekenntnis gewesen.

Nur der Situation traute sie nicht. Sie versuchte sich vorzustellen, wie sie und Tierney, noch dazu halb entkleidet, einander in den Armen hielten, Wärme spendeten und dabei auf alle sexuellen Erkundungen oder Experimente verzichteten. Wem konnte er etwas vormachen? Sich selbst vielleicht, aber ihr bestimmt nicht.

Nicht dass der Himmel einstürzen würde, wenn sie sich hinreißen ließe. Ihre sinnlichen Impulse gaben eindeutig grünes Licht. Andererseits kannte sie ihn… wie lange? Den Tag am Fluss eingeschlossen, hatte sie insgesamt etwa fünfzehn Stunden mit ihm verbracht. Selbst in diesem Zeitalter sexueller Ausschweifungen und spontaner Bedürfnisbefriedigung ohne einen Gedanken an mögliche Konsequenzen war das ein bisschen zu schnell für sie.

Im Grunde wusste sie über ihn nur, dass er ein guter Zuhörer war und unterhaltsame, präzise Zeitungsartikel schrieb. War sie bereit, körperlich mit einem Mann intim zu werden, den sie so wenig kannte? Jüngere Frauen würden sie vielleicht für altmodisch, prüde und feige halten. Sie hielt sich lieber für klug und vorsichtig.

»Nein, Tierney. Die Antwort lautet nein.«

»Na gut.« Er lächelte schief. »Ehrlich, wären die Rollen vertauscht, würde ich mir auch nicht trauen.« Er stand auf. »Also Plan B. Wir schließen alle Belüftungsschlitze im Schlafzimmer und Bad, verriegeln diese Räume komplett und bleiben hier drin, wo wir eine kleine Wärmequelle haben.

Ich könnte die Matratze vom Bett ziehen und sie vor den Kamin legen. Ich würde auf dem Sofa schlafen, sichere anderthalb Meter von dir entfernt. Aber wenn dir das immer noch zu nah ist, würde ich das natürlich verstehen.«

Sie stand auf und klopfte sich den Hosenboden ab. »Plan B klingt gut.«

»Da bin ich froh. Ich mache mich sofort ans Werk.« Er ging los in Richtung Schlafzimmer.

»Tierney?«

Er blieb stehen und drehte sich um.

»Danke, dass du meine Entscheidung widerspruchslos akzeptiert hast. Du bist wirklich schrecklich nett.«

Er sah sie mehrere Herzschläge lang an und kehrte dann in zwei langen Schritten zu ihr zurück. »O nein, so nett bin ich nicht.«

13

Haben Sie jemals das Buch Jeremia gelesen, Hoot?«

»Jeremia? Nein, Sir. Jedenfalls nicht ganz. Höchstens ausgewählte Verse.«

SAC Begley klappte die Bibel zu. Er hatte während der letzten zehn Meilen darin gelesen, für die Special Agent Wise fast zwei Stunden gebraucht hatte. »Der Herr hatte in Jeremia einen guten Mann.«

»Ja, Sir.«

»Er bekam vom Herrn Jehova den Auftrag, den Menschen Dinge zu erzählen, die sie nicht hören wollten und lieber nicht gewusst hätten.«

Hoots Kenntnisse über die Propheten des Alten Testaments waren beschränkt, darum stimmte er Begleys Exegese mit einem unbestimmten Grunzen zu.

»Er bringt sie um, wissen Sie?«

Hoot bemühte sich hoch konzentriert, den Wagen auf der Straße und mit Begleys Gedankensprüngen Schritt zu halten, und rätselte, ob mit »er« der Prophet, der Herr oder der Unbekannte gemeint war, der in Cleary umging. Er tippte auf den Unbekannten.

»Wahrscheinlich haben Sie Recht, Sir. Obwohl man meinen sollte, dass inzwischen irgendwelche Überreste gefunden worden wären, wenn er seine Aktivitäten auf diese Gegend beschränkt – und bis jetzt gibt es in diesem Fall keine Spuren, die in einen anderen Teil des Landes führen.«

»Verflucht, sehen Sie sich diese ›Gegend‹ doch an.« Begley

rubbelte mit dem Ärmel über das vereiste Seitenfenster, um etwas von der verschneiten Landschaft zu erkennen. »Da draußen liegen riesige Waldgebiete. Das Gelände ist unerschlossen und bergig. Felsige Flussbetten. Höhlen. Sogar die Tierwelt ist auf seiner Seite. Wer weiß, vielleicht verfüttert er diese Mädchen an die Bären.«

Bei dem Gedanken schoss Magensäure in Hoots Schlund. Die letzte Tasse Kaffee, die er getrunken hatte, brannte säuerlich in seiner Kehle. »Hoffentlich nicht, Sir.«

»Die Region ist dünn besiedelt. Der Hurensohn, der die Bombe im Olympiapark von Atlanta gezündet hatte, hielt sich jahrelang hier versteckt, bevor man ihn fand. Nein, Hoot, wenn ich junge Frauen umbringen wollte, würde ich genau so eine Gegend als Jagdgebiet wählen.« Er zeigte nach vorn. »Ist es das?«

Hoot war noch nie im Leben so glücklich gewesen, ans Ziel zu kommen. Die ganze Nacht durch war er auf Straßen gefahren, die eher einer Eisbahn glichen. An einer Kreuzung kurz hinter Charlotte hatte ein Streifenwagen die Auffahrt zum Highway blockiert. Der Polizist war ausgestiegen und hatte Hoot ein Zeichen gegeben zurückzusetzen. Auf Begleys Befehl hin war Hoot stehen geblieben.

Der Streifenpolizist war an ihr Fenster getreten und hatte wütend gebrüllt: »Sehen Sie nicht, dass Sie zurückfahren sollen? Hier geht es nicht weiter. Der Highway ist geschlossen.«

Hoot ließ das Fenster herunterfahren. Begley beugte sich über ihn hinweg, streckte dem Polizisten die Marke hin, erklärte, dass sie einen Straftäter verfolgten, stritt mit dem Polizisten, verwies auf seinen höheren Rang und drohte zuletzt, die gottverfluchte Dreckskarre von der verschissenen Fahrbahn zu schubsen, wenn er nicht sofort zur Seite fuhr, verfluchte Scheiße noch mal. Daraufhin hatte der Polizist den Streifenwagen zur Seite gesetzt.

Hoot hatte es geschafft, sie auf den Highway zu bringen, ohne dass sie dabei ins Schleudern gekommen waren, aber seither hatten sich die Muskeln in seinem Hals und Rücken nicht wieder entspannt. Begley schien gar nicht wahrzunehmen, in welcher Gefahr sie sich befanden. Entweder das, oder er vertraute Hoots Fahrkünsten mehr als Hoot selbst.

Begley hatte ihm nur zwei kurze Kaffeepausen gegönnt, und auch da hatten sie den Kaffee und die Sandwiches mit ins Auto genommen. Beim letzten Halt hatte Hoot kaum Zeit gehabt, auf der Toilette den Reißverschluss hochzuziehen, weil Begley ungeduldig an die Tür geklopft und ihn ermahnt hatte, sich zu beeilen.

In der Morgendämmerung hatte sich die Sicht nur geringfügig verbessert. Die Wolkendecke lag dick und niedrig über dem Land. Der Nebel und das Schneegestöber begrenzten die Sicht auf wenige Meter. Hoots Augen waren rot, weil er sich so anstrengen musste, etwas hinter der Kühlerfigur zu erkennen. Sie hatten pro Stunde höchstens fünfzehn Meilen zurückgelegt. Schneller zu fahren wäre Selbstmord gewesen. Der mit Graupel vermischte Eisregen, der gestern gefallen war, wurde heute durch schwere Schneefälle verschärft, wie sie Hoot in seinen siebenunddreißig Lebensjahren nur selten erlebt hatte.

Er hätte sich gern eine Dusche, eine Kanne Kaffee und ein warmes, herzhaftes Frühstück gegönnt, bevor sie mit Ben Tierney sprachen. Aber als sie sich der Stadtgrenze von Cleary näherten, wies Begley ihn an, direkt zu dem Motel am Stadtrand zu fahren.

Die Whistler Falls Lodge bestand aus mehreren einzeln stehenden Hütten am Ufer eines kleinen Sees, der von einem Wasserfall gespeist wurde. Tiefe Schneewehen hatten sich entlang des Zaunes gesammelt, der den Spielplatz umgab. Aus dem Kamin des Empfangsgebäudes stieg Rauch auf. Abgesehen von diesem Zeichen menschlicher Zivilisation wirkte das Gelände wie eine längst verlassene Schneelandschaft.

Hoot steuerte die Limousine behutsam vom Highway und, wie er hoffte, auf die Zufahrt. Unter dem tiefen Schnee war das nicht auszumachen.

»In welcher Hütte wohnt er?«, fragte Begley.

»Nummer acht.« Hoot nickte in die entsprechende Richtung. »Die gleich am See.«

»Und er ist noch nicht abgereist?«

»Gestern Abend war er noch eingemietet. Aber sein Cherokee ist nirgendwo zu sehen«, bemerkte Hoot enttäuscht. Nur vor einer einzigen Hütte parkte ein Auto, und das war halb zugeschneit. Reifenspuren waren nicht zu sehen. »Sollen wir am Empfang nachfragen?«

»Wozu?«, fragte Begley. Hoot sah ihn an. »Ich kann von hier aus erkennen, dass die Tür zu Nummer acht nur angelehnt ist, Special Agent Wise. Ich wette, wenn wir anklopfen, wird sie von selbst aufgehen«, meinte er mit einem listigen Lächeln.

»Aber Sir, wenn das wirklich unser Mann ist, wollen wir doch nicht, dass er davonkommt, nur weil seine Bürgerrechte verletzt wurden.«

»Wenn das unser Mann ist, verletze ich noch ganz was anderes an ihm, bevor ich ihn mit so einem Rechtsverdrehertrick davonkommen lasse.«

Hoot parkte vor Nummer acht. Es war eine Wohltat, auszusteigen, aufzustehen und sich zu strecken, auch wenn er bis zu den Knöcheln im Schnee versank. Der Wind verschlug ihm den Atem, und seine Augäpfel schienen auf der Stelle festzufrieren, aber den Rücken durchdrücken zu können, wog diese Unannehmlichkeiten auf.

Begley schien weder den blendenden Schnee noch den beißend kalten Wind wahrzunehmen. Er pflügte die Stufen zu der umlaufenden Veranda hoch. Dann probierte er die Tür aus und schob, als sie verschlossen war, kurzerhand eine Kreditkarte durch den Spalt. Sekunden später waren er und Hoot eingetreten.

Drinnen war es wärmer als draußen, aber immer noch so kalt, dass sie ihren Atem sehen konnten. Die Asche im Kamin war kalt und grau. Die Kochecke neben dem Hauptraum war aufgeräumt. Nichts Essbares zu sehen. Das Geschirr stand gespült im Halter. Es stand dort lang genug, um trocken zu sein.

Begley stemmte die Hände in die Hüften und drehte sich langsam im Kreis, um den Raum in allen Einzelheiten aufzunehmen. »Sieht so aus, als wäre er länger nicht hier gewesen. Heute Morgen ist hier bestimmt kein Cherokee weggefahren, sonst hätten wir selbst bei diesem Schneesturm Reifenspuren entdecken müssen. Haben Sie irgendwelche Vorschläge, wo Mr Tierney die Nacht verbracht haben könnte, Hoot?«

»Nein, Sir.«

»Keine Freundin in der Gegend?«

»Nicht dass ich wüsste.«

»Verwandte?«

»Nein, da bin ich sicher. Er war ein Einzelkind. Die Eltern sind verstorben.«

»Wo hat er dann verflucht noch mal die Nacht verbracht?«

Darauf hatte Hoot auch keine Antwort.

Er folgte Begley ins vordere Schlafzimmer. Nach einem flüchtigen Blick deutete Begley auf das Doppelbett. »Mrs Begley würde das ein schlampig gemachtes Bett nennen. Sie würde sagen, wenn überhaupt jemand dieses Bett gemacht hat, dann war es ein Mann.«

»Ja, Sir.«

Hoot war ein Mann, aber er machte grundsätzlich sein Bett, und er prüfte jedes Mal nach, ob die Tagesdecke gerade lag. Er ließ auch kein Geschirr im Abtropfständer stehen; er trocknete alles ab und stellte es in den Schrank zurück. Außerdem hatte er seine CDs alphabetisch geordnet und seine Sockenschublade nach Farben sortiert, von hell nach dunkel und von rechts nach links.

Aber er würde sich lieber die Zunge abbeißen, als Mr Begley zu widersprechen.

Im Gegensatz zum Hauptraum des Bungalows wirkte das Zimmer, in dem Tierney schlief, bewohnt. Ein Paar schlammige Cowboystiefel lagen schief in der Ecke. Mitten auf dem Boden stand eine offene Reisetasche voller Kleidung. Der Schreibtisch unter dem Fenster war mit Zeitschriften bedeckt. Hoot musste gegen den Drang ankämpfen, sie geradezurücken, während sein Blick die Hochglanztitel überflog.

»Pornos?«, wollte Begley wissen.

»Abenteuer, Sport, Freizeit, Fitness. Solche wie die, für die er seine Artikel schreibt.«

»Na Scheiße.« Begley klang enttäuscht. »Der Raum da draußen würde darauf hindeuten, dass Tierney ein Pedant ist.«

»Was zu dem Profil des Unbekannten passen würde, nach dem wir suchen.« Hoot war klar, dass er damit seine eigene zwanghafte Ordnungsliebe als krankhaft bezeichnete.

»Richtig. Aber das hier. Gottverdammt«, sagte Begley. »Hier sieht's aus wie im Zimmer meines ältesten Sohnes. Wer ist dieser Tierney? Ein verfickter Psycho oder genau das, was er zu sein erscheint? Ein ganz normaler Typ, der gern rausgeht und keine Wichshefte braucht, um sich einen runterzuholen?«

Es war eine rhetorische Frage. Was nur gut war, denn dass Begley Pornos als »Wichshefte« bezeichnet hatte, hatte Hoot die Sprache verschlagen.

Die Schranktür stand offen. Begley warf einen Blick hinein. »Freizeitsachen, aber Qualitätsware«, bemerkte er, nachdem er mehrere Labels überprüft hatte.

»Das zeigt auch seine Kreditkartenabrechnung«, sagte Hoot. »Er kauft nicht beim Discounter.«

Begley drehte sich auf dem Absatz um und marschierte aus dem Zimmer. Er stapfte durch den Wohnbereich und zog die Tür zum zweiten Schlafzimmer auf. Kaum war er ins Zimmer getreten, da blieb er wie angewurzelt stehen. »Da haben wir's. Hoot!«

Hoot kam angelaufen und blieb hinter ihm in der Tür stehen. »O Mann«, sagte er halblaut.

Bilder von allen fünf Vermissten hingen an der Wand über einem Tisch, dem Esstisch, wie Hoot erkannte, der eigentlich in der Kochecke stehen sollte. Ihm war bis zu diesem Augenblick nicht aufgefallen, dass er fehlte.

Auf dem Tisch standen ein PC und eine Schatzkiste voller Beweise in Form von gedrucktem Material. Ausgeschnittene Zeitungsberichte über die vermissten Frauen aus dem *Cleary Call* und aus allen möglichen Zeitungen, die zum Teil sogar aus Raleigh oder Nashville stammten. Einige Passagen waren mit farbigem Filzstift angestrichen.

Gelbe Notizkarten enthielten gekritzelte Anmerkungen, zum Teil durchgestrichen, zum Teil unterstrichen oder anderweitig als erinnernswert oder überprüfungswürdig markiert. Es gab fünf Ordner, einen für jede der jungen Frauen. Sie enthielten Seiten mit handgeschriebenen Notizen, weitere Artikel und Fotos; die auf den Vermisstenplakaten oder in den Medien abgebildet worden waren.

Jedes Mal, wenn der unbekannte Täter erwähnt wurde, war die Passage mit einem blauen Marker hervorgehoben.

Begley deutete auf so eine Stelle. »Blau.«

»Das ist mir auch aufgefallen, Sir.«

»Seine persönliche Farbe.«

»So sieht es aus.«

»Schon seit er Torrie Lambert geschnappt hat.«

»Ja, Sir.«

»Der Computer…«

»Ist ohne jeden Zweifel mit einem Passwort gesichert.«

»Glauben Sie, Sie können es knacken, Hoot?«

»Ich werde es jedenfalls probieren, Sir.«

»Okay, keine Bewegung, wenn ihr kein Loch im Kopp kriegen wollt.« Die Stimme rasselte wie ein Zementmischer. »Hände hoch in die Luft und dann ganz langsam umgedreht.«

Begley und Hoot folgten der Aufforderung und blickten überrascht in die Zwillingsmündung einer doppelläufigen Schrotflinte.

Hoot sagte: »Hallo, Mr Elmer. Erinnern Sie sich an mich? Charlie Wise?«

Gus Elmer stand mitten im Raum und hielt die Flinte auf Brusthöhe. Als Hoot ihn mit Namen ansprach, kniff er die Augen zusammen, um besser sehen zu können. Sein Gesicht war rot und faltig wie eine Kakifrucht, die zu lang in der Sonne gelegen hat. Aus der zerschlissenen, mottenzerfressenen Skimütze auf seinem Kopf ringelten sich in langen Strähnen zottelige Haare, die das gleiche schmutzige Weiß zeigten wie der buschige Bart. Kautabakflecken umrahmten die Lippen, die sich plötzlich zu einem Lächeln teilten, bei dem die bis auf drei vereinzelte Zähne nackte Mundhöhle zu sehen war.

»Allmächtiger! Ich hätte Sie umbringen können!« Er senkte die Flinte. »Sind Sie hier, weil Sie Mr Tierney seinen Preis übergeben wollen?«

Hoot musste kurz überlegen, bis ihm die Lüge wieder einfiel, die er zusammengesponnen hatte, um sein Interesse an Tierney zu erklären. »Äh, nein. Das ist hier Special Agent in Charge Begley. Wir …«

»Gus? Bist du da drin?«

»O Kacke«, sagte Gus Elmer. »Jetzt hab ich schon die Polizei gerufen. Ich dachte, da klaut wer Mr Tierneys Zeug, solange er nicht da ist.«

Begley gab einen halblauten Schwall an Flüchen von sich.

Der alte Mann drehte sich um und winkte den Polizisten herein, der den Kopf durch die Tür gesteckt hatte. Die Pistole in der Hand, musterte er neugierig die FBI-Agenten. »Sind das die Einbrecher?«

»Wir sind keine Einbrecher.« Hoot konnte Begley anhören, dass er die Nase voll hatte und die Situation, die ihm so unvermittelt entglitten war, schnellstmöglich wieder unter Kontrolle bekommen wollte. Er schob Hoot vor und schloss energisch die Tür zum Schlafzimmer, damit die beiden anderen nicht sahen, was sie gerade entdeckt hatten.

»Wir sind vom FBI«, fuhr Begley fort, »ich bitte Sie, die Waffen wieder einzustecken, bevor Sie jemanden erschießen, insbesondere mich.«

Der Polizist war jung, knapp über Mitte zwanzig, wenn Hoot sich nicht sehr täuschte. SAC Begleys markanter und autoritärer Ton flößte ihm Respekt ein. Erst nachdem er die Waffe wieder eingesteckt hatte, fiel es ihm ein, nach ihren Ausweisen zu fragen. Sie zeigten sie vor.

Zufrieden, dass sie tatsächlich FBI-Agenten waren, stellte er sich selbstbewusst vor. »Harris. Cleary Police Department.« Er tippte an den Schirm seiner Uniformmütze, die mit tauendem Schnee bestäubt war. Seine Uniformhose steckte in hohen Gummistiefeln. Die mit Lammfell gefütterte Lederjacke war dem Anschein nach ein oder zwei Nummern zu klein, weshalb er die Arme nicht anlegen konnte, sie standen leicht vom Körper ab.

Gus Elmer kratzte sich am Bart und sah Hoot mit großen Augen an. »Sie sind FBI-Agent? Ohne Witz?«

»Ohne Witz«, antwortete Begley an seiner Stelle.

»Was woll'n Sie alle hier? Was woll'n Sie denn mit Mr Tierney?«

»Reden.«

»Und über was? Wird er gesucht oder was? Was hat er ausgefressen?«

»Das wüsste ich auch gern«, sagte Harris. »Haben Sie einen Haftbefehl?«

»Nichts dergleichen. Wir haben nur ein paar Fragen an ihn.«

»Hm. Fragen.« Harris ließ sich das kurz durch den Kopf gehen und sah sie zweifelnd an. »Haben Sie einen Durchsuchungsbefehl?«

Offenbar, dachte Hoot, war Harris nicht so unerfahren, wie er wirkte.

Ohne auf seine Frage einzugehen, fragte Begley: »Ihr Chief heißt Burton, richtig?«

»Ja, Sir. Dutch Burton.«

»Wo kann ich ihn finden?«

»Jetzt gleich?«

Es war eine so dämliche Frage, dass Begley sie keiner Antwort würdigte. Er kannte keinen anderen Termin als *jetzt gleich*.

Als Harris seinen Patzer bemerkte, kam er ins Stottern. »Also, äh, ich habe gerade über Funk gehört, dass der Chief zu Cal Hawkins rüber ist – der hat den einzigen Streulaster im Ort – und ihn auf einen Kaffee in den Drugstore mitnehmen wollte.«

»Hoot, wissen Sie, wo der Drugstore ist?«, fragte Begley. Hoot nickte. Begley wandte sich wieder an Harris. »Sagen Sie Chief Burton, dass wir ihn in einer halben Stunde dort treffen möchten. Haben Sie das?«

»Ich werde es ihm sagen, aber er will unbedingt …«

»Es gibt nichts Wichtigeres als das hier. Richten Sie ihm das aus.«

»Ja, Sir«, erwiderte Harris. »Was ist mit diesem Durchsuchungsbefehl?«

»Später.« Begley winkte mit dem Zeigefinger den jungen Polizisten zu sich, der gehorsam angestapft kam. Im Gegensatz zu seiner Jacke schienen seine Stiefel ein paar Nummern zu groß zu sein. Begley beugte sich vor und beschwor ihn eindringlich:

»Wenn Sie meine Nachricht an Chief Burton über Funk weitergeben, dann sagen Sie ihm nur, dass wir ihn unbedingt noch heute Morgen treffen müssen. Nennen Sie keine Namen. Haben Sie das verstanden? Es ist eine äußerst wichtige und äußerst sensible Angelegenheit. Diskretion ist das A und O. Kann ich mich auf Sie verlassen?«

»Absolut, Sir. Ich verstehe.« Er tippte sich wieder an den Mützenschirm und eilte hinaus.

Als Hoot in das Büro in Charlotte versetzt worden war, hatte er sich gefreut, dass er endlich Gelegenheit bekam, unter dessen gerühmtem Direktor zu arbeiten. Bis zu diesem Fall hatte er Begley nur aus der Ferne zugearbeitet. Dies war das erste Mal, dass Hoot seinen Chef in Aktion beobachten und jene Fähigkeiten analysieren konnte, die ihn unter Kollegen wie Kriminellen zu einer lebenden Legende gemacht hatten. Die Kollegen lernten von ihm. Die Gesetzesbrecher auch, zu ihrem Leidwesen.

Obwohl Begley nie über seine Dienstzeit im Mittleren Osten sprach, wurde erzählt, dass er durch sein Redegeschick sich und drei weitere Männer davor bewahrt hatte, als Spione gegen Saddam Husseins Regime hingerichtet zu werden. Obwohl sie genau das gewesen waren. Begley überzeugte die Männer, die sie gefangen genommen hatten, dass sie die Falschen erwischt hatten, dass er und seine Kameraden Opfer einer Verwechslung seien und dass die Hölle los wäre, falls sie verletzt, in irgendeiner Weise misshandelt oder gar ermordet werden sollten.

Fünf Tage nach der Gefangennahme war zum Erstaunen von Kollegen, Diplomaten und Reportern, die sie durch die Bank für tot gehalten hatten, das Quartett von staubigen, durstigen Männern wohlbehalten in die Lobby des Hilton Hotels im Zentrum von Bagdad spaziert.

Die Geschichte war jedes Mal, wenn sie erzählt wurde, ausgeschmückt worden, aber Hoot hatte keinen Zweifel, dass sie im Kern wahr war. Begley war die Rechtschaffenheit in Person, trotzdem hatte er die Gerissenheit und den Witz eines Falschspielers.

Er hatte dem jungen Harris nichts von Bedeutung verraten, dafür aber dessen Ego geschmeichelt, indem er ihn in ihre »unerhört wichtige und äußerst sensible Angelegenheit« einbezogen hatte, und auf diese Weise geschickt überspielt, dass sie keinen Durchsuchungsbefehl hatten und im Grund auf frischer Tat bei einem Einbruch erwischt worden waren.

Begley hatte außerdem betont, dass Harris sich auf der Stelle mit seinem Chef in Verbindung setzen sollte, wodurch er ihn effektiv losgeworden war und Zeit gewonnen hatte, Gus Elmer unter sechs Augen zu befragen.

»Ich hätte wirklich gern einen Kaffee, Sie nicht auch, Hoot?«, fragte er unvermittelt. »Mr Elmer, dürften wir möglicherweise Ihre Gastfreundschaft in Anspruch nehmen?«

»Haben Sie auch Kaffee?«, übersetzte Hoot Begleys Worte.

»Oh, sicher. In der Rezeption. Da ist es auch wärmer. Passen Sie bloß auf. Diese Stufen sind glitschig wie Rotze an der Türklinke.«

Ein paar Minuten später saßen sie in Schaukelstühlen mit Speichenlehnen vor einem knisternden Feuer. Der tauende Schnee in Hoots Schuhen schmolz, seine Füße wurden unangenehm kalt und nass. Er hielt sie so dicht ans Feuer wie möglich.

Die Kaffeebecher, die Gus Elmer ihnen reichte, waren genauso angeschlagen und fleckig wie seine drei Zähne, aber der Kaffee war brühend heiß, stark und köstlich. Andererseits schmeckte er vielleicht nur so gut, weil sich Hoot so sehr danach gesehnt hatte.

Obwohl er dem FBI liebend gern bei seinen Ermittlungen helfen wollte, konnte ihnen Gus Elmer nicht mehr verraten als das, was Hoot schon aus ihm herausbekommen hatte. Ben

Tierney war ein ruhiger, angenehmer Gast, dessen Kreditkartenrechnung immer pünktlich beglichen wurde. Seltsam war höchstens, dass er sich weigerte, das Zimmermädchen in seine Hütte zu lassen, während er dort wohnte. Diese eigentümliche Marotte erklärte sich durch das, was sie im zweiten Zimmer gefunden hatten.

»Da das sein einziger Tick ist, will ich mich nicht beklagen«, erklärte ihnen Gus. »Wenn ihr mich fragt, ist der Mann der ideale Gast. Die Hütte ist hinterher immer aufgeräumt, er macht das Licht aus, wenn er weggeht, und er steckt den Müll in die Tonne, damit die Bären und Waschbären nicht drankommen. Und wenn er abreist, ist er bis Mittag weg. O ja, Sir, der Mann hält sich an die Regeln.«

»Das ist ein richtiges Prachtexemplar, Mr Elmer«, bemerkte Begley und deutete dabei auf den ausgestopften Hirschkopf an der Steinwand über dem Kamin. »Haben Sie den geschossen?«

Für diese Taktik war Begley berühmt. Während einer Befragung streute er hin und wieder einen Kommentar ein, der nichts mit dem Thema zu tun hatte. Seiner Überzeugung nach trug das dazu bei, dass die Antworten spontan blieben. Indem er ganz plötzlich das Thema wechselte, hinderte er den Befragten daran, die nächste Frage zu erahnen und in Gedanken bereits die Antwort zu formulieren. Es war seine Methode, eine ungefilterte Auskunft zu einer sachdienlichen Frage zu erhalten.

»Hat Mr Tierney je mit Ihnen über Frauen gesprochen?«

Elmer, der bewundernd zu seiner Jagdtrophäe aufgesehen hatte, ließ den Kopf herumrucken und sah Begley verständnislos an. »Frauen?«

»Ehefrauen, Exfrauen, Freundinnen, Geliebte?« Er senkte die Stimme. »Hat er je was über sein Sexleben durchblicken lassen?«

Der alte Mann lachte glucksend. »Nicht dass ich mich erinnere, und daran würde ich mich ganz bestimmt erinnern. Einmal hab ich ihn gelöchert, ob die Missus nachkommen würde, da hat er gesagt, nein, weil er nämlich geschieden ist.«

»Halten Sie ihn für heterosexuell?«

Der alte Mann klappte den Kiefer nach unten und gewährte ihnen freie Sicht in seinen zahnlosen Schlund. »Wollen Sie damit sagen, er is' *andersrum? Der?*«

»Es gibt keinen Grund zu der Annahme, dass er homosexuell ist«, erläuterte Begley. »Aber ist es nicht ein bisschen seltsam, dass ein alleinstehender, gutaussehender Kerl wie er Ihnen gegenüber nie eine Bemerkung über das schönere Geschlecht gemacht hat?«

Wieder war Hoot beeindruckt. Ohne dass es danach aussah, half Begley Gus Elmers Erinnerung auf die Sprünge. Er hatte darauf gesetzt, dass Elmer Homosexuelle nicht ausstehen konnte. Ein Mann wie er wollte sicher nicht, dass sein Stammgast, mit dem er sich so gut verstand, etwas anderes als ein richtiger Kerl war, ein Hetero bis ins Mark. Falls Tierney also je im Gespräch einen Frauennamen fallen lassen hatte, würde sich der Alte jetzt das Gehirn zermartern, um sich daran zu erinnern.

Während er sich konzentrierte, tauchte sein knorriger kleiner Finger in das Haarbüschel, das aus seinem Ohr wucherte, und begann das Schmalz aus dem Gang zu pulen. »Jetzt, wo ich richtig drüber nachdenke, hat er neulich wirklich was über das letzte Mädchen gesagt, das wo verschwunden ist.«

»Stört es Sie, wenn ich mir noch eine Tasse einschenke?« Ohne seine Antwort abzuwarten, stand Begley auf und trat an die Kaffeemaschine auf dem Tisch am anderen Ende des Raumes.

»Da war er hier in der Rezeption, weil er den *Cleary Call* holen wollte, und hat gerade die Schlagzeile gelesen. Ich sage zu ihm: ›Wenn Sie mich fragen, geht in dieser Stadt ein Irrer um.‹ Und er sagt, ihm würden die Leute von dem Mädchen leidtun. Was sie durchmachen müssen und so.«

Begley kehrte in seinen Schaukelstuhl zurück und pustete auf seinen Kaffee, um ihn abzukühlen. »Der Kaffee ist wirklich exzellent, Mr Elmer. Special Agent Wise, notieren Sie doch bitte die Marke.«

»Natürlich.«

»Ich möchte etwas davon mit nach Charlotte nehmen, für Mrs Begley. Mehr hat Mr Tierney nicht über das Mädchen gesagt?«, fragte er Elmer.

»Äh, mal sehen.« Der alte Mann versuchte, den Faden wieder aufzunehmen. »Äh, nein. Er hat noch gemeint, dass er sie noch gesehen hat, einen Tag bevor sie verschwunden ist.«

»Hat er gesagt, wo?«, fragte Hoot.

»In dem Laden, wo er sein Zeug kauft. Er hat erzählt, er war da drin, um ein Paar Socken zu kaufen, und sie war an der Kasse.«

»Wann war das?«

»Dass er im Laden war? Hat er nich' gesagt. Er hat bloß die Zeitung zusammengefaltet, dann hat er eine Wanderkarte mitgenommen und gesagt, dass er auf den Gipfel wandern will. Ich hab ihm noch gesagt, er soll aufpassen, dass ihn die Bären nicht schnappen. Er hat gelacht und gesagt, er würde aufpassen, und außerdem, sollten die zu dieser Jahreszeit nicht im Winterschlaf sein? Dann hat er an dem Automaten da drüben noch welche von diesen Müsliriegeln gezogen und ist losgegangen.«

»Hat er je über die anderen vermissten Frauen gesprochen?«

»Nee. Kann mich jedenfalls nicht erinnern…« Elmer verstummte schlagartig. Er sah Begley pfiffig an und lenkte dann den trüben Blick auf Hoot, der unbeteiligt zu wirken versuchte. Als Elmer wieder Begley ansah, schluckte er schwer. Hoot konnte nur hoffen, dass er seinen Kautabak zuvor ausgespuckt hatte.

»Sie glauben, dass Mr Tierney der Kerl is', der die Mädchen wegschnappt, stimmt's?«

»Keineswegs. Wir wollen nur mit ihm sprechen, damit wir ihn von der Liste der Tatverdächtigen streichen können.«

Begley hatte wesentlich mehr Gefühl gezeigt, als er über das Buch Jeremia gesprochen hatte, doch Gus Elmer ließ sich von seiner lässigen Antwort nicht irreführen. Er schüttelte den Kopf und wischte dabei mit dem verfilzten Bart über seine Brust. »Er ist der letzte Mensch, dem ich so eine fiese Gemeinheit zugetraut hätte.«

Hoot beugte sich vor und fragte: »Haben Sie je mitbekommen, dass er sich in misogyner Weise geäußert hätte?«

»Miso… mi… was?«

»Frauenfeindlich oder frauenverachtend.«

»Ach. Frauenfeindlich, meinen Sie?«

»Entweder im Allgemeinen oder über eine ganz bestimmte Frau?«, fragte Hoot nach.

»Nee, ich hab Ihnen schon gesagt, er hat nur einmal was gesagt über…« Er verstummte, griff nach einer leeren Coladose und spuckte hinein. »Moment mal. Nur mal kurz. Ich meine, mir fällt da grade was ein.« Er schloss die Augen. »Ja, ja, jetzt kommt es wieder. Das war im letzten Herbst. Ich weiß das noch, weil wir beide dahinten draußen gesessen haben und das Laub angeschaut haben. Er hat gefragt, ob ich was mit ihm trinken will, und ich hab na sicher gesagt. Nur damit die Abendluft nicht so kalt wird, Sie versteh'n. Und dabei sind wir irgendwie auf Dutch Burton gekommen.«

»Den Polizeichef?« Hoot konnte seine Überraschung nicht verhehlen.

»Ja, genau. Dutch war da noch nicht lang Chief, erst einen Monat oder so, und ich und Mr Tierney hab'n darüber geredet, dass er alle Hände voll zu tun hat mit den vermissten Frauen und so.«

»Was genau hat er gesagt?«

»Nichts. Nur das.« Er spuckte noch mal in die Dose, wischte den Mund mit dem Handrücken ab und grinste sie an. »Wenn ihr mich fragt, hat er sich vor allem für Dutchs Frau interessiert. Exfrau inzwischen.«

Begley sah Hoot an, als wollte er sichergehen, dass er alles mitbekam. »Was ist mit ihr?«

»So wie's aussieht, hat Mr Tierney sie irgendwann im Sommer kennen gelernt.« Gus Elmers Grinsen wurde breiter, und sein Gesicht zeigte etwas wie Erleichterung. »Dabei fällt mir ein, ich kann Ihnen versichern, dass er keine Tusse ist. Wenn ihr mich fragt, hat er sich ganz schön in Dutchs Ex verguckt.«

Begley hörte auf zu schaukeln. »Verguckt?«

Der Alte stieß ein verschleimtes Lachen aus. »Verliebt, verschossen, verknallt, ist doch alles eins.«

14

Lilly wachte frierend auf. Sie brauchte einen Augenblick, um sich zu besinnen, wo sie war und warum sie hier war. Sie lag voll bekleidet unter einer dreifachen Deckenschicht und hatte die Knie an die Brust gezogen. Die Eiseskälte hatte alle Schichten durchdrungen.

Sie lag dem Kamin gegenüber, aber der strahlte keine Wärme mehr ab. Die Scheite, die noch geglüht hatten, als Tierney das Licht ausgeschaltet hatte, waren längst zu Asche zerfallen. Sie klappte die Decke nach unten, weg vom Gesicht, und atmete durch den Mund aus. Ihr Atem bildete eine Wolke.

Das Propangas musste in der Nacht ausgegangen sein. Der Kamin war jetzt ihre einzige Wärmequelle. Eigentlich hätte sie aufstehen und Holz auf den Rost stapeln sollen, um ein neues Feuer zu entfachen. Wenn sie sich bewegte, würde ihr auch wärmer werden. Aber sie brachte es einfach nicht fertig, aus ihrem relativ warmen Kokon zu schlüpfen.

Im Zimmer war es immer noch dunkel, nur trübes, graues Licht schlich sich an den Vorhängen vorbei.

Der Wind war noch genauso stark wie am Abend zuvor. Ab und an pochte ein eisverkrusteter Ast wütend aufs Dach. Wenn es einen perfekten Tag zum Kuscheln gab, dann war es dieser.

Vielleicht hätte sie Tierneys Vorschlag annehmen sollen. Dann würde sie jetzt nicht so bibbern.

Aber nein, sie hatte die richtige Entscheidung gefällt. So viel Nähe hätte den Grundton ihrer Zwangsgemeinschaft verändert und die Situation verkompliziert. Schon ein einfacher Kuss hatte alles viel zu kompliziert gemacht.

Ein *einfacher* Kuss? Wohl kaum.

Er war kurz, aber atemberaubend gewesen. Tierney hatte sie sofort wieder freigegeben. Den Rücken ihr zugewandt, hatte er das Gespräch fortgesetzt, als wäre gar nichts geschehen. Er sagte, dass ihm jetzt wahrscheinlich keine Gefahr mehr drohte, wenn er einschlief, denn inzwischen waren mehrere Stunden verstrichen, seit er sich die Gehirnerschütterung zugezogen hatte.

Bemüht, genauso ungerührt zu wirken wie er, hatte sie ihm beigepflichtet.

Er drängte sie noch mal, etwas zu essen, aber sie hatte darauf beharrt, dass sie nicht hungrig war, woraufhin er erklärt hatte, dass er auch keinen Hunger habe.

Er hatte ihr angeboten, dass sie als Erste ins Bad könne. Während sie darin war, hatte er die Matratze vom Bett ins große Zimmer geschleift. Sie hatte mit ihm geschimpft, weil er nicht gewartet hatte, bis sie ihm helfen konnte, und er hatte erwidert, sie brauchte sich gar nicht einzubilden, Matratzen schleppen zu können, wenn jede Anstrengung eine Asthmaattacke auslösen konnte. Sie hatte ihm vorgehalten, dass er eine Gehirnerschütterung hatte und sich ebenso wenig anstrengen sollte. Aber nachdem die Sache bereits erledigt war, hatte ihr Streit damit geendet.

Bis er wieder aus dem Bad kam, lag sie schon eingemummelt unter ihrem Anteil an Decken. Er löschte die Lichter und streckte sich auf einem der Sofas aus. Von dort aus fragte er, ob sie fror, und bot ihr eine seiner Decken an, aber sie meinte, es ginge schon, und lehnte dankend ab.

Er war aufgewühlt. Erst nach einer Weile fand er Ruhe. Sie fragte, ob er Kopfweh habe, und er sagte, die Schmerzen seien erträglich. Sie fragte, ob sie noch mal nachsehen, die Wunde eventuell noch mal desinfizieren und neu verbinden sollte, doch er sagte, nein danke, er habe sie untersucht, während er im Bad war. Sie rätselte, wie er es geschafft hatte, seinen Hinterkopf zu untersuchen, wo es nur einen Spiegel gab, ließ die Sache aber auf sich beruhen.

Er erwähnte, dass er zwar überall blaue Flecken habe, aber keine Anzeichen einer inneren Blutung spüre, was sie mit einer geistlosen Bemerkung wie »Wunderbar« quittiert hatte. Sein unverständliches, zustimmendes Grunzen hatte das Ende ihres Dialogs angezeigt.

Sie brauchte mindestens eine Stunde, um einzuschlafen, und sie war ziemlich sicher, dass er noch wach war, als sie endlich eingenickt war. Vom Löschen der Lichter bis zu dem Zeitpunkt, an dem sie eingeschlafen war, hatte er reglos dagelegen, still, stumm und … was eigentlich? Erwartungsvoll?

Seit dem Kuss war die Spannung so deutlich spürbar, dass man sie mit einem Messer schneiden konnte. Ihre Unterhaltungen wirkten aufgesetzt. Sie mieden jeden Augenkontakt. Sie behandelten sich gegenseitig übertrieben höflich.

Dass sie den Kuss ignoriert hatten, machte ihn umso bedeutsamer. Wenn sie Witze oder Bemerkungen darüber gemacht hätten wie: »Wow, das wäre erledigt. Jetzt haben wir unsere Neugier gestillt und können uns ganz aufs Überleben konzentrieren«, hätten sie den Kuss leichter abtun können.

Stattdessen hatten sie so getan, als wäre nichts passiert. Keiner von beiden wusste, was der andere empfand. Infolgedessen wurde der Vorfall ganz und gar ausgeklammert, weil jeder fürchtete, sich zu verplappern oder das labile Gleichgewicht zu stören.

Und doch hatte sie nach all dem unbeholfenen Wegschieben und der geheuchelten Gleichgültigkeit halb erwartet, dass er etwas wie: »Das ist doch Quatsch« murmelte, vom Sofa aufstehen und sich zu ihr auf die Matratze legen würde. Weil es kein einfacher Kuss gewesen war. Sondern ein Auftakt.

»So nett bin ich nicht«, hatte er gesagt.

Eine Sekunde später hielt er ihr Gesicht zwischen seinen kräftigen Händen, die sie den ganzen Abend schon bewundert hatte, und drückte seinen Mund auf ihren. Er hatte nicht gezögert und nicht um Erlaubnis gefragt. Reuig oder unsicher? Kein bisschen. Sowie sich ihre Lippen berührten, wurden seine hungrig und fordernd.

Er schlug ihren Mantel zurück und fasste sie an der Taille. Dann schoben sich seine Arme um sie, und er ging kurz in die Knie, um sie anzuheben und gegen seinen Leib zu drücken. Seine Hand lag breit auf ihrem unteren Rücken und presste sie so gegen ihn, dass die Pose nur allzu deutlich sagte: *Ich will dich.*

Die Begierde lief wie eine warme, weiche Welle durch ihre Brust und ihre Hüften. Es war ein wunderbares Gefühl, sich wieder in dieser Flut von Empfindungen zu verlieren, die kein Zaubertrank und keine Droge hervorrufen konnten. Nichts anderes löste ein solches Summen aus, nichts war mit dem berauschenden Kitzel sexueller Erregung zu vergleichen.

Es war Jahre her. Mit Sicherheit, seit Amy gestorben war, denn danach hatten weder sie noch Dutch die emotionalen Ressourcen, um guten Sex zu haben. Sie hatten es versucht, aber nach einiger Zeit war es so kompliziert geworden, den nötigen Enthusiasmus zu heucheln, dass sie nicht einmal versucht hatte, einen Orgasmus vorzutäuschen.

Ihre schwache Reaktion war der nächste Tiefschlag für Dutchs Selbstbewusstsein, das ohnehin im Wanken war. Er versuchte sein Ego wieder aufzubauen, indem er sich auf eine Reihe von Affären einließ. Die hätte sie ihm beinahe verzeihen können. Er hatte bei anderen Frauen gesucht, was sie ihm nicht mehr geben konnte.

Was sie ihm nicht verzeihen konnte, waren die Affären, auf die er sich eingelassen hatte, bevor sie Amy empfangen hatte.

Sie hatte lange gebraucht, um zu verstehen, warum Dutch schon in den Anfangsjahren ihrer Ehe mit anderen Frauen geschlafen hatte, obwohl ihr Sexleben damals noch aktiv und gut gewesen war. Doch irgendwann war ihr klar geworden, dass er ständig Bestätigung brauchte. Auf jeden Fall im Bett. Und noch mehr außerhalb des Bettes. Außerdem war ihr klar geworden, wie ermüdend es war, ihm ununterbrochen diese Bestätigung zu geben. Kein noch so dickes Polster konnte je genügen.

Sie hatten sich auf einem Galaempfang für die Wohlfahrtsorganisation des Atlanta Police Departments kennen gelernt. Dutch schwamm auf einer Woge von Publicity, nachdem er einen mehrfachen Mord aufgeklärt hatte, und war als Vorzeigepolizist des Departments gebeten worden, auf dem Bankett eine Rede zu halten.

Auf dem Podium war er gutaussehend, charmant und wortgewandt. Er war eine blendende Partie: ehemaliger Footballspieler und jetziger Verbrecherjäger. Seine Ansprache hatte die anwesende Schickeria dazu verführt, tief in die Taschen zu greifen, und Lilly dazu verleitet, ihn nach der Veranstaltung anzusprechen. Bevor sie sich voneinander verabschiedeten, hatten sie sich zum Abendessen verabredet.

Innerhalb von sechs Monaten waren sie verheiratet, und ein Jahr lang hätte das Leben nicht besser laufen können. Beide arbeiteten mit vollem Einsatz an ihrer Karriere, aber sie spielten und liebten ebenfalls mit vollem Einsatz. Sie kauften die Berghütte und zogen sich an den Wochenenden hierher zurück; manchmal kamen sie bis zur Abreise nicht aus dem Schlafzimmer heraus.

Während jener Zeiten war er im Bett noch voller Selbstvertrauen gewesen. Es zeigte sich darin, wie er liebte. Er war ein einfühlsamer und großzügiger Partner, ein stürmischer und umsichtiger Liebhaber, ein liebevoller, fürsorglicher Ehemann.

Doch schon bald kamen die Streitereien, die sich aus seinem

Argwohn gegenüber ihren finanziellen Einkünften entwickelten, weil sie seine weit überstiegen. Sie wandte ein, dass es nicht zählte, wer mehr verdiente, dass er im öffentlichen Dienst arbeitete, wo die schwersten Jobs am schlechtesten bezahlt und am wenigsten geachtet wurden.

Sie sagte die Wahrheit. Doch er hörte aus ihren Worten nur fadenscheinige Rechtfertigungen dafür, dass er seinen eigenen Ansprüchen nicht gerecht wurde. Er fürchtete, im Police Department niemals so weit aufsteigen zu können wie sie in der Zeitschrift.

Im Lauf der Zeit entwickelte sich seine Versagensangst zu einer selbsterfüllenden Prophezeiung. Gleichzeitig stieg Lillys Stern immer höher. Ihr beruflicher Erfolg nagte immer heftiger an seinem Stolz. Er versuchte das mit Frauen auszugleichen, die in ihm den schneidigen Helden sahen, der er um jeden Preis sein wollte.

Jedes Mal, wenn Lilly ihn wegen seiner Untreue zur Rede stellte, zeigte er sich zutiefst reuig und behauptete, die Affären seien nichts als bedeutungslose Seitensprünge. Bedeutungslos waren sie keineswegs für Lilly, die irgendwann drohte, ihn zu verlassen. Dutch tönte, dass er sterben würde, wenn sie ihn verließe, dass er fortan treu bleiben würde, dass er sie liebe, und bettelte sie an, ihm zu verzeihen. Das tat sie – weil sie mit Amy schwanger war.

Das ungeborene Kind tat ihrer Ehe gut. Anders als das geborene Kind. Schon kurz nach der Geburt begann sich Dutch mit einer Polizistin zu treffen. Als Lilly ihm vorhielt, was sie bereits wusste, stritt er alles ab und behauptete, das seien Hirngespinste, ausgelöst durch Übermüdung, Depression und Hormone. Dass er sie so abspeisen wollte, hatte sie noch mehr verletzt als seine fadenscheinigen Lügen.

Nur Amy schuf mitten auf diesem ehelichen Schlachtfeld eine neutrale Zone, in der eine friedliche Koexistenz möglich war.

Sie strahlte so viel Liebe aus, dass ihr Leben beinahe normal wirkte. Die geteilte Freude über das Kind half ihnen, vergangene Meinungsverschiedenheiten zu vergessen. Sie mieden alles, was neue Spannungen erzeugen konnte. Sie waren nicht wirklich glücklich, aber sie kamen miteinander aus.

Dann starb Amy. Die geschwächten Fundamente ihrer Ehe sackten unter der Last der Trauer zusammen. Die Beziehung verkam zusehends, bis Lilly glaubte, dass es nicht mehr schlimmer kommen konnte.

Weit gefehlt.

Selbst jetzt begann Lilly zu schaudern, zog instinktiv die Knie an die Brust und vergrub den Kopf in den Kissen, wenn sie an jenen Vorfall dachte, der für sie der Todesstoß für ihre Ehe gewesen war.

Doch nach ein paar Sekunden rief sie sich ins Gedächtnis, dass diese Ehe inzwischen Geschichte war. Sie brauchte nicht mehr daran zu denken. Der gestrige Tag hatte ihre Loslösung von Dutch besiegelt. Nachdem sie weder emotional noch legal länger an ihn gebunden war, konnte sie endlich nach vorn blicken.

Dass Ben Tierney ausgerechnet jetzt in ihr Leben zurückkehrte, war eigenartig ironisch. Er war genau an jenem Tag wieder aufgetaucht, an dem sie offiziell ihre Freiheit wiedererlangt hatte. Gestern Abend hatte er ihre eingeschlummerten erotischen Instinkte nicht einfach nur wachgerufen, sondern sie mit einem Paukenschlag aus dem Tiefschlaf gerissen. Von seinem Kuss hatten ihr die Ohren geklingelt.

Er hatte ihr Herz gewonnen, als er sie von seinem Sitz in jenem klapprigen, rostigen Bus aus angestrahlt hatte. Nach diesem einen Tag am Fluss hatte sie einfach alles an ihm gemocht. Sein Aussehen sowieso. Was hätte es da nicht zu mögen gegeben? Aber sie mochte auch *ihn,* seine Intelligenz, die Leichtigkeit, mit der er sich über jedes beliebige Thema unterhalten konnte.

Andere in der Gruppe hatten sich ebenfalls zu ihm hingezogen gefühlt. Die Collegestudentinnen hatten kein Hehl aus ihrer Schwärmerei gemacht. Aber selbst der hartgesottene Kajakfahrer, der Tierney anfangs um seine überlegenen Kajakkünste zu beneiden schien, hatte ihn abends um ein paar Tipps gebeten. Tierney schien die Menschen anzuziehen, ohne dass er etwas dafür tun musste. Ihm blieb niemand lange fremd.

Nur *er* blieb allen fremd.

Er schloss Freundschaften, indem er die Menschen animierte, über sich zu sprechen, doch er selbst gab nichts von sich preis. Ließ ihn vielleicht dieses Paradox so mysteriös und verführerisch wirken?

Es irritierte sie, dass sie das so doppelsinnige Wort *verführerisch* auch nur gedacht hatte. Trotzdem konnte sie keinen besseren Ausdruck finden, um Tierneys magnetische Anziehungskraft zu beschreiben. Bei ihren beiden Begegnungen mit ihm hatte sie in geradezu beunruhigender Weise auf diese undefinierbare Eigenschaft reagiert.

Schon seit jenem ersten Hallo im Bus hatten sie sich auf den Kuss von gestern Abend zubewegt. Getrennt voneinander, aber unausweichlich. Darum war ihr sein Kuss wie etwas Vorherbestimmtes erschienen, das lediglich um ein paar Monate hinausgezögert worden war.

Der Kuss hatte die lange Wartezeit gelohnt. Sie spürte noch lebhaft, wie fest seine Daumen auf ihren Wangenknochen gelegen hatten, als er ihr Gesicht angehoben hatte, wie sein Atem über ihre Lippen gestrichen war, wie sich seine Zunge beschwörend in ihren Mund gestohlen hatte. Beim bloßen Gedanken daran spürte sie tief in ihrem Inneren ein begehrliches Rumoren.

So leise wie möglich drehte sie sich um und betrachtete ihn lächelnd.

Er war zu lang für das Sofa. Die Armlehne schnitt in seine

Waden. Um den Hinterkopf erhöht zu halten, hatte er ein Kissen zu einer Nackenstütze zusammengerollt.

Die Decken reichten ihm bis zum Kinn, auf dem sich über Nacht ein dunkler Bartschatten gebildet hatte. Seit Jahren war er Wind und Sonne ausgesetzt, aber die Spuren, die das hinterlassen hatte, standen ihm bemerkenswert gut. Sie mochte die Fältchen, die von seinen Augenwinkeln ausgingen. Seine Lippen waren leicht rissig. Sie musste daran denken, wie sie bei dem Kuss über ihre gerieben hatten.

Es hätte sie nicht gestört, wenn der Kuss länger ausgefallen wäre. Oder wenn ihm ein zweiter gefolgt wäre. Ihre Weigerung, mit ihm zu schlafen, erstreckte sich nicht notwendigerweise aufs Küssen, aber er hatte das offenbar so aufgefasst.

Oder der Kuss hatte ihm nicht so gut gefallen wie ihr. Nein. Unmöglich. Selbst wenn sie den unmissverständlichen Druck in der Leiste nicht gespürt hätte, hätte das leise, gezwungene Knurren, mit dem er sich zurückgezogen hatte, sie überzeugt, dass er den Kuss mindestens ebenso genossen hatte wie sie. Er hatte fast wütend gewirkt, als er seine Lippen von ihren genommen, sie freigegeben und sich abgewandt hatte.

Warum hatte er keinen zweiten Vorstoß unternommen? Oder wenigstens gefragt, ob sie das stören würde? Sie hatte klargemacht, dass sie für Dutch nichts mehr empfand. Eigentlich konnte er davon ausgehen, dass sie auch nicht mit einem anderen liiert war, aber …

Ihr Gedankenzug entgleiste.

Sie war mit niemandem liiert, aber was war mit Tierney?

Einen Ehering trug er nicht. Er hatte auch nichts von einer Ehefrau oder einem Lebenspartner erzählt, andererseits hatte sie auch nicht danach gefragt. Dass er ihr bei ihrer ersten Begegnung ein Date vorgeschlagen hatte, hatte nichts zu bedeuten. Verheiratete Männer verabredeten sich ständig mit anderen Frauen.

Gestern Nacht hatte er auch keinen Ton von einer Frau oder Freundin gesagt, die sich um ihn sorgen würde, wenn er nicht nach Hause kam, aber auch das hieß nicht, dass es nicht jemanden gab, der jetzt angsterfüllt im Zimmer auf und ab ging und sich den Kopf zermarterte, wo Tierney war und ob er mit jemandem zusammen war, genau wie sie sich in mehr Nächten, als sie zählen konnte, über Dutch den Kopf zermartert hatte.

Wie naiv von ihr anzunehmen, dass es keine Frau in seinem Leben gab. Ein Mann mit seinem Aussehen? *Gott, Lilly, mach die Augen auf.*

Ihr Blick wanderte von ihm zu seinem Rucksack, der immer noch unter dem Beistelltisch auf dem Boden lag, wo Tierney ihn gestern Abend hingeschubst hatte, nachdem er behauptet hatte, dass nichts Brauchbares darin sei.

Vielleicht war dafür aber etwas Aufschlussreiches darin.

»Scott?«

»Hmm?«

»Steh auf.«

»Hmm?«

»Ich sagte, steh auf.«

Scott wälzte sich auf den Rücken und öffnete mühsam die Augen. Wes stand in der Zimmertür und sah streng auf ihn herab. Scott stützte sich auf die Ellbogen und blickte durch das Fenster in eine weiße Wüste. Nicht einmal der Gartenzaun war zu erkennen. »Fällt die Schule heute doch nicht aus?«

»Natürlich fällt sie aus. Aber wenn du glaubst, dass du deswegen den ganzen Tag faul auf dem Hintern liegen kannst, hast du dich geschnitten. Aufstehen. Ich warte in der Küche auf dich. Du hast drei Minuten.«

Wes ließ die Tür offen, um deutlich zu machen, dass Scott keinesfalls wieder einschlafen durfte. Fluchend sackte Scott aufs Kissen zurück. Er bekam nicht mal schneefrei. Jeder andere im Ort durfte heute auf der faulen Haut liegen, aber er nicht, o nein, nicht der Sohn des Sportlehrers.

Am liebsten hätte er die Decke über den Kopf gezogen. Wenn ihn niemand gestört hätte, hätte er wahrscheinlich den ganzen Tag durchschlafen können. Aber wenn er nicht in drei Minuten in der Küche stand, würde ihn das teuer zu stehen kommen. Ein paar Extraschnarcher waren den Ärger nicht wert.

Mit einem schlecht gelaunten »Scheiße« warf er die Decke zurück.

Sein Alter hatte tatsächlich seine Zeit gestoppt. Als Scott in die Küche trat, sah Wes zur Küchenuhr auf und bedachte ihn dann mit einem Blick, der ihm deutlich zeigte, dass er über die Zeit war. Seine Mutter rettete ihn.

»Morgen, mein Schatz. Speck und Eier oder Waffeln?«

»Was für dich einfacher ist.« Er setzte sich an den Tisch, schenkte sich ein Glas Orangensaft ein und gähnte ungeniert.

»Wann bist du gestern ins Bett?«, fragte sein Dad.

»Weiß ich nicht mehr genau. Du warst noch nicht zu Hause.«

»Ich war mit Dutch zusammen.«

»Die ganze Zeit?«

»Stunden.«

»Habt ihr es auf den Berg geschafft?«

Bis Wes ihnen die Ereignisse der vergangenen Nacht geschildert hatte, hatte Dora vor Scott einen Teller mit Speck, zwei Spiegeleiern und zwei Waffeln abgestellt. Er dankte ihr mit einem Lächeln.

»Das war ein richtiges Abenteuer«, sagte Wes. »Vor allem die Fahrt zu der Beiz, in der wir Cal Hawkins aufgelesen haben. Wir hatten Glück, dass wir da wieder rausgekommen sind, ohne dass wir erschossen wurden oder dass uns ein Trio von Hinterwäldlern in den Arsch gefickt hat.«

»*Wes!*«

Er lachte über die entsetzte Reaktion seiner Frau. »Entspann dich, Dora. Scott weiß längst, dass es so was gibt, oder, mein Sohn?«

Weil er sich für seinen Vater schämte, hielt Scott den Kopf gesenkt und aß schweigend weiter. Sein Dad hielt es für cool, wenn er in seiner Gegenwart besonders proletenhaft tat, so als wäre er inzwischen ein Teil der Gemeinschaft von Männern, denen solche Privilegien zugestanden wurden. Natürlich war das bloß Getue, denn in jeder anderen Hinsicht wurde er behandelt wie ein Zweijähriger. Es waren nur noch ein paar Monate bis zu seinem neunzehnten Geburtstag, trotzdem wurde ihm ständig gesagt, was er essen, wann er ins Bett gehen und wann er wieder aufstehen musste.

Er war der älteste Schüler im Abschlussjahrgang. Sein Dad hatte ihn die sechste Klasse wiederholen lassen, aber nicht, weil er durchgefallen, sozial unreif oder in irgendeiner Weise aufgefallen wäre, sondern weil ihm Wes ein Jahr extra gönnen wollte, in dem er wachsen und sich entwickeln konnte, bevor er in die Sportmannschaften der Mittelstufe wechselte.

Zurückgestuft zu werden war eine Demütigung, aber Wes hatte diese Entscheidung gefällt, ohne sie mit Scott oder seiner Mutter abzusprechen, und er hatte ihren Protesten zum Trotz eisern daran festgehalten.

»Die Scouts der Colleges halten schon in der siebten oder achten Klasse nach neuen Spielern Ausschau«, hatte er gesagt. »Wenn du ein Jahr älter bist, hast du einen Vorteil. Und wer von einer Schule wie unserer kommt, braucht jeden Vorteil, den er nur bekommen kann.«

Wes traf immer noch die Entscheidungen für ihn. Vor dem Gesetz war Scott inzwischen erwachsen. Er hätte in den Krieg ziehen und für sein Land sterben können, aber seinem Vater konnte er nicht die Stirn bieten.

Als hätte Wes seine Gedanken gelesen, sagte er: »Du füllst

noch heute diese Bewerbungsformulare aus. Es gibt keine Entschuldigung dafür, noch länger damit zu warten.«

»Heute treffen sich alle in Garys Haus und hängen ab.« Gary war einer seiner Klassenkameraden. Scott mochte ihn nicht besonders, aber er hatte einen Billardtisch im Zimmer. Den Tag mit Einlochen zu verbringen war entschieden verlockender, als Bewerbungsformulare auszufüllen.

»Erst machst du die Formulare fertig«, sagte sein Dad. »Diesmal werde ich kontrollieren, ob sie ausgefüllt sind. Nach dem Mittagessen fahre ich dich in die Turnhalle, damit du trainieren kannst.«

»Ich kann selbst hinfahren.«

Wes schüttelte den Kopf. »Du würdest ins Schleudern kommen, einen Unfall bauen und dir das Bein brechen. Nein, ich werde dich fahren.«

Seine Mom meinte: »Ich glaube nicht, dass es so schlimm wäre, wenn er einen Tag lang nicht trainiert.«

»Das zeigt nur, wie wenig du davon verstehst, Dora.«

Das Telefon läutete.

»Ich gehe ran«, sagte Scott.

»*Ich* gehe ran.« Wes riss ihm den Hörer aus der Hand. »Du machst dich an die Bewerbungen.«

Scott trug seinen Teller zur Spüle und bot seiner Mom an, mit ihr zusammen das Geschirr in den Geschirrspüler zu laden. Sie schüttelte den Kopf. »Tu lieber, was Wes sagt. Je eher du fertig bist, desto schneller kannst du zu deinen Freunden.«

Wes legte auf. »Das war William Ritt.«

Scotts Nackenhaare stellten sich auf.

»Er sagte, ich soll sofort in den Drugstore kommen.«

»Wieso?«, fragte Scott.

Dora sah aus dem Fenster. »Hat er heute geöffnet?«

»O ja, er hat geöffnet, und er hat Kundschaft. Du glaubst gar nicht, wer da aufgetaucht ist und mit Dutch sprechen will.« Er hielt Scott und Dora mehrere Sekunden hin, bevor er im Bühnenflüsterton verkündete: »Das FBI.«

»Was wollen die denn von Dutch?«, fragte Dora.

Scott konnte es sich denken, aber er wartete ab, bis sein Vater seine Vermutung bestätigte.

»Ich wette darauf, dass es um Millicent geht.« Wes zog seinen Mantel vom Haken und streifte ihn über. »Nachdem ich der Vorsitzende des Gemeinderates bin, meinte Ritt, dass ich das erfahren sollte.« Er öffnete die Hintertür und sagte im Hinausgehen: »Vielleicht haben sie eine Spur.«

Scott sah ihm nach und starrte noch lange nachdem sein Vater verschwunden war, auf die verschlossene Tür.

15

Gewöhnlich erschien Linda Wexler um Punkt sechs Uhr zur Arbeit in Ritt's Drugstore, um Kaffee zu kochen und alles vorzubereiten, bevor sie um sieben für jene unverbesserlichen Frühaufsteher öffnete, die jeden Morgen nach Maisgrütze und gebratenem Schinken hungerten.

An diesem Morgen schaffte sie das nicht. Sie hatte kurz vor Tagesanbruch angerufen und William erklärt, dass es auf ihrem Grundstück aussah wie in Sibirien. »Und es kommt immer mehr runter. Bis es der Streulaster hierherschafft, sitze ich fest.«

William gab das an Marilee weiter, die ihn davon abzubringen versuchte, aus dem Haus zu gehen und den Drugstore zu öffnen. »Wer wagt sich heute früh schon vor die Tür? Warte wenigstens ein paar Stunden, bis die Straßen gestreut sind.«

Aber er war stur entschlossen, pünktlich zu öffnen. »Ich habe die Einfahrt schon freigeschaufelt. Außerdem verlassen sich meine Kunden auf mich.«

Der Carport neben dem Haus schützte die beiden Wagen. Durch das Küchenfenster beobachtete sie, wie William in sein Auto stieg, den Anlasser betätigte und ihr durch die Windschutzscheibe hindurch den erhobenen Daumen zeigte, als der Motor ansprang. Vorsichtig setzte er zurück und fuhr dann davon.

Obwohl Marilee ihn im Haus zu halten versucht hatte, genoss sie es, allein daheim zu sein. Einen ganzen Tag für sich zu haben, war ein unglaublich entspannendes und befreiendes Gefühl. Sie kehrte in ihr Zimmer zurück, streifte den Morgenmantel ab und kletterte wieder in ihr warmes Bett, wo sie in den erotischen Erinnerungen schwelgte, die sie und ihr Geliebter letzte Nacht geschaffen hatten.

Natürlich konnte er nie die ganze Nacht bleiben, aber er verschwand auch nie direkt nach dem Liebesakt. Mehrere kurze, magische Minuten lagen sie jedes Mal nebeneinander und gaben sich ihren ausschweifenden Gedankenspielen hin. Die Köpfe eng aneinandergeschmiegt, malten sie sich in poetischen Schilderungen oder übelster Gossensprache Phantasien aus, die selbst die abenteuerlustigsten Erotomanen erröten lassen würden. Nicht selten setzten sie zuletzt ihr verbales Vorspiel in die Tat um.

Sie verweigerte ihm nichts. Er hatte unbeschränkten Zugriff auf ihren Körper. Vor ihm war ihre Sexualität unerschlossenes Ödland gewesen. Als sie das erste Mal zusammen gewesen waren, hatte sie ihm ohne jede Scham oder Zurückhaltung angeboten, ihre Sexualität nicht nur zu erforschen, sondern auch rücksichtslos Gebrauch davon zu machen.

Es hatte lange gedauert, bis es zu diesem ersten Mal gekommen war. Sie hatten sich schon jahrelang gekannt, als sich ihre wechselseitige Wahrnehmung schlagartig verändert hatte. Vom selben Moment an, so schien es, hatten sie den jeweils anderen in einem ganz neuen Licht betrachtet. Keiner hatte gewusst, ob der andere genauso empfand, weshalb sie sich ganz behutsam aufeinanderzubewegt hatten, bis beide ihr sexuelles Interesse stillschweigend als Fakt anerkannt hatten.

Danach hatten sie nach immer neuen Vorwänden gesucht, um sich gegenseitig über den Weg zu laufen. Ihre Gespräche waren mit Zweideutigkeiten durchsetzt, während sie für Unbeteiligte vollkommen unschuldig und anständig klangen. Falls ihre Blicke sich trafen, und sei es in aller Öffentlichkeit oder im Gedränge, dann telegrafierten sie sich ein unausgesprochenes Begehren zu, bei dem beiden, wie sie sich später gestanden hatten, die Wangen rot und die Knie weich geworden waren.

Eines Abends hatten sie genau das bekommen, was sie sich unabhängig voneinander gewünscht hatten – Zeit zu zweit. William war auf den Berg gefahren, um in der alten Hütte zu arbeiten, weshalb Marilee keinen Grund gehabt hatte, gleich nach der Schule heimzufahren. Sie war in ihrem Klassenzimmer geblieben und hatte Arbeiten korrigiert, statt sie nach Hause zu schleppen.

Er hatte ihren Wagen auf dem Lehrerparkplatz bemerkt und war unter dem Vorwand, nach jemandem zu suchen, ins Schulhaus zurückgekehrt.

Kurz darauf hatte er in der offenen Tür zu ihrem Klassenzimmer gestanden und sie aufgeschreckt, weil sie geglaubt hatte, allein im Gebäude zu sein. Sie spulten ihren höflichen Anstandstext herunter. Er fragte, ob sie denjenigen gesehen hätte, nach dem er angeblich suchte, was sie verneinte, obwohl beide genau wussten, dass die ganze Übung nur Schauspielerei war.

Er wollte nicht gehen. Sie nahm ihren Hefter in die Hand, studierte ihn, als wäre er eine brandneue, unbegreifliche Erfindung, und stellte ihn dann an denselben Fleck zurück. Er zog seine Jacke aus und legte sie über den Arm. Sie spielte an ihrem Perlenohrring. Sie tauschten Belanglosigkeiten aus.

Bald fiel ihnen nichts mehr zu reden ein, was nicht völlig banal klang. Trotzdem wollte er nicht gehen. Er blieb da, sah sie sehnsüchtig an und wartete auf ein Signal, das körperliche Verlangen, das beide in Gegenwart des anderen spürten, ausleben zu dürfen.

Letztendlich überließ er ihr die Initiative. Es stand ihm nicht frei, sich eine Geliebte zu nehmen. Marilee wusste, akzeptierte und ignorierte das. Ein einziges Mal in ihrem Leben würde sie selbstsüchtig das nehmen, was sie sich wünschte, ohne sich darum zu scheren, was andere davon hielten. Pfeif auf die Konsequenzen.

Wenn sie in ihrem Leben je kühn gewesen war, dann in dem Moment, in dem sie ihn fragte, ob er mit ihr ins Lehrmittellager gehen und einen Karton Bücher holen würde, den sie im Klassenzimmer brauchte. »Meine Fünftklässler fangen nächste Woche mit der Lektüre von Ivanhoe an«, erklärte sie ihm auf dem kurzen Weg, während ihre Schritte von den Blechtüren der Schließfächer im menschenleeren Korridor widerhallten. »Die Bücher liegen noch im Lager.«

Sie schloss die Tür zum Lehrmittellager auf und trat ihm voran ein. Nachdem sie an der Kette gezogen hatte, mit der das Deckenlicht anging, fasste sie an ihm vorbei, um die Tür zuzuschieben und zu verriegeln. Das Gesicht ihm zugewandt, blieb sie mit hängenden Armen stehen und wartete ab. Sie hatte ihn hierhergelotst. Der nächste Schritt musste von ihm ausgehen.

Er hielt es vielleicht drei Sekunden aus, ehe er sie an sich zog und sie mit ungezügelter Glut zu küssen begann. Er drückte ihren Hintern zusammen. Er spielte mit ihren Brüsten. Er zog das Band aus ihren Haaren, griff in die Strähnen und wand sie um seine Finger.

Marilee kannte eine so feurige Leidenschaft bisher nur aus Büchern und konnte kaum glauben, dass sie damit gemeint war.

Er schob die Hand unter ihren Pullover, aber sie wollte mehr. Also zog sie den Pullover über den Kopf und legte den BH ab, womit sie ihre Brüste zum ersten Mal überhaupt vor einem Mann entblößte. Dann fasste sie unter ihren Rock, zerrte Strumpfhose und Unterhose nach unten und lehnte zuletzt ihre Hüften einladend gegen einen Kistenstapel.

»Du kannst mit mir alles machen, was du dir vorgestellt oder erträumt hast«, flüsterte sie. »Du darfst schauen, solange du willst. Und mich berühren, wo es dir gefällt.«

Seine Hände glitten an ihren Schenkeln aufwärts. Schon jetzt war sie feucht. Als seine Finger in sie eindrangen, warf sie den Kopf zurück. »Alles, was du willst. Alles.«

Sein Blick war glasig vor Lust, aber noch während er den Reißverschluss aufzog und ein Kondom überstreifte, besaß er die Geistesgegenwart, sie zu fragen, ob sie Jungfrau war. Sie erzählte ihm von ihrem einzigen Mal. In ihrem letzten Jahr auf dem College. Ein Kommilitone aus dem Philosophiestudium. Es war bei einem einzigen Mal geblieben, und das Vorspiel hatte sich auf einen trockenen Kuss beschränkt.

»Ein Fick auf dem Beifahrersitz muss einfach unbefriedigend bleiben.«

Miss Marilee Ritt war die Letzte, von der er einen solchen Ausspruch erwartet hätte. Diese Worte von ihren spröden Lippen zu hören, erregte ihn so, dass er sich nicht beherrschen konnte. Außerdem schwemmte dieser Satz sämtliche Gewissensbisse fort. Er nahm sie schnell und rücksichtslos und kam noch vor ihr zum Höhepunkt.

Als er sich aus ihr zurückzog, fragte er: »Du bist nicht gekommen, stimmt's?«

»Das macht nichts.«

»Von wegen.«

Er nahm seine Finger.

Hinterher waren ihre Beine so wacklig, dass sie sich nur mit Mühe anziehen konnte. Er half ihr. Sie lachte, weil er so unbeholfen mit ihren Kleidern war, seufzte, wenn er innehielt, um einen Körperteil zu liebkosen, und tadelte ihn verspielt für seine köstlich verruchten Kommentare. Er half ihr ins Höschen und streichelte sie anschließend durch den feuchten Stoff hindurch, bis sie ein zweites Mal kam, an seinen Schultern hängend und an seiner Brust um Atem ringend.

Die Luft im Lager schmeckte stickig und nach Sex. Als sie hinausgingen, fragte sich Marilee, ob der Nächste, der diese Tür aufschloss, den Geruch wahrnehmen würde. Sie hoffte es. Der ungezogene Gedanke brachte sie zum Lächeln.

Die Heimlichkeit des Lehrmittellagers hatte jener ersten Begegnung zusätzliche Spannung verliehen, aber praktisch gesehen brauchten sie einen anderen Treffpunkt. Nicht nur, weil im Lehrmittellager die Gefahr, entdeckt zu werden, besonders groß war, sondern auch, weil es in romantischer Hinsicht sehr zu wünschen übrig ließ.

»In meinem Schlafzimmer gibt es eine Terrassentür«, erklärte sie ihm. »Ich werde sie abends offen lassen. Komm zu mir, so oft du kannst.«

Er hatte Zweifel an ihrem Plan, aber sie tat seine Ängste ab, dass William sie ertappen könnte. »Er geht früh zu Bett und kommt immer erst am nächsten Morgen wieder aus seinem Zimmer.«

Als er das erste Mal nachts in ihr Haus schlich, kamen sie zu dem Schluss, dass der Luxus, sich nackt in einem Bett lieben zu können, jedes Risiko aufwog. In Worten, die sie erröten ließen, schmeichelte er jedem Teil ihres Körpers. Sie setzte ihn mit ihrer offenen Neugier auf seinen Leib in Erstaunen.

»Mein wunderschöner Geliebter«, flüsterte sie jetzt und wiederholte damit die Worte, die sie zu ihm gesagt hatte, bevor sie seinen Penis zwischen die Lippen genommen hatte. Er liebte das. Liebte es, wenn sie ihren Mund nur um die Spitze schloss, die glatt und fest war wie eine Pflaume.

Das Telefon läutete und ließ ihre schöne Erinnerung platzen.

Sie wälzte sich auf die Seite und schaute auf das Display des Telefons neben ihrem Bett. William, der aus dem Drugstore anrief. Wenn sie nicht dranging, konnte sie später immer noch behaupten, sie sei unter der Dusche gewesen. Aber wenn er wirklich ihre Hilfe brauchte, könnte sie sich nie verzeihen, dass sie nicht an den Apparat gegangen war, nur weil sie weiter von ihrem heimlichen Geliebten träumen wollte. Ihr schlechtes Gewissen siegte.

»Was ist denn, William?«

Marilee hörte sich verschlafen und ein bisschen verärgert an, fand William. Ob sie wieder ins Bett gegangen war, nachdem er das Haus verlassen hatte? Wahrscheinlich. Immerhin hatte sie gestern Nacht kaum Schlaf bekommen. Nun ja, das war der Preis der Lust. Geschah ihr ganz recht, wenn sie nicht den ganzen Tag im Bett herumlümmeln konnte, wie sie es nach der vergangenen Nacht offenbar vorgehabt hatte.

Ehrlich gesagt musste er sie für ihre Ausdauer bewundern. Es war für ihn jedes Mal ein Wunder, dass seine Schwester nach ihren Marathon-Bumsorgien überhaupt noch kriechen konnte. Und die Standfestigkeit ihres Geliebten war nicht minder bewundernswert.

Oft war er kurz davor, einem von beiden aus heiterem Himmel zu eröffnen, dass er von ihrer heimlichen Affäre wusste. Er labte sich jetzt schon an der Vorstellung, wie er ihnen verraten würde, dass er das geile Gerammel im Boudoir seiner Schwester von Anfang an mitbekommen hatte. Sie würden ihn entsetzt ansehen und erkennen, dass ihre Zukunft fortan allein in seinen Händen lag.

Es wäre ein solcher Triumph. Natürlich war es ein phantastisches Gefühl zu wissen, dass dieser Augenblick unweigerlich kommen musste, und darum konnte er warten. Er wüsste genau, wann der Zeitpunkt gekommen war, und dann würde er die Falle zuschnappen lassen. Bis dahin konnten sie sich zu Wachs in seinen Händen vögeln.

Es war schwer, das Lächeln nicht in seine Stimme dringen zu lassen. »Marilee, ich brauche dich im Laden.«

»Wieso? Was ist denn passiert?«

»Nichts ist *passiert*. Ich habe Kundschaft. Wichtige Kundschaft«, erklärte er bedeutungsschwanger. »Zwei FBI-Agenten. Sie haben schon im Auto gewartet, als ich hier ankam. Sie wollen sich mit Dutch treffen, um über das verschwundene Gunn-Mädchen zu sprechen. Ich sollte ihnen was zum Frühstücken anbieten, und wie du weißt, kann Linda nicht kommen.«

»Ich weiß nicht, wie man diesen Ofen bedient.«

»Das kann doch nicht so schwer sein. Du findest das schon heraus. Mach schnell. Ich brauche dich jetzt gleich. Wes habe ich schon angerufen ...«

»Wieso Wes?«

»Ich dachte, als Vorsitzender des Gemeinderates sollte er Bescheid wissen. Jedenfalls ist er schon unterwegs. Wie schnell kannst du kommen?«

»Gib mir zehn Minuten.«

Schmunzelnd und mit einem selbstzufriedenen Grunzen legte William auf.

Die Glocke über der Tür schlug an, als Dutch in den Drugstore trat. Bei dem fröhlichen Klingeln stellten sich seine Nackenhaare auf.

Cal Hawkins' Ellbogen eisern umklammernd, schleifte Dutch ihn zur Kaffeetheke und pflanzte ihn ohne weitere Umschweife auf einen Barhocker, in der Hoffnung, dass der Aufprall den Vollidioten wachrütteln würde.

»Gib ihm Kaffee, bitte«, sagte er zu William Ritt, dessen fröhliches Grinsen genauso nervtötend war wie die blöde Türglocke. »Schwarz und stark. Für mich das Gleiche.«

»Kommt sofort.« Ritt deutete auf die blubbernde Kaffeemaschine.

Wie kaum anders zu erwarten, hatte Hawkins keineswegs hellwach und voller Tatendrang auf Dutch gewartet, als der bei seiner Bruchbude angekommen war. Hawkins reagierte auch nicht auf Dutchs Klopfen, weshalb Dutch einfach eingetreten war. Das Haus war so zugemüllt, dass es eine Brandgefahr darstellte. Es stank nach verstopften Abflüssen und saurer Milch. Hawkins lag voll angezogen und tief schlafend in einem Bett, in dem sich nicht einmal ein räudiger Hund tot erwischen lassen wollte. Dutch hatte ihn aus dem Bett gezerrt und durch den Flur zu seinem wartenden Bronco geschubst.

Während der Fahrt in den Ort hatte er Hawkins noch mal genau erklärt, wie wichtig es war, dass er sich zusammenriss und seinen Streulaster auf den Berg schaffte. Obwohl Hawkins auf jedes seiner Worte mit einem Nicken und Grunzen reagiert hatte, war Dutch nicht wirklich überzeugt, dass sein Beifahrer schon bei Bewusstsein war.

Und als wäre es nicht schon schlimm genug, Hawkins an der Backe zu haben, musste er für diese verfluchten FBI-Heinis einen auf nett machen. So was war immer nervtötend, aber nach der vergangenen Nacht würde es besonders unerträglich.

Nachdem er Wes zu Hause abgesetzt hatte, war er nicht direkt in die Zentrale zurückgefahren. Als er schließlich dort ankam, war es schon tief in der Nacht, und der Kollege an der Telefonzentrale hatte ihn sofort mit einem Stapel von Anrufnotizen begrüßt.

Es waren samt und sonders Beschwerden, gegen die er nichts ausrichten konnte, bis das Wetter wieder umschlug, so wie die über den eingefrorenen Brunnen vor der Bank, über eine vermisste Milchkuh und einen Ast, der unter dem Gewicht von Eis und Schnee abgebrochen war. Er war auf den Whirlpool im Garten des Besitzers gefallen und hatte die Abdeckung durchschlagen.

Und wieso war das sein Problem?

Dann war da noch ein Anruf von Mrs Kramer, die dank einiger Coca-Cola-Aktien, die ein weiser Urgroßvater billig eingekauft hatte, mehr Geld besaß als Gott persönlich. Trotzdem konnte man sich keine miesepetrigere und knausrigere alte

Spinatwachtel vorstellen. Sie hatte angerufen, um zu melden, dass jemand unbefugt ihren Vorgarten durchquert hatte. Dutch las die Nachricht, die der Polizist in der Zentrale verfasst hatte, noch mal. »Steht da Scott H.?«

»Genau. Der junge Hamer. Sie behauptet, er wäre an ihrem Haus vorbeispaziert, als wär's ein linder Maiabend. Und er hätte nichts Gutes im Schilde geführt, wenn man sie fragen würde.«

»Ich habe sie bestimmt nicht gefragt«, hatte Dutch erwidert, »außerdem hat sie halluziniert. Ich war bei Wes Hamer. Scott hockte in seinem Zimmer und hatte die Anlage aufgedreht. Außerdem würde Wes ihn in so einer Nacht bestimmt nicht rauslassen.«

Der Dispatcher hob die massigen Schultern zu einem Achselzucken, ohne den Blick von der Schießerei mit John Wayne zu wenden, die in dem kleinen Schwarzweißfernseher lief. »Was erwarten Sie von einer Irren, die in ihrer Freizeit Mülltonnen durchwühlt?« Es war allgemein bekannt, dass Mrs Kramer im Schutz der Dunkelheit gern mit übergezogenen Gummihandschuhen in fremden Mülltonnen stöberte. Kaum zu glauben.

Dutch knüllte den Zettel zusammen und feuerte ihn in den überquellenden Papierkorb. Die anderen Memos steckte er in die Hemdtasche. Er würde sich später darum kümmern, aber erst, wenn er Lilly vom Cleary Peak heruntergeholt hatte. Für mehr interessierte er sich heute Morgen nicht – er wollte Cal Hawkins so weit bringen, dass er den Streulaster den Berg hochbugsierte, um sie zu retten.

Na schön, es schneite immer noch wie in Sibirien. Na schön, unter dem Schnee lag eine zentimeterdicke Eisschicht. So lauteten die Einwände, die Hawkins mühsam hervorstammelte, und sie waren berechtigt. Aber es wäre bestimmt nicht so schwierig wie letzte Nacht, als sie sich durch die Dunkelheit kämpfen mussten. Wenigstens hatte Dutch das eingewandt.

Als sein Blick auf sein Bild in dem Spiegel hinter der Kaffeetheke fiel, sah er genau das, was die FBI-Agenten sehen würden – einen ausgebrannten Loser. Er hatte bis zum Morgengrauen in seinem Schreibtischsessel geschlummert, aber sein Schlaf wurde immer wieder von irritierenden Gedanken an Lilly und daran, was sie wohl gerade tat, unterbrochen. Und was Ben Tierney gerade tat. Was sie *miteinander* taten.

Bevor er die Zentrale verlassen hatte, hatte er sich an dem winzigen Becken in der Herrentoilette mit etwas Seife und einem stumpfen Einwegrasierer in lauwarmem Wasser frisch gemacht und rasiert. Hätte er früher gewusst, dass ihn das FBI ins Visier nehmen würde, wäre er heimgefahren, um zu duschen und eine frische Uniform anzuziehen.

Jetzt war das nicht mehr zu ändern.

»Wie steht's mit dem Kaffee?«, fragte er Ritt.

»Noch ein, zwei Minuten. Ich bringe ihn rüber.«

Nachdem ihm keine Gründe mehr einfallen wollten, um das Gespräch noch weiter hinauszuzögern, drehte sich Dutch zu der Sitznische um, in der die beiden Agenten wie lauernde Geier über einem verendeten Tier hockten. Der Ältere blickte betont auf seine Armbanduhr.

Arschloch, dachte Dutch. Glaubten sie vielleicht, sie könnten ihn rumkommandieren? Offenbar schon, sonst hätten sie dieses Treffen nicht einfach angeordnet, ohne ihm Bescheid zu sagen.

Er war gerade von Hawkins' Haus losgefahren, als Harris sich über Funk gemeldet hatte. Der junge Polizist hatte atemlos geklungen und vor Aufregung gestottert, aber schließlich hatte Dutch begriffen, was er ihm ausrichten sollte: ein Treffen mit den Typen vom FBI im Drugstore. »In einer halben Stunde, hat er gesagt.«

»Wer? Special Agent Wise?«

»Nein«, erwiderte Harris. »Der andere. Älter. Hat sich als *Special Agent in Charge* vorgestellt.«

Absolut genial. »Wo sind sie Ihnen über den Weg gelaufen?«

»Äh, also, ich glaube, das darf ich nicht sagen. Er hat gesagt, ich soll über Funk keine Namen nennen.«

»Wieso will er mich sehen?«

»Auch das soll ich über Funk nicht sagen.«

Dutch fluchte leise. Was war verflucht noch mal mit Harris passiert? Hatten sie ihn verhext? »Na gut, wenn sie im Drugstore sind, sobald ich dort bin, dann meinetwegen. Aber ich werde bestimmt nicht auf sie warten.«

»Ich glaube nicht, dass Sie sich mit diesem Typ anlegen wollen, Sir.«

Dutch konnte es gar nicht leiden, wenn jemand seine Autorität in Frage stellte, und am wenigsten mochte er es, wenn das seine Untergebenen taten. »Ich glaube, er wird sich auch nicht mit mir anlegen wollen.«

»Nein, Sir«, bestätigte Harris. »Aber der SAC meinte, es wäre wichtig, dass Sie ihn noch heute Morgen treffen. Und so wie er es gesagt hat, war es, als … na schön, als wäre er stinksauer, wenn Sie nicht auftauchen. Nur meine Meinung, Sir.«

Jetzt, nachdem Dutch den SAC mit eigenen Augen gesehen hatte, teilte er Harris' Meinung. Ein Blick, und Dutch hatte ihn als humorlosen harten Hund eingestuft. Er hatte in Atlanta mehr als genug Erfahrung mit solchen Typen gesammelt. Der Typ war ihm vom ersten Augenblick an unsympathisch.

Betont langsam schlenderte er zu der Sitznische hinüber und ließ sich den beiden gegenüber nieder. »Morgen.«

Wise stellte sie einander vor. »Police Chief Dutch Burton, das ist SAC Kent Begley.«

Begley war spröde und brüsk, das war schon seinem knappen »Burton« anzuhören, als sie sich über den Resopaltisch hinweg die Hände reichten. Das allein ließ erkennen, was er von Dutch hielt. Noch bevor sie einen Satz gewechselt hatten, hatte Begley klargestellt, dass er ihn für unwichtig hielt. Für den SAC war dies eine reine Formalität, eine protokollarische Notwendigkeit, bevor er den blöden Ortsbullen beiseiteschieben konnte.

Die beschissenen Bundesheinis behaupteten immer, sie würden sich den Kollegen aus den örtlichen Police Departments nicht überlegen fühlen. Offiziell tönte das FBI immer, dass sie vor jedem mit einer Polizeimarke den größten Respekt hätten. Scheiße. Vielleicht würde man tatsächlich irgendwann auf eine Ausnahme stoßen, wenn man alle Ränge und Abteilungen durchging, aber im Allgemeinen hielten sich alle FBIler für Alleswisser und Alleskönner. Punkt. Ende der Geschichte.

»Bitte entschuldigen Sie unser unangemeldetes Kommen«, sagte Wise.

Dutch hatte Wise kurz nach seiner Rückkehr nach Cleary und nach seiner Einführung ins Amt als Polizeichef kennen gelernt. Als sie sich das erste Mal die Hand reichten, hatte Wise verkündet, er sei erleichtert, dass fortan jemand mit Erfahrung an den Vermisstenfällen arbeiten würde. Aber Dutch hatte sein leeres Kompliment durchschaut. Wise wollte ihm nur schmeicheln und ihn gewogen stimmen.

Ritt brachte drei Becher Kaffee. Begley ließ seinen unberührt stehen. Wise riss ein Päckchen Süßstoff auf. Dutch nahm einen Schluck und fragte dann: »Was gibt es denn Dringendes?«

»Sie meinen außer den fünf vermissten Frauen?«, fragte Begley.

Er war wie ein grobkörniges Schleifpapier, das über Dutchs blankliegende Nervenenden scheuerte. Am liebsten hätte Dutch ihm eine reingehauen. Stattdessen sah er den älteren Agenten scharf an, und beide teilten sich wortlos ihre wechselseitige Verachtung mit.

Wise hustete verlegen hinter vorgehaltener Faust und schob die herabgerutschte Brille auf die Nase zurück. »Sir, ich bin sicher, Chief Burton wollte damit nicht sagen, es sei nicht wichtig, die vermissten Frauen zu finden.«

»Das Wetter behindert gegenwärtig meine Ermittlungen.«

»Die worin bestehen?«, fragte Begley.

Als geborener Diplomat formulierte Wise die Frage sofort um. »Vielleicht könnten Sie uns auf den gegenwärtigen Stand Ihrer Ermittlungen bringen, Chief Burton.«

Dutchs Geduldsfaden drohte jede Sekunde zu reißen, aber je eher er die Fragen beantwortete, desto schneller kam er wieder weg. »Seit ich erfahren habe, dass Millicent Gunn verschwunden ist, habe ich alle verfügbaren Männer im County – aus meinem Department, von der Staatspolizei, aus dem Sheriffsbüro und einer ordentliche Zahl an Freiwilligen – zusammengerufen und die Gegend durchkämmen lassen.

Aber in diesem Gelände kommt man nur langsam voran, vor allem, weil ich befohlen habe, unter jedem Zweig und jedem Stein nachzuschauen. Gestern musste ich die Suche abbrechen lassen, weil der Sturm aufzog. Solange sich das Wetter nicht ändert, sind uns die Hände gebunden. Und ich brauche Ihnen nicht zu erklären, was das für mögliche Spuren bedeutet.«

Als er dabei zur Front des Ladens deutete, sah er, wie Wes Hamer und Marilee Ritt aus entgegengesetzten Richtungen dem Eingang zustrebten und gleichzeitig die Tür erreichten. Wes hielt sie Marilee offen und folgte ihr dann schnell herein. Beide lachten leise über den Schnee, der an ihren Kleidern hing. Gleich hinter der Tür stampften sie mit den Füßen auf, um den Matsch von den Stiefeln zu lösen.

Wes setzte den Hut ab und zog die Handschuhe aus. Marilee zog eine Mütze vom Kopf, und er lachte, als sich ihre Haare unter der Spannung aufstellten. Ihre Nasenspitze leuchtete rot, aber Dutch stellte verblüfft fest, wie hübsch und lebhaft sie heute Morgen wirkte.

William rief Marilee zu sich, und sie eilte zu ihm hinter die Kaffeetheke. Wes sah kurz zu der Sitznische, wo Dutch mit den FBI-Agenten zusammensaß. Er schien nicht überrascht, sie hier zu sehen. Ritt in seiner selbst erwählten Rolle als städtischer Herold hatte Wes wahrscheinlich sofort angerufen, um ihm von dem Treffen zu erzählen.

Gestern Nacht waren er und Wes ziemlich aneinandergeraten und anschließend wütend auseinandergegangen. Nach Dutchs Bemerkung über Wes und die Frauen hatte Wes die Beifahrertür des Bronco aufgestoßen und war ausgestiegen. »Du kannst es dir nicht leisten, mich blöd anzumachen, Dutch. Nicht wenn ich der letzte Freund und Verbündete bin, der dir geblieben ist.« Dann hatte er die Tür zugeknallt und war durch das wirbelnde Chaos davongestapft.

Jetzt begrüßten sie sich mit einem knappen Nicken, ehe sich Dutch wieder Wise und Begley zuwandte.

»Ich habe gestern Abend mit Mr und Mrs Gunn gesprochen«, fuhr er fort. Dass nicht er Millicents Eltern aufgesucht hatte, sondern sie ihn, erwähnte er nicht. Er war froh, dass er überhaupt von diesem Treffen berichten konnte. So sah es aus, als wäre er in diesem Fall auf dem Laufenden und ständig aktiv.

»Ich habe ihnen berichtet, dass wir alle Leute überprüfen, mit denen Millicent am Tag ihres Verschwindens Kontakt hatte, erst in der Highschool und später bei der Arbeit. Wir haben bereits eine umfassende Liste erstellt, konnten aber nicht mit allen reden, bevor der Sturm kam. Ich habe nur ein kleines Department mit begrenztem Personal. Und mein Budget ist äußerst knapp.« Weil das schon fast nach Gejammer klang, verstummte er und nahm einen Schluck Kaffee.

Dabei sah er zur Kaffeetheke hinüber. Hawkins saß mit zusammengesunkenen Schultern auf seinem Hocker und hielt seine Kaffeetasse mit beiden Händen umfasst, als könnte er sie nur so ruhig halten. Wes hielt für Ritt und Marilee Hof. Er sprach leise, aber sie lauschten ihm gebannt. Dutch fragte sich, was er wohl so verflucht Spannendes zu erzählen hatte.

Dann wandte er sich wieder seinen Geschäften zu und sprach

Wise an. »Haben Sie irgendwas Nützliches in Millicents Tagebuch gefunden?«

Sollten sie doch auch mal im Feuer stehen, dachte er. Sie arbeiteten genauso an diesem Fall wie er. Und obwohl sie viel mehr Ressourcen zur Verfügung hatten als er, hatten sie ihn genauso wenig gelöst.

»Ein Eintrag oder zwei haben mich neugierig gemacht«, antwortete Wise. Er schüttete ein zweites Päckchen Süßstoff in seinen Kaffee und rührte nachdenklich um. »Trotzdem ist es gut möglich, dass sie bedeutungslos sind, was Millicents Verschwinden angeht.«

»Bedeutungslos?«, schnaubte Dutch. »Wenn sie bedeutungslos wären, wären Sie nicht hier. Und schon gar nicht mit SAC Begley. Was hat Sie so neugierig gemacht?«

Wise sah Begley an. Begley starrte Dutch immer noch wortlos an. Wise räusperte sich, wandte sich wieder Dutch zu und fixierte ihn durch seine großen Brillengläser. »Kennen Sie einen Mann namens Ben Tierney?«

Tierney wachte abrupt auf.

Vor einer Sekunde hatte er noch tief und traumlos geschlafen. Jetzt war er hellwach, und unter seiner Schädeldecke kribbelte es, als wäre er an einen Elektrozaun geraten.

Instinktiv schlug er die Decke zurück und richtete sich mühsam auf. Eine ganze Armada von Schmerzen attackierte ihn, raubte ihm den Atem und ließ Tränen in seine Augen schießen. Der Raum begann sich zu drehen. Er blieb ganz still sitzen und atmete leicht und flach, bis die Schmerzen auf ein erträgliches Maß zurückgegangen waren und er das Gleichgewicht halten konnte. Erst dann senkte er behutsam die Füße auf den Boden und setzte sich hin.

Lilly war schon auf und wahrscheinlich im Bad.

Obwohl es im Zimmer dunkel war, ahnte er, dass es schon

Tag sein musste. Er probierte die Lampe auf dem Beistelltisch aus, sie ging an. Sie hatten immer noch Strom. Trotzdem war es so kalt, dass er zitterte. Offensichtlich war in der Nacht das Gas ausgegangen. Als Erstes mussten sie ein Feuer anfachen.

Normalerweise hätte er sich sofort an die Arbeit gemacht. An diesem Morgen jedoch hatte ihm schon das Aufsetzen fast unüberwindliche Mühe bereitet. Seine Muskeln waren übersäuert und seine Gelenke steif, nachdem er die ganze Nacht in einer einzigen Position verbracht hatte – jener Position, die das Sofa zuließ. Selbst seine Rippen schmerzten, wenn er einatmete.

Er hob seinen Mantel und Pullover an und untersuchte seinen Leib. Die ganze linke Seite war lila wie eine Aubergine. Zögerlich tastete er jede Rippe ab. Er glaubte nicht, dass eine davon gebrochen war, aber beschwören konnte er das nicht. Die Schmerzen hätten auf jeden Fall kaum schlimmer sein können. Zum Glück hatte er keine inneren Verletzungen, oder wenn doch, dann nur eine mit wenig Blutverlust. Jedenfalls war er in der Nacht nicht innerlich verblutet.

Seine Kopfwunde hatte Blutflecken auf dem Kissenbezug hinterlassen, aber es waren nur noch kleine Punkte. Von den Schmerzblitzen, die durch seinen Schädel geschossen waren, waren nur noch ein dumpfer Druck und die wiederkehrenden Schwindelgefühle geblieben, die er aber unter Kontrolle behalten konnte, wenn er sich nicht allzu abrupt bewegte.

Zum Glück war ihm nicht mehr so übel wie gestern Nacht. Im Gegenteil, er hatte Hunger, was er als gutes Zeichen nahm. Bei dem Gedanken an einen Kaffee lief ihm das Wasser im Mund zusammen. Er würde genug von ihren Wasserreserven abzweigen, um ihnen jeweils eine Tasse zuzubereiten.

Er sah auf die geschlossene Schlafzimmertür. Lilly ließ sich ganz schön Zeit im Bad, da drin musste es noch kälter sein als hier. Wozu in aller Welt brauchte sie nur so viel Zeit? Eine delikate Frage, die man einer Frau nicht stellte.

Was für eine Hölle, mit ihr in dieser Hütte gefangen zu sein. Was für eine Hölle.

Er zog sich vom Sofa hoch und humpelte zum Fenster. Der Wind wehte immer noch, aber nicht mehr so stark wie in der vergangenen Nacht. Leider war das die einzige Verbesserung. Der Schnee fiel so dicht, dass er sich an allen senkrechten Flächen auftürmte. Der Boden war mindestens knietief bedeckt, vermutete er. Heute würden sie den Berg nicht verlassen. Er war wirklich nicht gern zum Schuppen gegangen, aber er war froh, dass er es getan hatte. Sie würden das Feuerholz brauchen.

Er ließ den Vorhang vor das Fenster fallen, ging zur Schlafzimmertür und klopfte leise an. »Lilly?« Er legte das Ohr ans Holz und lauschte, ohne eine Bewegung oder einen Laut zu hören.

Irgendwas stimmt nicht.

Er spürte das nicht nur, er wusste es. Er wusste es so sicher, wie er wusste, dass seine Füße kalt waren und dass sein Kopf wieder zu schmerzen begonnen hatte, wahrscheinlich weil der Blutdruck in diesem Moment nach oben schoss.

Er klopfte erneut an die Tür, diesmal lauter. »Lilly?« Dann drückte er sie auf und streckte den Kopf ins Zimmer. Im Schlafzimmer war sie nicht. Die Tür zum Bad war zu. Schnell ging er hinüber und klopfte so fest an, dass seine kalten Knöchel schmerzten. »Lilly?« Als er wieder keine Antwort bekam, öffnete er die Tür.

Das Bad war leer.

Erschrocken wirbelte er herum und blieb unsicher stehen, als er sie hinter der Schlafzimmertür stehen sah, wo sie sich versteckt haben musste, als er ins Zimmer gekommen war.

Fuck!

Der Inhalt seines Rucksacks lag verstreut zu ihren Füßen am Boden.

In der Hand hielt sie, direkt auf ihn gerichtet, seine Pistole.

16

Er machte einen Schritt auf sie zu.

»Bleib stehen, oder ich schieße.«

Er deutete auf die Sachen am Boden. »Ich kann das alles erklären. Aber nicht, solange du mit einer Waffe auf mich zielst.« Er kam noch einen Schritt näher.

»Stopp, oder ich schieße.«

»Lilly, tu die Waffe weg«, sagte er mit einer Ruhe, die sie rasend machte. »Du wirst sowieso nicht auf mich schießen. Wenigstens nicht absichtlich.«

»Ich schwöre bei Gott, das werde ich sehr wohl.«

Ihre bebenden Hände lagen eng an der Waffe, so wie Dutch es ihr beigebracht hatte. Ihren Einwänden zum Trotz hatte er darauf bestanden, dass sie lernte, eine Pistole abzufeuern. Er hatte ihr erklärt, dass er sich unter den Kriminellen Feinde gemacht hatte, die vielleicht nach ihm suchen würden, wenn sie erst aus ihrer Zelle freigekommen waren, in die vor allem er sie gebracht hatte. Er war mit ihr auf den Schießstand gegangen und hatte mit ihr trainiert, bis er überzeugt war, dass sie sich in einer Krisensituation schützen konnte.

Die Stunden hatten eher ihm als ihr inneren Frieden gegeben. Dass sie jemals auf diese Fähigkeiten angewiesen sein könnte, konnte sie sich beim besten Willen nicht vorstellen. Ganz bestimmt hätte sie nie geglaubt, dass sie gegenüber Ben Tierney darauf angewiesen sein könnte.

»Wer bist du?«, fragte sie.

»Du weißt, wer ich bin.«

»Das habe ich nur geglaubt«, widersprach sie barsch.

»In diesem Teil des Landes trägt jedes männliche Wesen über zwölf Jahren eine Waffe.«

»Stimmt. Eine Pistole in einem Wanderrucksack ist kein Grund zur Panik.«

»Dann erklär mir, warum du damit auf mich zielst.«

»Das weißt du genau, Tierney. Du bist nicht blöd. Aber ich glaube, ich bin es gewesen.«

Vieles von dem, was er in den letzten achtzehn Stunden getan oder gesagt hatte, war ihr eigenartig erschienen, aber beunruhigend hatte sie es nicht gefunden. In Verbindung mit dem, was sie in seinem Rucksack entdeckt hatte, hatte sich diese Einschätzung dramatisch geändert.

»Lilly, tu die …«

»Keine Bewegung!« Er machte einen weiteren zaghaften Schritt auf sie zu, und sie hob die Waffe einen Zentimeter an. »Ich weiß, wie man sie abfeuert, und ich werde es tun.«

Ihrer Stimme fehlte die Kraft, um überzeugend zu klingen. Weil sie ohne Aussicht auf baldige Rettung mit einem Mann gefangen war, den sie jetzt verdächtigte, fünf Frauen entführt und ermordet zu haben, und weil sie schon zu lange keine Medikamente mehr genommen hatte, bereitete ihr das Luftholen zunehmend Mühe.

Das war ihm nicht entgangen. »Du hast Probleme.«

»Nein, *du* hast welche.«

»Du fängst an zu pfeifen.«

»Es geht mir gut.«

»Nicht mehr lang.«

»Ich schaffe das schon.«

»Du hast gesagt, dass emotionale Belastungen eine Attacke auslösen können. Zum Beispiel Angst.«

»Ich habe die Pistole, wovor sollte ich Angst haben?«

»Du brauchst vor mir auch keine Angst zu haben.«

Sie schnaubte und zwang sich, seinen leuchtenden blauen Augen standzuhalten. »Erwartest du etwa, dass ich dir glaube?«

»Ich würde dir nicht wehtun. Ehrenwort.«

»Tut mir leid, Tierney. Das reicht nicht. Wieso warst du gestern auf dem Berg?«

»Das habe ich dir doch erzählt, ich…«

»Beleidige nicht meine Intelligenz. Es war ganz bestimmt kein Tag für eine Wanderung. Wer geht schon auf eine Bergwanderung, wenn ein Eissturm angesagt ist? Bestimmt nicht jemand mit deiner Erfahrung im Bergsteigen.«

»Ich gebe zu, dass es leichtsinnig war.«

»Leichtsinnig? Du? Das passt nicht zu dir. Versuch's noch mal.«

Seine Lippen bildeten eine dünne, feste Linie, die sie daran erinnerte, dass er es gar nicht mochte, wenn man an seinen Worten zweifelte.

»Der Sturm kam schneller, als ich erwartet hatte. Mein Wagen sprang nicht mehr an. Mir blieb nichts anderes übrig, als zu Fuß ins Tal zu gehen.«

»Das glaube ich dir noch.«

»Ich habe eine Abkürzung genommen, um die vielen Serpentinen der Straße abzuschneiden. Dabei habe ich mich verlaufen…«

»Verlaufen?« Auf dieses Wort schien sie nur gewartet zu haben. »Du mit deinem phänomenalen Orientierungssinn willst dich verlaufen haben?«

In seiner Lüge gefangen, stockte er kurz und suchte nach einem neuen Ansatz. »Du hast dich von der Hysterie anstecken lassen.«

»Hysterie?«

»Wegen der verschwundenen Frauen. Jede Frau in Cleary hat Angst, dass sie die Nächste sein könnte. Die Furcht hat die ganze Gemeinde im Griff. Du bist seit einer Woche hier. Die

Panik hat sich auf dich übertragen. Du betrachtest jeden Mann mit Misstrauen.«

»Nicht jeden Mann, Tierney. Nur einen. Den einen, der keine glaubwürdige Erklärung dafür hat, dass er mitten in einem Blizzard durch den Wald spaziert. Den einen, der genau weiß, wo meine Hütte liegt, obwohl ich ihm das nie erzählt habe. Den einen, der gestern Abend seinen Rucksack nicht öffnen wollte, und zwar aus gutem Grund, wie ich inzwischen weiß.«

»Ich verspreche dir, dass ich alles erklären werde«, sagte er angespannt, »aber nicht, solange du mit einer Pistole auf mich zielst.«

»Du kannst das alles Dutch erklären.«

Seine Gesichtszüge wurden auf einmal härter und schärfer, so als hätte sich die Haut über den Knochen gestrafft.

Sie zog ihr Handy aus der Manteltasche. Es hatte immer noch keinen Empfang.

»Du machst einen Fehler, Lilly.«

Die Worte und der langsame, bedachte Tonfall, in dem er sie vorbrachte, ließ sie frösteln.

»Dich von deiner Phantasie irreführen zu lassen, könnte ein gefährlicher Fehler sein.«

Sie durfte ihm nicht zuhören, durfte sich nicht umstimmen lassen. Er hatte sie seit jenem ersten, entwaffnenden Lächeln im Bus angelogen. Er hatte nur eine Rolle gespielt, mit der er schon öfter Erfolg gehabt haben musste. Alles, was er getan und gesagt hatte, war eine Lüge. *Er* war eine Lüge.

»Ich flehe dich an, mich wenigstens anzuhören.«

»Na schön, Tierney«, sagte sie. »Ich werde dich anhören, wenn du die hier erklären kannst.«

Zu ihren Füßen lagen die Handschellen, die sie neben der Pistole in einer der Seitentaschen des Rucksacks entdeckt hatte. Sie stieß sie mit dem Fuß vorwärts. Sie schlitterten über den Dielenboden und kamen vor seinen bestrumpften Zehen zu liegen. Er sah lange darauf, ehe er den Kopf wieder hob und sie unversöhnlich anblickte.

»Habe ich mir doch gedacht.« Die Pistole in der Rechten haltend, tippte sie mit der Linken Dutchs Handynummer ein. Das Handy war immer noch mausetot, aber sie tat so, als würde der Anruf auf seiner Mailbox landen. »Dutch, mir droht Gefahr von Ben Tierney. Komm so schnell du kannst.«

»Du liegst völlig falsch, Lilly.«

Sie ließ das Handy wieder in die Manteltasche gleiten und nahm die Pistole in beide Hände. »Das glaube ich nicht.«

»Hör mich an. Bitte.«

»Ich habe genug gehört. Heb die Handschellen auf.«

»Wie kannst du nur glauben, dass ich Blue bin? Nur wegen der Handschellen und eines blauen Bandes?«

Sie hatte gehört, wie Dutch den unbekannten Täter als Blue bezeichnet hatte. Als Tierney den Namen so beiläufig aussprach, begann ihr Herz unter den Rippen zu hämmern. Aber es war etwas anderes, das ihr wirklich Todesangst machte.

Offenbar war sie ihr anzusehen. »Komm schon, Lilly«, sagte er leise. »Du bist doch nicht überrascht, dass ich weiß, wie die Polizei den unbekannten Täter nennt, oder? Es ist ein kleiner Ort. Jeder in Cleary weiß das.«

»Das ist es nicht«, keuchte sie mühsam. »Aber ich habe kein Wort von dem Band gesagt.«

Die Frage von Special Agent Wise war völlig aus dem Zusammenhang gerissen, so kam es Dutch wenigstens vor. Im ersten Moment war er perplex. »Ben Tierney?« Sie hatten über seine Ermittlungen wegen der verschwundenen Millicent Gunn gesprochen, und aus heiterem Himmel fragte ihn Wise, ob er Ben Tierney kenne.

Er sah Wise und Begley verwirrt an, aber er hätte genauso gut zwei Porzellanpuppen anstarren können. Genauso flach und undurchdringlich wirkten ihre Blicke. »Was hat Ben Tierney damit zu tun?«

»Kennen Sie ihn?«, fragte Wise.

»Vom Sehen, aber nicht näher.« Dann spürte er unvermittelt ein Frösteln, das nichts mit den Temperaturen draußen zu tun hatte. Er spürte das gleiche Unbehagen, das er früher immer empfunden hatte, wenn er ein Gebäude betrat, in dem sich vermutlich ein Verdächtiger verschanzt hatte. Du wusstest, dass irgendwas Schlimmes passieren würde, aber du wusstest nicht, was und wie schlimm es wäre. Du wusstest nicht, wovor du dich fürchten musstest, aber du wusstest genug, um dich zu fürchten. »Was ist mit Ben Tierney?«

Wise schaute in seinen Kaffee und balancierte sorgsam den Löffel auf dem Untertassenrand.

Sein Schweigen war vielsagender als alles, was er hätte antworten können. »Hören Sie, wenn er was damit zu tun hat…«

»Wie gut kennt ihn Ihre Exfrau?«

Dutchs Blick schwenkte auf Begley, der die Frage abgefeuert hatte. »Was zum Teufel reden Sie da?«

»Soweit wir wissen, sind sie miteinander bekannt.«

»Woher wollen Sie das wissen?«

»Wie gut kennen sie sich? Und in welcher Beziehung stehen sie zueinander?«

»Es gibt keine Beziehung«, widersprach Dutch ärgerlich. »Sie ist ihm einmal begegnet. Warum?«

»Nur Neugier. Wir suchen nach verschiedenen Ansatzpunkten, um…«

Dutch knallte die Faust so fest auf den Tisch, dass Besteck und Geschirr zu klappern begannen. Wises Löffel kippte von der Untertasse und landete scheppernd auf der Tischplatte. »Sparen Sie sich den Müll, und verraten Sie mir, was Sie über den Mann wissen. Scheiße, Sie sind große, böse FBI-Agenten, aber ich bin auch Polizist, gottverflucht noch mal, und darum habe ich ein Anrecht auf Ihren Respekt und auf alle Informationen, die meine Ermittlungen betreffen könnten. Also, was ist mit Ben Tierney?«

»Beruhigen Sie sich«, befahl Begley. »Und nur damit Sie es wissen, ich dulde keine Fäkalsprache und mag es nicht, wenn der Name des Herrn entehrt wird. Tun Sie das in meiner Gegenwart nicht wieder.«

Dutch rutschte aus der Bank, fasste nach Jacke und Handschuhen und zog sie mit eckigen, wütenden Bewegungen an. Dann beugte er sich vor und sagte Begley ins Gesicht: »Erstens können Sie sich ins Knie ficken. Zweitens lassen Sie sich eines gesagt sein, Sie scheinheiliger Schwanzlutscher. Falls Sie sich für Ben Tierney interessieren, weil er was mit den verschwundenen Frauen zu tun haben könnte, dann muss ich das erfahren, weil meine Frau in genau diesem Moment mit ihm in unserer Berghütte festsitzt.«

Diesmal zeigten sie ausnahmsweise eine Reaktion, die zwischen Überraschung und so starkem Erschrecken lag, dass Dutch unwillkürlich zurückwich. »Allmächtiger. Sie glauben, dass Ben Tierney Blue ist?«

Wise schickte einen bedächtigen Blick zu der gespannt lauschenden Gruppe an der Kaffeetheke hinüber und erklärte dann vielsagend: »Wir haben einige Hinweise, denen wir nachgehen sollten.«

Der Agent schlich um den gleichen heißen Brei herum, den auch Dutch so oft umschlichen hatte, als er noch im Morddezernat gearbeitet hatte. Genau das hatte er auch immer gesagt, wenn er gewusst hatte, dass ein Verdächtiger eindeutig schuldig war und nur noch ein einziger handfester Beweis fehlte, um ihn festzunageln.

Er zielte mit dem Finger auf Begley. »Ich brauche keine weiteren Ermittlungen, um zu wissen, dass dieses Schwein die letzte Nacht mit meiner Frau verbracht hat. Falls er ihr auch nur ein

Haar gekrümmt hat, sollten Sie zu Gott beten, dass Sie vor mir bei ihm sind.«

Er drehte ihnen den Rücken zu, marschierte zur Theke, packte Cal Hawkins am Kragen und zerrte ihn vom Barhocker. »Los geht's.«

»Falls mir dieser blöde Wichser mit seinem Temperament den Fall versaut, drehe ich ihm den verfickten Kragen um.«

So sprach der FBI-Agent, der Dutch keine sechzig Sekunden zuvor erklärt hatte, dass er keine Fäkalsprache duldete.

Er und der jüngere Agent rückten mit so entschlossenen Mienen und so einschüchternder Körperhaltung auf die Kaffeetheke vor, dass Marilee am liebsten instinktiv zurückgewichen wäre. Der Ältere bellte: »Weiß einer von Ihnen, wohin er fährt?«

»Den Berg hoch, um Lilly zu retten.« Wes stand auf und streckte die Rechte vor. »Wes Hamer, Vorsitzender des Gemeinderates und Cheftrainer des Footballteams an unserer Highschool.«

Er gab beiden die Hand, während sie sich ihrerseits vorstellten. Wes winkte die kleinen Ledermappen beiseite, die sie dabei gezückt hatten. »Ich brauche keine Ausweise. Wir wissen, dass Sie vom FBI sind. Ich habe Sie schon ein-, zweimal in der Stadt gesehen«, sagte er zu Wise. Dann deutete er auf sie und William hinter der Theke. »William Ritt und seine Schwester Marilee Ritt.«

»Möchten Sie noch etwas?«, fragte William. »Noch einen Kaffee? Oder vielleicht ein Frühstück?«

»Nein danke.« Marilee sah dem einen namens Begley an, dass ihm der Austausch von Höflichkeiten auf die Nerven ging. »Ich habe gehört, dass Burton und seine Frau geschieden sind und sie sich wieder Lilly Martin nennt.«

»Er kann das nur schwer akzeptieren«, bestätigte William.

»Sie haben vor ein paar Jahren ein Kind, eine Tochter verloren«, erklärte Wes. »Auf so eine Tragödie reagieren die Menschen ganz unterschiedlich.«

Begley sah seinen Partner an, als wollte er ihn anweisen, alles in Gedanken zu notieren. Marilee war sicher, dass er das bereits getan hatte.

»Wissen Sie, warum sie mit Ben Tierney eingeschlossen ist?«, fragte Begley. »Wollten sich die beiden da oben treffen?«

»Sicher weiß ich das natürlich nicht, aber ich bezweifle schwer, dass sie ein Rendezvous haben.« Wes erzählte ihnen, dass die Hütte früher den Burtons gehört hatte und erst kürzlich verkauft worden war. »Gestern Nachmittag waren die beiden oben, um die letzten Sachen rauszuräumen. Dutch ist kurz vor Lilly losgefahren. Offenbar hatte sie auf dem Weg in den Ort einen Unfall, in den Tierney verwickelt war. Sie hat eine rätselhafte Nachricht auf Dutchs Handy hinterlassen, dass Tierney verletzt sei, sie beide in der Hütte wären und Dutch so bald wie möglich Hilfe schicken sollte.«

»Was ist das für eine Verletzung?«

»Das hat sie nicht gesagt und auch nicht, ob er schwer verletzt ist. Seither haben wir nichts mehr von ihr gehört. Das Festnetztelefon wurde schon abgemeldet, und das Mobilfunknetz ist in dieser bergigen Gegend beschissen – entschuldigen Sie, Mr Begley. Selbst an guten Tagen ist der Handyempfang bestenfalls mäßig. Bei schlechtem Wetter kann man ihn vergessen.«

Wes nahm Begleys Schweigen als Aufforderung fortzufahren. »Dutch rief mich gestern Abend an, weil ich ihm helfen sollte, Cal Hawkins zu finden. Den Kerl, den er eben rausgeschleift hat. Er besitzt den einzigen Streulaster im Ort.« Er erzählte von dem abgebrochenen Versuch, die Bergstraße hinaufzufahren. »Schließlich musste sogar Dutch einsehen, dass es unmöglich war. Er ist felsenfest entschlossen, es heute früh noch einmal zu versuchen. Deshalb wollte er so schnell los.«

Wise sagte: »Ich habe nicht allzu viel Hoffnung, dass er es heute Morgen schafft.«

»Versuchen Sie ihm das klarzumachen.«

»Ich würde auch gern zu dieser Hütte fahren.« Begley schlüpfte in seinen Mantel. »Dass Burton mit gezogener Waffe den Berg stürmt, können wir überhaupt nicht brauchen.«

»Glauben Sie wirklich, dass Ben Tierney dieser Blue ist?«

»Wo haben Sie das gehört?« William, der diese Frage törichterweise gestellt hatte, wurde von Begley mit einem Blick fixiert, der ein heranstürmendes Rhinozeros aufgehalten hätte. Er hielt den Ladenbesitzer jedenfalls davon ab, die Antwort zu geben, die ihm auf der Zunge lag, nämlich dass er taub sein müsste, um Begleys Gespräch mit Dutch nicht mitzuhören.

Stattdessen fuhr er sich nervös über die Lippen und sagte: »Auf eine verrückte Weise klingt das gar nicht so abwegig.«

»Ach! Und warum, Mr Ritt?«

»Na ja, außer ihm kennen sich alle im Ort. Mr Tierney ist fremd hier. Wir wissen kaum etwas über ihn.«

»Und was *wissen* Sie über ihn?«, fragte Special Agent Wise.

»Nur das, was ich beobachtet habe, wenn er in den Laden kommt.«

»Wie oft kommt das vor?«

»Wenn er hier ist, kommt er häufig. Er zieht immer …« William sah verunsichert in die Runde. »Wahrscheinlich hat es nichts zu bedeuten.«

»Was, Mr Ritt?« Begley klatschte ungeduldig die Handschuhe in die offene Handfläche. »Überlassen Sie uns die Entscheidung, ob das, was Sie beobachtet haben, wichtig ist oder nicht.«

»Na ja, es ist nur so, dass er immer Aufmerksamkeit erregt, wenn er im Laden ist.«

»Aufmerksamkeit?« Begley warf Wise einen Seitenblick zu. »Bei wem?«

»Den Frauen«, erwiderte William schlicht. »Er zieht sie magnetisch an.« Dann sah er Wes an und ergänzte: »Ich habe mitbekommen, wie du und Dutch und eure Freunde über ihn geredet habt. Jemand hat ihn als eitlen Pfau bezeichnet.«

»Schuldig.« Wes hob die Rechte. »Ich glaub, der Kerl weiß genau, dass die Frauen auf diesen rauen, leicht verlebten Typus stehen.«

Alle Blicke richteten sich auf Marilee, die merkte, wie sie verlegen errötete. »Ich habe Mr Tierney nur ein paar Mal gesehen, aber ich habe einige seiner Artikel gelesen. Ehrlich gesagt sind sie ziemlich gut, wenn man sich für solche Dinge interessiert.«

Begley tat das offenbar nicht. Er wandte sich wieder an William. »Spricht er ab und zu Frauen an?«

»Ständig.«

»Und worüber redet er mit ihnen?«

»Ich mache es mir nicht zur Angewohnheit, meine Kunden zu belauschen.«

Das Gegenteil ist längst bewiesen, dachte Marilee. Gerade eben hatte er zugegeben, dass er Wes' und Dutchs Gespräch belauscht hatte.

Begley reagierte gleichfalls mit einem skeptischen Blick auf Williams Behauptung, aber er nahm sie kommentarlos hin. »Was kauft Tierney gewöhnlich, wenn er vorbeikommt? Falls Sie uns das sagen können, ohne gegen ein Berufsgeheimnis zu verstoßen«, ergänzte er mit leiser Ironie.

William lächelte ihn tatsächlich an. »Aber ja, schließlich hat er nie ein Rezept eingelöst. Er kauft Lippenbalsam, Sonnenschutzmittel, Zahnpasta, Einwegrasierer. Nichts Außergewöhnliches, falls Sie danach fragen.«

»Genau.«

»Nichts Außergewöhnliches. Merkwürdig ist höchstens, dass er immer nur eine Sache kauft. An einem Tag Pflaster, am nächsten eine Schachtel Schmerztabletten, wieder einen Tag später ein Taschenbuch.«

»So als würde er nach Gründen suchen, um herzukommen?«, bohrte Begley nach.

»Wenn ich es jetzt bedenke, schon. Und man könnte meinen, dass er vor allem dann in den Laden kommt, wenn Hochbetrieb ist. Am Nachmittag bis Spätnachmittag. Viele meiner Kunden kaufen ein, bevor sie nach Hause fahren.«

»Millicent Gunn auch?«

»Natürlich. Viele Kinder aus der Highschool kommen nach der Schule an die Kaffeetheke. Solange sie sich anständig benehmen, lasse ich sie ...«

»Waren Ben Tierney und Millicent Gunn je gleichzeitig im Laden?«

William wollte schon antworten, als ihm plötzlich bewusst wurde, wie viel von seiner Antwort abhing, und er den Kiefer zuklappte. Er sah sie nacheinander an und schien dann dahinzuwelken, wobei er langsam nickte. »Vorletzte Woche. Nur ein paar Tage, bevor sie verschwand.«

»Haben sie miteinander gesprochen?«, fragte Wise.

William nickte wieder.

Begley wandte sich an Wes. »Wo finden wir diesen Streulaster?«

»Wenn Sie mir folgen möchten, bringe ich Sie hin.«

Begley wartete nicht ab, bis Wes voranging. Er drehte sich um, marschierte mit langen Schritten aus dem Drugstore und zog im Gehen die Handschuhe an.

»Ist er immer so schnell?«, fragte William Wise, der in seinen Kleiderschichten wühlte, um an sein Portemonnaie zu kommen.

»Nein. Er war die ganze Nacht auf, deshalb ist er heute Morgen ein bisschen langsamer als sonst. Was sind wir Ihnen schuldig?«

William winkte ab. »Das geht aufs Haus.«

»Danke.«

»Keine Ursache.«

Wise nickte William zu, tippte an eine imaginäre Hutkrempe, um sich von Marilee zu verabschieden, und verschwand, um Begley nachzueilen.

Wes wollte ihnen schon folgen, als sie ihn zurückrief und ihm die Lederhandschuhe reichte, die er auf der Theke liegen gelassen hatte. »Die wirst du brauchen.«

Er nahm sie ihr ab und tippte ihr damit verspielt auf die Nasenspitze. »Danke. Bis später.«

Während sie Wes nachschaute, fing Marilee im Spiegel Williams vielsagendes Schmunzeln auf. Sie ignorierte es und sagte: »Sieht so aus, als wollte doch niemand frühstücken.«

»Ich brate mir ein paar Eier.« Er schaltete die Grillplatte ein. »Willst du auch welche?«

»Nein danke. Du hättest das mit Blue für dich behalten sollen.«

»Was?«

»Den Codenamen. Ich weiß nicht, ob dir Begleys Reaktion aufgefallen ist. Eigentlich sollen nur Angehörige der Polizei von dem blauen Band wissen. Du hast mir davon erzählt. Nachdem Wes dir davon erzählt hatte. Wer hat es Wes erzählt?«

William ließ einen Klecks Butter auf die Grillplatte fallen, wo sie zischend zerschmolz. »Der hat es direkt von der Quelle.«

»Von Dutch.«

»Von wem denn sonst?«

»Er ist Polizeichef!«, rief sie aus. »Er sollte nicht so dumm sein, Wes von Spuren zu erzählen, die eigentlich geheim bleiben sollen.«

»Die beiden sind alte Freunde. Busenfreunde.« Er schlug zwei Eier auf die Platte. »Die haben keine Geheimnisse voreinander. Wieso soll das überhaupt so schlimm sein?«

»Es könnte die Ermittlungen erschweren.«

»Ich wüsste nicht, wie.«

»Wenn du und ich davon wissen, werden auch andere davon wissen, oder?«

Er langte nach dem Salzstreuer und salzte seine Eier. »Und was ändert das, nachdem man Blue inzwischen identifiziert hat?«

»Nichts, nehme ich an.«

»Trotzdem«, sagte er und wendete die Eier, »sollte uns das eine Lektion sein, Marilee.«

»Und welche?«

»In dieser Stadt bleibt nichts geheim.« Er lächelte sie an, aber sie hatte das unangenehme Gefühl, dass es kein so wohlwollendes Lächeln war, wie er vorgab.

17

Lilly stupste mit der Zehenspitze gegen das am Boden liegende eingerollte Band aus blauem Samt. Sie hatte es in einer Seitentasche von Tierneys Rucksack gefunden, während sie nach Hinweisen auf eine andere Frau in seinem Leben gesucht hatte. Ohne dass sie etwas zu sagen brauchte, hob sie den Blick und sah ihn an.

»Ich habe es gefunden«, sagte er.

»Gefunden?«

»Gestern.«

»Wo?«

Er nickte mit dem Kinn zur Kuppe des Cleary Peak hin.

»Es hat einfach so auf dem Waldboden gelegen? Ein blaues Samtband?«

»Es hatte sich an einem Zweig verfangen«, sagte er. »Und flatterte im Wind. Deshalb habe ich es bemerkt.«

Ihr Misstrauen war nicht zu übersehen.

»Hör zu, ich weiß, warum du so ausgeflippt bist, als du es gesehen hast«, sagte er. »Ich weiß, was du denken musst.«

»Und *woher* weißt du das?«

»Jeder weiß von den blauen Bändern, Lilly.«

Sie schüttelte den Kopf. »Nur die Polizei und der Täter wissen davon.«

»Nein«, widersprach Tierney ruhig. »Jeder. Dutchs Police Department ist wirklich nicht wasserdicht. Jemand hat durchsickern lassen, dass an dem vermutlichen Tatort der verschiedenen Entführungen jeweils ein blaues Band zurückgelassen wurde.«

Das hatte Dutch ihr auch erzählt, aber streng vertraulich. »Sie haben diese Informationen zurückgehalten.«

»Nicht besonders gut. Ich habe gehört, wie im Drugstore darüber gesprochen wurde«, sagte er. »Einmal erklärte der Besitzer des Drugstores, während ich meine gereinigten Sachen abholte, der Dame vor mir, dass sie sich vor Blue in Acht nehmen sollte, sie wusste genau, worüber er sprach. Jeder weiß Bescheid.«

Er nickte zu dem Band hin. »Ich weiß nicht, ob das so ein Band ist, wie es Blue zurücklässt, aber es ist verdammt komisch, in der Wildnis darüberzustolpern. Darum habe ich es von dem Zweig gezogen, in meinen Rucksack gesteckt und wollte es mit in den Ort nehmen, um es der Polizei zu übergeben.«

»Gestern Abend hast du nichts davon gesagt.«

»Es war nicht von Bedeutung.«

»Diese vermissten Frauen sind seit zwei Jahren das wichtigste Thema in Cleary. Wenn ich etwas gefunden hätte, was ein wichtiges Beweisstück sein könnte, hätte ich hundertprozentig darüber gesprochen.«

»Es war mir entfallen.«

»Ich habe dich gefragt, ob du irgendwas Nützliches in deinem Rucksack hast. Du hast nein gesagt. Warum hast du bei der Gelegenheit das Band nicht erwähnt? Warum hast du nicht gesagt: ›Nein, was Nützliches ist nicht drin, aber sieh dir an, was ich heute an einem Busch gefunden habe‹?«

»Und wenn ich es gesagt hätte? Denk doch mal nach, Lilly. Hättest du mich dann nicht für Blue gehalten?«

Darauf hatte sie keine Antwort. Sie hatte auf so viele Fragen keine Antwort. Sie wollte so gern glauben, dass er genau der war, der zu sein er vorgab: ein charmanter, talentierter, intelligenter, lustiger, einfühlsamer Mann. Keine dieser Eigenschaften schloss jedoch aus, dass er Verbrechen beging, denen Frauen zum Opfer fielen. Im Gegenteil, diese Eigenschaften wären ihm dabei nur nützlich.

Die Handschellen hatte er immer noch nicht erklärt. Wozu waren sie nützlich, wenn man nicht gerade auf SM-Spielchen stand oder Polizist war? Ihr wurde übel, wenn sie darüber nur spekulierte. »Millicent Gunn wurde vor einer Woche vermisst gemeldet.«

»Ich weiß.«

»Lebt sie noch, Tierney?«

»Ich weiß es nicht. Woher soll ich das wissen?«

»Wenn du sie entführt hast…«

»Habe ich aber nicht.«

»Ich glaube doch. Ich glaube, nur darum hattest du ein blaues Band und ein Paar Handschellen in deinem Rucksack.«

»Was hast du eigentlich in meinem Rucksack zu suchen?«

Sie ging gar nicht darauf ein. »Als du gestern Abend auf dem Gipfel warst, wolltest du etwas erledigen, das getan werden musste, bevor der Sturm einsetzte. Wolltest du vielleicht die Leiche beseitigen? Millicents Grab ausheben?«

Wieder schien sich die Haut über seinen Wangen zu straffen. »Glaubst du wirklich, nachdem du gestern Nacht keine zwei Schritte von mir entfernt geschlafen hast, dass ich nur Stunden zuvor ein Grab ausgehoben habe?«

Sie packte die Waffe fester, denn sie wollte lieber nicht darüber nachdenken, wie falsch sie die Lage gestern Abend eingeschätzt hatte. »Heb die Handschellen auf.«

Er zögerte, bückte sich dann und hob sie auf.

»Leg erst den Reif um deine rechte Hand.«

»Du machst einen furchtbaren Fehler.«

»Wenn ja, dann wirst du einen ungemütlichen Nachmittag verbringen und stinksauer auf mich sein. Wenn ich Recht habe und du wirklich Blue bist, rette ich damit mein Leben. Vor diese Wahl gestellt, ziehe ich es vor, dass du stinksauer auf mich bist.« Sie hob die Pistole an. »Leg die Handschelle um dein rechtes Handgelenk. Sofort.«

Sekunden verstrichen. Schließlich gab er sich geschlagen. »Hast du den Schlüssel zur Hand, falls die Hütte Feuer fangen sollte oder du einen Asthmaanfall bekommst?«

»In meiner Tasche. Aber ich werde dich erst befreien, wenn Hilfe eingetroffen ist.«

»Was Tage dauern kann. Kannst du so lange ohne deine Medikamente überleben?«

»Das lass meine Sorge sein.«

»Ich mache mir aber Sorgen um dich, verflucht noch mal.« Seine Stimme klang plötzlich hart und rauchig. »Es ist mir nicht egal, wie es dir geht, Lilly. Ich dachte, das hätte ich mit meinem Kuss deutlich gemacht.«

Ihr Herz kam ein paar Schläge lang ins Stolpern, aber sie ignorierte das Flattern in ihrer Brust. »Setz dich auf den Bettkasten, und steck den rechten Arm durch die Eisenstäbe am Kopfende.« Das auf dem stabilen Holzrahmen festgeschraubte, dekorative schmiedeeiserne Kopfende war so geformt, dass er leicht hindurchfassen konnte.

»Als ich dich geküsst habe …«

»Ich will nicht darüber sprechen.«

»Warum nicht?«

»Setz dich aufs Bett, Tierney.«

»Der Kuss hat dich genauso berührt wie mich.«

»Ich warne dich, wenn du nicht …«

»Weil er deutlich mehr getan hat, als nur deine Neugier zu stillen. Ich habe so lange davon geträumt, dich zu küssen, aber es …«

»Aufs Bett.«

»Es war millionenfach besser als jede Phantasie.«

»Das ist die letzte Warnung.«

»Ich werde mich nicht an dieses Bett fesseln lassen!«, rief er wütend.

»Und ich werde dich nicht noch mal auffordern.«

»Gestern Nacht hast du lange wach gelegen, nicht wahr? Ich weiß, dass du wach warst. Und du wusstest, dass ich es war. Wir dachten beide über dasselbe nach. Über den Kuss und den Wunsch …«

»*Halt den Mund*, oder ich schieße!«

»… wir hätten da nicht aufgehört.«

Sie zog durch. Die Kugel schlug in die Wand und jagte dabei so dicht an seinem Kopf vorbei, dass er den Luftzug gespürt haben musste. Er wirkte eher erschrocken als verängstigt.

»Ich bin gut«, versicherte sie ihm. »Der nächste Schuss trifft.«

»Du würdest mich nicht umbringen.«

»Wenn ich deine Kniescheibe zerschieße, wirst du dir wünschen, ich hätte dich umgebracht. Setz dich aufs Bett«, wiederholte sie, jedes Wort einzeln betonend.

Mit neu gewonnener Ehrfurcht wich er zurück, bis seine Waden den Bettkasten berührten. Er setzte sich und rutschte nach hinten. Sie wusste, dass die Schmerzen, unter denen er das Gesicht verzog, echt waren, aber sie ließ sich nicht erweichen. Als er das Kopfende erreicht hatte, schob er die rechte Hand durch das Eisengeflecht.

»Und jetzt schließt du die linke Hand fest.«

»Lilly, ich flehe dich an, zwing mich nicht dazu.«

Sie sagte nichts, sondern starrte ihn über den kurzen Lauf der Waffe hinweg an, bis er nachgab und auch die linke Hand fesselte. »Jetzt zieh mit aller Kraft, damit ich sehen kann, ob sie wirklich verschlossen sind.«

Er zog mehrmals so fest an, dass Metall scheppernd auf Metall schlug. Er war sicher gefesselt.

Lillys Arme sanken wie unter einer tonnenschweren Last nach unten. Sie sackte gegen die Wand in ihrem Rücken und rutschte daran abwärts, bis ihr Hintern auf dem Boden aufsetzte. Dann ließ sie den Kopf auf die angewinkelten Knie sinken. Bis zu diesem Augenblick hatte sie gar nicht gemerkt, wie schrecklich sie fror. Vielleicht zitterte sie auch vor Angst.

Sie fürchtete, dass sie mit der Annahme, er könnte Blue sein, Recht hatte. Genauso fürchtete sie, dass sie sich irrte. Indem sie Tierney ans Bett gekettet hatte, hatte sie sich möglicherweise zum Tod durch Ersticken verurteilt.

Nein. Sie weigerte sich, über etwas anderes als das blanke Überleben nachzudenken. Sterben war keine Option. Der Tod hatte schon ihre Tochter um ein langes Leben betrogen. Sie würde sich verflucht noch mal nicht auch noch betrügen lassen.

Nach ein paar Sekunden richtete sie sich wieder auf. Ohne Tierney auch nur anzusehen, kehrte sie ins Wohnzimmer zurück.

»Du musst mehr Feuerholz ins Haus holen, solange du noch kräftig genug bist«, rief er ihr nach.

Sie weigerte sich, mit ihm zu sprechen, aber genau das hatte sie auch gerade gedacht. Das Leder ihrer Stiefel war feucht und kalt, aber sie zwängte ihre Füße hinein, ohne Rücksicht darauf, wie unbequem sie waren.

Tierneys Mütze war steif von getrocknetem Blut, aber sie war dadurch weniger behindert, als wenn sie die unhandliche Picknickdecke als Kopftuch verwendete. Sie zog die Mütze über die Ohren und bis zu den Augenbrauen herab. Außerdem nahm sie seinen Schal und wickelte ihn um den Hals sowie um Mund und Nase. Ihre kaschmirgefütterten Handschuhe schützten nur unzulänglich gegen diese brachiale Kälte, aber sie waren besser als nichts.

Als sie fertig war, öffnete sie die Tür.

Er beobachtete sie vom Schlafzimmer aus und rief: »Um Gottes willen, Lilly, lass mich das machen. Du kannst mich die ganze Zeit mit der Waffe in Schach halten. Das ist mir egal. Aber lass mich das machen.«

»Nein.«

»Die kalte Luft …«

»Ruhe.«

»Jesus«, fluchte er. »Bleib bloß auf der Veranda. Und hol die Scheite ins Haus, bevor du sie spaltest.«

Ein guter Rat. Er hatte wirklich einen ausgezeichneten Überlebensinstinkt. Ob er die Frauen schnell dazu brachte, ihm zu vertrauen? Ganz offenkundig. Fünf hatten ihm jedenfalls vertraut. Sechs, sie eingeschlossen.

In der Hütte war es kalt, aber das war kein Vergleich mit draußen. Die eisige Luft schnitt ihr in die Wangen. Sie musste die Augen zu Schlitzen zusammenkneifen. Die Plane, die Tierney über den Stapel mit Feuerholz gebreitet hatte, war mit einer Handbreit Schnee überzogen, der unter das Verandadach geweht worden war.

Sie fasste unter die Plane und zog einen Scheit vom Stapel. Er war so schwer, dass er aus ihrer Hand rutschte und knapp neben ihrem Zeh auf die Planken der Veranda rumpelte. Unbeholfen hob sie ihn auf und legte ihn in den Arm, während sie die Tür aufschob. Sie trug ihn ins Haus und drückte die Tür mit dem Fuß wieder zu.

Nachdem sie den Scheit auf dem Kaminrand abgestellt hatte, hielt sie inne und atmete tief durch den Mund ein, um ihre Lungen zu füllen und um sich zu überzeugen, dass sie mühelos atmen konnte.

»Lilly, ist alles in Ordnung?«

Sie versuchte ihn auszublenden und konzentrierte sich darauf, die Luft durch ihre enger werdenden Bronchien zu pressen.

»Lilly?«

Er klang aufrichtig besorgt. Die Handschellen klapperten gegen die Eisenstäbe, so fest zog er daran. Sie wandte sich vom Kamin ab und trat in sein Blickfeld. »Hör auf, mich anzubrüllen. Ich bin okay.«

»Einen Scheiß bist du.«

»Es geht mir gut, wenn man davon absieht, dass ich mit einem Serienverbrecher gefangen bin. Was hast du mit ihnen angestellt, nachdem du ihnen die Handschellen angelegt hast, Tierney? Hast du sie gequält und vergewaltigt, bevor du sie ermordet hast?«

»Wenn ich so was tun würde, warum habe ich dich dann nicht gequält, vergewaltigt und ermordet?«

»Weil ich Dutch angerufen und ihm eine Nachricht hinterlassen habe, dass ich hier mit dir zusammen bin.« Plötzlich wurde ihr einiges klar. »Jetzt begreife ich, warum du jedes Mal zusammengezuckt hast, wenn ich seinen Namen erwähnt habe, warum du dir so viele Gedanken um ihn gemacht hast und warum du mich über unsere gegenwärtige Beziehung aushorchen wolltest.«

»Weil ich wissen wollte, ob du immer noch in ihn verliebt bist.«

Genau das hatte sie auch angenommen. Er hatte ihr weisgemacht, dass er nur aus Eifersucht so hartnäckig nach Dutch, dem Exmann, fragte. Sie war ihm auf den Leim gegangen und daher nicht nur auf ihn, sondern auch auf sich selbst wütend. »Für dich ist jeder Atemzug zu viel.«

Er ruckte mehrmals zornig an den Handschellen. Zum Glück hielten sie.

Sie ging wieder nach draußen. Beinahe eine Stunde lang mühte sie sich ab, ein Scheit nach dem anderen ins Haus zu tragen. Jeder kam ihr schwerer vor als der vorige. Die Arbeit wurde zunehmend anstrengender. Die Ruhepausen zwischen den einzelnen Gängen wurden länger.

Zum Glück waren einige der Scheite klein genug, um Feuer zu fangen, als sie den Zunder darunter anfachte, und sie genoss die Wärme am Kamin. Das kleine Beil war, wie befürchtet, nicht in der Lage, die großen Scheite zu teilen.

Sie wog ab, ob sie zum Schuppen gehen und die Axt holen sollte, die Tierney übersehen hatte, entschied sich aber dagegen, aus Angst, den Rückweg nicht zu schaffen. Stattdessen nahm sie das Beil und hackte damit auf das Holz ein, bis sie genug abgespalten hatte, damit das Feuer ein paar Stunden durchhielt.

Sie wusste nur nicht, ob sie so lange durchhalten würde.

»Lilly?«

Eine halbe Stunde hatte sie auf der Matratze gesessen, den Rücken an das Sofa gelehnt, um sich auszuruhen und um endlich wieder zu Atem zu kommen.

»Lilly, antworte mir.«

Sie ließ den Kopf an die Seitenlehne des Sofas sinken und schloss die Augen. »Was ist?«

»Wie geht es dir?«

Sie war versucht, ihm nicht zu antworten, aber er hatte sie seit fünf Minuten immer wieder gerufen. Offenkundig würde er erst aufhören, wenn sie geantwortet hatte.

Sie warf die Decke ab, stand auf und schleppte sich an die offene Schlafzimmertür. »Was willst du?«

»Mein Gott, Lilly.« Auf seinem Gesicht zeichnete sich Entsetzen ab, womit er ihre düstere Ahnung bestätigte, dass sie wie ein Zombie aussah. Sie hatte sich schon öfter in den Klauen eines Asthmaanfalles gesehen. Es war kein schöner Anblick.

»Ist dir warm genug?«, fragte sie schroff.

»Du bekommst nicht genug Sauerstoff.«

Sie wollte sich schon abwenden, als er schnell hinzufügte: »Ich könnte eine Decke für meine Beine brauchen.«

Sie holte eine von der Matratze. Die gewobene Wolle hatte die Wärme vom Kamin gespeichert. Am Fußende des Bettes stehend, breitete sie die Decke über ihn und wartete, bis sich der Stoff über seine ausgestreckten Beine gelegt hatte.

»Danke.«

»Keine Ursache.« Ihr fiel auf, dass seine Handgelenke aufgescheuert waren, weil er so an seinen Handschellen zerrte. »Das wird dir nichts nützen. Du wirst dir nur wehtun.«

Er sah auf die geröteten Stellen.

»Das habe ich auch eingesehen.« Er krümmte mehrmals die Finger. »Meine Hände werden allmählich taub, weil sich das Blut staut. Ich war nicht besonders schlau, als ich mich ans Kopfende gefesselt habe. Ich hätte die Hände tiefer halten sollen. Auf Hüfthöhe. Dann würde ich nicht so verdreht und unbequem sitzen.«

»Schlecht geplant.«

»Ich nehme nicht an, dass ich dich überreden könnte, die Handschellen kurz aufzuschließen …«

»Nein.«

»Dachte ich mir.« Er setzte sich mit schmerzverzogenem Gesicht auf, aber sie gab dem Mitleid, das er erwecken wollte, nicht nach.

»Bist du hungrig?«

»Mir knurrt der Magen.«

»Ich bringe dir was.«

»Kaffee?«

»Okay.«

»Das zählt aber als Wasserration.«

Ein Pfadfinder durch und durch. Allzeit bereit.

Fünf Minuten später kehrte sie mit einer Tasse frischem Kaffee und einem Teller voller Cracker mit Erdnussbutter zurück, Vorräte, die sie aus dem Auto mitgenommen hatten.

Sie sagte: »Ich habe die Waffe bei den Handschellenschlüsseln im Wohnzimmer gelassen.« Sie trat zur Seite, damit er an ihr vorbei auf den Couchtisch sehen konnte. »Wenn du mit dem Gedanken spielst, mich mit dem Kaffee zu verbrühen oder mich mit den Beinen einzuklemmen oder mich sonst irgendwie zu überwältigen, wird dir das nichts helfen. Du kommst trotzdem nicht an die Waffe oder die Schlüssel.«

»Sehr clever.«

Sie stellte Kaffee und Teller auf dem Boden ab und wickelte den Schal von ihrem Hals, um ihn dann wegzuschleudern.

Er sah sie stirnrunzelnd an. »Sollte das eine Beleidigung sein?«

»Du könntest ihn als Waffe benutzen.«

»Dich zu erwürgen wäre nicht besonders schlau, oder? Dann wärst du tot und ich wäre mit Handschellen ans Bett gefesselt.«

»Ich gehe lieber kein Risiko ein.«

»Warum hattest du meinen Schal an?«

»Kannst du aus der Tasse trinken?«

»Ich werde es versuchen. Ich kann aber nicht versprechen, dass ich nicht sabbere. Warum hattest du meinen Schal an?«

»Damit mir warm bleibt, Tierney. Aus keinem anderen Grund. Nicht weil ich mit dir gehen will.«

Sie drückte den Becher in seine Hände. Er faltete die Finger darum, senkte dann den Kopf und nahm einen Schluck. »Wahrscheinlich ist es ganz gut, dass ich meine Hände nicht tiefer festgemacht habe. Sonst könnte ich nicht trinken oder essen.«

»Ich würde dich trotzdem nicht verdursten oder verhungern lassen.«

»Du bist eine gute Kerkermeisterin, Lilly. Du stehst nicht auf grausame oder ungewöhnliche Bestrafungen. Obwohl.« Er wartete ab, bis er sicher war, dass er ihre volle Aufmerksamkeit hatte. »Es verdammt grausam wäre, wenn du mir wegsterben würdest.«

»Das habe ich nicht vor.«

»Dann pass auf dich auf.«

Sie hörte den Nachdruck in seiner Stimme. Und sah ihn in seinem Blick. Sie widerstand beidem. »Bereit für deine Cracker?«

»Erst trinke ich meinen Kaffee aus.«

Sie wich zurück und ließ sich in sicherer Entfernung vom Bett in einem Schaukelstuhl nieder, wo sie mit abgewandtem Kopf sitzen blieb.

»Hat Dutch oft mit dir über die vermissten Frauen gesprochen?«

Die Frage überraschte sie, und sie sah ihn scharf an.

»Bestimmt hat er dir von dem blauen Band und von ihrem internen Namen ›Blue‹ erzählt.«

»Ich habe ihn nie ausdrücklich gebeten, mir von seinen Fällen zu erzählen, aber ich habe zugehört, wenn er es getan hat.«

»Was hat er dir sonst noch über die Frauen erzählt, die in Cleary verschwunden sind?«

Sie reagierte mit einem kühlen, abweisenden Blick.

»Komm schon, Lilly. Wenn du wirklich überzeugt bist, dass ich Blue bin, dann wirst du mir nichts verraten, was ich nicht schon weiß. Wusste Dutch, was das blaue Samtband zu bedeuten hat?«

»Für Blue, meinst du?«

Er nickte.

»Er hatte eine Theorie.«

»Und welche?«

Sie war unschlüssig, ob sie mit Tierney darüber sprechen sollte, was sie über die Fälle wusste. Aber falls sie es tat, würde sie eventuell etwas Wichtiges erfahren. »Torrie Lambert, die erste Vermisste, ist die Einzige, die nicht aus der Gegend kommt.«

»Sie machte mit ihren Eltern Urlaub in Cleary«, sagte er. »Die drei waren auf einer begleiteten Wanderung durch den Herbstwald. Sie stritt sich mit ihrer Mutter. Wie bei einer Fünfzehnjährigen nicht anders zu erwarten, stakste das Mädchen schmollend davon. Sie wurde nie wieder gesehen.«

»Ganz genau.«

»Sieh mich nicht so an, Lilly. Ich kam wenig später nach Cleary. Die Geschichte machte wochenlang Schlagzeilen. Ich habe genau wie jeder andere die Artikel gelesen. Was ich dir gerade erzählt habe, hätte dir jeder erzählen können. Was meint Dutch zu dem Band?«

»Mehr haben sie nicht von ihr gefunden«, sagte Lilly. »Die anderen Wanderer in ihrer Gruppe, ihre Eltern eingeschlossen, glaubten, dass Torrie sie bald wieder einholen würde. Als sie nicht auftauchte, begannen sie, sich Sorgen zu machen. Bei Anbruch der Nacht gerieten sie in Panik. Nach vierundzwanzig Stunden kamen sie zu dem Schluss, dass das keine pubertäre Trotzreaktion mehr war, dass sie sich nicht absichtlich versteckt hielt. Entweder hatte sie sich verletzt und den Rückweg nicht geschafft, oder sie hatte sich schrecklich verlaufen, oder sie war entführt worden.«

»Die Suchmannschaften durchkämmten wochenlang das Gelände, aber in dem Jahr setzte der Winter früh ein«, setzte er ihre Geschichte fort. »Das Mädchen …«

»Hör auf, sie ›das Mädchen‹ zu nennen«, fuhr sie ihn gehässig an. »Sie heißt Torrie Lambert.«

»Torrie Lambert blieb verschwunden, als hätte sich der Boden aufgetan und sie verschluckt. Man fand keine Spur von ihr.«

»Bis auf ein blaues Samtband«, korrigierte Lilly. »Das wurde im Unterholz gefunden. Jenseits der Staatsgrenze in Tennessee.«

»Und von da an nahmen die Behörden an, dass sie entführt worden war. Um zu dem Punkt zu gelangen, an dem das Band gefunden wurde, hätte sie mindestens zehn Meilen durch das unwegsamste Gelände östlich des Mississippi wandern müssen.«

»Ihre Mutter erkannte das Band wieder, das Torrie an dem

Tag in ihrem Haar getragen hatte.« Sie starrte sekundenlang ins Leere und sagte dann leise: »Mrs Lambert muss die Hölle durchgemacht haben, als sie dieses Band sah. Torrie hatte sehr langes Haar, fast bis zur Taille. Wunderschönes Haar. An jenem Morgen trug sie es in einem dicken Zopf, in den sie das Band eingeflochten hatte.«

Sie sah Tierney wieder an und sagte: »Du hast dir also die Zeit genommen, ihren Zopf aufzuflechten und das Band herauszuziehen, bevor du weiß Gott was mit ihr angestellt hast.«

»Das war Blue.«

»Eines wüsste ich gern«, fuhr sie fort, als hätte er ihr nicht widersprochen. »Warst du unvorsichtig oder hast du das Band absichtlich zurückgelassen?«

»Warum sollte er es absichtlich zurücklassen?«

»Um die Suchmannschaften abzulenken. Sie in die Irre zu führen. Falls ja, hat es funktioniert. Nachdem das Band gefunden worden war, wurden die Suchhunde dazugeholt. Sie verloren schon bald die Witterung.« Sie grübelte kurz nach. »Ich frage mich, warum du das Band nicht als Trophäe behalten hast.«

»Blue hatte seine Trophäe. Er hatte Torrie Lambert.«

Sein Tonfall ließ Lilly schaudern. »Das Band ist also nur ein Symbol für seinen Erfolg.«

Sie nahm die Tasse aus seinen Händen und gab ihm zwei Cracker, einen in jede Hand. Er vertilgte den ersten mit einem einzigen Biss. Als er den Kopf über den zweiten beugte, fiel ihr Blick auf seinen Verband. »Tut deine Kopfverletzung noch weh?«

»Es ist auszuhalten.«

»Zu bluten scheint sie nicht mehr.« Sie reichte ihm einen weiteren Cracker. Doch statt ihn zu nehmen, packte er ihr Handgelenk und schloss die Finger darum. »Ich werde überleben, Lilly. Ob du überlebst, ist fraglich.«

Sie versuchte ihre Hand aus seinem Griff zu ziehen, aber er gab sie nicht frei. »Lass meine Hand los.«

»Schließ die Handschellen auf.«

»Nein.« Sie wehrte sich mit aller Kraft.

»Ich kann zu deinem Auto gehen und deine Medikamente holen.«

»Fliehen, meinst du.«

»Fliehen?« Er lachte kurz auf. »Du weißt, was da draußen los ist. Wie weit würde ich deiner Meinung nach kommen, wenn ich zu *fliehen* versuchte? Ich will dir das Leben retten.«

»Ich werde auch so überleben.«

»Dein Gesicht ist ganz grau. Ich konnte jeden Atemzug hören, den du im Wohnzimmer getan hast. Du ringst um Luft.«

»Ich ringe *mit dir.*«

Diesmal öffnete er die Finger, als sie die Hand wegzuziehen versuchte. Sie atmete mehrmals pfeifend ein. »Willst du den?«, fragte sie und streckte ihm den letzten Cracker hin.

»Bitte.«

Statt ihn in seine Hand zu legen, hielt sie ihn ein paar Zentimeter vor seinen Mund. »Beiß mich nicht.«

Mit grimmiger Miene, als hätte sie ihn schon wieder beleidigt, schob er den Kopf vor und nahm den Cracker zwischen die Zähne, sorgsam darauf bedacht, ihre Finger nicht zu berühren. Sie riss die Hand zurück. Er bugsierte den Cracker in seinen Mund. Sie hob den leeren Teller und die leere Tasse auf und kehrte ins Wohnzimmer zurück.

»Wenn du mich schon nicht losmachen willst, dann fessle mich wenigstens da drin, wo ich dich im Auge behalten kann.«

»Nein.«

»Wenn ich bei dir bin, kannst du mich besser beobachten.«

»Ich habe nein gesagt.«

»Lilly.«

»Nein!«

»Du hast mir gar nicht gesagt, welche Theorie Dutch zu dem Band hat. Was bedeutet es für Blue?«

Nach kurzem Zögern antwortete sie: »Dutch meint, dass er es als Symbol für seinen Erfolg sieht, die Polizei an der Nase herumzuführen.«

»Da bin ich ganz seiner Meinung. Wobei das wahrscheinlich das einzige Mal ist, dass Dutch und ich einer Meinung sind. Der Mann ist aus vielerlei Gründen ein Idiot, schon allein deshalb, weil er dich gestern allein auf dem Berg zurückgelassen hat, während ein Schneesturm aufzog. Was hat er sich nur dabei gedacht?«

»Das war nicht seine Schuld. Ich habe ihn ermuntert, vor mir zu fahren.«

»Warum?«

»Ich werde nicht mit dir über Dutch und mich sprechen.«

Er sah sie lange an und sagte dann: »Ich respektiere das. Ehrlich. Ich wollte auch nicht, dass du mit ihm über uns sprichst.«

»Es gibt kein *uns*, Tierney.«

»Das stimmt nicht. Überhaupt nicht. Und das weißt du. Bevor du beschlossen hast, dass ich ein Psychopath bin, waren wir kurz davor, ein *wir* zu werden.«

»Du solltest einen einzigen Kuss nicht überbewerten.«

»Normalerweise würde ich das auch nicht tun«, sagte er. »aber es war kein gewöhnlicher Kuss.«

Sie wusste, dass sie eigentlich sofort jeden Kontakt mit ihm unterbinden sollte. Ihre Ohren zustopfen. Ihm auf keinen Fall in die Augen sehen. Doch er hielt sie in seinem Bann, als hätte er sie mit einem Zauberspruch belegt.

»Du kannst das abstreiten, solange du willst, Lilly, du weißt genau, dass ich die Wahrheit sage. Das hat nicht erst gestern Abend angefangen. Sondern in dem Augenblick, in dem du in den Bus gestiegen bist. Seither wollte ich dich jede Sekunde jedes Tages unter meinen Händen spüren.«

Sie versuchte das warme Ziehen in ihrem Unterleib zu ignorieren. »So machst du das also.«

»Was?«

»Bequatschst du die Frauen, bis sie ohne Zögern mit dir gehen?«

»Hältst du das für Bequatschen?«

»Ja.«

»Leere Phrasen, um dich rumzukriegen?«

»Genau.«

»Damit du die Handschellen aufschließt und ich über dich herfallen kann?«

»So ungefähr.«

»Dann erklär mir, warum ich mich gestern mit einem Kuss begnügt habe.«

Seine Augen hielten ihre gefangen, während er auf die Antwort wartete, die er nie erhalten sollte.

Schließlich sagte er: »Ich habe mich damit begnügt, weil ich die Situation nicht ausnutzen wollte. Wir waren in Gefahr. Vom Rest der Menschheit abgeschnitten. Wir hatten über Amy gesprochen. Du warst emotional angegriffen, verwundbar, du brauchtest Trost und Zärtlichkeit.

Außerdem waren wir gierig aufeinander. Ich wusste genau, wohin es führen würde, wenn wir uns länger geküsst hätten. Und ich wusste, dass du es hinterher möglicherweise bereuen oder dass du meine Motive anzweifeln würdest. Ich wollte nicht, dass du dir hinterher Gewissensbisse machst, Lilly. Nur darum habe ich mich nicht zu dir auf die Matratze gelegt.«

Er klang aufrichtig. O Gott, tat er das nicht immer? »Was für ein Opfer, Sankt Tierney.«

»Nein.« Seine Augen bohrten sich wie mit glühenden Nadelspitzen in ihre. »Wenn du mich gefragt hättest, ob ich dich ficken würde, hätte ich es sofort getan.«

Sie holte so abrupt Luft, dass ihre Lungen pfiffen. »Du bist wirklich gut, Tierney.« Ihre Stimme war nur noch ein Krächzen, und das kam nicht allein vom Asthma. »Erst ganz süß, und dann erotisch. Du weißt immer, was du sagen musst.«

»Schließ die Handschellen auf, Lilly«, flüsterte er.

»Fick dich.«

Letzte Nacht hatte ihr Überleben davon abgehangen, dass sie ihm vertraute.

Heute hing es davon ab, dass sie ihm misstraute.

18

Was soll der Scheiß, Wes?«

»Mach halblang und denk kurz nach, bevor du in die Luft gehst.« Wes stellte sich zu Dutch vor den elektrischen Heizlüfter. Er bewirkte kaum etwas in der höhlenartigen Garage, doch die glühend roten Spiralen vermittelten wenigstens das Gefühl, dass man die alles durchdringende Kälte abwehren konnte, solange man davor stehen blieb. Das Gefühl trog. Der Zementboden leitete die Kälte durch die dicken Stiefelsohlen und die Wollsocken direkt in Dutchs Füße und Beine.

Er stampfte mit den Füßen auf, um das Blut in Bewegung zu bringen. Außerdem stampfte er vor Ungeduld auf. Seit sie hier angekommen waren, steckte Cal Hawkins auf der Toilette. Als Dutch das letzte Mal nach ihm gesehen hatte, hatte er immer noch mit dem Kopf über der schmierigen Kloschüssel gehangen.

»Sie wären dir sowieso gefolgt«, meinte Wes über die zwei FBI-Agenten, die ihm in ihrem Wagen zur Werkstatt nachgefahren waren. Sie saßen immer noch bei laufendem Motor in ihrer Limousine. Die dicke Qualmwolke, die vom Auspuff aufstieg, sah für Dutch aus wie der Atem eines wilden Tieres, das ihm auf den Fersen war.

»Dieser Begley ist genauso scharf auf Tierney wie du«, fuhr Wes fort. »Warum lädst du ihnen nicht einen Teil der Verantwortung auf, statt ganz allein den Berg zu stürmen?«

Dutch gab es nur ungern zu, aber das klang vernünftig. Falls da oben irgendwas Schlimmes passierte – falls Tierney zum Beispiel tödlich verletzt wurde, während er zu fliehen versuchte –, würden Ermittlungen angestellt, ein Untersuchungsausschuss eingesetzt und er mit Fluten von Formularen überschwemmt. Warum sollten die Typen vom FBI nicht auch was davon haben?

»Wenn das nicht klappt«, sagte Wes mit einem Nicken zu Hawkins hin, der gerade aus der Toilette zurückkam und aussah wie eine wandelnde Leiche, »können dir die vom FBI mit Hubschraubern, ausgebildeten Rettungsteams, Hightech-Spürgeräten und dem ganzen Kram aushelfen.«

»Wenn ich sie einspanne, bin ich nur noch ihr Handlanger«, widersprach Dutch. »Und so was kotzt mich an. Mächtig. Außerdem will ich Tierney persönlich …«

»Ich habe schon verstanden, und ich bin mit dir hundertprozentig einer Meinung, mein Freund«, sagte Wes leise. »Vor allem wenn er unser Frauenfänger ist. Ich will damit nur sagen, dass …«

»Ich das FBI für meine Zwecke nutzen soll.«

Wes schlug ihm auf den Rücken und schenkte ihm jenes Grinsen, das er früher immer gezeigt hatte, wenn sie sich eine Spieltaktik zurechtgelegt hatten, die das andere Team überrumpelte und ihnen zum Sieg verhalf. »Also, dann mal los.« Aber noch auf dem Weg zum Streulaster wurde er wieder ernst. »Glaubst du, er schafft das?«

Hawkins saß auf dem Fahrersitz, doch seine Arme hingen über dem Lenkrad und umklammerten es wie einen Rettungsring. »Das hoffe ich für ihn. Wenn er das verkackt, bringe ich ihn um, und anschließend sperre ich ihn bis an sein Lebensende ein.« Dutch riss die Beifahrertür auf und kletterte ins Führerhaus.

»Falls du mich brauchst – ich bin direkt hinter dir«, erklärte ihm Wes.

Als Wes die Tür zuschlug, zuckte Hawkins zusammen. »Kein Grund, so einen Krach zu machen«, brummelte er.

»Lass ihn an, Hawkins«, befahl Dutch.

Er drehte den Zündschlüssel. »Ich lass ihn ja an, aber das bringt gar nichts. Ich hab's schon tausendmal gesagt und sag's gern noch mal. Das ist eine verschickte Feißidee.«

Dutch beäugte ihn misstrauisch. »Rieche ich Whiskey in deinem Atem?«

»Von gestern Abend. Recycelt.« Er warf einen prüfenden Blick in den Rückspiegel.

Dutch blickte in den Seitenspiegel auf der Beifahrerseite und beobachtete, wie Special Agent Wise die Limousine zurücksetzte. Dann fuhr auch Wes seinen Wagen auf die Straße und machte Hawkins damit den Weg frei.

Sie waren zehn Sekunden im Freien, da war die Windschutzscheibe bereits schneebedeckt. Hawkins' Blick auf Dutch sagte: *Hab ich's nicht gesagt?* Vor sich hin brummelnd schaltete er die Scheibenwischer ein und legte den Vorwärtsgang ein. Äußerst widerwillig – so kam es Dutch wenigstens vor – ruckelte der schwere Laster an.

Die Schaufel vor dem Kühlergrill pflügte den Weg für die Wagen hinter ihnen frei. Außerdem streute Hawkins ein Sand-Salz-Gemisch. Das half zwar, doch bei jedem Blick in den Seitenspiegel sah Dutch, wie Wise und Wes über die Straße schlitterten. Also hörte er auf, in den Rückspiegel zu schauen.

Er hatte sein Handy auf Vibrieren eingestellt. Obwohl er wusste, dass es überflüssig war, sah er nach, ob ihm jemand auf die Mailbox gesprochen hatte. Niemand. Er wählte Lillys Handynummer in der Hoffnung, durch einen glücklichen Zufall eine Verbindung zu bekommen. Wie erwartet hatte er kein Netz.

Sie hätte angerufen, wenn sie gekonnt hätte, sagte er sich. Ihr Handy war genauso nutzlos wie seines. Sonst hätte sie sich längst mit ihm in Verbindung gesetzt.

Er beugte sich zur Windschutzscheibe vor und reckte den

Kopf, um zum Kamm des Cleary Peak aufzusehen. Sein Blickfeld endete ein paar Meter über dem Dach des Führerhauses. Wie die Schneeflocken, die im Kamikazeflug auf die Windschutzscheibe prasselten, war alles weiß.

Wenn es hier unten schon so schlimm war, musste es auf dem Berg noch stärker schneien. Weil er seinen Fahrer nicht verängstigen wollte, behielt er seine Bedenken für sich, doch Hawkins konnte seine Gedanken lesen.

»Je höher wir kommen, umso schlimmer wird's«, sagte er.

»Wir arbeiten uns Meter für Meter vor.«

»Wohl eher Zentimeter für Zentimeter.« Nach kurzem Nachdenken setzte er hinzu: »Ich frag mich nur …«

Dutch sah ihn an. »Was denn?«

»Ob deine Ex überhaupt gerettet werden will.«

»Was halten Sie von ihm, Hoot?«

»Von wem, Sir? Genau.« Hoot konzentrierte sich auf die Motorhaube des Wagens und versuchte sie in der Mitte der Furche zu halten, die der Streulaster zog.

»Dutch Burton. Wie schätzen Sie ihn ein?«

»Reagiert extrem empfindlich auf Kritik. Selbst wenn sie nur angedeutet wird, stellt er sofort die Stacheln auf.«

»Eine gewöhnliche Reaktion für jemanden, der immer wieder versagt hat und ein geringes Selbstwertgefühl besitzt. Was noch, Hoot?«

»Er will seine Exfrau aus Ben Tierneys Nähe schaffen, aber eher aus Eifersucht als aus der Überzeugung, dass Tierney unser Blue ist. Er reagiert wie ein Ehemann, nicht wie ein Polizist.«

Begley strahlte ihn an, als wäre er ein Musterschüler, der die richtige Antwort auf eine vertrackte Frage gegeben hatte. »Was konnte Perkins über die Lady ausgraben?«

Während sie darauf gewartet hatten, dass Chief Burton in

Ritt's Drugstore erschien, hatte Hoot über den öffentlichen Fernsprecher im Büro in Charlotte angerufen. Natürlich hatte er einen Laptop dabei, aber die Computer in der Zentrale konnten schneller und tiefer auf die verschiedenen Netzwerke zugreifen. Er hatte Perkins gebeten, so viel wie möglich über Burtons Exfrau herauszufinden, und seinen Kollegen gewarnt, dass Begley die Informationen so schnell wie möglich brauchte.

Perkins hatte geantwortet: »Verflucht. Okay. Ich brauche zehn Minuten.« Nach nicht einmal fünf hatte er zurückgerufen.

»Sie ist Chefredakteurin einer Zeitschrift namens *Smart*«, erklärte Hoot jetzt seinem Chef.

»Sie verscheißern mich«, rief der aus.

»Nein, Sir.«

»Mrs Begley liest dieses Heft wie die Bibel. Ich habe erlebt, dass sie ein ganzes Wochenende lang in einer einzigen Ausgabe geschmökert hat. Sie hat unser Wohnzimmer so eingerichtet, dass es wie eines aussieht, das sie darin gesehen hat. Sind Sie verheiratet, Hoot?«

Die unerwartete Frage riss ihn aus seiner Konzentration. »Sir? Ach so. Nein, Sir.«

»Warum nicht?«

Er hatte nichts gegen die Vorstellung. Im Gegenteil, sie gefiel ihm sogar. Das Problem war, dass er keine Frau fand, die ihn und sein geordnetes Leben nicht unerträglich langweilig fand. So war es ihm bisher mit allen Frauen ergangen. Erst kamen ein paar Dates, dann übernachteten die Frauen ein paar Mal bei ihm, und dann löste sich die Verbindung aus Mangel an Begeisterung wieder auf.

Vor Kurzem hatte er angefangen, E-Mails mit einer Frau auszutauschen, die er über das Internet kennen gelernt hatte. Sie lebte in Lexington und war eine angenehme Chat-Partnerin. Dass er für das FBI arbeitete, wusste sie nicht. Frauen verliebten sich oft eher in das Machoimage seines Berufs als in ihn.

Karen – so hieß sie – wusste von seiner Arbeit nur, dass sie mit Computern zu tun hatte. Wie durch ein Wunder war sie trotzdem interessiert.

Der letzte Chat hatte eine Stunde und achtunddreißig Minuten gedauert. Mit ihrer Anekdote darüber, wie sie versucht hatte, Geld zu sparen, indem sie ihre Haare selbst färbte, hatte sie es tatsächlich geschafft, dass er laut lachend vor dem Computer in seinem penibel aufgeräumten Arbeitszimmer gesessen hatte. Sie hatte ihm versichert, dass das katastrophale Ergebnis in einem Friseursalon behoben werden musste und dass diese Rettung jeden einzelnen Penny wert gewesen war. Die Unterhaltung hatte ihn auf den Gedanken gebracht, dass ihm vielleicht eine Spur von Unbeschwertheit im Leben fehlte.

Mehr als einmal hatte sie ihm gegenüber erwähnt, wie hübsch Kentucky im Frühling war. Falls dieser Vorspann zu einer Einladung führte, sich mit eigenen Augen von der Pracht des Frühlings in Kentucky zu überzeugen, würde er ernsthaft erwägen hinzufahren. Der Gedanke, ihr persönlich zu begegnen, machte ihn nervös, aber es war eine angenehme Art von Nervosität.

In der Hoffnung, dass Begley die Röte nicht sah, die er in seinen Wangen spürte, sagte er steif: »In den letzten Jahren habe ich mich ganz auf die Karriere konzentriert, Sir.«

»Schön und gut, Hoot. Aber das eine ist Ihr Job, das andere Ihr Leben. Vergessen Sie das nicht.«

»Ja, Sir.«

»Mrs Begley passt auf, dass ich bei Sinnen und auf dem Teppich bleibe. Ich weiß nicht, was ich ohne sie täte. Sie sollten sie irgendwann kennen lernen.«

»Danke, Sir. Das wäre mir eine Ehre.«

»Lilly Martin. Können wir davon ausgehen, dass sie weiß, was sie tut?«

Hoots Gehirn versuchte, mit Begleys agilem Verstand mitzuhalten. »Ja, Sir. Sie hat Kunst und Journalismus studiert. Hat bei einer anderen Zeitschrift als Mädchen für alles angefangen und sich in ihre heutige Position hochgearbeitet. Perkins hat uns ein paar Websites geschickt, die wir später anschauen können. Er meint, auf Fotos würde sie recht attraktiv wirken.«

Er sah Begley kurz an, bevor er fortfuhr: »Und da war noch was, Sir. Über Ben Tierney. Perkins sagte, auf seiner Kreditkartenabrechnung gäbe es eine Abbuchung von einem Versandgeschäft für Militärartikel. Er hat sich einen Funkempfänger und ein Paar Handschellen liefern lassen.«

»Jesus. Und wann war das?«

»Der Betrag wurde im August abgebucht.«

Begley zupfte nachdenklich an seiner Unterlippe. »Mr Elmer hat uns erzählt, dass Tierney Lilly Martin im letzten Sommer kennen gelernt hat.«

»Und dass er sie attraktiv fand.«

»Wir wissen allerdings nicht, ob sie ihn ebenfalls attraktiv fand«, schränkte Begley ein. »Vielleicht haben sie sich seit letztem Sommer öfter gesehen. Als ihr Exmann muss Dutch Burton das nicht unbedingt wissen.«

»Korrekt.«

»Wenn andererseits …«, setzte Begley an.

»Sich Ms Martin *nicht* zu Tierney hingezogen fühlt und er tatsächlich Blue ist …«

»Genau.« Begley seufzte. »Dann würde es ihm nicht gefallen, einen Korb zu bekommen.« Er verfiel minutenlang in brütendes Schweigen, ehe er verärgert mit der Faust auf seinen Schenkel schlug. »Verfluchte Hurenkacke! Das passt einfach nicht zusammen, Hoot. Wenn Ritt Recht hat, und Wes Hamer hat das bestätigt, werfen sich die Frauen Tierney an den Hals. Warum sollte er sie also entführen? Hm, Hoot? Irgendeine Idee?«

Obwohl Begley ungeduldig auf eine Antwort wartete, bedachte Hoot seine Worte sorgfältig. »Während meines Jurastudiums …«

»Apropos«, fiel ihm Begley ins Wort. »Ich habe erst vor Kurzem erfahren, dass Sie einen Abschluss in Jura haben. Warum sind Sie nicht Anwalt geworden?«

»Weil ich FBI-Agent werden wollte«, antwortete er ohne zu zögern. »Seit ich denken kann, wollte ich nie etwas anderes werden.« Die harten Jungs in der Schule hatten sich immer über seinen Traumberuf lustig gemacht. Sogar seine Eltern waren der Auffassung gewesen, dass er sich eine Alternative zurechtlegen sollte, falls sein Traumberuf ein Traum bleiben sollte. Doch er hatte sich von den Bedenken seiner Mitmenschen nicht beirren lassen.

»Das Problem war, Sir, also, dass ich nie beim Militär war. Ich hatte auch keine Ausbildung als Polizist. Wenn man mich ansieht, würde man in mir nicht unbedingt den idealen Kandidaten für die beste Verbrechensaufklärungsorganisation der Welt sehen. Ich hatte Angst, dass mich das FBI ablehnen würde, wenn ich mich nicht auf einem anderen Gebiet hervortat. Also dachte ich, dass mir ein Jura-Abschluss helfen würde, damit habe ich mich offensichtlich nicht getäuscht.«

Er sah Begley an, der wegen seiner hervorragenden militärischen Laufbahn, seiner Führungsqualitäten und – vor allem anderen – seiner Unerschrockenheit vom FBI auserkoren worden war. Ihre Qualifikationen lagen so weit auseinander, dass es zum Lachen war.

Begley musterte ihn nachdenklich, aber nicht abweisend. Möglicherweise, nein, hoffentlich hatte er trotz Begleys scharfem Blick seine Anerkennung gefunden, dachte Hoot. Das war keine Kleinigkeit. Im Gegenteil, es war ein riesiger Schritt. Der Big Bang unter den Leistungsbeurteilungen.

»Sie haben mich gefragt, warum Tierney Frauen entführt, Sir. Ich wollte Ihnen eine Entsprechung geben, die eventuell zutreffen könnte. Vom ersten Semester meines Jurastudiums an waren ein Kommilitone und ich die schärfsten Konkurrenten um den Titel des Jahrgangsbesten. Er sah aus wie ein junger John Kennedy. Athletisch. Charismatisch. Ging mit einem Badeanzug-Model aus *Sports Illustrated*. Damit nicht genug, war er auch noch genial. Schlicht genial.

Trotzdem schummelte er. In praktisch jedem Seminar und während der gesamten Studienzeit mogelte er bei jeder Hausaufgabe, bei jedem Test. Schließlich machte er einen Abschluss, der ein winziges bisschen besser war als meiner, und graduierte als Jahrgangsbester.«

»Und er wurde nie erwischt?«

»Nein, Sir.«

»Das war für Sie bestimmt nicht leicht zu schlucken.«

»Eigentlich schon, Sir. Wahrscheinlich hätte er mich sowieso geschlagen. Entscheidend ist, dass er nicht zu schummeln brauchte.«

»Warum hat er es dann getan?«

»Das Studium war für ihn keine Herausforderung. Mogeln und damit durchzukommen schon.«

Weiter vorn blinkten Wes Hamers Heckleuchten einmal, zweimal, dreimal. Hoot nahm das als Zeichen, dass er bald bremsen musste. Er nahm den Fuß vom Gas. Noch vor Hamers Wagen leuchteten die Bremslichter des Streulasters auf und gleichzeitig der rechte Blinker. Behutsam begann Hoot zu bremsen, damit er möglichst gleichmäßig verlangsamte.

Begley schien nichts von dem wahrzunehmen, was sich jenseits der Windschutzscheibe abspielte. Er grübelte über Tierneys mögliche Motive nach. »Demnach haben wir es hier mit einem weiteren Überflieger zu tun, der keine neuen Herausforderungen sieht. Er entführt sie nur, um festzustellen, ob er es kann. Aber warum ausgerechnet diese Frauen? Warum nicht …«

Plötzlich schnallte er den Gurt ab und drehte sich zur Rückbank um, was Hoot schrecklich nervös machte. Begley griff zwischen die Sitze und nach den fünf Ordnern mit zahllosen

Formularen und Ermittlungsergebnissen, die Hoot für jede der Vermissten angelegt hatte. Nachdem Begley sich wieder gesetzt hatte, stapelte er die Ordner auf seinem Schoß. Hoot fühlte sich erheblich wohler, als er wieder angeschnallt war.

»Als ich gestern Nacht diese Ordner gewälzt habe, hatte ich ständig das Gefühl, jedes Mal die gleiche Geschichte zu lesen«, sagte Begley. »Jetzt ist mir auch klar, warum.«

»Ich kann Ihnen nicht folgen, Sir.« Hoot lenkte die Limousine vorsichtig um eine Kurve. Weil er Hamer in sicherem Abstand gefolgt war, schaffte er es, beim Bremsen den Wagen ausrollen zu lassen und zum Stehen zu bringen, kurz bevor er in Hamers Heck rammte. Direkt vor Hamers Wagen mühte sich der Streulaster ab, die Reifen auf der Steigung gleich hinter der Kurve greifen zu lassen.

Begley klatschte mit der flachen Hand auf den obersten Ordner. Der unerwartete Krach schreckte Hoot so auf, dass er zusammenzuckte. »Diese Frauen hatten etwas gemeinsam, Hoot.«

»Niemand, der an diesen Fällen arbeitet, hat irgendwelche Gemeinsamkeiten unter den Opfern feststellen können. Weder der Arbeitsplatz, noch Körperbau, Vergangenheit …«

»Ihre Bedürftigkeit.«

Hoot war nicht sicher, ob er richtig gehört hatte. Er sah Begley eindringlich an. »Sir?«

»Sie waren alle auf die eine oder andere Weise bedürftig. Millicent war, wie wir wissen, magersüchtig, was ein Symptom für emotionale Probleme und Schwierigkeiten mit dem Selbstbild ist, nicht wahr?«

»Soweit ich weiß.«

Begley ging sie der Reihe nach durch. »Vor ihr war Carolyn Maddox dran. Eine alleinerziehende Mutter, die dauernd Überstunden machen muss, um ihre zuckerkranke Tochter durchzubringen. Laureen Elliott.« Er klappte den Ordner auf und überflog den Inhalt. »Aha. Einhundertsechzig Zentimeter groß und hundert Kilo schwer. Sie war übergewichtig. Ich wette, wenn wir nachfragen, werden wir erfahren, dass sie zeitlebens Probleme mit ihrem Gewicht hatte und jede angesagte Diät, die je erfunden wurde, über sich ergehen ließ.

Sie war Krankenschwester. Nachdem sie im medizinischen Bereich arbeitete, bekam sie ständig vor Augen geführt, welche gesundheitlichen Risiken ein solches Übergewicht mit sich bringt. Vielleicht hat man Druck auf sie ausgeübt, endlich abzunehmen oder ihren Job aufgeben zu müssen.«

»Ich verstehe, worauf Sie hinauswollen, Sir.«

»Betsy Calhouns Ehemann starb sechs Monate vor ihrem Verschwinden an Bauchspeicheldrüsenkrebs. Die beiden waren siebenundzwanzig Jahre verheiratet. Sie war Vollzeithausfrau. Was sagt Ihnen das, Hoot?«

»Äh …«

»Depressionen!«

»Natürlich.«

»Betsy Calhoun heiratete unmittelbar nach der Highschool. Sie hat nie außerhalb ihres Hauses gearbeitet. Ihr Mann regelte alles Geschäftliche für sie. Wahrscheinlich hat sie bis zu seinem Tod nie auch nur einen Scheck ausgestellt. Plötzlich muss sie für sich selbst sorgen, und außerdem hat sie die Liebe ihres Lebens und damit ihren Lebenssinn verloren.«

Begley war so in Fahrt, dass Hoot es nicht übers Herz brachte, ihn darauf hinzuweisen, dass all das nur Mutmaßungen waren. Mutmaßungen, die auf gesunder Logik beruhten, aber trotzdem reine Mutmaßungen, die vor Gericht keinen Bestand hätten.

»Das ist der Schlüssel, Hoot«, fuhr Begley fort. »Er hat keine einzige Frau entführt, die fest im Berufsleben steht, sich in einer soliden Beziehung befindet, physisch fit oder emotional belastbar ist. Bevor diese Frauen verschwanden, gingen sie allen Fallgruben und Gefahren aus dem Weg, um es mal so auszudrücken.

Eine leidet an Depressionen, eine ist schwer übergewichtig, die andere arbeitet sich die Finger wund, um über die Runden zu kommen und um ihr Kind am Leben zu halten, und die letzte stopft sich mit Junkfood voll und spuckt dann alles wieder aus. Dann«, fuhr er mit dramatischer Stimme fort, »tritt unser Täter auf. Sanft und verständnisvoll, mitfühlend und gütig, und obendrein gutaussehend wie der sprichwörtliche Märchenprinz.«

Hoot erwärmte sich allmählich für die Theorie. »Er freundet sich mit ihnen an, gewinnt ihr Zutrauen und schließlich ihr Vertrauen.«

»Gibt ihnen eine breite Schulter zum Ausweinen und hält sie in seinen starken, sonnengebräunten Armen.«

»Sein Modus Operandi besteht darin, bedürftigen Frauen zu helfen.«

»Nicht nur zu helfen, Hoot, sie zu *retten.* Sie zu erlösen. Mit seinem Aussehen und seiner Geschichte als Abenteurer und Naturbursche könnte er so viel Sex haben, wie er nur will und wann immer ihm danach ist. Das mag ein zusätzlicher Anreiz sein, ein Bonus sozusagen, aber vor allem macht es ihn scharf, dass er ihr Erlöser sein kann.«

Dann kam Hoot ein Gedanke, der die ganze Hypothese zum Einsturz brachte. »Wir haben Torrie Lambert vergessen. Die Erste. Sie war eine Schönheit. Und eine Musterstudentin. Bei allen Kommilitonen beliebt. Ohne größere Komplexe oder Probleme.

Außerdem«, fuhr Hoot fort, »hat Blue sie nicht vorsätzlich ausgewählt. Er ist über sie gestolpert, als sie sich aus der Wandergruppe absonderte. Er wusste nicht, dass sie an diesem Tag allein durch den Wald wandern würde. Sie wurde entführt, weil sie zur falschen Zeit am falschen Ort war, nicht weil sie bedürftig gewesen wäre.«

Stirnrunzelnd schlug Begley ihre Akte auf und begann darin herumzublättern. »Was ist mit den Männern in der Wandergruppe?«

»Die waren unter Zeugen allesamt anwesend, als das Mädchen verschwand. Sie wurden ausführlich vernommen. Niemand außer Torrie hatte sich aus der Gruppe abgesondert.«

»Warum ist sie weggegangen?«

»Bei der Vernehmung meinte Mrs Lambert, Torries Mutter, dass sie am Morgen einen Streit hatten. Nichts Ernstes. Eine typische Teenagerhakelei. Ich würde darauf tippen, dass sie keinen Bock hatte, mit ihren Eltern Urlaub zu machen.«

»Genau da stehen Mrs Begley und ich auch mit unserer Fünfzehnjährigen. Wir sind nur peinlich. Sie würde am liebsten im Boden versinken, wenn wir sie in der Öffentlichkeit ansprechen.« Er brütete kurz darüber nach, bevor er fortfuhr: »Blue stolpert also über Torrie, die sich wie eine zickige Teenagerin aufführt. Er plaudert mit ihr, gibt sich einfühlsam, ergreift für sie Partei gegen ihre Mutter, sagt, er kann sich gut erinnern, wie nervtötend Eltern sein können …«

»Und schon gehört sie ihm.«

»Von jetzt auf nun«, bestimmte Begley nachdrücklich. »Doch nach einer Weile fühlt sie sich in seiner Gegenwart nicht mehr wohl und versucht, zu ihren Eltern zurückzukehren. Er fragt sie, warum sie zu ihnen zurückwill, wo er doch der Freund ist, den sie braucht? Das macht ihr Angst und sie versucht sich davonzuschleichen. Er verliert die Kontrolle. Sie stirbt unter seinen Händen.

Vielleicht hatte er gar nicht vor, sie umzubringen«, fuhr Begley fort. »Vielleicht gerieten die Dinge außer Kontrolle, und er hat zu spät gemerkt, dass sie nicht mehr atmet. Aber so oder so, ob er sie nun vergewaltigt hat oder nicht, das Erlebnis macht ihn scharf.«

Er schloss die Augen, als könnte er alle Taten und Gedankenprozesse des Täters nachvollziehen. »Als er nicht gefasst wird, nicht mal unter Verdacht gerät, begreift er, wie leicht das alles ist. Jetzt hat er Geschmack daran gefunden. Allmachtsgefühle sind der schärfste Egotrip. Der allergrößte Rausch besteht darin, das Schicksal eines anderen Menschen in die Hand zu nehmen und über ihn zu bestimmen.

Während er sich die Zeit mit Eisklettern oder anderem Quatsch vertreibt, geht ihm auf, dass das längst nicht mehr so spannend ist wie früher. Das Adrenalin schießt ihm nicht mehr so in die Adern wie einst. Er muss an das High denken, das ihm der Mord an diesem Mädchen beschert hat, und bekommt bei dem Gedanken, es wieder zu tun, einen Steifen.

Er beschließt, nach Cleary zurückzukehren und nachzuforschen, welche Hilfe er einer anderen bedürftigen Frau angedeihen lassen kann und ob es nicht möglich ist, sich noch mal diesen speziellen Kick zu verschaffen. Er kommt hierher zurück, weil hier praktisch keine Gefahr besteht, dass er gefasst wird. Seiner Überzeugung nach sind die Bullen nur Dorfdeppen und längst nicht so schlau wie er. Es gibt hier zahllose Verstecke und über Kilometer hinweg ungestörte Wildnis, in der er die Leichen verschwinden lassen kann. Es gefällt ihm hier. Es ist der perfekte Ort für seinen neuesten Abenteuertrip.«

Gegen Ende seines imaginären Szenarios hatte Begley immer wütender geklungen. Jetzt riss er die Augen auf. »Warum geht es nicht weiter?« Er wischte die beschlagene Windschutzscheibe mit dem Ärmel ab und fragte: »Wieso brauchen die so lange, verfickte Kacke?«

Im Führerhaus des Streulasters neigte sich Dutchs Geduld rapide dem Ende zu. »Du kannst das besser, Cal.«

»Vielleicht könnte ich es besser, wenn du aufhören würdest, mich anzubrüllen.« Hawkins klang, als würde er gleich in Tränen ausbrechen. »Du machst mich nervös. Wie soll ich den

Berg raufkommen, wenn du mich mit jedem Atemzug beschimpfst? Vergiss das, was ich über deine Alte gesagt habe, ob sie gerettet werden will oder nicht. Ich wollte dich ehrlich nicht sauer machen. Ich hab nur gefragt.«

»Lilly geht nur mich etwas an.«

Hawkins murmelte halblaut etwas, das wie: »Nicht mehr, nein«, klang, aber Dutch ging nicht darauf ein, weil Cal objektiv gesehen Recht hatte. Außerdem näherten sie sich bereits der zweiten Haarnadelkurve, an der sie gestern Abend gescheitert waren. Er wollte, dass sich Hawkins ganz und gar auf die Kehre konzentrierte.

Cal schaltete einen Gang nach unten, und dabei fiel Dutch auf, dass Cals Hände zitterten. Vielleicht hätte er Hawkins einen Schluck aus der Whiskeyflasche genehmigen sollen. Er wusste aus seinen eigenen Trinkerzeiten, dass manchmal ein winziger Schluck eine zitternde Hand zur Ruhe bringen konnte. Aber dafür war es jetzt zu spät. Hawkins ging schon in die Kurve.

Er versuchte es wenigstens.

Die Vorderräder folgten dem Kommando des Lenkrades. Sie schlugen rechts ein. Der Laster nicht. Er fuhr weiter geradeaus und hielt unbeirrt auf den Abgrund zu, der mindestens dreißig Meter tief war, wie Dutch wusste.

»Schlag ein!«

»Tu ich doch!«

Als die Baumwipfel groß und bedrohlich vor der Windschutzscheibe aufragten, schrie Hawkins auf und stieg unwillkürlich mit beiden Beinen auf die Bremse und die Feststellbremse, während er gleichzeitig das Lenkrad losließ und die Unterarme vors Gesicht hielt.

Dutch konnte nichts tun, um den schlitternden Lkw aufzuhalten. Der vorn angebrachte Schneepflug knallte auf die Leitplanke, die unter dem tonnenschweren Aufprall einknickte und zerbarst. Die Vorderräder rutschten über die Kante und schienen sekundenlang in der Luft zu hängen, bevor der ganze Laster bergab kippte.

Dutch musste an den Film »Duell« denken, in dem in der entscheidenden Szene ein Sattelschlepper vom Highway abkommt und einen Berghang hinunterrast. Die Sequenz war in Zeitlupe gefilmt worden. Genauso fühlte er sich jetzt – als würde er den unausweichlichen Sturz in quälend langsamer Zeitlupe beobachten und durchleben.

Er sah nur noch verschwommen. Die Konturen verliefen ineinander. Dafür waren die Geräusche von einer brutalen Klarheit. Das Zerplatzen der Windschutzscheibe. Das Rumpeln der Felsen unter der Karosserie. Das Knacken der Äste. Das Reißen des Metalls. Hawkins' panische Schreie. Sein eigenes tiergleiches, ungläubiges und hoffnungsloses Gebrüll.

Im Nachhinein betrachtet retteten ihnen die Bäume wahrscheinlich das Leben, indem sie den Truck bremsten. Wäre der Abhang nicht so dicht bewachsen gewesen, wäre der Sturz wesentlich rasanter und daher tödlich gewesen. Nach einer gefühlten Ewigkeit rammte der Pflug mit gehirnerschütternder Wucht gegen ein unbewegliches Objekt. Die Trägheit schleuderte sie vorwärts, obwohl sie nicht mehr weiterkamen. Der Truck gab sich geschlagen und kam bebend zum Stehen.

Wie durch ein Wunder war Dutchs Gehirn durch den Aufprall nicht zu Mus zerquetscht worden. Er war bei Bewusstsein und begriff überrascht, dass er am Leben und nicht einmal schwer verletzt war. Offenbar hatte Hawkins ebenfalls überlebt. Dutch konnte ihn mitleiderregend maunzen hören.

Dutch schnallte den Sicherheitsgurt ab, drückte mit der Schulter gegen die Beifahrertür und schob sie auf. Er rollte sich hinaus und landete einen guten Meter tiefer im Schnee, der ihm, als er sich wieder aufrichtete, bis an die Hüfte reichte.

Er versuchte sich zu orientieren, wurde aber von dem windgepeitschten Schnee geblendet, der genau in seine Augen zu jagen schien. Er konnte nicht einmal sehen, was den Laster abgebremst hatte. Er erkannte nicht mehr als einen Wald aus schwarzen Bäumen vor einem blendend weißen Hintergrund.

Er brauchte es aber auch nicht zu sehen.

Denn er konnte es hören.

Er spürte das Beben im Boden, in dem Baumstamm, an den er sich gelehnt hatte, um nicht umzufallen, und in seinen Eiern.

Er machte sich nicht die Mühe, Hawkins durch einen Ruf zu warnen oder ihn aus dem Autowrack zu ziehen. Er unternahm nicht einmal den Versuch, selbst davonzulaufen und sich zu retten. Dass er so kläglich gescheitert war, hatte ihm alle Kraft geraubt und jede Bewegung unmöglich gemacht.

Dieser Augenblick war der absolute Tiefpunkt eines total verpfuschten Lebens. Er konnte genauso gut hier und jetzt sterben, denn nun war jede Hoffnung, Lilly zu erreichen, zunichte.

Wes beobachtete ungläubig, wie der Streulaster im Abgrund verschwand.

Er sprang aus dem Auto und blieb in der offenen Tür stehen, als könnte er außerhalb des Wagens besser begreifen, wie es dazu gekommen war.

Er konnte hören, wie der Laster bergab pflügte. Einem ohrenbetäubenden Krachen folgte ein Geräusch wie ein metallisches Seufzen, so als würde der Laster seinen letzten Atemzug aushauchen. Danach folgte ein gespenstisches Schweigen, das noch grauenvoller war. Die Stille war so vollkommen, dass Wes hörte, wie die Schneeflocken auf seinen Kleidern landeten.

Die Ruhe wurde von Begley und Wise durchbrochen, die sich so schnell näherten, wie es die rutschige Bergstraße zuließ. Sie hatten so weit hinter Wes gehalten, dass sie deutlich weniger mitbekommen hatten als er. Begley kam als Erster bei ihm an, schnaufend und Dampfwolken ausstoßend. »Was ist passiert?«

»Sie sind abgestürzt.«

»Heilige Scheiße.«

Begley schalt Hoot nicht einmal für seinen geflüsterten Fluch, denn in diesem Augenblick hörten alle drei ein neues Geräusch, eines, das sie nicht identifizieren konnten, aber das eindeutig eine Fortsetzung der Katastrophe ankündigte.

Sie sahen sich der Reihe nach fragend an.

Später kamen sie zu dem Schluss, dass sie das Splittern von Holz gehört hatten. Bäume, die drei erwachsene Männer nicht umfassen konnten, waren umgeknickt wie Zahnstocher. Nur konnten sie das in dem Schneetreiben nicht sehen.

Wes sprach für alle drei: »Was ist da los, verfluchte Scheiße?«

Dann sahen sie es aus den tiefen Wolken, dem Schnee und Nebel herabsinken, der Erde entgegen wie ein landendes Raumschiff mit immer noch blinkendem rotem Licht. Der Hochspannungsmast schlug mit einer solchen Wucht auf dem Boden auf, dass selbst der tiefe Schnee den Schlag nicht abbremste. Später beschwor Wes jedem, dem er den bizarren Vorfall schilderte, dass sein Auto durch die Wucht des Aufpralls mit allen vier Rädern in die Luft geschleudert worden sei.

Er und die beiden FBI-Agenten standen sekundenlang in sprachlosem Staunen da, unfähig zu begreifen, was sie eben beobachtet hatten, unfähig zu glauben, dass sie überlebt hatten. Wäre der Mast dreißig Meter näher umgestürzt, hätte er sie unter sich begraben.

Was aus Dutch geworden war, wusste niemand. Wes konnte nur hoffen, dass er und Hawkins überlebt hatten. Ein weiteres Opfer war jedenfalls die Mountain Laurel Road. Sie lag unter tonnenschweren Stahlträgern und entwurzelten Bäumen begraben, die eine haushohe Straßensperre bildeten. Über diese Straße kam niemand mehr bergauf.

Und sie war genauso unpassierbar für jeden, der bergab wollte.

19

Lilly schob einen weiteren dicken Ast zu denen, die bereits auf dem Kaminrost glühten. Sie hatte mit dem Holz gegeizt, die Äste einzeln verfeuert und sie erst auf den Rost gelegt, wenn das Feuer auszugehen drohte.

Trotz ihrer Sparsamkeit war der Holzvorrat, den sie ins Haus getragen hatte, bis auf ein paar Späne aufgebraucht, die sie von den dicken Klötzen abgehauen hatte. Wenn sie das Holz weiter in diesem Tempo verfeuerte, müsste es noch zwei Stunden reichen.

Sie hatte keine Ahnung, was sie tun sollte, wenn es verbraucht war. Selbst in der Hütte würde sie ohne Feuer in der kommenden Nacht wahrscheinlich erfrieren. Sie brauchte um jeden Preis ein Feuer zum Überleben. Aber – und darin lag die Ironie – die Anstrengung, die es kosten würde, mehr Feuerholz ins Haus zu tragen, würde sie wahrscheinlich umbringen.

»Lilly?«

Sie zog die Lippen zwischen die Zähne, kniff die Augen zu und wünschte sich, sie könnte ihre Ohren ebenso effektiv verschließen. Seine Stimme war zu überzeugend, seine Argumente waren zu vernünftig. Wenn sie sich davon umstimmen ließ, würde sie als Opfer Nummer sechs enden.

Sich mit ihm zu streiten, kostete sie zusätzliche Kraft. Sie bewegten sich immer nur im Kreis, ohne einen Schritt weiterzukommen. Sie würde ihn auf keinen Fall losbinden; er hatte ein ganzes Arsenal an Argumenten, warum sie genau das tun sollte. Und dann war da dieses Pfeifen. Weil es beim Reden nur schlimmer wurde, hatte sie irgendwann aufgehört, ihm zu antworten.

»Lilly, sag was. Wenn du noch bei Bewusstsein bist, musst du mich hören können.«

Sein Tonfall war, angeheizt von ihrer Weigerung, ihm zu antworten, immer gereizter geworden. Sie stand von ihrem Sitzplatz am Feuer auf, trat ans Wohnzimmerfenster und schaute im Vorbeigehen durch die offene Schlafzimmertür. »Warum hältst du nicht den Mund?«

Sie schob die Vorhänge beiseite und sah in der Hoffnung, dass der Schneefall nachgelassen hatte, nach draußen. Keine Spur. Das Schneetreiben war so dicht, dass sie nur ein paar Meter weiter blicken konnte, als das Verandadach reichte. Der Berggipfel hatte sich in eine weiße, lautlose, unzugängliche Science-Fiction-Landschaft verwandelt.

»Ist es weniger geworden?«

Kopfschüttelnd wandte sie sich vom Fenster ab und umgriff ihre Ellbogen, um das Frösteln abzuwehren. Dass sie sich kurz vom Feuer entfernt hatte, hatte genügt, damit die Kälte durch alle Kleidungsschichten drang. Sie hatte sämtliche Socken angezogen, die sie dabeihatte, trotzdem blieben ihre Füße kalt. Am liebsten hätte sie sich in die Hände gepustet, um sie aufzuwärmen, aber dazu fehlte ihr der nötige Atem.

Tierney hatte sich nicht über die Kälte beschwert. Seine unablässigen Bemühungen, die Handschellen abzustreifen, hielten ihn warm. Offenbar war er zu dem Schluss gekommen, dass eine Flucht ein Paar wundgescheuerte, blutige Handgelenke aufwog. Er hatte nicht einmal versucht, den Lärm zu übertönen. Sie hatte das unaufhörliche Klirren von Metall auf Metall, das Rumpeln des Kopfendes gegen die Wand und die zornigen, frustrierten Flüche gehört, als die Handschellen nicht nachgeben wollten.

»Wie sieht es mit dem Feuerholz aus?«, fragte er.

»Es reicht fürs Erste.«

»Fürs Erste. Und wie sieht es später aus? In einer Stunde?«

Sie trat in die offene Tür. »Darüber mache ich mir Gedanken, wenn es so weit ist.«

»Wenn es so weit ist, ist es zu spät, um sich darüber Gedanken zu machen.«

Sie verschwendete keinen Atemzug darauf, ihm zu widersprechen, denn er hatte nur ihre schlimmsten Befürchtungen ausgesprochen. »Möchtest du … noch eine … Decke über die … Beine?« Sie musste zwischen den Worten innehalten, um Luft zu holen.

»Wann hast du das letzte Mal deine Medikamente genommen?«

»Meine Pillen?«, keuchte sie. »Gestern früh.«

»Du hörst dich nicht wirklich überzeugt an.«

O Gott, konnte er ihre Gedanken lesen?

Ehrlich gesagt konnte sie sich nicht erinnern, ob sie gestern früh ihre Pillen genommen hatte. Auch wenn sie sich den ganzen Tagesablauf durch den Kopf gehen ließ, stieß sie auf keine Erinnerung daran, dass sie ihre Medikamente eingenommen hatte.

Sie hatte in der Stadt einiges zu besorgen gehabt. Erst war sie zur örtlichen Umzugsfirma gefahren und hatte ein paar Umzugskartons gekauft. Danach hatte sie, wie sie noch wusste, an einem Geldautomaten gehalten, um Geld für die Rückfahrt nach Atlanta abzuheben.

Zuletzt hatte sie noch einen kurzen Stopp bei der Apotheke eingelegt, bevor sie zur Hütte zurückgefahren war. Die letzte Pille hatte sie am Vorabend eingenommen. Glücklicherweise hatte sie, als sie angefangen hatte, regelmäßig nach Cleary zu kommen, einen Arzt gefunden, der ihr ein Rezept für ihre Medizin gegen Asthmaattacken ausgestellt hatte. Das Rezept bewahrte sie für Notfälle auf, damit ihr nie die Medikamente ausgingen.

Gestern hatte ihr William Ritt die Pillen ausgehändigt. Danach verwischte sich die Erinnerung. Sie konnte sich nicht entsinnen, ob sie die Tablette eingenommen hatte, als sie an der Kaffeetheke stehen geblieben war, um bei Linda Wexler ein Vanilla Coke zu kaufen, oder ob sie die Pille erst nehmen wollte, wenn sie wieder in der Hütte war.

Bestimmt hatte sie nicht vergessen, ihre Medizin einzunehmen. Sie vergaß nie, ihre Medizin einzunehmen. Das gehörte zu ihrem festen Tagesablauf. Allerdings war gestern keineswegs ein normaler Tag gewesen, und das betraf nicht nur den Tagesablauf. Dutch hatte sie auf eine emotionale Achterbahnfahrt geschickt.

Er hatte schon auf sie gewartet, als sie zur Hütte zurückgekehrt war. Er hatte mit zusammengesunkenen Schultern auf der Sofakante gesessen und mit verlorenem Blick ins Leere gestarrt. Seine Begrüßungsworte: »Wie konntest du mir das antun?«

In Anbetracht der Ereignisse, die darauf gefolgt waren, war es durchaus möglich, dass sie vergessen hatte, ihre Medizin zu nehmen.

»Lilly, bist du sicher, dass du gestern deine Medikamente genommen hast?«

Ihr Blick richtete sich wieder auf Tierney. »Natürlich«, behauptete sie.

»Aber das ist schon vierundzwanzig Stunden her.«

Oder sechsunddreißig.

»Sie wirken nicht mehr«, sagte er. »Du stehst unter Druck.«

»So was … kann vorkommen, … wenn du entdeckst … dass du mit einem … Serienkiller … eingesperrt bist.«

»Du weißt genau, dass ich kein Serienkiller bin. Schließ die Handschellen auf. Ich gehe deine Pillen holen.«

Sie schüttelte den Kopf.

»Dir läuft die Zeit davon.«

»Vielleicht werden wir gerettet …«

»Vor morgen kommt garantiert niemand den Pass herauf. Und morgen wahrscheinlich auch nicht. Wenn du auf eine rambomäßige Rettungsaktion mit dem Helikopter hoffst, dann hoffst du vergeblich. Nicht einmal der tapferste Pilot würde in so einem Sturm starten und riskieren, vom Wind zu Boden geschleudert zu werden oder gegen einen Berg zu prallen, den er im Schnee nicht sehen kann.«

»Irgendwie …«

»Das wird nicht passieren«, sagte er noch schroffer als zuvor. »Vielleicht bist du bereit, dein Leben aufs Spiel zu setzen, aber ich bin es nicht. Hol den Schlüssel her.«

»Sie könnten … zu Fuß kommen.«

»Niemand ist so verrückt.«

»Außer dir.«

Das brachte ihn zum Schweigen, aber nur für wenige Sekunden. »Richtig. Außer mir. Ich würde jedes Risiko eingehen, damit du am Leben bleibst. Ich will dich nicht sterben sehen, Lilly.«

»Mir gefällt … der Gedanke … auch nicht.«

»Mach mich los.«

»Ich … kann nicht.«

Seine Lippen wurden weiß vor Wut. »Ich werde dir sagen, was du nicht kannst. Du kannst es dir nicht leisten, mich an diesem verdammten Bett angekettet zu lassen. Jede Sekunde, die wir mit Streiten verbringen, kostet dich Zeit und Kraft, die du nicht hast. Also hol verdammt noch mal den Schlüssel und schließ diese …«

»Nein!«

»… beschissenen Handschellen auf!«

Das Licht erlosch.

Dora Hamer näherte sich der Tür zu Scotts Zimmer. Seit seine Stereoanlage nicht mehr die Wände vibrieren ließ, erschien ihr das Haus unheilvoll still. Sie klopfte zweimal an. »Scott, ist alles okay?«

Er öffnete die Tür, als hätte er sie erwartet. »Schon, abgesehen davon, dass der Strom ausgefallen ist.«

»Ich glaube, er ist in der ganzen Stadt ausgefallen. Auch bei den Nachbarn brennt nirgendwo ein Licht. Ist es hier drin warm genug?«

»Ich habe noch einen Pullover angezogen.«

»Das hilft vielleicht vorübergehend, aber das Haus wird bestimmt schnell auskühlen. Bis wir wieder Strom haben, müssen wir mit dem Kamin heizen. Würdest du bitte Holz aus der Garage holen?«

»Klar, Mom.«

»Und bring die Laterne mit, die ihr mitnehmt, wenn du mit Vater zum Campen gehst. Haben wir noch Spiritus dafür?«

»Ich glaube schon. Ich schau mal nach.«

Er verschwand am anderen Ende des Flurs. Dora folgte ihm ein Stück und kehrte dann hastig in sein Zimmer zurück. Die Bewerbungsformulare fürs College lagen verstreut auf seinem Schreibtisch. Sie nahm sich nicht die Zeit, sie durchzulesen, doch ein flüchtiger Blick darauf zeigte ihr, dass er, wie von Wes gewünscht, daran gearbeitet hatte.

Schnell trat sie ans erste Fenster und prüfte nach, ob der Fühler der Alarmanlage intakt war. Zwei Magnete, einer am Fensterflügel, der andere am Rahmen, bildeten eine Verbindung, die bei der kleinsten Unterbrechung die Alarmanlage auslösten, vorausgesetzt, sie war eingeschaltet. Die Komponenten waren vorschriftsmäßig angebracht. Das traf auch auf das zweite Fenster zu.

Weil sie nicht beim Schnüffeln erwischt werden wollte, hielt sie kurz inne und lauschte.

Sie hörte Scott Scheite gegen die Steinwand des Kamins im Wohnzimmer stapeln. Dann hörte sie, wie er die Hände abklopfte und wieder in die Garage ging, um die nächste Ladung zu holen.

Sie ging weiter zum dritten Fenster. Auch hier bildeten die zwei Magnete eine Verbindung. Doch der am Fensterrahmen war ein gewöhnlicher Magnet, ein Kinderspielzeug. Er ersetzte den abgelösten Magneten der Alarmanlage und war so angebracht, dass keine Verbindung unterbrochen wurde, wenn jemand das Fenster öffnete.

»Mom?«

Dora schreckte zusammen, als hätte sie etwas Verbotenes getan. Sie eilte aus Scotts Zimmer ins Wohnzimmer und hoffte gleichzeitig, dass sie gefasster aussah, als sie sich fühlte.

»Soll ich auch noch Holz auf den Kaminrand stapeln?«

»Gute Idee. Dann brauchst du später keines zu holen.«

»Okay. Soll ich die Laterne anzünden?«

»Die sollten wir für abends aufsparen.«

»Der Kerosinkanister ist praktisch randvoll. Ich lasse ihn mit der Laterne in der Küche.«

»Sehr gut. Bis zum Einbruch der Dunkelheit können wir uns mit Kerzen behelfen. Außerdem haben wir genügend Batterien für die Taschenlampen.«

Sie folgte ihm bis zur Küche, wo er durch die Tür zur Garage verschwand. Am liebsten wäre sie ihm nachgelaufen, hätte die Arme um ihn geschlungen und ihn an sich gedrückt. Wes warf ihr vor, sie würde ihren Sohn wie ein Baby behandeln. Und wenn schon? Scott *war* ihr Baby. Selbst wenn sie noch erleben sollte, wie er uralt wurde, würde er immer noch ihr Baby bleiben, und sie würde ihn beschützen wollen.

Etwas war mit ihm los, und das machte ihr Angst, weil sie nicht wusste, was es war. »Krank vor Sorge« war nicht nur eine Redewendung. Nach der Entdeckung in seinem Schlafzimmer war ihr ganz schlecht vor Aufregung.

Er hatte den Sensor der Alarmanlage an seinem Fenster so

manipuliert, dass er nicht anschlug, wenn er nachts aus dem Haus schlich. Welche andere Erklärung konnte es dafür geben, dass er daran herumgebastelt hatte? Wie lange hütete er dieses Geheimnis schon? Wie konnte sie so blind, taub und dumm sein, nicht zu merken, dass er nachts verschwand?

Nur durch einen Zufall war ihr Verdacht geweckt worden. Als sie heute Morgen die frische Wäsche in sein Zimmer gebracht hatte, waren ihr die Stiefel auf dem Boden neben seinem Bett aufgefallen.

Sie waren wasserdicht und gefüttert und damit die perfekten Schuhe für einen Schneesturm. Aber als Scott gestern mit Wes zum Abendessen heimgekommen war, hatte er sie nicht angehabt. Dem Anschein nach hatte Scott das Haus seither nicht mehr verlassen.

Aber jetzt standen seine Stiefel in kleinen Pfützen, die der schmelzende Schnee auf dem Schlafzimmerboden hinterlassen hatte. Um ein Haar hätte sie ihn gefragt, wann er ausgegangen war, aber dann hatte sie sich anders besonnen.

Sie hatte beschlossen, erst zusätzliche Beweise zu sammeln, bevor sie ihm unterstellte, nachts aus dem Haus zu schleichen. Der Stromausfall hatte ihr Gelegenheit gegeben, Nachforschungen anzustellen.

Obwohl sie ihn nun mit der unbrauchbar gemachten Alarmanlage konfrontieren könnte, war sie zu unsicher – oder zu feige –, um ihn zur Rede zu stellen. Er war eindeutig alt genug, um zu gehen und zu kommen, wie es ihm gefiel. Wes mochte ihm das Ausgehen verbieten, aber falls Scott trotzdem das Haus verlassen wollte, könnte Wes ihn nur aufhalten, wenn er physische Gewalt anwandte.

Warum trotzte er Wes nicht und spazierte einfach aus der Tür? Warum schlich er heimlich nach draußen? Es war bezeichnend für die vielen Veränderungen in ihm.

Ihr süßer, bedachter und lockerer Scott war ein Griesgram

geworden und neigte sogar zu Wutausbrüchen. Er war zurückgezogen, abweisend und unberechenbar.

Bestimmt war das zum Teil auf Versagensangst zurückzuführen, nachdem ihn Wes so gnadenlos unter Druck setzte. Aber Dora kannte ihren Sohn gut genug, um zu befürchten, dass diese Veränderungen in seiner Persönlichkeit von etwas Tiefgreifenderem ausgelöst wurden als nur durch Wes' Genörgel. Scott war nicht mehr er selbst, und sie wollte wissen, weshalb.

Im Geist ging sie das letzte Jahr durch und versuchte zu präzisieren, wann ihr diese Veränderungen aufgefallen waren.

Im Frühjahr.

Etwa zu der Zeit …

Alles in Dora erstarrte.

Die Veränderungen in Scott hatten etwa zu der Zeit eingesetzt, als er sich von Millicent Gunn getrennt hatte.

Als das Telefon läutete, wäre sie fast aus der Haut gefahren.

»Ich gehe ran«, sagte Scott. »Wahrscheinlich ist es Gary.« Er war gerade aus der Garage zurückgekommen. Jetzt setzte er die Laterne auf dem Küchentisch ab und griff nach dem Telefon. Es war ein altmodisches Wandtelefon ohne Nummernanzeige oder andere technische Spielereien, die eine zusätzliche Stromquelle nötig gemacht hätten.

»Ach, hi, Dad.« Scott hörte ein paar Sekunden zu und sagte dann: »Wie kommt's? Okay, sie ist schon da.« Er reichte den Hörer an Dora weiter. »Er ruft aus dem Krankenhaus an.«

Begley hegte keine allzu freundschaftlichen Gefühle für Dutch Burton. Im Gegenteil, am liebsten hätte er seinen Schuh der Größe 46 in Burtons Anus gepflanzt. Doch er gab sich damit zufrieden, ihm die Wahrheit um die Ohren zu hauen. »Ihr Gesicht sieht aus wie Hackfleisch.«

»Das sind nur kleine Schnitte.« Der Chief saß zusammengesunken auf dem Untersuchungstisch wie ein halbvoller, zentnerschwerer Kartoffelsack. »Der Arzt hat die Splitter rausgeholt. Jetzt warte ich darauf, dass die Schwester mit dem Desinfektionsmittel zurückkommt und die Wunden reinigt. Es sieht vielleicht nicht hübsch aus, aber mir ist nichts passiert.«

»Im Gegensatz zu Hawkins. Er hat sich den Arm gebrochen, wenigstens ist es ein glatter Bruch. Die ausgekugelte Schulter haben sie schon wieder eingerenkt. Aber an seinen Knöcheln werden sie noch länger arbeiten müssen. Beide sind zu Splittern zermahlen worden.«

»Ich wünschte, es hätte seinen Kopf erwischt«, knurrte Burton.

»Mr Hawkins stand noch unter Alkoholeinfluss.« Hoot stand vor dem Vorhang, der den Untersuchungstisch in der Notaufnahme des städtischen Krankenhauses abschirmte. Durch den gelben Stoff hindurch konnten sie Cal Hawkins stöhnen hören. »Sein Blutalkoholgehalt lag deutlich über der Promillegrenze.«

»Dann hat er mich angelogen«, versuchte sich Burton zu verteidigen. »Ich habe ihn gefragt, ob er was getrunken hat, und er sagte…«

Begley schnitt ihm das Wort ab. »Ich glaube, Sie hören nur das, was Sie hören wollen.«

Burton sah ihn finster an.

»Seine Knöchel werden sich nur durch einen komplizierten chirurgischen Eingriff reparieren lassen«, sagte Hoot. »Hier schaffen sie das nicht. Bei diesem Wetter könnte es Tage dauern, bis er in ein Krankenhaus mit einer Abteilung für orthopädische Chirurgie verlegt werden kann. Bis dahin wird er leiden müssen.«

»Hören Sie«, sagte Burton wütend. »Ich kann nichts dafür, dass der Kerl ein Säufer ist.«

»Er hätte diese Straße auch stocknüchtern nicht hinauffahren können«, brüllte Begley ihn an. »Ihretwegen hat die ganze verdammte Gegend keinen Strom mehr. Sie können von Glück sagen, dass das Krankenhaus ein Notstromaggregat hat, sonst säßen Sie hier in der Kälte und im Dunklen und würden mit all den Glassplittern im Gesicht aussehen wie ein Freak.«

Hawkins' Laster war gegen einen der vier Stützpfeiler des Überlandmastes geprallt. Unter gewöhnlichen Umständen hätte der Strommast den Aufprall wahrscheinlich überstanden. Aber unter dem Gewicht von Eis und Schnee war er oberlastig und eingeknickt, wobei er Dutzende von uralten Bäumen und ein ganzes Netz an Stromleitungen mitgerissen hatte. Vor allem aber war er quer über die Passstraße gestürzt und hatte damit den Weg auf den Berg versperrt.

Dutch Burton hatte sich von seinen Gefühlen zu einer Unbesonnenheit verleiten lassen. Ein inakzeptables Verhalten für jeden Mann, aber unverzeihlich für einen Polizisten. Seine von Eifersucht getriebene Entschlossenheit, den Berg noch heute zu erstürmen, war ebenso irrational wie gefährlich und hatte mehrere Opfer gefordert: Hawkins blieb wahrscheinlich bis an sein Lebensende verkrüppelt; der Streulaster war während eines der schlimmsten Schneestürme der letzten Jahrzehnte nicht mehr zu gebrauchen; und der Stromausfall hatte mehrere umliegende Countys lahmgelegt.

All das war eine Katastrophe.

Aber am meisten ärgerte Begley, dass Burton ihm mit seiner Idiotie jede Möglichkeit verbaut hatte, Tierney zu erwischen. Er konnte keinen weiteren Versuch unternehmen, auf den Berg zu gelangen, bevor die Straße geräumt war, was Wochen dauern konnte, oder bis sich das Wetter so weit beruhigt hatte, dass ihn ein Hubschrauber auf den Gipfel bringen konnte. So oder so hatten sie wertvolle Zeit vergeudet. Und Zeitverschwendung war für Begley nicht nur ein ausgesprochenes Ärgernis; für ihn war sie eine Sünde.

Sein einziger Trost war, dass er nicht als Einziger ein Opfer der Situation war; Ben Tierney konnte auch nirgendwohin.

»Verzeihung? Chief?« Harris, der junge Polizist, der sie vorhin in der Lodge überrascht hatte, streckte den Kopf durch die Stoffabtrennung.

»Was ist denn?«

»Ich bin gerade angefunkt worden. Mr und Mrs Gunn sind in der Zentrale.«

»Scheiße«, zischte Burton. »Die haben mir gerade noch gefehlt. Wer auch immer in der Zentrale ist, soll ihnen ausrichten, dass ich im Krankenhaus bin, dass sie nach Hause fahren sollen und dass ich so bald wie möglich zu ihnen komme.«

»Das hat er schon versucht«, antwortete Harris. »Das hat sie nicht beeindruckt. Weil sie nämlich nicht mit Ihnen sprechen wollen. Sondern …« Er nickte zu Begley hin. »Sie wollen wissen, ob es stimmt, dass Tierney Blue ist.«

Begley sah rot. Es gelang ihm mit Mühe, seine Stimme ruhig zu halten, aber sie bebte vor Zorn. »Sie machen hoffentlich Witze.«

»Nein, Sir.«

Begley ging auf den jungen Polizisten zu. »Woher haben sie das? Wer hat ihnen erzählt, dass wir uns für Tierney interessieren? Wenn Sie das waren, Officer Harris, dann steche ich Ihnen die Polizeimarke durch den Sack und schweiße sie fest.«

»Ich war's nicht, Sir. Ehrenwort. Es war Gus Elmer. Der alte Mann aus dem Motel.«

»Wir haben ihm eingeschärft, mit niemandem über unsere Ermittlungen zu sprechen.«

»Ich glaube nicht, dass er es absichtlich gemacht hat«, nahm Harris ihn in Schutz. »Er hat nicht direkt mit den Gunns gesprochen. Eigentlich hat er seine Cousine angerufen, um sich nach ihr zu erkundigen und um nachzufragen, wie sie den Sturm übersteht, wo doch ihr Ofen eine undichte Rauchklappe hat. Dabei ist es ihm rausgerutscht.«

»Rausgerutscht?«

Begleys Gebell riss Hawkins aus seiner medikamentös verstärkten Trance und ließ ihn laut aufstöhnen. Harris trat vorsichtshalber einen Schritt zurück. »Seine Cousine bügelt für Mrs Gunn«, erklärte er entschuldigend. »Ich schätze, sie hatte das Gefühl, dass sie es ihnen schuldig ist zu erzählen…« Er kam ins Stottern und verstummte dann unter Begleys vernichtendem Blick.

»Für wen bügelt Mr Elmers Cousine noch?« Harris war vollkommen unempfänglich für Begleys Sarkasmus. Während der Polizist noch über einer Antwort brütete, wandte er sich an Dutch Burton. »Ich würde gern in Ihrem Büro mit den Gunns sprechen.«

»Gut, aber ich komme mit.«

»Was ist mit Ihrem Gesicht?«

»Ich habe eine Salbe, die ich draufschmieren kann.«

Sie zogen ab. Im Vorbeigehen warf Begley einen kurzen Blick auf Cal Hawkins' Bett. An zahllosen Schläuchen hängend, war Hawkins in die Bewusstlosigkeit zurückgesackt. Obwohl Begley ihn vor Burton in Schutz genommen hatte, hatte er keinerlei Mitleid mit dem Mann.

Als sie endlich im Auto saßen und unterwegs waren, sagte Hoot: »Ich dachte, Sie hätten ohnehin vorgehabt, mit den Gunns zu reden, Sir.«

»Ich wollte sie anrufen, sobald wir das Krankenhaus verlassen.«

»Warum haben Sie sich da drin dann so aufgeregt?«

»Ich hatte gehofft, ich hätte sie so weit eingeschüchtert, dass sie begreifen, wie wichtig es ist, die Ermittlungen geheim zu halten. Wir müssen Tierney in Gewahrsam nehmen, ehe die Einheimischen mitbekommen, dass wir ihn suchen.«

»Sie sehen ja, wie schnell sich Klatsch verbreitet.«

»Genau das macht mir Sorgen, Hoot. Wenn wir Tierney nicht bald fassen, wird, so fürchte ich, eine Bande von Hohlköpfen, angeführt vom Polizeichef persönlich, die Dinge selbst in die Hand nehmen, weil sie überzeugt sind, dass er Blue ist. Der ungezügelte Volkszorn war in Situationen wie dieser noch jedes Mal stärker als das Gesetz.

Diese Meute von selbst ernannten echten Kerlen könnte, um ihr Weibsvolk zu schützen, sich auf alte ungeschriebene Regeln berufen. Falls sie Tierney vor uns in die Hände bekommen, kann er von Glück reden, wenn er seine Rechte vorgelesen bekommt, bevor er in seinem eigenen Blut ertrinkt. Wäre das nicht eine Superparty? Die Medien würden sich überschlagen. Sie würden das sofort mit den Einsätzen in Ruby Ridge und Waco vergleichen. Für die Fanatiker von der Anti-Waffen-Bewegung wäre das ein Freudenfest. Und wir würden verflucht noch mal den Arsch vollkriegen.«

»Ohne dass unsere Fragen beantwortet würden.«

»Ganz genau. Wo zum Beispiel die fünf Leichen liegen.«

Sie schwiegen kurz, dann sagte Hoot: »Sie haben gesagt, dass Sie befürchten, die Leute könnten Jagd auf Tierney machen, weil sie überzeugt sind, dass er Blue ist. Und wenn er es *nicht* ist?«

Begley zog die Stirn in Falten. »Das macht mir noch mehr Angst.«

20

Um möglichst viel Wärme in der Hütte zu halten, hatten sie alle Vorhänge zugezogen. Als das Licht ausging, wurde es im Schlafzimmer stockdunkel.

»Das war zu erwarten«, sagte Tierney.

Lilly wartete ein paar Sekunden, bis sich ihre Augen an die Dunkelheit gewöhnt hatten, und ging dann ans Fenster, wo sie einen Vorhang zur Seite zog. Die verfrühte Dämmerung draußen lieferte Tierney neue Argumente.

»Am Spätnachmittag wird es dunkel sein«, sagte er. »Das heißt, uns bleiben nur noch ein paar Stunden Tageslicht. Wenn ich jetzt sofort losgehe, könnte ich es gerade noch bis zum Auto und zurück schaffen.«

Lilly presste die Handballen auf die Augen. »Ich kann… nicht mehr… streiten.«

»Dann hör auf. Schließ endlich die Handschellen auf.«

»Dann bringst… du mich um.«

»Ich versuche, dein Leben *zu retten.*«

Sie schüttelte den Kopf und holte mühsam Luft. »Ich kann… bezeugen, dass… du Blue bist.«

»Du kannst überhaupt nichts bezeugen, wenn du erstickst.«

»Eine Nachricht.«

»Ach so, ich verstehe. Du hinterlässt eine Nachricht, dass ich Blue bin. Und die legst du so hin, dass sie garantiert gefunden wird.«

Sie nickte.

»Wenn es dazu käme, würde ich behaupten, dass du im Sauerstoffmangel unzurechnungsfähig warst und dass du kurz davor überzeugt warst, in unserer Hütte würden Elefanten tanzen. Sie würden mir glauben. Und was das angeht…« Er nickte zu dem blauen Band hin, das jetzt aufgewickelt auf der Sitzfläche des Schaukelstuhls lag, »… würde ich ihnen dasselbe erzählen wie dir – dass ich es gefunden habe und in den Ort bringen wollte, um es der Polizei zu übergeben.«

Sie deutete auf seine Hände.

»Ja, die Handschellen wären nicht so einfach zu erklären, aber ich hätte ein, zwei Tage, um mir eine plausible Erklärung zu überlegen. Möglicherweise würde ich meine Hände doch noch frei bekommen, bevor jemand hier heraufkommt.«

»Ich glaube nicht.« Sie nickte zu den blutigen Handgelenken hin. »Selbst wenn … ich sterben … würde, hätten sie … dich.« Damit beendete sie die Auseinandersetzung und kehrte ihm den Rücken zu, um das Zimmer zu verlassen.

»Was könnte denn schlimmstenfalls passieren?«

Sie blieb stehen, drehte sich aber nicht wieder um.

Er ließ nicht locker. »Was könnte denn schlimmstenfalls passieren, wenn du mich losbindest, Lilly? Selbst wenn ich Blue *wäre*. Dann könnte ich dich umbringen, sodass du mich nicht der Polizei ausliefern kannst. Du wirst sowieso sterben. Spätestens in ein paar Stunden. Wieso sollte es schlimmer sein, wenn ich dich umbringe?«

Sie sah ihn wieder an. »Keine weiteren … Opfer …«

»Ach, ich verstehe, was du mir sagen willst. Du willst mich nicht auf die ahnungslose Öffentlichkeit loslassen, wo ich nach Herzenslust über weitere Frauen herfallen und mit ihnen das anstellen kann, was ich angeblich mit den anderen angestellt habe. Ist es das?«

Sie nickte.

»Okay. Das klingt vernünftig. Und sehr altruistisch. Du stellst das Leben anderer Frauen über dein eigenes.« Er überlegte kurz und sagte dann: »Wenn ich mit deinen Medikamenten wieder da bin und genug Feuerholz für einen weiteren Tag ins Haus getragen habe, lasse ich mich wieder von dir fesseln. Und ich bleibe in Handschellen, bis wir gerettet werden.«

Sie versuchte zu lachen, doch ihr fehlte die Luft dazu. »Ich bin… nicht so… blöd…, so stark… ist der… Sauerstoff-… mangel… noch… nicht.«

»Du glaubst nicht, dass ich mein Wort halte?«

»Nein.«

»Das kannst du aber, Lilly, Ehrenwort. Du kannst mir glauben.«

»Gib mir… nur einen… Grund.« Obwohl sie fest entschlossen war, nicht zu weinen, füllten sich ihre Augen mit Tränen.

»Weine nicht«, flüsterte er rau.

Von seinem flehenden Blick angezogen wie auch von der Erinnerung an ihren Kuss, machte sie einen Schritt auf ihn zu. »Gib mir… nur einen… Grund,… warum ich… dir… glauben sollte,… Tierney.«

Er wollte ihr gerade antworten, als ihr Handy läutete.

Eine Sekunde oder zwei begriff sie nicht, was das für ein Geräusch war und woher es kam, sondern starrte Tierney fassungslos an, dem das unerwartete Läuten genauso die Sprache verschlagen hatte.

Als sie erkannte, dass das Dudeln aus ihrem Handy kam, zerrte sie es hektisch aus der Jackentasche und klappte es auf. »Dutch? Dutch!« Sie krächzte nur noch. Aber das war egal. Das Telefon war tot, das Display dunkel. Die Verbindung war schon wieder abgerissen. Ein kleiner Streich des Schicksals. Um sie zu verhöhnen.

Schluchzend sank sie auf die Knie, das stumme Handy gegen die Brust gepresst.

»Nicht weinen, Lilly.«

»Lass mich.«

»Du darfst nicht weinen. Das macht es nur schlimmer.«

Ihr Schluchzen ging in einen Hustenanfall über. Die Krämpfe ergriffen ihren ganzen Körper, zogen jeden Muskel zusammen und pressten die restliche Luft aus ihren Lungen. Während sie mühsam um Atem rang, bekam sie verschwommen mit, wie Tierney laut fluchend versuchte, sich mit doppelter Anstrengung aus den Handschellen zu befreien.

Es dauerte mehrere Minuten, bis sie ihren Husten wieder unter Kontrolle bekam, doch schließlich war er zu einem lauten Pfeifen abgeklungen.

»Lilly.«

Sie hob den Kopf und wischte die Tränen aus ihren Augen. Tierney hatte die Decke von den Beinen gestrampelt und zerrte an den Handschellen wie ein wildes Tier in der Falle, als wäre er bereit, seine Hände abzureißen, nur um zu ihr zu gelangen.

»Es stimmt, ich habe dir kaum einen Grund gegeben, mir zu glauben«, sagte er. »Und umso mehr Gründe, es nicht zu tun. Aber ich glaube, du weißt, du *weißt*, dass du keine Angst vor mir zu haben brauchst. Verlass dich auf deinen Instinkt. Selbst wenn du mir nicht vertraust, dann vertraue wenigstens ihm.« Er sah sie sekundenlang an, ehe er leise schloss: »Bitte stirb nicht.«

Sie analysierte jeden seiner Gesichtszüge und suchte dabei nach einem verräterischen Zeichen für einen bösartigen Charakter. Würde sie es nicht erkennen, wenn er ein Frauenmörder wäre? Würde sie nicht einen Anflug von Bösartigkeit erahnen?

Sie sah ihn an, sah ihn genau an, aber sie konnte nichts erkennen, was darauf hingedeutet hätte, dass er sie hintergehen wollte. Falls da wirklich etwas war, verstand er es perfekt zu verbergen. Er erschien ihr aufrichtig und so vertrauenswürdig, dass sie an sich selbst zweifelte.

Andererseits hatten seine Opfer seine Arglist ebenso wenig geahnt. Sie hatten ihm ebenfalls vertraut.

Offenbar war ihr anzusehen, dass sie entschlossen war, sich nicht irreführen zu lassen, denn er meinte wütend: »Na schön, dann ignorier deinen Instinkt und alle vernünftigen Argumente. Vergiss den Tag am Fluss. Und erst recht den Kuss gestern Abend. Zieh meinetwegen all das ab, aber wäge deine Chancen ab.«

»Chancen?«

»Wenn du am Leben bleibst, hast du eine Chance, Blue gefangen zu nehmen. Wenn du stirbst, hast du keine.«

Ich weiß nicht, was ich tun soll, schrie es in ihrem Kopf, aber aus ihrer Kehle drang nur noch ein schreckliches Gurgeln.

»Selbst die kleinste Chance ist besser als gar keine, Lilly.«

Natürlich klang das vernünftig. Aber sobald sie ihn losband, würde er sie wahrscheinlich töten. Ihre noch so kleine Chance, ihn vor Gericht zu bringen, würde mit ihr sterben.

Er nutzte ihr Zögern und sagte: »Das beste Argument habe ich mir für den Schluss aufgehoben. Die Pistole. Du hast sie immer noch und du weißt, wie man damit schießt. Wie sollte ich dir etwas antun, solange du mit der Waffe auf mich zielst?«

Sie nahm sich ein paar Sekunden Bedenkzeit für diesen Einwand. Er hatte Recht. Wenn alles Überlegen und Hinterfragen nicht weiterführte, musste sie ihre Chancen abwägen. Ganz langsam stand sie auf. Sie kämpfte das Schwindelgefühl nieder, das der Sauerstoffmangel auslöste, drehte sich um und ging ins Wohnzimmer.

»Lilly! Verflucht noch mal!«

Sie kehrte genauso schnell zurück, die Pistole in der einen Hand, den Schlüssel für die Handschellen in der anderen.

Seine Schultern sackten erleichtert nach unten. »Gott sei Dank.«

Sie legte die Pistole außerhalb seiner Reichweite auf den Stuhl. Dann näherte sie sich dem Bett und streckte ihm den Schlüssel hin. »Du … schließt … sie … auf.«

Sobald er den Schlüssel gepackt hatte, wich sie hastig zurück, griff nach der Pistole und zielte damit auf ihn.

Er hatte gerade genug Spiel in seinen Handschellen, um mit der einen Hand nach unten und der anderen nach oben fassen zu können. Mit bewundernswertem Geschick fädelte er den Schlüssel in das winzige Loch und drehte ihn. Die Handschelle um sein linkes Handgelenk löste sich. Sekunden später hatte er auch die zweite Schelle abgelegt.

Dann sprang er in einer einzigen flüssigen Bewegung vom Bett und schlug Lilly die Pistole aus der Hand. Das ging so schnell, dass sie kaum blinzeln konnte und erst recht keine Zeit hatte, auch nur den Gedanken zu fassen, dass sie den Abzug durchdrücken musste. Sie wirbelte herum und versuchte davonzulaufen, aber er schlang den Arm um ihre Taille, zog sie an sich und presste ihren rechten Arm an ihre Seite. Dann hob er sie vom Boden hoch und hielt sie, an seine Brust gedrückt, in der Luft.

»Hör auf!«, befahl er, als sie zu schreien begann.

»Ich hab's gewusst«, keuchte sie hysterisch. »Ich hab's gewusst. Du *bist* es.« Sie stieß den freien Ellbogen in seine Rippen und bohrte die Fingernägel in seinen Handrücken.

»Verflucht noch mal!« Er schleifte sie wenig galant ins Wohnzimmer, schubste sie aufs Sofa, hob dann die Hand an den Mund und lutschte das Blut weg, das aus den tiefen Kratzern quoll.

Lilly kauerte sich gerade lang genug auf der Sofakante zusammen, um schnaufend Luft zu holen, dann hechtete sie sich wieder auf ihn, die Hände zum Schlag gegen seinen Kopf erhoben. Aber der Sauerstoffmangel hemmte ihre Koordination. Ihre Arme fühlten sich schwer und gummiartig an. Sie versuchte mit den Fäusten seinen Kopf zu treffen, aber ihre Bemühungen blieben erfolglos. Die meisten Schläge reichten nicht weit genug, verfehlten ihn oder landeten schwach wie Kinderfäuste auf seinem Gesicht.

Als er sie bei den Schultern nahm und wieder aufs Sofa drückte, blieb ihr nichts anderes übrig, als schwer gegen die Rückenpolster zu sacken. Er stopfte die Pistole in den Hosenbund und wischte die blutende Hand an seinem Bein ab. Aus den wütenden Kratzern sickerte in Sekundenschnelle genauso viel Blut, wie er abgewischt hatte.

Er war fast so außer Atem wie sie. Er keuchte schwer und blinzelte hektisch, als müsste er gegen eine Ohnmacht ankämpfen. Sein Oberkörper war in der Taille abgeknickt. Nach ihrem Schlag gegen seine geprellten Rippen war es ihm unmöglich, aufrecht zu stehen.

Gut, dachte sie. *Hoffentlich tut es richtig weh.* Sie hätte gern laut gelacht, aber dazu fehlte ihr der Atem.

Dafür sah sie trotzig zu ihm auf. Wenn er sie jetzt umbrachte, wollte sie ihm dabei ins Gesicht sehen. Er sollte den Anblick ihrer trotzigen Miene mit ins Grab nehmen und in der Hölle für alle Zeiten vor Augen haben.

Er sah aus, als läge ihm etwas auf der Zunge, aber dann ging er ohne ein weiteres Wort zur Tür und zog sie auf. Sekunden später war er mit einem Arm voller Feuerholz zurück, das er auf dem Kaminrand ablegte. Er ging auf die Knie und stocherte in den Kohlen, um die Scheite auf dem Rost zum Brennen zu bringen.

Das verblüffte sie. »Du bringst … mich … nicht um?«

»Nein«, antwortete er barsch und stand auf. Er deutete auf die Scheite, die er gerade ins Haus gebracht hatte. »Lass sie trocknen und tu sie dann ins Feuer. Die sollten für ein paar Stunden reichen.«

Erst da wurde ihr klar, was er vorhatte. Er brauchte sie nicht umzubringen. Er brauchte sie nur allein zu lassen, in den Klauen einer tödlichen Asthmaattacke, und das Problem der lästigen Lilly Martin hätte sich von selbst erledigt. Wieso sich einen weiteren Mord aufhalsen, wenn er das gar nicht nötig hatte?

Gleichzeitig war er geistesgegenwärtig genug, alle Beweise aus dem Schlafzimmer zu holen, um seine bereits begangenen Verbrechen zu vertuschen. Er steckte die Handschellen und das blaue Band in den Rucksack. Er sah sie nicht an, als er beides in verschiedenen Seitenfächern verstaute. Hatte er etwa ein schlechtes Gewissen?

Denn dadurch, dass er sie nicht tötete, verurteilte er sie zu dem, was sie am meisten fürchtete. Während sie mit sich gerungen hatte, ob sie ihn losbinden sollte oder nicht, hatte sie kein einziges Mal die Möglichkeit bedacht, dass er sie allein lassen könnte, womit sie ihren schlimmsten Albtraum durchleben musste, ehe sie ihm erlag. Ihr Herz zog sich zusammen. »Du hast versprochen …«

»Ich weiß, was ich versprochen habe«, schnitt er ihr barsch das Wort ab.

Er zog den Mantel über und drückte behutsam die Mütze auf seinen Kopf. Dann legte er die Picknickdecke über die Mütze und faltete die Zipfel vor der Brust zusammen, bevor er den Reißverschluss seines Mantels zuzog. Nachdem er den Wollschal um den Hals und über Mund und Nase geschlungen hatte, schob er die Finger in die Handschuhe. Zuletzt hob er den Rucksack auf und hängte ihn über die Schulter. Bei jeder Bewegung verzog er gepeinigt das Gesicht und keuchte vor Schmerz. Trotzdem machte er sich schnell und zielstrebig bereit.

Als er auf dem Weg zur Tür war, fühlte sie den Drang, ihn zurückzurufen und ihn anzubetteln, dass er sie gleich erschießen möge. Es wäre ein schneller und relativ schmerzloser Tod verglichen mit dem langen, grauenvollen Sterben, das sie erwartete. Sie hatte mehr Angst vor der Angst und der Qual des Sterbens als vor dem Tod selbst.

Aber sie war zu stolz, um ihn um etwas zu bitten, und ihr Überlebensinstinkt verbot es ihr, freiwillig aus dem Leben zu gehen. Darum schaute sie schweigend zu, wie er davonging und sie zurückließ, dazu verdammt, um jeden Atemzug zu kämpfen, bis sie nicht mehr kämpfen konnte und ganz allein sterben würde.

Als er an der Tür stand, blieb er kurz stehen, eine Hand auf dem Türknauf, und drehte sich noch einmal zu ihr um. Über dem Schal verband sich sein Blick mit ihrem, aber nur für einen winzigen Augenblick.

Er öffnete die Tür. Ein Schneewirbel umtanzte ihn. Dann verschwand der Schnee und er mit ihm.

Lillys Handy läutete zweimal, ehe die Verbindung abriss, was für Dutch noch quälender war, als wenn das Handy überhaupt nicht geklingelt hätte. Die unterbrochene Verbindung verstärkte die Frustrationen, unter denen er jetzt schon zu zerbrechen drohte.

Der Vorraum im Polizeirevier war so überfüllt wie noch nie, seit er zum Chief ernannt worden war. Die Typen vom FBI waren hier. Agent Wise machte mit tiefernster Miene – wusste der Typ überhaupt, wie man lächelt – Millicents Eltern mit Begley bekannt. Mrs Gunn sah heute noch abgezehrter aus als gestern.

Wes war aus unerfindlichen Gründen schon hier gewesen, als sie eintrafen, und hatte Kaffee trinkend mit dem Polizisten am Empfang geschwatzt. Natürlich war er der Vorsitzende des Gemeinderates, aber seit wann gingen ihn polizeiliche Ermittlungen etwas an?

Harris war ihnen in seinem Streifenwagen vom Krankenhaus aus gefolgt. Er himmelte Wise und Begley an, hechelte ihnen wie ein Hündchen hinterher und stolperte in seinem Eifer, ihnen zu helfen, ständig über die eigenen Füße. Warum fuhr er nicht Streife, wie es seine Pflicht wäre? Und warum schickte er, Dutch, Harris nicht zu seiner Einheit und auf die Straßen zurück, wo er sich nützlicher machen konnte als hier drin, wo er nur dumm herumstand und jedem im Weg war?

Aus einem unerklärlichen Grund hatte Dutch nicht mehr die nötige Kraft, den jungen Polizisten zu maßregeln. Es erschien ihm viel zu mühsam, einen Befehl auszusprechen und ihn mit seiner Autorität zu untermauern. Er fühlte sich eigenartig losgelöst von dem, was um ihn herum vorging, und fragte sich nicht nur, wann ihm die Dinge derart entglitten waren, sondern vor allem, wann ihm das egal geworden war.

Seit das FBI in Gestalt des allmächtigen SAC Begley auf der Bildfläche erschienen war?

Oder seit Wes Hamer, sein sogenannter bester Freund, angefangen hatte, Begley in den Arsch zu kriechen?

Oder vielleicht seit Cal Hawkins ihm die Frage gestellt hatte, die er sich auch schon gestellt hatte: *Ob deine Ex überhaupt gerettet werden will?*

So machtlos hatte er sich seit seinem letzten verpfuschten Einsatz in Atlanta nicht mehr gefühlt. Damals war es der Gnadenstoß für ihn gewesen, ein Fehler, der zu schwerwiegend war, als dass er mit einer Disziplinarstrafe wie einer Suspendierung oder einer Abmahnung geahndet werden konnte. Es hatte nur noch die fristlose Entlassung gegeben. Wenn man mit der Dienstwaffe auf einen Neunjährigen zielt, weil man so besoffen ist, dass man seinen Baseballschläger für eine Waffe hält, dann muss einen das Police Department feuern. Geh nicht über Los. Zieh keine Pension ein. Du bist raus.

Heute fühlte er sich genauso gedemütigt. Von allen betrogen: seiner Frau, dem Wetter, seinem besten Freund, seinem Beruf, dem Schicksal, den Sternen oder Gott oder wer auch immer sein keinen feuchten Furz wertes Schicksal lenkte.

Er brauchte was zu trinken.

Officer Harris führte die Gunns und die FBI-Agenten durch den kurzen Gang zu Dutchs Büro. Begley, der bei dieser Parade die Nachhut bildete, drehte sich um und wandte sich an ihn: »Kommen Sie auch, Chief Burton?«

»Ich komme sofort nach. Sobald ich meine Nachrichten durchgeschaut habe.«

Begley nickte, ging dann weiter durch die Tür, die Harris ihm aufhielt, und trat in Dutchs Büro.

Sobald sie außer Hörweite waren, sah Wes Dutch an und musterte die Schnittwunden in seinem Gesicht. »Wie geht es dir?«

Dutch ließ sich von dem Polizisten an der Telefonzentrale einen Stapel von rosa Zetteln aushändigen. »Ganz super, vielen Dank.«

»Tut das Gesicht weh?«

»Mörderisch.«

»Hatten sie nichts, was man drauftun kann?«

»Das geht auch so.«

»Ich könnte in den Drugstore gehen und was von Ritt holen.«

Dutch zuckte mit den Achseln. »Wenn du meinst.« Er wollte schon losgehen, als Wes die Hand um seinen Ellbogen hakte.

»Bist du sicher, dass alles okay ist, Dutch?«

Er schüttelte Wes' Hand ab. »Scheiße, nein, nichts ist okay!«

Er merkte, dass sein Untergebener ganz Ohr war, und senkte daraufhin die Stimme. »Falls es dir nicht aufgefallen ist, es war ein beschissener Morgen.«

Wes fuhr sich seufzend mit der Hand über die Stoppelhaare. »Blöde Frage. Tut mir leid. Hör zu, Lilly geht es gut, Dutch. Da bin ich ganz sicher.«

»Ja.« Ehrlich gesagt machte er sich vor allem Sorgen, dass es ihr *zu* gut gehen könnte.

»Weißt du was?«, schlug Wes vor. »Während du mit Millicents Eltern redest, laufe ich kurz rüber zum Drugstore. Ich hole eine Salbe für deine Schnittwunden und lasse von Ritt oder Marilee ein paar Sandwiches machen, die ich danach vorbeibringe.«

Dutch sah Wes an, konnte aber keine Arglist in seiner Miene entdecken. Er sah nur die ebenmäßigen Gesichtszüge seines alten Freundes und jene aufrichtige Fürsorge, der er trotz ihrer Freundschaft nicht mehr traute. »Das wäre eine echte Hilfe. Danke.«

»Nichts zu danken. Und jetzt los. Das da drin ist deine Show, vergiss das nicht.«

Wes' Abschiedsworte bohrten sich durch Dutchs steinerne Gleichgültigkeit. Es war *tatsächlich* seine Show, aber Gott. Alle, ihn eingeschlossen, schienen das vergessen zu haben. Höchste Zeit, es wieder klarzustellen.

Auf dem Weg über den Gang zu seinem Büro streckte er die Schultern durch und legte mehr Zuversicht in seine Schritte. Harris stand vor der Tür wie ein Wachposten. Dutch deutete mit dem Daumen zur Straße hin. »Ihr Streifenwagen wartet.«

Harris sah ihn blöde an. »Sir?«

»Sie haben nicht schneefrei bekommen, Harris«, bellte er ihn an. »Ab zur Arbeit.«

»Ja, Sir.« Der junge Polizist eilte den Gang hinunter.

Dutch betrat sein Büro und bekam gerade noch mit, wie Mrs Gunn Wise und Begley erzählte, dass Millicent keine Probleme gemacht hätte, abgesehen von ihrer Essstörung, die aber geheilt worden sei.

»Ich ertrage den Gedanken nicht, dass sie bei diesem Wetter irgendwo da draußen ist«, sagte sie.

»Genau darum sind wir froh über diese Gelegenheit, mit Ihnen zu sprechen, Mrs Gunn.«

Begleys Tonfall war der eines gütigen Vaters, und Dutch ärgerte es, wie die Gunns darauf reagierten. Wenn Begley erst einmal ein paar Tage an diesem Fall gearbeitet hätte, würden sie seine Methoden und seine Ergebnisse genauso in Frage stellen wie die von Dutch.

»Sie meinen also, dass Ben Tierney der B.T. ist, von dem Millicent in ihrem Tagebuch schreibt?«, fragte Mr Gunn.

»Wir sind noch nicht sicher«, antwortete Begley. »Agent Wise zieht mehrere Möglichkeiten in Betracht. Mr Tierney ist eine davon. Wir müssen gründlich nachforschen, ehe wir irgendwelche Schlüsse ziehen können.«

»Aber der alte Gus Elmer hat erzählt, Sie hätten die Zimmer von diesem Tierney in seinem Motel versiegelt. Haben Sie was darin gefunden? Etwas, das Millicent gehört?«

Dutch sah, wie die Agenten einen fassungslosen Blick wechselten. Wise nahm es auf sich, Mr Gunns Frage zu beantworten. »Wir haben seine Räume versiegelt, um mögliche Beweismittel zu sichern, falls Mr Tierney etwas mit Millicents Verschwinden zu tun haben sollte. Das heißt nicht, dass wir das glauben.«

»Aber Sie haben sonst keine Räume versiegelt«, wandte Gunn ein. »Wie viele Männer hier in der Gegend haben noch die Initialen B.T.?«

Begley wich dieser Frage mit einer Gegenfrage aus. »Hat Millicent je über ihn gesprochen?«

»Sie hat ihn erwähnt.«

»In welchem Zusammenhang?«

»Unten im Laden meines Bruders, wo sie arbeitet, gibt es ein Nachrichtenbrett. Wenn jemand mit einer Rute, die er dort gekauft hat, einen großen Fisch fängt oder wenn er einen Hirsch mit einer Flinte erlegt, die ihm mein Bruder verkauft hat, dann hängt er ein Foto davon ans Nachrichtenbrett. Als Gratisreklame sozusagen.

Tierneys Artikel hängen natürlich auch dort. Er ist bei Weitem ihr berühmtester Kunde. Ich glaube, Millicent hält ihn für einen Prominenten, schließlich kennt man ihn aus Zeitschriften und so weiter. Sie war jedes Mal schrecklich aufgeregt, wenn er in den Laden kam. Vielleicht ist sie in ihn verschossen.«

»Hat sie ihn jemals außerhalb des Ladens getroffen?«, fragte Wise.

»Nicht dass wir wüssten. Aber inzwischen fragen wir uns das auch. Ein hübsches junges Mädchen wie Millicent, das einen älteren Mann vergöttert…« Gunn sah besorgt zu seiner Frau hinüber, die in ihr Taschentuch schluchzte. »Sie wissen, was ich sagen will.« Er hustete hinter vorgehaltener Hand. »Wissen Sie schon, ob er was mit den anderen vermissten Frauen zu tun hatte?«

»Ein Kollege in unserem Büro in Charlotte arbeitet daran«, sagte Wise.

»Ich muss Sie um Entschuldigung dafür bitten, dass ich Ihnen ein paar direkte Fragen stellen werde«, sagte Begley zu den Eltern des Mädchens. »Aber Diplomatie erfordert Zeit, und die möchte keiner von uns vergeuden, nicht wahr?«

»Nein, Sir. Fragen Sie ruhig. Es wurde schon genug Zeit vergeudet.«

Dutch ignorierte den beißenden Blick, den Ernie Gunn ihm zuwarf.

»Was war der Grund für Millicents Essstörung?«, fragte Begley. »Wurde das jemals untersucht?«

»Wir glauben, es war der Gruppenzwang«, antwortete Mr Gunn für beide Eltern. »Sie wissen, wie junge Mädchen auf ihr Gewicht achten.«

Begley lächelte. »Ich habe eine Tochter, ein bisschen jünger als Millicent, die schon jetzt Angst hat, dass sie zu viel wiegen könnte, obwohl sie höchstens fünfzig Kilo hat.«

»Millicent magerte damals auf neununddreißig Kilo ab«, gestand Mrs Gunn leise. »Das war der Tiefpunkt. Dann haben wir interveniert.«

Auf Begleys Nachfrage hin erzählten sie genauer von ihrer Krankheit und der angeblichen Genesung.

»Jetzt macht sie sich gut«, schloss Mr Gunn. »Natürlich hat

sie inzwischen wieder ein paar Pfund verloren, aber das kommt von ihrem Cheerleader-Training. Wir sind fast sicher, dass sie sich nicht absichtlich übergibt. Das macht sie nicht mehr.«

Dutch war da weniger überzeugt, und er sah Wise und Begley an, dass sie es ebenso wenig waren.

»Wie steht es mit Jungs?«, fragte Begley.

»Die hat sie auch. Ab und zu. Sie wissen schon. Es sind eben Kinder. Sie verliebt und entliebt sich so regelmäßig, wie sie die Frisur wechselt«, sagte Mr Gunn.

»Kein fester Freund?«

»Nicht seit Scott.«

Dutch reagierte verblüfft, und das fiel den Agenten auf. Sie sahen ihn neugierig an und wandten sich dann wieder an die Gunns.

»Scott wer?«, fragte Wise.

»Hamer«, antwortete Mr Gunn. »Der Sohn von Wes. Er und Millicent waren das ganze letzte Jahr befreundet, obwohl sie das inzwischen anders nennen. Sie ›gingen miteinander‹.« Er schnaubte verächtlich über den Begriff.

»*Gingen?«,* fragte Wise.

»Kurz vor den Frühjahrsferien haben sie sich getrennt.«

»Wissen Sie, warum?«

Mr Gunn zuckte mit den Achseln. »Wahrscheinlich hatten sie genug voneinander.«

»Nein, Schatz«, mischte sich Mrs Gunn ein. »Damals ist irgendwas passiert, was sie auseinandergebracht hat. Das habe ich schon damals gesagt.«

Begley beugte sich vor. »Und was könnte das gewesen sein, Mrs Gunn?«

»Das weiß ich nicht. Millicent hat es nie erzählt. Ich wollte mit ihr darüber reden, aber sie wollte und will das auf keinen Fall. Schließlich habe ich aufgehört zu fragen, weil sie sich so aufregte und dann nichts mehr aß. Dass sie verhungern könnte, machte mir mehr zu schaffen als der Ärger mit ihrem Freund.«

Sie hätte genauso gut herausschreien können, dass das eine mit dem anderen zusammenhing, so offensichtlich war es für Dutch und die FBI-Agenten.

Wise war der Erste, der das einsetzende Schweigen brach. »In ihrem Tagebuch steht nichts über Scott Hamer oder die Trennung.«

»Sie führt das Tagebuch erst, seit sie aus dem Krankenhaus kam. Es gehört zu ihrer Therapie«, erklärte Mr Gunn. »Die Psychologin meinte, sie soll anfangen, alles aufzuschreiben. Positive Dinge.« Sein Mund verhärtete zu einem dünnen Strich. »Ich vermute, sie hält Ben Tierney für etwas Gutes.«

»Zum gegenwärtigen Zeitpunkt haben wir keinen Anlass, etwas anderes anzunehmen, Mr Gunn«, warnte Begley strenger als zuvor.

»Sie können mir erzählen, was Sie wollen, Mr Begley.« Gunn stand auf und reichte seiner Frau die Hand, um ihr beim Aufstehen zu helfen. »Ich würde mein ganzes Geld auf ihn setzen. Ich kenne seit meiner Geburt jeden hier in Cleary und in den drei Countys ringsum. Ich kann mir nicht vorstellen, dass einer davon so was Grausames tun würde, wie fünf Frauen verschwinden zu lassen. Das muss jemand von außerhalb sein, aber er muss sich gleichzeitig hier auskennen, und er hat die Initialen B.T. Auf Mr Ben Tierney trifft all das zu.«

21

Das muss man geübt haben«, sagte William. »Das kann nicht jeder.«

»Ich schaff' das schon. So schwer kann das doch nicht sein, oder?«

William hasste Wes Hamers herablassenden Tonfall. Nur weil er der Superhengst und Footballtrainer war, hieß das noch lange nicht, dass er eine Spritze setzen konnte. »Ich kann auf dem Heimweg bei dir zu Hause anhalten und …«

»Ich schaff das schon, Ritt.«

William hasste es auch, wenn man ihn Ritt nannte. Wes hatte ihn schon in der Grundschule immer nur Ritt genannt. Damals war Wes ein kleiner Tyrann gewesen, und jetzt war er ein großer Tyrann. Sie waren gleich alt, aber er behandelte William nicht respektvoller als einen seiner Studenten, und das nahm William ihm übel.

William hatte gute Lust, die Packung Spritzen und den kleinen Beutel mit einem Mehrtagesvorrat an Ampullen wieder wegzupacken. Aber das tat er nicht. Dass er Wes belieferte, gab ihm grenzenlose Macht, und das genoss er.

»Was ist das?«

Marilees unerwartetes Erscheinen im Lagerraum überraschte sie beide. Wes hatte sich als Erster wieder gefangen. Er stopfte die Sachen in die Manteltasche und schenkte ihr sein berühmtes Killerlächeln. »Bist du bereit?«

Williams Schwester reagierte mit einem kleinen Seufzer auf seine zweideutige Frage. Wie jede Frau, die seinem betörenden

Lächeln ausgesetzt war, verwandelte sie sich augenblicklich in ein willenloses Schaf.

»Ich wollte euch nur daran erinnern, dass ich das Brot nicht toasten kann, weil wir keinen Strom haben«, sagte sie zu Wes. »Linda macht die Käsesandwiches immer mit getoastetem Brot.«

»Das wird jeder verstehen.«

»Süßsaure Gurken oder Salzgurken?«

»Halb-halb.«

»Fritos oder Kartoffelchips?«

»Halb-halb.«

»Ich brauche noch fünf Minuten.«

Sie ließ sie allein. Wes wandte sich wieder William zu und tätschelte seine Manteltasche. »Was bin ich dir schuldig?«

»Ich setze es auf deine Rechnung.«

»Aber ohne Bezeichnung.«

»Als wäre ich so unvorsichtig. Also, du hast gesagt, Dutch bräuchte noch was für sein Gesicht?«

Wes erzählte ihm von den Schnitten, und William gab ihm eine Tube mit desinfizierender Salbe, ein Werbegeschenk der Pharmafirma. »Das sollte verhindern, dass sie sich infizieren. Wenn das nicht hilft, kann ich ihm auch was Stärkeres geben.«

Wes las die Aufschrift. »Eines Tages wird man dich noch dafür verknacken, dass du ohne Rezept verschreibungspflichtige Medikamente verteilst.«

»Ach, das glaube ich nicht. Wer sollte mich denn verraten?«, fragte William scheinheilig.

Wes lachte. »Wahrscheinlich hast du Recht.«

William schob ihn aus dem Lager. Während sie durch den halbdunklen Laden gingen, schilderte ihm Wes, was sich am Morgen alles ereignet hatte. »Es ist ein Wunder, dass die beiden nicht zerquetscht wurden. Wir mussten die Bahre an einem Seil runterlassen. Dutch band Hawkins darauf fest. Ich habe noch nie einen erwachsenen Mann so schreien hören wie Hawkins, als wir ihn hochzogen. Dem armen Schwein geht's gar nicht gut.

Rein körperlich ist Dutch okay, aber er flippt fast aus, weil Lilly immer noch mit Tierney da oben ist. Und dann sind da die FBI-Typen. Arschgeigen im Trenchcoat. Als hätte Dutch nicht schon genug Probleme, muss er sich auch noch mit ihnen und mit Millicents Eltern rumschlagen.«

»Gibt's was Neues bei den Ermittlungen?«

»Das kann ich euch erzählen.« Marilee drehte sich um. Die beiden waren an der Kaffeetheke angekommen, wo sie gerade die Sandwiches einwickelte. Sie nickte zu dem batteriebetriebenen Radio hin, das auf den Lokalsender eingestellt war. »Eben wurde gemeldet, dass das FBI Ben Tierney als Blue identifiziert hätte.«

Tierney war so kraftlos wie noch nie in seinem Leben.

Ihm war schwindlig, teils vor Hunger, teils wegen seiner Gehirnerschütterung. Seine Verletzungen peinigten ihn ununterbrochen mit scharfen Stichen oder dumpf pochenden Schmerzen. Er hatte die Zähne so fest gegen die Kälte zusammengebissen, dass er den Druck bis in die Zahnwurzeln spürte.

Gegen keine dieser Widrigkeiten konnte er etwas unternehmen. Um zu überleben musste er sich ganz und gar auf seine Willenskraft verlassen.

Leider konnte er mit seiner Willenskraft nichts gegen den Schneefall ausrichten. Der Schnee ließ die Grenze zwischen Erde und Himmel verschwimmen. Er verschluckte alle Orientierungspunkte. Tierney war in einer grenzenlosen weißen Welt gefangen. Ohne einen Horizont als Bezugspunkt konnte man leicht vom Weg abkommen und sich hoffnungslos verlaufen.

Trotzdem pflügte er weiter voran und stapfte durch den

Schnee, der streckenweise bis über seine Knie reichte. Ehe er den Weg bergab antrat, bog er kurz zum Geräteschuppen ab, um eine Schneeschaufel mitzunehmen, die er dort gesehen hatte. Sie half halbwegs, einen Weg freizuschaufeln, trotzdem schob er sich hauptsächlich mit dem Körper durch die Schneewehen. Die Schaufel diente vor allem als Stock und als Stütze, wenn ihn das Schwindelgefühl zu übermannen drohte.

Auch unter extremen Umständen legt man nur ungern alte Angewohnheiten ab. Aus purem Eigensinn oder vielleicht Dummheit nahm er in dem sicheren Wissen, dass er weiter unten wieder auf die Straße stoßen musste, eine Abkürzung, um eine Serpentine abzuschneiden und auf diese Weise mehrere hundert Meter einzusparen. Doch im Wald lauerten Gefahren, die er nicht sehen konnte. Er stolperte über Steine, umgestürzte Bäume und Baumstümpfe, die sich unter dem tiefen Schnee versteckten. Die Wurzeln verwandelten sich in Fußangeln, die ihn ins Straucheln und schließlich zu Fall brachten.

Wenn er sich einen Knöchel oder das Bein brach, in einen Spalt trat, aus dem er nicht mehr freikam, oder sich in dieser nahtlos weißen Welt verirrte, bedeutete das den sicheren Tod. Aber weil er keinesfalls stehen bleiben und darüber nachdenken wollte, welche Gefahren und Risiken ihn erwarteten, weil er sonst seinen Weg bestimmt nicht fortsetzen, sondern umkehren und zurückgehen würde, zwang er sich, ganz konzentriert einen Schritt vor den anderen zu setzen und den Fuß immer nur aus dem einen frisch getretenen Loch im Schnee zu ziehen, um ihn gleich darauf ins nächste zu setzen.

Er erlaubte sich auch nicht, über die Kälte nachzudenken, obwohl sie unmöglich zu ignorieren war. Seine Kleidung war ein Witz, so unangemessen war sie. Bevor er gestern aus der Lodge abgefahren war, hatte er sich für einen kühlen Tag im Freien angezogen – mit Mantel, Schal und Mütze. Aber heute hatte der Begriff »Kälte« eine ganz andere Dimension. Die Temperatur lag schätzungsweise zwischen zehn und zwanzig Grad Celsius unter null. Den frostigen Wind eingerechnet, betrug die gefühlte Temperatur etwa minus dreißig Grad. Noch nie war er einer derartigen Kälte ausgesetzt gewesen. Noch nie. Nicht auf all seinen Reisen.

Seine Atem- und Pulsfrequenz kletterte bald in gefährliche Höhen. Sein Herz fühlte sich an wie ein Ballon kurz vor dem Platzen. Die Vernunft sagte ihm, dass er anhalten und eine Pause einlegen musste. Doch das wagte er nicht. Falls er stehen blieb, und sei es noch so kurz, würde er sich wahrscheinlich nie wieder bewegen.

Irgendwann würde man seinen erfrorenen Körper finden. Und daneben seinen Rucksack. Mit dem Band. Und den Handschellen.

Lilly würde man tot in der Hütte auffinden.

Daraufhin würde man die ganze Gegend durchkämmen. Eine entsetzliche Entdeckung würde zur nächsten führen. In seinem abgestellten Wagen würde man die belastende Schaufel im Kofferraum finden. Schließlich würden sie auf die Gräber stoßen.

Tierney ging weiter.

Seine Wimpern verkrusteten unter den Schneeflocken, die sofort vereisten und ihn vorübergehend blind machten, was genauso ärgerlich wie gefährlich war. Der feuchte Atem gefror auf dem Wollschal und machte ihn steif.

Unter den Kleidern schwitzte er vor Anstrengung. Er spürte die Schweißperlen über seinen Rumpf rinnen, direkt über die schmerzenden Rippen auf seiner Linken, wo Lilly ihren wohlgezielten Ellbogenstoß gelandet hatte.

Normalerweise war sein Orientierungssinn zuverlässig wie ein Kompass. Aber als er ganz kurz anhielt, um auf seine Armbanduhr zu sehen, begann er zu fürchten, dass ihn sein sechster Sinn diesmal im Stich gelassen haben könnte. Selbst wenn er das Gelände berücksichtigte, durch das er sich kämpfen musste, hätte er inzwischen mit Sicherheit die erste Serpentine abschneiden und auf die Straße stoßen müssen.

In der vergeblichen Hoffnung, einen vertrauten Punkt auszumachen, schaute er sich um, doch in diesem Schneewirbel sah ein Baum wie der andere aus. Natürliche Orientierungszeichen wie Felsen oder verrottende Baumstümpfe waren unter der weißen Decke verschwunden. Nichts außer seinen frischen Fußstapfen durchbrach die jungfräuliche Schneedecke.

Sein Verstand mahnte ihn, dass sein Orientierungssinn nicht unfehlbar war, dass er sich vielleicht verlaufen hatte und im Kreis ging. Doch dann siegte der Instinkt, der ihm sagte, dass er immer noch auf Kurs war, dass er nur falsch eingeschätzt hatte, wie weit er gehen musste, um die Serpentine abzuschneiden und wieder auf die Straße zu kommen.

Er hatte sich zu oft auf diesen Instinkt verlassen, um ihm jetzt zu misstrauen.

Den Kopf gegen den Wind eingezogen, stapfte er weiter und versicherte sich bei jedem Schritt, dass er bestimmt bald auf der Straße landen würde, wenn er die eingeschlagene Richtung einhielt.

Und so war es auch.

Allerdings nicht ganz wie erwartet.

Er landete nach einem drei Meter tiefen Sturz darauf.

Sein rechter Fuß landete zuerst. Mit der Wucht einer Pfahlramme jagte er durch den kniehohen Schnee und prallte so schmerzhaft auf den vereisten Asphalt darunter, dass Tierney laut aufschrie.

Nachdem er Begley, Hoot und Burton erklärt hatte, dass er Ben Tierney für den Täter hielt, hatte Ernie Gunn nichts weiter zu sagen. Ohne ein weiteres Wort und mit festem Schritt führte er seine Frau zur Tür. Ihr Abgang hinterließ ein Vakuum in Chief Burtons engem Büro.

Begley brach das betretene Schweigen. »Wir müssen mit dem jungen Hamer reden.«

Hoot hatte schon geahnt, dass das Begleys nächster Schritt wäre. »Wäre ganz interessant, ihm auf den Zahn zu fühlen, was er zu Millicents Verschwinden meint.«

»Einen Moment«, sagte Burton. »›Ihm auf den Zahn zu fühlen‹? Scott und das Mädchen waren vor einem Jahr zusammen, na und?«

»Darum wollen wir mit ihm reden. Haben Sie was dagegen einzuwenden?« Begleys Nussknackerblick forderte Burton heraus, ihm zu widersprechen.

»Ich würde gern erst Wes Bescheid sagen.«

»Warum?«, fragte Hoot.

»Wir ermitteln in einem Verbrechensfall«, meinte Begley. »Vor dem Gesetz ist jeder gleich, es ist mir egal, wer sein Daddy ist.«

»Tja, genau da unterscheiden wir uns«, erklärte Burton kampflustig. »Wir können nicht einfach mit der Tür ins Haus fallen und nach Scotts Beziehung zu einem vermissten Mädchen fragen.«

Begley musste tatsächlich lachen. »Und warum nicht, verflucht noch mal?«

»Weil«, erwiderte Burton angespannt, »das nicht unserer Art entspricht.«

»Tja, nur konnten Sie mit ›Ihrer Art‹ noch keine dieser Frauen aufspüren, oder?« Burtons zerschlitztes Gesicht wurde noch röter, aber Begley hob die Hand, um jeden Einwand zu unterbinden, den der Polizeichef vorbringen konnte. »Schon gut, schon gut. Ganz ruhig. Niemand soll sagen, dass das FBI keine Manieren hätte. Wollte uns Hamer nicht ein paar Sandwiches zum Mittagessen bringen?«

»Ja.«

»Wenn er zurückkommt, sagen Sie ihm, dass wir mit Scott

sprechen wollen. Sie gehen nicht ins Detail, sondern sagen bloß, dass wir ein paar Fragen an ihn haben. Sobald wir gegessen haben, fahren wir hinüber.«

Ohne auch nur zu nicken, stampfte Burton nach draußen.

»Sie sind gute Freunde«, bemerkte Hoot, sobald der Chief außer Hörweite war.

»Das dürfen wir nicht vergessen.«

Nachdem er das gesagt hatte, forderte Begley etwas »Besinnungszeit« für sich. Noch während Hoot die Tür zuzog, sah er den SAC nach seiner Bibel greifen.

Im Vorraum ignorierte Hoot Burtons scheelen Blick und bat den Polizisten an der Telefonzentrale um eine freie Leitung. Dann rief er Perkins in Charlotte an, landete jedoch auf dessen Mailbox. Mit knappen Worten berichtete er von dem Stromausfall und den Problemen beim Mobilfunkempfang.

»Falls Sie mich telefonisch nicht hier in der Polizeistation erreichen, rufen Sie auf meinem Pager an und drücken die drei-drei-drei. Das ist für mich das Zeichen, auf meinem Laptop die E-Mails abzufragen.«

Gerade als er auflegte, kam Wes Hamer mit einer Schachtel voll verpackter Sandwiches herein. Aber das Mittagessen war vergessen, als er erzählte, was im Radio gemeldet worden war. Hoot sagte: »Das meinen Sie nicht ernst.«

»Todernst«, widersprach Wes düster. »Soll ich hinfahren und ihnen sagen, dass sie damit aufhören sollen?«

»Das Kind ist schon in den Brunnen gefallen«, antwortete Dutch für Hoot. »Jetzt brauchen wir ihn nicht mehr abzudecken.«

So wie Hoot es sah, wirkte Burton nicht allzu aufgebracht über die verfrühte Bekanntgabe von Tierneys Namen. Im Gegenteil, er schien sich klammheimlich darüber zu freuen. Im Gegensatz dazu würde SAC Begley ausflippen, und es war Hoots unangenehme Pflicht, das Fiasko zu melden.

Er ließ sich alle Einzelheiten geben, die er für notwendig hielt, ließ die anderen dann bei ihren Sandwiches stehen und ging durch den Gang zu Burtons Büro. Er klopfte dezent an die geschlossene Tür. »Sir?«

»Kommen Sie herein, Hoot.« Begley las den Vers zu Ende, klappte die Bibel zu und winkte Hoot ins Zimmer. »Ist das Essen da? Ich bin am Verhungern.«

Hoot schloss die Tür. Ohne jede Vorrede gab er die Neuigkeit weiter.

Der SAC knallte die Faust auf den Tisch und sprang auf. Dann überzog er die Wände mit einem Schwall obszöner Flüche. Hoot schwieg wohlüberlegt, bis Begleys Vulkanausbruch zu einem dumpfen Köcheln abgeklungen war. »Sir, das einzig Gute dabei ist, dass das Lokalradio keine große Zuhörerschaft hat und dass heute nur die Leute Radio hören können, die ein batteriebetriebenes Gerät zu Hause haben.«

Hoot schilderte genau, was Dutch und Wes ihm erzählt hatten. »Die beiden DJs – wenn wir sie so nennen wollen – stammen von hier. Es sind Waldarbeiter, die vor ein paar Jahren in Rente gegangen sind und zum Zeitvertreib begonnen haben, einen Hörfunk für Lokalnachrichten zu betreiben, der wie ein Gemeindeblatt jeden Samstagmorgen auf Sendung ging. Weil die Sendung so gut ankam, wurde sie bald täglich ausgestrahlt. Sie senden von sechs bis achtzehn Uhr, die meiste Zeit wird gesprochen.«

»Sie hören sich gern reden.«

»Offenbar. Zwischendurch spielen sie Musik, größtenteils Country, und verlesen die Nachrichten und den Wetterbericht, aber im Grunde verbreiten sie hauptsächlich Gerüchte. Es ist bloß eine Klitsche. Sie senden von einem Nebenzimmer im hiesigen Vereinsheim aus, aber sie haben ein Notstromaggregat und konnten daher trotz des Stromausfalls auf Sendung bleiben.«

Die Faust in die andere Handfläche bohrend, kam Begley hinter Dutchs Schreibtisch hervor. »Wenn ich je herausfinde, wer das diesen Schwatztrinen gesteckt hat, trete ich ihm in den Arsch, dass er zu den Ohren rausfurzen muss.«

Hoot wollte darauf keine passende Erwiderung einfallen, darum wartete er ein paar Sekunden, ehe er erklärte: »Ich glaube nicht, dass wir das je erfahren, Sir. Das kann eine ganze Reihe von Leuten gewesen sein.«

»Tja, wer es auch war, er hat unsere Nachrichtensperre zum Witz gemacht.«

»Ja, Sir.«

Begleys Stirnfalten wurden immer tiefer. »Hoot, wir müssen verflucht aufpassen, dass wir uns diesen Tierney holen, bevor es irgendwer sonst tut.«

»Da bin ich ganz Ihrer Meinung.«

»Nehmen Sie sich ein Sandwich, dann rufen Sie in Charlotte an und bestellen einen Hubschrauber.« Er zielte mit dem Zeigefinger in Hoots Richtung und sagte: »Ich will da oben einen Helikopter und ein Rettungsteam haben, und zwar sofort.«

Hoot sah aus dem Fenster.

»Ich weiß, ich weiß«, murmelte Begley verdrossen. »Dann soll der Hubschrauber eben hier sein, sobald irgendwer durch diese Suppe fliegen kann. Kapiert?«

»Kapiert, Sir.«

Begley ging zur Tür und blieb dann stehen. »Und, Hoot, alle Gespräche mit dem Büro in Charlotte bleiben vertraulich. Je weniger die Leute hier wissen, was wir vorhaben, desto besser.«

»Gilt das auch für die Polizei?«

Begley zog die Tür auf und antwortete aus dem Mundwinkel: »*Vor allem* für die Polizei.«

Der Schmerz presste die Luft aus Tierneys Lungen. Die Tränen gefroren, noch bevor sie ihm aus den Augen rinnen konnten.

Flach auf dem Rücken liegend, fluchte er ausgiebig und laut vor Schmerz und Zorn.

Als der erste reißende Schmerz nachließ und es im Gegenteil ein angenehmes Gefühl wurde, im Schnee zu liegen, wusste er, dass er in akuter Gefahr war zu erfrieren. Genau das war die Vorstufe; das Opfer wiegte sich in einem falschen Gefühl von Wärme und Sicherheit.

Auch wenn es ihn unendliche Willenskraft kostete, zwang er sich, den verletzten Knöchel zu bewegen. Der Schmerz, der durch sein Bein jagte, verschlug ihm den Atem, aber zumindest riss er ihn aus der todbringenden Trance, in die er gefallen war.

Er setzte sich auf. Sein Kopf drehte sich so sehr, dass er ihn mit beiden Händen festhalten musste, um nicht wieder umzukippen. Es gelang ihm gerade noch, den Schal von seinem Mund zu zerren, bevor er sich in den Schnee übergab. Er würgte bittere Magensäure hoch, und die Magenkrämpfe riefen ihm in Erinnerung, wie sehr seine Rippen schmerzten.

Er atmete mehrmals tief durch, legte dann das ganze Gewicht auf das linke Bein und stand auf. Dann testete er den rechten Knöchel, indem er ihn langsam kreisen ließ. Der Fuß schmerzte wie die Hölle, aber Tierney glaubte nicht, dass er gebrochen war. Immerhin etwas. In diesem Stadium erschien ihm alles als Glück, was keine direkte Katastrophe war.

Er machte sich wieder auf den Weg, diesmal schwer auf die Schaufel gestützt.

Er war so aufs Gehen konzentriert, dass er jedes Gespür für Zeit und Entfernungen verlor. Auch der Knöchel beanspruchte seine Aufmerksamkeit. Er spürte, wie er im Stiefel anschwoll. Zum Glück würde das feste Leder die Schwellung auf ein Minimum eindämmen. Oder würde der enge Schaft die Blutzufuhr abschnüren und Erfrierungen auslösen? Den Fuß absterben lassen? Warum hatte er plötzlich vergessen, was er im Erste-

Hilfe-Kurs gelernt hatte? Genau wie seine Postleitzahl? Oder seine Telefonnummer in Virginia?

Mein Gott, er war so hungrig. Aber gleichzeitig war ihm so übel, dass er immer wieder trocken würgen musste.

Ihm war kalt bis auf die Knochen, aber seine Haut glühte wie im Fieber.

Am schlimmsten war dieser gottverdammte Schwindel.

Möglicherweise trieb gerade jetzt ein todbringendes Blutgerinnsel, das sich durch die harte Landung auf dem Asphalt gelöst hatte, durch seine Adern in Richtung Hirn, Lunge oder Herz.

Unzusammenhängende und bizarre Gedanken wie dieser schwirrten wie Glühwürmchen durch seinen Kopf. Sie erloschen, ehe er sie festhalten und verarbeiten konnte. Immerhin war er noch klar genug im Kopf, um den Beginn eines Deliriums zu erkennen.

Eigentlich waren die verschiedenen Schmerzen seine Freunde. Ohne sie wäre er vielleicht in ein Stadium der Euphorie abgedriftet, hätte sich hingelegt, die Wange an einen Busen aus Schnee geschmiegt und wäre gestorben. Aber die Schmerzen ließen ihn nicht zur Ruhe kommen. Wie eine neunschwänzige Katze peitschten sie ihn weiter. Sie hielten ihn wach, aufrecht, am Leben. Obwohl die ganze Zeit sein Verstand kreischte, endlich anzuhalten. Sich hinzulegen. Einzuschlafen. Zu kapitulieren.

22

Wieso? Weshalb? Warum ich?«

»Reg dich nicht auf!«, fuhr Wes seinen Sohn an. »Sie kommen nicht her, weil sie dir irgendwas vorzuwerfen haben.«

»Woher weißt du das?«

»Und selbst wenn, hast du nichts zu verbergen. Nicht wahr? Nicht wahr, Scott?«

»Ja.«

»Wieso flippst du dann so aus?«

»Tu ich gar nicht.«

So wie Dora es sah, tat er das sehr wohl.

Scott war übertrieben nervös vor dem Gespräch mit den FBI-Agenten. Seine Augen zuckten rastlos zwischen ihr und Wes hin und her, so als hätte er irgendwas angestellt und keineswegs nichts zu verbergen, wie er behauptete. Wes' berechnende Lässigkeit war genauso beunruhigend.

»Sie wollen lediglich ein paar Hintergrundinformationen über Millicent«, sagte Wes. »Dutch sagt, das ist reine Routine.«

»Sie könnten Hunderte von anderen Quellen nach Hintergrundinformationen über Millicent anzapfen«, sagte Dora. »Wieso wollen sie ausgerechnet mit Scott sprechen?«

»Weil er Millicents fester Freund war.«

»Letztes Jahr.«

»Ich weiß selbst, wann das war, Dora.«

»Sprich nicht in diesem Ton mit mir, Wes. Ich will damit sagen, dass Millicent eine Menge erlebt hat zwischen dem letzten

Frühjahr, als sie und Scott sich getrennt haben, und letzter Woche, als sie verschwand. Wieso ist die Beziehung zu ihm so wichtig?«

»Das ist sie nicht, und genau das wird Scott ihnen persönlich sagen.« Er wandte sich an seinen Sohn und sagte: »Wahrscheinlich wollen sie nur wissen, wie lange du mit Millicent gegangen bist und warum ihr euch getrennt habt.« Wes sah Scott eindringlich an; Scott erwiderte seinen Blick.

Dora sah beide an und spürte sofort die unausgesprochene Verständigung. Sie hielten etwas vor ihr geheim, und dass sie ausgeschlossen wurde, machte sie wütend. »Scott, warum *hast* du damals mit Millicent Schluss gemacht?«

»Das hat er uns doch erzählt«, sagte Wes. »Die Beziehung hatte sich totgelaufen. Er wollte nicht mehr.«

»Ich glaube nicht, dass es nur das war.« Sie sah ihrem Sohn direkt ins Gesicht und fragte sanft: »Was ist damals passiert?«

Scott rollte mit den Schultern, als wollte er ihre Frage abschütteln. »Es war genau, wie Dad sagt, wir haben einfach, na ja, das Interesse verloren.« Dora zeigte wortlos ihren Zweifel. »Jesus, du glaubst mir nicht?«, schrie Scott sie an. »Warum sollte ich dich anlügen?«

»Vielleicht aus demselben Grund, aus dem du gestern Nacht aus dem Haus geschlichen bist.«

Er sah sie an, als hätte sie ihn mit einer Dachlatte zwischen die Augen geschlagen. Erst klappte er den Mund auf, dann klappte er ihn wieder zu, weil ihm offenbar aufgegangen war, wie zwecklos es war, das zu leugnen.

Sie wandte sich an Wes. »Heute Morgen habe ich entdeckt, dass der Kontakt der Alarmanlage in seinem Zimmerfenster überbrückt worden ist.«

»Ich weiß.«

Jetzt fühlte sich Dora wie von einer Dachlatte getroffen. »Das *weißt* du? Und du hast mir nichts gesagt?«

»Ich weiß alles, was in diesem Haus vorgeht«, antwortete Wes aalglatt. »Zum Beispiel weiß ich, dass er an der Alarmanlage rumgebastelt hat, als er anfing, sich mit Millicent zu treffen. Er hat sich oft in ihr Zimmer geschlichen, wenn wir schon im Bett lagen.«

Offenbar sagte er die Wahrheit, dachte sie. Scotts Wangen standen in Flammen.

»Es überrascht mich nicht, dass er ab und zu nachts rausschleicht«, fuhr Wes fort. »Das ist keine große Sache.«

Sie sah ihren Mann fassungslos an. »Da bin ich anderer Meinung.«

»Er ist fast neunzehn, Dora. In dem Alter bleiben Kinder nachts hin und wieder länger aus. Hast du vergessen, wie es ist, jung zu sein?«

Rasend vor Zorn über seine abfällige Reaktion ballte sie die Fäuste. »Es geht nicht darum, dass er nachts ausgeht, Wes. Sondern dass er es heimlich tut.« Sie wandte sich an Scott. »Wo warst du gestern Abend?«

»Nirgendwo. Bloß … spazieren. *Luft schnappen*. Ich halte es nicht aus, den ganzen Tag in diesem Haus eingesperrt zu sein.«

»Siehst du?«

Sie ignorierte Wes. »Scott, nimmst du Drogen?«

»O Mann, Mom, nein! Wie kommst du auf die Idee?«

»Das würde deine Launen erklären und deine …«

»Jetzt entspann dich endlich, Dora!« Wes sprach immer noch in dem gönnerhaften Tonfall, den sie so verabscheute. »Wie üblich machst du aus einer Mücke einen Elefanten.«

Sie ließ sich nicht beirren. »Wenn es keine Drogen sind, dann ist es etwas anderes. Was verbirgst du vor uns, Scott?« Sie sprach leise und liebevoll, unvoreingenommen und nicht bedrohlich. Gleichzeitig ging sie zu ihm hin, nahm seine Hand und drückte sie aufmunternd. »Sag uns, was los ist. Selbst wenn es noch so schlimm ist, werden dein Vater und ich zu dir halten. Was ist es? Weißt du etwa, was mit …«

Sie verstummte, weil sie die grauenvolle Frage nicht über die Lippen brachte, ohne vorher Luft zu holen. »War mehr an deiner Beziehung mit Millicent, als wir damals geahnt haben? Hat die Polizei irgendwas entdeckt, das …«

»Hältst du jetzt verflucht noch mal den Mund?« Wes packte sie am Arm und riss sie herum. »*Spinnst du*? Damit hat er nichts zu tun. Genauso wenig wie mit verbotenen Drogen. Oder irgendwelchen anderen Sachen, die ein typischer Teenager nicht tun würde.«

»Lass mich los.« Sie zerrte ihren Arm aus seinem Griff. »Irgendwas stimmt nicht mit meinem Sohn, und ich will wissen, was es ist, bevor das FBI hier auftaucht und ich es von denen erfahren muss. Was ist es?«

»Nichts.«

»O *doch*. Wes«, brüllte sie ihn an. »Unser Sohn ist nicht mehr der Mensch, der er letztes Jahr war. Sag mir nicht, dass da nichts ist! Ich bin nicht blind und auch nicht blöd. Ich habe ein Recht zu wissen, was mit meinem Sohn passiert.«

Er kam mit seinem Gesicht näher. »Willst du es wirklich wissen?«

»Dad, nein!«

»Du willst es also wirklich wissen, Dora?«

»Dad!«

Wes stopfte die Hand in die Manteltasche und zog eine Schachtel mit Einwegspritzen und mehrere Ampullen heraus. Sie wich vor der ausgestreckten Hand zurück. »Was *ist* das?«

»Steroide.«

Sie starrte ihn mit aufgerissenem Mund an und wandte sich dann an Scott. »Du injizierst dir Steroide?«

Sein Blick zuckte zu Wes hinüber, dann sah er sie wieder an. »Nicht ich. Mr Ritt macht das.«

Mitten in ihr fassungsloses Schweigen hinein klopfte jemand an die Haustür.

»Das wird unser Besuch sein.« Wes steckte seelenruhig die Spritzen und Ampullen in die Tasche zurück, zog seinen Mantel aus und hängte ihn dann über den Haken an der Hintertür. »Scott, geh an die Tür und bitte sie herein. Nur nicht nervös werden. Dutch ist auch dabei. Du bittest sie ins Wohnzimmer und sagst ihnen, dass wir gleich nachkommen.«

Scott blieb wie festgewachsen stehen und sah seine Mutter verlegen und beschämt an.

»Hast du verstanden, Scott?« Wes' leise Stimme duldete keinen Widerspruch.

Scott kehrte auf dem Absatz um und ging ins Wohnzimmer, um auf das zweite Klopfen hin die Haustür zu öffnen.

Wes baute sich vor Dora auf.

Sie spürte seinen heißen Atem auf dem Gesicht. »Du wirst so tun, als wäre alles in diesem Haushalt tipptopp in Schuss, hast du verstanden? Das hier geht niemanden etwas an. Das bleibt in unserer Familie.«

Sie spießte ihn mit ihrem Blick auf. »Wie konntest du unserem Sohn das antun? Das Zeug ist Gift.«

»Eine für dich typische Übertreibung.«

»Hast du dir auch nur einmal Gedanken über die Nebenwirkungen gemacht, Wes?«

»Die sind ein kleiner Preis, wenn man bedenkt, was sie leisten bei …«

»Ich pfeife auf seine sportlichen Leistungen!«, fuhr sie ihn im Bühnenflüsterton an, damit die Männer im Zimmer nebenan sie nicht hörten. »Es ist mir scheißegal, wie stark er ist oder wie gut er auf dem verfluchten Footballfeld ist. Mir geht es um sein *Leben.*« Sie spürte, wie sie allmählich außer sich geriet. Dies war nicht der richtige Zeitpunkt, um die Beherrschung zu verlieren. Sie atmete mehrmals tief durch, um sich zu beruhigen, aber dann fuhr sie mit ungedämpftem Zorn fort: »Siehst du nicht, wie ihn dieses Zeug verändert hat?«

»Okay, er ist ein bisschen launisch. Das könnte eine Nebenwirkung sein.«

»Genau wie Aggressionen.«

Er zuckte gleichgültig mit den Achseln. »Wenn er aggressiver würde, wäre das ein Vorteil, kein Hindernis.«

Sogar nach all den anderen absurden Erklärungen ihres Mannes war diese kaltschnäuzige Erklärung ein Schock. »Du bist ein Monster.«

Er unterdrückte ein Lachen. »Was? Ich dachte, du wärst froh und glücklich, dass die Veränderungen in Scott von den Steroiden herrühren und nichts mit dieser verlogenen Schlampe zu tun haben, die ihm den Kopf verdreht hat. Und nichts anderes war sie, klar?«

»*War sie*? Du sprichst von Millicent in der Vergangenheit?«

Wes beugte sich vor. »Weil sie für unsere Familie Geschichte ist.«

Jetzt war Dora nicht mehr nur entsetzt, sie hatte Angst. »Was sagst du da?«

»Du willst also die ganze Sensationsgeschichte hören, warum Scott und Millicent sich getrennt haben? Hier kommt sie, vergiss nicht, dass du sie unbedingt hören wolltest. Sie hat ihn vom Trainieren abgehalten, dauernd angerufen, jeden Nachmittag am Sportplatz rumgehangen, bis das Training fertig war, und ihm alles gegeben, was er sich von ihr nur wünschen konnte. Er dachte an nichts anderes mehr. Ich konnte nicht zulassen, dass diese hagere Fotze alles ruiniert, was ich mit ihm vorhabe. Ich musste intervenieren, damit er sich wieder auf den Sport konzentriert. Du willst das große Geheimnis ihrer Trennung erfahren? Es steht vor dir.«

»Was hast du gemacht?«

»Ist doch egal. Wichtig ist nur, dass ich ihre heiße kleine Romanze beendet habe – und zwar endgültig.« Er pikte sie rücksichtslos ins Brustbein. »Und auch das bleibt in der Familie, klar?«

Damit drehte er ihr den Rücken zu und ließ sie allein, inmitten der vertrauten vier Wände, doch mit dem Gefühl, eine Fremde im eigenen Haus zu sein, und zutiefst entsetzt, wie ihr Leben an diesen Punkt gelangen konnte.

Gleichzeitig konnte sie hören, wie Wes nebenan jovial wie eh und je die FBI-Agenten begrüßte, die zu ihnen nach Hause gekommen waren, um ihren Sohn nach Millicent Gunns Verschwinden zu befragen.

William und Marilee verließen gemeinsam den Drugstore. Nachdem der Strom ausgefallen war, konnten sie ihn genauso gut schließen. Er konnte weder die Kasse bedienen noch den Computer, in dem die Daten über seine Kunden und ihre verschreibungspflichtigen Medikamente gespeichert waren. Nicht dass es etwas ausgemacht hätte, denn seit Wes mit den Sandwiches in Richtung Polizeizentrale losgegangen war, war niemand mehr in den Laden gekommen.

Marilee nahm ein paar Sachen aus dem Kühlschrank hinter der Kaffeetheke mit, damit sie zu Hause etwas zu essen hatten, denn sie wusste, dass die Lebensmittel verderben würden, bis der Laden wieder öffnete und Linda zurückkam.

Sie beschlossen, Marilees Wagen stehen zu lassen und in Williams Auto heimzufahren. »Es ist doch Quatsch, wenn wir uns in zwei Autos über die Straßen quälen«, sagte er. Bevor er abschloss, hängte er ein Schild in die Tür, auf dem er seinen Kunden mitteilte, dass er im Notfall zu Hause zu erreichen sei.

Als sie in seinem Auto saßen und unterwegs waren, erklärte Marilee mit klappernden Zähnen: »Wenn jemals rauskommt, dass du zu Hause eine Privatapotheke an verschreibungspflichtigen Medikamenten aufbewahrst, bist du deine Lizenz los.«

»Ich habe sie nur für Notfälle daheim und nur für Kunden, die das Privileg nicht missbrauchen. Außerdem werden die Medikamente, die ich ausgebe, überall auf der Welt verschreibungsfrei in der Apotheke verkauft, nur in den Vereinigten Staaten nicht.« Er fuhr langsam um eine Ecke und beugte sich dann zur Windschutzscheibe vor, um durch das beschlagene Glas zu spähen. »Ich frage mich, was da los ist.«

Sie waren in der Straße, in der die Hamers wohnten. Vor dem Haus standen eine unauffällige Limousine und Dutch Burtons Bronco.

»Ist das nicht das Auto von diesen FBI-Agenten?«, fragte Marilee.

»Ich glaube schon. Mir ist selten ein so unhöflicher Mensch begegnet wie dieser Begley.«

»Ich glaube nicht, dass er absichtlich so unhöflich war. Er ist nur korrekt und gewohnt, dass seine Anordnungen befolgt werden.«

»Ich bin auch korrekt, und meine Anordnungen werden auch befolgt, trotzdem spiele ich mich nicht so auf.«

Einen Drugstore mit nur einer Angestellten zu leiten war kaum mit der Leitung eines FBI-Büros vergleichbar, aber Marilee beschloss, diese Bemerkung für sich zu behalten. Sie wollte nicht mit William zanken, obwohl er sie heute ununterbrochen zu provozieren schien.

Als sie auf einer Höhe mit dem Haus der Hamers waren, sagte er: »Dass Dutch hier ist, überrascht mich nicht, aber was will das FBI hier?«

»Vielleicht reden sie mit Wes über das Zeug, das er in seiner Manteltasche verschwinden ließ, als ich euch beide im Lager überrascht habe.« Sie warf das ganz beiläufig ein, um festzustellen, wie ihr Bruder reagierte.

Er gab ihr seine einstudierte Antwort. »Etwas gegen Doras Kopfschmerzen.«

»Du lügst.«

»Während du, Schwesterherz, nie lügst, weder mit Worten, noch mit Taten.« Er sah sie kurz von der Seite an und fügte ironisch hinzu: »Oder?« Ihre mühsam gewahrte Gleichgültigkeit ließ ihn lachen. »Selbst bei den bedachtesten Menschen wirst du auf ein paar Lügen stoßen, sobald du an der Oberfläche kratzt, Marilee. Selbst bei dir.«

Sie wandte den Kopf ab und schaute durchs Seitenfenster. »Ich wünschte, du hättest Recht, William. Ich würde zu gern ein dunkles Geheimnis hüten.«

»Vielleicht hüten die Hamers ja eines, und das FBI hat es aufgedeckt. Ich würde dabei auf Scott setzen.«

»Wieso Scott?«

»Weil ihn diese Bundesgenies inzwischen bestimmt mit Millicent in Verbindung gebracht haben.«

»Sie waren eine Zeitlang ein Liebespaar. Na und?«

»Ein Liebespaar.« Er kicherte leise. »Was für ein malerischer und altmodischer Ausdruck für ihre Beziehung. Sie hat die Pille genommen.«

»Wie die meisten Mädchen.«

»Wie ich nur zu gut weiß. Das gehört zu meinem Geschäft. Aber wusstest du auch, dass Millicent die Pille abgesetzt hatte?«

»Wann?«

»Letztes Frühjahr. Sie beschwerte sich, dass sie davon Wassereinlagerungen bekam und an Gewicht zulegte. Mir kam der Gedanke, dass sie und Scott einen kleinen Unfall gehabt haben könnten, bevor sie sich trennten.«

»Du meinst, sie wurde schwanger?«

»Genau das.«

»Trotz ihrer Magersucht?«

»Möglich wäre es.«

»Du täuschst dich ganz bestimmt, William.«

»Von meinem Beobachtungsposten im Laden aus sehe ich so manches und merke mir alles, was ich sehe. Eines Tages saßen Scott und Millicent an einem Tisch vor der Kaffeetheke und konnten nicht voneinander lassen. Ihre Hand war in seinem Schoß. Muss ich noch deutlicher werden?«

»Nein.«

»Ich wollte ihnen schon sagen, dass sie gehen müssten, wenn sie sich nicht beherrschen könnten. Offensichtlich kamen sie zu demselben Schluss. Sie konnten gar nicht schnell genug verschwinden. Er vergaß sogar zu zahlen.«

»Und damit willst du sagen …?«

»Als sie das nächste Mal zusammen im Laden waren, höchstens eine Woche später, hat er sie nicht einmal angesehen. Irgendetwas war in der Zwischenzeit passiert. Irgendetwas Bedeutendes. Ich persönlich würde auf eine ausgebliebene Periode tippen.«

Marilee schüttelte den Kopf. »Ich glaube, dass du dich täuschst. Falls Millicent schwanger gewesen wäre, hätte sich Scott seiner Verantwortung gestellt. Selbst wenn er sich lieber darum gedrückt hätte, hätten seine Eltern dafür gesorgt.«

William lachte dröhnend. »Wes würde keinesfalls zulassen, dass etwas seine Pläne für Scotts Zukunft durchkreuzt. Was es auch sei. Nicht einmal, dass sein eigener Sprössling seinen Samen ausstreut. Und wir wissen alle, wie extrem stolz Wes auf seinen Sprössling ist.«

Seine letzte Bemerkung ärgerte sie, und sie hatte den Verdacht, dass er sie nur deshalb gemacht hatte. »Ich bin ganz sicher, dass weder Scott, noch Dora und nicht einmal Wes die Verantwortung …«

»Ich habe nicht gesagt, dass sie sich nicht der Verantwortung für eine ungewollte und ungelegen kommende Schwangerschaft stellen würden. Wes würde schlicht alles Notwendige unternehmen, um das Problem zu lösen.«

Widerwillig musste Marilee zugestehen, dass William Recht hatte. Das würde Wes tun.

»Was zum Teufel war da drin los?«, fragte Begley leise, als er und Hoot den vereisten Weg vor der Haustür der Hamers entlangbalancierten.

»Das weiß ich beim besten Willen nicht, Sir.«

Erst als sie in ihrem Dienstwagen saßen und Hoot den Motor angelassen hatte, fuhr Begley fort: »Aber gespürt haben Sie es auch, oder? Ich habe mir diese Spannungen nicht nur eingebildet?«

»Keineswegs. Ich hatte das Gefühl, Zeuge einer Aufführung zu sein, bei der sich jeder genau an seinen Text hielt.«

»Ein guter Vergleich.«

Begley zog die Handschuhe aus und rieb sich eifrig die Hände, während er zusah, wie Dutch und Wes sich an der Haustür der Hamers voneinander verabschiedeten. Anschließend ging der Chief zu seinem Bronco und stieg ein.

Mit einem letzten Blick auf das Haus sinnierte Begley halblaut: »Die Mutter schien kurz vor dem Zusammenbruch. Wes Hamer war zu laut, zu kooperativ und zu aufgedreht. Ich habe ihm nichts von dem abgenommen, was er uns erzählt hat. Burton versuchte über Bande zu spielen und seinen Uraltfreund vor uns zu schützen, während ihm Millicent Gunn am Arsch vorbeigeht, weil er nur seine Exfrau im Kopf hat. Und das Kind hat…«

»Gelogen.«

»Dass sich die Balken biegen.«

Hoot wartete, bis der Bronco losgefahren war, lenkte dann die Limousine in die frischen Reifenspuren und folgte in sicherem Abstand.

Begley richtete eine Luftdüse auf seine Brust, obwohl die ausströmende Luft noch kalt war. »Aber wieso hat er uns angelogen, Hoot? Wieso haben alle außer uns so einen Affentanz aufgeführt? Das will mir nicht in den Kopf.«

»Ich weiß es nicht, Sir, aber ich glaube, Burton war auch nicht eingeweiht.«

»Er wirkte genauso perplex, nicht wahr?«

Nach kurzem, stillem Nachdenken sagte Hoot: »Obwohl er und Wes Hamer angeblich beste Freunde sind, spüre ich Spannungen zwischen ihnen. Eine unausgesprochene … Rivalität.«

Begley drehte sich in seinem Sitz zur Seite und feuerte eine imaginäre Pistole auf ihn ab. »Genau ins Schwarze, Hoot. Das Gefühl habe ich auch. Sie sagen genau das Richtige und benehmen sich wie beste Busenfreunde, aber ich habe das dumpfe Gefühl, dass unter der Oberfläche etwas brodelt.«

»Ärger«, sagte Hoot. »Denn ganz praktisch gesehen ist Hamer als Vorsitzender des Gemeinderates Burtons Boss. Burton findet es unerträglich, dass er seinem Freund unterstellt ist.«

»Vielleicht ist es das, Hoot. Vielleicht ist es das.« Er wischte die Windschutzscheibe mit dem Ärmel frei. »Man sieht immer noch nicht viel, nicht wahr?«

»Nein, Sir.« Begley hörte das Piepen gleichzeitig mit Hoot. Er warf einen Blick auf den Pager an seinem Gürtel. »Perkins.«

Eine Weile hörte man im Auto nur das Schaben der Scheibenwischer, das Surren der Luft aus den Gebläsedüsen und das Knirschen der Reifen auf dem Schnee. Schließlich sagte Begley: »Der Junge wurde besonders zappelig, als Sie ihn fragten, warum er und Millicent sich getrennt hatten. Auch die Eltern spitzten sichtbar die Ohren und schienen sich auffällig für seine Antwort zu interessieren.«

»Vor allem Mrs Hamer.«

»Weil ich davon ausgehe, dass sie diesen Mist von ›Wir haben uns einfach satt gehabt‹ genauso wenig glaubt wie wir.«

»Was ist mit Mr Hamer?«

»Über den habe ich mir noch keine rechte Meinung gebildet,

Hoot. Aber mein Instinkt sagt mir, dass der Coach wesentlich mehr weiß, als er uns erzählt.«

»Über die Trennung?«

»Über alles. Niemand außer einem Filmstar, einem Gebrauchtwagenhändler und einem Zuhälter braucht ein Lächeln wie seines.«

Vor der Polizeistation hielt Hoot auf dem freien Platz neben dem Bronco. Sekunden nach Burton stapften sie durch den Eingang. Drinnen roch es nach verbranntem Kaffee, nasser Wolle und ungeduschten Männern, aber immerhin war es warm.

Der Polizist an der Telefonzentrale sagte zu Hoot: »Sie sollen so bald wie möglich Perkins in Charlotte anrufen.«

»Gut. Darf ich noch mal Ihr Telefon benutzen?«

Der Polizist winkte ihn an einen freien Schreibtisch.

Nachdem Begley nichts anderes übrig blieb, als abzuwarten, ob Hoot etwas Neues erfahren würde und wenn ja, was, trat er zu Burton, der sich gerade eine Tasse Kaffee einschenkte. »Was machen Sie aus unserem Besuch bei den Hamers?«

»Ich *mache* überhaupt nichts daraus«, erwiderte Burton.

»Kein Grund, sich aufzuregen.«

Burton schnaubte in seine Tasse, nahm einen Schluck und fragte dann: »Und was machen Sie daraus?«

»Wes und Dora Hamer sind definitiv nicht die Waltons, und mit ihrem Jungen stimmt was nicht.«

»Und das wissen Sie, nachdem Sie dreißig Minuten mit ihnen verbracht haben?«

»Es waren eher drei Minuten.«

»Egal, wie lang es gedauert hat, es war nichts als Zeitverschwendung und eine Verletzung ihrer Privatsphäre. Wir wissen, wer unser Mann ist. Es ist Ben Tierney.«

»Zurzeit wollen wir Mr Tierney lediglich befragen. Mehr nicht.«

»Sie haben seine Hütte in Gus Elmers Motel durchsucht«,

sagte Burton. »Das hat mir Harris erzählt. Irgendwas haben Sie dabei entdeckt, sonst wären Sie nicht so scharf darauf, ihn zu finden. «

Begley weigerte sich, darauf einzugehen.

»Wenn Sie so spielen wollen, dann meinetwegen«, sagte Burton wütend. »Dann fahre ich eben selbst hin und schaue mich um.«

»Hören Sie mir zu.« Begleys Stimme war leise, aber sie bebte bedrohlich. »Falls Sie da draußen irgendwas anfassen, falls Sie auch nur einen Fuß in diese Hütte setzen, dann werde ich persönlich dafür sorgen, dass Sie nie wieder einen Job als Gesetzeshüter finden, nicht einmal als Waldhüter. Ich bin dazu in der Lage.«

»Warum versuchen Sie nicht, auf den Berg zu gelangen und Tierney festzunehmen?«

»Weil ein eifersüchtiger Hitzkopf heute Morgen die Straße unpassierbar gemacht hat«, feuerte Begley zurück.

Burton war so aufgebracht, dass die Muskeln in seinen Augenwinkeln zuckten. »Das verfluchte FBI hat nichts Besseres zu tun, als meinen besten Freund und seine Familie wegen einer dämlichen Highschoolromanze zu nerven, die nicht das Geringste mit dem Fall zu tun hat, und mich mit leeren Drohungen zu bombardieren. Und das, während der Täter höchstwahrscheinlich …«

»Verzeihung.« Hoot zwängte sich zwischen die beiden. »Es wird Sie beide freuen zu erfahren, dass wir einen Helikopter und ein kleines Einsatz- und Rettungskommando gestellt bekommen, sobald das Wetter aufklart, was hoffentlich morgen früh der Fall sein wird.«

»Ich will, dass Lilly gerettet wird. Aber vor allem will ich, dass Tierney *verhaftet* wird«, ereiferte sich Burton. »Sie können noch so viel Ausrüstung auffahren, hier bin immer noch *ich* Polizeichef, und er ist mein Hauptverdächtiger.«

»Entführung ist ein Bundesvergehen. Wir können …«

Begley hob die Hand und schnitt Hoot das Wort ab. »Schon verstanden, Chief Burton«, sagte er mit einer Ruhe, die ihn selbst überraschte.

Er machte keinen Rückzieher, er versuchte lediglich, einen Mann am Abgrund zu besänftigen. Es war nur eine Frage der Zeit, bis sich Dutch Burton selbst außer Gefecht setzte, entweder absichtlich oder aus Versehen. So oder so wollte Begley ihn nicht weiter reizen, bevor Tierney in Gewahrsam und die ehemalige Mrs Burton in Sicherheit war.

»Bis der Hubschrauber eintrifft«, fuhr er fort, »sollten Sie die Schnitte in Ihrem Gesicht von einem Arzt behandeln lassen und danach heimfahren und sich ausruhen, würde ich vorschlagen. Sie sehen erledigt aus. Wir wissen noch nicht, was der morgige Tag für uns bereithält, aber wir müssen alle in Topform sein.«

Burton sah so wütend aus, als hätte er ihm am liebsten ins Gesicht gespuckt, aber er sagte nichts.

Begley zog die Handschuhe an und fragte Hoot, ob er von Perkins alles bekommen habe, was er brauchte.

»Hier, Sir«, sagte er und hielt dabei einen Ordner hoch. »Ich habe handschriftliche Notizen gemacht.«

»Gut. Ich könnte jetzt einen heißen Grog und ein knisterndes Kaminfeuer brauchen. Und ich würde wetten, dass Gus Elmer mit beidem aufwarten kann.« Einen Schritt vor der Tür warf er Burton einen Seitenblick zu, der ihn warnte, dass er lieber nicht versuchen sollte, Tierneys Hütte in der Whistler Falls Lodge zu durchsuchen. Er würde aufpassen.

Ein paar Minuten später saßen er und Hoot wieder im kalten Auto und rutschten über die menschenleeren Straßen von Cleary. Begley sagte: »Dutch Burton steht die Katastrophe ins Gesicht geschrieben. Wissen Sie, was ich glaube? Irgendwann in naher Zukunft wird er sich den Lauf seiner Dienstpistole in den Mund stecken.«

Dann fuhr er sich mit der Hand übers Gesicht, um den verstörenden Gedanken wegzuwischen. »Mir genügt eine knappe Zusammenfassung Ihrer Unterhaltung mit Perkins. Es sei denn, Sie haben etwas Handfestes. Dann will ich alle Details hören.«

»Perkins hat nach einer möglichen Verbindung von Tierney zu den übrigen vermissten Frauen gesucht.«

»Und?«

»Carolyn Maddox …«

»Die junge alleinerziehende Mutter.«

»Genau. Sie arbeitete in zwei Motels in der Umgegend, bevor sie dorthin wechselte, wo sie arbeitete, als sie verschwand. Bis dato ist nicht bekannt, ob Tierney je in einem dieser Motels war. Perkins geht immer noch seine Kreditkartenabrechnungen durch.«

»Er hätte auch bar bezahlen können.«

»In diesem Fall müssten wir uns auf die Unterlagen der Motels verlassen.«

»In denen er sich auch als Tinkerbell eingetragen haben kann.«

Hoot nickte grimmig.

»Ich nehme nicht an, dass sie je in Mr Elmers Motel gearbeitet hat.«

»Nein, Sir. Das hat Perkins als Erstes überprüft.«

»Weiter.«

»Laureen Elliott, die Krankenschwester. Sie hat keine noch lebenden Verwandten außer einem Bruder, der mit seiner Frau in Birmingham lebt. Auch die beiden sitzen im Schnee fest, aber Perkins konnte ihn auf seinem Handy erreichen. Falls seine verstorbene Schwester je einen Mann namens Tierney kennengelernt hatte, hat sie mit ihrem Bruder nie über ihn gesprochen.«

»Tierney ist ein so ungewöhnlicher Name, dass man sich daran erinnern würde.«

»Genau mein Gedanke, Sir.«

»Die Witwe?«

»Betsy Calhoun. Ihre Tochter wohnt immer noch in Cleary. Perkins konnte sie nicht erreichen.«

»Haben Sie eine Adresse?«

»Wir sind gerade auf dem Weg dorthin. Sie wohnt eine Straße weiter.«

Begley lächelte. »Exzellent. Und die Letzte?«

»Torrie Lambert, der Teenager.«

»Die wahrscheinlich nur zufällig zum Opfer wurde.«

»Höchstwahrscheinlich. Aber es wäre mir äußerst unangenehm, wenn wir das so stehen lassen würden und sich irgendwann herausstellen sollte, dass wir eine frühere Verbindung übersehen haben. Perkins versucht immer noch, ihre Mutter zu erreichen.«

»Und bis dahin …«

»Was, Sir?«

»Konzentrieren wir uns weiter auf Tierney und ignorieren alle anderen Möglichkeiten?«

»Scott Hamer zum Beispiel?«

»Ist es so, wie Burton behauptet, Hoot? Sollen wir die Hamers und alles, was sie uns erzählen, für bare Münze nehmen und diese Fährte nicht weiterverfolgen? Theoretisch könnte Scott durchaus ein Motiv haben, Millicent zu schaden. Eine unglückliche Liebesgeschichte und so weiter. Es wäre sogar denkbar, dass er an dem betreffenden Tag Torrie Lambert im Wald über den Weg gelaufen ist. Aber was soll ein gutaussehender junger Mann wie er mit einer übergewichtigen Krankenschwester zu tun haben, einer alleinerziehenden Mutter mit krankem Kind oder einer Witwe, die älter ist als seine Mutter?«

»Was uns wieder auf Tierney bringt.«

»Bei dem sich die gleichen Fragen stellen. Nehmen wir mal an, Tierney wäre scharf auf junge Mädchen. Dann könnte sogar

Carolyn Maddox in sein Muster passen, wenn wir ein paar Jahre dazumogeln. Aber die beiden anderen? *Gottverflucht!* Wieso finden wir ums Verrecken keinen roten Faden?«

Begley wusste es zu schätzen, dass Hoot nicht versuchte, eine Antwort zu finden, nur um die Stille zu füllen.

Schließlich seufzte der ältere Agent. »Bis wir diese Gemeinsamkeit aufgedeckt haben, brauche ich eine begründete Vermutung, Hoot. Ist Tierney unser Mann?«

Hoot stoppte den Wagen an der Adresse, die er notiert hatte.

Das schlichte Holzhaus war wenig mehr als eine Hütte, der kleine Hof war mit einem Staketenzaun eingefasst, der jetzt kaum noch aus dem Schnee ragte. Rauch kringelte sich aus dem Granitsteinkamin, der von einer Glyzinienranke im Winterschlaf umklammert wurde. Ein dicker gelber Kater saß auf einem Fenstersims und starrte sie durch die Spitzenvorhänge an.

Die beiden Männer saßen schweigend im Auto und blickten auf das Haus, das Betsy Calhouns Tochter gehörte. Begley fand das Haus so unschuldig, so idyllisch, dass man sich unmöglich vorstellen konnte, wie die Menschen, die hier lebten, von einer solchen Tragödie heimgesucht werden konnten. Und doch ging Betsy Calhouns Tochter jeden Abend zu Bett, ohne zu wissen, was ihrer Mutter widerfahren war.

»Das muss die reine Hölle sein.« Begley merkte erst, dass er den Gedanken laut ausgesprochen hatte, als er den Dampf aus seinem Mund wirbeln sah. »Wir müssen dieses Schwein kriegen, Hoot.«

Hoot schien seine Gedanken geahnt zu haben. »Absolut, Sir. Das müssen wir.«

»Also, halten Sie Ben Tierney immer noch für unseren Mann?«

»Ja, Sir«, bestätigte er. »Das tue ich.«

»Verflucht. Ich auch.« Begley drückte die Wagentür auf und schickte beim Aussteigen, den Blick auf den wolkenverhangenen Gipfel des Mount Cleary gerichtet, ein kurzes Stoßgebet für Lilly Martin zum Himmel.

23

Bei jedem Ausatmen wurden die Wolken kondensierender Luft vor Lillys Mund dichter.

Sie war völlig durchgefroren, hatte aber weder die Kraft noch die Energie, aufzustehen und ein neues Scheit auf die Kohlen zu legen. Wozu auch?

Sie gehörte nicht zu den Menschen, die sich ausgiebig mit dem Tod oder mit dem Sterben beschäftigten und über ihr Ende nachgrübelten, bis der Kummer den eigenen Abgang beschleunigte. Trotzdem hatte sie, nachdem Amy gestorben war, natürlich über den Tod nachgedacht und sich gefragt, wie sich der Übergang von diesem Leben ins nächste wohl vollziehen mochte, wobei sie nie in Frage gestellt hatte, dass es ein nächstes Leben gab. Diese liebe, lebenslustige und lebendige Sonne, die ihre Tochter gewesen war, konnte unmöglich spurlos erloschen sein. Amy hatte bloß von der einen, den Gesetzen der Physik unterworfenen Dimension in das Reich des Geistes gewechselt.

Diese Überzeugung hatte Lilly geholfen, ihre Trauer und ihren Verlust zu überleben. Und doch hatte sie sich bange gefragt, wie die Reise zwischen den zwei Welten wohl ablaufen mochte. War Amy friedlich auf einem Lichtteppich hinübergeglitten? Oder war es ein finsterer, erschreckender Sturz gewesen?

Damals hatte Lilly auch über ihren eigenen Tod nachzudenken begonnen und spekuliert, ob er wohl heiter oder traumatisch würde. Aber nur in ihren schlimmsten Albträumen war sie mutterseelenallein qualvoll erstickt.

Wenigstens würde sie in dem Wissen dahinscheiden, dass Blue gestellt würde. Bevor sie zu schwach dazu war, hatte sie mit einem Küchenmesser TIERNEY = BLUE in einen der Küchenschränke geschnitzt, weil sie glaubte, dass das wirksamer war als eine Notiz auf einem ihrer Scheckformulare, das in dem Tohuwabohu, das nach ihrer Entdeckung und dem Abtransport ihrer Leiche aus der Hütte einsetzen würde, leicht übersehen werden konnte.

Tierney.

Schon wenn sie den Namen dachte, zerriss ein Schluchzen ihre enge Brust. Sie war außer sich vor Zorn über ihre sträfliche Fahrlässigkeit. Höhnisch rief sie sich ins Gedächtnis, wie blauäugig sie an jenem Tag auf dem Fluss seiner seltenen Kombination von Naturbursche und Einfühlsamkeit auf den Leim gegangen war und wie sie sich die letzten Monate gegrämt hatte, weil sie die Gelegenheit, ihn noch einmal zu sehen, für Dutch geopfert hatte.

Von Anfang an war ihr diese Kombination zu schön erschienen, um wahr zu sein.

Merk dir das, Lilly: Was dir so erscheint, ist es meistens auch.

Sie war ein bisschen alt für diese wertvolle Lektion, und bedauerlicherweise würde sie keine Gelegenheit mehr bekommen, sie auf ihr eigenes Leben anzuwenden, doch festhalten sollte sie das trotzdem, oder? Vielleicht hätte sie diese Erkenntnis ebenfalls ins Holz schnitzen sollen, so wie Gefangene an den Zellenwänden Nachrichten für zukünftige Insassen hinterlassen.

Aber inzwischen war sie zu ermattet, um auch nur das Obstmesser zu halten. Immer wieder hatte sie unter Krämpfen Schleim ausgehustet, inzwischen war sie so schwach, dass sie nicht mehr aufrecht sitzen konnte. Sie hatte ihre Energien und vor allem ihre Zeit erschöpft.

Einen Vorteil hatte das Sterben. Unergründliche Fragen würden endlich geklärt. Zum Beispiel wusste sie jetzt mit Sicherheit, dass man nicht in einem gleißenden hellen Sturmwind ins Leben nach dem Tode raste. Ganz im Gegenteil. Der Tod schlich langsam heran wie die Abenddämmerung. Ganz allmählich wurde es immer dunkler, das Blickfeld wurde kaum wahrnehmbar enger, bis nur noch ein Stecknadelkopf an Licht und Leben übrig war.

Dann wurde auch das von der absoluten, allumfassenden Schwärze verschluckt.

Verzweifelt suchte sie in der undurchdringlichen Dunkelheit nach Amy, aber sie konnte ihre Tochter nirgendwo sehen. Sie konnte überhaupt nichts sehen. Dafür wurde ihr Gehör geschärft und registrierte aus weiter Ferne eine Stimme.

Es war ihr Daddy. Er rief sie, damit sie ihr Spiel in der Nachbarstraße beendete und nach Hause kam.

»Lilly! Lilly!«

Ich komme schon, Daddy.

Sie sah ihn auf der Veranda stehen, die Hände um den Mund gelegt, und ängstlich nach ihr rufen, bis sie ihm antwortete und versicherte, dass sie auf dem Heimweg war.

»Lilly!«

Er hörte sich ängstlich an. Beklommen. Panisch.

Hörte er sie denn nicht? Warum konnte er sie nicht hören? Sie antwortete doch schon.

Ich komme schon, Daddy! Siehst du mich nicht? Hörst du mich nicht? Hier bin ich doch!

»Lilly! Lilly!«

Tierney beugte ihren Oberkörper über seinen Unterarm und klopfte ihr kräftig auf den Rücken. Ein fetter Schleimbatzen landete auf der Decke über ihrem Schoß. Er schlug ihr noch einmal zwischen die Schulterblätter und löste damit noch mehr Schleim, der ihr aus dem Mund tropfte. Als er sie losließ, fiel sie reglos auf das Sofa zurück, und ihr Kopf rollte kraftlos zur Seite.

Er riss die Handschuhe von den Fingern, ohrfeigte sie und versuchte sich damit zu beruhigen, dass ihr Gesicht noch warm war. Seine Hand war kalt, nicht die graue Haut auf ihren Wangen.

»Lilly!«

Er schob die Hand in ihren Mantel, unter den Pullover und drückte die Handfläche an ihre Rippen. Als er ihr Herz schlagen spürte, entrang sich seiner wunden, ausgetrockneten Kehle ein heiserer Schrei.

Hastig zog er den Reißverschluss der Jackentasche auf, in die er ihren Medikamentenbeutel gesteckt hatte. Es war ein grüner Seidenbeutel mit aufgestickten Kristallperlen, genau wie sie ihn beschrieben hatte. Als er ihn öffnete, fiel das Pillenfläschchen heraus und rollte außer Sichtweite, aber vorerst brauchte er nur die beiden Sprays. Er überflog die Aufschrift. Die Hinweise hätten genauso gut auf Griechisch geschrieben sein können.

Das eine, rief er sich ihre Erklärung ins Gedächtnis, sollte Attacken vermeiden. Das andere linderte die Symptome, wenn ein Patient bereits eine Attacke hatte. Er wusste nur nicht, welches welches war.

Kurzerhand schob er den einen kurzen Rüssel zwischen ihre blutleeren Lippen, bohrte ihn zwischen ihre Zähne und drückte auf den Behälter. »Lilly, du musst atmen!«

Sie lag absolut reglos da, ohne jede Reaktion und grau wie der Tod.

Er schob den Arm unter ihre Schultern, hob sie wieder an und rüttelte sie rücksichtslos. »Atmen, Lilly! Du musst einatmen. Bitte, bitte, bitte. Komm schon, hol endlich Luft!«

Dann tat sie es. Das Medikament wirkte genau wie erhofft, löste augenblicklich die Muskelkrämpfe, die ihre Atemwege verschlossen hatten, und öffnete dadurch die Bronchien.

Sie holte pfeifend Luft. Dann noch einmal. Beim dritten Ausatmen schlug sie die Augen auf und sah ihn an, dann schloss sie ihre Hände um seine, die immer noch den Inhalator an ihre Lippen hielten. Sie drückte noch einmal auf den Zylinder. Ihre Atemzüge klangen gurgelnd, pfeifend, grässlich.

Tierney sagte: »Musik in meinen Ohren.«

Plötzlich schubste sie das Spray weg und hustete in ihre Hände. »Hier.« Er zog das Handtuch, das er in der vergangenen Nacht als Kopfkissen verwendet hatte, vom anderen Sofa und warf es ihr zu.

Sie hustete hinein. Die Krämpfe schüttelten ihren ganzen Körper. Tierney blieb vor ihr auf den Knien und murmelte ihr aufmunternd zu.

Schließlich ließ das Husten nach. Sie nahm das verdreckte Handtuch vom Mund. Er nahm es ihr ab. Sie schien die Augen nicht von ihm abwenden zu können, erst da begriff er, wie furchterregend er aussehen musste.

Er wischte seine Brauen und Wimpern ab und zerrte den steifen, vereisten Schal vom Kinn. »Ich bin kein Geist. Ich bin es wirklich.«

»Du bist zurückgekommen?« Ihre Stimme war kaum zu verstehen. »Warum?«

»Weil ich das von Anfang an vorhatte. Du dachtest, ich würde dich hier allein lassen, damit ich fliehen kann.«

Sie nickte.

»Hättest du mir geglaubt, wenn ich dir versprochen hätte, dass ich mit deiner Medizin zurückkomme?«

Langsam schüttelte sie den Kopf.

»Genau. Wenn ich versucht hätte, dich zu überzeugen, hätte ich nur wertvolle Zeit verschwendet, deshalb hatte ich keine Wahl, als dich das Schlimmste glauben zu lassen, als ich ging. Es war nicht leicht, dich allein zu lassen.«

Die Armlehne des Sofas als Stütze nutzend, zog er sich von

den Knien hoch und stand dann auf. Er bewegte sich, als wäre er Jahrzehnte älter, als er wirklich war. Die Füße in seinen Stiefeln waren taub. Ohne den Boden zu spüren, schlurfte er zum Kamin und legte ein paar dünne Äste auf den Rost. Um die fast erloschene Glut wieder anzufachen, bückte er sich und blies vorsichtig hinein. Die Stöcke fingen Feuer, und bald leckten hungrige Flammen an den Scheiten.

Er ließ den Rucksack vom Rücken gleiten, stellte ihn auf dem Boden ab und schubste ihn mit der Stiefelspitze unter den Beistelltisch. Dann wickelte er den Schal von seinem Hals und nahm die Decke und die Mütze ab. Er hängte alles zusammen mit seinem Mantel über einen der Barhocker, damit es trocknen konnte. Behutsam betastete er seinen Hinterkopf und inspizierte danach seine Finger, ob frisches Blut daran war. Entweder hatte die Wunde aufgehört zu bluten, oder das Blut war gefroren.

Er setzte sich auf das zweite Sofa und schnürte die Stiefel auf. Kurz zögerte er, ob er den rechten Stiefel überhaupt ausziehen sollte, da der Knöchel, wie er wusste, möglicherweise so stark anschwellen würde, dass er den Stiefel nicht wieder anziehen konnte. Aber wenn sein Fuß weiterhin so schlecht durchblutet wurde, würden ihm eventuell die Zehen abfrieren.

Die Zähne gegen den Schmerz zusammengebissen, zog er zehenwackelnd den Fuß aus dem Stiefelschaft und schälte dann die Socke ab. Das Gelenk war angeschwollen, aber nicht so schlimm, wie die Schmerzen vermuten lassen hatten. Er sah keine Anzeichen für irgendwelche Erfrierungen, massierte die Zehen aber trotzdem kräftig durch. Höllische Schmerzen durchschossen ihn, als das Blut wieder in die Adern floss, aber das bedeutete nur, dass die Kapillaren nicht unwiederbringlich geschädigt waren.

Während er all das erledigte, saß Lilly mit offenem Mund vor ihm und starrte ihn mit großen Augen an, als wäre er ein Geist.

Er erhob sich so langsam wie möglich, um sie nicht zu erschrecken, und kniete wieder vor ihrem Sofa nieder. Er versuchte sie mit ihrem Namen anzusprechen, brachte aber nur ein heiseres Krächzen heraus. »Ist jetzt alles in Ordnung?«

Sie nickte nur einmal knapp.

»Mein Gott, ich habe deine Pille vergessen.« Er zog das kleine braune Plastikfläschchen unter einem der Sessel hervor. Anschließend holte er ein Glas Wasser aus der Küche und brachte es ihr. Sie inhalierte einmal aus dem zweiten Inhalator und schluckte dann eine Pille. Während sie trank, fiel ihm auf, dass die Farbe in ihre Lippen zurückkehrte, woraus er schloss, dass sie inzwischen genug Sauerstoff bekam, obwohl ihre Lunge immer noch klang wie ein verstimmter Dudelsack.

»Dieses Spray ist echt gut«, sagte er. »Ich wusste nicht, welches ich nehmen muss. Offenbar habe ich das Richtige erwischt.«

Sie nickte knapp.

Sein Blick tastete ihr Gesicht ab. Sie bewegte sich und atmete, und allmählich kehrte die Farbe zurück, aber er befürchtete, dass er möglicherweise wieder halluzinierte, wie so oft während seines Rückmarschs vom Auto zur Hütte.

Alle seine Halluzinationen hatten sich um Lilly gedreht. In einigen hatte er sie bei seiner Rückkehr blau und kalt vorgefunden, erstickt, reglos und tot. In anderen war sie strahlend warm, voller Leben, sexy und bereit und hatte ihn tief und leidenschaftlich in sich aufgenommen.

In Wahrheit war sie weder leblos noch lustvoll, sondern nur benommen. »Du musst in Ohnmacht gefallen sein, kurz bevor ich kam«, erklärte er. »Ich habe dich mehrmals angesprochen, aber du hast nicht reagiert und dich nicht mal bewegt. Dein Brustkorb hat sich nicht mehr gehoben. Du hast mir eine Todesangst eingejagt«, sagte er schroff. »Ich dachte, ich wäre zu spät gekommen.«

In einem fast lautlosen Flüstern antwortete sie: »Das dachte ich auch.« Dann verzog sich ihr Gesicht unter dem Ansturm der Gefühle. So als wäre ein Damm gebrochen, der bis jetzt ihre Tränen zurückgehalten hatte, überschwemmten sie ihre Augen.

Er reagierte ganz spontan. Nicht einmal einen Herzschlag später saß er neben ihr auf dem Sofa und hatte den Arm um ihre bebenden Schultern gelegt. »Schon okay. Ich bin wieder da, und du bist noch am Leben.«

Sie sackte gegen seine Brust. Er hob sie auf seinen Schoß, wiegte sie wie ein Kind, schloss sie in die Arme und beugte seinen Kopf über ihren. Er spürte, wie sie sich instinktiv in seinen Pullover krallte.

»Psst, psst.« Er strich mit den Lippen über ihr Haar. »Nicht weinen, Lilly. Du sollst doch nicht weinen, vergiss das nicht. Du willst nicht noch mal einen Anfall bekommen, oder?«

Er hob mit der Fingerspitze ihr Gesicht an und strich ihr verfilztes Haar zurück. Gott sei Dank war ihr Gesicht keine aschgraue Totenmaske mehr. Ihren Kopf mit beiden Händen haltend, fuhr er mit dem Daumen über ihre Wangen, um die Tränen abzuwischen.

Dann sah er ihr in die Augen und sagte: »Nichts außer dem Tod hätte mich davon abhalten können zurückzukommen.«

Sein Blick senkte sich auf ihren Mund. Ihre Lippen waren jetzt weich, voll und rosa, leicht geteilt, zitternd, feucht nach dem Glas Wasser und vielleicht von ihren Tränen. Die weiche Haut in der Mulde unter ihrem Hals pulsierte bei jedem Herzschlag.

Mühsam den Instinkt niederkämpfend, der ihn zu überwältigen drohte, stand er auf, ohne sie aus seinen Armen zu lassen, und trug sie neben das Sofa, wo er sich mit ihr zusammen auf der Matratze niederließ. Er lehnte sich mit dem Rücken gegen die Armlehne des Sofas, die Füße zum Feuer hin ausgestreckt, Lilly auf seinem Schoß.

Dann drückte er ihren Kopf auf seine Brust zurück, bis sie ihre Wange an ihn schmiegte. Er griff nach einer der Decken und deckte sie beide damit zu, bevor er sie noch einmal an seine Brust drückte und sein Kinn auf ihren Scheitel sinken ließ.

All das ließ sie langsam zur Ruhe kommen. Er bildete sich nicht ein, dass sie das Lämmchen spielte, weil sie ihm vertraute. Er hatte die Nachricht gesehen, die sie ins Holz des Küchenschranks geritzt hatte. Sie erlaubte ihm nur, sie im Arm zu halten, weil das Trauma, das sie durchlitten hatte, sie vollkommen erschöpft hatte.

Lange nachdem sie eingeschlafen war, starrte er in die Flammen und genoss das köstliche Vergnügen und die peinigende Qual, sie umarmen zu dürfen und ihre weiche Brust an seinem Bauch zu spüren. Gelegentlich krallten sich ihre Finger in das Wollgewebe seines Pullovers. Er hätte gern geglaubt, dass sie sich damit vergewissern wollte, ob er noch da war, aber möglicherweise war es schlicht ein Reflex auf ihre innere Aufgewühltheit, auf eine unbewusste Unruhe.

Er versuchte, nicht daran zu denken, wie seidig ihre Zunge über seine geglitten war, als er sie vergangene Nacht geküsst hatte, oder welch göttlichen Anblick ihre Brüste unter dem nassen Elastikstoff des T-Shirts letztes Jahr im kalten Flusswasser geboten hatten oder wie sehr er sich danach verzehrte, sie ganz und gar in Besitz zu nehmen.

Aber natürlich konnte er aufgrund seiner Bemühungen, an all das nicht zu denken, an nichts anderes denken. Sein Hauthunger nach ihr wurde so übermächtig, dass er irgendwann nachgab und eine Hand unter ihren Pullover schob.

Dann schlief er ein.

Als sie, umschlungen von seinen Armen, erwachte, spürte sie sofort, dass er ebenfalls wach war. Sie setzte sich auf, hielt den Kopf aber verlegen abgewandt.

»Wir müssen das Feuer schüren.« Mehr sagte er nicht.

So hoheitsvoll wie möglich kletterte sie von seinem Schoß und ging in die Hocke. Er musste sich beim Aufstehen an der Armlehne hochziehen. Sie bemerkte sein verzerrtes Gesicht und machte eine Bemerkung darüber.

»Ich bin ein bisschen eingerostet.«

»Du hättest mich nicht so lang schlafen lassen sollen«, sagte sie. »Das war bestimmt nicht gemütlich für dich.«

»Ich habe auch geschlafen und bin erst vor ein paar Minuten aufgewacht.«

»Wie lange haben wir geschlafen?«

Er sah auf seine Armbanduhr. »Vier Stunden.«

Vier Stunden! Vier Stunden? Wie konnte sie so lang friedlich in den Armen eines Mannes schlafen, den sie für einen Mörder hielt? Offenbar konnte sie nicht mehr klar denken, nachdem sie dem Tod so nahe gewesen war.

Er betrachtete sie von Kopf bis Fuß. »Wie geht es dir?«

»Viel besser. Besser als ich gedacht hätte, wenn ich bedenke, wie schwer der Anfall war.« Sie hielt inne und sagte dann leise: »Ich habe mich noch nicht bei dir bedankt.«

»O doch.«

»Nein. Ich hatte einen Nervenzusammenbruch und einen Heulkrampf.«

»Ich habe die Botschaft trotzdem verstanden.«

»Aber ich habe sie nicht in Worte gefasst, und das sollte ich tun. Danke, Tierney.«

»Gern geschehen.« Mehrere Sekunden verstrichen, bevor er sich abwandte und zu dem Barhocker humpelte, an dem er seinen Mantel aufgehängt hatte.

»Du hinkst immer schlimmer.«

»Ich habe mir auf dem Weg zum Auto den Knöchel verstaucht. Ich kann von Glück reden, dass ich ihn nicht gebrochen habe.«

»Was ist denn passiert?«

»Ich konnte nicht sehen, wohin ich trat und…« Er machte eine Geste, die besagte, dass es nicht wichtig war, wie er sich verletzt hatte. »Das heilt wieder.«

»War er unter dem Armaturenbrett, wie wir vermutet hatten?« Sie deutete auf den Seidenbeutel auf dem Couchtisch.

Er schilderte, wie er es doch noch zu ihrem Auto geschafft hatte, nachdem er die Hoffnung schon fast aufgegeben hatte. »Der Wagen war komplett unter dem Schnee begraben und noch dazu vereist. Das reinste Wunder, dass ich die Tür aufbekommen habe.«

Aber er hatte es geschafft. Am schwersten, erzählte er, war es, der Versuchung zu widerstehen, sich hinzulegen. Er wusste, dass er Gefahr lief, einzuschlafen und zu erfrieren, wenn er ihr nachgab.

»Als ich endlich im Auto saß, habe ich mir zwanzig Sekunden zum Atemholen gegönnt und mich dann an die Arbeit gemacht. Ich musste den Arm zwischen dem Armaturenbrett und dem Beifahrersitz hindurchquetschen, obwohl der Spalt nur noch ein paar Zentimeter breit war.«

Erst als er den Arm ganz durchgestreckt hatte, konnte er den Seidenbeutel ertasten. »Ich habe eine Ecke des Stoffes zwischen zwei Finger geklemmt«, erklärte er ihr und demonstrierte es dabei. »Ich hatte Angst, dass ich ihn noch weiter weg und außer Reichweite stoßen würde. Aber dann schaffte ich es, ihn so weit heranzuziehen, dass ich ihn zu fassen bekam.«

»Und dann musstest du noch den Rückweg überstehen. Mit einer Gehirnerschütterung und einem verstauchten Knöchel.«

»Hauptsache, ich habe es geschafft.« Er sah in den Kamin. »Wir brauchen mehr Holz, um durch die Nacht zu kommen.«

»Du willst ohne Schuhe nach draußen gehen?«

Er hatte den Mantel übergezogen und ging jetzt barfuß auf die Tür zu. »Ich habe nicht vor, lange draußen zu bleiben.«

Er trat auf die Veranda und zog sofort die Tür hinter sich zu. Lilly stand schon bereit, um sie aufzureißen, als er mit dem Arm voller Scheite wieder hereinwollte. »Danke.« Während er das Feuerholz auf dem Kaminrand stapelte, sagte er: »Ich habe die Nachricht gesehen, die du am Küchenschrank hinterlassen hast.«

Sie wusste nicht, was sie darauf antworten sollte, und sagte darum nichts.

Er stand auf und sah sie an. »Du bist nicht die Einzige, die das glaubt. Ich konnte den Motor deines Autos starten und habe das Radio eingeschaltet, weil ich hoffte, den Wetterbericht zu hören.«

Sie hatte eine unangenehme Vorahnung.

»Das FBI sucht schon nach mir«, stellte er brüsk fest und ging dann an ihr vorbei auf die Veranda. »Offenbar ist doch einer deiner Anrufe bei Dutch angekommen.« Er knallte die Tür hinter sich zu.

Lilly sank auf das Sofa. Sie schlotterte, war aber unsicher, ob sie sich vor Erleichterung oder Bestürzung so schwach fühlte. Falls er Blue war, war das eine gute Nachricht. Aber falls nicht, dann hatte sie einen Unschuldigen bezichtigt. »Laut Wetterbericht hört es heute Nacht auf zu schneien. Die Temperaturen bleiben deutlich unter dem Gefrierpunkt, aber die Wetterbedingungen sollen sich bessern.«

Er stapelte die neuen Scheite auf dem Kaminrand. Er klang locker und wenig betroffen. »Die Straßen werden noch tagelang unpassierbar bleiben, aber mit etwas Glück besteht eine winzige Chance, dass du morgen gerettet wirst.«

»Tierney …«

»Trotzdem müssen wir die Nacht noch überstehen«, unterbrach er sie barsch. Er drehte sich zu ihr um und klopfte seine Hände ab. »Das muss für dich eine schrecklich beängstigende Vorstellung sein.«

Er deutete auf den Rucksack unter dem Beistelltisch. »Pistole, Handschellen, du weißt, wo du alles findest, wenn du es brauchen solltest. Jetzt, wo du deine Medizin und genug Feuerholz hast, könntest du auch allein durchhalten, bis Hilfe kommt.«

»Willst du wieder gehen?« Es verblüffte sie, wie sehr sie sich davor fürchtete, dass er sie allein lassen könnte.

Er schnaubte ein verbittertes Lachen. »Ich täte es gern. Aber jetzt, wo mein Name im Radio durchgegeben wurde, wird jeder Hinterwäldler mit seiner Schrotflinte Jagd auf mich machen. Mein Fell wäre die Jagdtrophäe der Saison, und in meinem augenblicklichen Zustand wäre ich leichte Beute.

Nein, du wirst mich nicht los, bevor ich mich ausgeruht und etwas gegessen habe. Aber ich will keinesfalls, dass du jedes Mal zurückzuckst, wenn ich in deine Nähe komme. Wenn du mich also wieder ans Bett ketten willst, komme ich widerspruchslos mit. Nicht gerade gern, aber ich werde mich nicht wehren.«

Sie zog den Kopf ein und sah zu Boden, erst auf ihre bestrumpften Füße und dann auf seine nackten Zehen, die unter dem nassen Saum der Jeans hervorsahen. Sie brauchte nicht lang, um eine Entscheidung zu fällen. »Das wird nicht notwendig sein, Tierney.«

»Du hast keine Angst mehr vor mir?«

Sie sah ihn an und sagte schlicht: »Wenn du Blue wärst, wärst du nicht zurückgekommen.«

»Aber verstehst du nicht, Lilly, ich hätte so oder so zurückkommen müssen, um zu überleben. Da draußen wäre ich auf jeden Fall gestorben.«

»Aber du hättest mich nicht wiederbeleben müssen. Blue hätte mich sterben lassen.«

»Wo sollte da der Reiz sein? Dich sterben zu sehen wäre etwas anderes, als dir das Leben zu nehmen. Etwas ganz anderes.«

Sie studierte ihn lange und suchte in seinen Augen nach der Antwort auf die Fragen, denen er so gewandt mit Gegenfragen auswich, mit Schweigen oder Lügen oder indem er den Teufelsadvokaten spielte. Er war exzellent in diesem Spiel, aber sie hatte es satt.

Erschöpft sagte sie: »Ich weiß nicht, wer du bist, Tierney, oder was du vorhast, aber ich glaube nicht, dass du mich umbringen willst, weil ich sonst schon tot wäre.«

Er entspannte sich deutlich. Seine Miene wurde weich. »Du hast Recht, wenn du mir vertraust, Lilly.«

»Ich vertraue dir keineswegs. Aber du hast mir das Leben gerettet.«

»Ich schätze, das zählt.«

»Zumindest bewahrt es dich vor den Handschellen.«

»Aber es bringt uns nicht dorthin zurück, wo wir an dem Tag am Fluss waren. Was muss ich dafür tun? Wie kann ich uns dorthin zurückbringen, Lilly?«

Er rührte sich nicht. Sie sich genauso wenig. Und doch schien die Kluft zwischen ihnen schmaler zu werden, immer schmaler, bis ein rutschender Scheit auf dem Rost einen Funkenregen in den Abzug jagte und die eigenartige Stimmung vertrieb.

Er nickte zur Tür hin. »Es ist leichter, wenn du mir die Tür aufhältst.«

Sie stand an der Tür, während er noch mehrmals auf die Veranda ging, um Feuerholz zu holen. Beim letzten Gang nahm er einen Metalleimer mit nach draußen, den sie anfangs mit Trinkwasser gefüllt hatten und der inzwischen leer war.

Als er zurückkam, war der Eimer mit Schnee vollgepackt. »Ich muss unbedingt duschen.« Er kratzte mehrere heiße Kohlen unter dem Rost hervor auf die Umrandung des Kamins und stellte den Eimer darauf. Der Schnee begann in Windeseile zu schmelzen. »Leider werde ich mich mit einem Schwammbad begnügen müssen.«

»Schwammbad?«, fragte sie.

»Hast du den Ausdruck noch nie gehört?«

»Nicht mehr, seit meine Großmutter gestorben ist.«

»Ich habe ihn auch von meiner Großmutter. Mein Großvater sagte Hurenwäsche dazu. Meine Großmutter hat ihm daraufhin die Leviten gelesen. Sie duldete es nicht, dass er schmutzige Worte gebrauchte, solange ich in Hörweite war.«

»Und wie oft war das?«

»Jeden Tag«, antwortete er. »Ich bin bei ihnen aufgewachsen.«

Während sie das verdaute, verschwand er im Schlafzimmer und kehrte mit Waschlappen und Handtüchern zurück. »Wir haben nur noch zwei Handtücher, auf denen kein Blut ist.«

»Wie fühlt sich dein Kopf an?«

»Besser. Die Gehirnerschütterung hat mir ein paar Mal schwer zu schaffen gemacht, als ich da draußen war.« Er nickte zur Tür hin. Dann stippte er den Finger in den Wassereimer. »Ich glaube nicht, dass es noch viel wärmer wird. Hältst du das aus?«

»Ich dachte, das ist für dich?«

»Der erste Eimer ist für dich.«

»Nein danke.«

Ihre knappe Weigerung ärgerte ihn. »Ich kann im Schlafzimmer warten, bis du mich rufst. Fühlst du dich dadurch vor meinen lüsternen Blicken geschützt?« Dann holte er tief Luft, schüttelte den Kopf und atmete seinen Ärger langsam wieder aus. »Ich dachte, du wolltest dich waschen. Mehr nicht.«

Mit dem Gefühl, eine verbale Ohrfeige eingefangen zu haben, griff Lilly nach ihrer Handtasche. Unter anderem war eine kleine Plastikflasche mit flüssiger Handseife darin. Sie streckte sie ihm in einer Versöhnungsgeste hin. »Magnolienduft. Für jeden die Hälfte?«

»Gern. Magnolienduft ist eindeutig besser als das, was ich im

Moment ausdünste.« Er trat ins Schlafzimmer, »Lass dir Zeit.«, und schloss die Tür.

Sie zog sich ganz aus und wusch sich eilig. Sie bekam von Kopf bis Fuß eine Gänsehaut, obwohl sie praktisch direkt am Feuer stand. Ihre Zähne klapperten wie wild. Trotzdem benutzte sie das lauwarme Wasser, den Waschlappen und die Flüssigseife intensiv, bevor sie sich forsch abtrocknete, wieder in die Kleider schlüpfte und die Schlafzimmertür öffnete. »Schon fertig, es ist ein wunderbares Gefühl.«

Er hatte sich in ein Laken gewickelt, das er vom Bett gezogen hatte, aber er bibberte trotzdem. Eilig zog er die Schlafzimmertür wieder zu. »Für dich ist es da drin zu kalt. Wenn du diese Luft einatmest, könntest du dir den nächsten Anfall einfangen.«

»Ich habe meine Medizin genommen.«

»Du gehst da nicht rein«, bestimmte er eigensinnig. »Dass ich dich einmal fast tot gesehen habe, reicht mir, vielen Dank.«

»Ich möchte nicht, dass du meinetwegen auf dein Bad verzichtest.«

»Das werde ich auch nicht. Ich habe keine Scheu, mich nackt zu zeigen.«

Er trug ihr Waschwasser nach draußen, schüttete es weg und füllte den Eimer mit frischem Schnee. Während er darauf wartete, dass der Schnee schmolz und das Wasser wärmer wurde, kramte Lilly in der Küche herum. »Wir haben Töpfe und Pfannen. Glaubst du, wir könnten eine Dose Suppe über dem Feuer warm machen?«

»Bestimmt.«

Sie sah über die Schulter und ertappte ihn dabei, wie er auf jene typisch männliche, unerklärliche Weise den Pullover über den Kopf zerrte, bis ihm die Haare zu Berge standen, und erst dann die Arme aus den Ärmeln zog.

Weil sie ihn nicht mit jener liebevollen Toleranz betrachten wollte, die ihr Geschlecht für die Eigentümlichkeiten des anderen hegt, ging sie ans Wohnzimmerfenster und zog den Vorhang zur Seite. »Vielleicht bilde ich mir das nur ein«, sagte sie, »aber ich glaube, es schneit nicht mehr ganz so stark.«

»Vermutlich hat der Wetterbericht Recht.«

»Vermutlich.«

Sie hörte das Klirren, mit dem seine Gürtelschnalle auf dem gemauerten Kaminsims auftraf, als er seine Jeans fallen ließ. Das leise Rascheln von Stoff auf Haut. Das leise Plätschern des Wassers, als er den Waschlappen in den Eimer tauchte.

Sie setzte die Fingerspitze auf die kalte Glasscheibe und zog eine waagerechte Linie durch die Eisblumen. »Ich glaube nicht, dass einer meiner Anrufe zu Dutch durchgekommen ist.«

Sie spürte, dass er in der Bewegung innegehalten hatte und sie jetzt reglos anstarrte. Nach ein paar nervenzerreißenden Sekunden hörte sie wieder Wasser plätschern und wusste, dass er sich weiterwusch.

»Demzufolge hat Dutch nicht von mir gehört, dass du Blue bist. Wenn Dutch dich also nicht dem FBI gemeldet hat, suchen sie dich von sich aus. Warum, Tierney?«

»Das kannst du sie fragen, wenn sie hier auftauchen.«

»Ich würde es aber lieber von dir hören.«

Er sagte so lange gar nichts, dass sie schon glaubte, er würde sie ignorieren. Doch dann begann er zu sprechen. »Dieses Mädchen, diese Millicent Gunn. Ich kenne sie aus dem Sportgeschäft, in dem sie aushilft. Ein paar Tage – vielleicht auch nur Stunden – bevor sie vermisst gemeldet wurde, habe ich dort Socken gekauft. Höchstwahrscheinlich überprüfen sie jeden, der mit ihr Kontakt hatte.«

»Haben sie es so im Radio durchgesagt – dass sie jeden überprüfen? Oder war dein Name der Einzige, den sie erwähnt haben?«

»Vielleicht bin ich der Einzige, den sie noch nicht aufgetrieben haben.«

Das war eine vernünftige Erklärung, aber wieso klang er so ärgerlich, wenn wirklich nichts weiter dabei war? Außerdem bezweifelte sie, dass sein Name im Radio durchgegeben worden wäre, wenn ihn das FBI nur für eine Routinebefragung gesucht hätte.

»Wenn ich es nicht geschafft hätte, deinen Namen in den Küchenschrank zu schnitzen, hätte ich ihn auch in die Eisblumen auf den Scheiben schreiben können.«

Plötzlich ging ihr auf, dass sie genau das getan hatte. Wie ein Schulmädchen, das den Namen des Angebeteten auf ihr Schulbuch schreibt, ohne es überhaupt zu merken, hatte sie seinen Namen in die Eisblumen geschrieben.

Verlegen und wütend auf sich selbst wischte sie die Buchstaben vom Glas… nur um in dem Schmierwasser, das ihre Hand hinterließ, sein Spiegelbild zu erblicken. Nackt vor dem Feuer, mit feucht glänzender Haut.

Ihre Lippen teilten sich, und sie schnappte leise nach Luft. Die Lust entflammte ihre Mitte, wo sie tief verborgen geschlummert hatte. Ohne ihren gespannten Blick zu bemerken, bückte er sich und tauchte den Lappen in den Eimer. Er wrang das Wasser aus, ehe er den Lappen auf seine Brust legte und vorsichtig über die schmerzenden Rippen und den flachen Bauch bis in den üppig bewachsenen Schatten zwischen seinen Beinen führte.

Lilly schloss die Augen und ließ die Stirn gegen das Glas sinken. Das Blut pumpte heiß und schwer durch ihre Adern. Das Dröhnen in ihren Ohren war so laut, dass sie ihn kaum verstand, als er sagte: »Das wäre eine Möglichkeit gewesen. Das Fett in unserer Haut hinterlässt Spuren auf dem Glas, die erst wieder weggehen, wenn das Fenster geputzt wird.«

Worüber redete er? Ihr wollte es nicht mehr einfallen. Sie hob den Kopf und ließ, um nicht in Versuchung zu kommen, ihn wieder zu beobachten, den Vorhang fallen, bevor sie die Augen aufmachte.

»Ich bin so gut wie fertig«, sagte er. Sie hörte seine Gürtelschnalle klimpern, als er seine Jeans aufhob. Ein paar Sekunden später sagte er: »Du kannst dich jetzt umdrehen.«

Als sie sich umdrehte, sah sie ihn nicht direkt an, konnte aber aus dem Augenwinkel beobachten, wie er den Kopf durch den Halsausschnitt des Pullovers zwängte. Sie ging in die Küche. »Ich mache jetzt die Suppe.« Wundersamerweise klang ihre Stimme ganz normal.

»Gut. Ich bin hungrig.«

Er ging nach draußen und leerte den Eimer aus. Bis er zu ihr in die Küche kam, hatte sie die Dosensuppe in einen Topf geschüttet und war dabei, etwas Trinkwasser zuzugeben.

»Danke für den Magnolienduft«, sagte er.

»Keine Ursache.«

»Ich bitte dich nur ungern darum, aber könntest du dir noch mal die Wunde auf meinem Kopf ansehen?«

Sie sollte ihn berühren? Ausgerechnet jetzt? »Natürlich.«

Wie schon vorhin setzte er sich rittlings auf einen Barhocker. Sie trat hinter ihn und teilte sein nasses Haar. Nass? Sein Haar war nass? Er musste den Kopf in den Eimer getunkt haben, zu ihrer unendlichen Beschämung musste sie sich eingestehen, dass ihr Blick kein einziges Mal über seinen Hals nach oben gewandert war.

»Kein frisches Blut«, sagte sie. »Aber ich sollte die Pflaster wechseln.«

Sie reinigte die Wunde mit einem Desinfektionsmittel, dann gingen sie das gleiche schmerzhafte Ritual durch wie am Vorabend, indem sie den Klebestreifen des Pflasters in schmale Streifen schnitt und sie anschließend über Kreuz über die Wunde legte. Sie versuchte, die Aufgabe so leidenschaftslos wie nur möglich zu erledigen, aber ihre Bewegungen wirkten tapsig. Mehrmals spürte sie, wie er unter ihr zusammenzuckte, und musste sich entschuldigen, weil sie ihm wehgetan hatte.

Sie wärmten den Suppentopf über dem Feuer und aßen die Suppe im Schneidersitz auf der Matratze. Weil sie entdeckten, dass sie rasend hungrig waren, machten sie gleich noch eine Dose warm.

Irgendwann über der zweiten Portion fragte er unvermittelt: »Lilly, ist alles okay?«

Sie hob erschrocken den Kopf. »Warum?«

»Du bist so still.«

»Ich bin nur müde«, log sie und aß schweigend weiter.

Sie zogen das Mahl so lange wie möglich hin, aber als sie fertig gegessen hatten, sahen sie sich immer noch langen Nachtstunden gegenüber, in denen sie nichts mehr zu tun hatten.

Nach minutenlangem Schweigen, das nur vom Knistern des Feuers unterbrochen wurde, sagte er: »Du kannst dich jederzeit schlafen legen.«

»Ich kann bestimmt nicht schlafen.«

»Das hast du aber vorhin gesagt.«

»Ich bin müde, aber ich kann noch nicht schlafen.«

»Genauso geht es mir auch. Ich bin völlig erschöpft, aber hellwach.«

»Der lange Mittagsschlaf …«

»Hmm.«

Wieder wurde es still. Schließlich sah sie ihn an. »Warum bist du bei deinen Großeltern aufgewachsen?«

»Meine Mom und mein Dad kamen bei einem Autounfall ums Leben. Der Fahrer eines Sattelschleppers übersah die Warnschilder, fuhr zu schnell in eine Baustelle, konnte nicht mehr rechtzeitig bremsen und fuhr sie im wahrsten Sinn des Wortes platt. Ihr Auto war flach wie ein Pfannkuchen. Erst Stunden später hatten sie alle Körperteile aus dem Wrack geschnitten.«

Sein leicht ironischer Ton konnte sie nicht täuschen. Damit konnte er nicht die Verbitterung überspielen, die darunter lag.

»Damals wurden mir die Einzelheiten vorenthalten«, sagte

er. »Aber Jahre später, als ich alt genug war, um danach zu fragen, gab mir mein Großvater den Zeitungsartikel über den Unfall zu lesen. Meine Großeltern hatten dabei ihre Tochter verloren. Ich wurde zum Waisen. Der Lastwagenfahrer kam ohne einen Kratzer davon.«

»Wie alt warst du?«

»Als es passierte? Acht. Mom und Dad waren für ein verlängertes Wochenende verreist, um ihren zehnten Hochzeitstag zu feiern, und hatten mich bei meinen Großeltern abgesetzt.« Er griff nach dem Schürhaken und stocherte in der Glut.

»Als ich nach der Beerdigung so langsam begriff, dass es kein böser Traum war, dass sie wirklich tot waren, wollte ich um keinen Preis in unser altes Haus zurück. Meine Großeltern fuhren mit mir hin, um meine Sachen zusammenzupacken, aber ich fing noch im Vorgarten an zu schreien und zu toben. Ich wollte das Haus auf keinen Fall betreten. Ich konnte einfach nicht noch mal in diese Räume zurückkehren, nachdem ich wusste, dass Mom und Dad nicht mehr da waren und dass sie nie mehr zurückkehren würden.«

»Du hast sie geliebt«, sagte sie ruhig.

Er zuckte verlegen mit den Achseln. »Ich war noch klein. Für mich war alles, was sie für mich getan haben, selbstverständlich, aber … ja, ich habe sie geliebt. Meine Großeltern waren trotzdem nett. Obwohl ich ihnen bestimmt einen Haufen Unannehmlichkeiten gemacht habe, haben sie mich das nie spüren lassen. Im Gegenteil, ich habe nie eine Sekunde daran gezweifelt, dass sie mich liebten.«

»Bist du jemals in euer Haus zurückgekehrt?«

»Nein.«

Sie stützte das Kinn auf die angewinkelten Knie und betrachtete sinnend sein Profil. »Du bist auch jetzt so gut wie nie zu Hause. Du hast einen Beruf gewählt, bei dem du ständig auf Reisen bist.«

Er ließ ein sprödes Lächeln aufblitzen. »Ich wette, diese Erkenntnis wäre ein Fest für jeden Psychologen.«

»Hast du den Beruf unbewusst gewählt? Oder war es eine überlegte Entscheidung?«

»Meine Frau hielt sie für wohlüberlegt.«

»Deine *Frau*?«

»Vergangenheitsform. Wir waren ganze dreizehn Monate verheiratet.«

»Wann war das?«

»Vor langer Zeit. Ich war kaum alt genug zu wählen und erst recht zu jung zum Heiraten. Ich hätte es nicht tun sollen. Ich war egoistisch und egozentrisch. Nicht bereit, schon erwachsen zu werden, und eindeutig nicht gewillt, mich vor jemandem zu verantworten. Über meine Wanderlust hat sie sich am meisten beklagt. Und über vieles andere. Und immer zu Recht«, ergänzte er mit einem melancholischen Lächeln.

Dass er seine Eltern verloren hatte, hatte sein Leben bis ins Erwachsenenalter beeinflusst, sich auf seine Entscheidungen ausgewirkt und seine Ehe scheitern lassen. Welche anderen emotionalen und psychologischen Narben hatte dieser tragische Unfall in dem achtjährigen Ben hinterlassen? Hatte er seine Seele deformiert und verkümmern lassen? Wutanfälle bekam er keine mehr, aber womöglich hatte sein aufgestauter Zorn andere Ventile gesucht.

War er Blue?

Das Band, die Handschellen, seine widersprüchlichen und ausweichenden Antworten waren zu verdächtig, als dass sie darüber hinwegsehen konnte. Falls im Radio gemeldet worden wäre, dass die Polizei von Cleary nach ihm suchte, hätte sie annehmen können, dass einer ihrer Anrufe Dutch erreicht hatte. Aber das FBI? An seiner Erklärung, warum sie an ihm interessiert waren, fehlten ein paar wesentliche Bestandteile.

Doch wenn sie ihn ansah, fragte sie sich jedes Mal, wie dieser

Mann fähig sein sollte, Frauen zu entführen und sie höchstwahrscheinlich umzubringen. Bestimmt hätte sie es gespürt, wenn sich hinter diesen Augen ein Psychopath versteckt hätte. Natürlich waren sie durchdringend, o ja. Oft sprühte auch Zorn oder Ärger aus ihnen. Aber der fanatische, feurige Wahnsinn eines Serienkillers loderte keinesfalls darin.

Am überzeugendsten von allen Argumenten war, dass er ihr nichts getan hatte. Vielmehr hatte er sein eigenes Leben aufs Spiel gesetzt, um ihres zu retten. Es war seine Stimme gewesen, rau vor Mitgefühl und Angst, die sie aus jener Leere zurückgerufen hatte. Dann hatte er sie, ohne sich zu beschweren, stundenlang im Arm gehalten, obwohl das schrecklich unbequem gewesen sein musste, hatte sie so zärtlich gestreichelt und …

Ihre Gedanken klarten in einer plötzlichen Erkenntnis auf. Die Liebkosungen, die sie für den Teil eines wunderschönen Traumes gehalten hatte, waren gar kein Traum gewesen.

Als hätte er ihre Gedanken erspürt, wandte er den Kopf und bannte sie mit seinen blauen Augen. »Ich glaube, es wird Zeit, dass wir ins Bett gehen.«

24

Betsy Calhouns Tochter hatte den Agenten Begley und Wise wenig anzubieten außer zwei Tassen mit heißem Tee und einen Teller mit hausgemachten Haferkeksen. Sie erklärte, dass ihr Mann auf einer Einkaufsreise sei, um Waren für ihren Schreibwarenladen auf der Main Street zu ordern. Sie weinte, als sie ihnen erzählte, wann sie ihre Mutter das letzte Mal gesehen hatte.

»Ich bin bei ihr vorbeigefahren, um nach ihr zu sehen. Da war es drei Uhr nachmittags, und sie war noch im Nachthemd.«

Wie Begley vermutet hatte, litt Betsy Calhoun nach dem Tod ihres Ehemannes an einer klinischen Depression.

»Sie kam kaum noch aus dem Haus«, sagte die Frau. Sie streichelte gedankenverloren die gelbe Katze, die kurz nach der Ankunft der beiden Agenten vom Fenstersims auf ihren Schoß gesprungen war. »Ich habe ihr gesagt, sie soll sich in der Gemeinde oder der Kirche engagieren, sich für Freiwilligenarbeit zur Verfügung stellen, *irgendwas* unternehmen. Aber ohne Daddy konnte sie sich zu nichts mehr aufraffen.«

»Wenn ich mich nicht täusche«, sagte Hoot, »wurde ihr Auto auf dem Parkplatz bei der Bank gefunden.«

»Das ist mir ein absolutes Rätsel. Sie war seit Monaten nicht mehr auf der Bank. Seit Daddy gestorben ist, habe ich mich um die Finanzen gekümmert. Ich kann mir beim besten Willen nicht erklären, warum ihr Auto dort stand. Höchstens dass sie sich meinen Rat, öfter aus dem Haus zu gehen, zu Herzen genommen hat.« Sie tupfte ihre Augen mit einem bestickten Stofftaschentuch trocken. »Als man den Wagen mit diesem grässlichen blauen Band am Lenkrad fand, war mir sofort klar, dass ihr etwas Grauenvolles zugestoßen war.«

»Wäre es möglich, dass sie sich auf dem Parkplatz mit jemandem getroffen hat?«

»Mit wem zum Beispiel?«

»Genau darum fragen wir«, antwortete Begley mit uncharakteristischer Geduld. »Weil wir zu erfahren hoffen, wer dieser Jemand gewesen sein könnte.«

»Ich habe mir schon das Hirn zermartert, glauben Sie mir. Aber mir will niemand einfallen. Mutter ist kein geselliger, aufgeschlossener Mensch.« Genau gesagt hatte sich Betsy Calhouns Freundeskreis auf die Damen aus ihrer Klasse in der Sonntagsschule beschränkt.

»Ich frage das mit dem größten Respekt vor ihr und dem Andenken Ihres Vaters«, setzte Hoot umständlich an, »aber bestünde die Möglichkeit, dass sie ab und zu Herrenbesuch hatte und das geheim hielt?«

Sie schüttelte energisch den Kopf. »Nicht Mutter. Sie hatte die Liebe ihres Lebens gefunden. Ehrlich gesagt fürchtet sie sich vor Männern. Ich glaube nicht, dass sie je ein Rendezvous mit einem anderen Mann als meinem Vater hatte. Mutter verlässt ihr Haus nur, wenn sie jeden Freitagvormittag zum Friseur, sonntags in die Kirche und hin und wieder in den Supermarkt geht.«

Soweit ihre Tochter wusste, hatte sie nie einen Grund gehabt, in das Sportgeschäft zu gehen. »Was in aller Welt sollte sie da wollen?«

Sie fragten sie, ob sie Ben Tierney kenne. »Wer ist das?«

Hoot beschrieb ihn kurz, aber sie schüttelte den Kopf und erklärte, sie könne ziemlich sicher sagen, dass ihre Mutter keinen solchen Menschen kenne.

»Ich will nur, dass sie endlich gefunden und nach Hause gebracht wird«, sagte sie und schniefte in ihr Taschentuch. »Und wenn Gott dieses Gebet nicht erhören will, dann will ich wenigstens wissen, was ihr zugestoßen ist.« Sie sah unter Tränen auf und fragte: »Glauben Sie, dass man sie jemals finden wird?«

»Wir werden unser Bestes tun«, beteuerte Begley, nahm ihre Hand zwischen seine und drückte sie.

Als sie ein paar Minuten später von dem heimeligen Häuschen wegfuhren, bemerkte er: »Nette Lady.«

»Ja, Sir.« Wieder einmal bibberte Hoot in seinem Mantel und konnte es kaum erwarten, dass die Heizung der Limousine ansprang. Er wusste schon fast nicht mehr, wie es war, warme, trockene Füße zu haben. »Zur Whistler Falls Lodge, Sir?«

»Wenn Ihnen auch nichts anderes einfällt.«

Normalerweise wäre es eine abschreckende und trübsinnige Vorstellung gewesen, die Nacht in einer von Gus Elmers Hütten verbringen zu müssen, ohne zuvor in ein Restaurant oder eine Bar zu gehen, aber Hoot war so erschöpft, dass er sich tatsächlich darauf freute. »Glauben Sie, er könnte uns was zu essen machen?«

Begley bekam seine Frage nach dem Essen gar nicht mit, denn er war in Gedanken. »Die Sache ist die«, sinnierte er laut vor sich hin, »wir sind doch zu dem Schluss gekommen, dass Tierney unser Hauptverdächtiger ist.«

»Wieso sollte er sich sonst für die vermissten Frauen interessieren und all die Informationen sammeln, die wir in seinem Zimmer gefunden haben?«

»Ganz genau, Hoot. Das hat Ihre unbestimmte Vermutung untermauert. Wir haben außerdem angenommen – und zwar zu Recht, wie ich glaube –, dass ihn das Motiv antreibt, Frauen in Not zu helfen. Korrekt?«

»Ja, Sir.« Genau gesagt hatte Begley das angenommen, aber Hoot hatte ihm beigepflichtet, und bislang hatten sie nichts entdeckt, was gegen diese Theorie gesprochen hätte.

»Genau da liegt mein Problem«, fuhr Begley fort. »Wo sollte eine menschenscheue Witwe, die nur zum Friseur oder in die Kirche geht, Tierney kennen lernen? Kajak ist sie nicht gefahren, so viel steht fest.«

»Nein, Sir.«

»Mrs Calhoun hatte nur wenige Bekannte, und ihre Tochter hat noch nie von Tierney gehört. Wann und wo hat er Betsy Calhoun gut genug kennen gelernt, um sie als nächstes Opfer auszuwählen? Wo könnten sich die Pfade zweier so unterschiedlicher Menschen gekreuzt haben?«

»Ich glaube, das müssen wir bei allen Opfern fragen, mit Ausnahme von Torrie Lambert, die ihm zufällig über den Weg lief, und Millicent Gunn.«

»Carolyn Maddox könnte man noch erklären«, sagte Begley. »Es ist nicht unbedingt naheliegend, aber erklärbar. Laureen Elliott könnte er in der Klinik begegnet sein, in der sie arbeitete. Vielleicht hatte er die Grippe oder so. Aber eine menschenscheue Witwe und ein Abenteurer?« Begley schüttelte den Kopf. »Das passt nicht zusammen.«

Hoot sah das genauso. Er grübelte minutenlang darüber nach. »Angenommen, Tierney hat den Nachruf auf ihren Mann in der Zeitung gelesen. Denken Sie nur an den Transponder, den er aus dem Katalog bestellt hat. Vielleicht hat er Mrs Calhoun überwacht und dabei festgestellt, was für eine einsame und hoffnungslose Lady sie war.« Die Erklärung klang sogar für ihn fadenscheinig. Begley versenkte sie mit einem einzigen Schuss.

»Er ist als Mann viel zu aktiv, um jemanden zu beschatten. Außerdem würde das viel Zeit erfordern, und er ist nur zeitweise hier. Ich nehme an, er könnte ihr schlicht auf dem Parkplatz bei der Bank über den Weg gelaufen sein. Vielleicht wollte ihr Wagen nicht mehr, und er hat seine Hilfe angeboten. So in der Art. Sah auf den ersten Blick ihre Einsamkeit und Bedürftigkeit. Sie war ein weiterer Zufallsgriff, genau wie die kleine Lambert.« Das war zwar glaubhafter, aber Begleys Stimme fehlte jede Überzeugung. Er starrte durch die Windschutzscheibe und trommelte gleichzeitig mit den Fingern der linken Hand auf die Konsole zwischen den Sitzen.

»Bezweifeln Sie, dass er es war, Sir?«

»Ich weiß es nicht, Hoot«, knurrte er.

»Aber wenn er nicht Blue ist, wie erklären Sie sich dann das ganze Material, das er über die Verschwundenen zusammengetragen hat?«

»Das werde ich ihn als Erstes fragen.« Er schmatzte ärgerlich und brummelte etwas von einem gottverfluchten Fall und warum er ihn nicht in den Griff bekam, verdammte Scheiße. Hoot konnte nicht jedes Wort verstehen, aber das war die grobe Richtung.

Plötzlich drehte sich Begley zu ihm um. »Haben Sie noch was von Perkins gehört?«

»Nein, Sir. Aber vertrauen Sie mir, er arbeitet daran. Sobald er etwas erfährt, meldet er sich.«

Begley sah zum Himmel auf. »Ich hoffe bei allen Höllenschlunden, dass wir morgen einen Hubschrauber bekommen. Ich weiß nicht, wie lange ich unseren eifersüchtigen Chief noch in Schach halten kann.« Er schnaubte verächtlich über Dutch Burton. »Zum Glück kommt er genauso wenig auf den Berg hinauf wie wir, solange die Straße versperrt ist.«

»Und Tierney kommt nicht herunter.«

»Richtig, Hoot. Wenigstens das nützt uns. Und das ist definitiv alles, was es über diese gottverfluchte Kacke Positives zu sagen gibt.«

Wes trat noch vor Scott in den Gewichteraum der Highschool. Sie mussten sich mit dem Licht bescheiden, das durch die Fenster fiel. Es war ein bedrückendes Halbdunkel. Nirgendwo gab es weiche Oberflächen, um die Kälte abzufangen. »Wenn du erst angefangen hast, wird dir schon warm.« Wes' Stimme hallte von den gekachelten Wänden wider und klang übertrieben laut.

Scott schwieg mürrisch, während er seinen Mantel abstreifte und anschließend den Reißverschluss seiner Trainingsanzugsjacke aufzog, um sie abzulegen. Darunter trug er ein ärmelloses Trägerhemd.

Wes nahm sich einen Augenblick Zeit, um den Körperbau seines Sohnes zu bewundern. Scott hatte die Statur eines geborenen Athleten. Mit langem Rumpf und langen Gliedern. Sein Körperfett lag, wenn überhaupt, bei etwa zehn Prozent. Jeder Muskel war gut entwickelt, in perfekter Spannung und zeichnete sich deutlich unter der Haut ab.

Wes beneidete Scott um seinen fast perfekten Körper. Er selbst hatte damals weniger Glück gehabt. Dank seiner Mutter waren seine Beine etwas zu kurz geraten, und er hatte eine Neigung zur Osteoarthritis, ein Erbe der väterlichen Linie, in der fast alle schon mit fünfzig gebückt und o-beinig durch die Welt geschlichen waren.

Scott hingegen war genetisch mit dem Besten aus Wes' und Doras Genen gesegnet. Von ihm hatte er die Kraft und Ausdauer, von ihr Grazie und Geschick.

Während Wes ihn zur Gewichtbank gehen sah, dachte er bei sich, dass er es damals, wäre er nur mit Scotts Körper und seiner natürlichen Begabung gesegnet, bis in die Profiliga geschafft hätte und groß rausgekommen wäre.

Scott hatte das Potenzial dazu, aber genau da lag die Krux. Der Blutdurst, der Ehrgeiz, der Hunger nach einem Wettkampf wurde nicht automatisch mit der körperlichen Überlegenheit ausgeteilt. Scott war nicht mit der unbeugsamen Entschlossenheit geboren worden, die aus einem guten Athleten einen Sieger machte, aber Wes würde verdammt noch mal dafür sorgen, dass er sie entwickelte. Er würde dem Jungen richtig Feuer unter dem Arsch machen, und wenn es das Letzte war, was er tat.

Im Moment war das Feuer eher ein laues Lüftchen. Gelangweilt brachte Scott das Warm-up mit den verschiedenen Gewichten hinter sich. »Keine dieser Hanteln wiegt so viel wie das, was auf deine Schultern drückt«, bemerkte Wes.

Scott schaute in die Spiegelwand hinter der Bank, antwortete aber nicht.

»Was ist heute Abend mit dir los?«

Scott machte weiter mit seinem Bizepstraining. »Nichts.«

»Bist du sauer, weil ich dich zum Training hergefahren habe, statt dich zu deinem Freund Gary gehen zu lassen?«

»Gary ist ein Idiot.«

»Was ist also los?«

Scott legte die Hanteln auf seine Schultern und begann mit einem Set von Kniebeugen. »Nichts ist los. Alles prima.«

»Warum schmollst du dann wie ein Vierjähriger?«

»Mann, Dad, keine Ahnung.« Er legte die Hanteln ins Gestell zurück, ohne Wes' Blick im Spiegel auszuweichen. »Glaubst du, es könnte so ein Stimmungsumschwung sein, wie man ihn kriegt, wenn man mit Steroiden vollgepumpt wird?«

Wes packte ihn am Arm, zerrte ihn herum und schubste ihn rückwärts gegen den Spiegel. Sein Finger zielte genau auf Scotts Gesicht. »Wenn du mir noch mal so frech kommst, kannst du was erleben.«

Scott lachte nur. »Als hätte ich davor Angst.«

»Wenn ich mit dir fertig bin, wirst du Angst haben. Glaub mir, das wirst du.« Wes sah ihn wutentbrannt an und breitete dann die Arme aus. »Ich verstehe dich nicht, Scott. Ich verstehe nicht, wie du so undankbar sein kannst. Glaubst du vielleicht, ich hätte abends nichts Besseres zu tun, als hier rumzustehen und dir beim Training zuzuschauen? Ich tue das nur für dich.«

»Wen willst du damit verarschen?«, brüllte Scott zurück. »Du tust das ausschließlich für *dich*.«

Wes wusste aus Erfahrung, dass Scott nicht nur Doras geschmeidige Muskulatur, sondern auch ihre Neigung zur Starrköpfigkeit geerbt hatte, sobald man sie zu etwas zwingen wollte. Am liebsten hätte er seinen Sohn für seine Frechheit geohrfeigt. Aber er zügelte seinen Zorn und gab sich alle Mühe, vernünftig zu klingen.

»Du irrst dich, mein Sohn. Okay, klar«, sagte er, bevor Scott ihn unterbrechen konnte, »ich gebe zu, es tut meinem Ego gut, dass du der Stärkste, der Schnellste und der Beste bist, aber …«

»Aber du interessierst dich einen Scheiß für mich.«

Wes war ehrlich bestürzt. »Wie kannst du das sagen, nachdem ich so viel für dich getan habe?«

»Heute hast du jedenfalls nichts für mich getan, oder? Als diese FBI-Agenten mich fragten, warum Millicent und ich Schluss gemacht haben, habe ich auf dem heißen Stuhl gesessen, nicht du. Ich durfte eine blöde Rechtfertigung zusammenstammeln, während du bloß dagesessen hast und kein verfluchtes Wort über die Lippen gebracht hast.«

Betont leise sagte Wes: »Wäre es dir lieber gewesen, wenn ich ihnen die Wahrheit erzählt hätte?« Er sah ein unsicheres Flackern in den Augen seines Sohnes und nutzte es aus. »Wir haben nie darüber gesprochen. Glaubst du, es wäre eine gute Idee, das ausgerechnet jetzt vor ihnen durchzuhecheln? Und vor deiner Mutter? Wäre es dir nicht ein bisschen peinlich gewesen, wenn sie erfahren hätten, dass deine Freundin mich attraktiver fand als dich?«

»Das ist nicht wahr.«

Wes lachte leise. »Sie hat damals was anderes gesagt. Du warst dabei. Du hast es selbst gesehen. Hat es für dich so ausgesehen, als würde sie sich langweilen oder mich runterschubsen wollen?«

Er sah, wie Scott die Fäuste ballte. Sein Gesicht war gerötet, und nicht, weil er sich beim Aufwärmtraining so angestrengt hätte. Er war außer sich vor Wut. Sein Atem ging schnell und flach, so als könnte er jeden Moment explodieren.

Wes wünschte, er würde es tun. Nichts hätte ihm besser gefallen, als wenn sich Scott mit ihm angelegt und ihn mit aller Kraft zu besiegen versucht hätte. Es hätte dem Jungen gut getan, seinem Zorn richtig Luft zu machen. Er hätte es gern gesehen, wenn sich Scott endlich wie ein Mann benommen hätte und nicht wie die bibbernde Memme, zu der Dora ihn erzogen hatte.

Dann sah er voller Enttäuschung, beinahe Abscheu, wie Tränen in die Augen seines Sohnes traten.

»Du hast es so arrangiert, dass ich euch überraschen musste«, beschuldigte ihn Scott.

Wes stritt das nicht ab. »Es wurde Zeit, dass dir jemand die Augen öffnete und zeigte, was für eine Schlampe das Mädchen war, das dich so ga-ga gemacht hat.«

»Das stimmt nicht. Du … du …«

»Ich habe ein paar zweideutige Bemerkungen fallen lassen, sie hat das als Angebot gedeutet. Sie war keine unschuldige Jungfrau, Scott. Ich habe sie zu nichts gezwungen. Scheiße, ich brauchte mich nicht mal besonders anzustrengen. Sie wusste genau, worauf sie sich einließ, als sie an dem Abend in mein Büro kam. In ihr Höschen zu kommen war ein Kinderspiel. Genau gesagt trug sie gar kein Höschen, und sie hat dafür gesorgt, dass ich es weiß.

Wenn du einen Moment aufhören könntest, sauer auf mich zu sein, und stattdessen über die Geschichte nachdenken würdest, würdest du begreifen, was das über sie aussagt. Schon bevor ich sie berührt hatte, hatte sie mit dem Gedanken gespielt, es mit Vater und Sohn zu treiben.«

»Du bist ekelhaft.«

»Ich? Ich bin ekelhaft? Wieso bin ich der Bösewicht? Sie war diejenige, die alles ausprobieren wollte, die Spaß haben wollte. Ich habe es nur für dich getan.«

»Was… was für eine Scheiße!«, spie Scott ihm entgegen. »Du hast es nur getan, um mir zu zeigen, dass du es tun *kannst.*«

Wes versuchte die Hand auf Scotts Schulter zu legen, doch als der sie abschüttelte, sagte er wütend: »Hör zu, du hättest mir garantiert nicht geglaubt, wenn ich dich zur Seite genommen und dir erklärt hätte, dass deine Süße ein Flittchen ist, oder? Stimmt's? Nein. Damit du mir glaubtest, musstest du es mit eigenen Augen sehen. Ich wusste, dass du mit ihr Schluss machen würdest, wenn du uns beide zusammen sehen würdest.«

»Dein Plan ist wunderbar aufgegangen«, feixte Scott.

»Das ist er, verdammt noch mal. Es war aus einer ganzen Reihe von Gründen besser für dich, sie loszuwerden. Ich habe dir einen Gefallen getan.«

»Du hast meine Freundin gefickt, um mir einen *Gefallen* zu tun?«

Wes seufzte. »Ich kann nicht mit dir sprechen, wenn du mir das Wort im Mund verdrehst.«

»Wie oft?«

»Was?«

»Stell dich nicht doof. Du hast mich verstanden. Wie oft hast du es mit Millicent gemacht? Nur das eine Mal auf deinem Schreibtisch? Oder habe ich euch damals nur zufällig erwischt, und jetzt hast du dir diese hirnverbrannte Scheiße ausgedacht, dass du mir damit einen Gefallen getan hättest?«

»Scott.«

»*Wie oft?*«

»Mehr als einmal, okay?«, brüllte Wes zurück. »Ich habe nicht mitgezählt. Es ist egal. Du weigerst dich…«

Scott griff nach seiner Trainingsjacke, schob die Arme in die Ärmel, nahm seine Daunenjacke und ging zum Ausgang.

»Komm sofort zurück, Scott!«, befahl Wes. »Wir sind noch nicht fertig.«

»O doch, das sind wir.«

»Wo willst du hin?«

Scott ging ohne eine Antwort weiter.

»Wenn du es mir so heimzahlen willst …«

Scott blieb abrupt stehen und drehte sich um. Er sah Wes offen ins Gesicht und lächelte. »Ich habe es euch schon heimgezahlt. Allen beiden.«

25

Als Tierney gesagt hatte, es sei Zeit, dass sie ins Bett gingen, hatte er das ganz wörtlich gemeint. Er ließ sie vor dem Feuer sitzen, sammelte die Decken ein und häufte sie auf die Matratze.

Er bemerkte, wie sie ihn neugierig beobachtete. »Ich werde nicht noch mal auf dem Sofa schlafen«, bestimmte er entschieden. »Ich bin zu groß dafür. Ich bin voll grüner und blauer Flecken, ich brauche jede Annehmlichkeit, die ich bekommen kann. Du kannst dich in eine Extradecke wickeln, damit ich dich auf keinen Fall berühre, nicht mal versehentlich.«

»Na schön.«

Sie stand auf und ging ins Bad. Er brauchte sie nicht zu ermahnen, sich zu beeilen; da drin war es eiskalt.

Als sie zurückkam, war er eben dabei, frische Scheite auf das Feuer zu häufen. »Du liegst hier, direkt vor dem Kaminrand.« Sie trat an die Stelle, auf die er gezeigt hatte, blieb aber stehen, bis er im Schlafzimmer verschwunden war. Dann wickelte sie sich, genau wie er es vorgeschlagen hatte, in eine Bettdecke.

Wenige Minuten später war er zurück. Sie sah, wie er zögernd an seinen nassen Hosenbeinen herabsah. Sie sagte: »Möchtest du sie ausziehen?«

»Ja, aber ich werde es nicht tun.« Er legte sich auf die Decke, mit der sie sich zugedeckt hatte, und zog die restlichen Decken über sie beide. Stöhnend ließ er sich auf die Matratze sinken.

»Hast du Schmerzen?«

»Nur, wenn ich atme. Und du? Liegst du bequem?«

»Ja.«

»Du hast seit über einer Stunde nicht mehr gehustet.«

»Es geht mir viel besser.«

»Hört sich so an. Du pfeifst praktisch nicht mehr.«

»Manchmal wird es nachts schlimmer. Ich hoffe, dass du trotzdem schlafen kannst.«

»Das Gleiche gilt für mein Schnarchen. Weck mich, wenn das Feuer runtergebrannt ist. Dann stehe ich auf und lege Holz nach.«

»Okay.«

Auf dem Rücken liegend und ohne sich zu berühren starrten sie an die Decke. Das Feuer warf tanzende Schatten über die freiliegenden Balken. Normalerweise hätte sie das Spiel von Licht und Dunkelheit als hypnotisierend und einschläfernd empfunden. Aber sie lag steif und angespannt da und war Lichtjahre vom Einschlafen entfernt.

»Glaubst du, sie kommen uns morgen holen?« Sie wusste nicht genau, wen sie mit »sie« meinte. Dutch und ein Rettungskommando oder das FBI. Vielleicht beide.

»Ich nehme an, irgendwer wird es zumindest versuchen«, erwiderte er. »Das heißt, wenn der Wetterbericht stimmt und es aufhört zu schneien.«

»*Und* falls Dutch meine erste Nachricht bekommen hat. Sonst denkt er vielleicht, ich bin schon längst in Atlanta.«

»Vielleicht.«

»Wenn er die Nachricht nicht bekommen hat, weiß er auch nicht, dass du bei mir bist.«

»Nein.«

Aber intuitiv spürte Lilly, dass Dutch es sehr wohl wusste, und Tierneys gepresste Stimme ließ darauf schließen, dass er das ebenfalls glaubte. »Wenn das Wetter aufklart«, fuhr sie fort, »müssten die Handys auch wieder Empfang haben.«

»Und wen rufst du dann an, Lilly? Dutch oder das FBI?«

»Das habe ich noch nicht überlegt.«

»Du wirst Dutch anrufen.«

Eine Weile lauschten sie schweigend dem Knacken der brennenden Scheite, dann drehte sie sich dem Feuer zu und sagte, die Hände unter die Wange schiebend: »Gute Nacht, Tierney.«

»Gute Nacht.«

Sie müsste ihn bestimmt nicht wach stupsen, weil er gar nicht erst einschlief. Das wusste sie so genau, weil sie auch kein Auge zutat. Dass sie nicht schlafen konnte, hatte mehrere Gründe. Das lange Nickerchen am Nachmittag. Das Feuer, das hinter ihren geschlossenen Lidern flackerte. Die unbequemen, festen Kleider und das Gewicht der vielen Decken. Die Erinnerungen an ihre Todesangst während der letzten Minuten ihrer Asthmaattacke.

Aber der Hauptgrund für ihre Schlaflosigkeit war Tierney, der nur eine Armeslänge von ihr entfernt lag. Seit er ihr eine gute Nacht gewünscht hatte, hatte er keinen Ton mehr von sich gegeben und sich nicht mehr gerührt, trotzdem wusste sie, dass er hellwach war und ihre Nähe genauso intensiv spürte wie sie seine.

Als er sich genau wie sie dem Feuer zudrehte, lag sie in qualvoller Erwartung einer Berührung, die nicht erfolgen sollte. Auch wenn es unmöglich schien, wuchs die Spannung zwischen ihnen mit jeder Sekunde, obwohl keiner von beiden einen Muskel rührte oder einen Laut von sich gab.

Gut eine Stunde nachdem sie sich verlegen »Gute Nacht« gewünscht hatten, begann er zu sprechen. Er fragte nicht erst flüsternd, ob sie wach war. Obwohl sie mit dem Rücken zu ihm lag, wusste er, dass sie nicht schlief, so wie sie wusste, dass er es nicht tat. Seine leise, tiefe Stimme überraschte sie nicht. Doch was er sagte, ließ ihr Herz stocken.

»Er hat dich geschlagen, stimmt's? Dutch. Er hat dich geschlagen.«

Sie schluckte, blieb aber ansonsten reglos. »Wer hat dir das erzählt?«

»Niemand. Aber nachdem ich ihn so lange beobachtet habe, liegt die Vermutung nahe. Manche Bullen stumpfen durch die ständige Gewalt ab. Irgendwann erscheint sie ihnen als ganz gewöhnliche Lösung für jedes Problem. Das gilt besonders für einen Menschen, der emotional gebrochen ist und zu viel trinkt.«

Sie sagte nichts darauf.

»Außerdem«, ergänzte er noch leiser, »glaube ich nicht, dass du deine Ehe aus einem geringeren Grund aufgegeben hättest.«

Sie hatte das nie jemandem erzählt, ihren Freundinnen und Kolleginnen nicht, die ihren emotionalen Aufruhr gespürt und sie gedrängt hatten, sie ins Vertrauen zu ziehen, nicht einmal ihrer Trauertherapeutin, vor der sie sich sonst rückhaltlos entblößt hatte. Tierney gab ihr das Gefühl, dass sie sich ihm anvertrauen konnte, schlicht weil er der einzige Mensch war, der sie so weit durchschaut hatte, dass er von selbst darauf gekommen war.

»Es war nur ein einziges Mal«, sagte sie ruhig. »Natürlich hatte er davor schon öfter die Fäuste gehoben, als wollte er mich schlagen. Ich warnte ihn, dass wir geschiedene Leute wären, wenn er jemals zuschlagen würde. Genau das habe ich ihm gesagt. Nein, genau das habe ich ihm *geschworen.*«

Sie schloss sekundenlang die Augen und holte tief Luft. Selbst jetzt fiel es ihr schwer, diese grauenvolle Nacht in ihr Gedächtnis zurückzurufen. »Entweder hat er mir nicht zugehört oder nicht geglaubt, oder er war zu betrunken, um sich an meine Warnung zu erinnern. Er kam damals sehr spät nach Hause. Er war streitlustig und aggressiv, ohne dass ich ihm Vorwürfe gemacht hatte. Auf einen Ehekrach aus.

Weil ich an dem Tag eine anstrengende Budgetsitzung hinter

mir hatte, war ich völlig erschöpft. Statt mich auf einen unserer berüchtigten Ehekriege einzulassen, versuchte ich, ihm aus dem Weg zu gehen, aber das ließ er nicht zu. Er wollte mit mir streiten und würde erst Ruhe geben, wenn er es geschafft hatte.

Im Schlafzimmer trieb er mich schließlich in die Ecke. Er drängte mich im wahrsten Sinn des Wortes in eine Ecke und ließ mich nicht mehr hinaus. Er warf mir vor, ich sei schuld an Amys Tod. Ihr Gehirntumor sei Gottes Strafe dafür, dass ich nach meinem Mutterschaftsurlaub wieder arbeiten gegangen war, statt mit ihr zu Hause zu bleiben.«

»Das ist grotesk.«

Sie lachte freudlos. »Genau das habe ich auch gesagt. Mit denselben Worten. Dutch hat das persönlich genommen. Er schlug mich mit der Faust so fest ins Gesicht, dass ich gegen die Wand prallte. Ich schlug so hart mit dem Kopf auf, dass ich fast in Ohnmacht gefallen wäre. Ich sackte zu Boden und nahm die Hände über den Kopf.

Die ganze Zeit dachte ich immer nur: Das ist nicht wahr. Es kann nicht wahr sein, dass ich, Lilly Martin, in der Ecke kauere und die Hände über den Kopf halte, um mich vor meinem Ehemann zu schützen.

So was passiert Leuten, über die man in der Zeitung liest, dachte ich. Armen oder ungebildeten oder anders benachteiligten Menschen, die als Kinder Gewalt erleben mussten und den Kreislauf fortsetzen. Mein Vater hatte mich nie auch nur geohrfeigt und schon gar nicht die Hand gegen meine Mutter erhoben. Das wäre undenkbar gewesen.«

Sie schwieg und holte kurz Luft. »Dutch kam wieder zu sich. Sofort begann er, sich weinend zu entschuldigen und seine Reaktion zu rechtfertigen. Er schob alles darauf, dass er in der Arbeit so unter Druck stand und dass er Amys Tod nicht überwunden hatte. Ich hätte ihm entgegnen können, dass ich ebenfalls in der Arbeit unter Druck stand und dass ich den Tod genauso schmerzhaft empfand wie er. Aber mir war klar, dass jeder Widerspruch sinnlos wäre. Wir waren weit über jeden Streit hinaus. In diesem Moment war ich auch über jede Vergebung hinaus.

Ohne ein weiteres Wort richtete ich mich auf, ging aus dem Haus und mietete mich für die nächste Nacht in einem Hotel ein. Am folgenden Tag rief ich bei einem Anwalt an und reichte die Scheidung ein. Es gab für mich kein Zurück mehr.«

»Wie schwer hat er dich verletzt?«

»Ich hatte ein paar blaue Flecken, aber nichts gebrochen.«

»Hast du Anzeige erstattet?«

»Mein Anwalt drängte mich dazu, aber ich wollte nicht. Ich wollte nur noch aus dieser Ehe raus, Tierney. Dutch versank in seiner Verzweiflung, als hätte ihm jemand einen Amboss an den Knöchel gebunden. Ich wollte mich nicht von ihm hinabziehen lassen. Durch eine Verhandlung wegen Körperverletzung hätte ich die Trennung verzögert. Kannst du das verstehen?«

»Ja. Ich bin anderer Meinung. Er hätte ins Gefängnis gehört. Aber ich kann trotzdem verstehen, warum du dich dagegen entschieden hast.«

»Ich erzählte meinen Kollegen, ich hätte mich in dem Hotel eingeschlossen, weil ich die Grippe hätte. Dort blieb ich, bis die blauen Flecken und Schwellungen abgeklungen waren. Als ich das Hotel verließ, war das ein symbolträchtiger Abschied. Von diesem Augenblick an begann mein neues Leben ohne Dutch Burton.«

»Nicht ganz ohne.«

Es war eine halblaut gemurmelte Bemerkung. Sie war nicht sicher, ob sie für ihre Ohren bestimmt war. Jedenfalls reagierte sie nicht darauf.

Nach kurzem Schweigen sagte er: »Es tut mir leid, dass du das erleben musstest.«

»Mir tut es auch leid, aber vor allem für Dutch. Ich habe

mich davon erholt. Dutch wird das nie tun. Meine Wunden sind verheilt. Seine haben unauslöschliche Narben auf seiner Seele hinterlassen. Er wird sein schlechtes Gewissen nie wieder los.«

»Erwarte nicht, dass ich mit diesem Drecksack Mitleid habe. Ehrlich gesagt würde ich ihm das, was er dir angetan hat, am liebsten zehnfach heimzahlen.«

»Bitte tu es nicht. Nicht dass ich es dir wirklich zutraue.«

»Von wegen, ich würde die erstbeste Gelegenheit nutzen.«

»Bitte, Tierney. Versprich mir, dass du es nicht tust.«

Nach kurzem Nachdenken sagte er leise: »Okay, ich werde es nicht tun. Außerdem bin ich ab übermorgen sowieso nicht in der Position, irgendwen herauszufordern, oder?«

Sie ließ das unkommentiert. »Noch etwas.«

»Was denn?«

»Erzähl es niemandem.«

»Warum sollte ich ihn schützen?«

»Nicht ihn, sondern mich. Du darfst es mir zuliebe niemandem erzählen. Bitte.«

»Na gut.«

»Ehrenwort?«

»Du hast mich gebeten, es niemandem zu erzählen, Lilly. Ich werde mich daran halten.«

Sie glaubte ihm. »Danke.«

»Keine Ursache.« Ein paar Sekunden verstrichen, dann sagte er: »Und jetzt schlaf.«

Sie kuschelte sich zurecht und zog die Decke bis ans Kinn. Doch ihre Augen wollten nicht zugehen. Sie schaute zu, wie das Feuer an einem Scheit nagte, bis ein verkohltes Stück abbröckelte und in die Asche fiel. Sie starrte weiter darauf. Nach einiger Zeit sprang die Hitze über und das Holzstück begann heiß zu glühen, bis es dunkelrot verglomm; dann fing es plötzlich noch einmal Feuer und löste sich in Flammen auf.

Sie drehte sich um und sah Tierney ins Gesicht.

Seine Augen waren offen und sahen sie an.

Sie flüsterte: »Ich will nicht schlafen.«

Scott drückte aus Gewohnheit die Klingel, ehe ihm einfiel, dass der Strom ausgefallen war. Daraufhin klopfte er mehrmals fest an, bis er Schritte kommen hörte. Die Tür wurde aufgezogen. »Hallo, Miss Ritt.«

»Scott«, rief Marilee aus, augenscheinlich überrascht, ihn hier zu sehen. »Habe ich eine Nachhilfestunde vergessen?«

»Ich wollte Mr Ritt sprechen.«

Sie sah über die Schulter in die Küche, wo Scott ihren Bruder an dem mit Kerzen beleuchteten Abendessentisch sitzen sehen konnte. »Wir sind gerade mit Essen fertig.«

»Ich kann später noch mal kommen.«

»Nein, nein, komm nur rein.« Sie trat zur Seite und winkte ihn herein. Er stampfte den Schnee von seinen Stiefeln, bevor er in den gefliesten Eingangsbereich trat. Während sie die Tür hinter ihm schloss, warf sie einen Blick auf die Straße. Als sie draußen keinen Wagen stehen sah, fragte sie: »Du bist zu Fuß hergekommen?«

»Ja, Madam.«

»Wer ist es, Marilee?«, rief William von der Küche her.

»Scott Hamer.«

William kam aus der Küche, die Serviette noch in den Kragen gestopft, sodass sie wie ein Lätzchen auf seiner schmalen Brust lag. »Guter Gott, Scott, was hat dich ausgerechnet heute von allen Nächten hierhergeführt? Hat deine Mutter wieder Migräne?«

»Nein.« Scott sah kurz auf Marilee und sagte dann zu William: »Ich muss Sie unter vier Augen sprechen.«

Offenkundig genauso überrascht über den unerwarteten Besuch wie seine Schwester, sah William ihn prüfend an. »Natürlich.« Dann winkte er Scott ins Wohnzimmer, wo ein Feuer in dem adretten Ziegelkamin brannte. »Bitte entschuldige uns, Marilee.«

»Kann ich dir deinen Mantel abnehmen, Scott?«, fragte sie.

»Nein, es geht schon.«

»Möchtest du was zu trinken?«

»Nein danke, Miss Ritt. Ich bleibe nicht lang.«

Ihre Neugier brachte sie unübersehbar fast um den Verstand, aber sie lächelte ihn freundlich an und sagte: »Lass es mich wissen, wenn du es dir anders überlegst.«

William wartete, bis sie die Tür zur Küche zugezogen hatte, bevor er auf einen Stuhl deutete. »Setz dich doch.«

»Ich bleibe lieber stehen.«

William musterte ihn nachdenklich, zog dabei die Serviette aus seinem Kragen und faltete sie sorgsam zusammen, bevor er sie auf einem Beistelltisch ablegte. »Du klingst verstimmt.«

»Ich werde keine Steroide mehr nehmen.«

Völlig perplex fragte William: »Wirklich? Sind irgendwelche Nebenwirkungen aufgetreten, seit wir zweigleisig fahren?«

Anfangs hatten sie die Steroide oral verabreicht. Weil Wes mit den Ergebnissen nicht zufrieden war und schneller größere Leistungssteigerungen sehen wollte, hatte er Scott die Steroide nach einiger Zeit zusätzlich per Spritze verabreicht. Durch die Injektionen wurde zwar der Stoffwechsel umgangen und diverse Nebenwirkungen vermindert, trotzdem war die Methode bedenklich. Jede Gabe konnte den Körper des Patienten beschädigen oder wesensverändernd wirken. Scott hatte sich über die speziellen Gefahren kundig gemacht, die drohten, wenn mit Injektionen und oraler Einnahme »zweigleisig« gefahren wurde.

»Gesteigerte sexuelle Begierde, aber verringerte Erektionsfähigkeit, wie, Scott?«

Williams verschlagene Miene machte ihn nicht nur wütend,

sie war auch ekelerregend. Was wusste dieser dreckige, schleimige Perverse schon von Erektionsfähigkeit?

Dann zwinkerte William und lachte widerwärtig. »Wenn ich bedenke, wie beliebt du bei den jungen Damen bist, dann leidest du wohl kaum an Erektionsstörungen. Machst du dir Sorgen wegen ein paar Pickeln?«

Scott ließ sich nicht beirren. »Ich werde sie nicht mehr nehmen. Weder die Spritzen noch die Pillen. Mein Dad zahlt Ihnen eine Menge Geld dafür. Und er zahlt Ihnen noch mehr, damit Sie Ihren Mund halten. Jetzt ist Schluss damit.«

William ließ sich ungerührt auf der gepolsterten Armlehne des Sessels nieder. »Hast du deine Entscheidung mit Wes abgesprochen?«

»Das brauche ich nicht. Ich bin erwachsen.«

»Man ist nicht automatisch erwachsen, nur weil man seinen achtzehnten Geburtstag gefeiert hat.«

Er hörte sich so herablassend an, dass Scott ihn am liebsten niedergeschlagen hätte.

»Vergib mir, wenn ich dich unnötigerweise darauf hinweise, aber Wes wird deine Entscheidung nicht billigen.«

»Wenn er sich nicht damit abfindet, verpfeife ich ihn.«

»Bei wem?«

»Bei der Schulbehörde zum Beispiel. Bei der Zeitung. Glauben Sie mir, ich werde mir Gehör verschaffen.«

»Damit wäre er als Sportlehrer am Ende.«

»Genau darum geht es.«

»Du machst das, um deinen Vater fertigzumachen?«

»Das hat er schon selbst erledigt.«

William kniff die Lippen zusammen, als müsste er sich das durch den Kopf gehen lassen. »Ich verstehe, was du meinst.« Dann hob er gleichmütig die Schultern. »Aber eines verstehe ich nicht. Das hört sich ganz so an, als wäre das ein Streitpunkt zwischen dir und Wes. Warum bist du hier?«

»Weil eine Ihrer Kühe bald keine Milch mehr geben wird. Sie werden Geld verlieren. Ich bin hier, weil ich Sie warnen will, sich nicht einzumischen.«

»Ach, jetzt kapiere ich.« Er lachte auf. »Du willst mir drohen.«

»Wenn Sie es so nennen wollen.«

»Scott«, erklärte er väterlich, »Wes braucht mich nicht, um Steroide zu beschaffen. Die bekommt man überall. Wenn ich sie ihm nicht liefere, bezieht er sie woanders her. Herrgott noch mal, er könnte sie im Internet kaufen.«

»Nicht ohne das Risiko einzugehen, dass man ihm auf die Schliche kommt. Es würde Aufzeichnungen geben. Sie haben es ihm einfach gemacht. Ich bin hier, weil ich will, dass Sie damit aufhören.«

»Ich nehme an, jetzt folgt ein ›Sonst‹.«

»Sonst erzähle ich der Aufsichtsbehörde, dass Sie ohne Rezept verschreibungspflichtige Medikamente verkaufen.«

»Und das kannst du beweisen?«

»Indem ich den Medizinschrank meiner Mutter ausräume.« Damit traf er ins Schwarze. Zum ersten Mal sah Scott etwas wie Anerkennung in Williams Augen aufleuchten. Er setzte sofort nach. »Falls Sie und mein Dad darüber in Streit geraten, werde ich Sie beide bloßstellen. Er wird nicht mehr als Trainer arbeiten können, und Ihnen wird man die Zulassung als Apotheker entziehen.«

»Ach, ich glaube nicht, dass du zu so extremen Mitteln greifen würdest.« Seine Stimme erinnerte Scott unangenehm an eine durchs Gras schleichende Schlange. »Die Konsequenzen wären viel, viel zu schwerwiegend.«

»Ich scheiße auf die Konsequenzen.«

»Ach ja? Bist du sicher?« William stand auf und schenkte ihm ein melancholisches Lächeln. »Und was ist mit deiner Mutter?«

Das war der einzige störende Haken, wenn er sich gegen seinen Dad stellte. Wie würde seine Mutter damit fertig, dass der wahre Wes Hamer bloßgestellt würde, dass seine Fassade aus Wichtigtuerei, Verlogenheit und dummem Gequatsche weggerissen würde? Sie würde öffentlich der Lächerlichkeit preisgegeben, das wäre eine Qual für sie.

Aber Scott sagte sich, dass er auch sie befreien würde, wenn er sich selbst von Wes befreite. Sie wusste ganz bestimmt, dass sein Dad untreu war, und hatte bisher beide Augen zugemacht, um ihre Familie zu schützen oder weil es sie tatsächlich nicht interessierte. Als sie heute Nachmittag von den Steroiden erfahren hatte, hatte sie sich erstmals offen gegen Wes gestellt. Seine Mutter hatte mehr Rückgrat, als die Menschen ihr zutrauten. Vor allem sein Dad.

»Meine Mom geht Sie nichts an.«

William betrachtete ihn nachdenklich und ergriff gleich danach Scotts Hand. Angewidert entzog sie Scott seinem Griff. William lächelte schweigend, aber es war kein freundliches Lächeln. Ganz im Gegenteil.

»Ich möchte dir eindringlich raten, das noch einmal zu überdenken, Scott. Falls du anfängst, Geheimnisse aufzudecken, könntest du dich damit in eine höchst unangenehme Situation bringen. Aufgedeckte Geheimnisse wirken oft wie eine Lawine. Sobald das erste gelüftet ist, folgen unaufhaltsam weitere, und jedes ist größer und destruktiver als die vorigen. Bist du sicher, dass du den Schneeball ins Rollen bringen willst, auch wenn er in deine Richtung rollt?«

Scott gab sich alle Mühe, seinen Schrecken nicht zu zeigen. Offenbar war er wenig überzeugend, denn William begann leise zu lachen. Leicht vorgebeugt flüsterte er: »Du hast doch ein schmutziges kleines Geheimnis, nicht wahr, Scott?«

»Nein.«

»Aber natürlich hast du eines. Es hat mit Millicent zu tun.«

26

Ich weiß nicht, wovon Sie sprechen.«

Scott drehte sich um und wollte gehen, aber William packte ihn am Arm und riss ihn zurück. Normalerweise hätte der Drogist keine Chance gegen den Athleten Scott gehabt. Scott hätte ihn zerbrechen können wie einen trockenen Zweig. Aber Williams aggressiver und unerwarteter Vorstoß überraschte ihn so, dass er keinen Widerstand leistete.

»Dann gestatte, dass ich deutlicher werde, Scott. Ich spreche von Millicents Affäre mit Wes, obwohl das Wort ›Affäre‹ ihren Fickorgien einen irreführend romantischen Unterton verleiht.«

Das Blut schoss in Scotts Gesicht. »Sie wissen nichts …«

»O doch, Scott. Ich weiß alles. Du musst wissen, dass dein lieber Dad zwei Dingen nicht widerstehen kann. Zum einen, jede Frau zu ficken, die er bekommen kann. Zum anderen, damit anzugeben. Überraschenderweise, nicht wahr, und eher unvorsichtigerweise hat er nicht begriffen, dass diese beiden Bedürfnisse nicht miteinander zu vereinbaren sind. Es handelt sich um eine faszinierende psychologische Prägung, die man genauer untersuchen sollte.

Aber ich schweife ab. Wo war ich? Ach ja. Hätte es zwischen ihm und Millicent irgendwelche romantischen Gefühle gegeben, hätte die Geschichte in einer griechischen Tragödie enden können. Oder zumindest in einer schmutzigen Ménage à trois. So jedoch war es, wie Wes es darstellte, eine rein körperliche Verstrickung. Einmal erklärte er, sie sei ›ständig brünftig‹.« William grinste. »Man stelle sich vor. All das spielte sich ab, während sie offiziell mit dir ging. Praktisch vor deiner Nase.«

Scotts Herz klopfte wie wild. Er produzierte solche Mengen von Speichel, dass er kaum mit dem Schlucken nachkam. Eine Hitzewelle lief durch seinen Körper und bewirkte, dass ihm der Schweiß ausbrach.

»Also würde ich dir davon abraten, Scott, je wieder in mein Heim zu kommen und mir zu drohen, du würdest mich bloßstellen. Für dich steht viel mehr auf dem Spiel als für mich.« Er legte den Kopf schief. »Weißt du, du bist genau wie Wes, obwohl du ihn offenbar nicht ausstehen kannst. Bis zu diesem Moment war mir nicht klar, wie sehr ihr euch ähnelt.

Genau wie er glaubst du, dein hübsches Gesicht und dein kräftiger Körper würden dir das Recht geben, andere einzuschüchtern. Lass dir eines gesagt sein, Junge. Es gibt verschiedene Arten von Macht, und die effektivste ist es, Dinge über seine Mitmenschen zu wissen, die sie lieber für sich behalten würden.

Beispielsweise glaube ich nicht, dass es dir oder Wes gefallen würde, wenn ich diesen FBI-Agenten, die heute zufällig bei euch zu Hause waren, erzähle, dass er zur gleichen Zeit wie du deine Freundin gefickt hat.

Vielleicht würden sie daraus schließen, dass diese unappetitliche Situation böses Blut unter den Beteiligten erzeugt hat. Vielleicht glauben sie sogar – was der Himmel verhüten möge –, dass eine so primitive Rivalität zwischen Vater und Sohn zu allem möglichen Unglück führen könnte, wozu unter anderem gehört, dass man die Ursache des Problems loszuwerden versucht, was in diesem Fall Millicent wäre.«

»O Gott«, stöhnte Scott. Seine Stiefelspitze verfing sich im Teppich, als er sich umdrehte, und brachte ihn auf seiner Flucht zur Haustür ins Straucheln. In seiner Hast, den Türknauf aufzudrehen, rutschte er erst ab, dann stürzte er durch die offene

Tür, ohne sie hinter sich ins Schloss zu ziehen. Die eisige Luft schlug ihm ins Gesicht, aber sie war nicht kalt genug, um seine Übelkeit zu vertreiben. Mit Mühe schaffte er es bis zu der Hecke, die das Grundstück der Ritts vom Nachbarhaus trennte, bevor er sich übergab.

Die Krämpfe schüttelten ihn und zwangen ihn im Schnee auf die Knie, bis ihm der Kopf zwischen den Schultern hing. Auch nachdem sein Magen leer war, würgte er unter Schmerzen weiter.

Schließlich ließen die Krämpfe nach. Er schaufelte sich eine Hand voll Schnee in den Mund, ließ ihn schmelzen und spuckte ihn wieder aus. Dann rieb er sich eine weitere Hand voll über sein fieberheißes Gesicht. Der Schweiß ließ ihn frösteln. Er schlotterte unter Krämpfen und biss die Zähne zusammen, damit sie nicht so laut klapperten.

»Scott?«

Er hob den Kopf und sah in die Richtung, aus der die Stimme kam. Marilee Ritt stand in stiller Spannung auf der hinteren Veranda und wollte schon die schneebedeckten Stufen herunteilen.

»Geh ins Haus!«, rief er ihr zu.

»Du bist krank!«

Seine Beine fühlten sich an wie aus Gummi, doch er stand mühsam auf. Inzwischen hatte sie die unterste Stufe erreicht. »Geh wieder ins Haus.« Seine Stimme klang heiser und panisch. Den Rücken ihr zugewandt, schlug er sich durch die dichte Hecke und diagonal über den Vorgarten des Nachbarhauses, durch den tiefen Schnee taumelnd und blindlings auf den Instinkt reagierend, der ihn jetzt leitete – zu flüchten.

»Hey.«

Dutch, der in seinem Schreibtischsessel gedöst hatte, riss die Füße von der Schreibtischplatte und stand automatisch auf.

Das Schlimmste annehmend, fragte er: »Was ist jetzt schon wieder?«

Wes winkte ihn in den Sessel zurück. »Nichts. Soweit ich weiß.« Er zog eine Flasche Whiskey aus der Manteltasche und stellte sie auf Dutchs Schreibtisch ab, bevor er seinen klammen Mantel auszog und die Sachen an den Wandhaken neben der Tür hängte. Dann pustete er in seine Hände, um sie zu wärmen, und ließ sich Dutch gegenüber vor dem Schreibtisch nieder.

»Es hat aufgehört zu schneien«, sagte er. »Aber mit dem Wind fühlt es sich immer noch an wie zwanzig Grad unter null. Sie sagen, dass es noch kälter wird, wenn der Himmel aufklart. Heute Nacht stehen uns Rekordtemperaturen ins Haus.«

»Willst du Kaffee?«, fragte Dutch.

»Nein danke. Ich habe heute so viel Kaffee getrunken, dass ich bis Juni wach bleiben kann. Ich habe was zu trinken mitgebracht.« Er nickte zu der Flasche Jack Daniel's hin. »Gib mal deine Tasse her.«

Dutch schob die leere Kaffeetasse über den Schreibtisch. Wes schraubte die Flasche auf, schenkte Whiskey in die Tasse und schob sie zu Dutch zurück. Er selbst nahm einen Schluck aus der Flasche. Nachdem sie beide ein paar Whiskeys gekippt hatten, betrachtete er Dutch kritisch. »Du siehst scheiße aus.«

Das wusste Dutch selbst. Sein aufgeschürftes, zugeschwollenes Gesicht sah aus, als hätte eine Meute von wilden Hunden daran genagt. »Die Salbe, die Ritt dir mitgegeben hat, bringt gar nichts.«

»Die Schnitte werden sich entzünden, wenn du sie nicht versorgen lässt. Soll ich dich vielleicht ins Krankenhaus fahren?«

»Nein.«

»Zu Ritt?«

»Erst recht nicht.«

»Er hat gesagt, er hätte auch was Stärkeres da, falls du was brauchen solltest.«

Dutch schüttelte den Kopf.

»Hast du schon was gegessen?«

»Ab und zu eine Kleinigkeit.«

»Dora könnte was machen …«

»Ich bin nicht hungrig.«

Dutch nahm an, dass Wes früher oder später verraten würde, was ihn hergeführt hatte. Bis dahin wünschte er, er würde verschwinden und ihn in Ruhe lassen. Er konnte es nicht ausstehen, bemuttert zu werden. Und ihm war nicht nach Smalltalk zumute. Er wollte lieber allein in seinem Elend baden. Wenn das paranoid und selbstzerfleischend klang, war das nicht zu ändern. Genau so fühlte er sich.

Warum auch nicht? Er war absolut gelähmt. Alles, was er anfasste, endete in einer Katastrophe. Sein missglückter Versuch, Cal Hawkins' Laster die Bergstraße hinaufzuschaffen, würde wahrscheinlich mehrere Prozesse nach sich ziehen. Vielleicht würde Hawkins ihn sogar persönlich verklagen.

Zusätzlich zu diesem Debakel hatte man wiederholt seine Autorität in Frage gestellt. Gegen Begleys ausdrückliche Warnung war er zur Whistler Falls Lodge hinausgefahren, war aber aufgehalten worden, bevor er Bungalow Nummer acht betreten konnte, um mit eigenen Augen zu sehen, was für Beweise gegen Tierney die FBIler wirklich hüteten.

Er war der oberste, der ranghöchste Gesetzeshüter in dieser Gemarkung, doch Begley war aus Gus Elmers warmem Büro geplatzt, hatte sich vor ihm aufgebaut und ihm unterstellt, er würde die laufenden Ermittlungen der Bundesbehörden gefährden. Er hatte ihn behandelt, als wäre er ein Niemand. Selbst seine eigenen Männer nahmen seine Befehle inzwischen nur noch mürrisch und aufsässig entgegen.

»Dutch?«

Er schreckte aus seinen zermürbenden Gedanken und konzentrierte sich auf Wes. »Was machst du denn hier?«, fragte er grantig. »Warum bist du nicht zu Hause und kuschelst mit deiner Frau?«

Wes schnaubte und nahm noch einen Schluck aus der Flasche. »Ich würde lieber mit dem Flaggenmast da draußen kuscheln. Der ist entschieden wärmer und kuschliger als meine Frau.«

»Was ist denn los?«

Er machte eine wegwerfende Geste. »PMS, Migräne, wer weiß? Wen interessiert's? Dora macht sich doch ständig wegen irgendwas ins Höschen.«

»Wie geht's Scott? Hat er etwas von seinem Gespräch mit Begley und Wise heute Nachmittag erzählt?«

»Wieso?«

Wenn er Wes' aufbrausende Reaktion richtig deutete, war das Gespräch mit dem FBI ein wunder Punkt. »Nur so. Ich hab mich nur gefragt, wie es Scott danach geht.« Dutch nahm einen Schluck Whiskey und behielt Wes über den Tassenrand hinweg im Auge. »Ich hatte den Eindruck, dass Scott bei manchen Fragen mit der Antwort ein bisschen zögerlich war. Hat er gelogen?« Er griff nach einer Büroklammer, bog sie um und streckte sie Wes hin. »Oder hat er nur die Wahrheit ein bisschen zurechtgebogen?«

»Versetz dich mal in seine Lage«, sagte Wes. »Er war von fünf Erwachsenen umringt, lauter Autoritäten, die ihn nach der Beziehung mit seiner Freundin befragen. Hättest du in seinem Alter gern über dein Sexleben geplaudert?«

»Ich würde es nicht mal jetzt tun.«

Wes lachte. »Siehst du?« Er faltete die Hände hinter dem Kopf, legte einen Fuß auf das andere Knie und ließ sich in den Stuhl zurücksinken, als wäre alles in bester Ordnung.

Dutch nahm ihm die sorglose Pose nicht ab. Wes war nicht hergekommen, um Zeit totzuschlagen. Und er machte sich auch keine Sorgen, ob sich die Schnitte in Dutchs Gesicht entzünden könnten und wann er das letzte Mal gegessen hatte. Der Whisky war eine nette, freundschaftliche Geste, aber Wes war kein wirklich fürsorglicher Freund. Er hatte Hintergedanken, sonst wäre er nicht gekommen.

Dutchs Magen krampfte sich zusammen, sobald er sich Gedanken darüber machte, was der Grund für diesen Besuch sein mochte. Vielleicht sollte der Whiskey nur den Schmerz lindern. Falls ja, würde er den entscheidenden Schlag lieber früher als später einstecken.

»Bist du gekommen, weil du mich feuern willst, Wes?«

Wes' prustendes Lachen erschien ihm ehrlich. »Wie bitte?«

»Bist du das selbsternannte Komitee, das den Gemeinderat repräsentiert?«

»Mein Gott, Dutch. Du bist wirklich ein paranoider Hurensohn, weißt du das? Was bringt dich auf diesen abwegigen Gedanken?«

»Das, was du gestern Abend gesagt hast. Oder hast du das vergessen? Du hast mir vorgehalten, dass du dich weit aus dem Fenster gelehnt hättest, als du mich eingestellt hast. Du hast gesagt, dass es nicht gut für dich aussehen würde, wenn ich versage.«

»Ach Scheiße. Da waren wir müde und erschöpft. Unsere Nerven lagen blank. Du warst ein bisschen überdreht wegen Lilly und weil sie mit diesem Kerl in eurer Hütte hockt. Ich habe bloß als dein guter Freund versucht, die Dinge wieder etwas zurechtzurücken. Dich wieder aufs Gleis zu bringen. Aber, ganz ehrlich«, beeilte er sich zu sagen, als er merkte, dass Dutch ihn unterbrechen wollte, »nach dem heutigen Tag bin ich praktisch auf deiner Linie.«

Dutch fixierte ihn argwöhnisch. »Wie meinst du das?«

Wes sah kurz über die Schulter auf die geschlossene Tür. Dann beugte er sich vor und senkte die Stimme. »Du denkst doch genau wie ich – Scheiße, und wie die *vom FBI* –, dass Tierney unser Mann ist, oder? Er hat fünf Frauen entführt und weiß Gott was mit ihnen angestellt. Und diese Scheiße mit dem blauen Band? Wie krank ist das denn?«

Dutch nickte knapp, denn er war nicht gewillt, mehr preiszugeben, bevor er wusste, worauf Wes zusteuerte.

»Und deine Frau – das *Ex* können wir in diesem Fall übersehen – ist da oben mit ihm gefangen. Ich bewundere deine Selbstbeherrschung, Kumpel. Ganz ehrlich. Hätte ich heute in deiner Haut gesteckt, hätte ich jeden umgebracht, der versucht hätte, mich von diesem Berg fernzuhalten.«

»Das hätte ich um ein Haar auch getan.«

»Hawkins zählt nicht.«

Dutch nahm noch einen Schluck Whiskey. Mit jedem Schluck schmeckte der Whiskey weicher und besser. »Was willst du damit sagen, Wes?«

»Wir sollten uns Tierney schnappen. Du und ich.«

»Begley hat einen Hubschrauber ...«

»Vergiss den«, sagte Wes ungeduldig. »Falls sie Tierney vor uns kriegen, werden wir ihn nie mehr zu sehen bekommen. Dann schaffen sie ihn direkt nach Charlotte und sperren ihn dort weg. Selbst wenn er unter Anklage gestellt wird, zögert sein Anwalt das Verfahren ewig hinaus, und wir versuchen in fünf Jahren immer noch, diesen Psychotiker vor Gericht zu bringen und Gerechtigkeit für die Frauen und ihre Familien zu bekommen. Bei uns in den Bergen gilt ein anderes Gesetz, ein Gesetz, an das schon unsere Väter und Großväter geglaubt haben.«

Wes' Argumente waren nicht von der Hand zu weisen. Dutch wusste aus seiner Zeit als Polizist in Atlanta, wie langsam Gerechtigkeit geschaffen wurde, wenn es überhaupt dazu kam.

»Ich habe sowieso nie begriffen, wieso sich das FBI für den Fall interessiert«, sagte Wes.

»Entführung ist ein Bundesverbrechen.«

»Schon, schon, aber das ist doch nur ein technisches Detail.«

»Aber ein entscheidendes.«

Wes rutschte nach vorn, bis er nur noch auf der Stuhlkante saß. Die Arme auf die Schreibtischfläche gestützt, beugte er sich vor. »Du bist hier verantwortlich, Dutch. Cleary ist deine Stadt, es sind deine Leute, und dir gebührt der Sieg. Nicht diesem Begley oder seinem halbblinden Lakaien.

Du musst Tierney über die Main Street schleifen, ihn den Gunns und den Verwandten der anderen Opfer präsentieren und ihn hier im Ort vor Gericht stellen, dann bist du ein echter Held. Dann bist du der unbeugsame ›Leg dich nicht mit mir oder meiner Stadt an‹-Bulle, der das größte Verbrechen in der Geschichte dieser Gegend aufgeklärt hat.« Er lehnte sich zurück und lächelte gefällig. »Und ich wäre der Ratsvorsitzende, der genug Hirn hatte, um dich einzustellen.«

Die aufmunternde Ansprache zeigte Wirkung. Wes hatte ein verlockendes Bild gezeichnet, in dessen Zentrum Dutch stand. Dutch wünschte sich so sehr, dass es Wirklichkeit wurde. Aber er war zu oft bitter enttäuscht worden, um dem aufflackernden Optimismus zu trauen, den er plötzlich spürte. Er fürchtete sich sogar davor zu hoffen, dass er diesmal, wo die Einsätze höher waren als je zuvor, den entscheidenden Durchbruch landen könnte.

»Kein Bulle, der auch nur einen Funken Verstand hat, würde jemanden ohne handfeste Beweise verhaften«, wandte er ein. »Und ich habe keinen einzigen Beweis gegen Tierney. Nur Mutmaßungen und Gerüchte.«

»Das FBI …«

»Lässt nichts raus. Begley hat mir angedroht, mich in meinen eigenen Knast zu sperren, wenn ich auch nur einen Fuß in Tierneys Hütte beim alten Elmer setze.«

»Das kann er gar nicht.«

»Egal, ob er es kann oder nicht. Im Moment weiß ich nicht,

was sie gegen Tierney in der Hand haben, also kann ich ihn schlecht verhaften und ihm auch nur ein kleines Vergehen anhängen.«

»Glaubst du wirklich, Begley würde dieses Zimmer so hüten, wenn kein belastendes Beweismaterial darin wäre? Schnapp dir den Kerl und besorg die Beweise hinterher.«

»Wir haben verfassungsmäßige Rechte, die genau das verbieten, Wes.«

»Ich weiß, aber gibt es nicht einen Paragraphen, dass man jemanden vorübergehend festnehmen darf wegen …« Er schwenkte die Hände, als würde er nach dem entsprechenden Begriff haschen.

»Eines dringenden Tatverdachtes.«

»Genau das! Sagen wir, die Alarmanlage der Bank wird ausgelöst, und du siehst einen Kerl mit einer Maske herausrennen. Den lässt du doch nicht laufen, nur weil du keinen Sack mit Geld siehst. Du wartest nicht ab, bis du Beweise gesammelt hast.«

Dutch stand aus seinem Stuhl auf und ging langsam um seinen Schreibtisch herum. Der Whiskey hatte geholfen, das dumpfe Pochen in seinem Gesicht zu lindern, trotzdem konnte er ein paar Schmerztabletten brauchen.

»Ich gebe dir in allem Recht, Wes, aber es geht trotzdem nicht. Begley hat den Hubschrauber für morgen früh angefordert. Wenn es aufklart und der Wind abflaut, und wenn der Pilot es bis nach Cleary schafft, dann spricht nichts dagegen, dass er damit auch bis auf den Gipfel kommt. Gleichzeitig würden wir Tage brauchen, bis wir die Ausrüstung und Menschen zusammen haben, um den ganzen Mist von der Straße zu räumen.«

»Den Mist auf der *Hauptstraße*.« Wes grinste, als hätte er eben das entscheidende Ass aus dem Ärmel gezaubert. »Aber was ist mit der anderen Seite?«

»Die Straße auf der Westseite? Die ist doch nur ein besserer Viehsteig.«

»Ein Viehsteig unter knietiefem Schnee, der alles einebnet und die Straße besser befahrbar macht.«

»Wenn du ein Pinguin bist.«

»Oder auf einem Schneemobil sitzt.«

Das entkräftete Dutchs nächstes Argument. Er verstummte und dachte nach. »Kommt ein Schneemobil einen so steilen Hang hinauf?«

»Einen Versuch wäre es wert. Außerdem hat die Straße so viele Serpentinen, dass sich die Steigung in Grenzen hält.«

Damit hatte er Recht. Dutch entsann sich, dass er einmal während seiner Highschoolzeit mit einem Mädchen an einen beliebten Aussichtspunkt oben auf dem Berg gefahren war. Bis sie den romantischen Ausblick auf dem Gipfel erreicht hatten, war ihr so übel, dass sie knallgrün war, weshalb er es bei ihr nicht einmal bis zur ersten Stufe geschafft hatte.

»Okay, aber wer hat ein Schneemobil?«

»Cal Hawkins.«

Dutch lachte so ungestüm, dass sein Gesicht noch mehr schmerzte. »Na super. Mein übliches Pech. Er ist so ungefähr der Letzte, der mir sein Schneemobil überlassen würde.«

»Er hat dabei nichts mitzureden. Sein alter Herr kaufte die Dinger vor ein paar Jahren, um sie an Winterurlauber zu vermieten. Die Bank zog sie wieder ein, nachdem Cal sie als Sicherheit für ein Darlehen angegeben hatte, das er nie zurückgezahlt hat.«

»Auch super.«

Wes grinste immer noch. »Das Beste kommt erst noch. Die Bank hat sie eingelagert. Und weißt du wo? In der Schulbusgarage.«

Dutch begann das Licht am Ende des Tunnels zu sehen. »Zu der du einen Schlüssel hast.«

»Genau«, sang Wes. Er prostete Dutch mit der Whiskeyflasche zu und nahm noch einen Schluck. »Außerdem habe ich einen Schlüssel zu dem Büro, in dem die Schlüssel für alle Fahrzeuge des Schuldistrikts von Cleary aufbewahrt werden.«

»Wieso fällt dir das erst jetzt ein?«

»Sei nicht so streng mit mir, okay?«, erwiderte Wes rülpsend und fast beleidigt. »Ich hatte in letzter Zeit viel um die Ohren.«

»Warum hat Cal nicht vorgeschlagen, dass wir die Schneemobile nehmen?«

»Weil er nur noch Hackfleisch im Kopf hat. Außerdem sind sie für ihn seit über einem Jahr aus den Augen, aus dem Sinn. Wahrscheinlich hat er sie völlig vergessen. Genau wie vermutlich die Bank.«

»Dann wollen wir keinen von beiden daran erinnern«, sagte Dutch jetzt deutlich aufgeregter. »Wir müssen das geheim halten. Wenn Begley davon Wind bekommt, bremst er uns aus.«

Wes nickte. »Noch heute Nacht suchst du alles zusammen, was wir brauchen. Hast du noch einen Skianzug?« Dutch nickte. »Gut. Kurz vor Tagesanbruch treffen wir uns bei der Garage und brechen auf. Sobald es hell wird, fahren wir den Berg hoch, noch bevor Begley Gelegenheit hat, seinen Hubschrauber zu starten.«

»Um zur Westseite zu kommen, müssen wir durch die ganze Stadt. Was wenn uns jemand sieht oder hört? Diese Dinger machen einen Höllenlärm. Was sagen wir, wenn jemand fragt, wieso wir sie ohne die Erlaubnis der Bank aus der Garage geholt und benützt haben?«

»Dutch, verdammt noch mal, du bist der Chef der Polizei«, erklärte ihm Wes verärgert. »Falls dich wirklich jemand fragen sollte, behauptest du, du hättest sie beschlagnahmt, um nachzuprüfen, was wir brauchen, um die Straße freizuräumen, oder um nach den unterbrochenen Stromleitungen zu sehen, oder um eine Katze zu retten. Mein Gott, was weiß ich. Dir wird schon was einfallen.«

Dutch nagte an der Unterlippe und betrachtete den Plan von allen Seiten. Er konnte keinen Fehler entdecken. Fremdes Eigentum zu nehmen und zu benützen war auf jeden Fall eine Art von Diebstahl, aber Wes hatte Recht. Wer würde den Chief der Polizei dafür kritisieren, dass er alles Nötige unternahm, um einen Verdächtigen zu fassen?

Und etwas zu unternehmen war, selbst wenn es moralisch bedenklich war und er dafür gerügt werden konnte, immer noch besser, als untätig auf dem Hintern zu hocken, seinem Gesicht beim Altern zuzuschauen und sich vom FBI demütigen zu lassen.

Zum ersten Mal seit Tagen hatte er das Gefühl, etwas bewegen zu können, und das war bei Gott ein gutes Gefühl.

Er hob seine Tasse. »Dann bis halb fünf.«

27

Das Gespräch muss ihn schrecklich aufgeregt haben, sagte Marilee zu ihrem Bruder.

»Wie oft soll ich dir noch sagen …«

»Bis ich dir glaube, William.«

Sie hatte auf dem Gasofen in einem altmodischen Kessel Wasser heiß gemacht und Kaffee gekocht. Sie tranken ihn im Wohnzimmer, in zwei Sesseln sitzend, die sie in die Wärme und das Licht vor dem Kamin gerückt hatten. Seit einer halben Stunde versuchte sie William nach seiner überraschenden und geheimnistuerischen Unterhaltung mit Scott Hamer auszufragen. Bis jetzt hatte sie keine einzige ehrliche Antwort bekommen.

»Scott musste sich noch in unserem Garten übergeben. Was habt ihr besprochen, dass er sich so aufgeregt hat?«

»Wenn es dich was angehen würde, hätte Scott nicht darum gebeten, mich allein zu sprechen. Lass dir das gesagt sein, Marilee, und hör auf, mich zu löchern. Du entwickelst dich zu einer richtigen Nervensäge.«

»Und du zu einem Lügner.«

»Ich habe nicht gelogen«, erwiderte er sofort.

»Warum sollte sich Scott mit dir allein unterhalten wollen?«

»Ausgerechnet mit mir, meinst du?«

»Dreh mir nicht das Wort im Mund um, William. Damit wollte ich nicht andeuten …«

»O ja.« Er kniff die Augen zusammen. »Weißt du, was dich antreibt, wenn du mich fragst? Die Eifersucht.«

»Eifersucht?«

»Du erträgst es nicht, dass ich deinem Schüler wichtiger bin als du.«

»Das ist doch lächerlich.«

Er studierte ihr Gesicht und zeigte dabei mit einem Schmunzeln, dass er anderer Ansicht war. »Nun, im Grunde ist es gleich, warum du dich dafür interessierst, denn wie ich *wiederholt* gesagt habe, war es ein vertrauliches Gespräch, das dich nichts angeht.«

»Wenn sich einer meiner Schüler in meinem Vorgarten übergibt, betrifft mich das sehr wohl.« Sie zögerte und stellte dann die Frage, vor der sie sich so fürchtete. »Ging es um Millicent?«

Seine Miene veränderte sich. Er sah sie mit einer ganz neuen Art von Neugier an. Dann meinte er betont langsam: »Wie eigenartig, dass du sie erwähnst.«

»Nicht so eigenartig, nachdem du erst heute über die Gründe für ihre Trennung spekuliert hast.«

»Das wusste Scott aber nicht.«

»*Habt* ihr nun über Millicent gesprochen?«

Er zögerte und antwortete dann: »Ihr Name ist gefallen.«

»In welchem Zusammenhang?«

»Im Zusammenhang mit Scotts Beziehung zu Wes.«

»Wes? Was hat er…«

»Mehr als ich dir erzählen kann, ohne sein Vertrauen zu missbrauchen, Marilee.« Er stellte seine Kaffeetasse auf den Beistelltisch und erklärte, dass er jetzt schlafen gehe. »Ich gehe morgen sehr früh los, um den Laden zu öffnen. Du brauchst nicht aufzustehen, um mir Frühstück zu machen.«

»Ich hatte nicht die Absicht aufzustehen und dir Frühstück zu machen.« Es war eine billige Retourkutsche und unter ihrer Würde. William verschwand aus dem Zimmer, ohne darauf zu reagieren.

Wegen des Stromausfalles würde die Schule auch morgen

geschlossen bleiben. Eigentlich hätte sie sich über den weiteren freien Tag freuen müssen. Stattdessen war sie völlig verstört.

Wes, Scott und William. Die Chemie dieses Trios löste bei ihr unangenehme Gefühle aus. Abgesehen davon, dass sie im selben Ort wohnten, hatten sie nichts gemeinsam, wenn man von den heimlichen Gesprächen absah, in die William sie um keinen Preis einweihen wollte, obwohl er sonst liebend gern Neuigkeiten und Tratsch weitertrug. Seine Verschlossenheit war ärgerlich. Außerdem war sie beunruhigend, vor allem, da Millicent Gunn eine Rolle in dieser Geschichte zu spielen schien.

Auch nachdem Marilee zu Bett gegangen war, ließ sie das beklommene Gefühl stundenlang nicht einschlafen. Erst als sie von ihrem Liebhaber geweckt wurde, begriff sie, dass sie in einen unruhigen Schlaf gefallen war. Er lag neben ihr im Bett und streichelte sie durch das Nachthemd.

»Ach, ich bin so froh, dass du da bist.« Sie strich ihm leicht übers Gesicht.

Innerhalb weniger Sekunden hatte er ihr das Nachthemd ausgezogen, drückte sie fest an seine Brust und drängte mit seinem harten Penis gegen sie. Sie setzte ihren Schenkel auf seine Hüfte, nahm ihn in die Hand und führte ihn in ihr Inneres. Aber heute Nacht stand ihm der Sinn nicht nach Phantasien und Raffinesse. Er drückte sie auf den Rücken. Dann stieß er schnell und hart, fast wütend zu.

Hinterher blieb er auf ihr liegen, schwer vor Erschöpfung, den Kopf auf ihre Brust gebettet. Sie streichelte seinen Nacken und löste damit die Spannung, die sich dort angesammelt hatte. »Du hattest einen schrecklichen Tag.«

Er nickte.

»Sprich mit mir darüber.«

»Ich will nur meine Ruhe. Und dich.«

»Mich hast du sowieso«, flüsterte sie und schlang die Arme um seinen Kopf.

»Ist das zu *glauben*?«

»Psst, Dutch. Du wirst noch die Nachbarn aufwecken.«

»Na und? Mir doch scheißegal, wer mich hört. Wir sind am Arsch.« Er knallte die Faust in die andere Handfläche. »Ich hab eben immer Pech.«

Wes war genauso frustriert wie Dutch, aber einer von beiden musste sich am Riemen reißen, und Dutch würde es bestimmt nicht tun. Der Mann krallte sich mit den Fingernägeln an der Klippe fest. Der jüngste Rückschlag konnte dazu führen, dass er endgültig abstürzte.

Das durfte Wes nicht zulassen. Er brauchte Dutch. Vor allem brauchte er die Autorität von Dutchs Marke. Es war unerhört wichtig, dass sie auf diesen gottverdammten Berg kamen und Tierney verhafteten. Oder ihn am besten umbrachten. Aus seinen eigenen Gründen war Wes genauso darauf fixiert, dieses Ziel zu erreichen, wie sein Kumpel Dutch.

Sie mussten zwar einen Rückschlag einstecken, aber er war vielleicht nicht so katastrophal, wie Dutch ihn empfand.

Wie vereinbart hatten sie sich um vier Uhr dreißig an der Schulbusgarage getroffen, beide mit tiefen Ringen unter den Augen nach einer durchwachten Nacht, in Koffein-Trance und mit halb abgefrorenen Eiern, obwohl sie sich eingemummelt hatten wie Eskimos.

Die Schneemobile standen genau dort, wo Wes sie zuletzt gesehen hatte, in der hintersten Ecke der Garage und mit dunkelgrünen Planen abgedeckt. So weit, so gut.

Erst als sie nach den Schlüsseln zu suchen begannen, wurde die Sache kompliziert. Sie konnten sie nirgendwo finden, obwohl sie das Büro in der Garage auf den Kopf stellten. Die Schlüssel aller Fahrzeuge, die dem Schuldepartment von Cleary gehörten, waren mit der jeweiligen Zulassungsnummer beschriftet. Nur für die Schneemobile gab es keine Schlüssel.

Schließlich gab Wes die Suche auf. »Wenn sie hier sind, dann sind sie verdammt gut versteckt, und wir vergeuden nur Zeit, wenn wir weiter danach suchen. Wir haben keine Wahl, wir müssen Morris fragen, wo zum Teufel die Schlüssel zu diesen Dingern aufbewahrt werden.«

Karl Morris war der Direktor der einzigen Bank in Cleary. »Mitten in der Nacht?«

Wes sagte: »Bis wir zu ihm gefahren sind, kannst du dir eine überzeugende Story ausdenken, Chief. Erfinde einen Notfall, der keinesfalls bis zum Morgen warten kann.«

Sie mussten mehrmals an die Haustür klopfen, bevor Mrs Morris aufmachte, die von Kopf bis Fuß in einer Art Pferdedecken-Toga steckte, dem hässlichsten Morgenmantel, den Wes je gesehen hatte. Ihr Gesicht passte hervorragend dazu, vor allem, da es durch die verdrießliche Miene noch hässlicher wirkte als sonst.

Dutch bat um Verzeihung für die Störung und sagte, sie müssten unbedingt mit Mr Morris sprechen. Es handle sich um einen Notfall. Sie machte die Tür wieder zu und ging ihren Mann holen, während Dutch und Wes in der eisigen Kälte auf der Veranda warten mussten.

Zu guter Letzt kam Morris an die Tür, sah aber kaum herzlicher aus als seine Gemahlin. Dutch erzählte ein Märchen von einer Familie, die in ihrem Auto festsitze, weshalb er unbedingt die Schneemobile brauche, die die Bank von Cal Hawkins beschlagnahmt hatte.

»Ich würde sie Ihnen liebend gern überlassen, Chief Burton. Wenn sie noch der Bank gehören würden. Wir haben sie verkauft … hmm, mal sehen. Vor Weihnachten, wenn ich mich recht erinnere. Wir hatten eine Anzeige geschaltet, dass Pfänder versteigert würden. Wahrscheinlich haben Sie die übersehen.«

»Wahrscheinlich. Wer hat sie gekauft?«

»William Ritt. Man hat ihm gestattet, sie in der Busgarage

stehen zu lassen, bis er sie abtransportieren kann, aber die Schlüssel hat er schon mitgenommen.«

Sie entschuldigten sich erneut dafür, ihn aus dem Bett gerissen zu haben, und dankten für die Auskunft.

Jetzt stapften sie durch den Schnee zu Dutchs Bronco zurück, und er war stinksauer.

Wes ging Dutchs chronischer Pessimismus auf die Nerven. »Herrgott noch mal, Dutch, kriegst du dich endlich wieder ein? Das muss nicht das Ende bedeuten. Wir fahren zu Ritt.«

»Klar. Clearys Gerüchtekoch Nummer eins.«

Sie kletterten in den Bronco, und Dutch schaltete den Motor ein, ohne einen Gang einzulegen. »Hast du denn eine Wahl?«, fragte Wes. »Oder willst du zulassen, dass dir Special Agent Begley deinen Verdächtigen und deinen Schneid dazu klaut?«

Fluchend legte Dutch den Rückwärtsgang ein und setzte aus der Einfahrt des Bankers.

Fünf Minuten später standen sie vor dem Drugstore. Drinnen brannte natürlich kein Licht, aber Williams Wagen parkte am Straßenrand neben Marilees, der seit gestern Abend dort stand. »Hab doch gewusst, dass er hier ist«, bemerkte Wes.

Die Glocke über der Tür bimmelte fröhlich. William war hinter der Kaffeetheke und machte auf dem Propangasofen einen Topf Wasser heiß. Die einzigen Lichtquellen waren die blaue Flamme unter dem Topf und eine Votivkerze, die William auf die Theke gestellt hatte. Sie roch nach Apfel.

Er wünschte ihnen fröhlich einen guten Morgen. »Ihr beiden seid die Einzigen, die ich heute Morgen draußen gesehen habe. Möchtet ihr einen Kaffee? Es ist nur löslicher, mehr geht heute nicht.«

Wes setzte sich auf einen der verchromten Barhocker und zog die Handschuhe aus. »Liebend gern, wenn er nur heiß ist.«

»Ich auch.« Dutch setzte sich neben Wes.

»Dein Gesicht gefällt mir gar nicht, Dutch.«

»Ich glaube, ich brauche eine stärkere Desinfektionssalbe.«

»Dann bist du hier am richtigen Fleck. Ich hole dir eine, sobald der Kaffee fertig ist.« Ihre ungewöhnliche Aufmachung war ihm nicht entgangen. Er kommentierte sie, während er den löslichen Kaffee in drei Becher löffelte. »Wollt ihr Skifahren gehen?«

Wes sah Dutch an und überließ ihm die Antwort. Auf der Herfahrt hatte er Dutch eingebläut, wie er William Ritt anpacken musste. »Er ist ein Schwachkopf, ein Außenseiter, der unbedingt einer von uns sein will, obwohl nicht die leiseste Chance besteht, dass wir ihn je akzeptieren. Du musst ihm nur schmeicheln. Ihm das Gefühl geben, dass er zu uns gehört und entscheidend zu unserem Plan beitragen kann.«

»Er *trägt* entscheidend zu unserem Plan bei«, hatte Dutch gesagt. »Das ist ja die Scheiße.«

Dutch war gar nicht begeistert, einem Wiesel wie William Honig um den Bart zu schmieren. Jetzt, wo es Zeit für den entscheidenden Angriff war, hielt Wes den Atem an.

Dutch begann, indem er sich hinter vorgehaltener Hand räusperte und dann möglichst ernst dreinsah. »Ich bin heute Morgen nicht hier, weil ich eine Salbe für mein Gesicht und einen Kaffee brauche.«

»Ach?«

»Es mag dir wie eine eigenartige Bitte erscheinen, William«, fuhr er mit der gleichen tiefernsten Stimme fort. »Um sie auch nur zu stellen, muss ich dich zuerst in einer offiziellen Angelegenheit ins Vertrauen ziehen.«

Exzellent, dachte Wes.

»Du weißt, dass ich nie was ausplaudern würde«, sagte William.

»Wir brauchen deine Schneemobile.«

»Ich dachte schon, ihr würdet nie danach fragen.«

Sie hätten nicht verdatterter sein können, wenn er ihnen erklärt hätte, dass er einst als Double für Tarzan gearbeitet hatte. Dutch fand als Erster die Sprache wieder: »Verzeihung?«

William lächelte. »Als ich heute Morgen herfuhr, dachte ich bei mir, wie verschneit doch die Straßen sind und wie lange es dauern würde, bis ich zu der Hütte meiner Familie oben auf dem Berg fahren könnte, um sie weiter zu restaurieren, dabei kam mir der Gedanke, dass ich gar kein Auto brauche, um hinaufzukommen. Ich kann eines meiner neuen Schneemobile nehmen. Dann kam mir der Gedanke, dass ich sie SAC Begley anbieten könnte …«

»Nicht Begley.«

Wes musste den Impuls unterdrücken, Dutch beschwichtigend eine Hand auf den Arm zu legen. Das war zu energisch gewesen. Schon spitzte William die Ohren. Sie mussten das sofort wieder hinbiegen, Dutch besaß nicht die nötigen Reflexe. Wes sagte: »Genau darum ist die Sache vertraulich. Eigentlich darf das niemand erfahren, aber Begley hat für heute einen Hubschrauber hierherbestellt.«

»Warum soll das niemand wissen?«

»Scheiße, gestern haben diese Ködel im Radio in alle Welt hinausposaunt, hinter wem er her ist. Ich kann dir gar nicht sagen, wie sauer er war. Stell dir vor, was passieren würde, wenn sich das mit dem Hubschrauber herumsprechen sollte. Einer, der mit dem ganzen Hightech-Schnickschnack ausgerüstet ist, den sie beim FBI haben, dazu Typen in schwarzer Montur und Skimaske, mit Maschinenpistolen, Seilen und so weiter. Begley könnte sich vor Schaulustigen, die sich selbst und seine Rettungsmission in Gefahr bringen würden, nicht retten.«

»Kann ich mir vorstellen.«

»Heute Morgen sind Begley und Wise damit beschäftigt, diese Mission vorzubereiten«, sagte Dutch, der begriffen hatte, worauf sein Kumpel hinauswollte. »Wes und ich sollen die Vorhut bilden. Das heißt, wenn wir deine Schneemobile benutzen dürfen.«

»Aber natürlich. Tut mir leid, dass ich nicht schon gestern daran gedacht habe. Dann hätte die Sache mit Hawkins kein so böses Ende genommen.«

»Gestern wäre es noch zu gefährlich gewesen, damit zu fahren. Da hat es zu heftig geschneit, die Straße ist schon an einem klaren Tag schwer zu befahren.«

»Ich stelle sie euch gern zur Verfügung.«

Wes' Schultern sackten nach unten. »Sind sie einsatzbereit?«

»Bevor ich sie gekauft habe, habe ich sie von einem Mechaniker anschauen lassen. Sie sind in exzellentem Zustand. Die Schlüssel sind bei mir zu Hause. Wir können sie auf dem Weg zur Garage abholen. Während ich mich umziehe, kann uns Marilee eine Thermoskanne Kaffee machen.«

»Du kommst nicht mit.«

Wes trat unter der Theke gegen Dutchs Schienbein, um zu verhindern, dass er noch mehr ausplauderte. Er strahlte William mit seinem schönsten Lächeln an. »Wir können dich unmöglich darum bitten. Es wird ein elend kalter Ausflug. Außerdem …« Er sah kurz zu Dutch hinüber, verzog mitfühlend das Gesicht, senkte dann die Stimme und sagte zu William: »Wissen wir nicht genau, was uns da oben erwartet.«

»Natürlich. Das stimmt.« William schenkte Dutch ein Lächeln, das nicht einmal ein Blinder für aufrichtig halten konnte. »Es geht ihr bestimmt gut.«

»Klar. Danke. Aber Wes hat Recht. Wir wissen wirklich nicht, was uns erwartet, wenn wir da oben reinspazieren. Wir müssen davon ausgehen, dass dieser Tierney bewaffnet und gefährlich ist. Ich kann unmöglich von dir verlangen, dass du dich diesem Risiko aussetzt.«

»Das hast du auch nicht. Ich habe mich freiwillig gemeldet.«

»Das ist mir klar, aber …«

»Ich kenne die Straße, Dutch. Besser als ihr. Besser als jeder andere. Ich fahre sie mehrmals pro Woche hinauf und hinunter, und das schon, seit ich fahren gelernt habe.«

»Trotzdem …«

»Es sind meine Schneemobile.«

Die Feststellung war eine Drohung. Verschleiert, aber nichtsdestotrotz eine Drohung. Wes spürte, wie sich Dutchs Nackenhaare aufstellten. »Das stimmt, aber ich könnte sie in Verwahrung nehmen, weil du sie in einer Garage unterstellst, für die der Steuerzahler aufkommt.«

»Ich habe eine Genehmigung.«

»Nicht von mir«, mischte sich Wes ein. Schmeichelei half bei dem kleinen Stinker nicht. Vielleicht erreichten zwei starke Arme mehr. »Ich könnte Dutch bitten, sie in Verwahrung zu nehmen.«

»Die Schulbehörde sagte, ich könnte sie dort so lange abstellen, wie ich will.«

»Die Schulbehörde hat mir gar nichts zu sagen. Die machen, was ich ihnen sage.«

William schwenkte seinen zornigen Blick wieder auf Dutch. Ganze dreißig Sekunden köchelte er schweigend vor sich hin. Wes nagelte ihn mit dem Blick fest, mit dem er auch den Runningback festgenagelt hatte, der kurz vor dem Tor über seine eigenen Füße gestolpert war. Dutchs Miene war kaum weniger einschüchternd.

Endlich sagte er: »Ihr lasst mir keine Wahl.«

Dutch rutschte von seinem Hocker. »Wir fahren dir zu deinem Haus nach.«

William drehte die Flamme unter dem Topf ab, in dem das Wasser mittlerweile fast verkocht war. »Ich werde Marilee bitten, einen Kaffee aufzusetzen. Der schmeckt besser als der hier.«

»Du brauchst Marilee nicht zu wecken«, sagte Wes.

»Das macht ihr bestimmt nichts aus.«

Dutch und Wes gingen nach draußen und stiegen wieder in den Bronco. Wes grinste. »Herzlichen Glückwunsch, Chief. Du hast deine Schneemobile.«

Sie sahen zu, wie William Ritt in seinen Wagen stieg und damit ausparkte. Dutch folgte ihm die Main Street entlang. Mit der Handschuhfaust auf das Lenkrad klopfend, knurrte er: »Ich hoffe, dass ich nach diesem Kasperltheater Tierney auch wirklich in die Finger kriege.«

»Das ist der Plan.«

»Ich will ihn bluten sehen, Wes.«

»Ich habe dich verstanden. Wenn er Lilly gebumst hat …«

»Was?«

Wes sah verständnislos zu Dutch hinüber. »Was?«

Dutch sagte: »Ich habe Angst, dass er sie umgebracht hat.«

Wes klappte seinen Mund auf, aber sekundenlang kam kein Laut über seine Lippen. »Na klar, Dutch. Natürlich machen wir uns vor allem darum Sorgen.«

»Glaubst du, sie haben …«

»Hör zu, ich habe keine Ahnung. Ich sage nur, dass alles, was du ihm antust, durch das gerechtfertigt ist, was er Lilly angetan hat.«

Dutch krampfte die Finger ums Lenkrad. »Ich will ihn bluten sehen.«

28

Ich will nicht schlafen.

Als hätte Lilly mit dieser schlichten Feststellung einen Faden durchtrennt, der Tierney zurückgehalten hatte, wurde er aktiv. Irgendwie verschwand die Decke, die sie getrennt hatte, im nächsten Moment war er über ihr und presste den Mund auf ihren, noch bevor sein Arm sich um sie schlang und seine andere Hand in ihr Haar glitt.

Seine Zunge war stark und verwegen und schmeckte köstlich. Es war ein alles auslöschender Kuss, der jede Erinnerung daran, schon einmal geküsst zu haben, wegfegte. Er war so sexy, dass er sie berauschte und ihr das Gefühl gab, ihre Knochen würden schmelzen.

Er hob den Kopf und sah ihr in die Augen. Sie stellte sich seinem Blick ohne Angst und Scham. Ohne den Blickkontakt auch nur für eine Sekunde zu unterbrechen, zwängte er die Hand zwischen ihre Körper, öffnete ihre Leinenhose und schob die Finger hinein. Ihr Slip war feucht, so verzehrte sie sich nach ihm. Er senkte den Kopf und fuhr blitzschnell mit der Zunge über ihre geteilten Lippen. Ihr heißer, schneller Atem schlug dazwischen hervor.

Er ließ die Hand unter die Seide gleiten und umfasste ihren Venushügel. Seine Finger wagten sich in ihre Spalte vor. So hielt er sie fest, während sie sich küssten. Ohne weiter vorzudringen. Nur ihre Zungen umschlangen sich, als wollten sie sich vereinen, während ihr Geschlecht in der warmen Sicherheit seiner Hand pulsierte.

Vielleicht ließ er sich von dem leichten Durchdrücken ihres Rückens leiten, mit dem sie sich fester in seine Hand schmiegte. Oder von dem heiseren Stöhnen, das in ihrer Kehle vibrierte. Vielleicht war es auch nur seine eigene Begierde, die ihn dazu trieb, sein Knie zwischen ihre zu drücken und ihre Beine zu öffnen. Er stützte sich mit einem Arm ab, damit er an seinen Gürtel kam. Er löste ihn und knöpfte die Hose auf, während sie aus ihrer Hose und Unterhose schlüpfte.

Dann entspannte er in einer geschmeidigen, fast ballettartigen Bewegung seinen Arm, senkte sich auf sie, drang in sie ein und ließ sich von ihr umschmiegen. Sie gab einen unbestimmten Laut der Lust von sich, auf den er genauso reagierte, dann war nur noch ihr gemeinsamer Herzschlag zu hören. Ihr Atem mischte sich und bildete kleine Dampfwolken über ihren Köpfen.

Erst nach langem Warten begann er, sich zu bewegen. Anfangs war es nur ein langsames Wiegen, bei dem er die Hüften gegen ihre drückte. Aber dann begann er sich weiter zurückzuziehen und tiefer vorzustoßen. Das Tempo steigerte sich ganz langsam, aber stetig, bis er unvermittelt mit einem tiefen Knurren innehielt. Sie ließ die Hände über seine Taille abwärtsgleiten, packte seine Hinterbacken und zog ihn so tief wie möglich in sich hinein.

Er stöhnte auf, barg das Gesicht an ihrem Hals und kam.

Als die Krise überstanden war, entspannte er sich. Vollkommen. Sodass sie sein volles Gewicht auf ihrem Körper spürte. Aber nur kurz. Er gönnte sich nur ein paar Sekunden, bevor er sich wieder aufrichtete.

Eindringlich und gespannt ihre Miene beobachtend, fasste er ebenfalls nach unten und strich mit den Fingern über ihren Schenkel, bis er ihr Knie erreicht hatte. Dann umgriff er ihr Bein und zog es an, bis es auf einer Höhe mit seiner Schulter auf ihrer Brust lag. Das Gleiche machte er mit dem anderen Knie.

Ihr Geschlecht öffnete sich wie eine Blüte und gab die empfindsame Mitte frei. Nun schob er die Hand in die feuchte Mitte, wo sich ihre beiden Körper verbanden. Seine Daumenkuppe fand, was er suchte. Seine Berührung war kaum zu spüren, trotzdem zuckte die Empfindung wie ein Blitz durch ihren ganzen Leib.

Sie schluchzte beinahe, als sein Daumen sie mit kleinen, feuchten Kreisbewegungen zum Wahnsinn trieb. Er ließ den Kopf auf ihre Brust sinken und strich mit den Zähnen über ihre Brustwarze, damit sie die Berührung durch die Kleidung hindurch spüren konnte. Kaum merkbar erhöhte er den Druck seines Daumens.

Die Lust steigerte sich immer weiter, bis in ihrem Körper jedes Nervenende summte und sirrte. Ihre Nippel waren so hart, dass es fast wehtat. Ein Schrei saß in ihrer Kehle gefangen, die seinen wartenden Lippen entgegendrängte. Das Innere ihres Körpers melkte seinen Penis, der immer noch tief in ihr lag und sie sogar weich vollkommen ausfüllte.

Die Nachbeben ihres Orgasmus hielten noch minutenlang an. Als sie schließlich verebbt waren, küsste Tierney sie wieder auf den Mund und nahm sie in die Arme.

Keiner machte Anstalten, sich vom anderen zu lösen.

Kein Wort fiel.

Nicht einmal die Decke, unter der sie lagen, war verrutscht …

Als Lilly erwachte, erwachte mit ihr die Erinnerung an die letzte Nacht, so als hätte sie im Schlaf jede noch so kleine Einzelheit wieder und wieder durchlebt. Ihr Körper fühlte sich schwer und gesättigt an, aufgereizt von ihrer Lust, matt vor Erfüllung. Tierney lag hinter ihr, die Schenkel gegen die Unterseiten der ihren gepresst, während sich ihr Po fest in die warme Mulde seines Unterleibs schmiegte.

Als sie sich zu bewegen versuchte, protestierte er murmelnd und spannte den Arm um ihre Taille an.

»Muss mal«, flüsterte sie.

»Mach schnell.«

»Halt mir den Platz frei.« Als sie aufstand, sah sie über die Schulter auf ihn hinab. Seine Augen waren geschlossen, doch um seine Lippen spielte ein leises Lächeln.

Im Kamin glühten nur noch ein paar kleine Kohlen unter der tiefen Ascheschicht. Der Raum war eiskalt. Sie warf den Mantel über und eilte auf Zehenspitzen zur Schlafzimmertür. Die Angeln quietschten, als sie die Tür aufschob; sie blieb kurz stehen und blickte zurück. Aber Tierney war wieder eingeschlafen. Sein Atem ging gleichmäßig und tief.

Sie hoffte, dass er noch ein paar Stunden schlafen würde, um sich von der Erschöpfung von gestern zu erholen. Sein Körper brauchte Ruhe, um zu heilen.

Im Bad war es unerträglich kalt. Sie beendete hastig ihr Geschäft und kehrte sofort ins Wohnzimmer zurück. Tierney schlief immer noch. So leise wie möglich legte sie die letzten zwei Scheite auf den Rost, schürte die glimmenden Kohlen darunter und bedeckte sie zuletzt mit etwas Zunder, um neue Flammen anzufachen.

Bald brauchten sie neues Holz. Sie haderte nur wenige Sekunden mit sich, bevor sie ihre verstreuten Anziehsachen einsammelte. Die Unterhosen und die Hose fand sie unter der Decke, unten am Fuß der Matratze. Der Rest lag auf dem Boden verstreut oder auf den Möbeln, wo sie die Sachen hingeworfen hatte.

Als sie alles zusammengesammelt hatte, zog sie sich so schnell wie möglich an. Ihre Stiefel waren inzwischen getrocknet. Das Leder war zwar steif, aber nicht mehr ganz so kalt und feucht. Sie schlüpfte in ihre Handschuhe und wickelte sich Tierneys Schal um den Hals.

Zuletzt benutzte sie ihren Inhalator.

Als sie auf die Veranda trat, fiel ihr als Erstes auf, dass sich die Wolken verzogen hatten. Obwohl sich die Sonne noch hinter dem Berggipfel verbarg, leuchtete der Horizont im Osten schon in goldenem Pink. Der Himmel über ihr war mit Sternen besprenkelt, die vor dem dunklen Blau noch deutlich zu sehen waren. Schleierwolken wanden sich um den Gipfel, getrieben von einem Wind, der stark genug war, um die Baumwipfel zu beugen und die Äste krachen zu lassen.

Trotz des Windes sah der Tag aus, als könnte er ihnen die Rettung bringen.

Dennoch mussten sie sich so vorbereiten, als könnte heute kein Hilfstrupp zu ihnen vorstoßen. Die Scheite in dem Feuerholzstapel auf der Veranda waren zu dick. Wenn sie nicht gespalten wurden, würden sie kaum Feuer fangen. Tierney hatte es geschafft, die Kleineren mit dem Beil zu zerhacken, aber bei dem Holz, das jetzt noch dalag, würde ein kleines Beil nichts ausrichten.

Sie sah über die Lichtung in die Richtung, in der der Schuppen lag. Seit Tierney am gestrigen Spätnachmittag zurückgekommen war, hatte der Schneefall nachgelassen, und der Pfad, den er frei gemacht hatte, war immer noch deutlich zu erkennen.

Sie hatte inhaliert. Sie würde nur ein paar Minuten brauchen, um zum Schuppen und zurück zu kommen. Obwohl er beteuert hatte, dass die Axt nicht in der Werkzeugkiste lag, wusste sie genau, dass sie dort sein musste. Er hatte sie nur nicht gesehen.

Sie war nicht so verwegen, die Scheite selbst spalten zu wollen. Diese Aufgabe würde sie ihm überlassen. Er wäre bestimmt nicht begeistert, dass sie die Axt holen ging, aber nachdem er ihr das Leben gerettet hatte, war es das Mindeste, dass sie ihm diesen Weg abnahm. Die frische Luft war eine Wohltat, obwohl sie durch Tierneys Schal atmen musste. Außerdem genoss sie es, die Beine auszustrecken, nachdem sie praktisch zwei Tage eingesperrt gewesen war.

Ehe sie es sich anders überlegen konnte, ging sie die Stufen hinunter und betrat den schmalen Pfad, den Tierney durch den Schnee getrampelt hatte.

Tierney. Eigenartig, dass sie ihn nie Ben genannt hatte. Selbst an jenem Tag am Fluss hatte sie seinen Vornamen nur ein einziges Mal verwendet, und da hatte er sie korrigiert: »Jeder nennt mich Tierney.« Es passte zu ihm.

In gefühlsseliger Erinnerung daran, wie oft sie in der vergangenen leidenschaftlichen Nacht seinen Namen geflüstert hatte, schlang sie den Mantel fester um den Leib und vergrub ihr Lächeln tiefer in seinem Schal. Sein Geruch schien mit den Wollfasern verwoben. Sie sog ihn auf.

Glücklicher, als sie seit Langem gewesen war, überquerte sie ohne weitere Zwischenfälle die Lichtung.

Dann trat sie in den Wald.

William Ritt führte Dutch und Wes vom Carport zur Hintertür seines Hauses und danach durch die Küche ins Wohnzimmer.

»Ein paar Kohlen glühen noch. Bald brennt hier wieder ein richtiges Feuer.« Er ging vor dem Rost in die Hocke und machte sich ans Werk.

Dutch konnte seine Ungeduld kaum noch zügeln. Jede Minute, die er zur Untätigkeit verdammt war, spielte Begley in die Hände. Er brauchte kein Kaminfeuer. Er wollte kein Kaminfeuer, denn es brauchte Zeit, um eines in Gang zu bringen.

Trotzdem scheute er davor zurück, William einzuschüchtern, aus Angst, dass William seine Drohung, die Schneemobile zu beschlagnahmen, auf den Prüfstand stellen und das Angebot, sie ihnen zu überlassen, zurückziehen könnte. Darum stand er wortlos daneben und schaute zu, wie William Scheite auf den Rost häufte und die Kohlen schürte.

Dutch zog ein Funkgerät aus einer der Reißverschlusstaschen in seinem Skianzug. Er stupste Wes an und drückte es ihm in die Hand. »Falls wir da oben getrennt werden. Weißt du noch, wie man es benutzt?«

Wes nickte. »Zum Reden den Knopf drücken und zum Hören wieder loslassen.«

»Genau. Die Reichweite beträgt sieben Meilen.«

Das Holz hatte Feuer gefangen. William stand auf. »So ist es besser. Ich wecke Marilee auf, damit sie uns Kaffee macht.«

»Dafür haben wir wirklich keine Zeit«, sagte Dutch. »Gib uns einfach die Schlüssel, dann machen wir uns auf den Weg.«

»Das dauert höchstens ein paar Minuten. Sie macht euch eine Thermoskanne voll, die ihr mitnehmen könnt.« Er winkte sie ans Feuer. »Fühlt euch wie zu Hause.«

»Ehrlich«, sagte Wes. »Es wäre mir schrecklich unangenehm, wenn du Marilee unseretwegen aus dem Schlaf reißt.«

»Das macht ihr nichts aus«, sagte er und war im nächsten Moment verschwunden.

Dutch beschloss, dass er die Wärme genauso gut genießen konnte, trat an den Kamin und streckte die Hände den Flammen entgegen. Aus dem Augenwinkel sah er, wie William an eine Tür in der Mitte des Flurs trat.

Selbst wenn Dutch nicht unter Zeitdruck gestanden hätte, hätte es ihm nicht gepasst, Marilee zu wecken. Damit wusste noch jemand von seinem und Wes' Plan, und je mehr Menschen davon wussten, desto höher standen die Chancen, dass ihnen jemand dazwischenfunkte.

Jetzt war es zu spät.

William klopfte zweimal an die Schlafzimmertür, bevor er sie aufdrückte. Dann blieb er abrupt stehen, ließ die Arme sinken und starrte in Marilees Zimmer. Warum stand er nur da, glotzte ins Schlafzimmer seiner Schwester und zeigte dieses sogar für William Ritt eigenartige Verhalten?, fragte sich Dutch.

Es sei denn, der Anblick hatte William so gelähmt, dass er sich nicht mehr bewegen und nicht einmal reagieren konnte.

Dutchs Polizisteninstinkt meldete sich. Er rief fragend Williams Namen, und im selben Moment lief er schon durch den Flur. Es hätte ihn nicht überrascht, wenn er Blutspritzer und einen zerhackten Leichnam entdeckt hätte.

»Was zum Teufel ist da los?«, fragte Wes, der Williams merkwürdiges Verhalten ebenfalls bemerkt hatte.

In den paar kurzen Sekunden, die sie brauchten, um das Schlafzimmer zu erreichen, schoss Dutchs Adrenalin alarmierend schnell in sein Blut. Darauf bedacht, nicht ins Zimmer zu stürzen und eventuell Beweismaterial zu vernichten, blieb er in der Tür stehen und schob William beiseite.

Es gab keine Blutspritzer. Marilee war nicht zerhackt worden. Sie saß aufrecht im Bett, die Decke ans Kinn gezogen und starrte ihn vor Schrecken sprachlos an.

Neben ihr im Bett saß genauso geschockt Scott Hamer.

»Ach du Scheiße.« Dutch wirbelte herum, weil er Wes aufhalten wollte, aber der war schon an der Tür.

Er schubste Dutch ins Zimmer und blieb dann stehen, die Hände gegen den Türrahmen gestützt, als müsste er sich daran festhalten. »Was zum Teufel ist *das* denn?«, dröhnte er.

»Wes.« Dutch wollte ihm beruhigend die Hand auf die Schulter legen, aber Wes schlug sie weg und donnerte wütend auf das Bett zu.

Scott warf die Decke zurück und kletterte aus dem Bett. Er war splitternackt. Aber keineswegs beschämt. Streitlustig stellte er sich seinem Vater entgegen. »Es ist genau das, wonach es aussieht. *Dad.*« Er trennte das letzte Wort vom Satz ab wie ein lästiges Anhängsel.

Dutch vermutete, dass Wes über die trotzige Reaktion seines Sohnes genauso zornig war wie darüber, dass er ihn in flagranti erwischt hatte. Aber den wutentbrannten Blick hatte er auf Marilee gerichtet. »Du konntest dir wohl keinen *Mann* suchen, du erbärmliche alte Fotze.«

Scott sprang vor und rammte wie ein Linebacker beim Football gegen Wes, jagte dabei den Kopf in den Bauch seines Vaters und ließ ihn meterweit durch die Luft fliegen. Wes krachte gegen einen antiken Standspiegel. Holz splitterte, und der Spiegel zersprang in tausend Scherben. Doch das konnte Scott nicht aufhalten. Er hieb mit beiden Fäusten auf Wes ein und brüllte ihn an, wie er es wagen könne, so mit Marilee zu reden!

Dutch erkannte, dass er eingreifen musste, weil sich die beiden sonst an den Spiegelscherben krankenhausreif schneiden würden. Das Glas knirschte unter seinen Stiefeln, während er Scott von hinten um die Taille packte und ihn von Wes wegzerrte, der außer Atem und keuchend am Boden lag.

Dutch schleuderte Scott ans andere Ende des Zimmers. »Krieg dich wieder ein, und zieh was an, Scott. Wes.« Er kommandierte ihn mit einer Kopfbewegung nach draußen. Wes schoss einen giftigen Blick auf Marilee ab und trat dann wieder in den Flur. Dutch folgte ihm und zog die Tür von außen zu.

Wes tigerte im Flur auf und ab wie ein eingesperrtes Tier. Dutch wandte sich an William und wollte schon vorschlagen, dass sie alle ins Wohnzimmer zurückgehen sollten, um dort auf eine Erklärung zu warten, als ihm aufging, dass William keine Erklärung brauchte. Er stellte ein selbstzufriedenes Grienen zur Schau. Und plötzlich fügte sich das Bild zusammen. Williams Beharren darauf, dass sie zu ihm nach Hause fuhren und Marilee weckten, war nichts als eine Finte gewesen. Er hatte die Szene inszeniert. »Du Hurensohn. Du hast alles gewusst.«

William stritt das gar nicht ab. »Meine Schwester ist keineswegs eine stille Geliebte. Von Scott ganz zu schweigen.«

Erstaunlich gefasst trat Marilee, in einen Morgenmantel gekleidet und die Haare zu dem üblichen Pferdeschwanz gebündelt, aus ihrem Schlafzimmer. »Scott ist weg«, sagte sie. »Er ist völlig außer sich.«

Wes hielt auf sie zu. »Er ist außer sich? *Er* ist außer sich?«

»Ja, und er ist der Einzige, um den ich mir Sorgen mache.«

»Tja, du solltest dir lieber um deine zukünftige Stellung Sorgen machen. Deine Stellung als Lehrerin bist du los.«

»Das weiß ich selbst, Wes, du kannst also aufhören mich anzubrüllen. Ich habe keine Angst vor dir. Nichts, was du mir androhst, kann mich treffen oder verletzen.«

»Wie viele Kinder hast du noch in dein Bett gezerrt?«

»Scott ist kein Kind mehr.«

»Komm mir nicht so. Du solltest mich um Verzeihung bitten.«

»Dafür, dass ich mit Scott geschlafen habe?«

»Dafür, dass du ihn gefickt hast.«

»Ist das schlimmer, als ihn mit Steroiden vollzupumpen?«

Dutch schreckte hoch. Er warf Wes einen angewiderten Blick zu, doch der sah nicht her. Er war so wütend, dass er am ganzen Leib bebte. Gleichzeitig ballte er immer wieder die Fäuste, als wollte er Marilee im nächsten Moment erwürgen.

Als würde sie gar nicht interessieren, wie sehr er kochte, wandte sie sich an ihren Bruder und musterte ihn verächtlich. »Daran hast du dich also die ganze Zeit aufgegeilt. Mit deinen anzüglichen Bemerkungen und deinen arroganten Sticheleien. Den Anspielungen, dass ich mich in Wes verschaut hätte. Darum ging es also.«

»Ich hatte gehofft, dein Gewissen wachzurütteln, weil ich dich dazu bringen wollte, Schluss zu machen, bevor es hierzu kam.«

»Von wegen«, fuhr sie ihn an. »Ganz im Gegenteil. Du hast dir genau so eine Szene gewünscht, weil du klein, jämmerlich und grausam bist, William.«

»Verzeih mir, wenn ich dich darauf hinweise, Marilee, aber du bist wirklich nicht in der Position, mich zu beleidigen.«

»Ich frage mich, was du in Zukunft anstellen wirst, um dich zu vergnügen. Nicht dass es mich interessieren würde. Ich ziehe so bald wie möglich aus. Du kannst dich zum Teufel scheren.« Damit drehte sie sich um, verschwand in ihrem Zimmer und zog die Tür zu.

Wes baute sich vor William auf. »Du hast von der Geschichte gewusst und mir nichts gesagt?«

»Um dir die Überraschung zu verderben?«

Dutch legte einen starken Arm quer über Wes' Brust, bevor sich sein Freund auf William stürzen konnte. Wes war dreimal größer als William. Das wäre Mord gewesen. »Lass es vorerst gut sein, Wes.« Als Wes dem Druck nachgab, nahm Dutch Wes' Platz ein. »Gib mir die Schlüssel für die Schneemobile.«

»Ich weiß nicht, warum ich das tun sollte.«

Dutch machte einen Schritt auf ihn zu. »Ich werde dir einen Grund geben. Wenn du es nicht tust, gebe ich Wes freie Bahn, die Knochen in deinem Gesicht neu zu sortieren, und du wirst bis ans Ende deines Lebens als jämmerlicher Schwanzlutscher das Essen durch einen Strohhalm schlürfen.«

William schniefte, als könnte ihm die Drohung nichts anhaben, fasste aber in die Hosentasche und zog einen schweren Schlüsselring heraus, den er die ganze Zeit bei sich gehabt hatte.

Dutch riss ihm den Ring aus den Fingern. »Kommst du?«, fragte er Wes.

Wes antwortete nicht, folgte ihm aber durchs Haus zur Hintertür hinaus.

Sie sprachen erst wieder, als sie im Bronco saßen und in Richtung Garage fuhren. »Du weißt doch, wie Scotts Chancen auf ein Stipendium stehen, falls auch nur ein Wort von dieser Sache nach draußen dringt? Kein College will Studenten, die mit ihren Professoren in die Kiste steigen.«

Er schlug mehrmals hintereinander mit der Faust auf das Armaturenbrett. Bamm, bamm, bamm. »Dieser Hurensohn von Ritt. Am liebsten würde ich diesem kleinen Drecksack die Eier zerquetschen. Er hat uns reingelegt; er wollte, dass wir sie finden, oder?«

»Er hat uns reingelegt.«

»Warum?«

»Rache.«

»Wofür? Was habe ich ihm denn getan?«

Dutch sah ihn streng an.

Wes hatte den Anstand, betreten den Blick zu senken.

»Er wollte sich für all die eingebildeten oder realen Sticheleien rächen, die er jahrelang ertragen musste. Ich weiß nur nicht, warum er Marilee bloßstellen wollte.« Er überlegte kurz und sagte dann: »Scott ist noch ein Kind. Der steigt mit jeder ins Bett, die er kriegen kann, selbst wenn es eine Lehrerin ist. Aber Marilee? Das ist unglaublich. Wer hätte je gedacht, dass sie dazu fähig wäre?«

Wes lachte schnaubend. »Ach Scheiße, sie sind alle dazu fähig. Hast du das noch nicht gemerkt? Tief im Herzen sind sie alle Huren.«

Wahrscheinlich wurde er davon wach, dass ihm irgendwas wehtat. Und dass es kalt geworden war, nachdem Lilly ihr gemeinsames Nest verlassen hatte. Ohne die Augen aufzumachen, wühlte sich Tierney tiefer in die Decke und ließ seine Gedanken schweifen. Durch die vergangene Nacht. Zu Lilly. Zu diesem ersten Mal, diesem süßen, stillen, wie fließend wirkenden, in Wellen ansteigenden Liebesakt. Er hätte ihn sich nicht perfekter erträumen können.

Sie hatten kein Wort gewechselt. Das war auch nicht nötig gewesen. Sie verständigten sich durch ihre Berührungen, eine Sprache, die beide perfekt beherrschten. Geleitet von jahrtausendealten Instinkten, hatte er Besitz von ihr genommen und den Körper, den er so begehrte, zu seinem gemacht. Lilly hatte ihm in der mystischen und klugen Art, die allen Frauen eigen ist, die Illusion gelassen, dass *er* derjenige war, der *sie* in Besitz genommen hatte.

Nach diesem ersten Mal hatte er sie mitgezogen, nachdem er sich endlich von ihr herunter auf die Seite gerollt hatte, sodass sie sich ins Gesicht sahen. Er hatte sich gewünscht, ihre Gedanken lesen zu können, sich gewünscht, er hätte sich ihr Vertrauen neu verdient. Als er in ihre Augen blickte, waren sie ihm durchaus vertrauensvoll erschienen. Wenn der weiche Blick nicht nur eine späte Folge ihres Orgasmus war.

Er hatte ein paar feuchte Strähnen von ihrer Wange gezupft. Dann mit dem Rücken des Zeigefingers ihre Unterlippe berührt und mit dem Knöchel über ihre Wange gestrichen. »Dir ist klar, dass ich nichts benutzt habe.«

Sie nickte.

»Du hättest mich bitten sollen, ihn vorher rauszuziehen.«

Sie sah ihn vielsagend an.

»Ehrenwort, ich hätte es getan, wenn du darum gebeten hättest.«

»Habe ich aber nicht.«

»Nein.« Er legte den Arm über ihre Taille, setzte die Hand auf ihren unteren Rücken und zog sie näher, bis sein Glied in dem V zwischen ihren Schenkeln ruhte. Sie küssten sich. Erotisch. Ihr Mund war heiß und gierig, feucht und empfänglich. Sein Blut begann wie Lava zu kochen, wenn er sich nur ausmalte, welche Möglichkeiten dieser Mund bot.

Er löste sich mit einem leisen Lachen von ihren Lippen. »Ich glaube selbst nicht, dass ich das sage, aber ich verglühe.«

Sie lächelte. »Ich auch.«

Sie zogen sich aus.

Lilly nackt. Halleluja.

Endlich bekam er sie zu sehen, und er konnte nicht genug von ihr bekommen. Sie war so schön. Die Brüste lagen weich auf ihren Rippen. Das Licht der Flammen tanzte auf ihrer Haut in erotisch züngelnden Schatten, die an ihren Brustwarzen zu lecken schienen.

»Als du im letzten Sommer nass gespritzt wurdest…«

»Ich weiß, was du jetzt sagen wirst«, unterbrach sie ihn. »War mir das peinlich.«

»Das habe ich gespürt. Darum habe ich versucht, ein Gentleman zu sein und dir ausschließlich ins Gesicht zu sehen. Das war nicht leicht.« Er streichelte mit den Fingerrücken über ihren Brustkorb.

»Du hast mich heute gestreichelt«, sagte sie mit leiser, rauchiger Stimme. »Während ich schlief.«

Sein Blick zuckte kurz hoch und senkte sich sofort wieder. »Nicht lang. Nur ganz kurz.«

»Ich dachte, das ist ein Traum.«

»Das dachte ich auch.« Dann sah er ihr wieder ins Gesicht. »Falls das hier auch ein Traum ist, dann zwick mich bitte nicht.«

»Bestimmt nicht.«

Ihr Nippel wurde fest unter seinen Fingern. Sein Daumen kreiste mehrmals darüber hinweg, dann drückte er ihn vorsichtig zwischen den Fingerspitzen zusammen.

Sie reagierte, indem sie seinen Namen hauchte. Dann sagte sie: »Nimm ihn in den Mund.«

Er senkte den Kopf und strich mit den Lippen über ihre Brustwarze. »Du hast gemogelt.«

»Wieso?«

»Du hast meine geheimen Phantasien ausspioniert.«

Unwillkürlich stieg ein Stöhnen aus Tierneys Brust, als er noch einmal den Moment durchlebte, in dem er ihren Nippel in den Mund genommen hatte. Seine Zunge erinnerte sich nur zu gut an die feste Haut, an den Geschmack. Er schlug die Augen auf und erkannte mit einem Lächeln, dass sich seine Erinnerung zu einem Traum entfaltet hatte, weil er wieder eingeschlafen war.

Aber jetzt war er wirklich wach. Ganz und gar. Er hatte eine schmerzhafte Erektion.

»Warum sollte ausgerechnet dieser Körperteil *nicht* wehtun?«, brummte er. Das Gesicht unter Schmerzen zu einer Grimasse verzogen, setzte er sich auf und rieb sich den Schlaf aus den Augen. »Lilly?«

Er warf die Decken zurück und stand auf. Oder versuchte es zumindest. Er kam zwar auf die Füße, doch sein Oberkörper blieb rechtwinklig abgeknickt. Erst in einem zweiten Anlauf richtete er sich unter dem Protest sämtlicher Knochen, Gelenke und Muskeln vollständig auf. Ihn überlief eine Gänsehaut. Er bibberte in der Kälte. Hastig griff er nach der obersten Decke und wickelte sich hinein.

»Lilly?« Als sie nicht antwortete, machte er sich auf den Weg ins Schlafzimmer.

Lilly blieb am Waldrand stehen, um den atemberaubenden Ausblick zu genießen. Sie kam sich vor wie in einer dreidimensionalen Weihnachtskarte. Die Zweige der Nadelbäume waren schwer mit Schnee beladen. Die nackten Äste der Laubbäume stachen schwarz aus dem weißen Hintergrund hervor. Die Strahlen der Morgensonne erreichten gerade die obersten, im böigen Wind schwankenden Baumwipfel. Aber unten am Waldboden war es dunkel und still.

Es war eine natürliche Kathedrale, ein Tempel der Natur. Sie wünschte sich, sie könnte länger verweilen und die stille Heiterkeit genießen, die über diesem Ort lag. Aber schon bald wurden die Zehen in ihren Stiefeln taub und riefen ihr in Erinnerung, dass dies, so schön der Ort auch war, trotzdem wilde Natur war, die todbringend sein konnte, wenn man sich nicht absicherte.

Dem Trampelpfad folgend, gelangte sie zum Schuppen. Der Schnee hatte sich an den Außenwänden zu hohen Wehen aufgetürmt, aber als Tierney die Tür aufgezwungen hatte, hatte er dabei den Schnee zur Seite geschoben, und seither war der Zugang teilweise frei.

Sie stapfte durch die Verwehung, die sich in der Zwischenzeit angesammelt hatte, und griff nach dem Riegel. Obwohl sie kräftig daran zog, ging die Tür nicht auf. Sie rührte sich nicht einmal. Sie zerrte mehrmals daran, doch der Riegel schien wie festgefroren. Dann versuchte sie es noch einmal, diesmal mit all ihrer Kraft. Als die Tür aufsprang, geschah das so unvermutet, dass Lilly davon überrascht wurde. Sie taumelte einen Schritt zurück und wäre um ein Haar hingefallen.

Über ihr eigenes Ungeschick verärgert, trat sie in den Schuppen. Drinnen war es dunkler, als sie erwartet hatte. Sie schalt sich, dass sie nicht daran gedacht hatte, die Taschenlampe mitzunehmen, weil sie nur schnell die Axt holen und wieder gehen wollte. Im Schuppen gab es immer Spinnen. Wahrscheinlich auch Mäuse. Jedes Mal, wenn sie ihn betreten hatte, hatte sie Angst gehabt, eine Schlange aufzuschrecken.

Obwohl heute bestimmt alle einigermaßen vernünftigen Kreaturen in ihren Nestern schlummerten, löste allein das gespenstische Zwielicht eine Gänsehaut bei ihr aus. Außerdem lag der unangenehm muffige Geruch eines Gebäudes ohne betonierten Boden in der Luft.

Sie ließ ihren Augen Zeit, sich an das Halbdunkel zu gewöhnen, und sah sich dann um. Die Axt war nirgendwo zu sehen, aber sie wusste, dass sie in der Werkzeugkiste liegen musste.

Der eigene Atem hallte ihr laut im Ohr. Es war noch kein richtiges Pfeifen, aber nahe dran. Vielleicht war es nicht besonders klug gewesen hierherzulaufen. Normalerweise wäre der Weg nicht gefährlich oder auch nur besonders anstrengend. Aber in Anbetracht der heftigen Asthmaattacke von gestern und der arktischen Temperaturen hätte sie nichts unternehmen sollen, was an ihren Kräften zehrte. Ein Grund mehr, die Axt so schnell wie möglich zu holen und in die Hütte zurückzukehren. Zu Tierney. Ins Bett zu Tierney.

Sie konnte sich nicht entsinnen, dass der Deckel der riesigen Holzkiste so schwer war. Der erste Anlauf, ihn anzuheben, schlug fehl. Sie konnte ihn gerade einen Fingerbreit anheben, ehe sie erschöpft aufgab. Falls sie hier draußen eine Attacke bekam, würde Tierney ihr ordentlich die Leviten lesen.

Sie ging in die Knie und stemmte beide Handballen gegen die Deckelkante. Indem sie ihre Knie durchbog und ihre ganze Kraft einsetzte, gelang es ihr, den Deckel anzuheben und hochzuklappen. Als er senkrecht stand, kippte er unter seinem eigenen Gewicht gegen die Wand dahinter, bevor Lilly ihn festhalten konnte.

Er prallte mit einem lauten Krachen auf, das sie nicht mehr hörte.

Weil sie da bereits in Millicent Gunns tote, milchige Augen starrte.

Mit einem lauten Seufzen wich alle Luft aus ihren Lungen, doch als sie wieder einzuatmen versuchte, um einen gellenden Schrei auszustoßen, hatten sich ihre Bronchien bereits zusammengezogen. Nur ein dünnes Säuseln kam über ihre Lippen.

Ohne zu überlegen taumelte sie von diesem grauenvollen Anblick zurück, um instinktiv die Flucht zu ergreifen. Sie machte auf dem Absatz kehrt und erstarrte, als sie Tierneys Silhouette in dem hellen Rechteck der offenen Tür stehen sah.

Ihr Gehirn registrierte alles auf einmal. Er hatte Jeans und Stiefel angezogen, aber unter dem offenen Mantel sah sie seine nackte Brust. Sie hob und senkte sich hektisch. Er war außer Puste. Er war hergerannt.

»Tierney«, keuchte sie. »Millicent …«

»Das hättest du auf keinen Fall sehen dürfen.«

Da begriff sie in einem Augenblick gleißend heller geistiger Klarheit, warum sein Gesicht so hart und fest wirkte, warum er ihr zum Schuppen nachgerannt war, warum er überhaupt nicht überrascht war, Millicents Leichnam zu sehen, der so lieblos und respektlos in eine kalte, ungehobelte Kiste voll rostiger Werkzeuge gestopft worden war.

Er kam mit langen Schritten auf sie zu und näherte sich ihr rasend schnell, doch Lilly blieb wie angewurzelt stehen. Sie war wie gelähmt vor Schreck, als wäre sie in einem Albtraum gefangen und könnte die Beine nicht mehr rühren.

Erst in der letzten Sekunde entdeckte sie, dass sie sich bewegen konnte. Als er sie bei den Schultern packte, wehrte sie sich mit allen Mitteln, die sie hatte – Nägeln, Zähnen, Fäusten.

Sie hinterließ leuchtend rote Striemen auf seiner Wange, ehe er die Arme um sie schlingen und ihre Hände festhalten konnte. »Hör auf, Lilly!«

Er schnaufte und keuchte.

Nein, nicht Tierney machte dieses grässliche Geräusch. Das war ihr eigener, asthmatisch pfeifender Atem.

»Verflucht noch mal, Lilly! Halt endlich still!«

»Du Mörder!«

Dann sah sie, wie seine Hand seitlich auf ihren Hals zuschoss.

Es tat gar nicht weh.

29

Special Agent Charlie Wise saß senkrecht im Bett, als sein Handy zu läuten begann.

Blind tastete er zwischen seinen Schlüsseln, dem Wechselgeld, dem Etui mit der Polizeimarke und der Brille herum, die er auf dem Nachttisch abgelegt hatte, als er zu Bett gegangen war. Er hatte geschlafen wie ein Toter, aber das helle Bimmeln seines Handys wirkte genauso unfehlbar wie das Piepen eines Rauchmelders und riss ihn gnadenlos aus der Besinnungslosigkeit. Gut möglich, dass er einen Herzinfarkt bekommen würde, nachdem er so abrupt aus dem Schlaf gerissen worden war, aber erst musste er diesen Anruf entgegennehmen.

Er klappte das Gerät auf und drückte es ans Ohr. »Wise.«

»Morgen, Hoot. Habe ich Sie aufgeweckt?«

Es war Perkins. Die Verbindung rauschte und knisterte, aber wenn er genau hinhörte, konnte er etwas verstehen. »Nein«, log er und setzte die Brille auf. »Ich bin nur überrascht. Bis das Handy losging, wusste ich gar nicht, dass ich wieder Empfang habe.«

»… schrauber … etwa vor … Stunden. Wetter ist heikel … sagt …«

»Moment. Sind Sie noch da, Perkins? Moment!« Hoot strampelte die Decke weg. Dann sprang er aus dem Bett und lief ans Fenster, weil er hoffte, dort besseren Empfang zu haben. »Perkins?«

»Sie sind kaum noch zu verstehen, Hoot.«

»Geben Sie mir das Wichtigste durch.«

»Hubschrauber. Ankunft Cleary zirka zehn Uhr. Rettungs- und Suchmannschaft mit drei Männern. Ein Exscharfschütze aus dem HRT.« Dem Geiselrettungskommando.

»Gute Nachrichten. Sonst noch was?«

»Ja, wegen Tier… hat… Nacht. Muss es… weg… irgendwas…«

Frustriert drehte sich Hoot im Kreis und versuchte, jenen einen Punkt im Raum zu finden, an dem ihre Verbindung halten würde. Dann begriff er, dass sie bereits zusammengebrochen war. Er sah aufs Display. Das Betreiberlogo war erloschen.

»Hoot?«

Begley stand in der Tür zu dem Gästeraum, in dem Hoot geschlafen hatte. Er hielt seine Bibel in der Hand und hatte die Seite mit dem Finger markiert. Er war bereits angezogen und wirkte frisch wie der junge Morgen, was Hoot schmerzhaft bewusst machte, dass er bibbernd und in der Unterhose vor seinem Chef stand. »Morgen, Sir. Das war Perkins. Der Helikopter wird um zehn Uhr hier sein.«

»Exzellent.« Begley sah auf die Uhr. »Sobald Sie angezogen sind…«

»Ja, Sir.«

Begley machte einen Schritt zurück und drückte die Tür wieder zu.

Zum Glück lief Gus Elmers Heißwasserboiler mit Gas, sodass Hoot noch mal duschen konnte, obwohl er das erst gestern Abend getan hatte, nachdem sie sich eingemietet und die Hütte Nummer sieben bezogen hatten. Begley wollte eine Hütte möglichst nahe bei der Nummer acht, denn er wollte sich nicht darauf verlassen, dass Dutch Burton seiner Neugier widerstehen konnte.

Besonders frustrierend fand Begley, dass er Tierneys Computer nicht hochfahren konnte, weil es keinen Strom gab. Er wollte um jeden Preis Tierneys Dateien sichten. Hoot war insgeheim froh über die Verzögerung. Er war völlig übermüdet und bezweifelte schwer, dass er in der Lage gewesen wäre, Tierneys Passwort zu knacken.

Ihre Hütte war die einzige andere im Motel, die zwei durch ein Wohnzimmer mit Kochnische voneinander getrennte Schlafzimmer hatte.

Sie behalfen sich mit dem Licht aus dem Kamin, Kerzen und einem Kerosincampingkocher. Nachdem sie eine Dose Chili verspeist hatten, das Gus Elmer ihnen gegen Entgelt überlassen hatte, hatte Hoot geduscht und war hinterher praktisch vom Bad ins Bett geschlafwandelt.

Jetzt trat er fünf Minuten nach dem Wecken zu Begley ins große Zimmer. »Ich habe Wasser heiß gemacht und Kaffee gekocht, aber ich kann ihn nicht empfehlen. Selbst der Kaffee im Police Department schmeckt besser als der hier. Wir sollten dort auf den Hubschrauber warten. Ich nehme an, wir sind es Burton ohnehin schuldig, ihm mitzuteilen, wann der Hubschrauber eintrifft.«

»Ich bin ganz Ihrer Meinung, Sir.« Hoot zog Mantel und Handschuhe an.

»Wo soll der Hubschrauber eigentlich landen?«

»Das hat Perkins nicht gesagt. Wir konnten nur kurz miteinander sprechen, dann war die Verbindung wieder unterbrochen.«

Begley sah auf sein Handy und stellte fluchend fest, dass es keinen Empfang hatte. »Ich fürchte, das wird sich nicht so schnell ändern.«

»Ich rufe Perkins zurück, sobald wir im Police Department sind.«

Sie fuhren eine Weile schweigend dahin, dann sagte Begley: »Lilly Martin. Glauben Sie, dass sie noch am Leben ist, Hoot?«

»Ich glaube schon.«

»Warum?«

»Weil er weiß, dass sie Burton angerufen und ihm erzählt hat, dass er bei ihr ist.«

»Hoffentlich haben Sie Recht.«

Als sie sich dem Polizeigebäude näherten, sahen sie zu ihrer Verblüffung zahllose Zivilwagen, größtenteils Geländewagen und Pick-ups, vor dem flachen Ziegelbau stehen. Die Autos, die nicht mehr auf den Parkplatz gepasst hatten, standen zu beiden Seiten der Straße.

»Was zum Teufel?«, fragte Begley rhetorisch.

Drinnen war der Vorraum gesteckt voll mit Männern in grünbrauner Jagdkleidung oder ähnlicher Ausstattung. Die meisten waren mit Gewehren bewaffnet. Einer hatte, wie Hoot auffiel, einen Hightech-Bogen und einen Köcher mit heimtückisch aussehenden Pfeilen dabei. Alle redeten durcheinander, und alle wirkten aufgebracht.

Begley versuchte durch die Menschenmenge zum Telefonisten vorzudringen, der die Zielscheibe des allgemeinen Missfallens zu sein schien. Nachdem mehrere Anläufe gescheitert waren, steckte der SAC die Finger in den Mund und stieß einen gellenden Pfiff aus. Der ließ das allgemeine Stimmengewirr augenblicklich verebben. Mit einem Geräusch wie bei einer Stampede drehten sich zahllose wasserdichte Stiefel um hundertachtzig Grad zu ihm um.

Als er alle Blicke im Raum auf sich gezogen hatte, nannte Begley seinen Namen und seine Funktion. Mit seiner Stimme hätte man Glas schneiden können. Er stand breitbeinig da und hatte die Hände in die Hüften gestemmt. Später würde Hoot seinen Kollegen anvertrauen, dass der Nussknackerblick noch nie so effektiv gewirkt hatte.

»Ich will auf der Stelle wissen, was hier verflucht noch mal vorgeht«, bellte er.

Die Menge teilte sich, und ein Mann trat vor. Obwohl er wie für ein Schlittenrennen gekleidet war, erkannte Hoot Ernie

Gunn auf den ersten Blick. »Mr Begley, Mr Wise. Diese Männer gehören zu den Freiwilligen, die nach Millicent gesucht haben, bis uns der Sturm gezwungen hat, die Suche abzubrechen. Gestern hat sich rumgesprochen, dass dieser Typ sie entführt hat. Wir haben uns heute Morgen versammelt, um Ihnen zu helfen, diesen Ben Tierney zu schnappen.«

Offenbar hatte Gunn sofort nach dem Gespräch mit ihnen all seinen Freunden erzählt, dass Ben Tierney der Mann war, der seine Tochter entführt hatte. Die Freunde hatten es ihren Freunden weitererzählt. Hoot blickte in die Gesichter der bewaffneten Männer und sah eine zu allem entschlossene Bürgerwehr vor sich, die darauf aus war, ihren Mann in die Finger zu bekommen und ihre eigene Art von Justiz zu üben.

Begley ignorierte die anderen und konzentrierte sich ausschließlich auf Gunn. »Ich weiß, wie verzweifelt Sie sind…«

»Mit allem Respekt, Mr Begley, das können Sie nicht wissen. Ihr Mädchen ist gesund und munter zu Hause.«

»Ich muss mich korrigieren«, lenkte Begley ein. »Ich kann *nachfühlen*, wie verzweifelt Sie sind, weil Millicent weg ist. Und ich möchte Ihren besorgten Freunden und Nachbarn meine Hochachtung dafür aussprechen, dass sie so viel Zeit geopfert haben, um sie zu finden. Das ist mein Ernst.« Er bedachte jeden einzelnen Mann im Raum mit einem kurzen Blick.

»Aber, Gentlemen, heute Morgen erinnern Sie mich eher an einen Lynchmob. Zum gegenwärtigen Zeitpunkt steht Mr Tierney nicht unter Verdacht. Wir haben keine Beweise gegen ihn. Lassen Sie mich das betonen. Irgendwer hat gehört, wie sein Namen in Verbindung mit unserem Besuch hier fiel, das Gerücht breitete sich aus wie ein Lauffeuer, schließlich sogar übers Radio, und was jetzt geschieht, steht in keinem Verhältnis mehr. Wir sind nach Cleary gekommen, um mit ihm zu sprechen und um ein paar Punkte klarzustellen, damit wir ihn als Verdächtigen ausschließen können.«

Aus den hinteren Reihen meldete sich eine körperlose Stimme. »Mehr wollen wir auch nicht. Mit ihm sprechen.« Die Männer reagierten mit leisem Lachen auf die ironische Bemerkung.

Unübersehbar verärgert über die Unterbrechung, sagte Begley: »Man braucht keine Gewehre mit Zielfernrohr, um mit jemandem zu sprechen. Innerhalb einer Stunde wird ein Hubschrauber hier landen. Ich werde damit auf den Mount Cleary fliegen. Falls Tierney sich tatsächlich in der Hütte aufhält, die bis vor Kurzem Chief Burton gehört hat, werden wir ihn bitten, mit uns zu kooperieren, und ihn anschließend nach den Regeln der Jurisprudenz vernehmen. Man wird ihm keine seiner verfassungsmäßigen Rechte vorenthalten.

Genau so wird es gemacht. Und *nur* so wird es gemacht, Mr Gunn. Falls Sie und Ihre Freunde versuchen, unsere Arbeit zu beeinträchtigen oder die Angelegenheit selbst in die Hand zu nehmen, werde ich alle notwendigen Mittel einsetzen, um Sie zur Vernunft zu bringen. Dies hier ist ein Polizeieinsatz. Und als solcher …«

»Wo steckt dann die gottverdammte Polizei?«, fragte Gunn zornig.

»Verzeihung?«

Gunn schwenkte ausladend den Arm. »Diese Männer sind heute Morgen hergekommen, um Ihnen und der Polizei ihre Zeit und ihre Hilfe anzubieten. Aber unser Chief ist nirgendwo aufzutreiben.«

Hoot war genauso verdattert wie Begley. »Was soll das heißen, er ist nirgendwo aufzutreiben?«

»Genau das«, erwiderte Gunn. »Seine eigenen Leute haben nichts von Dutch gehört oder gesehen, seit er gestern Nacht erklärt hat, dass er heimfahren und sich aufs Ohr legen würde.«

»Er hat gesagt, wir sollten ihn holen, wenn wir ihn brauchen.« Officer Harris tauchte aus der Menge auf. Er hatte seine

Uniform gegen einen gefütterten Overall und eine mit Vlies gefütterte Kappe getauscht, wie sie fast alle im Raum trugen, und war bis jetzt nicht zu erkennen gewesen. »Ich bin gerade von seinem Haus zurückgekommen. Sieht so aus, als wäre länger niemand dort gewesen. Es liegt nicht mal Asche im Kamin.«

Begley warf Hoot einen besorgten Blick zu. »Vielleicht weiß Wes Hamer …«

Ehe Begley seinen Satz beenden konnte, schüttelte Harris den Kopf. »Der ist auch wie vom Erdboden verschluckt. Ich habe auf dem Rückweg bei seinem Haus Halt gemacht. Mrs Hamer sagte, dass Mr Hamer gestern Nacht erst spät heimgekommen sei, ein paar Stunden geschlafen habe und vor der Morgendämmerung wieder aufgebrochen sei.«

»Wusste sie, wohin er wollte?«

»Sie sagt, nein.«

Hoot gefiel das alles nicht, es gefiel ihm überhaupt nicht. Begleys düsterer Miene nach zu urteilen, gefiel es seinem Chef genauso wenig. Er überlegte ein paar angespannte Sekunden und sagte dann knapp: »Officer Harris.«

»Ja, Sir?«

»Solange Ihr Chief abwesend ist und bis Sie neue Order von mir erhalten, sind Sie dafür verantwortlich, diese Männer zu koordinieren. Ich will, dass Sie ein offizielles Such- und Rettungskommando zusammenstellen. Zuerst sorgen Sie dafür, dass alle mit genügend Proviant und der nötigen Ausrüstung ausgestattet sind. Und damit meine ich alles. Munition. Wechselkleidung. Kompass. Essen. Wasser. Viel Wasser. Ich will nicht dafür verantwortlich sein, dass da draußen jemand wegen Wassermangel in Ohnmacht fällt.«

»Wird erledigt, Sir.«

»Ich will, dass alle ausgerüstet und jederzeit einsatzbereit sind.«

»Ja, Sir.« Dann überschattete sich der Blick des jungen Mannes verwirrt.

»Um was zu tun, Sir?«

»Das weiß ich erst, wenn ich die Gegend im Hubschrauber überflogen habe. Wir bleiben über Polizeifunk in Verbindung, darum möchte ich, dass Sie hier die Stellung halten. Dies hier ist die Kommandozentrale. Vielleicht kommen noch ein paar Nachzügler, wir brauchen jeden Freiwilligen, den wir bekommen können. Dürfte ich einen Vorschlag machen?«

»Äh, ja, Sir.«

»Meiner Erfahrung nach lassen sich Männer ohne entsprechende Ausbildung am besten koordinieren, wenn man kleinere Gruppen bildet und jeweils einen Gruppenführer benennt. Aber wählen Sie diese Gruppenführer mit Bedacht, denn die Männer sind Ihnen gegenüber verantwortlich. Nur ein Vorschlag. Natürlich können Sie ganz nach Belieben verfahren.«

»Ja, Sir.«

»Agent Wise.« Begley machte eine Hundertachtziggraddrehung und marschierte auf die Tür zu. Hoot sprang vor, um sie aufzureißen, und folgte seinem Chef hinaus. Sobald sich die Tür hinter ihnen geschlossen hatte, ließen sie die Masken fallen. »Glauben Sie, die Männer haben mir diesen Quark abgekauft?«

»Schwer zu sagen, Sir«, erwiderte Hoot.

»Na ja, jedenfalls sind sie eine Weile damit beschäftigt, die ganze Sache zu bereden und vor allem die Anführer zu wählen. Mit etwas Glück haben wir Ms Martin bereits gerettet und Mr Tierney in Gewahrsam genommen, bis sie damit fertig sind.« Begley stutzte. »Scheiße. Sie sind nicht dazu gekommen, das Telefon zu benutzen.«

»Perkins hat mich nicht angepiepst. Wenn es was Dringendes gibt, wird er sich mit mir in Verbindung setzen. Bis dahin versuche ich weiter, ihn per Handy zu erreichen.«

»Was halten Sie davon, dass Burton und Wes Hamer verschwunden sind, Hoot?«

»Keine Ahnung, Sir.«

»Mir gefällt das nicht. Mir gefällt das überhaupt nicht, verfluchter Scheißdreck.«

Hoot öffnete die Fahrertür. »Wohin, Sir?«

»Zum Drugstore. Dort scheinen die beiden meistens rumzuhängen. Fangen wir dort mit der Suche an.« Bevor sie ins Auto stiegen, sah Begley zum klaren Himmel auf. »Ich hätte nicht gedacht, dass ich das einmal sagen würde, aber ich wünschte, es würde noch schneien. Als es noch geschneit hat, wusste ich wenigstens, wo jeder steckt.«

Marilee glaubte nicht, dass es noch schlimmer kommen konnte. Sie täuschte sich.

Dora Hamer tauchte vor ihrer Türe auf, völlig aufgelöst, als wäre sie gerade aus dem Irrenhaus geflohen, und nur in einen Bademantel gehüllt, dessen Saum nach ihrem Marsch durch den Schnee völlig durchnässt war. An den Füßen hatte sie nur ein Paar Pantoffeln. Ihre knallroten, nackten Füße sahen wund aus. Marilee hatte noch nie jemanden so außer sich gesehen.

Marilee hatte die Tür noch nicht ganz geöffnet, da rief Dora schon: »Ist Scott hier?«

»Nein.«

»Wissen Sie, wo er ist? Bitte, ich flehe Sie an. Sagen Sie es mir, wenn Sie wissen, wo er steckt.«

Marilee fasste Doras Hand, zog sie ins Haus und schob sie vor den Kamin. »Setzen Sie sich, und erzählen Sie mir, was passiert ist.«

Dora setzte sich keineswegs, sondern marschierte auf und ab und zerrte dabei mit der einen Hand an ihren Haaren, während die andere ein liniertes Blatt umkrampfte. Der linke Blattrand war gezackt, als wäre die Seite aus einem Spiralblock gerissen worden. »Was ist das?«, fragte Marilee.

»Eine Nachricht, die ich in Scotts Zimmer gefunden habe. Bei uns war vorhin die Polizei.«

»Die Polizei?«

»Einer von Dutchs Männern, der nach ihm und Wes gefragt hat«, erläuterte sie ungeduldig. »Das ist nicht wichtig. Als er weg war, bin ich in Scotts Zimmer gegangen, um nach ihm zu sehen. Das Zimmer war leer. Stattdessen habe ich das hier gefunden.« Sie wedelte mit dem Zettel vor Marilees Gesicht herum. »Stimmt das?«, fragte sie unter Tränen. »Sind Sie seine *Geliebte?*«

Ohne auch nur eine Sekunde zu zögern, antwortete Marilee leise: »Seit ein paar Monaten.«

Dora hörte auf, im Kreis zu gehen, und starrte sie mit offenem Mund an. »Wie konnten Sie nur? Was stimmt nicht mit Ihnen?«

»Mrs Hamer, bitte«, beschwichtigte Marilee vorsichtig. Sie machte sich mehr Sorgen um die geistige Verfassung der anderen Frau als wegen der Anschuldigungen, die sie ihr machen würde. Dora schien kurz vor dem Kollaps zu stehen. »Ich werde Ihnen alles erzählen, was Sie über meine Beziehung mit Scott wissen wollen. Aber das kann ich nicht, solange Sie mich anschreien. Bitte.«

Sie deutete auf die beiden Sessel vor dem Feuer, doch Dora schlug ihre Hand beiseite. Der Schlag schmerzte, aber Marilee behielt Haltung, denn sie wusste, dass eine von ihnen das tun musste. »Was steht auf dem Zettel?«

»Was heute früh passiert ist.«

»Es war sehr hässlich. Da gibt es nichts zu beschönigen.«

»Tja, Sie können stolz auf sich sein«, feixte Dora zynisch. »Mit Ihrem schamlosen Verhalten haben Sie *das hier* ausgelöst.«

Sie streckte Marilee den Zettel hin. Nachdem ihn Dora so fest in der Faust gehalten hatte, war er zerknüllt und feucht. Noch während Marilee ihn glatt strich, erkannte sie Scotts Handschrift.

Die Nachricht war an seine Eltern gerichtet. Die erste Zeile erschreckte sie: »Ich weiß, ihr werdet mir nie vergeben, was ich getan habe.« Sie las den Satz laut vor und sah dann Dora an. »Was meint er damit? Was hat er so Unverzeihliches getan?«

»Seine Lehrerin gevögelt, nehme ich an. Ich weiß es nicht.« Dora hatte wieder angefangen, auf und ab zu gehen, und rang nervös die Hände. »Sie sind der letzte Mensch, mit dem ich zusammen sein möchte. Ich will nur raus aus Ihrem Haus. Aber ich bin trotzdem gekommen, weil ich dachte, Sie könnten mir diese Nachricht erklären. Mir sagen, wo er steckt. Oder was so ›unverzeihlich‹ ist. Erzählen Sie mir alles«, schrie sie, und ihre Stimme überschlug sich beim letzten Wort.

Marilee las die Zeile noch einmal durch. »Vielleicht meint er damit unsere Affäre. Oder…« Sie brachte es nicht über sich auszusprechen, was dieser rätselhafte Verweis sonst bedeuten mochte.

»Meint er damit etwas, das er erst getan haben wird, wenn wir die Nachricht lesen, oder etwas, das er schon früher getan hat? Etwas, das wir ihm seiner Meinung nach nie verzeihen werden?«

»Ich weiß es nicht, und ich möchte nicht darüber spekulieren, Mrs Hamer.«

Dora sank mit dem Rücken gegen die Wand, schlug die Hände vors Gesicht und begann zu schluchzen. »Meint er damit, dass er sich umbringen will?«

Marilee las mit steigender Panik noch einmal. Die Nachricht klang tatsächlich wie ein Abschiedsbrief, obwohl Scott nirgendwo ausdrücklich sagte, dass er sein Leben beenden wollte.

Trotzdem war er schrecklich aufgewühlt, als er heute Morgen halb angezogen durch die Terrassentür aus ihrem Zimmer geflohen war. Sie konnte ihn nicht überreden zu bleiben, sosehr sie ihn auch angefleht hatte.

Er war aus ihrem Haus gestürzt und offenbar kurz nach Hause gelaufen, um diese Nachricht zu verfassen. Sie wusste nicht, wozu er sich entschlossen hatte, aber der Entschluss musste schnell gefasst worden sein. Dass die Entscheidung so überstürzt gekommen war, machte ihr schreckliche Angst. Er konnte nicht mehr klar oder rational denken. »Hat er irgendwas mitgenommen, als er verschwunden ist?«

»Weiß ich nicht.« Doras Antwort klang geistesabwesend, als wäre sie so in ihrem Elend gefangen, dass sie nicht mehr richtig zuhörte.

Marilee packte sie an den Schultern und rüttelte sie wach. »Hat zu Hause irgendwas gefehlt?«

»Was zum Beispiel?«

Zum Beispiel ein Gewehr. Bevor Marilee ihren Gedanken aussprechen konnte, klopfte jemand energisch an die Haustür. Beide Frauen schreckten hoch. Sie starrten die Tür sekundenlang mit geteilter, aber unausgesprochener Angst an.

Marilee nahm als Erste ihren Mut zusammen. Sie durchquerte den Raum und öffnete die Tür.

»Ms Ritt, wir haben schon gestern miteinander gesprochen.«

»Ich weiß. Special Agent Wise.«

»Genau, Madam. Und Special Agent in Charge Begley.«

»Kommen Sie herein.«

Sie trat beiseite und ließ die beiden FBI-Agenten in den Eingangsbereich treten. Als die Agenten Dora Hamer zusammengesunken an der Wand lehnen sahen, blieben sie kurz vor dem Wohnbereich stehen. Marilee musste Begley zugute halten, dass er so tat, als würde er nicht bemerken, wie aufgelöst Dora war, und sie begrüßte, als wäre er ihr auf einem Sektempfang über den Weg gelaufen. »Guten Morgen, Mrs Hamer.«

Ihre Augen waren weit vor Angst. Aus ihrem Gesicht war alle Farbe gewichen. »Sind Sie wegen Scott hier?«

»Scott? Nein.«

Wise spürte die Panik, die in der Luft lag. »Was ist denn los?«

Dora überließ Marilee die Antwort. »Nichts ist. Wieso sind Sie hier?«

»Ehrlich gesagt haben wir gehofft, Ihren Bruder zu Hause anzutreffen«, erwiderte Wise. »Im Drugstore waren wir schon. Dort ist niemand.«

Als der Name ihres Bruders fiel, spürte Marilee, wie sich die Muskeln in ihrem Gesicht verhärteten. Es war ihr immer noch unbegreiflich, wie er sie so verraten konnte. Dass es ihm solche Freude bereitete, so viele Menschen zu verletzen, war unvorstellbar.

Falls er sich wirklich um ihre moralischen Verfehlungen gesorgt hätte, hätte er sie privat zur Rede gestellt, ihr ihre Fehler vorgehalten, sie ermutigt, bei einem Psychologen oder Priester Hilfe zu suchen, oder ihr höchstens angedroht, sie bloßzustellen, falls sie ihre Affäre mit Scott nicht augenblicklich beendete.

Stattdessen hatte er sein Geheimnis gehütet, sie dabei mit Anspielungen geködert und gleichzeitig abgewartet, bis der Zeitpunkt gekommen war, an dem er den größtmöglichen Schaden anrichten und die größte Befriedigung daraus ziehen konnte, die Falle zuschnappen zu lassen. Der Gott, an den Marilee glaubte, würde Williams Bösartigkeit für eine schwerere Sünde halten als ihre Liebe zu Scott.

Die Agenten warteten auf ihre Antwort. »William ist vor einer Stunde weggegangen.« Sie hatte in ihrem Zimmer gewartet, bis sie gehört hatte, wie er das Haus verließ und in seinem Auto wegfuhr. »Ich dachte, er wäre wieder in den Laden gefahren. Wenn er nicht dort ist, kann ich Ihnen nicht weiterhelfen. Was wollen Sie von ihm?«

»Genau gesagt suchen wir nach einigen seiner Kunden. Zum einen nach Ihrem Mann, Mrs Hamer.« An Dora gewandt, fragte Wise: »Können Sie uns sagen, wo er ist?«

»Ich habe keine Ahnung.«

»Er und Dutch waren vorhin hier«, sagte Marilee. »Zusammen mit William. Ich konnte hören, wie sie etwas von ein paar Schneemobilen redeten. William hat neulich welche bei einer Auktion ersteigert.«

Die gedämpfte Unterhaltung im Flur war durch ihre Schlafzimmertür gedrungen. Sie war wegen Scott so untröstlich gewesen, dass sie nicht auf die lauter werdenden Stimmen gehört hatte, und es hatte sie auch nicht interessiert, was die drei zu bereden hatten, doch dieses eine Wort war hängen geblieben. »Wenn ich es mir recht überlege, waren Wes und Dutch angezogen, als wollten sie Skifahren gehen.«

Begley tauschte mit Wise einen Blick, bei dem ihr mulmig wurde.

»Bitte, meine Herren, worum geht es?«

»Um den Cleary Peak«, sagte Begley.

»Und um Mr Tierney?«

»Haben die beiden ihn oder den Gipfel erwähnt, während sie sich mit Ihrem Bruder unterhielten?«, fragte Agent Wise.

»Ich glaube nicht.«

»Kennen Sie sich auf dem Berg aus, Ms Ritt?«

»Sehr gut. Ich bin dort aufgewachsen, auf der Westseite kurz unter dem Gipfel, genau gesagt.«

»Westseite? Wie kommt man von hier aus dorthin? Führt die Mountain Laurel Road um den Berg herum?«

»Nein. Es gibt noch eine zweite Straße auf der Westseite. Inzwischen kann man sie allerdings kaum noch als Straße bezeichnen. Vor einigen Jahren wurden mehrere Abschnitte bei einem Murenabgang mitgerissen. Die Straße wird so wenig benutzt, dass sie seither nicht mehr geteert wurde.«

»Aber ein Schneemobil käme dort hinauf?«

»Ich kenne mich nicht mit Schneemobilen aus, aber ich nehme an, dass das ginge.« Sie sah nacheinander beide Agenten an. »Glauben Sie, dass Wes und Dutch hinaufgefahren sind, um Mr Tierney zu fassen?«

Begley beantwortete ihre Frage zwar nicht, aber er sagte: »Wir warten noch auf einen Helikopter aus Charlotte. Hoffentlich kommen wir auf den Berg, bevor jemand auf die Idee kommt, sich über das Gesetz zu stellen.«

Er sah Dora an. »Wären Sie bereit, Mr Hamer anzurufen und ihn zu warnen, nichts Unüberlegtes zu tun?«

»Das wäre ich natürlich, aber ich habe schon versucht, ihn auf dem Handy zu erreichen, und ich bin nicht durchgekommen. Ich muss ihm das mit Scott erzählen, aber …«

»Was ist mit Scott?« Begleys bohrender Blick schüchterte sie so ein, dass Dora unwillkürlich einen Schritt zurück machte. »Mrs Hamer«, sagte er, »hat sich Scott so sehr über die Fragen aufgeregt, die wir ihm gestern nach Millicent gestellt haben?«

»Nein.«

Die Antwort war schwach und haltlos, was Begley sofort nachsetzen ließ. »Ehrlich gesagt hatten wir das Gefühl, dass Scott, nein, dass Sie alle Informationen zurückgehalten haben, die für unsere Ermittlungen wichtig sein könnten.«

Wise sagte: »Vielleicht weiß er mehr über Millicents Verschwinden …«

»Dass seine Gefühle so in Aufruhr sind, hat nichts mit Millicent zu tun«, mischte sich Marilee ein. Die Männer sahen sie gespannt an. »Ich kann nicht zulassen, dass Sie Ihre Zeit mit etwas vergeuden, das nichts mit dem Fall zu tun hat.« Sie zögerte und sagte dann: »Scott ist außer sich, weil sein Vater und mein Bruder ihm Steroide gespritzt haben. Er will aufhören, sie zu nehmen, und er weiß, dass Wes ihm die Hölle heiß machen wird, falls er es tut. Außerdem …«

Sie verstummte, atmete tief durch und faltete dann fest die Hände. »Außerdem wurden Scott und ich heute früh zusammen im Bett erwischt.« Sie registrierte das Entsetzen der beiden und ergänzte: »Alles, was Sie daraus schließen, stimmt. Wir sind ein Liebespaar.

Heute Morgen hat er eine beunruhigende Nachricht in seinem Zimmer zurückgelassen.« Ohne Dora um Erlaubnis zu fragen, reichte Marilee den Zettel an Begley weiter, der ihn durchlas und dann an Wise weitergab. Begleys Miene machte ihr nicht eben Mut.

Wise fand als Erster die Sprache wieder, und selbst er musste sich erst räuspern. »Glauben Sie, dass er in der Nachricht auf Ihre, äh, Beziehung anspielt?«

»Ich nehme es an, aber ich weiß es nicht sicher.«

»Es hört sich nach einem Abschiedsbrief an, aber …« Dora versagten die Worte. Sie begann leise zu weinen.

»Wir geben eine Suchmeldung für seinen Wagen durch«, sagte Wise. »Auf diesen Straßen kann er nicht weit kommen.«

Dora schüttelte den Kopf. »Er hat nicht den Wagen genommen.«

»Wollen Sie damit sagen, dass er zu Fuß unterwegs ist?«

»Er ist ein ausdauernder Wanderer. Manchmal wandert er sogar auf dem Cleary Peak.«

Begley und Wise tauschten einen vielsagenden Blick, dann wandte sich der Dienstältere an Marilee. »Wie lange besteht die Beziehung zwischen Ihnen und Scott schon, Ms Ritt?«

Sie musste ihm zugute halten, dass er die Frage ohne moralischen Unterton stellte. Tatsächlich schien sie ihm ein bisschen unangenehm zu sein. »Seit September.«

»Hat Scott Ihnen während dieser Zeit jemals anvertraut, warum er sich von Millicent Gunn getrennt hat?«

»Er hat nie von seinen früheren Freundinnen gesprochen, und ich habe ihn nie danach gefragt.«

»Wirklich nicht?«

»Nein.«

»Nie?«

»Nein.«

»Waren Sie gar nicht neugierig?«

»Nein.«

»Dann sind Sie eine wirklich ungewöhnliche Frau.«

Oder eine Lügnerin. Das wollte Begley damit ausdrücken. Merkwürdigerweise brach weniger sein stechender Blick als seine sanfte Stimme ihren Widerstand. Ihre Schultern sackten herab, und sie seufzte lang und tief. »Gestern Nacht. Da haben wir zum ersten Mal darüber gesprochen. Er erzählte mir, warum er sich nicht mehr mit Millicent treffen wollte.«

Sie warteten ab, aber als sie nichts weiter sagte, hakte Begley nach: »Und?«

»Das werde ich Ihnen nicht erzählen, Mr Begley. Nicht zum gegenwärtigen Zeitpunkt. Ich werde es Ihnen dann und nur dann erzählen, wenn Sie es unbedingt wissen müssen.«

»Wir müssen es jetzt wissen«, sagte Wise.

»Tut mir leid.«

Wise wollte noch etwas sagen, aber Begley hob die Hand. Marilee lauschte und erkannte das Geräusch im selben Moment, in dem Begley sagte: »Das ist der Hubschrauber.« Er war schon auf dem Weg zur Tür.

»Warten Sie!«, rief Dora. Begley drehte sich noch einmal um. »Wenn Scott da oben ist …«

»Dann werde ich alles in meiner Macht Stehende tun, um ihn sicher zurückzubringen, Mrs Hamer. Darauf gebe ich Ihnen mein Wort.«

Der Raum schien noch weiter abzukühlen, nachdem er und Wise die Tür bei ihrem übereilten Abschied zugezogen hatten. Marilee trat an den Kamin, schichtete mit dem Schürhaken die glühenden Scheite wieder auf und setzte sich dann Dora gegenüber, die sagte: »Sie sind überzeugt, dass Scott etwas mit dem Verschwinden dieses Mädchens zu tun hat.«

Marilee umklammerte ihre Ellbogen, um die Kälte abzuwehren. Vielleicht war es gleichzeitig ein Versuch, sich an ihrer schwindenden Hoffnung festzuklammern, Scotts Nachricht möge keinen Selbstmordversuch ankündigen – aus Gründen, über die sie auf gar keinen Fall nachsinnen wollte.

»Von Millicent zu Ihnen«, erklärte Dora voller Verachtung. »Ich weiß nicht, was das größere Übel ist.«

»Ich erwarte nicht, dass Sie das verstehen.«

»Also, vielen Dank.« Dora lachte bitter. »Denn ich will gar nicht verstehen, wie eine anständige und verantwortungsvolle Frau, die Sie immer zu sein schienen, einen Knaben verführen kann. Sie sind eine Autoritätsfigur. Er hat zu Ihnen aufgesehen. Sie bewundert.«

»Das tut er immer noch.«

Dora ging nicht darauf ein. »Ihretwegen schleicht er nachts aus dem Haus. Er kam hierher.«

»Ja.«

»Ist Ihnen klar, in welche Gefahr Sie ihn gebracht haben?«

»Ja«, gestand Marilee leise und verschämt. Den Blick starr in die Flammen gerichtet, sagte sie: »Es war für uns beide unglaublich riskant.«

»Und trotzdem haben Sie ihn in Ihr Bett gelockt.«

Marilee hob den Kopf und sah Dora an. »Sehe ich aus wie eine Femme fatale, die einen Mann in ihr Bett locken könnte, Mrs Hamer?« Sie lächelte selbstironisch. »Wohl kaum. Scott hat genauso auf mich reagiert wie ich auf ihn. Wir haben gespürt, dass wir beide das gleiche Bedürfnis haben.«

»Nach Sex.«

»Ja. Leidenschaft war eindeutig dabei.« Ohne auf das schmerzverzogene Gesicht der anderen Frau zu reagieren, fuhr sie fort: »Aber uns hat noch mehr zueinandergezogen. Uns beiden fehlte etwas Wesentliches, das der andere bot – nein, liebend gerne bot.«

»Ach, ich bin sicher, dass Sie nur zu gern das Ventil für die Geilheit meines achtzehnjährigen Sohnes geboten haben.«

»Das habe ich«, bestätigte sie ohne jeden Skrupel. Sie wusste nicht recht, wie viel sie erzählen sollte. Sollte sie erzählen, dass Sie gestern Nacht Scotts Podium geworden war, als er sich endlich geöffnet und gegen die Steroide gewettert hatte, die Wes ihm aufzwang?

Von allem, was er ihr erzählt hatte, war das noch am wenigsten schockierend, aber wäre es nicht grausam, Dora auch von Wes' Betrug mit Millicent zu erzählen? Vielleicht wusste sie es bereits. Aber wenn nicht, dann war sie jetzt bestimmt nicht in der Verfassung, diese Geschichte zu hören.

Außerdem war Marilee keine Heuchlerin. War sie, die man mit ihrem Schüler im Bett erwischt hatte, wirklich in der Position, Wes oder irgendwen sonst mit Steinen zu bewerfen? Also hielt sie sich an die Tatsachen, ohne sie direkt auszusprechen. »Außerdem habe ich Scott die Möglichkeit gegeben, etwas von dem Druck abzulassen, den Ihr Mann auf ihn ausübt. Ich habe mir seine Meinungen, seine Gedanken und Träume angehört, wo…«

»Versuchen Sie nicht, sich reinzuwaschen, Marilee. Auch die Priester, die junge Knaben missbrauchen, hören sich deren Geständnisse an und erteilen ihnen hinterher die Absolution. Sie sind nichts als eine sexuell frustrierte alte Jungfer, die endlich einen willigen Partner gefunden hat.«

»Damit haben Sie natürlich Recht«, gab sie traurig zu. »In jeder Hinsicht. Zu meiner Rechtfertigung kann ich höchstens vorbringen, dass Scott bereits volljährig ist. Was das Gesetz angeht, ist es demnach keine Unzucht mit Minderjährigen. Aber vom ethischen Standpunkt her ist es …« Sie brachte es nicht über sich zu sagen, dass es falsch war. Falsch wäre es für sie niemals. Sie beendete den Satz mit einem: »Inakzeptabel.«

Sie schauten mehrere Minuten schweigend ins Feuer. Dann beugte sich Dora vor und stützte die Ellbogen auf die Knie. Sie senkte das Gesicht in die Hände und blieb lange so sitzen, bis die Scheite zu verkohlten Stöcken verbrannt waren, die neu geschürt werden mussten.

Erst da senkte sie die Hände und sah Marilee wieder an. »Sie lieben meinen Sohn, nicht wahr?«

»Von ganzem Herzen«, erwiderte sie ruhig. »Aber zerbrechen Sie sich deswegen nicht den Kopf, Dora. Sie brauchen sich keine Sorgen zu machen, dass ich Scotts Leben ruinieren könnte. Bevor alles anfing, als er für mich noch ein netter Tagtraum war, wusste ich schon, dass nichts von dem, was sich zwischen uns entwickeln könnte, von Dauer wäre. Ich erkannte, dass es nicht ewig halten konnte und sollte. Ich hatte von Anfang an vor, irgendwann still aus seinem Leben zu treten, damit er unseretwegen keine Scham oder Schuld empfinden muss.«

Sie wandte den Kopf ab und blickte sehnsüchtig ins Feuer. »Ich wusste, dass der Tag kommen würde. Ich wusste, dass mir, und vielleicht auch Scott, das Herz brechen würde, obwohl ich hoffte, das vermeiden zu können.

In Voraussicht auf jenen Tag habe ich jeden Augenblick, den wir zusammen waren, in meinem Herzen aufbewahrt. Ich wusste, dass man mich bis an mein Lebensende verabscheuen würde, falls unsere Affäre je ans Licht kommen sollte. Das war mir egal. Ein einziges Mal in meinem Leben hielt ich mich nicht an die Regeln. Ich lebte nur für den Augenblick und tat alles, damit meine Furcht vor dem unausweichlichen Ende nicht die Zeit mit ihm überschattete. Ich gab ihm alles, was ich ihm geben konnte.« Sie sah wieder zu Dora auf. »Und ich würde es wieder tun, ohne einen Funken des Bedauerns.«

Die beiden Frauen sahen sich mit innigem Verständnis an. Es war schwer zu sagen, wer von beiden sich zuerst bewegte, denn man hätte meinen können, dass sie gleichzeitig die Hand über die Kluft zwischen den beiden Sesseln ausstreckten und die andere Hand ergriffen. Beide hielten sich mit aller Kraft aneinander fest, weil beiden nichts geblieben war, woran sie sich sonst festhalten konnten.

30

Du hast meine geheimen Phantasien ausspioniert.«

Er schloss seine Lippen um ihren Nippel und sog ihn in seinen Mund, wo er mit der Zunge darüberfuhr, bis sie glaubte, vor Lust zu sterben. Auf dem Weg zur anderen Brustwarze flüsterte er: »Nackt ist unglaublich viel besser als durch Kleider.«

»Aber selbst in voller Montur hast du es geschafft, dich zurechtzufinden.«

»Ich habe einen eingebauten Hitzedetektor.«

»Ganz eindeutig.« Verführerisch lächelnd fuhr sie mit den Fingerspitzen über seinen Bauch abwärts, nahm sein Glied in die Hand und begann es zu massieren. »Ich habe dich beim Waschen beobachtet«, gestand sie flüsternd.

Er sah sie fragend an.

»Im Fenster. Dein Spiegelbild. Es war ein unabsichtlicher Blick, aber …«

Seine Lippen auf ihre legend, murmelte er: »Aber was?«

»Mir wurde ganz heiß und flatterig.«

»Was du jetzt machst, macht mich ganz heiß und flatterig.«

Durch ihr Pressen und Streicheln hatte sie ihn wieder hart gemacht. Jetzt rollte sie den Daumen über die samtige Spitze und drückte dort zu, wo er am empfindsamsten war, bis er stöhnte: »Jesus, Lilly.«

»Ein bezauberndes Gerät.«

»Es ist nicht das Einzige.«

Im Gewirr der Decken verlor sie den Überblick, wie er es genau bewerkstelligte, zwischen ihre Schenkel zu kommen, seine

Hand unter ihre Hüften zu schieben und sie zuletzt seinem Mund und jenem zweiten Hitzedetektor, seiner Zunge entgegenzuheben. Die bescherte ihr fleischliche Genüsse, die sie nicht für möglich gehalten hätte und die sie mit einem Ausmaß an Intimität vertraut machten, das sie zwischen zwei einzelnen Individuen für unmöglich gehalten hatte.

Schrie sie wirklich seinen Namen? Oder glaubte sie ihn nur zu schreien? So oder so hallte er gellend in ihrem Kopf, in ihrem Herzen wider.

Wenige Augenblicke später, als er wieder tief in ihr geborgen lag, blickte sie zu ihm auf, und ihr Blick sandte ihm Millionen Botschaften, die sie ihm um jeden Preis mitteilen wollte und für die sie keine Worte fand.

Er lächelte zärtlich. Er verstand. Tierney verstand alles.

Als Lilly zu sich kam, lag sie wieder im Hauptraum der Hütte. Ein Feuer brannte auf dem Rost, darum fror sie nicht. Das lang ersehnte Sonnenlicht strömte durch eines der Fenster, dessen Vorhang zurückgezogen war. Ihr Hals tat weh, aber der Schmerz war nicht schlimmer als eine leichte Verspannung.

Außerdem hatte sie Handschellen angelegt bekommen.

Tierney!

Gott, sie hatte von ihm geträumt, von der vergangenen Nacht, von ihrer Liebesnacht. Aus ihrer Kehle stieg ein Schluchzen, in dem sich ohnmächtige Wut und Beschämung mischten, aber sie hatte keine Zeit, ihren Gefühlen nachzuhängen. Das würde sie sich für später aufheben. Falls sie überleben sollte.

Sie sah sich hektisch in der Hütte um und lauschte, ob sie ihn irgendwo im Haus hörte, kam aber bald zu dem Schluss, dass sie allein war. Sie saß auf dem Boden unter der Frühstückstheke, die Küche und Wohnbereich voneinander trennte. Ihre Hände waren an eine Metallstrebe auf der Unterseite der Theke gekettet. Ihre Hände waren eingeschlafen, weil sie so schlecht durchblutet waren, wahrscheinlich hatte dieses unangenehme Prickeln sie aus ihrer Ohnmacht geholt.

Sie ging auf die Knie, um ihre Arme zu entspannen und zu entlasten. Ihre Inhalatoren lagen auf dem Barhocker gleich in ihrer Nähe und in Reichweite, wenn sie die Finger ausstreckte. Außerdem stand dort ein Becher mit Wasser. Wie fürsorglich. Tierney wollte, dass sie nicht verdurstete oder erstickte, bevor er sie umbrachte.

Hatte er denn eine andere Wahl? Sie hatte ihr Ende besiegelt, als sie Millicents Leiche entdeckt hatte.

Er war Blue.

Seine Erklärungen für die Handschellen und seine restliche Ausrüstung waren tatsächlich so fadenscheinig gewesen, wie sie sich angehört hatten. Wahrscheinlich war er auf dem Berg gewesen, um Millicents Leichnam verschwinden zu lassen, als der Sturm ihn gezwungen hatte, das Unternehmen zu verschieben. Also hatte er die Leiche im nächstbesten Versteck verstaut – ihrem Werkzeugschuppen. Und als er gerade zu seinem Auto zurückgehen wollte, hatte ihn Lilly auf der Straße erwischt.

Alle seine Taten und Ausflüchte erschienen wie unbestreitbare Hinweise auf seine Schuld. Wie konnte sie ihn auch nur eine Sekunde für unschuldig halten, ganz zu schweigen von einer ganzen Nacht lang? Die Antwort war einfach: Weil sie es wollte.

Sie begehrte ihn. Die aufopfernde, sein eigenes Leben gefährdende Güte, die er gestern ihr gegenüber gezeigt hatte, hatte so gar nicht zu einem Mann gepasst, der anschließend ihr Leben auslöschen wollte.

Was für ein raffinierter Ansatz. Er freundete sich mit seinen Opfern an. Lullte sie ein, bis sie in einen sentimentalen Dämmerzustand fielen. Liebte sie voller Zärtlichkeit. Bis irgendwann aus der zärtlichen Liebe Gewalt wurde.

Sie hatte nur einen Blick auf Millicents Gesicht geworfen, ehe sie sich entsetzt weggedreht hatte, aber der Anblick hatte sich in ihr Gedächtnis eingebrannt. Millicent war nicht auf dem Gipfel der Leidenschaft gestorben. Man hatte sie gewürgt, bis ihre Zunge zwischen den Lippen hervorquoll und ihre Augen aus den Höhlen traten. Ihr Mörder war ein grausamer und gnadenloser Mensch. Sie war nicht schnell gestorben. Sondern langsam und qualvoll.

Der Gedanke daran erfüllte Lilly mit Entsetzen, aber er festigte auch ihre Entschlossenheit, nicht als Tierneys nächstes Opfer zu enden.

Wo war er, und wie lang würde es dauern, bis er zurückkehrte? Wollte er Millicents Überreste beseitigen, bevor er zurückkam, um sich um sie zu kümmern? So oder so musste er sich beeilen. Ihm blieb nicht viel Zeit. Er hatte selbst gesagt, dass Dutch oder irgendwer heute versuchen würde, zu ihnen vorzustoßen.

Wann, wann, wann?

Sie riss an den Handschellen, obwohl sie wusste, dass sie sich keinesfalls daraus befreien konnte. Wie sollte sie sich auch nur eine winzige Chance ausrechnen, nachdem das nicht einmal Tierney geschafft hatte? O Gott, hatte sie wirklich die wundgescheuerte Haut auf seinen Handgelenken geküsst und die Kratzer, die ihre Fingernägel auf seinem Handrücken hinterlassen hatten?

Sie durfte nicht mehr daran denken. Genauso wenig wie an alles andere, was sich in der dunklen Wärme unter den Decken abgespielt hatte. Das war letzte Nacht gewesen. Jetzt war heute. Sie würde nicht sterben, Punktum. Sie würde überleben.

Sie fasste nach oben, bis sie die Schrauben ertastete, mit denen die Metallstreben an der Unterseite der Theke befestigt waren. Wenn sie es schaffte, sie so weit zu lösen, dass sie die Verankerung aus dem Holz ziehen konnte, könnte sie zumindest die Handschellen herausziehen. Auch wenn ihre Hände dann noch gefesselt wären, konnte sie wenigstens fliehen.

Sie fingerte an den Schrauben herum. Kein einziger Kopf bewegte sich, aber sie zerrte trotzdem daran. Beim Versuch, sie herauszudrehen, brach sie ihre Fingernägel ab und riss sich die Fingerkuppen auf. Nach fünf Minuten musste sie sich eingestehen, dass es aussichtslos war. Sie konnte keine einzige Schraube lockern. Stattdessen hatte sie nur erreicht, dass sie kaum noch Luft bekam und dass ihre Finger bluteten.

Wenn sie keine andere Fluchtmöglichkeit fand – und ihr wollte keine mehr einfallen –, musste sie sich darauf verlassen, dass jemand sie retten kam. Was würde sich bis dahin abspielen?

Würde Tierney sie schnell töten und dann fliehen? Würde er sie als Geisel nehmen und versuchen, Bedingungen für seine Kapitulation auszuhandeln? Würde er, ob sie nun lebte oder tot war, versuchen, der Verhaftung zu entgehen und dabei niedergeschossen werden?

Würde sie ihm ins Gesicht sehen, während sie starb, und ihn mit Blicken anflehen, sie am Leben zu lassen, so wie ihre Blicke ihn letzte Nacht angefleht hatten, sie nach einem vierjährigen Trauerschlaf zu neuem Leben zu erwecken?

Oder würde sie ihn leblos in einer Schneewehe liegen sehen, die sich langsam rot färbte, während das Leben aus seinem Körper sickerte?

Sie konnte nicht sagen, welches dieser beiden Bilder sie zum Weinen brachte.

Aber die Tränen versiegten abrupt, als ihr Handy läutete.

»Verdammt noch mal!«, fluchte Dutch. »Bin auf der Mailbox gelandet. Warum geht sie nicht an ihr Handy?«

Die Fahrt auf den Berg dauerte länger als gedacht, und Dutch war mit seiner Geduld schon lange am Ende. Er wusste ungefähr, wie die Straße verlief, doch die Strecke war meterhoch zugeschneit und streckenweise vereist, wodurch jeder Meter zu einem gefährlichen Abenteuer wurde. Die kurzen geraden Abschnitte waren genauso gefährlich wie die Haarnadelkurven. Er war ebenso wenig ein erfahrener Schneemobilfahrer wie Wes. Seiner Meinung nach waren es unzuverlässige und ungeschlachte Gefährte.

Die Skibrille hatte einen tiefen Abdruck in seiner aufgeschwemmten Gesichtshaut hinterlassen. Inzwischen war die Haut so aufgeschwollen, dass seine Nase auf einer Ebene mit seinen Wangen war. Einige Schnitte hatten zu eitern begonnen. Zwischendurch hatte er die Skibrille abgenommen, um den pochenden Schmerz zu lindern, aber die auf den Eiskristallen glitzernde Sonne hatte so in den Augen gestochen, dass er sie bald wieder aufgesetzt hatte.

Hier auf der Westflanke des Berges war der Wind viel stärker. Er peitschte den Schnee zu Eisderwischen hoch, denen sie nicht immer ausweichen konnten. Die Luft war unerträglich kalt, und nur die beheizten Griffe der Schneemobile verhinderten, dass ihnen die Finger abfroren. Da sie hintereinander fahren mussten, übernahmen sie abwechselnd die Führung.

Wes, der momentan vorausfuhr, hatte ihm ein Zeichen gegeben, dass er anhalten wollte. »Ich muss pissen.«

Dutch hatte sich über die Verzögerung geärgert, aber die Gelegenheit genutzt, um sein Handy herauszuholen. Als er sah, dass er wieder Empfang hatte, hatte er hastig die Handschuhe von den Fingern gezerrt und Lillys Nummer eingegeben.

Wes hatte fertig gepinkelt und pflügte gerade durch den Schnee zu ihm zurück, als er Dutch rhetorisch fragen hörte, warum sie nicht ans Telefon ging. »Versuch's noch mal«, riet er.

Dutch drückte die Wahlwiederholung und kam zu demselben unbefriedigenden Ergebnis.

»Zieh keine voreiligen Schlüsse, Dutch. Dass sie nicht ans

Telefon geht, muss nicht heißen… ach, du weißt schon. Es kann viele Gründe haben.«

Dutch nickte, aber ohne innere Überzeugung.

Wes, der unerschütterliche Optimist, meinte: »Vielleicht hat sie versucht, dich anzurufen.«

Dutch schattete das Handy mit der Hand ab, damit er das Display erkennen konnte. Von Lilly waren keine unbeantworteten Anrufe eingegangen, dafür drei vom Polizeirevier, und zwar im Minutenabstand. Bestimmt rätselten seine Männer, wo er abgeblieben war. Widerwillig drückte er die Rückruftaste. Augenblicklich wurde abgenommen, aber im Hintergrund herrschte solcher Lärm, dass bei der schlechten Verbindung kaum etwas zu verstehen war.

»Chief?«, fragte der Kollege in der Zentrale. »Können Sie mich hören?«

Machte er Witze? Wahrscheinlich konnten sie ihn bis nach China hören.

»… nach Ihnen gesucht. Der… FBI-Hubschrauber ist gelandet… Footballfeld… schnell, sonst… ohne Sie.«

Dutch drückte das Gespräch weg. Er konnte später immer noch behaupten, keinen Empfang mehr gehabt zu haben, die Nachricht wegen der vielen Unterbrechungen nicht verstanden zu haben, nichts von der Ankunft des Hubschraubers mitbekommen zu haben.

»Begley hat seinen Helikopter«, sagte Wes, der die aufgeregte Stimme des Polizisten in der Zentrale gehört hatte.

Dutch nickte grimmig und wählte ein letztes Mal Lillys Nummer, um fluchend aufzulegen, als wiederum ihre Mailbox ansprang.

»Ich begreife das nicht«, sagte er verärgert. »Will sie nicht gerettet werden?«

»Sie weiß nicht, dass Tierney Blue ist«, rief ihm Wes ins Gedächtnis.

»Ich weiß, aber sie war…«

»Hör mal!« Wes hob die Hand. »Hast du das gehört?«

»Was?«

»Psst.«

Dutch zog die Ohrenklappe hoch und lauschte angestrengt. Aber er hörte nur das Rauschen des Windes und hin und wieder ein dumpfes Klatschen, wenn ein Schneeklumpen von einem Ast geweht wurde und auf dem Boden landete. Nach dreißig Sekunden sagte er: »Ich höre nichts.«

»Ich auch nicht mehr. Aber ich dachte, ich hätte was gehört.«

»Und wie hat es sich angehört?«

»Wie die hier.«

»Wie ein Schneemobil? Unmöglich. Jedenfalls ist es keines von Ritt. Ich habe die Schlüssel für alle vier.« An dem Schlüsselring, den William ihm ausgehändigt hatte, hingen vier Schlüssel für vier Schneemobile. In der Garage war es ein Kinderspiel gewesen festzustellen, welche beiden Schlüssel sie für die Schneemobile brauchten, die sie nehmen wollten. Den Schlüsselring hatte er immer noch in einer Tasche seines Skianzugs.

Wes schüttelte den Kopf. »Wahrscheinlich war es nur Einbildung. Diese Dinger sind so verflucht laut, dass sie komische Sachen mit deinen Ohren anstellen. Jedenfalls hast du gerade gesagt, dass Lilly…«

»Sie ist seit zwei Tagen da oben. Gestrandet. Ohne Strom. Warum hat sie ihr Handy nicht in der Hand und schaut immer wieder nach, ob jemand angerufen hat oder ob sie wegrufen kann?«

»Sollte man meinen«, gab Wes zu. »Aber vielleicht hat sie da oben keinen Empfang. Vielleicht ist auch der Akku tot.«

»Oder sie.«

»Dutch…«

»Oder vielleicht verletzt.« Oder vielleicht lag sie eng zusammengekuschelt mit Tierney im Bett und wollte sich von einem läutenden Handy nicht stören lassen. Vielleicht war sie gar nicht verletzt, wenn sie sie fanden, sondern frisch, gesund und völlig entspannt, weil sie sexuell so ausgefüllt war. Er sah Wes an und erkannte, dass er das Gleiche dachte.

»Wenn sie durchkommen würde, würde sie versuchen, dich anzurufen, Dutch. Da bin ich sicher.«

Bevor er der Versuchung nachgeben konnte, Wes den Abhang hinunterzustoßen, weil er ihm zuredete wie einem Geisteskranken, zog Dutch seine Skihandschuhe wieder an. »Wenn du vorausfahren willst, dann leg Tempo zu.«

Wes ging zu seinem Schneemobil. »Schneller geht es nicht. Diese Serpentinen sind mörderisch.«

»Das hast du schon gewusst, als du gesagt hast, dass du mitkommen willst. Übrigens, warum wolltest du das eigentlich?«

Wes blieb stehen und drehte sich um. »Was?«

Dutch schob die Skibrille in die Stirn und bedachte Wes mit einem langen, prüfenden Blick.

»Was?«

»Warum tust du das, Wes? Versteh mich nicht falsch. Ich will Tierney haben, und es ist mir egal, ob er Blue ist oder nicht. Aber was hast du dabei zu gewinnen?«

Wes schüttelte verständnislos den Kopf. »Ich kann dir nicht folgen.«

»O doch. Stell dich nicht blöd. Du hast mir praktisch den Schwanz geleckt, nur um zu erreichen, dass ich Tierney selbst zu erwischen versuche. Ich will wissen, warum.«

»Das habe ich dir doch erklärt. Du verdienst die Anerkennung dafür, ihn festgenommen zu haben, nicht das FBI. Ich bade dann im Glanz deines Ruhmes. Das ist doch nicht so schlimm, oder?«

»Nein, das ist nicht schlimm. Aber ich glaube, du hast noch ein Motiv. Und ich glaube, es hat was mit Scott zu tun.«

»Scott?«

»Lass dir eines gesagt sein, Wes – je unschuldiger du tust, desto misstrauischer werde ich. Willst du mich manipulieren? Wie gesagt, ich will Tierney so oder so in die Finger bekommen. Aber davor würde ich gern sichergehen, dass ich nicht für dumm verkauft werde.« Er sah Wes feindselig an. »Hat Scott irgendwas mit dem Verschwinden dieser Frauen zu tun?«

»Klar. Sicher. Als wäre er auf Betsy Calhoun scharf gewesen. Stützstrümpfe haben ihn schon immer wahnsinnig scharf gemacht.«

»Ich meine es ernst.«

»Wenn du es ernst meinst, dann bist du verrückt. Dieser Psychofuzzi in Atlanta hätte dir ein paar zusätzliche Sitzungen verordnen sollen.«

»Mit deinem Kind ist irgendwas faul.«

»Er treibt's mit seiner Englischlehrerin! Meinst du nicht, dass ihn das ein bisschen zappelig machen sollte?«

»Mehr ist nicht?«

»Reicht das nicht?«

»Hat er Millicent was getan?«

»Wie kannst du so was glauben? Du kennst ihn seit seiner Geburt.«

»Dich kenne ich noch länger.« Dutchs Augen wurden schmal. »Sag mir die Wahrheit, Wes. Ist Scott der Mann, den wir suchen?«

»Darauf werde ich keinesfalls …«

»Deckst du ihn?«

»Nein!«

»Ich kenne dich, Wes.«

»Du weißt einen Scheißdreck!«

»Du deckst irgendwen.«

»*Mich!*«

Dutch taumelte ein paar Schritte zurück und starrte seinen

ältesten Freund ungläubig an. Sein Mund war wie ausgetrocknet.

Wes schnaufte aus, schaute kurz auf den Wald am rechten Straßenrand und wandte sich dann wieder Dutch zu. »Ich habe sie gefickt, okay?«

»Ich kenne dich, Wes. Das habe ich mir schon gedacht.«

»Na klar.« Wes schilderte knapp seine kurze Affäre mit Millicent und wohin sie geführt hatte. »Danach wollte Scott nichts mehr mit ihr zu tun haben, mein Plan, ihre Romanze zu beenden, war also aufs Schönste aufgegangen. Ich hatte nur nicht eingeplant, dass Millicent abtauchen und verschwinden könnte.

Ich hatte nichts damit zu tun. Scott hatte auch nichts damit zu tun. Aber ich muss dir gestehen, mein Freund, dass mich die Ermittlungen nach ihrem Verschwinden nervös gemacht haben, weil Arschlöcher wie Begley Millicents ganzes Leben unters Mikroskop genommen und nach Geheimnissen durchwühlt haben.

Es könnte ganz schön ungemütlich für mich werden, wenn unser kleiner Dreier zum öffentlichen Skandal ausarten würde. Und damit nicht genug. Es würde mir auch nicht gefallen, wenn das FBI, ihre Eltern oder sonst jemand entdecken sollte, dass einer von uns – oder auch ein Unbekannter, wer weiß? – sie angebumst hat.

Egal, wer es war, jedenfalls kam sie damit heulend zu mir gelaufen und behauptete, es wäre mein Kind. Ich hatte das dickste Scheckbuch, wenn du verstehst. Und am meisten zu verlieren, wenn ich nicht zahlte. Scott weiß nicht mal von dem Kind. Gott sei Dank hat sie's durch ihre Magersucht verloren, bevor sie ihre Drohung wahr machen konnte, alles ans Licht zu bringen. Das mit Scott und mir und ihr, den ganzen Schlamassel.«

»Jesus.«

»Genau. Wenn es letztes Frühjahr herausgekommen wäre, wäre das schon schlimm genug gewesen. Aber hast du eine Vorstellung, wie tief ich in der Scheiße sitze, wenn es jetzt herauskommt? Selbst wenn ich Ernie Gunns Zorn entkäme – und der ist ein verflixt guter Schütze –, würden Scott und ich sofort an die Spitze der Verdächtigenliste des FBI wandern.

Natürlich würde der Verdacht irgendwann ausgeräumt, aber der Schaden wäre nicht wiedergutzumachen. Meine Ehe und mein Ruf als Coach wären im Eimer. Die Schulbehörde wäre gar nicht begeistert, dass ich einen Cheerleader flachgelegt habe, da könnte ich mit unserem Team noch so viele Distriktmeisterschaften gewinnen.«

»Millicent war nicht die Erste.«

»Und wahrscheinlich nicht die Letzte. Ich bin Manns genug, um zu meinen Schwächen zu stehen.« Er verzog angewidert das Gesicht. »Nur dass es diesmal aus dem Ruder gelaufen ist. Millicent war gleichzeitig Scotts Freundin, sie wurde schwanger und hatte einen Abgang, und jetzt wird sie vermisst. Das kannst du drehen und wenden, es ist und bleibt peinlich. Darum bin ich so scharf darauf, dass der Fall gelöst wird und endlich nicht mehr im Privatleben der armen, kleinen Millicent herumgestochert wird.«

Er holte kurz Luft. »Das ist alles, Dutch. Darum bin ich so an der Sache interessiert, wenn man mal davon absieht, dass ich meinen ältesten Kumpel und besten Freund nicht im Stich lassen möchte. Fühlst du dich jetzt besser?«

Dutch schüttelte den Kopf und lachte sardonisch. »Ich hätte wissen müssen, dass es was mit deinem Schwanz zu tun hat.«

Wes breitete die Arme aus und ließ sein arglosestes Grinsen aufstrahlen. »Was kann ich machen?«

»Ich will dir nichts vormachen, Wes, du hast mir wirklich Angst eingejagt.«

Er klatschte Dutch auf die Schulter. »Holen wir uns den Bastard.«

Als Dutch sich umdrehte, um auf sein Schneemobil zu steigen, fiel Wes' ungetrübtes Grinsen in sich zusammen.

Lilly hätte am liebsten laut aufgeschrien, als ihr Handy zum zweiten Mal zu läuten begann. Es lag auf dem Beistelltisch, in Sichtweite, aber eindeutig außer Reichweite. Dafür hatte Tierney gesorgt.

Wenn Dutch vor zwei Tagen ihre abgehackte Nachricht erhalten hatte, würde er nichts unversucht lassen, um sie zu erreichen, weil er wusste, dass sie die ganze Zeit mit Blue zusammen war.

Aber vielleicht war der Anrufer gar nicht Dutch.

Vielleicht hatte ihr Anruf sein Ziel gar nicht erreicht und Dutch ihre Nachricht nie erhalten. Vielleicht glaubte Dutch tatsächlich, wie sie Tierney gestern Abend erklärt hatte, dass sie die letzten zwei Tage wohlbehalten in Atlanta verbracht hatte. Sie hatte keinen Zweifel daran gelassen, dass sie von nun an getrennte Leben führten. Falls er sie diesmal beim Wort genommen hatte, würde er sich keine Gedanken mehr um sie machen.

Als ihr Handy zum dritten Mal läutete, betete sie, dass es Dutch sein möge, oder irgendwer, egal wer, der bei ihr sein konnte, bevor Tierney zurückkehrte.

Tierneys Atem ging schwer und mühsam. Der Dampf, der von seinem Mund aufstieg, war zeitweise so dicht, dass er ihm die Sicht nahm. Sein Herz kam ihm so aufgebläht vor, als ob es den ganzen Brustkorb ausfüllte.

Er hatte sich entschlossen, den verstauchten Knöchel zu ignorieren, aber in diesem Fall war der Geist zwar willig, aber das Fleisch blieb schwach. Mit jedem Schritt wurde der Knöchel wackliger und der Schmerz größer. Er konnte die Qualen nur ertragen, weil er um sein Leben lief.

In jenem Augenblick, in dem sein Name im Radio gefallen war, war er zur Zielscheibe geworden. Jeder Mann, jede Frau und jedes Kind in Cleary würde ihn zur Strecke bringen wollen und es ohne zu zögern tun, selbst wenn sie damit die Polizei oder das FBI vor den Kopf stießen. Und falls Dutch Burton die Nachricht erhalten hatte, dass Lilly mit ihm gefangen war, würde er die blutrünstige Bande persönlich anführen.

Aus diesem Grund hielt sich Tierney abseits der Mountain Laurel Road und blieb lieber im Wald. Falls ein bewaffnetes Rettungskommando aus Cleary anrückte, um Lilly – und Blue – zu holen, würde es garantiert über die Hauptstraße kommen.

Nach der gestrigen Erfahrung wusste er, was ihn erwartete, als er losging. Aber das Wissen, wie anstrengend der Weg wäre, änderte nichts an den Tatsachen. Er musste schnell und vorsichtig fliehen, und diese beiden Vorgaben waren nicht miteinander zu vereinbaren. Er fürchtete sich davor, sich erneut zu verletzen, aber einen hasserfüllten Mob von Scharfschützen fürchtete er noch mehr.

Schließlich erreichte er sein erstes Etappenziel – die Straße auf der Westflanke des Berges. Erleichtert, dass er es hierher geschafft hatte, lehnte er sich an einen Baum und tankte mit kräftigen Zügen Sauerstoff, obwohl die Luft so kalt war, dass jeder Atemzug wehtat. Er trank aus der kleinen Plastikflasche, die er mit Wasser aufgefüllt hatte, bevor er aus der Hütte aufgebrochen war.

Diese Straße hatte er erst einmal befahren. Da er wusste, dass sie kaum benutzt wurde, weil sie in so schlechtem Zustand und jetzt praktisch unbefahrbar war, da sich so viel Eis und Schnee darauf angesammelt hatten, baute er darauf, dass ihm kaum jemand begegnen würde.

Ein zweiter Vorteil war, dass sie im Unterschied zu der anderen Straße nicht in die Main Street mündete. Wenn er das Straßenende am Fuß des Berges erreicht hatte, wäre er mehrere Meilen vom Stadtzentrum entfernt und würde daher nicht so leicht entdeckt, bevor er sich irgendwo verstecken und überlegen konnte, was er weiterhin unternehmen sollte.

Er zog das Handy aus der Manteltasche. Es meldete zwar, dass es Empfang hatte, aber der Akku war so gut wie leer. Er hatte sich während der zwei Tage, in denen er es angeschaltet gelassen hatte, entleert. Er konnte nirgendwo anrufen. Alle anderen konnten wieder telefonieren, nachdem das Netz wieder stand. Das sah nicht gut für ihn aus.

Höchste Zeit zu verschwinden.

Er trat aus dem Schutz der Bäume auf die Straße. Es war ein beschwerlicher Weg, aber die Anstrengung war nicht zu vergleichen mit der Schwierigkeit, sich durch den Wald zu schlagen. Er zog den Kopf ein gegen den ungestümen Wind, der gnadenlos durch seine viel zu dünnen Sachen schnitt. Der Schnee war so blendend weiß, dass er die Augen praktisch zukneifen musste, um überhaupt etwas zu erkennen. Er konzentrierte sich ausschließlich darauf, einen Fuß vor den anderen zu setzen. Er konnte weder die linke noch die rechte Seite besonders belasten, weil beide gleich wehtaten.

Er versuchte nicht an Lilly zu denken.

Denn sobald er das tat, zweifelte er an seiner Entscheidung, sie zurückzulassen.

Er hatte wirklich keine Wahl. Er konnte sie nicht mitnehmen.

Gott verflucht, warum war sie nur in den Schuppen spaziert und hatte in diese Kiste gesehen? Sie …

Er blieb unvermittelt stehen und lauschte in der Hoffnung, dass ihn seine Ohren getäuscht hatten. Über dem lauten Rauschen seines Atems und dem Heulen des Windes konnte er ein Geräusch ausmachen. Ein näher kommender Motor. Ein

Schneemobil? Nein, nicht nur eines. Mindestens zwei. Die lauter wurden, näher kamen.

Nein, nicht näher. *Hierher!*

31

Die Rotoren ließen einen Tornado aus Schnee und Eisgeschossen aufsteigen. Aus dessen Mitte trat ein Mann in einem schwarzen, schusssicheren Kampfanzug und Stiefeln, die auf den ersten Blick verrieten, dass ihr Träger keinen Spaß verstand. Mumm und Entschlossenheit hätten seine Vornamen sein können. Er marschierte auf Begley und Wise zu, die am Rand des Spielfelds vor der Trainerbank der Fighting Cougars standen.

»Morgen, Sir«, brüllte er Begley über dem Lärm des Helikopters zu.

»Collier.« Begley schüttelte seine Hand.

Hoot kannte Collier vom Hörensagen. Collier war ein angesehener Agent, der letztes Jahr in Quantico das Geiselrettungstraining und die taktische Fortbildung absolviert hatte. Man hörte gerüchteweise, dass er sich für das Einsatzkommando Critical Incident Response Group beworben hatte. Nur die Besten und Härtesten unter den Harten fanden Aufnahme in der elitären CIRG.

»Kennen Sie Agent Wise?«

»Nur vom Sehen.«

Hoots Finger wurden von einer Hand in einem schwarzledernen Abseilhandschuh umklammert, dessen abgeschnittene Fingerkuppen das Schießen erleichterten. Noch nie war Hoot einem solchen Kleidungsstück so nahe gekommen.

»Special Agent Wise hat Wegekarten und topographische Karten des Berges.«

»Danke, Sir. Wir haben selbst welche mitgebracht.«

»Wie viele Männer sind dabei?«

»Zwei Männer aus meinem Team plus der Pilot. Er ist einer von uns.«

Der Bell-Helikopter gehörte dem Police Department von Charlotte. Sie hatten ihn schon früher benutzt, Begley mochte ihn. Er war schnell, wendig, sicher. Er wusste, dass der Hubschrauber ein Siebensitzer war, den Pilotensitz eingeschlossen. Die Rechnung war leicht. Wenn sie Lilly Martin und Tierney mitnehmen würden, hätten sie auf dem Rückflug nicht mehr genug Platz für alle. Sie müssten jemanden zurücklassen und später abholen. Aber nachdem es nur ein kurzer Flug war, sah er darin kein Problem.

Collier sagte: »Wie ich gehört habe, haben wir den Auftrag, einen weiblichen und einen feindseligen Zivilisten an Bord zu bringen?«

»Ob er feindselig ist, wissen wir nicht. Im Moment ist es ausschließlich ein Rettungseinsatz. Wir sehen, was passiert, wenn wir oben sind.«

»Wir?«

»Hoot und ich kommen mit.«

»Dazu besteht keine Notwendigkeit, Sir. Wir können über Funk …«

»Negativ«, beschied ihm Begley, noch bevor er den Satz zu Ende gesprochen hatte. »Wir kommen mit.«

Jeder im FBI wusste, dass man mit einem leitenden Agenten nicht diskutierte, der die Verantwortung für den gesamten Einsatz trug und das Kommando innehatte, der Helikopter und Hilfe von anderen Behörden anfordern sowie alles nur Erdenkliche unternehmen konnte, was notwendig war, um eine Mission zu einem erfolgreichen und sicheren Ende zu bringen, und der bei einem Fehlschlag allein der Zentrale gegenüber verantwortlich war.

Collier sah auf ihre Mäntel und Straßenschuhe. »Wir haben keine Ausrüstung für Sie.«

»Wir fliegen so mit.«

»Es ist eisig kalt, Sir.«

»Wir vergeuden unnötig Zeit.« Begley fixierte ihn mit einem Nussknackerblick, und Collier, der Eisenharte, wurde weich.

»Gut, Sir. Aber ich muss Sie auf eines hinweisen. Es gibt da oben vertrackte Scherwinde. Es wird kein angenehmer Flug.«

»Danke für die Warnung.« Begley schob sich an Collier vorbei und eilte auf den Helikopter zu. Hoot und Collier folgten ihm im Laufschritt. Collier warf Hoot einen Seitenblick zu, nahm Maß und kam offenbar zu dem Schluss, dass Hoot seinen Ansprüchen nicht genügte. »Ich wusste gar nicht, dass Sie für so was ausgebildet sind.«

»Wofür?«

»Diese Art von Einsatz.«

»Bin ich auch nicht.«

Hoot konnte den Fluch, der Colliers ernster Miene entschlüpfte, von seinen Lippen ablesen. Einen untrainierten Mann im Rücken zu haben war für einen SEK-Polizisten der schnellste Weg, in Ausübung seines Dienstes zu sterben. »Gar nicht?«

Hoot schüttelte den Kopf.

»Dann halten Sie sich im Hintergrund, und bauen Sie keinen Mist.«

»Habe ich nicht vor.«

»Haben Sie Angst?«

»Und wie!«, brüllte Hoot, während er sich unter den wirbelnden Rotoren duckte. »Vor Begley.«

Wes blieb wieder stehen. Dutch, der dichtauf folgte, wäre um ein Haar aufgefahren. »Was soll der Scheiß, Wes?«

»Ich habe was gesehen. Weiter vorn. Zwischen den Bäumen.«

Dutch suchte mit Blicken den Wald ab. »Bist du sicher?«

»Da drüben.« Wes deutete hin.

»Vielleicht ein Reh?«

»Wenn, dann höchstens ein zweibeiniges. Es war ein Mensch, Dutch. Ich bin sicher. Gerade als ich um die Kurve kam, sah ich ihn zwischen den Bäumen verschwinden. Links von dem Felsen da. Glaubst du, das war Tierney?«

»Zeig mir den Fleck.«

Sie lenkten die Schneemobile zum Felsen. Von der Oberkante stürzte ein vereister Wasserfall herab. »Rechts davon«, sagte Wes und zeigte dorthin.

Die Spuren im Schnee folgten der Straße bis zur nächsten Haarnadelkurve, bevor sie hinter der Biegung verschwanden. Dort tauchten sie in den Wald ein, so als hätte derjenige, der die Spuren hinterlassen hatte, sie kommen gehört und sich zwischen den Bäumen versteckt.

»Das muss Tierney sein.« Wes' Atem dampfte vor Aufregung. »Wer sollte es sonst sein?«

Dutch musste ihm Recht geben. Wie auf Kommando stellten sie die Motoren ab und kletterten von ihren Schneemobilen. Sie begannen die Gewehre aus den gefütterten Gewehrtaschen zu holen, die sie auf dem Rücken trugen. Obwohl Dutch seine Waffe vor dem Aufbruch gründlich inspiziert hatte, überprüfte er sie noch einmal. Sie war geladen. Bereit. Wes tat es ihm gleich und führte die Prüfung durch wie der geübte Jäger, der er war. Dutch prüfte zusätzlich seine Pistole und ließ eine Patrone in die Kammer gleiten.

Inzwischen hegte er nicht mehr den geringsten Zweifel, dass Tierney ihr Mann war. Wes hatte erklärt, worin sein persönliches Interesse an Millicent Gunns Fall lag. Dutch hatte nie wirklich geglaubt, dass Scott fähig wäre, eine Gewalttat zu begehen. Er hatte den Verdacht, dass der Junge trotz seiner Muskelpakete zu ängstlich und zu unsicher war, um ein Verbrechen zu begehen, von fünf Entführungen ganz zu schweigen. Trotzdem hatte ihm Wes mit seiner Erklärung eine Last von den Schultern genommen. Tierney war ihr Mann.

Wenn nicht, warum war er dann in den Wald gerannt? Er hatte zwei Tage festgesessen. Eigentlich musste er entkräftet sein, angeblich war er sogar verletzt. Hätte er nicht auf sie zurennen müssen, weil er froh war, sie zu sehen, und dankbar, dass endlich Hilfe kam? Warum sollte er sich der Rettung entziehen, wenn diese Rettung nicht mit einer Gefangennahme gleichzusetzen war?

Dutch war bereit. Er schaltete das Funkgerät ein. »Mach deines an, falls wir uns da drin aus den Augen verlieren.«

Wes tastete die Taschen ab und sah Dutch entgeistert an.

»Was denn?«

»Ich glaube, ich habe das Ding vergessen.«

»Du machst Witze.«

Wes zog die Handschuhe aus und klopfte mit bloßen Händen alle Taschen ab. »Irgendwo muss ich es abgestellt haben, entweder in Ritts Haus oder in der Garage. Ich kann mich noch erinnern, dass ich an der Lautstärke gedreht habe, nachdem du es mir gegeben hast. Danach …«

»Auch egal. Gehen wir.«

Wes ging voran, trat von der Straße und kletterte den steilen Abhang hinauf. Sich an dem vereisten Felsen festhaltend, drehte er sich um und reichte Dutch helfend die Hand. Tierneys Spuren hatten sich deutlich in den tiefen Schnee gegraben. »Er versucht nicht mal, seine Spuren zu verwischen.«

»Das könnte er so oder so nicht.« Dutch sah Wes an und brachte, zum ersten Mal seit Tagen, ein Lächeln zustande. »Haben wir nicht sagenhaftes Glück?«

Sie hatten den Vorteil, dass sie ausgeruht waren. Tierney war sich dessen bewusst und verdoppelte seine Anstrengungen, sie auf Abstand zu halten. Vor etwa zwei Stunden war er aus der Hütte aufgebrochen. Bis auf eine einzige kurze Rast hatte er sich unter den denkbar schlechtesten Bedingungen durch den Schnee geschlagen und gegen die überwältigende Erschöpfung angekämpft.

Er hatte gar nicht erst abgewartet, um festzustellen, wer auf den beiden Schneemobilen saß, sondern sich sofort in den Wald geschlagen. Er konnte sich schon denken, wer die beiden waren, und er hatte richtig getippt. In regelmäßigen Abständen riefen sie seinen Namen, er erkannte die Stimmen. Dutch Burton und Wes Hamer. Beide waren kräftig und durchtrainiert. Er war auch einigermaßen sicher, dass sie in den letzten achtundvierzig Stunden weder vor ein Auto gelaufen waren, noch eine Gehirnerschütterung verkraften mussten, eine Platzwunde auf dem Kopf abbekommen oder sich den Knöchel verstaucht hatten.

Wahrscheinlich hatte auch keiner von beiden in der vergangenen Nacht eine Frau geliebt und dabei kaum ein Auge zugetan.

Kräftemäßig waren sie ihm gegenüber eindeutig im Vorteil. Aber sie waren definitiv nicht schlauer als er. Im Gegenteil, sie waren nicht besonders helle. Gute Verfolger hätten die Klappe gehalten, um ihm keinen Hinweis zu geben, wo und wie weit hinter ihm sie waren. Obwohl die beiden so gern mit ihren Jagdkünsten prahlten, hatten sie noch eine Menge übers Anpirschen zu lernen. Vielleicht glaubten sie, dass eine menschliche Beute anders auf Lärm reagierte als Wild.

Täusch dich nicht, Tierney, dachte er bei sich, *ihre Beute bist du trotzdem.*

Jeder Zweifel daran war von Wes' lockenden Rufen und Dutchs giftigen Drohungen erstickt worden, die gespenstisch durch den verschneiten Wald schallten. Genau wie er befürchtet hatte, wollten sie Blue lebend oder tot in die Finger bekommen. Er hatte den starken Verdacht, dass sie Letzteres bevorzugten, vor allem Dutch Burton, der mehr als ein paar obszöne Unterstellungen über ihn und Lilly in den Wald gebrüllt hatte.

Dutch besaß eine Polizeimarke, aber Tierney wusste wohl, dass das Dutch nicht davon abhalten würde, ihn kaltblütig abzuknallen, wenn er eine Gelegenheit dazu bekam. Denn Dutch war nicht nur ein Gesetzeshüter, der geschworen hatte, das Gesetz zu achten und die Bürgerrechte zu respektieren, sondern auch ein verstoßener Exmann, dessen Frau zwei Nächte abgeschnitten von der Welt mit einem anderen Mann verbracht hatte. Falls er Tierney ins Fadenkreuz seines Zielfernrohrs bekam, würde er ohne zu zögern abdrücken und dabei innerlich frohlocken.

Sie spürten, dass er schwächer wurde, und das spornte sie weiter an. Er blieb nicht stehen, um sich umzudrehen, und wusste trotzdem, dass sie unaufhaltsam aufschlossen. Der Lärm, den sie machten, kam immer näher. Sie hatten es leichter als er. Er musste sich den Weg bahnen. Sie brauchten ihm nur zu folgen.

Er überlegte, ob er in Deckung gehen und sich wehren sollte. Er hatte die Pistole dabei, sie war immer noch geladen, nur die eine Kugel, die Lilly auf ihn abgefeuert hatte, fehlte. Trotzdem war die beachtliche Reichweite seiner Waffe nicht mit der eines Gewehres zu vergleichen. Und sie waren zu zweit. Einer konnte ihn in Schach halten, während ihn der andere in weitem Bogen umkreiste und ihn von der Flanke angriff.

Außerdem hatte er Angst, dass er nicht mehr hochkommen würde, falls er anhielt. Er war mit seinen Kräften am Ende. Er hatte schon geglaubt, sie erschöpft zu haben, nachdem er gestern Lillys Medizin holen gegangen war, aber heute stand er wirklich knapp vor dem Kollaps. Nur die blanke Willenskraft hielt ihn auf den Füßen.

Gerade als er zu dem Schluss gekommen war, dass er weitermusste, wenn er überleben wollte, sah er einen Ast neben seinem Kopf zersplittern. Eine Tausendstelsekunde später hörte er einen Schuss knallen.

Er warf sich in den Schnee und wälzte sich hinter einen Felsbrocken.

»Geben Sie auf, Tierney«, rief Dutch Burton.

Er war nicht so töricht, seinen Kopf über den Felsen zu heben, um ihre Position auszumachen, doch er spürte, wie sie von Baum zu Baum eilten und sich dabei näher heranarbeiteten. Einer kam von rechts, der andere von links. So oder so rückten sie auf. Er saß in der Falle.

Jetzt, wo er nicht mehr floh, merkte er, wie weh ihm alles tat. Jede Zelle seines Körpers schrie unter Qualen. Er bekam kaum noch Luft. Er war ausgehungert.

»Wir wissen, dass Sie Blue sind. Das FBI hat Sie mit dem Zeug, das sie in Ihrer Hütte im Motel gefunden haben, festgenagelt.«

Das hatte sich Tierney bereits gedacht. Es waren nur Indizienbeweise, aber sie reichten als Rechtfertigung für einen eifersüchtigen Exmann, ihn erst abzuknallen und sich später den Kopf darüber zu zerbrechen, welche Folgen sein Verstoß gegen das Gesetz nach sich ziehen würde.

Tierney wagte nicht zu sprechen und dadurch seine Position zu verraten. Er atmete kaum noch. Er hörte nichts mehr von den beiden. Sie kamen nicht mehr auf ihn zu. Offenbar hatten sie beschlossen zu warten, bis er sich verriet. Mehrere Minuten lang harrten die drei in absoluter Stille aus.

Schließlich durchbrach ein Geräusch die Stille, das Tierney als drittes Schneemobil identifizierte. Das Brummen war noch in weiter Ferne, und weil es sich an Millionen von Flächen brach, bevor es seine Ohren erreichte, war es unmöglich festzustellen, aus welcher Richtung es kam.

Obwohl keiner etwas sagte, ahnte er, dass auch Dutch und Wes angespannt lauschten. War jemand zu Fuß auf den Berg gekommen und hatte sich eines ihrer Schneemobile unter den Nagel gerissen? Fragten sie sich, wie sie seine Leiche in den Ort transportieren sollten, falls ihnen nur noch ein Motorschlitten zur Verfügung stand?

Sie wären blöd, wenn sie den Lärm nicht zu ihrem Vorteil genutzt hätten.

Und dass sie blöd waren, konnte man ihnen nicht unterstellen.

Über dem leiser werdenden Brummen des Schlittenmotors hörte er das unverkennbare Knacken eines zertretenen Zweiges. Einer näherte sich von rechts. Er war noch dreißig Meter entfernt, vielleicht etwas mehr. Vielleicht etwas weniger. Nicht einmal ein miserabler Schütze würde ihn auf diese Entfernung verfehlen.

Von links drang ein gedämpfter Laut heran. Ein Schneeklumpen, der mit einem leichten Plumps auf den Boden fiel. Hatte der Wind ihn heruntergeblasen, oder war einer von ihnen an einen Zweig gestoßen und hatte ihn heruntergeschubst?

Er hielt den Atem an und lauschte. Das Schneemobil war nicht mehr zu hören. Er hörte nicht einmal mehr seinen eigenen Atem. Außerdem hatte er den Schal vor den Mund gelegt, damit der kondensierende Atem nicht seine Position verriet.

Wo sie auch waren und wie weit sie von seinem Versteck auch entfernt waren, sie schienen mit ihrer Position zufrieden zu sein. Sie rührten sich nicht. Sie konnten abwarten.

Das taten sie auch. Alle drei. Schweigend. Sie warteten darauf, dass sich jemand rührte.

Dann zerriss das nächste Geräusch die Stille. Das Rattern eines Hubschrauberrotors. Die Polizei von Cleary hatte hundertprozentig keinen eigenen Hubschrauber. Er musste von der Staatspolizei oder vom FBI sein. Auf jeden Fall würde Dutch ihn nicht kaltblütig vor irgendwelchen Zeugen abknallen. Wes Hamer zählte nicht. Der würde seinem Kumpel die Stange halten, zu seinem Schutz Meineide schwören, einfach alles für ihn tun. Genau wie umgekehrt.

Bis zu diesem Moment hatte der Wald Tierney geschützt, indem er ihm Deckung bot. Plötzlich lag der Vorteil auf Dutchs Seite. Er konnte jetzt schießen und später erklären, dass sich Tierney der Verhaftung entzogen und ihm keine Wahl gelassen hätte, als ihn mit einer Kugel aufzuhalten. Oder er konnte aussagen, dass Tierney sie angegriffen und gezwungen hätte, sich zu verteidigen. So oder so wäre er tot, und sie hätten nichts zu befürchten.

Nein, wenn er Lillys schießwütigem Ex entkommen wollte, musste er es ins freie Gelände schaffen, wo ihn jeder, der in diesem Hubschrauber saß, sehen konnte.

Er beschwor eine Karte des Gipfels vor seinem inneren Auge herauf und schätzte seine Position zwischen den beiden Straßen, der Hauptstraße und der Straße auf der Westflankc, ab. Er hatte sich von der Straße im Westen entfernt und hatte sich dabei mehr oder weniger auf die andere Straße zubewegt. Aber wie weit war er dabei gekommen? Wie weit musste er laufen, bevor er auf die Mountain Laurel Road stieß? Und wie weit es auch sein mochte, konnte er es mit der Kraft, die ihm noch blieb, überhaupt schaffen?

Versuchen musste er es. Dutch und Wes waren kräftiger und besser bewaffnet, aber er hatte zwei Vorteile ihnen gegenüber. Seinen angeborenen Richtungssinn. Und seinen Überlebensinstinkt.

Ehe er sich anders besinnen konnte, wuchtete er sich auf die Knie. Schon dabei protestierten seine Muskeln, vor allem der verstauchte Knöchel. Aber er zwang sich in die Hocke und floh weiter, so tief geduckt wie möglich und immer bemüht, seine Flucht nicht zu verraten, indem er auf einen toten Zweig trat oder irgendwo anstieß.

Er hoffte, dass Dutch und Wes wertvolle Zeit damit vertun

würden, sich an den Felsen heranzuschleichen, um ihn zu überraschen und um dann selbst überrascht zu werden, wenn sie entdeckten, dass er sich nicht mehr dahinter versteckte.

Der Wunsch wurde ihm nicht gewährt.

»Dutch, links von dir!«, hörte er Wes rufen.

Tierney sprang auf und begann zu laufen. Oder versuchte es wenigstens. Seine Beine pflügten durch den Schnee, der ihm stellenweise bis zur Hüfte reichte. Seine Arme schlugen sich durch schneebedeckte Ranken. Er stolperte über verborgene Baumstümpfe und zugeschneites Dickicht. Eisbepackte Äste peitschten ihm ins Gesicht.

Aber wenn das Schnaufen und Stöhnen seiner Verfolger etwas zu bedeuten hatte, dann taten sie sich genauso schwer wie er. Tierney spürte die Verzweiflung, die sie zu dieser Jagd trieb, und erkannte, dass seine Schlussfolgerung korrekt gewesen war – Dutch Burton wollte ihn erledigen, ehe andere Polizisten eintreffen und ihn daran hindern konnten.

Genau wie schon einmal fand ihn eher die Straße als er sie.

Praktisch ohne Vorwarnung gelangte er an den Straßenhang. Diesmal rettete ihn sein schneller Reflex davor, den Abhang hinunterzupurzeln. Er setzte sich auf den Hintern und rutschte abwärts.

Die Sonne strahlte auf das unberührte weiße Band. Im ersten Moment blendete ihn das Gleißen nach dem schattigen Wald. Die Augen abgeschirmt, suchte er den Himmel nach dem Hubschrauber ab. Er war so laut, dass man meinen konnte, er würde direkt über seinem Kopf stehen, aber er konnte ihn nirgendwo entdecken.

»Ben Tierney!«

Wes und Dutch waren aus dem Wald getreten und standen oben am Straßenhang. Zwei Gewehre waren auf ihn gerichtet. Die langen, schlanken Läufe bohrten sich bedrohlich durch das grelle Sonnenlicht. Dutch hatte beide Augen geöffnet. Genau wie Wes. Die beiden wussten, wie man schießt. Wie man trifft. Wie man tötet.

Das reinste Scheibenschießen.

Während er die Hände hob, meinte er die Stimme seines Großvaters zu hören, der diesen Ausdruck öfter gebraucht hatte. Er ließ die Pistole fallen und schubste sie mit dem Fuß weg. »Ich bin unbewaffnet!«

»Perfekt!« Er las die Antwort von Dutchs feixenden Lippen, bevor er den Abzug durchdrückte.

»Da ist die Hütte, Sir.« Collier sprach über das Headset mit Begley. Hoot hatte ebenfalls eines bekommen. Aus reiner Höflichkeit, davon war er überzeugt. Nicht weil es einen taktischen Grund dafür gegeben hätte.

»Wer hätte das gedacht? Sie haben es geschafft.« Begley deutete auf das Schneemobil vor der Hütte. »Wenigstens einer von ihnen.« Er wandte sich über das Mikrophon an den Piloten. »Können Sie das Ding hier absetzen?«

»Die Lichtung ist klein, Sir. Bei dem Wind wird das nicht leicht.«

Collier meinte: »Wenn Sie weit genug runterkommen, können wir uns abseilen.«

Gerade als er das vorschlug, wurde der Helikopter von einer seitlichen Windbö weggedrückt. Instinktiv verhinderte der Pilot, dass sie auf den Boden geschmettert wurden. Als der Hubschrauber sich um die eigene Achse drehte, spürte Hoot den Piepser in seiner Hosentasche vibrieren.

Er schob die Hand in den Mantel und zog den Piepser von seinem Gürtel ab. Perkins hatte den Code für einen sofortigen Rückruf eingegeben. Hoot wühlte sein Handy aus der Tasche und drückte die Kurzwahltaste für Perkins' Nummer.

»Hier drin! Ich bin hier drin!«

Lilly hatte gerufen, sobald sie das Schneemobil näher kommen gehört hatte. Obwohl sie wusste, dass man sie über dem lärmenden Heulen des Motors nicht hören konnte, rief sie immer weiter, bis der Motor erstarb.

»Hier drin!«, rief sie in die plötzliche Stille, die Augen gebannt auf die Tür gerichtet.

»Mrs Burton?«

Sie machte sich nicht die Mühe, den Namen zu berichtigen. »Ja, ja, ich bin hier drin!«

Die Tür wurde aufgeschoben, und ein in einen Skianzug gemummelter Mann kam hereingelaufen. »Gott sei Dank ist Ihnen nichts passiert!«

»Mr Ritt!«, rief sie aus.

Er schob die Mütze mit dem Pelzbesatz zurück, zog die Handschuhe aus, ging vor ihr in die Hocke und betrachtete prüfend ihre Handschellen. »Dutch und Wes sind noch nicht hier?«

»Nein.«

»Sie wollten Sie und Tierney holen.«

»Er ist Blue. Wie Sie bestimmt wissen. Er hat gesagt, er hätte gehört, wie es im Radio gemeldet wurde.«

»Wer hat das gesagt?«

»Tierney.«

»Er weiß also, dass sie ihn suchen?«

»Ja. Sehen Sie irgendwo die Schlüssel zu diesen Dingern?«

Während er sich in der Hütte nach den Schlüsseln zu den Handschellen umsah, fragte sie ihn, wie Tierney unter Verdacht gekommen war.

William Ritt schilderte knapp, wie die zwei FBI-Agenten am Vortag in seinen Drugstore gekommen waren. »Ich weiß nicht genau, welche Beweise sie gegen ihn haben, aber sie müssen schwerwiegend sein. Als sie erfahren haben, dass Sie hier oben mit ihm gefangen sind, haben sie alle Hebel in Bewegung gesetzt. Sie haben ein Rettungskommando losgeschickt, aber dann kam es zu einem Unfall, bei dem die Straße unpassierbar wurde.

Heute Morgen habe ich ihnen meine Schneemobile zur Verfügung gestellt. Wes und Dutch sind darauf losgefahren, aber das hier haben sie vergessen.« Er holte eine Art Funkgerät aus seiner Tasche. »Es ist ein Walkie-Talkie. Ich habe gehört, wie Dutch sagte, sie bräuchten es, um miteinander in Verbindung zu bleiben. Darum bin ich ihnen nachgefahren. Ich dachte, ich würde sie irgendwann einholen.«

»Aber das haben Sie nicht?«

Er schüttelte den Kopf. »Ich habe nur die Schneemobile gesehen. Sie stehen auf der Straße am Westhang. Es sieht so aus, als seien sie zu Fuß weiter. Glauben Sie, sie verfolgen Tierney?«

»Möglich. Er kann höchstens zu Fuß fliehen. Unsere beiden Autos …« Sie schüttelte ungeduldig den Kopf. »Das ist jetzt nicht wichtig.«

»Dutch und Wes müssen ihn entdeckt haben.« Er hörte auf, nach den Schlüsseln für die Handschellen zu suchen. »Ich kann sie nirgendwo finden. Wahrscheinlich hat er sie mitgenommen.«

»Nicht so schlimm. Jetzt, wo jemand hier ist, halte ich es schon aus.«

»Hat er Ihnen was getan?«

»Eigentlich nicht. Abgesehen davon, dass er mich heute Morgen k.o. geschlagen hat.« Sie schloss kurz die Augen und sagte dann: »Ich habe in unserem Schuppen die Leiche von Millicent Gunn gefunden.«

»Oh. Mein Gott, wie schrecklich.«

»Ich glaube, sie ist schon mehrere Tage tot. Wahrscheinlich hat der Sturm Tierney daran gehindert, ihre Leiche zu vergraben.« Sie erzählte ihm, wie sie Tierney mit dem Auto angefahren hatte und dann mit ihm in die Hütte zurückgekehrt war, um das Ende des Blizzards abzuwarten. »Jedenfalls tat er alles, damit wir überleben. Er kam mir nett und überhaupt nicht bedrohlich vor. Aber manches von dem, was er sagte, ergab keinen Sinn.«

»Was zum Beispiel?«

Sie nannte ihm mehrere Beispiele für Tierneys Halbwahrheiten. »Daraufhin wurde ich misstrauisch und durchsuchte seinen Rucksack. Dabei fand ich diese Handschellen und ein blaues Band.« Sie deutete mit dem Kinn darauf. »Da drüben.«

William nahm den Rucksack und holte aus einer Reißverschlusstasche das blaue Band. »Das ist definitiv ein Beweisstück gegen ihn.«

»Ein unbestreitbares Beweisstück.«

»Warum hat er es dann hiergelassen?«

Ehe Lilly eine Antwort auf diese sehr gute Frage finden konnte, hörte sie in weiter Ferne ein Brummen. »Ist das ein Helikopter?«

»Das FBI wollte damit herauffliegen.«

Eine Woge der Erleichterung überschwemmte sie. Sie war froh gewesen, William Ritt zu sehen und zu erfahren, dass Tierneys Gefangennahme unmittelbar bevorstand. Aber wenn er es irgendwie geschafft hätte, Dutch und Wes zu entwischen und zur Hütte zurückzukehren, wäre der Apotheker kein Gegner für ihn gewesen.

William eilte zur Tür und trat auf die Veranda, aber noch bevor er wieder in die Hütte kam, hatte Lilly begriffen, dass er zu langsam reagiert hatte.

»Sie drehen ab«, sagte er. »Aber mein Schneemobil müssen sie gesehen haben.«

»Wahrscheinlich suchen sie einen Landeplatz. Gott sei Dank, dass sie hier sind.«

»Amen. Ist Ihnen klar, wie viel Glück Sie gehabt haben, dass

Sie Blue entkommen sind? Keine von den anderen hat das geschafft.«

»Millicents Totenmaske.« Sie schauderte. »Sie war so schrecklich.«

»Ich kann mir vorstellen, wie schlimm es für Sie gewesen sein muss, als Sie ihre Leiche in der Werkzeugkiste gefunden haben.«

Sie nickte. »Andererseits war es wahrscheinlich gut, dass ich sie entdeckt habe. Tierney hat sie bestimmt weggebracht und vielleicht sogar vergraben, während ich bewusstlos war. Ich hätte wissen müssen, dass irgendwas faul ist. Er hat so empfindlich reagiert, als ich ihn auf die Axt ansprach, nachdem er losgegangen war, um …« Sie verstummte unvermittelt.

»Um was zu tun?«

»Holz zu holen«, erwiderte sie heiser. »Er ist Holz holen gegangen.« Sie versuchte ihre Lippen zu befeuchten, aber ihr Mund war wie ausgetrocknet. »Mr Ritt?«

»Ja?«

»Woher… woher wissen Sie von der Werkzeugkiste im Schuppen?«

»Hoot?«

»Sie müssen lauter reden, Perkins. Wir sind im Hubschrauber.«

»Sie?«

»Was haben Sie für mich?«

»Tierney …«

Der Rest ging unter, weil der Pilot in diesem Augenblick eine Halse ausführte, die Hoot in seinen Sitz presste, während sein Magen weiter in der Luft hing. »Wiederholen Sie das bitte!«, brüllte Hoot.

»Haben endlich Kontakt zu Mrs Lambert.«

»Torrie Lamberts Mutter?«

»Richtig. Halten Sie sich fest.«

Hoot ließ Perkins die Nachricht dreimal wiederholen, bis er ganz sicher war, dass er sich nicht verhört hatte. Er beendete das Gespräch mit einem gepressten »Danke«. Dann wandte er sich über das Mikro in seinem Headset an Begley, ohne auf die taktischen Besprechungen der Männer, wie sie am besten auf den Boden gelangen konnten, Rücksicht zu nehmen. »Sir!«, rief er. »Ben Tierney ist nicht, ich wiederhole, *nicht* der Entführer von Torrie Lambert.«

Begleys Kopf schoss herum.

Hoot schaute direkt in den Nussknackerblick. »Er ist ihr Vater.«

32

William Ritt reagierte vollkommen ungerührt. »Verzeihung?«

Lillys Mund war trocken wie alter Zwieback. Sie musste jedes Wort einzeln über die Lippen pressen. »Ich habe Ihnen erzählt, dass ich Millicents Leiche im Schuppen gefunden habe. Von der Werkzeugkiste habe ich nichts gesagt. Woher wissen Sie, dass es im Schuppen eine Werkzeugkiste gibt?«

Seine geheuchelte Verständnislosigkeit währte noch eine Sekunde, dann schüttelte er den Kopf. »Es war nicht besonders schlau von mir, mich so zu verraten. Aber es war noch weniger schlau von Ihnen, mich darauf aufmerksam zu machen.«

Sie versuchte zu schlucken, konnte es aber nicht.

»Eines wissen Sie doch, Mrs Burton oder Ms Martin oder wie Sie inzwischen auch heißen. Sie wissen doch, was das bedeutet, oder?« Seine Stimme hatte sich genauso radikal verändert wie sein Verhalten. Plötzlich hatte er nichts Einschmeichelndes mehr.

»Sie sind …«

»Blue. Genau. Obwohl ich nicht viel von diesem albernen Spitznamen halte.«

Das Knallen eines Gewehrschusses schreckte sie auf. Beide sahen zur Tür, obwohl das Geräusch eindeutig aus einiger Entfernung gekommen war.

Ein paar Sekunden später sagte William: »Nur ein einziger Schuss. Dutch behauptet, ein exzellenter Schütze zu sein. Anscheinend hat er Recht.«

Sie holte pfeifend Luft. »Tierney?«

»Tierney. Nun leider verstorben. Mit etwas Glück.«

Er nahm das Funkgerät aus der Tasche und schaltete es ein. Es krächzte laut. Er drehte die Lautstärke zurück.

»Was machen Sie da?«, fragte Lilly. »Wen rufen Sie an?«

»Warten Sie ab. Ich glaube, das wird Ihnen gefallen. Na gut, eigentlich wird es Ihnen nicht gefallen. Aber Sie werden mir zustimmen müssen, dass es brillant ist.«

Er hob das Funkgerät an den Mund und drückte die Sprechtaste an der Seite. »Dutch? Dutch?«, schrie er panisch. »Kannst du mich hören?«

Er ließ den Knopf los und starrte sie an, während er auf eine Antwort wartete. Sekundenlang war nur statisches Rauschen aus dem Lautsprecher zu hören, dann erfüllte Dutchs Stimme den Raum. »Wer ist da?«

Er drückte die Taste. »Ich bin's, William. Ich habe einen Schuss gehört. Habt ihr Tierney erwischt?«

Er brach ab, als Lilly ihren Mund zu einem Schrei öffnete. Offenbar hatte er damit gerechnet, dass sie so etwas versuchen würde, denn er reagierte blitzschnell und hielt ihr mit der freien Hand den Mund zu.

»Ritt? Wo steckst du?«

Lilly versuchte mit aller Kraft, den Kopf zur Seite zu drehen und ihren Mund zu befreien.

Als das nicht funktionierte, versuchte sie ihn in die Hand zu beißen. Er presste die Hand einfach noch fester auf ihren Mund und quetschte ihren Kopf gegen die Verkleidung unter der Bar, bis sich seine Finger schmerzhaft in das weiche Fleisch ihrer Wangen bohrten.

Dann nahm er das Funkgerät wieder hoch, drückte die Sprechtaste und gab einen Laut von sich, der halb wie ein Würgen und halb wie ein Schluchzen klang. »Dutch, ich bin hier, in eurer Hütte. Habt ihr Tierney erwischt?«

»Ja, ja, wir haben ihn zur Strecke gebracht. Ist mit Lilly alles in Ordnung?«

Um des Effektes willen ließ er seine Stimme brechen. »Nein, deine Frau ist tot. Tot! Tierney hat sie umgebracht!«

Tierney lag flach auf dem Rücken. Als er die Augen wieder aufschlug, löste die Reflektion der Sonnenstrahlen im gleißenden Schnee einen bohrenden Schmerz aus, der vom Augenhintergrund direkt in das Nervenzentrum in seinem Hirn schoss.

Dutch, ich bin hier, in der Hütte. Habt ihr Tierney erwischt? Nein, deine Frau ist tot. Tot! Tierney hat sie umgebracht!

Die Stimme klang blechern, unnatürlich. Woher kam sie?

»Der Hurensohn hat Lilly umgebracht!« Dutchs Röhren war so laut, dass es kleine Schneelawinen von den Ästen der Bäume löste.

»Er bewegt sich, Dutch!«, rief Wes. »Du hast ihn nur angeschossen.«

Plötzlich wusste Tierney wieder, warum er flach auf dem Rücken lag und warum seine Schulter so höllisch schmerzte. In einem blendenden Blitz fügten sich alle Elemente zusammen, das schlimmste darunter war, dass jemand behauptete, Lilly sei tot und er habe sie umgebracht.

Wer würde eine so skrupellose Lüge verbreiten?

Nur jemand, der sich selbst schützen wollte.

O Gott, er musste zu ihr.

Er mühte sich langsam hoch. Eine Woge der Übelkeit schoss in seine Kehle, aber es gelang ihm, sie wieder hinunterzuschlucken. Der Schnee war mit erschreckend viel Blut getränkt. Sein Gesicht war in kaltem, klammem Schweiß gebadet, während sich seine Schulter anfühlte, als hätte man ihm ein Brandzeichen verpasst.

Was ihm wie eine halbe Unendlichkeit vorkam, konnte höchstens ein paar Sekunden gedauert haben. Als er die Augen wieder aufschlug und etwas vor dem weißen Gleißen zu erkennen versuchte, sah er Dutch Burton ein Funkgerät in den Schnee werfen, was die blecherne Stimme erklärte.

Dutch hechtete vom Straßenhang, als wollte er losfliegen. Er landete schmerzhaft auf der Straße, aber das hielt ihn nicht auf. Tierney hatte kaum Zeit, seinen noch brauchbaren Arm zu heben, da war Dutch auch schon auf ihm und hämmerte mit beiden Fäusten auf ihn ein.

»Hören Sie, Dutch.« Tierney war überrascht, wie krächzend und schwach seine Stimme klang. Er bezweifelte, dass Dutch ihn überhaupt hören konnte. Jedenfalls war er nicht bereit, innezuhalten und ihm zuzuhören.

Der Polizeichef setzte einen rechten Haken, der Tierney auf den Wangenknochen traf. Er hörte, wie die Haut aufplatzte. Sein Blut spritzte auf Dutchs Gesicht. *Was zum Teufel war überhaupt mit seinem Gesicht los?*

Dem zweiten Schlag konnte Tierney knapp ausweichen. »Lilly…«

»Du hast sie umgebracht. Du sollst in der Hölle schmoren!«

»Nein! Hören Sie!«

Aber Dutch war nicht mehr fähig, ihm zuzuhören. Aus seinen Augen schlug lodernder Hass. Tierney hatte nicht den geringsten Zweifel, dass ihn dieser durchgedrehte Hurensohn umbringen würde, wenn er sich nicht wehrte.

Aus Kraftquellen, die er längst für erschöpft gehalten hatte, begann er sich nicht nur zu schützen, sondern sich sogar zu wehren. Er war aus mehreren Gründen wütend auf Dutch Burton, und das verlieh ihm neue Energie. Schließlich brachte er es fertig, sein Knie zwischen ihn und Dutch zu klemmen. Dann stieß er mit aller Kraft zu.

Dutch rollte gerade so lange von Tierney, dass der nach der Pistole fassen konnte, die er hatte fallen lassen. Dummerweise fasste er instinktiv mit dem rechten Arm zu, und der baumelte nutzlos an dem Schultergelenk, das die Gewehrkugel zerschmettert hatte.

Er schrie vor Schmerz auf, kämpfte sich mühsam hoch und stolperte ein paar Schritte weiter.

Dutch packte ihn an seinem verstauchten Knöchel und riss den Fuß unter ihm weg. Tierney ging zu Boden wie ein Sack Zement. Dutch schleuderte ihn auf den Rücken, als wäre er ein Fisch, den er ausweiden wollte. Wieder war er auf ihm, diesmal hatte er beide Hände um seine Kehle gelegt und drückte mit den Daumen gegen seinen Adamsapfel.

Dutchs zusammengebissene Zähne waren blutverschmiert, der Anblick erfreute Tierney. Immerhin hatte er ein paar mühsame linke Schwinger gelandet.

»Hast du sie gefickt?«

Diese Frage fegte Tierneys letzte Bedenken, gegen Dutch zu kämpfen, beiseite. Wie konnte ein Mann, der gerade erfahren hatte, dass seine Frau tot war, *das* fragen? Ihm ging es ausschließlich um seinen verdammten verletzten Stolz und nicht um die Frau, die zu lieben er behauptete.

»Und?«, bellte er.

»Dutch, der Helikopter.«

Tierney hörte Wes Hamers Warnruf wie aus weiter Ferne, doch Dutch schien ihn überhaupt nicht gehört zu haben, oder falls doch, interessierte er sich nicht dafür. Speichel, Blut und Schweiß tropften von seinem Gesicht auf Tierneys. Der königsblaue Himmel über ihnen wurde am Rand immer dunkler. Tierney blinzelte, doch die schwarzen Punkte vor seinem eingeschränkten Blickfeld wollten nicht weichen.

Wenn er nicht sterben wollte, musste er etwas unternehmen. Und zwar *jetzt*.

Dutch saß rittlings auf seinem Bauch und stützte sich mit all seinem Gewicht auf die Hände. Tierneys rechter Arm lag nutzlos an seiner Seite. Sein linker war beinahe genauso wenig zu gebrauchen. Die schwächlichen Schläge, die er Dutch damit beibrachte, konnten ihn nicht beirren.

Tierney nutzte die einzige Chance, die ihm blieb. Er hob das Knie an, hielt kurz inne, um seine ganze Kraft in den Quadrizeps zu legen, und rammte das Knie dann in Burtons ungeschütztes Geschlecht, in der Hoffnung, ihn genau unter dem Hoden zu erwischen.

Dutch heulte auf. Augenblicklich löste er seinen Griff um Tierneys Hals. Tierney rollte sich ein, warf seinen Gegner ab und wälzte sich auf ihn, womit er erfolgreich die Position mit ihm getauscht hatte. Er presste den linken Arm wie eine Schraubzwinge über Dutchs Kehle.

Mit mehr Geschick, als er seinem rechten Arm noch zugetraut hätte, hob er die Pistole auf und schoss damit auf Wes Hamer, der quer über die Straße auf sie zugerannt kam. Der Schuss ließ Wes schlitternd anhalten. »Weg mit dem Gewehr, oder der nächste Schuss trifft.«

Es war eine schwache Drohung, aber wundersamerweise wirkte sie. Wes ließ das Gewehr fallen.

Aber dann erkannte Tierney, dass nicht er Wes Angst gemacht hatte. Sondern der Helikopter, der lauter wurde, näher kam, Zeugen brachte.

»Wer hat da gefunkt?«, fragte er Wes keuchend.

»Ritt. William Ritt.«

Ritt? Der bleiche, hagere William Ritt? Dieses Wiesel?

Tierney würde das Warum und Wozu später klären. Im Moment beugte er sich wieder über Dutch, dessen Gesicht aussah wie das des Schurken in einem schlechten Film, ein grausiges Mosaik aus Blut, Eiter und blinder Wut. Er rammte den Pistolenlauf unter Dutchs Kinn. »Ich hätte mehrere gute Gründe, dich umzulegen. Und der wichtigste ist, dass du Lilly geschlagen hast. Ich tue es nur aus einem einzigen Grund nicht – weil ich ihr versprochen habe, dass ich es nicht tun würde.«

Er stützte sich auf der breiten Brust des Mannes ab, kam langsam auf die Füße und versuchte taumelnd das Gleichgewicht zu halten. Die linke Hand erhoben, deutete er auf den nahenden Helikopter. »Wenn einer von euch auf mich schießt, werden sie es sehen.«

Dann presste er, wohl wissend, dass er wertvolle zehn Sekunden mit Lillys wertlosem Ex verschwendet hatte, den rechten Arm an den Körper und begann humpelnd die Straße bergauf in Richtung Hütte zu laufen.

Während sie in engen Runden über der Hütte kreisten, rief einer von Colliers Männern: »Elf Uhr.«

Der Pilot lenkte den Hubschrauber herum, und Begley sah, was der Mann aus dem Sondereinsatzkommando gesehen hatte – drei Männer mitten auf der schmalen Straße. Bis zu diesem Moment waren sie hinter der Haarnadelkurve verborgen gewesen. Jetzt hielt der Hubschrauber über die Baumwipfel auf sie zu.

Burton lag flach auf dem Rücken. Hamer stand mehrere Meter abseits. Ben Tierney kämpfte sich den Abhang hinauf, weg von den beiden anderen, und legte dabei eine grellrote Spur aus Blut.

Collier schob die Tür des Hubschraubers zur Seite und ging in Position. »Ich übernehme den Flüchtigen«, sagte er ruhig in sein Kopfmikrophon, während er Tierney ins Visier nahm.

»Nicht feuern!«, bellte Begley. »Das ist nicht unser Mann.«

»Er hat eine Waffe.«

»Nicht unser Mann«, wiederholte Begley.

Begleys Blick wanderte von Tierney zu Wes Hamer, der zu Burton gelaufen war und jetzt neben ihm kniete. Burton schubste ihn beiseite und warf ihn dabei in den Schnee. Im nächsten Augenblick rappelte sich Burton auf und rannte scheinbar ziellos im Kreis herum, bis er sich bückte und sich danach mit einem halbautomatischen Gewehr, das im Schnee gelegen hatte, aufrichtete. Ohne zu zielen gab er einen Schuss in Tierneys Richtung ab. Tierney wurde nicht einmal langsamer. Er lief weiter.

»Den Außenlautsprecher einschalten«, befahl Begley dem Piloten.

Wes Hamer war wieder auf die Füße gekommen und lief jetzt erneut auf Burton zu.

»Haltet den auf Abstand.« Begley richtete den Befehl an niemand Bestimmten, aber einer der anderen Polizisten feuerte mehrmals kurz vor Hamers Füße und jagte dabei kleine Schneefontänen hoch. Hamer blieb sofort stehen und hob die Hände.

Burton legte das Gewehr an und visierte sein Ziel an, eine Bewegung, die ihm in Fleisch und Blut übergegangen war und höchstens zwei Sekunden brauchte.

»Chief Burton! Feuer einstellen!« Begleys Stimme dröhnte aus dem Außenlautsprecher und war sogar über dem Rattern der Rotoren zu hören. »Feuer einstellen!«, rief er noch mal.

Burtons Kopf ruckte hoch und herum.

Collier saß in der offenen Tür, die Füße auf der Kufe, das Gewehr jetzt auf Burton gerichtet. Begley stand direkt hinter ihm und lehnte sich so weit aus der offenen Tür, wie es der Schultergurt zuließ.

Er konnte Burton deutlich sehen und erkannte an dessen Miene, dass der Chief den Hubschrauber bis zu diesem Moment gar nicht registriert hatte. Außerdem las er etwas in dem Gesichtsausdruck des Mannes, das ihn veranlasste, Collier zu fragen, ob er freie Sicht auf sein Ziel hatte.

»Hab ihn.«

Begley rief: »Stellen Sie das Feuer ein, Burton! Tierney ist nicht Blue! Er ist nicht unser Mann.«

Aber Burton beachtete ihn gar nicht. Stattdessen zielte er auf

Tierneys Rücken und nahm ihn wieder ins Visier. »Verfluchte Scheiße! Ist er taub?«, brüllte Begley.

Ein Unschuldiger würde gleich in Fetzen geschossen, und die Verantwortung dafür würde bis an sein Lebensende auf ihm lasten. Noch bevor er diesen Gedanken wirklich gefasst hatte, sagte er: »In die Wade.«

Collier reagierte und feuerte sofort. Dutch Burtons linkes Bein knickte unter ihm weg. Begley konnte den glühenden Zorn in Burtons Blick erkennen, als der das Gewehr nach oben zog und feuerte.

Collier stürzte rückwärts in den Hubschrauber. Die Kugel hatte seine schusssichere Weste zwar nicht durchschlagen, aber sie hatte ihm einen schmerzhaften Schlag versetzt.

Burton feuerte noch mal. Die Kugel verfehlte Begley um Haaresbreite.

Mit einem ausgiebigen Fluch zog der Pilot den Hubschrauber herum. Begley merkte, wie ihn der Gurt in seinen Sitz presste und wie ihn gleichzeitig die Gravitation durch die offene Tür zu zerren versuchte.

»Ich hab ihn nicht mehr im Visier«, hörte er einen der anderen in seinem Kopfhörer rufen.

Der dritte Schütze hatte bei dem scharfen Anstieg des Hubschraubers das Gleichgewicht verloren. Er mühte sich ab, eine halbwegs stabile Position einzunehmen, aus der er feuern konnte. Collier hing immer noch benommen in der Tür und halb im Freien.

Begley blickte genau in die Mündung von Burtons Gewehr. Er rief: »Nicht schießen, Arschloch!«

Burtons Gesicht war eine qualvoll verzerrte Maske des Irrsinns. »Fick dich!«

Begley sah noch, wie Burtons Lippen die Worte formten, bevor eine Tausendstelsekunde später die Kugel seine Stirn durchschlug und aus seinem explodierenden Hinterkopf ein roter

Nebel auf den Schnee sprühte. Er kippte nach hinten, Arme und Beine ausgebreitet, ein Schneeengel mit rotem Heiligenschein.

Begley drehte den Kopf, um sich bei dem Scharfschützen zu bedanken.

Charlie Wise nahm langsam das Gewehr von der Schulter und reichte es an Collier zurück. Dann setzte er schweigend die Brille wieder auf.

Begley schluckte schwer, um sein Herz wieder in den Brustkorb hinabzudrücken, wo es hingehörte. »Guter Schuss, Hoot.«

»Danke, Sir.«

William Ritt nahm die Hand von Lillys Mund, schaltete das Funkgerät aus und legte es beiseite. »Ich habe dir doch gesagt, dass es ein brillanter Einfall ist.«

»Wieso?«, fragte Lilly unter einem kaum hörbaren Atemzug.

»Wieso ich behauptet habe, dass Tierney dich umgebracht hat? Liegt die Antwort nicht auf der Hand?«

»Nein, wieso haben Sie sie umgebracht?«

»Ach. Das.« William schlang die Enden des Bandes um seine Hände und zog kräftig an, um zu testen, wie belastbar es war. »Ich könnte meine unfähigen Eltern oder mein mangelndes Selbstwertgefühl dafür verantwortlich machen, aber das sind nichts als abgedroschene Phrasen. Außerdem bin ich nicht geisteskrank. Ich töte sie, weil ich es will.«

Sie behielt ihre Miene unter Kontrolle, aber in ihrem Kopf überschlugen sich die Gedanken. War Tierney tot? Dutch hatte auf ihn geschossen, das wusste sie mit Sicherheit. Andererseits hatte er gesagt, dass Tierney »zur Strecke gebracht« worden war. Er hatte nicht gesagt, dass er tot war. Falls Tierney noch am Leben war, würde er sie retten. Das wusste sie genau.

Was konnte sie bis dahin tun, um sich selbst zu retten und

William Ritt davon abzuhalten, sie zu töten? Fliehen konnte sie nicht. Stundenlang hatte sie vergeblich versucht, ihre Hände aus den Handschellen zu ziehen.

Wenn sie ihre Angst zeigte, würde sie ihm genau das geben, was er wollte. Instinktiv erkannte sie, dass es ihm Freude bereitete zu töten. Dadurch verschaffte er sich eine Identität, einen festen Stand in der Gemeinschaft, den er ansonsten nicht hatte. Er war Blue, der Mann, den alle fürchteten, nach dem alle fahndeten. Das Alter Ego des peniblen, geschwätzigen Apothekers war ein Frauenmörder. Wie musste ihn das aufgeilen.

Er behauptete, ein geringes Selbstwertgefühl zu haben, doch sie vermutete das Gegenteil. Er hatte ein aufgeblasenes Ego und hielt sich für intellektuell überlegen. Zwei Jahre lang hatte er alle an der Nase herumgeführt, doch bis heute konnte er das niemandem erzählen. Sie würde ihm Gelegenheit geben, ordentlich damit anzugeben. Sie hatte nur eine Chance zu überleben, wenn sie ihn am Reden hielt, bis Hilfe – *bitte, lieber Gott, lass es Tierney sein* – eintraf.

»Wie haben Sie Ihre Opfer ausgewählt? Das hat alle Ermittler irritiert. Die vermissten Frauen hatten doch nichts gemeinsam.«

»Mich.« Er schenkte ihr ein eisiges Lächeln. »Mich hatten sie gemeinsam. Alle haben mich angesehen, als sie starben. Bald wirst auch du das mit ihnen gemeinsam haben.«

Gib ihm nicht die Befriedigung, deine Angst zu sehen. »Und abgesehen davon?«

»Das ist ja das Prachtvolle daran. Profiler und Ermittler suchen immer nach Mustern. Bei mir gibt es keines. Ich habe jede aus einem anderen Grund getötet.«

»Und aus welchem?«

»Zurückweisung.«

»Bei Torrie Lambert?«

»Lang vor ihr.«

»Es gab noch mehr?«

»Eine junge Frau auf dem College.«

»Ihre Freundin?«

»Nein, das hätte ich mir gewünscht, aber sie lachte mich aus, als ich sie um ein Date bat. Sie hatte angenommen, ich sei homosexuell. Wie grausam, mich so zu verspotten. Es… es ging mit mir durch. Ich nehme an, das ist das treffende Wort für das, was damals passierte. Sie lachte mich aus. Ich versuchte, sie zum Schweigen zu bringen.

Als mir klar wurde, dass sie tot war, tat sie mir nicht leid, aber natürlich hatte ich Angst, dass man mich fassen könnte. Darum ließ ich es wie einen Raubüberfall aussehen. Ihr Portemonnaie und ihr Schmuck liegen in einer Schachtel unter meinem Bett. Bis zum heutigen Tag wurde dieser Mord nicht aufgeklärt.«

»Niemand hat Sie je verdächtigt?«

»Niemand. Ich war so unbedeutend, verstehst du? Für viele bin ich das immer noch.«

»Marilee hat nie Verdacht geschöpft?«

Er schnaubte verächtlich. »Meine Schwester war viel zu sehr damit beschäftigt, ihr eigenes schmutziges Geheimnis zu bewahren, als dass sie sich mit mir abgegeben hätte. Ich wünschte, ich hätte sie umgebracht, als wir noch Kinder waren. Ein- oder zweimal hatte ich es vor, aber es kam nie dazu.«

Er ruckte wieder an dem blauen Band. »Ich frage mich, wie Tierney darüber gestolpert ist.«

Er kniete immer noch vor ihr, und obwohl er sie kein einziges Mal berührt hatte, bibberte sie vor Angst. Wie lange konnte sie ihn noch am Reden halten? Wo blieb der Helikopter? Wo blieb Tierney? Sie weigerte sich zu glauben, dass er tot war.

»Sie haben mir erzählt, wie Sie Ihre Opfer ausgesucht haben. Ich habe verstanden, warum Sie das Mädchen umgebracht haben, das Sie ausgelacht hat. Aber Torrie Lambert kannten Sie doch gar nicht, oder?«

»Nicht vor jenem Tag, nein. Sie hatte sich von der Gruppe entfernt und war ein ziemliches Stück vom Weg abgekommen. Ich begegnete ihr, als sie die Straße an der Westflanke entlangging, in der Nähe unseres Elternhauses, wo ich an diesem Tag arbeitete. Ich verwickelte sie in ein Gespräch, hörte mir ihre Trauergeschichte an, gab ihr Ratschläge, doch als ich sie trösten wollte ...«

»Trösten?«

»Sie berühren. Da hat sie sich gewehrt.«

»Haben Sie sie vergewaltigt?«

Seine Augen blitzten zornig. »Ich kann ihn hochbekommen. Das kann ich dir versichern. Wenn wir mehr Zeit hätten, würde ich es dir beweisen.«

Seine Reaktion bewirkte, dass Lilly das Gegenteil glaubte, aber sie war nicht so dumm, ihm zu widersprechen.

»Torrie Lambert wird ewig bereuen, dass sie mich einen perversen kleinen Widerling genannt hat.«

Er atmete schwer vor Aufregung. Oder Vorfreude, was noch beängstigender war. Leise sagte sie: »Torries Haarband wurde Ihr Markenzeichen.«

»Wenn man es so nennen will, ja.«

»Sie haben es nach Tennessee gebracht, um eine falsche Spur zu legen?«

Er verzog bedauernd das Gesicht. »Mir war nicht bewusst, dass ich die Staatsgrenze überschritten hatte. Im Wald sieht alles gleich aus. Aber ja, ich habe es aus der nächsten Umgebung entfernt, um die Spurensucher abzulenken.«

»Erzählen Sie mir von den anderen vier. Waren das auch Zufälle?«

»Nein, die waren so geplant.«

»Wie haben Sie sie ausgewählt?«

»Du siehst das ganz falsch. Sie haben mich ausgewählt.«

»Das verstehe ich nicht.«

»Carolyn Maddox' kleiner Sohn ist zuckerkrank. Sie konnte sich das Insulin für ihn nicht leisten, und sie konnte keine Krankenversicherung abschließen. Deshalb kam sie zu mir und flehte mich um Hilfe an.«

»Sie haben ihr die Medikamente gegeben, die ihr Sohn brauchte.«

»Und obendrein Trost und Zuspruch. Aber was ich auch tat oder sagte, sie wollte mich nicht haben. Jedenfalls nicht so«, sagte er, um keinen Zweifel aufkommen zu lassen. »Sie hatte immer genug Zeit, um in meinen Laden zu kommen und die Gratismedizin für ihren Sohn abzuholen, aber sie hatte nie Zeit, wenn sie sich mit mir treffen sollte.

Für einen der Gäste im Motel, in dem sie sauber machte, hatte sie allerdings sehr wohl Zeit. O ja, für ihn hatte sie Zeit. Ich sah, wie sie zusammen in seinem Auto saßen, mitten auf dem Parkplatz, und sich gegenseitig betatschten. Widerwärtig. In dieser Nacht kam sie nicht mehr nach Hause.«

Ihr Wagen war mit einem blauen Band versehen am Straßenrand gefunden worden, auf halbem Weg zwischen ihrer Wohnung und dem Motel. Lilly konnte sich erinnern, dass der Motelgast vernommen worden und von jedem Verdacht freigesprochen worden war.

»Die Krankenschwester?«

Er feixte. »Laureen. Eine ganz andere Geschichte. Sie war fett. Ich konnte sie nicht leiden, aber ich erbarmte mich ihrer. Selbst wenn du mich für schwach hältst. Ich gab ihr Gratisproben von allen Diätprodukten, die ich bekam. Sie fasste meine Freundlichkeit ganz falsch auf und versuchte mich zu verführen. Ihre Avancen waren unverhohlen und grenzten schon ans Vulgäre. Ich konnte mir beim besten Willen nicht vorstellen, diese abstoßenden Fleischberge zu berühren, und fühlte mich durch die Annahme, dass ich das wollen könnte, beleidigt. Den Rest kannst du dir denken.«

Bevor sie danach fragen konnte, erzählte er ihr von Betsy Calhoun, die seinen Worten zufolge jeden Tag acht bis zehn Pillen gegen Depressionen eingeworfen hatte. Als ihr Rezept aufgebraucht war und der Arzt kein neues ausstellen wollte, bat sie William um mehr.

Wo blieb der Helikopter? Warum war er nicht zurückgekommen?

»Ich habe mich einverstanden erklärt, mich mit Mrs Calhoun auf dem Parkplatz bei der Bank zu treffen. Im Grunde war es ein Gnadentod. Ich habe sie von ihrem Elend erlöst. Im Gegensatz zu den anderen leistete sie keinen Widerstand. Sie war so benebelt, dass sie am leichtesten zu töten war. Am erfreulichsten war hingegen Millicent.« Seine schmalen Lippen verzogen sich zu einem grausamen Reptilienlächeln.

»Erzählen Sie mir von ihr.« Brachte der Hubschrauber erst Tierneys Leiche ins Tal? Sie mussten glauben, dass sie Blue gefangen hatten. Ihre Rettung konnte warten.

»Millicent war ein eingebildetes kleines Flittchen«, sagte er. »Sie verließ sich darauf, dass ich sie mit Verhütungsmitteln versorgte, damit sie nach Herzenslust herumvögeln konnte – aber sie passte trotzdem nicht auf. Und zu wem kam sie heulend gelaufen, als sie schwanger wurde? Zu mir.

Jahrelang hatte ich ihr Diätpillen und Amphetamine gegeben, damit sie nicht zunahm, aber sie hielt meine Großzügigkeit für selbstverständlich. Sie flirtete aufreizend mit mir. Einmal waren wir abends kurz vor Ladenschluss die Einzigen im Laden. Sie kam hinter die Theke, drängte sich an mich, rieb sich an mir und fragte mich, ob ich auch Kondome mit Aroma hätte. Sie sagte, sie hätte den ewig gleichen Gummigeschmack satt. ›Denk mal drüber nach, William‹«, flötete er und ahmte dabei eine aufreizende Mädchenstimme nach. »Dann lachte sie und hüpfte davon, so als wäre sie unglaublich schlau und süß. Als ich sie das letzte Mal sah, lachte sie nicht mehr.«

In seine Erinnerungen versunken, starrte er ins Leere. »Bis zum letzten Moment ging es immer nur um *sie.* Immer wieder rief sie weinend: ›Warum tust du mir das an? Ich dachte, du magst mich!‹

Als ich sie zu dem alten Haus hochfuhr, versuchte ich ihr zu erklären, dass sie ein schrecklicher Mensch war, dass sie andere ausnutzte, sie grundlos verletzte, mit ihren Gefühlen spielte. Ich erzählte ihr, dass sie andere zugrunde richten würde und es darum verdient hatte, zugrunde gerichtet zu werden. Aber«, er seufzte, »ich glaube nicht, dass sie das verstanden hat.«

Einen Moment schien er zu sinnieren, dann sagte er: »Gerade als ich sie begraben wollte, bekam ich den Anruf eines Elektrikers, mit dem ich seit Monaten vergeblich einen Termin zu vereinbaren versuchte. Er erklärte mir, dass er jetzt unterwegs zu unserem Haus sei. Darum musste ich sie irgendwo verstauen, bevor er auftauchte. Ich wusste, dass ihr diese Hütte verkauft hattet, und ich hatte auch mitbekommen, wie Dutch erzählt hatte, ihr hättet den Schuppen schon ausgeräumt. Es war das nächstliegende und praktischste Versteck, das mir auf die Schnelle einfiel.

Ich traf mich mit dem Elektriker und besprach mit ihm, was alles gemacht werden musste. Bis wir fertig waren, war es dunkel, und ich musste in die Stadt zurück. Ich beschloss, dass Millicent noch ein, zwei Tage in eurem Schuppen bleiben konnte. Ich kam nicht mehr herauf, bevor der Sturm aufzog.«

Plötzlich hörten sie mehrere Schüsse. Nicht näher als zuvor.

»Ich frage mich, was das zu bedeuten hat«, meinte William rhetorisch.

Lilly fragte sich das ebenfalls. Sie zermarterte sich den Kopf auf der Suche nach einer weiteren Frage, mit der sie William ablenken konnte. Aber ehe sie eine formulieren konnte, stellte er eine an sie. »Stimmt es, dass du Tierney schon vor Monaten kennen gelernt hast?«

»Letzten Juni.«

»Dutch war zu Recht eifersüchtig, stimmt's? Ich brauche dich nur anzusehen, wenn ich Tierneys Namen erwähne. Plötzlich wird dein Blick ganz glasig und sehnsüchtig.« Sein Blick wanderte zu den zerwühlten Laken auf der Matratze vor dem Feuer hinüber. Als seine Augen wieder auf sie gerichtet waren, zog er voller Verachtung die Stirn in Falten. »Schöne Menschen. Ihr findet euch immer, nicht wahr? Für uns andere habt ihr doch keinen Blick übrig.«

»Ich war nie unfreundlich zu Ihnen.«

»Aber wenn du mit mir in dieser Hütte festgesessen hättest, würde das Bettzeug nicht nach Sex stinken.«

»William...«

»Halt den Mund! Jetzt rede ich!«

Sie schloss den Mund und ließ ihn reden.

»Ist dieses Ende nicht ironisch und auf geradezu romantische Weise poetisch – dass ihr beide sterben werdet und jeder glaubt, Tierney hätte dich getötet, wo er doch in Wahrheit dein Liebhaber war? Siehst du den Witz darin? Ist das nicht köstlich? Nur eines will mir nicht in den Kopf. Warum hat er dich mit Handschellen gefesselt?«

Damit ich nicht versuche, ihn anzugreifen oder vor ihm zu fliehen, nachdem ich Millicents Leiche gesehen habe, dachte sie. Tierney wollte verhindern, dass sie etwas tat, das eine tödliche Asthmaattacke auslösen konnte. Um das zu erreichen, hatte er zu einer ebenso verzweifelten wie zeitsparenden Maßnahme gegriffen. Das war ihr jetzt klar. Inzwischen war ihr vieles klar. Auch dass sie Tierney schon seit dem Tag liebte, an dem sie sich erstmals begegnet waren. Außerdem wusste sie jetzt, dass er sie liebte.

Leise und mit Tränen in den Augen sagte sie: »Er hat versucht, mir das Leben zu retten.«

»Bedauerlicherweise für dich ist sein Versuch fehlgeschlagen.«

So schnell, dass sie es kaum mitbekam, hatte er das blaue Band um ihren Hals geschlungen und zugezogen.

»Nicht! Bitte!«

Er lächelte sie grausam an und zog das Band straffer. »Ich bin mir sicher, dass du genau weißt, wie nutzlos dein Flehen ist. Ich werde dir sagen, was ich zu allen gesagt habe. Du wirst sterben.«

Sie versuchte ihn zu treten, aber er setzte sich auf ihre Schenkel, presste ihre Beine auf den Boden und verstärkte den Druck auf das Band. »Es wird nicht lange dauern. Dein Asthma wird die Sache beschleunigen. Aber bitte tu mir den Gefallen und stirb schnell, ich höre nämlich schon den Helikopter zurückkommen.«

Tatsächlich hörte auch Lilly das Rattern, das allerdings noch Minuten entfernt sein konnte. Das Band schnitt schmerzhaft in ihre Haut. Ihre Finger krümmten und entspannten sich rhythmisch, so rang sie um Atem. Ihr Oberkörper dehnte sich, um Luft zu bekommen.

Sollte sie endlich doch noch so sterben? Langsam und grausam ersticken?

Ohne Vorwarnung und ohne einen Laut stürmte Tierney durch die Schlafzimmertür. Bevor William Ritt sein unerwartetes Erscheinen registriert hatte, trat Tierney gegen seinen Kopf.

33

Der Tritt ließ William durch die Luft segeln wie eine Zeichentrickfigur. Er landete drei Meter von Lilly entfernt, wälzte sich auf den Rücken und versuchte sich aufzusetzen. Über seinem Ohr klaffte eine Platzwunde. Er schlug die Hand darauf und starrte Tierney mit offenem Mund an, als wäre der von den Toten auferstanden.

Tierney sah wahrhaftig aus wie ein Überlebender der Apokalypse. Der rechte Arm baumelte lose an seiner Schulter. Die Kleidung auf dieser Körperseite war blutdurchtränkt. Sein Gesicht war, abgesehen von einer blutenden Schnittwunde auf der Wange, aschgrau. Die Augen waren eingesunken und von dunklen Ringen eingefasst, doch sie wichen keine Sekunde von William Ritt.

Offenbar hatte er ein unverriegeltes Fenster im Schlafzimmer entdeckt und erkannt, dass er Ritt überraschen würde, wenn er von dieser Seite kam.

»Lilly?« Seine Stimme klang wie Kies.

»Er ist Blue.«

»Dachte ich mir.« Den Blick fest auf William gerichtet, bückte er sich und legte seine Pistole in ihre gefesselte rechte Hand. »Hast du sie?«

»Ja.«

»Wenn er die Oberhand gewinnt, bringst du ihn um. Ohne zu zögern.« Er zog das Band von Lillys Hals.

Obwohl sein Schritt staksig und unsicher wirkte, stürzte er sich auf William, der wieder halbwegs zu Sinnen gekommen war und wegzukrabbeln versuchte. Tierney fasste mit der linken Hand nach unten, packte Williams Parka und riss ihn hoch, um ihn dann kurz loszulassen und die Faust, in der er immer noch das Band hielt, in sein Gesicht zu schmettern. Der Schlag ließ den Apotheker herumwirbeln. Er stolperte, landete schmerzhaft mit dem Gesicht an der Wand und prallte dann zurück.

Tierney ergriff mit seiner Linken den Hinterkopf des Mannes und knallte sein Gesicht gegen die Wand. Zweimal. Dann boxte er ihn in die Niere, dass William aufschrie, packte den Apotheker an der Schulter, zerrte ihn herum, drückte die Finger seiner linken Hand um Williams Hals und klemmte ihn so an die Wand. Das Band hing immer noch zwischen Tierneys Fingern. Es baumelte über Williams Brust.

Sein Gesicht war eine einzige blutende Masse. Die Augen waren vor Angst weit aufgerissen. Tierney sagte: »Ich sollte dieses Band um deine verfickte Kehle wickeln und dich ganz, ganz langsam erdrosseln.«

Seine Stimme war schwach. Das Blut sammelte sich in einer Pfütze zu seinen Füßen. Er wartete kurz, bis er wieder zu Atem gekommen war, aber gleichzeitig hielt er William Ritt unerbittlich fest.

»Ich würde dich weiß Gott liebend gern umbringen. Ich möchte dir mit bloßen Händen das Herz aus dem Leib reißen. Aber das werde ich nicht tun, denn so leicht sollst du nicht davonkommen. Du hast keinen schnellen Tod verdient.

Nein, ich will, dass du noch lange, lange lebst. Du sollst jahrzehntelang in einer Zelle verrotten. Du sollst von der Welt abgeschieden einsam hinter Schloss und Riegel vermodern und jeden Tag von riesigen Hünen vergewaltigt werden, die erst zufrieden sind, wenn sie dich bluten sehen. Das machen sie nämlich mit Kindermördern im Gefängnis, musst du wissen. Torrie war erst fünfzehn. Fünfzehn!« Seine Stimme brach. »Und wenn du stirbst, hoffentlich alt und gebrochen, sollst du direkt zur Hölle fahren und dort bis in alle Ewigkeit brennen, du mieses Stück Scheiße.«

Tierney konnte sich kaum noch auf den Beinen halten. Er schwankte auf den Füßen und öffnete die Hand, um Williams Hals frei zu geben. Der kleine Mann rutschte zu Boden und kippte zur Seite.

Tierney blieb kurz über ihm stehen, dann drehte er sich um und kam zu Lilly zurück.

»Tierney!«, schrie sie.

Er drehte sich im selben Moment um, in dem William eine Einwegspritze zückte, die er in einer Tasche seines Parkas aufbewahrt haben musste. Aber er zielte damit nicht auf Tierney. Stattdessen rammte er sich die Nadel in den Hals.

Tierney war sofort bei ihm. William versuchte den Kolben zu drücken und Luft in seine Adern zu pumpen; Tierney kämpfte mit aller Kraft dagegen an. Mit der Linken hielt er Williams Handgelenk in einem Knochenbrechergriff. Der Mann schrie auf, nicht nur vor Schmerz, sondern auch vor Ärger und Wut, weil Tierney es irgendwie zuwege brachte, Williams andere Hand mit dem Knie auf den Boden zu pressen.

Die Hüttentür platzte auf und knallte gegen die Wand. »FBI! Keiner bewegt sich!« Zwei Männer in Kampfausrüstung und mit schwarzen Skimasken schwenkten die Mündung ihrer Gewehre durch den Raum und richteten sie dann auf Tierney und William.

»Waffe fallen lassen!«, befahl ein streng aussehender Mann, der hinter den anderen in den Raum getreten war. Er trug einen ganz normalen Mantel, aber Lilly war von seiner Ausstrahlung so beeindruckt, dass sie einen Augenblick brauchte, um zu begreifen, dass sie damit gemeint war. Sie öffnete die Hand und gab Tierneys Pistole frei. Sie fiel klappernd zu Boden.

Ein zweiter Agent, jünger, schlanker und mit Brille, zielte mit der Pistole auf Tierneys Hinterkopf. »Lassen Sie ihn los, Mr Tierney.«

»Er hat eine Spritze im Hals und will sich umbringen.«

Der einschüchternde Grauhaarige marschierte zu ihnen hinüber, bückte sich, nahm die Lage kurz in Augenschein und zog dann ohne weitere Umschweife die Spritze aus Williams Hals. »Behalten Sie ihn im Auge«, befahl er dem Mann mit der Brille.

»Er ist Blue«, keuchte Lilly. »Er heißt William Ritt.«

»Ich weiß, wie er heißt«, sagte der Agent.

»Er ist der Gesuchte, nicht Tierney. William Ritt ist Blue.«

»Woher wissen Sie das?«, fragte er.

»Er hat es mir erzählt. Er wollte mich umbringen.«

Während dieses kurzen Wortwechsels hatte Tierney die Linke gegen die Wand gestemmt und nützte sie jetzt als Stütze zum Aufstehen. Der ältere Agent zog ein großes weißes Taschentuch aus der hinteren Hosentasche und reichte es ihm wortlos. »Für das Blut.«

Tierney nahm das Taschentuch und presste es auf seine Schulter. »Danke.«

»Also.« Der Agent stupste William mit der Schuhspitze an, sah aber Tierney ins Gesicht und sagte: »Sie haben Blue also endlich gefunden.«

Tierney nickte.

Lilly sah verwirrt von einem zum anderen.

Der FBI-Agent wandte sich an sie. »Ms Martin, ich bin … oh, bitte entschuldigen Sie. Hoot, durchsuchen Sie Ritt nach den Schlüsseln für die Handschellen.«

»Er hat sie nicht gefesselt. Das war ich.«

Der Ältere sah Tierney überrascht an.

»Der Schlüssel ist in meiner Manteltasche. Der mit dem Reißverschluss. Ich weiß nicht, ob ich es schaffe …«

»Sie gestatten.« Er zog den Reißverschluss der Tasche auf,

auf die Tierney gedeutet hatte, und nahm den kleinen Schlüssel heraus. »Ich bin Special Agent in Charge Begley. Und das ist Special Agent Wise.« Er kniete vor Lilly nieder, schloss die Handschellen auf und half ihr aufzustehen.

»Sehr erfreut.« Sie schob sich an ihm vorbei und eilte zu Tierney, der sich immer noch an der Wand abstützte. Ihre Hände wanderten über seinen Körper, allerdings mit ein paar Zentimetern Abstand, aus Angst, ihm noch mehr Schmerzen zuzufügen. »Mein Gott, Tierney, sieh dich an.«

»Hat er dir wehgetan?«

»Was?« Sie sah in seine eingesunkenen Augen und schüttelte dann den Kopf. »Nein.«

»Aber ich. Im Schuppen …«

»Das ist egal.«

»Ich musste das tun.«

»Ich verstehe. *Wirklich.*«

Ein paar Sekunden lang war die Welt um sie herum versunken, dann wurden sie sich gleichzeitig ihrer Zuhörerschaft bewusst. Sie drehte sich zu dem älteren Agenten um. »Tierney ist gerade rechtzeitig gekommen, um William Ritt daran zu hindern, mich zu töten. Millicent Gunns Leiche liegt in der Werkzeugkiste im Schuppen. Ich habe sie heute Morgen dort gefunden.« Sie sah Tierney an. »Du hast sie in der Nacht gefunden, in der du Holz holen warst und nach der Axt suchen wolltest. Darum warst du so kurz angebunden.«

Er nickte. Dann sagte er zu Begley: »Ich habe die Leiche vorgestern Nacht entdeckt, genau wie Lilly gesagt hat. Ich habe sie nicht berührt, sie liegt also noch genauso da, wie ich sie vorgefunden habe. Vorausgesetzt, Ritt hat sie nicht bewegt, als er hierherkam.«

»Das glaube ich nicht«, erklärte ihnen Lilly. »Er kam direkt in die Hütte.«

»Wo ist dieser Schuppen?«, wollte Begley wissen.

Sie erklärte es ihm. »William hat mir erzählt, dass er Millicent umgebracht und ihre Leiche vorübergehend im Schuppen versteckt hat. Auch die anderen Morde hat er gestanden – nein, er hat damit angegeben.«

»Bringen Sie ihn raus.« Auf ein Nicken von Begley hin packten die beiden Einsatzbeamten William unter den Armen und schleiften ihn zur Tür. Er hing schlaff und mit hängendem Kopf zwischen ihnen, als wäre er nach den Schlägen, die Tierney ihm verpasst hatte, doch noch in Ohnmacht gefallen.

»Fesseln Sie ihn, und setzen Sie ihn in den Hubschrauber. Dann warten Sie auf mich.«

»Ja, Sir.«

»Hoot?«

»Sir?«

»Rufen Sie das nächste FBI-Büro an. Wir brauchen hier so schnell wie möglich die Spurensicherung. Und richten Sie den Kollegen aus, dass sie einen Hubschrauber brauchen.«

»In Ordnung, Sir.«

Agent Wise griff nach seinem Handy. Begley wandte sich ihnen wieder zu. »Wie geht es Ihrer Schulter, Mr Tierney?«

»Die ist im Arsch.«

»Es überrascht mich, dass Sie keinen Schock haben.«

»Der kommt schon noch.«

»Möchten Sie sich setzen?«

Er schüttelte den Kopf. »Sonst stehe ich nicht mehr auf.«

»Wir haben den Hubschrauber fünfzig Meter von hier auf der Straße abgesetzt«, sagte Begley. »Dann sind wir Ihrer Blutspur hierher gefolgt. Unser Pilot hat per Funk einen Rettungshubschrauber angefordert, der Sie abholen soll. Er müsste jeden Augenblick hier sein.«

»Danke.«

»Möchten Sie reden?«

»Dann falle ich vielleicht nicht so schnell in Ohnmacht.«

Begley grinste, als könnte er das nachvollziehen. Doch gleich darauf wurde er wieder ernst. »Ich muss mich bei Ihnen entschuldigen, Mr Tierney. Wir haben erst vor wenigen Minuten erfahren, dass Sie Torrie Lamberts Vater sind.«

Lilly sah Tierney sprachlos an.

»Ihre Mutter und ich wurden geschieden, als Torrie noch ein Baby war.« Seine Erklärung war eher an sie als an den FBI-Agenten gerichtet. »Ihr Stiefvater adoptierte sie und gab ihr seinen Namen. Trotzdem war sie meine Tochter.«

»Was vieles erklärt«, sagte Begley. »Offensichtlich wollten Sie sich nicht darauf verlassen, dass unsere Organisation oder die hiesige Polizei den Fall löst, und haben darum zwei Jahre lang auf eigene Faust herumgeschnüffelt.«

»Genau.«

Begley schnaubte und sah Tierney spröde an. Lilly hatte den Eindruck, dass er genauso reagiert hätte, wenn seine Tochter verschwunden wäre. »Von wem stammt die Schnitzerei in der Küche?«

Damit meinte er die Nachricht, die sie in den Küchenschrank geritzt hatte. Anscheinend entging ihm nichts. »Von mir«, sagte sie. »Anfangs dachte ich …« Reuevoll nickte sie zu Tierney.

»Tja, Sie waren nicht die Einzige, die das angenommen hat«, sagte Begley. »Mr Tierney, waren Sie William Ritt auf der Spur?«

»Nein. Ich habe auf Wes Hamer getippt.«

»Wes Hamer?«

»Ich lernte Millicent kennen, weil ich im Laden ihres Onkels einkaufte«, sagte er. »Sie entwickelte eine … eine gewisse Zuneigung zu mir.«

Sie war verschossen, dachte Lilly.

»Das war, als ich im letzten Herbst hier war. Eines Nachts kam ich ins Motel zurück, da wartete Millicent schon auf mich.

Mir war das unangenehm. Ich ließ sie nicht in meinen Bungalow, aber sie begann, mir eine sehr unappetitliche Geschichte über sie selbst, Wes, dessen Sohn, eine Schwangerschaft und eine Fehlgeburt zu erzählen.«

Lilly hatte Wes Hamer schon immer für ein Riesenarschloch gehalten. Tierneys Geschichte übertraf ihre schlimmsten Annahmen.

»Als sie aus der Klinik für Essstörungen zurückkam, wollte sie wieder mit Scott zusammenkommen, aber der wollte nichts mehr mit ihr zu tun haben. Darum bat sie mich um Rat.« Er schüttelte traurig den Kopf. »Ich hatte selbst zu viel am Hals und wollte mich um keinen Preis in ihre Geschichte reinziehen lassen. Aber als sie letzte Woche vermisst gemeldet wurde, kam mir der Verdacht, dass Wes eventuell ein lästiges Problem beseitigt haben könnte und sein Kumpel Dutch ihn deckte.«

An Lilly gewandt, fuhr er fort: »Darum konnte ich dir nicht erzählen, was ich hier tat. Ich hatte Angst, dass du dich verpflichtet fühlst, Dutch alles zu berichten, was ich dir erzählte, und dass er dann seinen Freund Wes schützen würde. Selbst falls Wes nicht Blue sein sollte, wäre meine Tarnung aufgeflogen, und Dutch hätte bestimmt einen Weg gefunden, wie er meine amateurhaften Bemühungen, meine Tochter zu finden, durchkreuzen konnte.«

»Was hast du so kurz vor dem Sturm auf dem Berg gemacht?«, fragte sie.

»Ich hatte immer noch gehofft, dass ich auf einem dieser Wanderwege eine Spur von ihr finden würde. Am Tag vor dem Sturm stieß ich auf…« Er verstummte und räusperte sich dann. »Mehrere Gräber. Insgesamt vier und daneben ein frisches für Millicent. Die Schaufel, mit der es ausgehoben worden war, lag im Unterholz verborgen.«

»Die Handschellen?«

»Gehören mir.«

»Außerdem haben Sie einen Transponder gekauft«, ergänzte Begley. »Zur Verfolgung, nehme ich an.«

Er nickte verlegen. »Ich bin nie dazu gekommen, ihn zu benutzen, aber offenbar haben Sie Ihre Hausaufgaben gemacht.«

»Ehrlich gesagt war das Special Agent Wises Verdienst.« Begley deutete auf den anderen Agenten.

Der hatte sein Telefonat mit dem Regionalbüro beendet, wo das auch sein mochte. Seither hatte er Tierneys Geschichte gelauscht; jetzt trat er einen Schritt vor. »Ich muss mich bei Ihnen entschuldigen, Mr Tierney. Auf dem Papier sahen Sie durchaus verdächtig aus.«

»Auf dem Papier kann ich mir das vorstellen. Wie sind Sie überhaupt auf mich gekommen?«

»Ihre Initialen tauchen mehrfach in Millicent Gunns Tagebuch auf. Sie hat durchblicken lassen, dass Sie nett zu ihr gewesen seien.«

Tierney zuckte wortlos mit der Schulter.

»Die Gräber?«, bohrte Begley nach.

»Ich habe versucht, das Gelände ringsum unberührt zu lassen, weil ich hoffte, dass man dort Hinweise darauf finden würde, wer Blue sein könnte.«

Begley ließ sich die Koordinaten geben. Tierney erklärte ihnen, wo sie sein Auto finden würden. »Vom Wagen aus liegen die Gräber etwa hundertfünfzig Meter nordnordöstlich. Der Aufstieg ist schwierig, aber offenkundig kann ihn sogar ein Mann schaffen, der einen Leichnam trägt.«

»Das Band?«, fragte Lilly. Es lag immer noch zu ihren Füßen am Boden und war mit seinem Blut und dem von William Ritt durchtränkt.

An Begley gewandt, sagte er: »Die Schaufel habe ich nur mit Latexhandschuhen angefasst. Sie liegt im Kofferraum meines Autos. Ich hoffe, dass Sie Ritts Fingerabdrücke darauf finden.«

Lilly sah Tränen in seinen Augen glänzen. »Jedenfalls werden Sie die Überreste meiner Tochter finden.«

Seine Stimme war über seinen Erklärungen heiser und leiser geworden. Wenn Lilly bedachte, wie viel Blut er verloren hatte, war es ihr ein Rätsel, dass er noch aufrecht stehen konnte. Sie legte den Arm um seine Taille. »Warum setzt du dich nicht wenigstens hin?«

Er lächelte sie an. »Es geht schon.«

»Dutch hat auf dich geschossen, nicht wahr?«

Er sah ihr kurz ins Gesicht und dann wieder Begley an. »Was ist mit ihm und Wes Hamer?«

»Collier aus unserer Einsatztruppe ist bei ihnen geblieben.« Begley sah sie bedrückt an und fragte dann Tierney: »Stimmt das, was Ms Martin sagt? Hat Chief Burton auf Sie geschossen?«

»Ich hatte meine Pistole weggeworfen«, bestätigte er verbittert. »Aber das hat ihn nicht davon abgehalten.«

»Er hat auf dich geschossen, obwohl er wusste, dass du nicht bewaffnet bist?«

»Das ist zum Teil meine Schuld, Ms Martin«, erwiderte Begley auf ihre entsetzte Frage. »Chief Burton hielt Mr Tierney für einen gefährlichen Kriminellen.«

»Das war mir klar.« Tierney schilderte, wie er im Autoradio gehört hatte, dass er zur Vernehmung gesucht wurde. »Als ich Dutch und Wes Hamer sah, wusste ich, dass sie auf der Jagd nach mir sind und mich tot oder lebendig haben wollen.«

»Außerdem war er wütend, weil Sie beide hier miteinander eingesperrt waren«, ergänzte Begley. »Ihn trieb eine explosive Mischung aus Selbstjustiz und Eifersucht.«

»Darum bin ich sofort losgerannt, als ich die beiden sah«, sagte Tierney. »Ich hoffte, dass ich Sie – das FBI – erreichen könnte, bevor sie mich erwischten. Ich rechnete mir aus, dass ich Ihnen eher alles erklären könnte. Dass die beiden mich anhören würden, erschien mir zweifelhaft, und ich hatte Recht.«

Er atmete durch. »Aber ich konnte ihnen nicht entkommen. Sie holten mich ein und schossen auf mich. Sekunden später hörte ich, wie Ritt Dutch über Funk erklärte, dass er Lilly tot in der Hütte gefunden hätte. In dem Augenblick begriff ich, dass etwas schrecklich faul war. Den Rest können Sie sich selbst zusammenreimen.« Er sackte gegen die Wand.

Lilly hielt ihn behutsam fest und ließ ihn langsam zu Boden sinken, bis er mit dem Rücken zur Wand saß. »Ich kann einfach nicht glauben, dass Dutch dir das angetan hat.« Dann sah sie wieder zu Begley auf. »Dafür wird er vor Gericht gestellt, nicht wahr?«

»Nein, Madam, das wird er nicht.«

Sie wollte schon fragen, warum, als sie begriff. Sie las die Antwort aus Begleys mitfühlendem Blick, erahnte sie in Wises abgewandtem Gesicht und hörte sie in Tierneys leisem Fluch.

»Es tut mir leid, Ms Martin«, sagte Begley sanft. »Er hat uns keine Wahl gelassen. Er hat auf einen meiner Männer geschossen. Hätte der Mann keine schusssichere Weste getragen, wäre der Schuss tödlich gewesen. Chief Burton versuchte Mr Tierney von hinten zu erschießen und hätte um ein Haar auch mich erschossen. Wir haben ihn mehrmals gewarnt. Er ließ sich nicht abbringen. Um unser eigenes Leben zu retten …«

»Sie brauchen mir nichts zu erklären«, unterbrach sie ihn leise und traurig.

Tierney nahm ihre Hand und drückte sie.

Ein Handy läutete. Agent Wise drehte ihnen den Rücken zu und nahm den Anruf so unauffällig wie möglich entgegen.

Draußen wurde es lauter und hektischer. Begley trat auf die Veranda und kam gleich darauf in die Hütte zurück. »Der Rettungshubschrauber ist hier, Mr Tierney.«

»Darf ich mit Mr Tierney fliegen?«

»Leider nicht, Ms Martin«, sagte er. »Wir brauchen Sie in Cleary.«

Sie nickte, wenn auch widerstrebend.

Ein Team von Sanitätern kam mit einer Bahre hereingelaufen. Kaum eine Minute später war Tierney darauf festgeschnallt, mit einer Infusionskanüle versehen, an der mehrere Flaschen mit Flüssigkeiten hingen, und außerdem mit einer Nasensonde ausgestattet, die ihn mit Sauerstoff versorgte. Trotz der Hektik um ihn herum ließ er Lillys Hand kein einziges Mal los und wandte den Blick nie von ihr ab, genauso wie ihrer nicht von ihm wich.

Sie folgte der Bahre bis zur Veranda, wo sie seine Hand loslassen musste. Die Sonne stand schon hinter dem Waldrand im Westen, wodurch sich eine verfrühte Dämmerung über die Lichtung gesenkt hatte. Kaum fehlten die Sonnenstrahlen, sank die Temperatur dramatisch. Die Arme um den Leib geschlungen, um sich zu wärmen, blieb sie stehen und sah Tierney nach, bis der Helikopter abhob.

»Wohin bringen sie ihn?«, fragte sie Begley, der sie in die Hütte zurückführte.

»Nach Nashville.«

»Er hat viel Blut verloren.«

»Er kommt mir ziemlich zäh vor. Er wird das überstehen.« Dann drückte er zuversichtlich ihren Arm. Sie lächelte ihn an. Er lächelte zurück.

»Sir?« Sie drehten sich gleichzeitig zu Agent Wise um.

»Was ist, Hoot?«

»Sie haben Scott Hamer gefunden.«

Dora war immer noch bei Marilee, als die Nachricht sie erreichte.

Sie waren den ganzen Tag zusammengeblieben und hatten einander in den Stunden, in denen Scott spurlos verschwunden geblieben war, Kraft gespendet. Dora hatte nur von einigen wenigen Freunden Scotts die Handynummer, aber von dort aus machte die Nachricht, dass seine Mutter ihn suchte, in rasendem Tempo die Runde. Keiner der Freunde, die Dora erreichte, hatte ihn gesehen.

Ihre Bemühungen, Wes auf dem Handy zu erreichen, waren ebenso erfolglos. Entweder hatte er immer noch keinen Empfang, oder er ignorierte ihre Anrufe.

In nervenaufreibender Ungeduld harrten die beiden Frauen aus.

Officer Harris hatte Scott schließlich gefunden. »Er ist unterwegs ins Krankenhaus.« Mehr wollte er Dora am Telefon nicht verraten.

Als sie und Marilee in die Notaufnahme kamen, warteten sie ängstlich darauf, was ihnen die zuständige Schwester zu sagen hatte. Die Schwester ihrerseits war mit der Familie Hamer bekannt und wollte die schlechte Nachricht nicht überbringen. »Der Arzt möchte Sie persönlich sprechen, Mrs Hamer. Ich gehe ihn holen«, sagte sie nur und verschwand hinter einer Doppeltür.

Volle zehn Minuten später erschien ein junger Mann im Arztkittel. Dora kam er ungeheuer jung vor. Er sah sie beide an. »Mrs Hamer?«

»Ich bin Mrs Hamer.«

»Dr. Davison.« Er schüttelte ihre kalte und klamme Hand. »Offenbar ist Scott am Seil in der Schulturnhalle hinaufgeklettert, hat dabei den Halt verloren und ist auf den Boden gefallen. Er war allein. Niemand hat ihn gesehen. Außerdem hatte er keine Matte untergelegt, sodass er auf dem harten Boden aufkam. Wir versuchen ihn zu stabilisieren, damit wir ihn in ein größeres Krankenhaus verlegen können.«

Dora wäre vor Erleichterung zusammengesackt, wenn Marilee sie nicht gehalten hätte. »Er lebt?«

»O ja. Entschuldigen Sie, ich dachte, das wüssten Sie bereits. Seine Verletzungen sind nicht lebensbedrohlich. Seine Körperfunktionen sind in Ordnung. Aber ich möchte das Ausmaß seiner Verletzungen nicht herunterspielen. Beide Beine sind mehrfach gebrochen. Im Moment wird er geröntgt, um zu sehen, ob es auch innere Verletzungen gibt. Ich glaube nicht, dass wir welche finden, aber bei einer Beckenverletzung ist das Routine. Rückenmarks- oder Kopfverletzungen hat er augenscheinlich keine. Eigentlich hat er bei einem so tiefen Sturz noch Glück gehabt.« Er wartete ab, bis sie das verarbeitet hatte, bevor er fortfuhr.

»Entschuldigen Sie, Mrs Hamer, aber ich muss das fragen. Hat er Steroide genommen?«

»Er hat Steroide *verabreicht* bekommen.«

»Das könnte zu seinen Verletzungen beigetragen haben und wird die Genesung verzögern. Steroide kräftigen die Muskeln, aber nicht die Sehnen und Bänder, mit denen sie verbunden sind. Die werden im Gegenteil unter der zusätzlichen Belastung schwächer. Ich fürchte, Scott wird es in nächster Zeit nicht leicht haben.«

»Aber er lebt.«

»Ja, er lebt. Dennoch müssen wir ihn in ein Krankenhaus mit einer unfallchirurgischen Abteilung verlegen. Leider sind die Straßen immer noch vereist, und der erste Rettungshubschrauberflug ist für einen Patienten mit massivem Blutverlust reserviert.«

»Hat man Mr Tierney gefasst?«

»Ich weiß nicht, wie er heißt«, beantwortete der Arzt Marilees Frage. »Ich weiß nur, dass man Blue gefasst hat und dass die Sache blutig ausging. Es könnte also ein paar Stunden dauern, bis Scott verlegt wird. Bis dahin halten wir ihn unter ständiger Beobachtung und so schmerzfrei wie möglich.«

»Können wir zu ihm?«

»Sobald er aus dem Röntgenraum kommt.« Er zögerte und sagte dann: »Ich habe ihn in der letzten Saison Football spielen sehen. Er hat wirklich Talent. Vielleicht sollten Sie ihn darauf vorbereiten, dass damit Schluss ist.«

Eine halbe Stunde später erschien die Krankenschwester und führte Dora auf die Intensivstation.

Dora streckte Marilee die Hand hin. »Kommen Sie mit.«

»Ich kann nicht.« Ihre Stimme war heiser vor Gefühl.

»Er braucht Sie.«

»Nein, das glaube ich nicht.« Sie lächelte unter Tränen. »Er hat mich gebraucht, aber jetzt braucht er mich nicht mehr. Richten Sie ihm aus ...« Sie verstummte und schüttelte traurig den Kopf. »Ach was. Ich glaube, es ist am besten, wenn Sie ihm gar nichts sagen.«

Dora sah der anderen Frau lange in die Augen und nickte nachdenklich. »Sie sind ein bemerkenswert selbstloser Mensch. Und eine unglaublich tapfere Frau.« Sie schloss Marilee kurz in die Arme und eilte dann durch die Schwingtür.

Er war benommen, weil man ihn mit Schmerzmitteln vollgepumpt hatte, aber zumindest wusste er, wo er war. Als sie an sein Bett trat, lächelte er bleich und flüsterte: »Hi, Mom.«

Dora griff seine Hand und bemühte sich nicht einmal, ihre Tränen zurückzuhalten. »Hi.«

»Meine Beine sind voll im Arsch, oder?«

»O ja, das sind sie.«

Scott schloss die Augen und stieß unter einem dünnen Lächeln einen tiefen Seufzer aus. »Gott sei Dank.«

Epilog

»Ms Martin, Mr Tierney möchte Sie sprechen.«

Dank der vielen Reportagen über die Ereignisse, die sich vor drei Monaten in North Carolina abgespielt hatten, wusste Lillys Assistentin genau, wer Ben Tierney war. Obwohl sich die meisten Berichte auf William Ritts Gefangennahme konzentriert hatten, hatte es in der Kaffeeecke lange Spekulationen darüber gegeben, was sich während der zwei Tage, die sie mit Tierney eingeschlossen gewesen war, in der Hütte ereignet haben mochte.

Keiner ihrer Untergebenen hatte den Mumm gehabt, sie zu fragen, vor allem da der Kontakt zwischen ihr und Tierney seither abgerissen war. Bis gestern. Da hatte er angerufen und um einen Termin gebeten.

Lilly wusste, dass die Kunde von ihrer bevorstehenden Begegnung wie ein Lauffeuer durch das Büro gegangen war. Heute Vormittag waren alle unter Hochspannung und darauf erpicht, einen Blick auf Tierney werfen zu können.

Die Lässigkeit ihrer Assistentin war nur gespielt.

Lilly war nicht mehr in der Lage, irgendwem etwas vorzuspielen.

Ihre Stimme klang wie die einer Fremden. »Bitte schicken Sie ihn herein.«

Mit pochendem Herzen starrte sie auf die geschlossene Bürotür. Er öffnete, trat ein und schloss die Tür hinter sich. Diesmal trug er eine Leinenhose und ein Sportjackett. Sie hatte ihn noch nie in etwas anderem gesehen als seiner Kajakhose oder Jeans, Sweater und dem Mantel, den er in der Hütte getragen hatte.

Na schön und ohne alles.

»Hallo, Lilly.«

»Hallo.«

»Ich bin froh, dass du heute Zeit für mich hast.«

»Ich habe es mir zum Prinzip gemacht, jeden Mann, mit dem ich während eines Schneesturms achtundvierzig Stunden in einer Berghütte festsaß, mindestens noch einmal zu empfangen.«

Er war ein bisschen dünner, ein bisschen blasser, aber das Lächeln, unter dem er den Stuhl auf der anderen Seite des Schreibtisches herauszog und sie in aller Ruhe von Kopf bis Fuß betrachtete, war herzerwärmend vertraut. Als er ihr schließlich wieder in die Augen sah, sagte er: »Du siehst toll aus.«

Warum hast du dann vierundneunzig Tage verstreichen lassen, bevor du angerufen hast? So schrie es in ihrem Kopf. Laut fragte sie: »Wie geht es deiner Schulter?«

»Die ist brandneu. Sie haben die alte gegen eine aus Plastik ausgetauscht, die angeblich haltbarer und praktisch unzerstörbar ist.«

»Stört sie dich?«

»Nicht besonders.«

»Das sagst du bei jeder Verletzung.«

Er hielt ihren Blick einen Moment gefangen und sagte dann leise: »Manche schmerzen mehr als andere.«

Sie drehte den Kopf zur Seite, um sich der magnetischen Kraft seiner blauen Augen zu entziehen. Zahllose Male hatte sie sich gefragt, was sie wohl sagen und tun würde, wenn sie ihn wiedersah – *falls* sie ihn wiedersah.

Nun, dass sie ihn wenigstens einmal wiedersehen würde, hatte sie gewusst. Das musste sein. Aber was sie danach erwarten sollte, hatte sie nicht gewusst.

Sie hatte sich mehrere Möglichkeiten zurechtgelegt, diese

Szene zu spielen, angefangen von kühler Distanz bis zu leidenschaftlicher Hingabe. Jetzt wollte ihr keine Zeile aus irgendeinem dieser Phantasieszenarien einfallen.

»Ich nehme an, du musstest zur Physiotherapie gehen.«

»Ich war mehrere Wochen in der Reha.«

»In einer Klinik festzusitzen hat dich bestimmt zum Wahnsinn getrieben.«

»Allerdings. Aber mir ging es immer noch besser als den meisten anderen Patienten dort. Scott Hamer zum Beispiel.«

»Ja, ich habe von seinem Unfall gehört.«

»Es war kein Unfall.« Offenbar merkte er ihr die Überraschung an. »Er und ich haben im Krankenhaus lange geredet. Er hat mir erzählt, dass er das Seil absichtlich losgelassen hat.«

»Warum?«

Mit wachsender Bestürzung hörte sie, dass Wes seinen Sohn mit Steroiden gedopt hatte. »Obendrein hat er mit Scotts Freundin geschlafen«, bemerkte sie kopfschüttelnd. »Wes Hamer ist ein zutiefst verabscheuenswürdiger Mensch.«

»Da gebe ich dir Recht. Sie halten den Skandal mit Millicent unter der Decke. Nicht um Wes zu schützen, sondern um ihre Eltern zu schonen. Warum sollten sie die beiden noch unglücklicher machen?«

»Er hätte es verdient, öffentlich bloßgestellt zu werden, aber ich kann das verstehen.«

»Wie man hört, geht Wes in Sack und Asche, nicht nur wegen Scotts Unfall, sondern auch wegen der Ereignisse auf dem Berg.«

»Er ist Dutch nur gefolgt.«

»Das stimmt nicht ganz, Lilly. Wie Scott mir erzählt hat, hat Wes zugegeben, dass er Dutch auf meine Fährte gehetzt hat.«

»Und warum?«

»Eine Zeitlang hatte er Angst, dass sein Sohn Blue sein könnte.«

»Scott?«

»Ein Motiv hätte er gehabt. Glaubte Wes wenigstens. Darum schürte Wes Dutchs Eifersucht auf uns zwei und redete ihm zu, das zu tun, was er ohnehin tun wollte – mich dafür zu bestrafen, dass ich bei dir war. Dutch zu überreden, war für Wes ein Leichtes, nur führte es letztendlich dazu, dass sein bester Freund sterben musste. Die Schuld dafür wird er bis an sein Lebensende tragen.«

»Warum bleibt sie bei ihm?«

»Mrs Hamer? Scott sagt, sie hätte ihn um ein Haar verlassen, als sie von den Steroiden erfuhr. Wes bettelte sie an zu bleiben. Er hat gelobt, sich zu ändern. Eine neue Seite aufzuschlagen. Um zu beweisen, dass er zu allem bereit ist, hat er seinen Job als Trainer aufgegeben. Jetzt verkauft er Sportwaren.«

»Für Millicents Onkel?«

»*So* verändert hat er sich auch wieder nicht«, meinte Tierney trocken.

»Was ist mit Scott? Was wird jetzt aus ihm?«

»Er sitzt noch im Rollstuhl, aber sobald er wieder auf den Beinen ist, will er seine Ausbildung wie geplant fortsetzen.«

»Aber nicht als Sportler.«

»Nein. Er kann keinen Leistungssport mehr treiben, und nichts könnte ihn glücklicher machen.«

»Er muss ein furchtbar unglücklicher junger Mann gewesen sein, sonst hätte er nicht zu so einer extremen Maßnahme gegriffen, um sich von Wes zu befreien.«

»Er ist immer noch unglücklich.« Tierney zog nachdenklich die Stirn in Falten. »Scott hat mir vieles anvertraut. Er ist erleichtert, dass er keinen Sport mehr treiben muss. Aber irgendwas setzt ihm immer noch zu.

Er sagt, es sei so persönlich, dass er es mir nicht erzählen kann, denn er sei noch nicht bereit, sich zu öffnen. Während wir im Krankenhaus waren, hatte ich reichlich Zeit, ihn zu beobachten. Er liest. Größtenteils Klassiker. Ansonsten sitzt er nur da und starrt manchmal stundenlang in die Luft. Er ist ein extrem trauriger junger Mann.«

»Vielleicht wegen Millicent?«

»Natürlich bedauert er, was ihr zugestoßen ist, aber nachdem sie und Wes …« Den Rest ließ er unausgesprochen. »Etwas anderes – oder jemand anderes – hat ihm das Herz gebrochen. Vielleicht fühlt er sich irgendwann sicher genug, um es zu erzählen. Er hat mir versprochen, dass wir in Verbindung bleiben.«

»Ich bin sicher, er weiß, was für einen Freund er in dir hat.«

»Er ist ein guter Junge.«

Nach kurzem Schweigen sagte sie: »Du weißt bestimmt schon, dass sich William Ritt in allen Punkten schuldig bekannt hat.«

Tierneys Lippen schnurrten zu einer dünnen Linie zusammen. »Fünfmal lebenslänglich. Das ist immer noch zu gut für ihn.«

»Da kann ich dir nur zustimmen.«

»Wenigstens hat er den Steuerzahlern die Kosten für ein langwieriges Verfahren erspart.«

»Er war nie wirklich beliebt«, sagte sie. »Bei niemandem. Ich kann dir aus eigener Erfahrung sagen, dass er umso abstoßender wurde, je jovialer er sich gab. Jetzt hat sich sogar seine Schwester von ihm abgewandt. Ich kenne Marilee nicht besonders gut, aber sie kam mir immer nett vor. Kannst du dir ausmalen, wie sie sich schämen muss? Ich habe ihr eine tröstende Karte geschickt, aber die kam ungeöffnet zurück.«

»Wie ich gehört habe, ist sie aus Cleary weggezogen und hat keine Nachsendeadresse hinterlassen. Wahrscheinlich ist es so am besten«, sagte er.

»Wahrscheinlich.«

Nachdem dieses Thema abgeschlossen war, wurde es still. Sie spürte, wie er sie ansah. Trotzdem hielt sie den Blick eisern auf den Poststapel auf ihrem Schreibtisch gerichtet. Sie hatte sich nicht darauf konzentrieren können, weil sie gewusst hatte, dass er heute kommen würde. Schließlich ertrug sie das gespannte Schweigen nicht länger und sah ihn an.

»Lilly, ich habe dich nicht früher angerufen, weil …«

»Du brauchst mir nichts zu erklären.«

»Du hast aber eine Erklärung verdient.«

Sie stand auf und ging ans Fenster. Der schlimmste Sturm der letzten hundert Jahre hatte das Ende des Winters gebracht. Inzwischen war der Frühling eingekehrt, schon bald rückte der Sommer näher. Zwanzig Stockwerke unter ihr badeten die Straßen von Atlanta in der Wärme eines sonnigen Nachmittags.

»Du hast das Krankenhaus gewechselt, Tierney. Du hast das FBI-Büro in Charlotte angewiesen, niemandem, mich eingeschlossen, zu verraten, wie man dich erreichen konnte. Ich habe verstanden.«

»Offenbar nicht. Es war nicht so, dass ich dich nicht sehen wollte.«

»Nein?«

»Nein.«

»Was war es dann?«

»Du musstest Dutch beerdigen«, sagte er. »Und ich musste Torrie exhumieren lassen.«

Lillys Ärger verrauchte abrupt. Sie drehte sich zu ihm um. »Entschuldige. Ich habe dir noch gar nicht gesagt, wie leid mir das mit ihr tut.«

»Danke. Dass ich herausgefunden habe, was ihr zugestoßen ist, war gleichzeitig eine Erleichterung und ein Abschied. Gut auf der einen Seite. Grauenvoll auf der anderen.«

Fast wäre sie zu ihm gegangen, aber dann besann sie sich. »Ich würde gern mehr über Torrie erfahren. Wenn du darüber sprechen möchtest.«

»Es ist keine schöne Geschichte, aber du solltest sie hören.«

Sie bedeutete ihm weiterzusprechen.

Er atmete tief durch. »Als Torrie wenige Monate alt war, trat ich eine ausgedehnte Reise quer durch Afrika an. Ich hatte einen Vertrag abgeschlossen, für ein Reisemagazin den ganzen Kontinent abzudecken. Was eigentlich ein paar Wochen dauern sollte, dehnte sich zu mehreren Monaten aus. Vielen Monaten. Ich verpasste Thanksgiving. Weihnachten. So vieles.

Während ich weg war, lernte Paula – Torries Mutter – einen anderen Mann kennen und lieben. Als ich endlich heimkehrte, haute sie mir die Scheidungspapiere um die Ohren, bevor ich auch nur ausgepackt hatte. Paula und ihr zukünftiger Ehemann wollten, dass ich meine väterlichen Rechte an Torrie an ihn abtrat, da er mehr Zeit mit ihr verbracht hatte als ich.

Damals redete ich mir ein, dass es nur richtig und anständig sei zuzustimmen. Lambert liebte Paula. Und er behandelte Torrie wie seine eigene Tochter. Ich bildete mir ein, es wäre besser für Torrie, wenn ich einfach meinen Hut nehmen und die drei ihr Leben leben lassen würde, ohne mich weiter einzumischen.«

»Damals«, sagte Lilly leise. »Das ist eine entscheidende Einschränkung.«

»Genau.« Er stand auf und trat an die Wand, an der eingerahmt einige der wichtigsten Ausgaben ihrer Zeitschrift hingen. Er betrachtete ein Cover nach dem anderen, aber Lilly glaubte nicht, dass er wirklich die Schlagzeilen las oder die Fotos betrachtete.

»Sie hielten mich keineswegs davon ab, sie zu sehen. Im Gegenteil, sie ermunterten mich dazu. Aber die Besuche waren immer irgendwie peinlich. Wir kannten einander nicht. Ich war ein Fremder, mit dem das arme Kind ab und zu einen Nachmittag verbringen musste. Ich trat von links auf die Bühne, sagte meinen Text auf und ging rechts wieder ab, um für ein weiteres

Jahr hinter den Kulissen zu verschwinden. Das war das *Leben* meiner Tochter, doch ich spielte darin nur eine Statistenrolle. Nach einigen Jahren hörte ich auch damit auf. Meine Besuche wurden immer seltener.«

Er trat an ein anderes Cover und studierte es. »Ich war gerade am Amazonas, als ich die Nachricht bekam, dass sie vermisst wurde. Sie war spurlos verschwunden, man glaubte, dass sie entführt worden sei. Ich brauchte zwei Wochen, um in die Zivilisation zurückzukehren und in die Vereinigten Staaten zu fliegen.

Ich hatte sie seit Jahren nicht gesehen. Man hatte mich aus reiner Höflichkeit benachrichtigt, mehr nicht. Paula traute ihren Augen nicht, als ich vor ihrer Tür in Nashville auftauchte, was allein eine Menge über mich und meine Prioritäten aussagt, nicht wahr? Aber statt sie zu trösten und alles zu tun, um die Situation für sie zu erleichtern, führte ich mich auf wie ein Berserker.

Ich hatte die Frechheit, sie zu kritisieren, weil die beiden nicht länger in Cleary geblieben waren und nicht darauf bestanden hatten, dass man weiter nach Torrie suchte. Inzwischen war es Winter geworden. Es war nicht machbar, dass man den Berg weiterhin von Hunderten von Leuten durchkämmen ließ. Aber ich weigerte mich zu akzeptieren, dass wir nicht mehr tun konnten, als zu hoffen, dass Torrie eines Tages wieder auftauchen würde. Ich konnte mich nicht damit abfinden, ihr Gesicht mit einer Suchmeldung auf einem Milchkarton abgedruckt zu sehen.«

Er drehte sich wieder um. »Lambert warf mich aus seinem Haus, und ich kann ihm deshalb keinen Vorwurf machen. Ich mietete mich in einem Hotel ein. Und in diesem unpersönlichen Raum, in dem mir nicht mehr gehörte als eine Reisetasche voller Anziehsachen, erkannte ich plötzlich, wie unendlich allein ich war.

Paula und ihr Mann hatten einander, um sich Halt zu geben, um miteinander zu weinen, um sich aufrechtzuhalten. Ich hatte keinen Menschen, und das hatte ich ganz allein mir zuzuschreiben. Mir wurde bewusst, dass ich den einzigen Menschen auf der Welt, der mein Blut teilte, im Stich gelassen hatte. Damals wurde mir brutal vor Augen geführt, was für ein selbstsüchtiger Idiot ich war.

Torrie aufzugeben war für mich kein Opfer gewesen. Das hatte ich mir damals eingeredet, aber es stimmte nicht. Ich hatte mich nicht in einer großartigen, selbstverleugnenden Geste zum Wohle meines Kindes aufgeopfert, sondern ausschließlich an mich selbst gedacht. Ich wollte damals nur reisen. Ich wollte die Freiheit haben, mein Zeug zu packen und loszuziehen, ohne auf eine Familie Rücksicht nehmen zu müssen. In jenem leeren Hotelzimmer sah ich mich erstmals so, wie ich wirklich war. Oder wie ich zumindest gewesen war. Jetzt war es Zeit zur Wiedergutmachung.

In jener Nacht schwor ich mir herauszufinden, was Torrie zugestoßen war, oder zumindest alles dafür zu unternehmen. Um diese eine Verantwortung würde ich mich nicht drücken. Es war das Letzte, was ich je für mein Kind tun würde. Das *Einzige,* was ich je für mein Kind tun würde.« Inzwischen war seine Stimme rau und schwer.

»Ich musste diesen Weg bis ans bittere Ende gehen, Lilly. Ich musste aus dem Krankenhausbett kriechen, aber ich war dabei, als die Männer von der Spurensicherung die Leichen bargen. Ich war bei Paula, als die Überreste unserer Tochter identifiziert wurden. Wir hielten einen Gedenkgottesdienst für Torrie und beerdigten sie in Nashville.«

Er beendete seine Inaugenscheinnahme der Zeitschriftencover und sah sie an. Sein Blick war feucht. »Ich musste damit abschließen, bevor ich zu dir kommen konnte. Verstehst du das?«

Sie nickte, zu bewegt, um etwas zu sagen.

»Nachdem du das jetzt weißt, willst du vielleicht lieber nichts mit mir zu tun haben, aber ich hoffe, dass du es trotzdem tust.«

»Glaubst du …?«

»Was?«

»Glaubst du, dass du an dem Tag, als wir mit den Kajaks auf dem Fluss waren, in mir die gleiche Art von Leere und Verlust gespürt hast, die du selbst empfunden hast? Ich hatte Amy verloren. Du Torrie. Dass du damals …«

»Eine Seelenverwandtschaft gespürt habe?«

»Etwas in der Art.«

»Ganz bestimmt«, sagte er.

»Oh.«

»Warte, fragst du dich etwa, ob das der Grund war, weshalb ich mich damals zu dir hingezogen gefühlt habe? Ob das der einzige Grund war?«

»Und?«

»Glaubst du das?«

Sein Blick war so intensiv, dass sie ihn wie eine Liebkosung empfand. Die ihre Frage beantwortete. Sie schüttelte den Kopf. »Nein. Ich glaube, als wir uns verabschiedeten, wussten wir beide, dass es nur ein Aufschub sein würde.«

»Die Zeit, die wir miteinander verbracht haben, lässt sich in Stunden messen«, sagte er. »Trotzdem habe ich das Gefühl, dass wir uns besser kennen, als sich die meisten Paare je kennen werden.«

»Sind wir ein Paar, Tierney?«

In diesem Moment kam er auf sie zu, nahm ihr Gesicht in seine Hände und hob es an, bis es nur noch eine Handbreit von seinem entfernt war. »O Gott, wie sehr ich das hoffe.« Seine Augen streiften kurz ihre Gesichtszüge, ehe sie auf ihrem Mund zu liegen kamen.

»Willst du mich?«, flüsterte sie.

»Du kannst dir nicht vorstellen, wie sehr.«

Damit senkte er den Kopf und küsste sie. Seine Zunge schob sich zwischen ihre Lippen, anfangs sanft, doch im nächsten Augenblick war sein Kuss feucht und heiß, unglaublich sexy und voll erotischer Versprechungen.

Den rechten Arm konnte er immer noch nur eingeschränkt bewegen, aber dafür legte er den linken um sie und drückte in einer Geste, an die sie sich nur zu gut erinnerte, die Hand auf ihre Taille, um sie an seinen Leib zu pressen.

Sie küssten sich minutenlang, ohne auch nur eine Unterbrechung. Als sie sich schließlich voneinander lösten, strich er ihr die Haare aus dem Gesicht. »Du hast keine Angst mehr?«

»Höchstens, dass du noch einmal aus meinem Leben verschwinden könntest.«

»Dann hast du nichts zu befürchten.« Er hauchte einen Kuss auf ihre Lippen, um dieses Versprechen zu besiegeln, doch als er den Kopf hob, wurde er wieder ernst. »Diesmal mache ich alles anders, Lilly, das schwöre ich dir. Ich werde dich lieben, wie du noch nie geliebt worden bist.«

»Das hast du schon getan. Du hast dein Leben für mich riskiert. Mehrmals.«

»Früher wusste ich nicht, wie man liebt, aber …«

Sie legte den Finger auf seine Lippen. »O doch, das wusstest du, Tierney. Was du für Torrie getan hast – ihr zwei Jahre deines Lebens zu opfern und ihretwegen fast zu sterben –, hättest du nicht tun können, wenn du sie nicht geliebt hättest.«

»Aber sie starb, ohne es zu wissen.«

»Das glaube ich nicht. Sie wusste es bestimmt.«

Er sah sie skeptisch an, doch sie sah ihm an, dass er ihr für sein Leben gern glauben wollte. »Paula hat mir erzählt, dass sie alle meine Artikel gelesen hatte. Dass sie all die Zeitschriften in ihrem Zimmer aufbewahrte und keine einzige davon wegwerfen wollte.«

Lilly legte die Hände um seinen Kopf. »Sie wusste, dass du sie liebst.«

»Wenn ich alles noch mal machen könnte, würde ich dafür sorgen, dass sie es weiß. Jeden Tag würde ich es ihr sagen. Ich würde alles anders machen. Ich würde es richtig machen.«

Lilly schloss ihn in die Arme und schmiegte ihren Kopf an seine Brust, damit er ihr verstohlenes Lächeln nicht bemerkte. Der heutige Tag gehörte ihnen ganz allein. Morgen war noch Zeit genug, ihm zu offenbaren, dass er, während er ein Kind auf dem Berg verloren hatte, ein neues gezeugt hatte.

Er hatte bereits eine zweite Chance gewährt bekommen, alles richtig zu machen.